D. S.

Die dunkle Macht

Das Buch

Im Leben von Elena Odermatt scheint alles nach Plan zu laufen. Sie macht Karriere als Unternehmensberaterin; vor kurzem hat sie ihre große Liebe, den Journalisten Manfred, geheiratet. Doch von einem Tag auf den anderen ist nichts mehr, wie es war: Manfred stirbt nach der Rückkehr von einer Reportage in Afrika unter mysteriösen Umständen. Elena findet heraus, dass sein Tod mit einem geheimnisvollen Fetisch zusammenhängt. Und einem Geheimbund, dessen Mitglieder enge Geschäftskontakte zu ihrer eigenen Firma unterhalten. Überraschend bekommt Elena das Angebot, ausgerechnet für diese Männer zu arbeiten. Hin- und hergerissen zwischen Verzweiflung und Angst und dem Wunsch, Manfreds Tod zu rächen, fliegt Elena nach Afrika. Sie wird mit Tatsachen konfrontiert, die ihre Vorstellungskraft bei weitem übersteigen …

Die Autorin

Ilona Maria Hilliges hat viele Jahre in Afrika gelebt. Nach ihrer Rückkehr arbeitete sie für internationale Wirtschaftsunternehmen und engagierte sich für soziale Projekte. Mit ihrem Buch *Die weiße Hexe* stand sie monatelang auf den Bestsellerlisten.

Von Ilona Maria Hilliges sind in unserem Hause bereits erschienen:
Die weiße Hexe
Das verborgene Herz Afrikas

ILONA MARIA HILLIGES

Die dunkle Macht

ROMAN

List Taschenbuch

GRANDE

Für Peter, den Lotsen
durch die stürmischen Wasser meines Lebens.

List Taschenbücher erscheinen im
Ullstein Taschenbuchverlag,
einem Unternehmen der Econ Ullstein List Verlag
GmbH & Co. KG, München
Originalausgabe
1. Auflage 2001

Lektorat: Angela Troni, München
Umschlagkonzept und -gestaltung: HildenDesign, München – Stefan Hilden
Titelabbildung: © Jeune Artisaines, Paris/Robert Beisac
Gesetzt aus der Bembo
Satz: Dörlemann Satz, Lemförde
Druck und Bindearbeiten: Clausen & Bosse, Leck
Printed in Germany
ISBN 3-548-68008-9

… so öffnete Schneewittchen die Augen, hob den Deckel vom Sarg in die Höhe und richtete sich auf und war wieder lebendig. »Ach Gott, wo bin ich?«, rief es. Der Königssohn rief voll Freude: »Du bist bei mir.«

Die Brüder Grimm

1

Die schräg stehenden Lamellen der Jalousie ließen nur schmale Streifen des Novemberhimmels erahnen. Allmählich bekam das farblose Grau einen schwachen Glanz.

»Woran denkst du gerade?«, fragte Manfred; zärtlich kitzelte sein Atem Elenas Ohr. Sie spürte die wohltuende Wärme seines Körpers im Rücken, während ihr Kopf auf seinem entspannten Arm ruhte.

»An meinen Hund. Sie hieß Schneewittchen.« Die Kraft der Sonne drängte die Wolkendecke endgültig zurück. Die dunklen Schatten der Lamellen riffelten das frisch gewachste Holz der Dielen, setzten sich auf den sonnengelben Laken des Bettes fort, erfassten Elenas Unterschenkel.

»Ein ungewöhnlicher Name.«

»Sie war ein kanadischer Schäferhund. Ihr Fell war weiß wie frischer Schnee. Am Tag nachdem meine Mutter uns verlassen hatte, kaufte mein Vater sie. Er hatte es wohl gut mit mir gemeint. Ich sollte nicht so alleine aufwachsen.«

»Wie alt warst du da?« Manfreds weiche Lippen küssten ihre nackte Schulter.

»Noch keine sechs. Ich lief durchs ganze Haus, weil ich glaubte, Mutter würde sich irgendwo verstecken. Ich sah in ihre Schränke; alles war leer. Schneewittchen folgte mir auf Schritt und Tritt. Sie nahm wohl an, ich spielte mit ihr. Irgendwann war ich felsenfest davon überzeugt, dass meine Mutter wiederkäme, sobald der Hund wieder weg wäre. Wenn mein Vater es nicht sah, hielt ich Schneewittchen das Maul zu. Ich dachte, sie würde davon sterben und Mutter käme zu uns zurück.«

Manfred legte seine Wange an ihre. Sie spürte den sanften Druck seiner Arme.

»Ich hörte auf, das Tier zu quälen, als ich begriff, dass meine Mutter nie mehr zu mir zurückkommen würde. Und so wurde aus meinem Hass auf Schneewittchen Liebe. Wenn ich von der Schule heimkam, freute sie sich und sprang mir entgegen. Einmal, etwa sechs Jahre später, ging ich mit ihr spazieren. Sie rannte quer über die Straße; sie war läufig. Ein Auto erfasste sie und schleuderte sie zu Boden. Sie lag wie tot. Da kam der Rüde von der anderen Straßenseite und leckte ihr das Gesicht. Sie stand langsam auf und humpelte nach Hause, verkroch sich in ihrer Kuschelecke. Ich streichelte und tröstete sie, brachte ihr Lieblingsfressen. Sie rührte nichts an. Ich spürte ihre Schmerzen und weinte. Vater kam erst am Abend. Er fuhr mit Schneewittchen zum Tierarzt. Und kehrte allein zurück. Er sagte, dass sie gestorben sei, weil ich nicht auf sie aufgepasst hatte.«

Manfred drehte Elena vorsichtig zu sich herum. Federleichte Küsse streichelten ihr Gesicht.

»Mein Vater hatte mir immer eingeschärft, dass ich den Hund an die Leine nehmen sollte. Doch Schneewittchen mochte die Leine nicht«, sagte sie. »Ich war so verzweifelt, dass ich heimlich nachts meine Mutter anrief. Am nächsten Morgen kam sie.«

»Wie du es als kleines Kind gehofft hattest.«

»Bevor Vater abends zurückkehrte, fuhr sie wieder weg. Dafür war Schneewittchen gestorben.«

Der Schatten der Novembersonne legte sich über Manfreds Gesicht. »Ich liebe dich, Elena.«

Ein feuchter Schimmer stand in ihren grünen Augen. »Ich wünsche mir, dass es immer so bleibt mit uns. Es ist schön mit dir.« Elena legte beide Arme um seinen Nacken und küsste ihn. »Ich liebe dich auch.«

Sein Blick wanderte zum Fenster. »Die Sonne ist rausgekommen. Lass uns einen Spaziergang machen. Wer weiß, wann sie wieder scheint.« Sein Mund berührte sanft ihr Ohr, seine Stimme wurde weicher. »Nur bis zum Italiener an der Ecke. Ein Glas Rotwein, ein Teller mit duftenden Spaghetti, grünen Kräutern, würzigem Knoblauch und diesen roten scharfen Schoten. Willst du?«

Mit der gleichen Schnelligkeit, mit der sie sich gebildet hatten, verloren die Schatten ihre deutlichen Konturen. Das fahle Grau dämmerte wieder durch die Lamellen.

»Siehst du, die Sonne ist wieder weg. Dann können wir doch genauso gut im Bett bleiben.«

Im Halbdunkel blitzten Manfreds hellblaue Augen auf. »Ich habe nachgedacht, Elena. Ich möchte etwas mit dir besprechen. Komm«, er fasste sie an den Händen und zog sie hoch, »lass uns beim Essen darüber reden.«

Manfred wischte mit einem Stück Weißbrot die letzten Reste der Sauce seiner Spaghetti Arrabiata sorgfältig vom Teller und schob ihn zur Seite. Bislang hatte er Elena nichts von seinen Gedanken verraten. »Bist du denn nicht neugierig?«, fragte er.

»Ich warte doch nur darauf.«

Unvermittelt beugte er sich über den Tisch, nahm ihr Gesicht in beide Hände und küsste sie auf den Mund. Der Kuss schmeckte nach Knoblauch, Paprika und Chilli. »Ich möchte dich heiraten, Elena Odermatt. Am liebsten sofort.«

Sie lachte, ganz leise und schüttelte dabei leicht den Kopf. »Manfred Kroll, du bist völlig verrückt.« Sie lehnte sich weit über den Tisch und erwiderte seinen Kuss. »Okay, einverstanden. Angenommen. Akzeptiert.« Sie setzte sich, strich sich die schulterlangen, dunkelblonden Haare hinter die Ohren. »Irgendwie hatte ich mir so etwas schon gedacht.«

»Muss dich eine ganz schöne Überwindung gekostet haben, nicht zu fragen.«

»Hm. Ich wollte wissen, wie du's sagst.«

»Ich hatte Angst, du würdest nein sagen.«

»Du solltest ja auch Angst haben.« Sie nahm seine Hände. »Ich möchte nur ein einziges Mal in meinem Leben heiraten, da bin ich mir ganz sicher.«

»Ich mir auch, Elena.« Manfred sah ihr in die Augen, während er sprach: »Ich fühle, dass da ein Band zwischen unseren Seelen ist, das auch besteht, wenn wir nicht zusammen sind. Ich werde immer für dich da sein, Elena. Ich bin so glücklich, dass du mir vertraust, dass wir unsere Träume teilen können.«

Wortlos stand Elena auf, ging um den Tisch herum, setzte sich neben ihn, legte den Arm um seine Taille und den Kopf auf seine Schulter. »Auch weil du solche Sachen sagst, liebe ich dich, Manfred. Wann können wir heiraten?«

2

Wenn Elena ihren Vater anrief, meldete sich jedes Mal nach dem zweiten Freizeichen die Stimme seiner Sekretärin.

»Odermatt-Werke. Vorzimmer Doktor Odermatt. Simmel.«

»Wie geht's, Frau Simmel? Hier ist Elena. Ist Vater da?«

»Fräulein Elena, da wird sich Ihr Vater aber freuen. Wir haben ja so lange schon nicht mehr von Ihnen gehört. Einen Moment bitte.«

Elena vernahm das leise Knacken in der Leitung. Dass sie in diesem Augenblick an ihrem Schreibtisch aufstand, war ein unbewusster Reflex. Sie strich die Jacke ihres in einem warmen Bernsteinton leuchtenden Hosenanzugs glatt. Die Haare hatte sie streng zurückgesteckt. Als einzigen Schmuck trug sie eine schmale Cartier-Uhr und eine schlichte goldene Kette, die Manfred ihr geschenkt hatte. Während sie darauf wartete, dass sich ihr Vater meldete, schob sie die Kette unter das weiße Seiden-T-Shirt und schloss die Knöpfe der Jacke. Die Unternehmensberatung Sydersatt & Wenzel lag im ersten Stock eines Neubaus in Berlin-Mitte. Bauarbeiter teerten die Friedrichstraße; kleine Wolkenfetzen stiegen zu Elenas Fenster auf.

»Elena, Kind, gibt es ein Problem?« Kein »Guten Tag«, kein »Wie geht's?« In der Welt ihres Vaters gab es Probleme. Und Lösungen dafür.

»Wie geht's dir, Vater, was macht dein Rücken?«

»Ich bin im Büro, Kind.« Deshalb hatte sie ihn auch dort angerufen; sie wollte dieses Pflichttelefonat hinter sich bringen.

»Vater, ich werde bald heiraten.«

»Du bist doch erst 26. Oder gibt es einen … äußeren Anlass für deinen Schritt?«

Sie hatte keine andere Reaktion erwartet. »Keinen«, antwortete sie und fügte hinzu – obwohl das vor ihrem Vater als Argument keinen Bestand haben mochte – »außer Liebe.«

»Kenne ich deinen«, Konrad Odermatt machte eine Pause, als kosteten ihn die beiden folgenden Worte Überwindung, »künftigen Mann?«

»Manfred Kroll ist Journalist bei den *Berliner Nachrichten.*«

»Dem Revolverblatt?«

»Kein Revolverblatt, Vater. Manfred arbeitet in der Lokalredaktion.«

»Du heiratest doch vor Gott?«

»Mein Mann gehört keiner Kirche an, Vater. Aber ich glaube, er wird es trotzdem tun.«

»Er ist Journalist, na ja.« In diesen beiden Silben lag seine gesamte Einschätzung Manfreds Beruf gegenüber. Obwohl die Odermatt-Werke in Paderborn mehrere Hundert Menschen beschäftigten und ihre Tiefkühlprodukte in ganz Deutschland ein Begriff waren, hatte Konrad Odermatt nach Elenas Wissen keine drei Interviews gegeben. »Wann stellst du mir deinen Mann vor?«

Sie hatte einen Fehler gemacht. In diesem Augenblick wusste sie es. Sie hätte ihren Vater nicht anrufen sollen. Das Band zwischen Manfred und ihr betraf nur sie beide. Ihre Seelen, wie Manfred es genannt hatte. Konrad Odermatt sah darin nichts Romantisches. Wenn, dann hätte sie mit Manfred nach Paderborn fahren sollen, um ihn ihrem Vater vorzustellen. Aber sie würde ihrem Vater nicht begreiflich machen können, was sie an Manfred liebte. Nicht an einem Wochenende, nicht in einer Woche, niemals.

»Ich habe den Kalender vor mir, Kind. Ich bin Silvester wie immer in Kampen.«

Sie hätte erwidern sollen: Wir haben Silvester andere Pläne. Nach der Hochzeit wollen wir gleich in die Flitterwochen. Aber sie sagte: »Sicherlich, Vater. Wir können nach Sylt kommen, doch der Termin im Standesamt ist schon vorher geplant.« Erst nachdem sie es ausgesprochen hatte, erkannte sie, dass sie ihren ersten Fehler durch einen zweiten verschlimmert hatte. Jetzt saß sie in der Falle ihrer eigenen Worte. Sie hatte automatisch reagiert, wie sie es immer tat, wenn sie mit ihrem Vater sprach.

»Gut, dann heiratet ihr Silvester in der kleinen Kapelle in Kampen.«

»Danke, Vater. Ich werde Manfred fragen.«

Elena straffte sich, lächelte entspannt. Konstantin Wenzel hatte den Kopf bereits vor einer halben Minute zur Tür hereingesteckt. Auf seinem Gesicht lag eine Mischung aus berufsbedingter Neugier und Eile. Die Gesprächsfetzen, die er aufschnappte, veranlassten ihn, seiner ersten Neigung zu folgen und sich in den Raum zu schieben. Sie musste das Gespräch beenden.

»Kannst du deinem künftigen Mann nahe bringen, dass du deinen Namen behältst? Du bist die Einzige, die bleibt, wenn ich einmal nicht mehr bin«, hörte sie ihren Vater fragen.

»Ich weiß, Vater.« Er hatte es oft genug erwähnt. »Ich habe darüber noch nicht mit Manfred gesprochen.« Um diese Frage zu erörtern, war der Zeitpunkt ausgesprochen ungünstig. Konstantin hatte die Tür zu Elenas Büro geschlossen und sich dagegen gelehnt, die Arme verschränkt, die Augenbrauen interessiert hochgezogen. Elena tippte auf ihre Armbanduhr, um ihrem Chef zu verstehen zu geben, dass er zu früh dran war. Konstantin Wenzel hob kurz abwehrend die Hände. »Entschuldige, Vater, ich muss aufhören. Konstantin braucht mich.«

»Leb wohl, Kind.« Er hatte ihren Abschiedsgruß nicht abgewartet, sondern einfach aufgelegt. Es überraschte sie nicht. Einem Konrad Odermatt sagte man nicht, dass man keine Zeit für ihn hatte. Selbst wenn man die eigene Tochter war.

»Gustl hat von unterwegs angerufen«, erklärte Konstantin sein frühes Kommen. »Er hat jetzt den neuen Porsche. Da wird er wohl ordentlich Gas gegeben haben. Er ist schon in einer halben Stunde in Ludwigsfelde. Wir müssen los.« Elena hatte die

Unterlagen für das Behr-Projekt griffbereit auf dem Schreibtisch neben ihrer großen, hellbraunen Lederumhängetasche liegen.

Konstantin wollte mit seinem eigenen Mercedes-Cabrio fahren. »Ich habe Sachen für Gustav Behr im BMW. Umpacken dauert zu lange«, wandte Elena ein. Sie fuhr gern, aber sie wusste, dass es Konstantin Spaß machte, den Wagen mit überhöhter Geschwindigkeit über Schleichwege aus den verstopften Innenstadtstraßen zu lenken.

»Du heiratest also einen Manfred«, begann Konstantin ohne Umschweife. »Manfred – hört sich bodenständig an. Was macht er?« Sie erklärte es ihm. »Warum schreibt er nicht mal über uns? Die Leute müssen erfahren, wer was für ihre Stadt tut«, legte Konstantin los. Sie roch sein etwas süßliches Parfüm, das sehr feminin war, aber gut zu ihm passte – zu seinen feingliedrigen Händen, den großen dunklen Augen mit den mädchenhaft langen Wimpern, den vollen, leicht gewellten schwarzen Haaren. Seine sensible Seite konterkarierte Konstantin mit einer kleinen goldgefassten Brille, die ihm einen intellektuellen Touch gab, und perfekt geschneiderten Maßanzügen, vorzugsweise dezent gestreift. Als Elena ihn kennen gelernt hatte, trug er obendrein ein seidenes Einstecktuch. Elena hatte nur einmal gesagt: »Das macht dich aber älter«, und Konstantin hatte es nie wieder verwendet.

Viele hielten Konstantin für eine Mischung aus Bohemien und Kaufmann. Genau so wollte er auch wirken. »Die Klienten kaufen nicht nur mein Wissen und meine Kontakte. Sie kaufen meinen Stil. Und der soll ausdrücken: Es macht Spaß, Geld zu verdienen«, umriss er seine Geschäftsphilosophie. Er hatte damit Erfolg. Obwohl die Berliner Dependance von Syderstatt & Wenzel erst vor einem halben Jahr eröffnet worden war, hatten sie mehr Klienten als erwartet.

Gustav Behr junior war ein guter Freund von Konstantin und fast der gleiche Jahrgang. Seit gemeinsamen Münchner Studententagen kannten sie sich. Geschäftlichen Nutzen konnte Konstantin aus dieser Freundschaft erst ziehen, seit der Senior vier Monate zuvor gestorben war und der Junior geerbt hatte.

»Ich habe Gustl klar gemacht, dass man in Berlin dabei sein muss«, hatte Konstantin ihr wenig später erzählt. Seit Jahrzehnten produzierte die Behr Anlagenbau GmbH in einem Dorf östlich von München Laborausrüstungen. »Er muss in den Osten expandieren. Dazu braucht er einen Standort in Berlin. Such ihm etwas Passendes, Elena, und er wird auf meine Idee anspringen.« Sie war schnell auf das Berliner Umland gekommen; Brandenburg lockte mit Subventionen.

»Das wird Gustl nicht schmecken, obwohl du Recht hast. Den Acker hat er bei sich vor der Tür. Nein, der will die Großstadt, die Boulevards, das Hauptstadtflair.« Konstantin fuhr sich mit der Hand durchs Haar. »Wir könnten ihm ein schönes buntes Paket basteln. Außen rum farbenfrohes Papier. Innen drin Ludwigsfelde. Wo liegt das überhaupt?«

Der rote Porsche stand direkt am Eingang des Industrieparks, sein Fahrer lehnte telefonierend dagegen. »Ich wollte dich gerade anrufen«, begann Gustav Behr junior. »Was soll ich denn hier, Konstantin? Hier ist doch nur Matsch.«

»Das sieht nur im Moment so aus, Gustl, hör dir mal an, was Elena herausgefunden hat. Sie weiß, dass hier eine Goldgrube entsteht.« Er zwinkerte Behr zu. »Und wohnen kannst ja in der Stadt. Ich habe einen wirklich guten Loft für dich gefunden. Wir fahren nachher hin.«

Eine asphaltierte Stichstraße führte bereits durchs Brachland. Am Behr zugedachten Standort holte Elena drei Paar Gummistiefel aus dem Kofferraum des BMW und schlüpfte aus ihren flachen Bata-Slippern. Konstantin zögerte einen Moment, folgte ihrem Beispiel aber. Behr klappte lediglich den Kragen seines maßgeschneiderten Anzugs hoch und vergrub die Hände in den Hosentaschen.

»Die Kosten für Infrastuktur und sonstige Erschließung übernimmt die Gemeinde, das Land zahlt großzügige Subventionen«, führte Elena aus. Da Behr sich seinen künftigen Standort nur aus der Ferne ansehen wollte, musste sie mit Worten überzeugen. »Biotechnologie ist die Zukunftsbranche schlechthin. Diese jungen Unternehmen werden quasi Ihre Nachbarn sein«, setzte sie hinzu. Nachdem sie auch sämtliche Steuervorteile aufgezählt hatte, war Behr klar, dass sich sein finanzielles Risiko in engen Grenzen hielt.

»Da bekommst du deinen Loft praktisch umsonst dazu«, ergänzte Konstantin. »Und: Von hier aus bist du in weniger als einer halben Stunde beim Golfen, Gustl.« Er fasste Behr freundschaftlich an die Schulter. »Der Club hat keine Wartelisten. Siehst du, der Matsch hat sogar Freizeitwert.«

Beim anschließenden Essen in einem viel besuchten Restaurant am Gendarmenmarkt hatte Behr seine Vorbehalte gegen Ludwigsfelde längst vergessen. Elena bekam den Auftrag, die Verträge unterschriftsreif zu machen. Von dem Loft in der Nähe war Behr angetan. Elena führte ihn an das riesige Atelierfenster, das bis zum Boden reichte. »Wir haben die Wohnung für Sie reservieren lassen«, meinte sie. »Aber das ist erst der Anfang« – sie reichte Behr einige Bogen Papier – »sehen Sie mal bei Gelegenheit rein. Alles Firmen, die sich als Partner hier im Berliner Raum anbieten. Diese Leute brauchen Ihr Know-how, Herr Behr.«

»Hab ich's dir nicht gesagt, Gustl? Wir sorgen dafür, dass du dich hier wohl fühlst.« Konstantin hatte den Arm um seinen Freund gelegt. Elena fand, die beiden sahen aus wie zwei große Jungs, die die Welt erobern wollten.

3

Manfred erwartete Elena voller Ungeduld, küsste sie ungestüm. »Du schmeckst nach Geld.« Er grinste sie frech an.

»Du nach Druckerschwärze«, gab sie zurück.

»Ich habe unsere Flitterwochen so gut wie gebucht, Liebes. Silvester in der Karibik. Palmen, Meer, Sonne. Sogar Butler! Hier …« Er legte den Prospekt vor sie auf den Küchentisch, auf dem er das Abendessen mit Kerzen bereitgestellt hatte. »Das war früher ein Seeräuberschloss!« Manfreds Vorfreude war unübersehbar. Elena schluckte. Seine Wünsche und ihre Realität lagen ziemlich weit auseinander … Statt Tropen hatte sie Nordsee zu bieten. »Ich habe die Flüge reservieren lassen.«

Manfred hatte sie mit jungenhafter Begeisterungsfähigkeit überrumpelt. Sie hatte keine Zeit gehabt, sich genau zu überlegen, wie sie ihm eine kirchliche Heirat in Kampen schmackhaft machen könnte.

»Du bist aber nicht besonders euphorisch.« Manfred strich mit zwei Fingern über ihre Nasenwurzel. »Du machst wieder diese Falte … Was gefällt dir nicht, Liebes?« Er wagte einen letzten Anlauf, griff nach ihrer Hand. »Unsere Flitterwochen sollen etwas Einmaliges sein. Unvergesslich. Es wird wundervoll.« Verschwörerisch senkte er die Stimme. »Und es ist billiger, als du glaubst.«

Sie hätte antworten sollen, dass Geld nicht das Thema sei. Sie verdiente mehr als genug. Allein die Provision, die sie sich an diesem Tag mit Behrs Projekt gesichert hatte, würde für ausgedehnte Flitterwochen auf Barbados reichen. Und irgendwann würde sie die Odermatt-Werke samt ihrer gefrorenen Produkte erben … In dem einen Monat, den die beiden erst zusammen wohnten, war sie darauf bedacht gewesen, Manfred das nicht spüren zu lassen.

Es ging um einen ganz anderen Spagat.

Erst mit 19 hatte sie angefangen, sich von ihrem Vater abzugrenzen, indem sie zum Studium nach München ging. Die räumliche Trennung hatte ihr Denken nicht verändern können. Ganz im Gegenteil – sie wollte beweisen, dass sie Vaters Vertrauens würdig war. Dass er in ihr eine echte Odermatt hatte. Auf nichts anderes hatte Konrad Odermatt angespielt, indem er eine kirchliche Trauung am Familiensitz auf Sylt vorschlug.

Du bist die Einzige, die bleibt, wenn ich nicht mehr bin.

Ich weiß, Vater.

Im November 1996 war Elena Odermatt noch nicht so weit, dass sie sich gegen ihren Vater abzugrenzen vermochte. Sie ließ zu, dass der Spagat zwischen Vaters Wünschen und ihrer Wirklichkeit an ihr riss.

Ihre kalten Fingerspitzen glitten zart über Manfreds Gesicht. Er hatte sich nicht rasiert. Sie küsste ihn. Es war ein verlegener Kuss, flüchtig, das Eingeständnis von schlechtem Gewissen.

»Dann eben nicht Barbados«, murmelte er und streifte ihre zurückgekehrte Falte oberhalb der Nasenwurzel mit den Lippen. »Jetzt entspann dich. Also: Was hast du dir überlegt?«

»Sylt«, antwortete sie mit einem tapferen Lächeln, »eine romantische kleine Kapelle in Kampen. Zu Silvester. Was hältst du davon?« Positiver konnte sie die Kluft zwischen ihren beiden Welten nicht umschreiben.

»Sylt?« Er sah sie verblüfft an. »Mit der Schule wurde ich mal nach Rügen geschickt. Wir froren uns die Hintern ab. Und das war im Herbst. Silvester und die See – das heißt beißende Kälte, Elena.«

Er hatte ja so Recht. Sie konnte es Manfred nicht schmackhaft machen. Sie war ja selbst nicht davon überzeugt. »Es ist der Wunsch meines Vaters. Ich darf ihn nicht enttäuschen. Er ist alt, unser gemeinsames Leben beginnt erst.«

Manfred nahm sie in die Arme. »Wir werden noch oft zusammen in die Sonne fliegen können.«

»Du wirst dir einen Anzug kaufen müssen. Den braucht man für eine kirchliche Hochzeit – und für Kampen sowieso.«

»Und dann friere ich auf Sylt nicht mehr?« Er lachte sie lausbubenhaft an, wurde dann schlagartig ernst. Mit vorgeblicher Nachdenklichkeit musterte er sie: »Und eine Krawatte muss ich mir auch umbinden, nehme ich an.«

Elena nickte. »Aber die Kapelle ist wirklich schön. Sie liegt hinter Rosenbüschen.« Es klang, als wollte sie ihn trösten.

»Ich werde mir also eine schimmernde Rüstung aus Anzug und Krawatte anlegen und dich aus deinem Dornröschenschlaf wachküssen.«

Der Anzug erfordete Elenas gesamtes Feingefühl. Von einer »schimmernden Rüstung« war jenes Textil weit entfernt, das Manfred ihr am Abend vor dem Termin im Standesamt auf seine Weise vorführte. Er zog den mausgrauen Einreiher auf die nackte Haut, verbeugte sich tief vor ihr und grinste. »Prinzessin, der Ritter steht vor Euch.« Elena richtete sich im Bett auf, versuchte sich das Lachen zu verkneifen, prustete dann aber doch los: »Das Teil sieht so altmodisch aus – darin wirst du meinem Vater garantiert gefallen!«

»Ich kann dich darin ganz toll wachküssen!« Mit einem übermütigen Hechtsprung flog er aufs Bett, um seine Worte zu beweisen. Der Anzug gab einen befremdlichen Reißlaut von sich; die Rückennaht war geplatzt. »So ist das nun mal in schweren Kämpfen«, brummte Manfred und machte ein verdrießliches Gesicht. Bevor sie am nächsten Morgen zum Standesamt fuhren, suchte Elena ihm in einer Boutique einen anthrazitfarbenen Ersatzanzug aus. Es war ein italienisches Designerstück und kostete die dreifache Summe; aber der Stoff schimmerte fast wie eine Rüstung.

Die Namensfrage bereitete Manfred kein Kopfzerbrechen. So fuhren Elena Odermatt und Manfred Kroll-Odermatt drei Tage nach Weihnachten frisch verheiratet in Richtung Sylt.

Am Kamin, in einer Dreierrunde, wollte Konrad Odermatt seinem Schwiegersohn erklären, welche Verantwortung Manfred künftig zu tragen hatte. Der junge Bräutigam saß aufrecht im Lehnstuhl, eine Tasse Tee in Händen, und hörte aufmerksam zu. Er gab sich redlich Mühe, in der ungewohnten Umgebung zurechtzukommen. Seine Zwischenfragen, dachte Elena, klangen eher wie die eines interessierten Journalisten als die des Schwiegersohns. Was zweifellos an Konrad Odermatts Vortrag lag, der alles Private aussparte und nur von seiner Rolle als Unternehmer sprach.

Der Tag der kirchlichen Trauung glich eher einem Geschäftstreffen denn einer Hochzeit. Der Brautvater hatte einige seiner alten Geschäftsfreunde dazu eingeladen.

Manfred wartete vor dem Altar, als Elena an der Seite ihres Vaters die kleine Kapelle betrat. »Dein Ritter in schimmernder Rüstung«, flüsterte er ihr ins Ohr. Die Zeremonie glitt an ihr vorbei wie ein Film. Wenigstens die klare Dezembersonne strahlte auf sie beide nieder, als sie Arm in Arm die Kapelle verließen. Und dann kam der junge Fotograf.

»Schauen Sie doch nicht so ernst, hübsche Frau!«, rief er Elena zu. In diesem Augenblick beugte sich Manfred vor, seine vor Aufregung ebenfalls kalten Finger streichelten die Falte auf ihrer Nasenwurzel fort. »Wir haben es geschafft, Liebes.« Er küsste sie vor allen Leuten auf den Mund. In seinen blauen Augen spiegelte sich das Sonnenlicht. »Ich freue mich auf ein Leben mit dir!«

Ein dicker Kloß schnürte ihr die Kehle zu. »Ich liebe dich«, presste sie hervor. Überschwänglich nahm Manfred seine Braut hoch, sie schlang die Arme um seinen Hals.

»Hierher sehen!«, rief der Fotograf und drückte auf den Auslöser. Elena blickte lachend in seine Richtung, dorthin, wo auch die Hochzeitsgäste standen.

4

Elena stellte das Hochzeitsbild zurück ins Regal über Manfreds Schreibtisch. Irgendetwas war entsetzlich schief gelaufen mit Manfred und ihr. In nur einem Jahr und 29 Tagen. Wie eine Schlafwandlerin fand sie den Weg ins Bad, drehte die Dusche auf. Heiß prasselte das Wasser auf sie herunter, der Dampf nahm ihr die Sicht. Sie war unfähig, auch nur einen klaren Gedanken zu fassen. Sie lehnte sich gegen die nassen Wandfliesen, fand keinen Halt. Ihre Beine knickten ein, sie rutschte nach unten, kauerte reglos am Boden.

»Er ist tot.« Diese drei Worte waren alles, was ihr blieb.

»Wann haben Sie Ihren Mann das letzte Mal gesehen?«, hatten die beiden Polizisten gefragt.

»Gestern früh um zehn. Ich war zwei Tage lang auf Geschäftsreise, kam nur kurz vom Flughafen in die Wohnung, um Akten zu holen.« Sie hatte gar nicht gewusst, dass Manfred überhaupt zu Hause war. Sie hatte den Koffer im Flur abgestellt, war direkt ins Arbeitszimmer geeilt.

Da hörte sie das Stöhnen. Sie stutzte. Aber dann war wieder Stille. »Manfred?«

Keine Antwort. Sie musste sich getäuscht haben. Den Wohnungstürgriff hatte sie bereits in der Hand. Da hörte sie es wieder. Ganz leise. Es war eine Art Husten, den jemand unterdrückte. Die Wohnungstür war nicht verschlossen gewesen. Er war also doch zu Hause. Das Geräusch schien aus dem Wohnzimmer zu kommen.

Manfred lag auf dem Sofa. Kreidebleich, das Gesicht schweißnass. Sie legte die Hand auf seine Stirn. »Liebling, was ist mit dir?« Er fühlte sich nicht besonders heiß an. Sie beugte sich zu ihm hinunter, dabei fielen ihre Unterlagen auf ihn drauf. »Seit wann bist du wieder zurück?«

Er hustete, sein offensichtlich geschwächter Körper bäumte sich leicht auf. »Es geht wieder vorbei«, sagte er.

»Du musst ins Krankenhaus.« Sie sah auf die Uhr. Es war fünf vor halb elf. Behr und Konstantin warteten unten im Auto auf sie. Ihr blieben nur Sekunden, um ihre Entscheidung zu überdenken. Konstantin hatte einen kurzfristig frei gewordenen Termin beim Notar bekommen, um die Lifevac GmbH eintragen zu lassen; deshalb war Behr aus München eingeflogen. Sie konnte die beiden unmöglich allein fahren lassen; die meisten neu ausgearbeiteten Details zum Vertrag kannte nur sie. Andererseits sah sie, dass Manfred Hilfe brauchte. »Es dauert nur eine Stunde, höchstens, Manfred.« Ihre Stimme klang beschwörend. Sie konnte keinesfalls die richtige Entscheidung treffen. Wie um ihr Gewissen zu beruhigen, rannte sie in die Küche, füllte ein Glas mit Mineralwasser, stellte die Flasche auf den Wohnzimmertisch daneben. »Du schwitzt so. Du musst trinken.« Manfred richtete sich langsam auf, nahm ihr das Glas aus der Hand und trank. Sie verstand das als Zeichen, dass er es noch eine Stunde ohne sie aushielt. »Wir fahren zusammen in die Notaufnahme der Charité, wenn ich zurück bin.« Sie gab ihm einen flüchtigen Kuss auf die vom kalten Schweiß feuchte Stirn. Irgendwie roch er seltsam. »Bis in einer Stunde.« Sie sammelte die Akten vom Boden auf, spurtete zur Tür.

Aus der einen Stunde wurden anderthalb. Als sie zurückkam, war das Sofa leer. Auf dem gelben Satinstoff zeichnete sich dunkel sein Schweiß ab. Die Flasche und das Wasser standen auf dem Tisch. Sie vermutete ihn im Bett. Er war nicht da. Sie durchsuchte die Wohnung nach einer Notiz. Nichts. Sie rief in der Charité an. Auch in keinem anderen Krankenhaus der Stadt hatte Manfred an diesem Mittwoch, dem 28. Januar 1998, um Hilfe gebeten. Die Polizei konnte ebenso wenig weiterhelfen und an diesem Abend wollten sie auch keine Vermisstenanzeige aufnehmen. Es sei zu früh: »Verschwundene Ehemänner tauchen meistens nach ein paar Tagen wieder auf.«

Am nächsten Morgen entschloss sie sich, trotzdem ins Büro zu fahren, nachdem sie überall in der Wohnung Zettel ausgelegt hatte: Manfred, ruf mich an. Die Gespräche mit Gustav Behr junior und Konstantin konnte sie kaum aufmerksam verfolgen. Es ging um das neue Projekt in Port Lac. Manfred war gerade in Afrika gewesen. Aber das erwähnte sie nicht. Ebenso wenig sein Verschwinden. Das war ihr Privatleben. Trotzdem lag es gewissermaßen die ganze Zeit auf dem Tisch. In Form des Handys, das ihr nur diesen einen, den erlösenden Anruf übermitteln sollte. Manfred meldete sich nicht. Die Nachfragen bei Krankenhäusern, Polizei und Feuerwehr blieben wieder ergebnislos.

Die quälende Ungewissheit war erst zu Ende, als die beiden Polizisten abends um kurz nach 20 Uhr vor der Wohnungstür standen. »Ihr Mann ist heute Morgen in einem Hotel in London aufgefunden worden. Er ist tot. Über die Umstände können wir Ihnen nicht viel sagen. Die Polizei in London hat die Botschaft, die ...«

London? Wieso London? Sie hatte ihn doch selbst auf dem Sofa liegen sehen. Apathisch, hustend, kraftlos. Wie kam ein so geschwächter Mann von Berlin nach London? Wieso hatte er nicht gewartet, bis sie zurückgekehrt war, um mit ihm in die Charité zu fahren? Warum war er ausgerechnet nach London geflogen, um zu sterben?

Die beiden Männer, die ihr die Todesnachricht überbringen mussten, saßen auf Manfreds gelbem Satinsofa, das er mit geradezu kindlicher Freude ausgesucht hatte. Sein Sofa, das so viel von seinem Bedürfnis nach Wärme verriet. Nach Geborgenheit und Harmonie, die er in seinem Beruf nicht fand und zu Hause suchte. Und denen er dann doch entflohen war.

»Ist es nicht zu empfindlich?«, hatte sie damals eingewandt.

»Wir haben keine Kinder, keinen Hund, keine Katze. Warum

sollen wir uns nicht etwas Schönes, völlig Unvernünftiges in die Wohnung stellen?«

Wie aus weiter Entfernung drangen die Worte der Beamten zu ihr: »Sie müssen nach London fliegen, um Ihren Mann zu identifizieren.« Sie schoben ihr einen Zettel hin: ein Name, eine Telefonnummer.

»Tut uns wirklich Leid für Sie«, hatten sie zum Abschied gesagt.

Elena öffnete das Badezimmerfenster, der heiße Wasserdampf verwirbelte vor der kalten Nachtluft. Auf der Ablage vor dem Spiegel entdeckte sie einen hässlichen, kreisrunden schwarzen Rand. Dass sie daran rieb, war mehr ein Reflex. Der Abdruck von der Größe einer Bierflasche verschmierte. An ihren Fingern spürte sie einen öligen Film, sie roch daran. Es war ein Geruch wie nach Algen oder Fisch.

5

Diese kühl-arrogante Distanziertheit, mit der Brentwood das sagte! »Der Tote vom Prescott.« Der junge Kommissar näselte die englischen Worte, die Elenas Leben veränderten, herablassend zu dem älteren Mann im weißen Kittel und eilte vor Elena in den gefliesten Raum im Keller, der von kaltem Neonlicht erhellt wurde. Elena ärgerte sich über die Emotionslosigkeit dieses stoppelbärtigen Typen mit dem aufgeschwemmten Gesicht. Der Zorn verwehrte ihr den Zugang zu Trauer und Verzweiflung. Sie hatte das Gefühl sich selbst zuzusehen, wie sie eine Rolle spielte. Als wäre sie nicht betroffen vom Geschehen. Als hätte sie ihren Körper nur mal kurz ausgeliehen, um ihn hier eine Funktion ausüben zu lassen. Identifizierung einer Leiche. Ganz abstrakt.

Sie nahm ihre Umgebung kaum bewusst wahr. Der Kellerraum der Pathologie stammte wie das gesamte Polizeigebäude aus den 50er Jahren, die vergitterten Fenster befanden sich nah der Decke. Auf einem der beiden Tische lag unter einem Tuch eine halb bedeckte Leiche. Der Pathologe im weißen Kittel schien daran gearbeitet zu haben. Den Geruch nach Putz- und Sterilisierungsmitteln registrierte sie nicht.

Mit einem harten Ruck fuhr das zwei Meter lange weiße Schubfach aus der Wand, noch mehr eisige Luft drang in den kalten Kellerraum. Mit dieser inneren Abwesenheit, die ihr den nahen Schock von der Seele hielt, trat sie an die Bahre, eine flache Blechwanne. Der Pathologe griff mit hundertmal ausgeübter Bewegung nach dem weißen Tuch, das den Leichnam bedeckte. Sie schloss die Augen, Taubheit legte sich über sie, sog ihr die Kraft aus den Beinen.

Gott, warum hast du mich hierher geführt? Warum lässt du Glück so schäbig enden?

»Oh, Ihr Mann war Schwarzer. Stand das in der Akte?« Brentwoods Genuschel kam von ganz weit her.

Das Gesicht des Toten war entspannt, seine vollen Lippen bedeckte eine hauchdünne weiße Schicht. Er schien zu schlafen.

Elena trat einen Schritt zurück. »Das ist nicht Manfred.«

Gott hatte ein Einsehen, er ließ sie noch einmal davonkommen. Er hatte sie ins falsche Kino geschickt. Sie würde nach Hause fliegen und Manfred wäre schon da. Der Pathologe schlug das Tuch über den Schwarzen, sagte beiläufig: »Sorry. Wir hatten in der Nacht noch einen Toten im Prescott. Der Weiße liegt da drüben«, und ging geschäftig drei Fächer weiter. Mit der gleichen gefühllosen Routine flog das nächste Fach auf.

»Madam …?«

Langsam ging Elena die wenigen Schritte. Die Hoffnung hatte nicht über den Tod siegen dürfen. Aber wie friedlich der Tod aussah. Der Schwarze schlief entspannt. Vielleicht sähe Manfred dann …

»O mein Gott! Nein!«

Brentwoods Schrei lenkte Elenas Aufmerksamkeit auf sich. Der junge Polizist drehte sich weg, schwankte ein paar Schritte, beugte sich nach vorn, umklammerte seinen Bauch und erbrach sein Frühstückssandwich auf den grauen Boden. Instinktiv trat Elena einen halben Schritt auf den blonden Beamten zu. Da bemerkte sie, dass der Pathologe, ein weißhaariger, dicker Mann, das Leichenfach wieder zurückzuschieben versuchte. In seiner panischen Hektik erwischte er es im falschen Winkel; es verklemmte.

Erst jetzt begann Elena alles bewusst wahrzunehmen. Der nackte Körper Manfreds lag völlig abgedeckt auf der Bahre, er war übersät mit roten Kratzspuren. Die Hände, zu Fäusten geballt, hatten sich vor den Augenhöhlen verkrallt, der ganze Kopf war eine blutige Masse. Verzweifelt ruckelte der Pathologe an dem Leichenfach, ließ es offen stehen, eilte auf Elena zu und packte sie an den Schultern.

»Gehen Sie raus!«

Elena ließ sich aus dem Raum schubsen wie ein kleines Kind, das den Erwachsenen bei ihren wichtigen Geschäften vor den Füßen herumstolpert, vorbei an dem sich mühsam berappelnden Brentwood, der den Kopf über ein Waschbecken hielt.

Sie stand allein in dem niedrigen Kellergang aus Sichtbeton. Es war alles still dort unten, unwirklich still. Elena spürte, wie es tief aus ihrem Bauch hochstieg. Eine Hitze, ein Feuer, das am stärksten im Nacken und in den Schultern brannte.

Es war nur ein einziger langer Schritt, sie hatte die Klinke der Stahltür in der Hand. Mit einem Ruck wurde sie in den Raum hineingerissen, Brentwoods schattenhafte Gestalt huschte an ihr vorbei in den Kellergang. »Nein!«, stieß sie hervor und stürmte in den kalten Raum. Beide Leichenfächer standen offen, das mit dem unbekannten Schwarzen und jenes mit dem blutigen Manfred. Durch ein inneres Rauschen hörte sie die Stimme des Pathologen. Er stand in der Ecke, telefonierte. Elena rannte auf den Pathologen zu, der den Hörer sinken ließ.

»Retten Sie ihn! Mein Mann ist nicht tot! Sie haben sich geirrt!«

Die Worte sprudelten unüberlegt heraus. Der Pathologe rührte sich nicht, glotzte sie mit einer Mischung aus Verärgerung und Erstaunen an. Trotz seiner langen Berufserfahrung hatte er offenkundig noch nie eine derartige Situation erlebt. Elena packte den reglosen Arzt an den Schultern, schüttelte ihn wie eine garstige Strohpuppe, in die sie Leben bringen wollte. Sie drehte den Mann um 180 Grad und schob ihn zu Manfred. Der alte Pathologe ließ den Telefonhörer widerstandslos gegen die Wand krachen.

»Sind Sie Arzt oder nicht? Tun Sie doch was! Worauf warten Sie? Retten Sie ihn!«

Der Pathologe stand stumm vor Manfred, starrte auf den geschundenen Körper hinab. In Zeitlupe fasste er nach Manfreds blutigem Handgelenk, fühlte den Puls mit unglaublicher Überwindung. Elena sah jeder seiner Bewegungen genau zu. Sie hoffte, die bloße Berührung durch den Arzt könnte ihren Mann wieder zum Leben erwecken. Gleichzeitig spürte sie, wie das Feuer aus ihrem Nacken, den Schultern wich. Ein Frösteln überlief sie, erst ganz leicht, dann immer stärker.

»Hallo! Hallo! Doctor Longford! Stimmt was nicht?« Eine helle, englisch näselnde Frauenstimme machte sich aus dem baumelnden Hörer bemerkbar. Longford zog die Hand zurück, vermied es, Elena anzusehen, und ging scheinbar gefasst zum Telefon.

Unbewusst zog Elena mit zitternden Händen das weiße Laken, das Manfred zu einem Haufen am Ende der Bahre getreten hatte, über seinen zerkratzten Körper. Unglaublich mager kam er ihr vor, jede seiner Rippen zeichnete sich deutlich unter der Haut ab. Nein, er war kein muskulöser Mann gewesen. Wie denn auch? Er ging keinem Sport nach. Außer manchmal joggen. Und dennoch, es war Manfred. Der große Leberfleck an seiner linken Schulter, den er so hasste. Die dunklen, dichten Haare auf seiner Brust. Noch völlig in Gedanken merkte sie, dass dieser Körper keineswegs kalt war. Nicht so kalt jedenfalls, wie sie das bei einem Toten erwartet hätte, der obendrein in einem Kühlfach lag.

»Manfred …« Ihre Stimme zitterte, glich mehr einem Flüstern. »Manfred, hörst du mich?« Linkisch fuhr ihre kalte Hand über seinen dünnen, behaarten Unterarm. Das Bild vor ihren Augen begann zu verschwimmen, ohne dass Elena sich darüber klar wurde, dass es ihre eigenen Tränen waren, die ihr die Sicht nahmen.

6

Es blieb keine Zeit zu trauern. Nicht an diesem Ort, in Brentwoods kleinem Büro zwei Stockwerke über der Pathologie. Die Luft roch nach dem Staub alter Akten, dem kalten Rauch von verzweifelt gerauchten Zigaretten und Angstschweiß. Brentwood leerte den Inhalt einer eingerissenen Pappschachtel auf seinen Schreibtisch, der zwischen ihm und Elena stand. Brentwoods Kollegen hatten nicht viel bei Manfred gefunden. Geldbörse, Flugticket, zwei Kugelschreiber, einen Notizblock und die Rolex, die sie ihm zur Hochzeit geschenkt hatte, sowie ein schmales, schwarzes Diktiergerät. Brentwood öffnete die Geldbörse, breitete den Inhalt aus: Visa-Karte, Presseausweis, Personalausweis, Führerschein, deutsches Bargeld im Gesamtwert von rund 200 Mark.

»Ihr Mann hatte wohl nicht vor, lange in England zu bleiben«, lautete seine nahe liegende Schlussfolgerung. Er drehte den Presseausweis in den Händen. »Er wollte hier eine Reportage machen?« Brentwoods Worte klangen kalt, seine Stimme monoton.

Bevor Elena antworten konnte, steckte der alte Pathologe den Kopf zur Tür herein. »Brentwood, ich brauch' Sie mal.« Der Kommissar musterte Elena mit müden Augen. »Fassen Sie nichts an. Ich bin gleich zurück.« Er folgte Dr. Longford vor die Tür.

Bereits als Brentwood die schäbige Pappschachtel so lieblos vor ihr ausgeschüttet hatte, war Elena das kleine Tonbandgerät aufgefallen. Manfred hatte es selten benutzt; er hasste es, die Texte abtippen zu müssen. Lieber stenografierte er mit. Warum hatte er es ausgerechnet auf die letzte Reise seines Lebens mitgenommen? Ohne über irgendwelche Konsequenzen nachzudenken, griff sie blitzschnell nach dem Diktiergerät und ließ es in den Tiefen ihrer Umhängetasche verschwinden. Gerade als sie sich auf dem unbequemen Polizeistuhl wieder aufrecht hinsetzte, kam Brentwood bereits zurück.

»Okay, warum war Ihr Mann also hier?«, nahm er den Faden auf.

»Ich weiß es nicht«, antwortete sie ehrlich.

»Wann haben Sie Ihren Mann zuletzt gesehen?« Sie schilderte das kurze Wiedersehen. Ziemlich genau 48 Stunden waren seitdem vergangen. »Er war also krank«, sagte Brentwood, »das erklärt viel.«

Sie dachte, dass es allerdings nicht erklärte, wieso Manfred so grausam ersticken musste. »Er war nicht tot, als er hierher kam. Wie konnte es passieren, dass man ihn in einer ...«, sie suchte nach dem richtigen englischen Wort, fand es nicht, »solchen Kiste einsperrte?«

Brentwoods Gesicht verriet keine Gefühlsregung. »Die Obduktion ist bereits angeordnet. Das Ergebnis wird Ihnen mitgeteilt.«

War das alles, was dieser Mann ihr an Erklärung anzubieten hatte? Sie hatte sich vorgenommen, ruhig zu bleiben. Es musste sein. Sie wollte nicht mit dem Gefühl gehen, Manfred im Stich gelassen zu haben. »Wer hat meinen Mann gefunden? Wer hat ihn für tot erklärt?« Sie gab sich Mühe, ihre Stimme so freundlich wie möglich klingen zu lassen.

Brentwood sah in seine Akten, drei Blätter in einem vergilbten Schnellhefter. »Das Zimmermädchen. Der Hotelarzt wurde gerufen. Er stellte den Tod fest. Dann wurden wir benachrichtigt.« Brentwood sah Elena zum ersten Mal an. Obwohl der Polizist höchstens Mitte 30 war, wirkte er viel älter.

»Ich nehme an, es ist in solchen Fällen normal, dass die Polizei kommt«, sagte sie.

Brentwood nickte. Er wirkte nun weniger distanziert. »Die Kollegen fanden keinen Hinweis auf Fremdverschulden, Missis

Odermatt.« Brentwood schlug die Akte zu, schob sie wenige Zentimeter zur Seite. »Wir hätten ihn natürlich auf jeden Fall untersucht, bevor wir die Leiche freigegeben hätten.« Er legte die Hand auf einen kleinen Stapel Schnellhefter. »Hier liegen sieben ungeklärte Todesfälle. Jemand ist vor die U-Bahn gestürzt. Vielleicht Selbsttötung. Jemand ist in seiner eigenen Wohnung an Gas gestorben. Vielleicht Selbsttötung oder Unfall oder ein Kapitalverbrechen.« Fahrig griff Brentwood zu einer Schachtel Zigaretten. Er nahm keine heraus, spielte nur damit. Der Aschenbecher war jedoch voll. »All diese Fälle in den letzten 48 Stunden.« Er gab seiner Neigung nach und holte eine Zigarette heraus. »Das erklärt nichts. Ich weiß. Was passiert ist, tut mir Leid, Missis Odermatt.« Brentwood steckte die Zigarette an. Erst jetzt fiel ihm auf, dass er ihr eine anbieten könnte. Elena lehnte dankend ab. »Sie wissen wirklich nicht, woran er gearbeitet hat?«

Jetzt wäre der Zeitpunkt gewesen, zu antworten: Er war in Afrika, in Wagorunia. Er recherchierte über eine deutsche Firma, die dort ein Mittel gegen Aids herstellen wollte. Es war die große Chance, von der er immer geträumt hat, Herr Kommissar. Er wollte beweisen, dass er ein guter Reporter war.

Sie sagte es nicht. Schüttelte nur den Kopf. »Mein Mann war noch nie zuvor in London. Da bin ich mir absolut sicher.«

»Dann wird er hier auch niemanden gekannt haben?«

Elena hob die Schultern. War Manfred in Afrika auf eine Verbindung zu London gestoßen? Sie kannte das Lifevac-Projekt in- und auswendig. Mit London hatte das nichts zu tun. Warum sollte sie also von Afrika erzählen?

Brentwood deutete auf Manfreds spärliche Habe. »Er hatte keinen Koffer, nichts zum Umziehen. Es sieht so aus, als wäre er nur für einen ganz bestimmten Besuch nach London gekommen. Für ein paar Stunden.« Brentwood nahm das Ticket der British Airways in die Hand. »Der Rückflug ist nicht eingetragen. Außerdem hatte er erster Klasse gebucht.«

Elena beugte sich vor. »Wirklich?«, fragte sie. Es war das erste Mal, dass sie in diesem Gespräch eine spontane Reaktion zeigte. Denn die letzte Information überraschte sie in der Tat. Manfred war nicht der Typ, der erster Klasse flog. Es sei denn, es gab keinen anderen Platz. Und er hatte es zu eilig, um auf einen günstigeren Flug zu warten.

Brentwoods Augen wurden für Sekundenbruchteile schmal, wirkten plötzlich hellwach. »Kannten Sie Ihren Mann gut? Hatte er geheime Leidenschaften? Von denen Sie nichts wussten, Missis Odermatt? Wie lange waren Sie verheiratet?«

»Heute wären es ein Jahr und 30 Tage«, antwortete sie. Plötzlich war er da, der Kloß in ihrem Hals. Brentwood war im Begriff, den Panzer aufzubrechen, den sie sich schützend umgelegt hatte. Nein, Manfred hatte keine geheimen Leidenschaften! Wie konnte dieser Mann so etwas fragen!

Sie schluckte den Kloß hinunter, richtete sich wieder auf. »Sie irren sich, Kommissar«, sagte sie mit fester Stimme. »Mein Mann hatte seit Oktober letzten Jahres einen neuen Job. Er schrieb für eine der besten Zeitungen Deutschlands. Und er liebte diese Arbeit. Ich gebe zu, dass wir uns in den letzten Monaten deshalb wenig gesehen haben. Trotzdem wusste ich immer, wo mein Mann war. Er rief mich mehrmals am Tag an.«

Sie spürte plötzlich, dass sie log. Seit Anfang des Jahres wusste sie nicht mehr, was er machte. Seit dieser Lifevac-Sache.

»Diese Story ist genau der Hammer, den ich brauche, Liebes. Journalisten auf der ganzen Welt sind hinter einer solchen Geschichte her.« Während sie auf Brentwoods hartem Stuhl saß, hörte sie Manfreds Stimme, als spräche er in diesem Augenblick selbst zu ihr.

»Doctor Longford vermutet, dass Ihr Mann vergiftet wurde, Missis Odermatt.« Brentwood hatte einen Köder ausgelegt, das merkte sie deutlich. Wenn sie jetzt zu starkes Interesse zeigte, würde sie am Ende alles erzählen. Und selbst nichts erfahren.

»Gift? Wie kommt er darauf?«, fragte sie so kühl wie möglich.

»Er findet, die Leiche verströme einen seltsamen Geruch, den er sich nicht erklären kann.«

»Einen seltsamen Geruch?«, wiederholte sie. Das war ihr nicht aufgefallen.

Brentwood drückte die Zigarette aus. »Fisch, sagte er.«

»Mein Mann mochte keinen Fisch«, antwortete sie impulsiv.

»So? Naja. Die Obduktion wird Klarheit bringen.« Brentwood erhob sich. »Sie werden wahrscheinlich bald zurückfliegen wollen«, meinte er und setzte sich wieder. Er schlug die Akte erneut auf, las ihr ihre eigene Adresse vor: »Das stimmt so, Missis Odermatt?« Sie nickte. »Ich werde sicher noch einige Fragen haben. Das Einfachste ist, Sie geben mir Ihre Telefonnummer.«

Sie tat es. »Der Pathologe sprach von einem zweiten Mann, der im Hotel Prescott gestorben ist.«

Brentwood stand auf und reichte ihr die Hand. »Das braucht Sie nicht weiter zu interessieren. Da besteht kein Zusammenhang.«

Elena presste ihre große Umhängetasche entgegen ihrer sonstigen Gewohnheit vor den Bauch, als sie das Büro verließ. In der Tür drehte sie sich um. Der Kommissar sammelte Manfreds Habseligkeiten ein. »Wann erfahre ich das Ergebnis der Obduktion?«

»Das dauert immer vier bis sechs Wochen.«

Gift. Longfords Vermutung ließ sie nicht los. Wie kam der Pathologe von Fischgeruch auf Gift? Hatte Manfred in diesem Hotel vielleicht etwas gegessen, das vergiftet war? Unsinn, dachte sie, Manfred wirkte viel zu krank, um ausgerechnet etwas zu essen, das er überhaupt nicht mochte. Es sollte vier bis sechs Wochen dauern, bis sie erfahren könnte, woran Manfred gestorben war? Als sie das schmucklose Polizeigebäude verließ, war ihr klar, dass sie das Richtige getan hatte.

Vor der Polizeistation wartete ein schwarzes Taxi.

»Prescott-Hotel«, sagte sie im Einsteigen und holte bereits

Manfreds Diktiergerät aus ihrer Umhängetasche. Es lag tatsächlich eine Kassette darin. Sie wollte die Play-Taste drücken, als sie es bemerkte: Das Taxi parkte noch immer vor der Polizei. Irritiert sah sie hoch und blickte in die glänzenden, frech funkelnden Augen des schwarzen Fahrers, der seine Haare unter einer aus grün-, gelb- und rotfarbener Wolle gestrickten riesigen Mütze aufgetürmt hatte.

»Nun fahren Sie schon!«, sagte sie barsch.

»Sie wollen wirklich ins Prescott, Ma'am?«, fragte der Schwarze mit einem eigentümlichen Slang. Seine kräftigen Zähne leuchteten gelblich. »Ist kein Platz für eine Lady.«

Sie wollte ihn zurechtweisen, dass ihn das einen Mist angehe. Doch sie zügelte ihre Ungeduld. Manfred war immerhin in diesem Hotel gestorben. Also fragte sie nur mäßig gereizt: »Was ist verkehrt am Prescott?«

»Liegt direkt an der Victoria-Station. Bahnhofsgegend. Schlechte Gesellschaft, Ma'am. Eine Lady wie Sie sollte nach Mayfair.«

»Danke«, erwiderte sie, »ich möchte aber ausgerechnet ins Prescott. Ist das ein Problem für Sie?«

»Kein Problem, Ma'am.« Der Rasta-Mann ließ sein Lächeln verschwinden, drehte sich um und gab Gas. Um sofort abrupt zu bremsen, mit einem lauten Fluchen: »*Bloody asshole*, hast du keine Augen im Kopf!« Der Mann, der vor die Motorhaube des Taxis gelaufen war, knickte vornüber, schlug mit dem Gesicht auf das Blech und rutschte langsam zur Seite. Wie eine Puppe, die der Willkür eines spielenden Kindes ausgesetzt ist. Der Taxifahrer zögerte einen Augenblick, was zu tun sei. Er entschied sich auszusteigen, während er eine Kette wüster Beschimpfungen vor sich hinschrie. Elena nahm ihre Tasche und ging nach vorn, um nachzusehen. Als sie, vielleicht fünf Sekunden später, neben der Front des Taxis stand, erhob sich der Mann unglaublich langsam vom feuchten Asphalt. Er hatte einen weißen Kittel an, fast den gleichen wie der alte Pathologe im Keller.

»Ey, Mann, mach langsam, du bist verletzt«, sagte der Rasta-Mann gedehnt.

Aus einer breiten Platzwunde an der Stirn des Unfallopfers trat Blut hervor, das ihm in einem dünnen Rinnsal über das schwarze Gesicht lief. Aber nicht deswegen starrte Elena den Mann an. Er kam ihr bekannt vor. Sie hatte ihn an diesem Tag schon einmal gesehen. Bevor sie sich rühren konnte, drehte sich der Mann weg, der Fahrbahn zu.

Ein Schock, Verletzte reagieren selten logisch ...

Langsam schritt er über die Fahrbahn. Elena stürmte los, um den Mann zurückzuhalten. »Halt, da kommt ein ...!« Im selben Augenblick erfasste ein Lastwagen den Mann im weißen Kittel, hob den Körper hoch, stieß ihn von sich. Ein zweites Auto packte den Schwarzen, schleuderte ihn vor einen dritten Wagen. Elena hörte das grelle Kreischen der Bremsen, das hohle Geräusch von aufeinander prallendem Blech. Dann herrschte für einen kurzen Moment lähmende Stille.

Elena überquerte die stadteinwärts führende Doppelfahrbahn, rannte über den trennenden Bordstein auf die Gegenspur, auf der sich die Autos unter wütendem Hupen zu stauen begannen. Der Mann im weißen Kittel lag auf dem Rücken, die Beine in völlig verdrehtem Winkel zum Oberkörper. Elena sah in das Gesicht dieses Mannes. Diesmal schien er nicht friedlich zu schlafen. Seine Augen waren weit aufgerissen, starrten blicklos in den grauen Himmel.

Wir hatten in der Nacht noch einen Toten im Prescott ... Diesmal war der Mann wirklich tot. Von drei Autos überfahren.

»Dem können Sie nicht mehr helfen, Ma'am«, hörte sie die Stimme des Rasta-Manns. Durch das Rauschen in ihren Ohren drang das auf- und abschwellende Geheul von Signalhörnern. Sie drehte sich ab und setzte die Füße voreinander, mechanisch, wie aufgezogen. Zuerst langsam, dann schneller, schließlich presste sie die Tasche vor ihren Bauch und rannte los. So schnell wie noch nie in ihrem Leben. Sie rannte, als würde der Mann im weißen Kittel wieder aufstehen, hinter ihr herlaufen, sie festhalten wollen und mitnehmen. Sie rannte, bis sie spürte, wie ihre Lungen brannten und ihr Herz raste. Sie hielt sich an einem Laternenpfahl fest, während sie nach Atem japste. »Kann ich Ihnen helfen?«, fragte der Streifenpolizist.

Sie glotzte den Uniformierten an. »Es ist nicht wahr, oder? Das kann nicht wahr sein?« Dann rannte sie wieder los. Irgendwann ging sie durch Straßen mit backsteinroten Häusern, vor denen viel zu dünn gekleidete Kinder spielten und Frauen schwatzten, die sich die Mäntel vor der Brust zuhielten.

Konnte es sein, dass ein Mann lebend die Pathologie verließ, den sie Stunden vorher als Toten gesehen hatte? Dass derselbe Mann wie ein Schlafwandler auf die Straße trat, um dann doch noch totgefahren zu werden? Nein, das konnte nicht jener Schwarze gewesen sein, der in der gleichen Nacht im Hotel Prescott gestorben war. Nein, es war unmöglich, dass ein Arzt sich zweimal irrte! Dass er zwei Lebende für tot erklärte. Nein, dies war London im Januar 1998. Sie musste sich irren.

7

In der weiten Lobby des Prescott standen dunkelgrüne, leicht verstaubte Plüschsessel, das Messing der Türbeschläge wirkte abgegriffen, von den üppigen Kristallleuchtern waren nur wenige eingeschaltet. An der Rezeption wartete ein Mann in Hoteluniform. Elenas mit Regen vollgesogene Slipper schmatzten auf dem abgetretenen roten Teppich. Sie mied den alten Fahrstuhl und ging die majestätische Treppe nach oben. Der lange, enge Flur lag im milden Dämmerlicht kleiner Lämpchen. Irgendwo in diesem Haus war Manfred gestorben. Hatte die Polizei das Zimmer versiegelt? Und was war mit dem anderen Gast? Sie wusste nichts, gestand sie sich ein. Aber in einem Hotel wird viel getuschelt. Sie musste nur Augen und Ohren offen halten.

Das Zimmer war zwar nicht klein, wirkte aber schäbig durch eine nachträglich eingebaute Dusch-WC-Kombination, deren matter Kunststoff sich gelblich verfärbte. Sie legte ihre Tasche auf einen Tisch, holte Manfreds etwa zigarettenschachtelgroßes Diktiergerät hervor und zog sich einen Stuhl an den Tisch. Der kleine Kasten in ihrer Hand wurde undeutlich. Manfreds Gesicht tauchte vor ihr auf, es war blutig. Sie schluckte trocken, das Schlucken schmerzte in der Kehle. Mit Daumen und Zeigefinger wischte sie sich den Schleier aus den Augen.

Das 60-Minuten-Band lag aufgerollt auf der linken Spule. Jemand hatte es zurücklaufen lassen. Oder es war leer.

Gib mir Antworten, Manfred. Bitte! Sie drückte die Play-Taste.

Die Stimme, die aus dem Minilautsprecher drang, klang rau, dehnte die Vokale, verschluckte einige Silben. Sie erinnerte dennoch an Manfred, zweifellos. »Montag, 26. Januar 1998«, begann diese Stimme, »23.40 Uhr, Berlin. Kann nicht mehr schreiben, sehe alles verschwommen. Setze Tagebuch auf Diktaphon fort. Bin in Frankfurt nach Lausanne umgestiegen. Völlig fertig, kann weder essen noch trinken, schlafe dauernd ein, obwohl mein Kopf ganz klar ist. Habe wohl hohes Fieber, zittere wie bei Grippe. Muskelschmerzen. Fühle mich, als würde ich in einen Tunnel aus Nebel blicken, liegt wohl am Blutdruck? Stucker hatte mich in Lausanne erwartet, Funkes Professor hatte ihn benachrichtigt, habe Fellsäckchen abgegeben. Analyse wird dauern. Falls Stucker mir das Ergebnis nicht mehr sagen kann, wird er es an Funkes Professor melden. Endlich nach Berlin. Elena ist nicht da. Nur ihre Nachricht, dass sie Mittwoch aus Oslo zurückkommt. Werde morgen ins Krankenhaus gehen.«

Eine Pause entstand, es rauschte. Eine Ewigkeit, wie es Elena schien. Dann meldete sich die raue Stimme wieder, aber sie sprach noch langsamer. Teilweise so langsam, dass Elena auf die sich drehenden Spulen starrte, um sich zu vergewissern, dass das Band rundlief.

»Dienstag, 27. Januar 1998«, fuhr Manfred in seinem Audio-Tagebuch fort, »mittags. Schlafe und träume immer denselben Traum. Symptome unverändert. Reibe mich mit Omos Zeug ein. Bezweifle, dass es hilft. Habe zwar die Kiste im Garten vergraben, aber keine Kraft, um noch ins Krankenhaus zu fahren. Bin so müde.«

Es folgte nur Rauschen, dann hörte sie wieder Manfreds Stimme, sie klang jetzt völlig kraftlos, die Pausen zwischen den Worten dehnten sich endlos.

»Mittwoch, 28. Januar 1998, Viertel vor elf. Symptome unverändert. Ich glaube, Elena war kurz da. Dann rief endlich Jinka an. Er sagt, er bekommt heute noch das Gegengift. Ich soll zuerst Omos Zeug trinken, dann sofort zu ihm kommen. Musste mich übergeben, schmeckt widerlich. Aber Jinka hat Recht, fühle mich besser. Die bleierne Müdigkeit weicht.«

Wieder kurzes Rauschen, dann ein mattes Stöhnen, Manfreds erschöpftes Protokoll, im Hintergrund undeutliches Gemurmel:

»Gegen 15 Uhr, in London, Prescott Hotel. Jinka hat mich erwartet. Geht ihm ähnlich beschissen, aber er hat nicht so viel abgekriegt wie ich. Er sagt, wir sind dem Bund in die Quere gekommen. Ist egal, will nur noch überleben. Der *babalawo* bereitet die *holy medicine* schon zu. Aber das dauert noch Stunden. Zerstampft Samenhülsen und Blätter, kocht es auf.«

Manfreds Stimme brach ab, undeutlich hörte Elena Wörter, die sie weder dem Englischen noch dem Deutschen zuordnen konnte. Endlich wieder Manfred, dem das Sprechen unendliche Anstrengung bereitete: »Jetzt fast 19 Uhr. Jinka und ich werden die *holy medicine* gleich rauchen ... Wasserpfeife. Alles ist so weit weg. Jinka hat gebetet. Er weiß nicht, ob die *holy medicine* wirkt. Also ich will ...« Manfred brach ab, schließlich sagte er: »Elena, hörst du mich?«

Er sprach sie an! Als wüsste er alles! Sie starrte ungläubig auf das kleine schwarze Gerät. Er schien seine ganze Kraft zusammenzunehmen, um sprechen zu können. »Ich liebe dich für immer. Es tut mir alles so Leid. Ich will nicht sterben. Auch wenn Omo sagt, der Tod sei nicht das Ende. Wenn er Recht hat, sehen wir uns irgendwann wieder. Unsere Seelen zumindest, Liebes. Wer weiß das schon. Drück mir die Daumen, dass ich's schaff'.«

Wieder Rauschen, dann erneut Manfreds heiseres Krächzen: »Krämpfe ... Zittern ... soll schlafen ... *what time* ...«

Undeutlich vernahm sie die Antwort: »... *past eight.*« Manfreds Stimme ging in ein Keuchen über, das zu einem würgenden Husten wurde und schließlich in japsendem Stöhnen erstarb, dem ein Poltern folgte. Eine tiefe, männliche Stimme, die hartes Englisch sprach, war undeutlich zu hören. Elena drehte den Lautstärkeregler bis zum Anschlag, hielt sich den kleinen Lautsprecher direkt ans Ohr. »Bleib, ich komme gleich wieder. Alles wird gut ...«, lauteten die Worte, die sie dem unbekannten Jinka zuordnete. Elena lauschte angestrengt, bis sich das Band automatisch abschaltete.

Sie starrte das kleine schwarze Gerät an. Präzise hatte es Manfreds letzte Minuten protokolliert. Aber keinen Mord dokumentiert. Mörder beten nicht mit dem Opfer, trösten nicht. Oder doch? Sie schüttelte entschlossen den Kopf. Mörder rauchen nicht gemeinsam mit ihrem Opfer die Wasserpfeife eines *babalawo*, seine heilige Medizin. Der *babalawo* – war das ein Arzt mit Wasserpfeife? Im Hotelzimmer?

Sie fror, zitterte. Die nasse Kleidung klebte auf der Haut. Sie kümmerte sich nicht darum. In ihrer Tasche fand sie einen Kugelschreiber mit dem Aufdruck von Syderstatt & Wenzel. Alles war nass. Sie nahm den Zettel der Minibar. Was wusste sie? Kurz nach 20 Uhr waren der Unbekannte namens Jinka und der *babalawo* in Manfreds Zimmer gewesen.

Sie schrieb auf den Zettel: Jinka. War das ein russischer Name? So wie Joschka oder Jascha? Aber der Mann sprach ein seltsames Englisch. Russen reden anders. Oder nicht? Darunter schrieb sie: *babalawo*. Das Band startete von vorn. Schließlich hatte Elena Namen, Orte und Gegenstände auf dem Minibarzettel aufgelistet. Und konnte mit keinem davon etwas anfangen. Es war sinnlos.

Jinka. Da musste sie ansetzen. Vielleicht erinnerte sich jemand an ihn, vielleicht der Portier.

8

An der Rezeption versuchte sie es mit einem Trick. »Hier wohnt ein Bekannter von mir. Sein Vorname lautet Jinka. Wie ist seine Zimmernummer?« Der Portier nahm die bereitliegenden 20 Pfund, tippte wortlos den Namen in seinen Computer. Er schüttelte den Kopf und sah sie kritisch an. »Afrikaner?«

»Ja«, sagte Elena ganz langsam. »Afrika. Natürlich.«

»Das hätten Sie gleich erwähnen sollen. Yinka schreibt man mit Ypsilon.« Er versuchte es erneut. »Nein. Wohnt hier nicht.«

»Manfred Kroll. Geben Sie den Namen ein. Welche Zimmernummer?«

Der Mann am Computer kratzte sich nachdenklich am Kopf. Sie legte weitere 20 Pfund vor ihn hin. Der Mann tippte. Sein Gesicht hellte sich auf. »Den hatten wir. Aber er ist ausgezogen. Gestern.«

»Welches Zimmer?«

»6014«, kam die Antwort. Der Mann steckte die 20 Pfund ein.

»Kann ich in sein Zimmer? Und mit dem Zimmermädchen sprechen, das ihn gefunden hat?«

»Warum?«

»Er war mein Mann. Bitte. Es ist sehr wichtig für mich.«

Der Portier hatte verstanden. »Eine traurige Geschichte, Madam.« Er drehte sich um, angelte den Schlüssel mit dem altmodischen, schweren Anhänger vom Bord. »Sie heißt Mary. Ich werde sie in 6014 schicken.«

Wenn du etwas nicht findest, heißt das nicht, dass es nicht da ist, Elena.

Einen halben Tag lang hatte ihr Vater sie nach dem Reithelm suchen lassen. Bis sie ihn im Kofferraum von seinem Mercedes gefunden hatte. In der Zwischenzeit war die Reitstunde längst vorbei.

Ich wusste, dass er dort war, Elena. Lerne Ordnung in dein Leben zu bringen.

Ja, Vater.

Was hatte sie ihn an diesem Tag dafür gehasst! Aber während sie alle Schubladen und den Schrank in Zimmer 6014 durchwühlte, das Bett auseinander nahm, auf dem Bauch lag und unters Bett sah, weil sie etwas suchte, von dem sie nicht wusste, was es sein könnte, musste sie an diese Begebenheit denken. Nie wieder hatte sie ihren Vater gefragt. Sondern gesucht. Gesucht, bis sie gefunden hatte. Doch in diesem Zimmer gab es nichts zu finden. Nichts deutete darauf hin, dass Manfred in diesem Raum gestorben war.

Sie erhob sich gerade und zupfte zahllose Flusen ab, die wie angeklebt an ihrem nassen Mantel hingen, als sie feststellte, dass das Zimmermädchen bereits neben dem Bett stand. Das flächige, blasse Gesicht des »Mädchens«, das eine Frau von jenseits der 40 war, verriet trotzdem keine Regung. Sie roch nach Schweiß.

»Was gibt's?«

»Sie haben meinen Mann gefunden?« Elena erwartete keinen Smalltalk, griff in die Tasche und zückte eine 20-Pfund-Note.

»Er lag im Bett«, entgegnete das Zimmermädchen. »Sie sind seine Frau? Tut mir Leid für Sie.«

Elena gab ihr die 20 Pfund. »Danke, Miss. Sie sind Mary, nicht wahr?«

»*Yes*, Madam. Ich wollte die Betten machen. Ihr Mann öffnete nicht. Also dachte ich, das Zimmer is' leer. Und dann fand ich ihn. Dachte erst, er schläft. War ja ordentlich zugedeckt. Aber dann sah ich, dass seine Lippen blau waren. Ich hab' ihn angesprochen. ›Mister‹, hab' ich gesagt, ›sind Sie okay?‹ Großer Gott, ich hab' noch nie einen Toten gefunden.«

»Machen Sie hier alles allein?« Als Mary nickte, fuhr Elena

fort: »Ganz schön viele Zimmer, was? Wann fangen Sie denn da an?«

»Um sieben, Madam. Ich schaff es trotzdem kaum.«

»Haben Sie jemanden gesehen, der aus diesem Zimmer kam?«

Mary dachte einen Moment nach. »Nee, glaub ich nich'. Nee, da kam keiner raus.«

»Wie sah es denn hier drin aus?«

»Wie soll es ausgesehen haben? Normal, denk ich.«

»Hat es gestunken? So, als ob was verbrannt worden wäre? Oder jemand geraucht hat?«

»Nee, das Fenster stand ja offen. Wahnsinnig kalt war's.«

»Mary, wann haben Sie hier aufgeräumt?«

»Als die Polizei gegangen war. Die haben gesagt, hier wär nix. Ich soll aufräumen.«

»Haben Sie etwas weggeworfen?«

»Weggeworfen? Ich hab' nichts mitgenommen, wenn Sie das meinen.«

»Nein, nein, Mary, entschuldigen Sie. Mein Mann hat in der Nacht vor seinem Tod Besuch gehabt. Zwei Männer, Afrikaner wahrscheinlich. Haben die irgendwas zurückgelassen?«

»Nein, Madam, da war nichts.«

»Der Kassettenrekorder? Wo lag der?«

»Was meinen Sie?«

»So ein kleines Diktiergerät. Es muss neben meinem Mann gelegen haben.«

»Weiß ich nicht. Ich war nicht lange hier drin. Ich hab' gesehen, dass der Mann nicht okay war, und unten Bescheid gesagt. Das ist alles, was ich weiß.« Mary zuckte die Schultern und ging.

Elenas Blick fiel auf die hässliche Dusch-WC-Kombination, die gleiche wie in ihrem Zimmer. Sie öffnete die Tür. In der fensterlosen Sanitärzelle stank es nach abgestandener Feuchtigkeit. Der Papierkorb im Bad war leer, eine dünne Plastiktüte hineingestülpt. Indem sie sich bückte, merkte sie, dass vom gefliesten

Boden ein seltsamer Geruch ausging, der ihr irgendwie bekannt vorkam. Sie wischte mit dem Finger darüber, spürte die leicht ölige Konsistenz des Schmierfilms.

Elena hastete den Flur entlang. »Mary!«

»*Yes*, Madam?« Die Frau stand vor einer Abstellkammer voller Putzmittel und Bettwäsche.

»Im Bad«, keuchte Elena aufgeregt, »hat da eine Flasche gestanden? Oder lag eine am Boden?«

»Sie war wie festgeklebt auf dem Waschbecken. Hatte wohl einige Zeit dort gestanden. Sie ist mir runtergefallen.«

»Wie sah die aus?«

»So'n Ding von früher. Wie 'ne Bierflasche mit Henkel.«

»Scheiße!«, entfuhr es Elena auf Deutsch. Genau danach hatte sie gesucht. Der Abdruck auf der Ablage vor ihrem eigenen Badezimmerspiegel! In dieser Flasche musste es gewesen sein – *Omos Zeug*. Manfred hatte es getrunken. Das *Gift*, das der Pathologe gerochen hatte. Diese Flasche hätte sie in ein Labor in Berlin bringen können, vielleicht erfahren, was es war. Eine Hoffnung – eine Sackgasse. Sie hatte gefunden, wonach sie suchte. Aber den Geruch an ihren Händen konnte sie schlecht in einem Labor analysieren lassen. Sie rieb die Finger aneinander. Da spürte sie den Splitter. Ein winziges Stückchen Glas, fein wie ein Haar.

Mary war schon wieder in ihrer Kammer verschwunden. Sie trat an die geöffnete Tür, hinter der das Zimmermädchen in einer Inventarliste Fehlbestände eintrug.

»Was haben Sie mit den Scherben gemacht, Mary?«

Eine Stunde später war Elena wenigstens mit ihrem Spürsinn zufrieden: Aus dem Hotelmüll im Keller hatte sie zwei schwarze, stinkende Scherben gefischt und in einen von Marys grünen Putzhandschuhen gewickelt. Sie hatte nicht die leiseste Idee, wie ihr diese Bruchstücke weiterhelfen sollten.

An der Rezeption stand inzwischen ein Mann mit grau meliertem Haar, das er straff nach hinten gekämmt hatte. Ben hatte in der Nacht von Mittwoch auf Donnerstag Nachtschicht gehabt. Die hotelinterne Kommunikation funktionierte wie erwartet. »Mein Beileid«, sagte Ben.

»Vergangene Nacht ist hier ein zweiter Mann gestorben, Ben, ein Schwarzer. Wer hat den gefunden? Und wo?«

»Das war ich, Madam. Der Mann saß da hinten in der Halle.« Der Portier zeigte auf die Polstersessel am anderen Ende. Elena sah von den meisten nur die hohen Rückenlehnen.

»Wann war das?«

»Wird wohl sieben gewesen sein. Der war die ganze Nacht da. Ich hab' ihn gelassen. Er hatte ja bezahlt.«

»Wie bitte?«

»Zimmer 6014. Weiß ich genau. Ich hab's nämlich mit Zahlen. Ich hatte gerade meinen Dienst angefangen. Da kam er. Er hat gesagt, er will um einen Tag verlängern. Dann hat er sich da hinten hingesetzt. Ich dachte, der wartet auf jemanden.«

»Hat er seinen Namen genannt?«

Ben schüttelte den Kopf mit herabgezogenen Mundwinkeln. »Nur die Nummer vom Zimmer.«

»Wie alt war dieser Mann, etwa?«

»30?«

Das deckte sich mit dem Alter des Mannes aus der Pathologie, der vor ihren Augen ein zweites Mal gestorben war. Das musste Yinka gewesen sein.

»Sah dieser Schwarze irgendwie seltsam aus? Wie unter Drogen, zum Beispiel.«

»Nachdem ich ihn gefunden hatte, fragte ich mich das auch. Er bewegte sich unendlich langsam. Vielleicht war er wirklich ...« Ben hob die Hände zu einer hilflosen Geste. »Was weiß ich, was es alles für Zeugs gibt.«

»Warum sind Sie erst um sieben zu ihm?«, fragte Elena weiter.

»Ich muss morgens aufräumen. Aschenbecher, Gläser und so. Der Schwarze hing vornüber im Sessel. Ich habe ihn angestubst und er kippte nach vorn auf den Tisch. Also zog ich ihn hoch, aber der war ganz schlaff. Da habe ich dann den Doktor gerufen.«

»Warum haben Sie den Doktor gerufen? Und nicht die Ambulanz.«

»Vorschrift. Wegen des Rufs.«

»Was für ein Ruf?«

»Na, das Hotel. Macht sich nich' gut, wenn da die Ambulanz oder die Polizei vorfährt.«

Sie ersparte Ben die Frage, was es da an Ruf noch zu verlieren gebe. »Wie heißt der Doktor?«

»Also Madam ...«

»Okay, okay«, sagte Elena und legte einen 50-Pfund-Schein vor Ben. Es war ihr letzter. Die Regeln konnte man nun mal nicht mehr ändern, wenn das Spiel bereits lief.

»Jim Morrison.« Elena sah ihn mit einem spöttischen Blick an. »Der heißt wirklich so. Wie der Sänger von den Doors. Aber Doktor Jim hat im Gegensatz zu dem Sänger den Absprung ins Jenseits verpasst. Dabei übt er jeden Tag fleißig dafür.«

»Bitte, Ben, das verstehe ich nicht.«

»Der Doktor säuft. Darum kriegt er auch keine Patienten. Aber wenn wir ihn rufen, kommt er sofort. Er wohnt gleich um die Ecke.«

»Wird er denn oft gerufen?«

»Es geht. Meistens, weil einer auf'm Klo liegt. Drogen, Sie wissen schon. Dem gibt der Doktor dann irgendeine Spritze. Was für'n Kreislauf. Das übernimmt das Hotel. Besser als wenn die Polizei den wegschafft. Gibt nur Ärger.«

»Der Doktor kam also. Und was passierte dann?«

»Der Doktor hat gesagt: ›Wieder so'n Drogenfreak‹ und hat an dem Schwarzen gehorcht und so. Und ihm dann die Spritze gegeben. Wie er das immer macht. Dann hat er noch gewartet; ich hab' dem Doktor 'nen Drink geholt. Danach hat er ihn sich noch mal angesehen und den Kopf geschüttelt. Na ja, und dann haben Doktor Jim und ich den Schwarzen in seinem Sessel aus der Lobby gerollt. Der musste da ja weg, bevor Gäste kamen.« *Schlechte Gesellschaft*, hatte der Rasta-Mann gesagt. Aber selbst in dieser Gesellschaft wurde noch auf die Gäste Rücksicht genommen. Zumindest ersparte man ihnen den Anblick von Leichen.

»Haben Sie das denn nicht der Polizei erzählt?« Kommissar Brentwood hatte jeden Zusammenhang zwischen den beiden Todesfällen von sich gewiesen!

Ben bedachte sie mit einem langen Blick. »Die haben nich' gefragt, Madam. Und wer mich nicht fragt, dem sag' ich auch nichts.«

9

Elena fand den Doktor unter der Adresse, die Ben ihr genannt hatte. Sie musste lange an der Praxisglocke läuten und hatte genug Zeit, sich Doktor Jim als verhutzelten, nach Alkohol stinkenden alten Mann vorzustellen. Der hagere Ein-Meter-80-Mann mit der Adlernase, der schließlich öffnete, widersprach diesem Klischee heftig.

»Sind Sie krank?«, fragte Morrison unwirsch.

»Ähm, nein.«

»Ach so. Wieso kommen Sie so spät? Wie heißen Sie?«

»Odermatt«, entgegnete sie verblüfft.

»Schweiz? Oder Deutschland?«

»Ich komme aus Deutschland.«

»Wo ist Ihr Koffer?«

»Welcher Koffer?«

»Na, Ihre Proben.«

Endlich hatte sie es kapiert. Er hielt sie für eine Pharmareferentin. »Darf ich bitte reinkommen?« Sie stand auf einem höchstens vier Quadratmeter großen Treppenhausflur im zweiten Stock, in dem es durchdringend nach Urin stank.

»Nein. Wenn Sie keine Proben haben, brauchen Sie nicht reinkommen.«

»Doktor Morrison, Sie haben meinen Mann gestern Morgen im Prescott untersucht und den Totenschein ausgestellt.«

»Der Schwarze oder der Weiße?«

»Der Weiße von 6014«, antwortete sie gefasst.

»Was weiß ich, welche Nummer. Und?« Sie standen weiterhin vor der Praxistür, gegen die Morrison nervös mit den Fingerkuppen trommelte.

»Ist Ihnen etwas an meinem Mann aufgefallen?«

»Ja, er war tot.«

»Sahen Sie das sofort? Ich meine, hatten Sie keinen Zweifel?«

»Jetzt langt's«, sagte der dürre Arzt und wollte die Tür schließen.

Das Geld war längst alle. Sie hatte angenommen, mit einem Arzt könnte sie vernünftig reden. Ohne ihn bestechen zu müssen. Sie trat ganz dicht an den Mann heran, der sie um einige Zentimeter überragte: »Wie sah der Weiße aus, zu dem Sie gerufen wurden?«

»Er war wahnsinnig blass, seine Lippen blau. Ich fühlte seinen Puls, sah ihm in die Augen. Er war tot.« Das letzte Wort betonte Morrison lautstark.

»Sie kamen vormittags um elf, richtig? Wie lange war mein Mann da schon tot?«

Morrisons leicht glasiger Blick schien durch sie hindurchzugehen. »Miss, Sie sind nicht von der Polizei.« Sein Alkoholatem wehte ihr ins Gesicht.

In diesem Augenblick spürte sie ihre Ohnmacht, die sich wie ein großes Loch in ihrem Magen ausbreitete. Sie schloss die Augen, versuchte sich zu beruhigen. Es ging nicht. Statt dessen fühlte sie erneut diese Hitze in ihrem Nacken. Wieder wollte man sie wegschicken. Als hätte ausgerechnet sie kein Recht, sich nach Manfred zu erkundigen. Sie packte den dünnen Arzt hart am Ärmel seines fusseligen blauen Pullovers. »Wie lang war er schon tot?«, fragte sie ganz langsam.

Morrison schien mit dieser Attacke der jungen Frau nicht gerechnet zu haben. Zuerst versuchte er, Elena mit einer ganz leichten Bewegung abzuschütteln. Sie fasste härter zu, fühlte den knochigen Arm des alten Mannes. »Nicht lang. Zwei Stunden, mehr nicht«, antwortete er endlich.

»Das kann nicht sein! Denken Sie nach!«

»Er war ja nicht mal kalt!« Morrison stieß die Worte hervor.

»Dann wäre er also etwa um neun gestorben. Und der Schwarze, dem haben Sie noch eine Spritze gegeben. War der nicht so tot wie mein Mann?« Die unfreiwillige Komik ihrer Worte bemerkte sie in ihrer Erregung nicht.

»Was geht Sie das an!«, brummte der Arzt. Er stieß ihre Hand weg.

»Was haben Sie dem Schwarzen gespritzt?«

»Kreislaufmittel …«, sagte der Arzt vage.

»Sie reden Unsinn, Mr. Morrison. Beide Männer waren nicht tot!«, schrie sie.

Morrison stutzte: »Wieso nicht?«

»Das will ich von Ihnen wissen, Mr. Morrison! Aber Ihnen ist egal, wann und woran irgendwer krepiert! Sie sind enttäuscht, verbittert oder was weiß ich. Aber das reicht Ihnen ja. Doch mir geht es nicht um irgendwen, sondern um meinen Mann. Ich will wissen, warum er sterben musste!«

Es war sinnlos. Sie trat einen Schritt zurück. Morrison schien das als Zeichen zu verstehen, dass sie ihn nun wieder in Ruhe ließe. Sie wusste nicht weiter, rechnete damit, dass er ihr die Tür vor der Nase zuknallte. Stattdessen drehte der Mann sich um, schlurfte in seine Praxis und sagte über die Schulter: »Kommen Sie rein, aber machen Sie die Tür zu.«

Elena folgte ihm den schmalen Gang entlang. Es gingen höchstens fünf Türen davon ab. Morrison verschwand in der ersten, vorne links. Er hatte im Sprechzimmer hinter einem dunkel gebeizten Schreibtisch Platz genommen, vor dem ein weiterer Stuhl stand, bedeckt mit Zeitschriften. Auf dem Tisch befand sich ein halbvolles Glas mit klarer Flüssigkeit – nach Morrisons Atem zu schließen gewiss kein Wasser. Sie hatte ihn offensichtlich gestört. Der Doktor hatte ein Schachbrett aufgebaut. Mit einer fahrigen Handbewegung wischte er die letzten Figuren zur Seite.

Er musterte Elena mit einem Blick, als würde er sie schon lange kennen. »Wissen Sie, wo die Yorkshire Dales sind?« Sie war zu verblüfft über Morrisons abrupten Stimmungswechsel, um antworten zu können. »Waren Sie mal in Ingleton? Mittelengland. Es ist schön da«, Morrison trank einen Schluck und deutete mit dem noch ein Viertel gefüllten Glas hinter Elena, »das Bild da drüben. Von dort stamme ich. Finden Sie nicht, es sieht ein bisschen aus wie bei Ihnen im Schwarzwald?«

Elena sah über der schwarzen Kunstlederliege neben einem mit Stoff bespannten Paravent das angegilbte, an den eingerissenen Kanten umgeknickte Poster eines Wasserfalls.

»Sie waren doch mal im Schwarzwald?«

»Nein.«

»Sie sollten hinfahren.« Er leerte das Glas. »Woher stammen Sie? Nicht, wo Sie leben. Sie leben bestimmt in einer Großstadt. Sie sind so hart. Frankfurt?«

»Berlin. Aber ich bin in Paderborn aufgewachsen«, antwortete sie.

»Paderborn. Kenne ich sogar. Ich war vor 30 Jahren in der Nähe beim Militär. Westfalen. Gefällt mir nicht. Aber euer Schwarzwald ist schön.«

Elena hatte das Gefühl, sich kratzen zu müssen. Als verursachte Morrisons verfilzter Pullover dies Jucken auf ihrer Haut. »Was wollen Sie mir sagen, Mr. Morrison?«

»Setzen Sie sich doch.« Sie blickte auf die ungelesenen Zeitschriften auf dem Stuhl. »Schmeißen Sie's runter. Steht sowieso nur Unsinn drin.« Es waren medizinische Fachblätter. Elena hob die Journale vorsichtig hoch und deponierte sie auf Morrisons Schachbrett.

»*Riders on the storm … and after all alone.* Wir reiten die Stürme des Lebens und sind am Ende einsam. Verzeihen Sie …«, er lächelte bitter, »wenn man mit dem Namen eines Unsterblichen lebt, beschäftigt man sich nun mal mit den Doors. Zwangsläufig. Kennen Sie die Doors? Nein, wahrscheinlich nicht. Sie sind zu jung. Aber darum geht es: die Jugend. Sie kämpft mit den Stürmen, packt alte Männer wie mich und drängt sie an die Wand. Und verbrennt dabei. Unsere Kraft reicht nicht ewig. Meine ist verbraucht«, sagte er und hob das leere Glas erneut an die Lippen.

»Sie zerstören Ihre Kraft selbst, Mister Morrison«, gab sie uninteressiert zurück. Dieser Mann ging sie nur deshalb etwas an, weil er Manfred auf dem Gewissen hatte. Irgendwie zumindest.

Er nahm den König des Schachspiels hoch und betrachtete ihn neugierig. »Ich spiele gegen mich. Und raten Sie, wer gewinnt? Nicht ich, sondern der, gegen den ich spiele.«

»Sie sagten, Sie spielen gegen sich selbst.«

»Jetzt haben Sie's verstanden!« Morrison lachte kurz laut auf. »Sie haben Recht, ich bin enttäuscht, verbittert und sauer«, fuhr Morrison ruhig fort, »aber in einem Punkt haben Sie Unrecht: Menschen sind mir nicht egal. Sie zum Beispiel sind, wie ich es einmal war. Ich kam aus Ingleton, ein Kaff, das ich hasste, weil es dort nur Touristen gab. Ich wollte das Leben, ich wollte nach London. Es waren die 60er Jahre ...« Morrison bückte sich und holte aus dem Schreibtisch eine Flasche Gin, aus der er das Glas wieder füllte, während er weitersprach. »Und jetzt? Jetzt hasse ich London. Ich sollte nach Ingleton zurückgehen. Aber als alter Mann geht man dorthin nur zurück, wenn man es geschafft hat. Als siegreicher Heimkehrer nach der großen Schlacht.« Morrison lachte zynisch auf.

»Sie sind nicht wie ich, Mister Morrison. Und ich werde auch nie wie sie.« Morrisons nachsichtiges Lächeln zog seine Mundwinkel nach unten. Sorgfältig schraubte er die Ginflasche zu. »Ist Ihnen an meinem Mann etwas aufgefallen? Hat er vielleicht seltsam gerochen?«

Morrison schüttelte nachdenklich den Kopf. »Ihr Mann ist friedlich gestorben an Herzversagen. Ich versteh' ja, dass Sie das nicht wahrhaben wollen, junge Frau. Er war keine 30, stimmt's?« Der Arzt hob gleichmütig die Schultern: »Sie sind jung. Sie werden ein neues Leben finden.«

»Ich muss erst mal dieses klären. Heute gegen elf habe ich meinen Mann in der Pathologie identifizieren müssen. Er lag im Kühlfach. Ich schätze, dass er dort etwa 24 Stunden lang gelegen hat, auf jeden Fall die Nacht über. Aber sein Körper war warm.

Und blutig gekratzt. Er hatte die Hände vor dem Kopf zu Fäusten geballt. Darum will ich mit Ihnen reden, Doktor Morrison. Als Sie meinen Mann untersucht haben, kann er nicht tot gewesen sein.«

Morrison stand auf und trat ans Fenster hinter seinem Schreibtisch. Während er sprach, drehte er Elena den Rücken zu: »Das ist furchtbar«, entgegnete er leise, »aber auch Ärzte machen Fehler. Wenn es so ist, wie Sie sagen, dann habe ich einen Fehler gemacht.« Dies war nicht Morrisons erster Fehler. Irgendein Fehler davor, ein ähnlicher vielleicht oder ein leichterer, hatte ihn aus der Bahn geworfen. Nun war er nur noch sein eigener Feind. Und dadurch der Feind aller, die in seine Hände gerieten. »Die Polizei hat eine Autopsie veranlasst?«, fragte Morrison. Seine Stimme klang eigentümlich monoton. Elena bejahte. Der Arzt starrte weiterhin aus dem Fenster, an dem der Regen herunterlief.

Morrison drehte sich ruckartig um, griff nach dem fast noch vollen Ginglas auf dem Schreibtisch und trank es in einem Zug leer. »Es ist nett von Ihnen, dass Sie gekommen sind, um mich zu informieren.« Dieser Satz ergab für sie keinen Sinn. Morrison ging zur Tür, ihre Blicke folgten ihm. »Es ist alles gesagt.«

Elena rührte sich nicht. »Haben Sie denn keine Erklärung für mich, Mister Morrison?«

Morrison sah zu ihr hinunter. »Ich bin von den Symptomen ausgegangen und habe geurteilt. Aber ich weiß nicht, ob diese medizinische Erklärung ausreicht. Wahrscheinlich nicht. Ich hätte wohl eine Obduktion anordnen müssen, wenn ich nur einen Rest von Zweifel gehabt hätte.« Morrison brach ab, unternahm einen neuen Anlauf: »Ja, wenn …« Er schwieg.

Sie hatte durchaus Mitgefühl mit diesem Arzt, der niemandem mehr helfen konnte. Geschweige denn sich selbst. Aber Manfred war tot. Und ein Afrikaner namens Yinka auch. Wahrscheinlich, weil beide von einem betrunkenen, frustrierten Arzt vorschnell dazu erklärt worden waren. Sie stand von dem harten Patientenstuhl auf, trat dicht vor Morrison, ignorierte die Schnapsfahne. »Soll ich Ihnen jetzt noch erzählen, wie der Schwarze gestorben ist? Der aus der Lobby, den Sie ebenfalls für tot erklärt haben. Sein Name war übrigens Yinka, und er lief vor meinen Augen in einen Lastwagen, der ihn hochschleuderte und vor zwei heranrasende Wagen warf. Da war er dann wirklich tot, Mister Morrison. Das alles habe ich in den letzten, warten Sie, lassen Sie mich auf die Uhr sehen, ja, in den letzten knapp sechs Stunden erlebt, seitdem ich in London gelandet bin. In Luton, denn in Heathrow war Bombenalarm. Ich hätte gewarnt sein müssen.«

Sie hatte nicht damit gerechnet, dass der alte Arzt zu solch einem Temperamentsausbruch fähig sein könnte. Morrisons gerötetes Gesicht wurde schlagartig weiß. »Welcher Satan hat Sie mir geschickt? Verschwinden Sie und kommen Sie nie wieder!« Er begann am ganzen Körper zu zittern. Sie fürchtete, der Arzt würde jeden Augenblick umfallen. Sie schob sich an Morrison vorbei. Nichts wie raus wollte sie. Benommen ging sie mit zitternden Knien die Treppenstufen hinunter. Sie war schon unten angekommen, da hörte sie, wie er ihr mit sich überschlagender Stimme nachschrie: »Es tut mir gottverdammt Leid! Es tut mir Leid! Haben Sie das gehört?«

Als sie an einer Imbissbude vorbeikam, spürte sie das erste Mal, dass sie seit dem vorigen Abend nichts gegessen hatte. Das lag nicht etwa daran, dass der Fish&Chips-Stand besonders einladend geduftet hätte. Im Gegenteil, er stank nach altem Fett. Sie merkte es an den Kopfschmerzen, die sie immer nur dann bekam, wenn sie hungrig war. Und daran, dass sie sich verlaufen hatte. Sie verlief sich nie. Auf ihre Orientierung war Verlass. Es war alles falsch. Und sie hatte von Morrison im Grunde nichts Neues erfahren. Oder doch? Gott, sie hatte Hunger, sie musste etwas essen, hatte aber keinen Appetit. Sie drehte sich um, ging zurück. Im Umdrehen sah sie ein Souterrain-Lokal, in dem Neonlicht brannte.

Die Asiatin, die ihr die Kichererbensuppe und den honiggesüßten Gewürztee direkt aus der Küche gab, schenkte ihr sogar ein dezentes Lächeln. Das erste, seit sie in dieser Stadt war. Wie aus einer anderen Welt schien die Wärme in den dunklen Augen der zarten Frau zu sein. Elena war darüber so verwundert, dass sie auf Suppe und Tee nicht mehr achtete. Die gelbe Flüssigkeit ergoss sich über ihren Mantel. Elena sah an sich herunter, beobachtete reglos, wie der Tee den nassen Stoff entlanglief und darin versickerte. Sie war unfähig, Becher und Suppenschüssel abzustellen, eine Serviette zu nehmen und sich zu reinigen. Elena stand einfach nur da, von der simplen Situation überfordert.

Die Asiatin zögerte einen Augenblick, kam schließlich zu ihr herum, tupfte den Mantel ab. »War wohl kein guter Tag, Miss?«

Elena schüttelte stumm den Kopf. »Ich will nach Hause«, flüsterte sie kaum hörbar.

10

Hier, das ist gut gegen deine Bauchschmerzen.« Sie litt jedes Mal entsetzlich, wenn sie ihre Tage hatte.

»Was ist da drin, Manfred?«, fragte sie. Das in der Mikrowelle erwärmte kleine Kissen ruhte auf ihrem Bauch.

»Bucheckern, Liebes. Sind besser als eine Wärmflasche.« Manfred war so fürsorglich. Als wollte er ihr Mutter und Vater, Bruder und Geliebter gleichzeitig sein. So viel Liebe auf einmal. Als ob er geahnt hätte, dass ihnen nur ein Jahr gegönnt war …

Die Bucheckern raschelten, als sie das Kissen jetzt in ihren Nacken legte. Für einen Moment glaubte sie, dort Manfreds Arm zu spüren. Sie drehte sich auf die linke Seite und starrte das leere Bett neben sich an. Kalt brach sich das Neonlicht der Supermarktreklame von gegenüber in den schräg stehenden Lamellen der Jalousie und warf enge Schatten in den Raum. Obwohl sie die Füße auf eine Wärmflasche gelegt und sich sämtliche Decken auf den Körper gehäuft hatte, blieb der Schüttelfrost hartnäckig. Sie hatte gewiss hohes Fieber; es interessierte sie nicht, wie viel. Der Regen, Schuhe und Kleidung durchweicht – war ja zu erwarten gewesen.

Es ging auf Mitternacht zu; sie fand keine Ruhe, wälzte sich im Bett. Da war er wieder, dieser Geruch. Sie beugte sich rüber zu Manfreds Kopfkissen. Sie konnte dieser eigentümlichen Ausdünstung jetzt einen Namen geben: Omos Zeug. Gift, hatte der Pathologe vermutet. Warum hatte Manfred davon getrunken, wenn es ihn würgte? Danach war es ihm besser gegangen. Nach einem Fisch-Drink? Konnte er daraus die Kraft für einen Flug nach London schöpfen? Wo hatte er das seltsame Getränk bekommen? In Port Lac? Stammte Omos Zeug aus Afrika? Vom schwarzen Kontinent, wo es angeblich heute noch Wundermittel gab?

Es musste mit Konstantins und Behrs neuem Projekt zusammenhängen, dieser Lifevac. Die sollte in Port Lac hochgezogen werden, in ein paar Monaten. Port Lac – das hörte sich nach einem See an, französisch. Vielleicht war Wagorunia französische Kolonie gewesen. Oder lag die Stadt am Meer? Rührte daher der Geruch nach Fisch und Algen? Es hatte sie noch nie nach Afrika gezogen. Während des Studiums war sie nach Indien gereist, wollte sechs Wochen bleiben. Sie hatte die Armut, das Chaos, den Gestank nicht ausgehalten. Vor allem aber die Hoffnungslosigkeit, die sie in den Gesichtern sah. Nach 14 Tagen war sie zurückgekehrt. Afrika – war das anders? Sie hatte es nicht herausfinden wollen …

Langsam stand sie auf, das Zimmer drehte sich, die blassen Neonfarben schlängelten sich. Im Wohnzimmer fand sie einen Atlas. Das Buch entglitt ihr, fiel auf ihren Fuß, den Schmerz spürte sie nicht. Sie versuchte angestrengt, die Namen auf den Karten zu entziffern. Wagorunia lag am Äquator, Port Lac war eine Stadt zwischen Meer und Lagune. Daher der Name … Von dort war Manfred als kranker Mann zurückgekommen. Gab es dort Malaria oder Gelbfieber? Hatte er deshalb so ausgezehrt gewirkt?

»Nein, nein, Liebes, ich brauche keine Impfungen. Ich fahre ja nicht in den Urwald!« Das hatte er vor seiner Abreise leichthin gesagt. Knall auf Fall hatte er gebucht und war hingeflogen.

Warum hatte sie selbst sich eigentlich nie mit Wagorunia beschäftigt? Vier Monate lang trug sie im Computer, auf dem Notebook und in Akten zusammen, was sie brauchte. Das Material stammte zum Teil von Konstantin selbst, hauptsächlich aber von Behr junior sowie einer Pharmafirma in Bielefeld. Und natürlich aus Wagorunia. Ob dieses Land in Afrika oder Asien lag, spielte für sie damals keine Rolle: Es waren Fakten – abstrakte Zahlen, Expertisen, Gutachten, Statistiken, Exposés. Eine bewusste innere Schranke hatte zwischen ihr und dem Projekt Lifevac gelegen. In ihre Arbeit ließ Elena keine Emotionen hineinspielen. Es zählten einzig die Tatsachen. Das warf sie sich auch in diesem Augenblick nicht vor, als sie sich fiebrig am Boden gegen das Bücherregal lehnte. Dennoch empfand sie Manfreds gelbes Sofa, das mitten im Raum stand, wie das Mahnmal ihres eigenen Versagens.

Sie versuchte sich zu konzentrieren. An welchem Punkt war ihr Leben aus der Bahn geraten?

Sie sah wieder das Leuchten in Konstantins Augen, als er Mitte Oktober 1997 in ihr Büro kam. »Elena, das ist ein ganz heißes Eisen. Wahnsinnig geheim. Aber wenn du das hinbekommst, dann haben wir den Durchbruch geschafft. Schluss mit dem ganzen Kleinkram, mit den langweiligen Einkaufscentern und Gewerbeparks. Dann zählen wir zu den Großen. International. Und du wirst Partnerin. Drei Namen: Syderstatt, Wenzel & Odermatt. Hört sich eh nach mehr Power an.«

»Mach mal langsam, Konstantin. Um was geht's überhaupt?«

»Ein Joint Venture in Afrika. Die planen eine Fabrik für Impfstoffe. Gustl soll die komplette Laboreinrichtung anliefern.«

»Und das ist so spannend?«

»Du hast ja keine Ahnung. Weißt du, wie viele Menschen in Afrika leben?«

»Einige Hundert Millionen?«

»Richtig. Und weißt du, was das größte Problem Afrikas ist?«

»Hunger?«

»Nein. Ja, das auch. Nein.« Konstantin Wenzel senkte die Stimme und blickte sie an, als wollte er sie hypnotisieren. »Aids. In manchen Ländern ist ein Viertel der Bevölkerung betroffen! Zig Millionen von Menschen, die nur darauf warten, dass ihnen ein Präparat zur Verfügung gestellt wird!«

Wie das klang! Menschliches Elend als Marktanalyse. Elena lehnte sich in ihrem Schreibtischstuhl weit zurück und musterte Konstantin. »Willst du damit sagen, du kennst Leute, die Leute kennen, die einen Impfstoff gegen Aids entwickelt haben?« Sie spürte die Brisanz. Aber sie ließ die Begeisterung nicht an sich heran. Konstantin kannte viele Unternehmen. Er war zwar Rechtsanwalt, trockene Gesetze interessierten ihn jedoch nicht wirklich. Er begriff sich als Kommunikator, als ein Mann, der die unterschiedlichsten Menschen zusammenführte. Und er selbst war der Schnittpunkt. An dem sich die Interessen von allen Seiten trafen. Und das Geld.

Konstantin nickte. »Ein neuer Klient aus Bielefeld.«

Sie kannte die ostwestfälische Nachbarstadt ihrer Heimat Paderborn. Es gab dort nicht viele Pharmaunternehmen, denen sie Kapital und Know-how zutraute, um ausgerechnet ein Mittel gegen die Seuche des Jahrhunderts zu entwickeln. Wenn Konstantin Bielefeld erwähnte, so spielte er ihr den Ball zu. Fing sie ihn auf, gut. Wenn nicht, dann würde sie es eben später erfahren. Sobald sie mit im Boot saß.

»Hornung?« Es war nur ein Versuch. Die Hornung AG setzte Milliarden um.

Konstantins gut geschnittene Lippen dehnten sich zu einem triumphierenden Lächeln. »Bist du dabei?«

Elena beugte sich nach vorn und fixierte ihren Chef. »Und warum meinst du, sollte ausgerechnet ich mitmachen?«

In Konstantins Antwort kam das Wort Afrika nicht ein einziges Mal vor. »Ich werde mit Gustl eine GmbH gründen. Dazu ein paar stille Gesellschafter.« Das hieß nichts anderes, als dass er bereits mit Leuten verhandelt hatte, die Kapital zur Verfügung stellten. Eine Spekulation auf die Zukunft, sozusagen. »Du«, fuhr Konstantin Wenzel fort, »kümmerst dich um die Details.« Er setzte sich auf die Kante ihres Schreibtischs. »Elena, so was hast du noch nie gemacht. Das ist eine echte Herausforderung. Unterschiedlichste Partner, unterschiedlichste Interessen, fremde Mentalität. Das ist mehr als ein Job. Mehr als Gustls Matsch vor der Haustür.«

»Brandenburg ist nicht Afrika. Ich war noch nie in Afrika, Konstantin.«

»Du musst auch nicht nach Afrika. Jedenfalls nicht in absehbarer Zeit. Die normative Kraft des Faktischen, Elena. Die ollen Philosophen, keine Ahnung, wer das gesagt hat, ist auch unwichtig, aber der Punkt ist: Wir müssen machen, was möglich ist. Und Afrika ist genauso möglich wie Brandenburg.«

Sie fragte nicht: Warum Afrika? Es leuchtete ein – dort war der Markt. Während der folgenden Verhandlungen mit Behr und der Hornung AG blieb der fremde Kontinent in weiter Ferne.

Das änderte sich erst am Tag vor Heiligabend. Sie saß mit ihrem Mann wieder beim Italiener gleich um die Ecke von ihrer Wohnung. Dort, wo Manfred ihr vor etwas mehr als einem Jahr den Heiratsantrag gemacht hatte.

»Was ist das eigentlich für eine Sache, diese Lifevac?«, fragte Manfred ganz nebenbei. »Muss ja ganz was Geheimes sein. Du redest nie davon.« Elena hatte schon zwei Gläser Rotwein getrunken. Ein langes Weihnachten stand bevor, ohne familiäre Verpflichtungen. Sie hätte antworten sollen, dass sie jetzt nicht vom Geschäft reden wolle. Sie hätte ihn küssen und beim Ober noch einen Eisbecher bestellen sollen. Sie hätte einfach nur glücklich sein können.

Aber stattdessen sprudelte sie drauflos. Im Grunde verriet sie Manfred keine wirklichen Geheimnisse. Eigentlich war nur ein Wort dabei, dass sie nicht hätte erwähnen dürfen. Sie hatte für den Bruchteil einer Sekunde nicht bedacht, dass Manfred nicht nur ihr Mann war. Sondern auch Reporter. »Ach, Konstantin will eine eigene Firma gründen. Erst habe ich ja gedacht, das wäre eine Nummer zu groß für ihn. Eine Impfstofffabrik irgendwo in Afrika.« Sie lachte. »Wagorunia. Hört sich an wie eine Oper, findest du nicht? Aber Konstantin kennt eben Gott und die Welt. Inzwischen war er selbst schon einige Male dort unten. Ihm scheint's da zu gefallen. Na ja, auf jeden Fall scheint dort öfter Sonne als bei uns in Berlin.« Sie plapperte glücklich und entspannt.

Das Wachs der Kerze hatte sich am Halter zu einem Gebirge getürmt. Manfred brach ein Stück davon ab, formte es zu einer kleinen Kugel, die sich in seinen Händen dunkel färbte. »Wagorunia«, wiederholte er jenes Wort, das seine Aufmerksamkeit geweckt hatte. Und sagte dann etwas scheinbar völlig Zusammenhangloses: »Kennst du eigentlich Robert?«, um sich die Antwort selbst zu geben: »Nein, das war ja vor deiner Zeit.«

»Wer ist Robert?«

»Er war mein bester Kumpel. Jetzt lebt er in Wagorunia.«

»Echt? So'n Zufall«, sagte sie lapidar. Sie hätte aufmerksam werden sollen. Aber in ihr war alles so weich und warm, so unkritisch, so eingelullt von privater Harmonie.

Manfred legte die Wachskugel auf den Tisch, begann eine kleinere zu formen. »Impfstoff«, murmelte er und setzte die Kugel auf die größere. »Ist das so spannend?«

»Das Zeug soll den Ausbruch des Aids-Virus unterbinden«, sagte sie und lachte.

»Warum lachst du?«

»Mit der medizinischen Seite habe ich mich noch nie beschäftigt, Manfred.«

»Du bist ja auch nur für die Zahlen zuständig, Liebes. Mich interessieren nun mal die Inhalte mehr.«

Er hatte es damit klar ausgesprochen. Dass er den Duft des Bratens roch, während sie sich mit der Ausstattung der Küche herumschlug. Manfred folgte der Duftfahne. Wie ein hungriger Wolf.

Es vergingen noch mal vier Wochen. Vier Wochen, in denen sich einiges ereignete, in denen trotzdem keiner von beiden ein Wort über die Fabrik in Afrika verlor. In diesen vier Wochen hatte Konstantin von seinen afrikanischen Geschäftspartnern eine unerwartet genaue Planung für das Grundstück erhalten, Gustav Behr sich endlich entschlossen, ebenfalls nach Wagorunia zu fahren.

Und Manfred hatte eine Überraschung. Es war Abend. Sie

war nur kurz in das gemeinsam genutzte Arbeitszimmer gekommen, um ihr Notebook abzulegen. Manfred saß vor dem Computer an seinem altmodischen Schreibtisch und am Boden verstreut lagen Bildbände, Sachbücher und Zeitungsausschnitte. Das übliche Chaos, das er brauchte, um arbeiten zu können. Er hatte gerade angefangen, sich im Internet in eine Suchmaschine einzuloggen, brach aber ab, als sie eintrat.

»Mach ruhig weiter.« Sie küsste ihn flüchtig auf die Wange.

Aber er machte nicht weiter, sondern drehte sich zu ihr um. »Nächsten Montag fliege ich nach Port Lac.«

»Port Lac? Was willst du dort?« Sie stutzte, ihre Gedanken überschlugen sich. Nächsten Montag, das war in drei Tagen!

»Ich hab dir doch von Robert erzählt. Er lebt dort unten.«

»Wer ist noch mal Robert?«

»Wir sind zusammen zur Schule gegangen. Das heißt, er war eine Klasse über mir. Aber seine Eltern wohnten in Friedrichshain neben uns.«

»Und jetzt willst du ihn in Afrika besuchen? Das ist doch kein Zufall.«

»Bist du sauer?«

»Die Impfstofffabrik. Du hast mein Projekt recherchiert.«

»Euer Partner dort unten ist ein gewisser Ogun. Sagt dir der Name etwas?« Sie schüttelte den Kopf, den Namen hatte sie nie gelesen. Ihre Ansprechpartner gehörten einer Pharmafirma in Port Lac an, aber das wollte sie Manfred nicht auf die Nase binden.

»Dieser Ogun hat einen Ruf wie Donnerhall. Wisst ihr das nicht?«

»Wieso weißt du es, Manfred? Was geht dich meine Arbeit an?«

»Jetzt sei nicht sauer. Von dir weiß ich es doch nicht. Wir haben es selbst recherchiert.«

»Dieser Robert und du? Was macht der dort?«

»Er arbeitet seit zwei Jahren als Korrespondent in Port Lac, für Reuters.«

»O Gott! Manfred, das ist ein Geheimprojekt. Da darfst du nicht drüber schreiben.«

»Auf dich wird niemand kommen, Elena. Sei unbesorgt. Ich habe es in der Redaktion so gedreht, dass sie glauben, Robert hätte sich um Hilfe an mich gewandt. Wir sind Freunde.«

»Du hast also so eine Art Recherche-Auftrag, ja?«

»Wenn die Deutschen den Afrikanern eine Produktion hinstellen für einen Impfstoff gegen Aids – das ist ein Hammer. Ein Mega-Hammer. Da sind alle hinterher. Auf der ganzen Welt. Damit lassen sich Milliarden verdienen!«

»Ich weiß.« Die Zahlen steckten in dem Notebook, das sie gerade auf den Tisch gelegt hatte. Es waren zwar keine Milliarden, sondern Millionen, aber letzten Endes würden es wohl schon Milliarden werden.

Manfred stand auf, nahm sie in die Arme und versuchte, sie auf den Mund zu küssen. Sie hielt die Lippen geschlossen. »Bei großen Geschichten ist es immer so, Elena, die fangen ganz klein an, unbedeutend. Ein Satz, ein Name, so was. Und dann wird man neugierig. Man kratzt hier, man fragt da. Plötzlich stößt man auf neue Fragen, bekommt Antworten, die man nicht gesucht hat. Und schon ist man drin.« Manfred war 26. Seine Worte hörten sich an wie die eines abgeklärten Star-Journalisten. Irgendwo mochte er sie wohl aufgeschnappt oder gelesen haben. Und so klangen sie auch aus seinem Mund. Sie überzeugten Elena nicht. Sie machte sich frei, er hielt sie zurück. Trotzig setzte er nach: »Das ist meine erste große Geschichte, Elena. Okay? Und die mache ich. Ich habe sie gegen alle Widerstände durchgeboxt.«

Sie hatte ihm an jenem Freitagabend keine Vorwürfe gemacht. Hatte sie das Recht dazu? Er war ihr Mann, natürlich, aber er war auch Journalist. Dass der Ehrgeiz in ihm wie ein Zeitzünder nur auf den richtigen Impuls wartete, um aus ihrem sanften Manfred einen scharfen Reporter zu machen, das hatte sie nie zuvor gesehen. Sie kannte ihn ja auch erst vier Monate, als sie heirateten. Weil sie sich liebten. Nicht, weil sie sich große Gedanken um die Arbeit des anderen machten. Vielleicht wäre das später gekommen.

Später …

Elena schaffte es kaum, sich senkrecht zu halten, stützte sich auf dem Weg in die Küche an den Türen ab. Auf einem der Stühle lag die feuchte Umhängetasche. Die Liste. Sie durchwühlte die ganze Tasche, kippte den Inhalt auf den Küchentisch, bis sie den verknitterten Minibarzettel gefunden hatte.

Sie führte ihre Namen-Sammlung fort: Ogun. Neben Yinka schrieb sie Robert. Sie brauchte eine Einteilung: Freunde, Feinde. Wer war wer? Ogun, der gehörte wahrscheinlich zu den Feinden. Omo, Funke, ihr Professor, Yinka und solche Leute wie Stucker? Sie müsste eine dritte Rubrik einführen: Menschen mit Funktionen oder so. Da käme dieser Stucker rein. Ja, das würde sie morgen machen. Am Notebook, eine saubere Grafik. Eine Grafik, die das Leben, nein, den letzten Teil des Lebens von Manfred erfassen würde. Morgen würde sie das machen, morgen, nein, morgen war ja heute, wie spät war es … Die grünen Digitalziffern der Herduhr drehten sich mit rasender Geschwindigkeit … Sie umfasste die Stuhllehne, klammerte sich daran. Im Fallen schlug sie mit dem Kopf gegen die Türkante. Alles um sie herum ertrank in tiefem Schwarz, in erlösendem Dunkel.

Das viele Blut schimmerte im einfallenden Sonnenlicht dunkelrot, verlief an den Rändern ins Schwärzliche. Sie hatte einen metallischen Geschmack im Mund, die Zunge klebte am Gaumen. Das Pochen in den Schläfen drohte ihren Kopf zu zerreißen. Da war ein Geräusch, das sich ständig wiederholte. Bim-Bam. Pause. Bim-Bam. Pause. Elena wusste im ersten Augenblick nicht, wo sie überhaupt war, brachte das Läuten der Türglocke erst allmählich mit sich selbst in Verbindung.

»Frau Odermatt? Hallo? Sind Sie da? Ist Ihnen was passiert? Frau Odermatt!«

Sie musste hoch vom Boden. Was tat sie überhaupt da unten? Elena rollte sich über den Rücken auf die andere Seite, fand umständlich auf die Knie, stützte sich mit beiden Händen auf den umgefallenen Stuhl. Nein, so ging es nicht. Sie krabbelte auf allen vieren zur Küchentür. Die Türklinke. Sie zog sich daran hoch, bis sie endlich stand.

»Frau Odermatt? Hallo? Sind Sie da?« Das war die Stimme ihrer Nachbarin, Frau Werner. Jetzt klopfte sie auch noch gegen die Tür! Dumpf hallten die Schläge in ihren Ohren.

»Ja, ja, Moment.« Elena drückte sich an der Wand entlang ins Bad, sah im Spiegel, dass sie so nicht an die Tür gehen konnte.

»Ich hab' was für Sie, Frau Odermatt. Soll ich warten?«

Noch immer drehte sich alles. Das eiskalte Wasser prasselte aus der Wannendusche über ihren Kopf und lief dunkelrot in den Abfluss. Sie griff sich ein großes Handtuch und wickelte es um den Kopf. Das Nachthemd, feucht und mit Blutspritzern, versteckte sie unter dem Seidenkimono.

»Ich kann auch wiederkommen, wenn Sie wollen. Frau Odermatt? Ist alles in Ordnung?«

Wasser. Sie musste trinken. Endlich ging sie zur Tür. Ihr Kreislauf hatte sich etwas beruhigt.

Draußen stand die besorgte Frau. Das Gesicht der Nachbarin schwankte leicht. Aber das lag wohl an Elena selbst. Sie hielt sich am Türrahmen fest. »Du meine Güte, Frau Odermatt, was ist denn mit Ihnen passiert? Sie sehen ja schrecklich aus.«

»Grippe, Frau Werner, geht schon wieder.«

»Aber Sie sind ja ganz blutig!«

»Immer noch? Echt?« Sie zupfte den Kimono vor der Brust zusammen. Die Nachbarin drückte sich an Elena vorbei in den Flur.

»Da ist ja überall Blut, Frau Odermatt!«

»Ich werde das nachher schon wegmachen ...«

Nein, so ging das nicht. Diese überlegene Stärke, die war jetzt nur gespielt. Das konnte sie nicht durchhalten. Nicht jetzt.

»Ich helfe Ihnen, Frau Odermatt. Das müssen Sie doch nicht machen. Kommen Sie.« Die alte Hand der kleinen Nachbarin legte sich sanft unter Elenas Oberarm. Sie führte Elena ins Wohnzimmer, drückte sie auf die gelbe Couch. »Ich mach' Ihnen einen Kaffee, nein, warten Sie, ich habe drüben einen und Schrippen auch. Mit Marmelade oder soll ich Ihnen Honig bringen?«

Elena nickte nur, die Augen brannten, in der Kehle dieser stechende Schmerz, den sie mit heftigem Schlucken bekämpfte. Sie suchte nach einem Kissen, fand es in der Ecke des Sofas, presste es sich auf den schmerzenden Bauch, zog die Beine an. Und begann zu atmen. Tief ein, langsam aus. »So ist's gut«, lobte Frau Werner. »Ich bin gleich wieder da. Ich lass' die Tür offen, Frau Odermatt.« Sie eilte hinaus, kam zurück. »Ach, deswegen bin ich ja überhaupt gekommen.« Sie legte einen Umschlag auf den Tisch. Elena konnte nicht erkennen, was es war. Denn die Schwärze lauerte wieder in ihrem Hinterkopf, drohte sie jeden Augenblick in den Abgrund zu reißen.

»Hörst du mich, Kind, du wirst jetzt nicht ohnmächtig! Elena, sprich mit mir. Kämpf dagegen an. Sag meinen Namen!«

»Vater …«

»Gut, Kind, sag deinen eigenen Namen. Wie heißt du?«

»Ich bin Elena Odermatt …«, sagte sie mit schwacher Stimme.

»Wie alt bist du?«

»Zwölf«, piepste sie schwach und kämpfte die Tränen nieder. Sie war vom Pferd gestürzt. Ihr Vater hielt es am Zügel.

»Siehst du, Kind, es wird besser. Steh jetzt auf. Wir werden dich beobachten. Wenn du erbrichst, ist es eine Gehirnerschütterung. Und jetzt lass dich mal ansehen. Wie deine Kleidung wieder aussieht!«

Sie stieg wieder aufs Pferd. Jedes Mal. Und immer sagte ihr

Vater: »Na, siehst du Kind, es geht doch. Odermatts sind Kämpfer.« Erbrochen hatte sie auch kein einziges Mal.

Frau Werner kam zurück, das Tablett mit einem Brötchenkorb und frischem Kaffee stellte sie auf den Brief. Bislang hatte Elena mit ihr nur zweimal gesprochen. Einmal, als die Briefkästen aufgebrochen worden waren. Und einmal wegen der Treppe, als die Putzfrau krank geworden war. »Is ja gut, Mädchen, nun trinken Sie erst mal.« Die Nachbarin legte den Arm mütterlich um Elenas Schultern. Sie konnte die Tränen nicht zurückhalten. Irgendwo in ihr war ein Damm gebrochen und nun floss das Wasser aus ihren Augen.

»Sie sind ja wirklich ganz heiß.« Die runzlige Hand legte sich auf ihre heiße Stirn. »Sie müssen wieder ins Bett, Mädchen, Sie holen sich ja den Tod.«

»Manfred ist tot.« Sie sagte es ganz ruhig, leise eher, wie eine Feststellung, die aber nicht wesentlich ist.

»Manfred ist tot«, wiederholte sie und blickte in das weiche Gesicht von Frau Werner, aus dem dieser Satz plötzlich die Sorgenfalten ihres 70-jährigen Lebens wischte. Um Platz zu machen für Leere. Für langsames Verstehen, dass es nicht um Grippe und einen Schwächeanfall ging. Sondern um die Brutalität des Lebens, die dieser jungen Frau einfach den Mann genommen hatte.

»Mein Gott«, sagte Frau Werner und schenkte Kaffee nach. »Trinken Sie. Er ist heiß, ganz frisch.« Kaffee, um die Selbstverständlichkeit des Alltags zurückzuholen. Wie die Krücke, auf die sich der Fußlahme stützt. Frau Werner reichte Elena die Tasse. Und sie trank. Die alte Frau war verstummt. Sie war zu höflich, um Elena auszufragen. Oder zu schockiert. In erster Linie hatte Manfred den Kontakt zu den Nachbarn gehalten. Als er noch für den Lokalteil der *Berliner Nachrichten* schrieb, hatte er sogar mal eine Geschichte über jemanden im Haus verfasst. Seitdem mochten die Leute den umgänglichen jungen Mann.

Frau Werner blickte auf ihre im Schoß gefalteten Hände. »Ich mach' mal sauber.«

Es war ein kleiner dünner Umschlag aus stabiler, grauer Pappe, dessen Ecke unter dem Tablett hervorspitzte. Elena zog ihn vorsichtig hervor. Manfreds Handschrift erkannte sie sofort, der Umschlag war an Frau Werner adressiert und zum Versenden von Disketten gedacht. Er trug eine englische Briefmarke, abgestempelt am vergangenen Montag in London. Es lag nur eine unbeschriftete Diskette darin und ein kleiner Zettel, den Manfred in seiner schwungvollen Schrift beschrieben hatte: »Liebe Frau Werner, heben Sie das hier bitte auf, bis ich es bei Ihnen abhole. Danke. Ihr Manfred Kroll.«

Der Küchenboden glänzte noch feucht; das Chaos auf dem Küchentisch, der vom Inhalt ihrer Tasche bedeckt war, hatte Frau Werner nicht angerührt. Die alte Frau saß im Bad auf dem Wannenrand. Sie hielt sich ein Taschentuch vors Gesicht und wischte sich immer wieder die Tränen aus den Augen.

»Er war so ein höflicher Mann, klug, sah gut aus. Wie ist das nur möglich, Frau Odermatt?«

Elena hielt die Diskette in der Hand. Sie fühlte sich so hilflos. Wie konnte sie die alte Frau von nebenan trösten? Ihr Vorgänge erklären, die sie selbst nicht verstand? Frau Werner sah die Diskette, wischte sich die Tränen fort. »Das ist von Ihrem Mann. Ich weiß nicht, warum er mir das geschickt hat. Das ist doch für einen Computer, nicht wahr? Dabei habe ich doch gar keinen.«

Nachdem die alte Frau gegangen war, schob Elena die Diskette sofort in Manfreds Computer. Sie hatte mit ihrer Vermutung Recht. Es war das Tagebuch, das er auf der Mini-Kassette erwähnt hatte. Und es begann tatsächlich mit dem Tag von Manfreds Abreise.

11

Montag, 19. Januar 1998

07.50 Uhr. Um mich herum gestresste Anzug-Typen. Versuche, so auszusehen, als wäre das für mich auch alles total normal: morgens um halb acht die Frühmaschine von Berlin-Tegel nach Frankfurt/Main. Meine erste Auslandsreportage, wow. Seitdem ich in dieses Flugzeug eingestiegen bin, heißt das Motto: Komm ja nicht ohne Geschichte zurück, Kroll! Das ist wie ein schwarzes Loch – dieses Gefühl, zu etwas aufzubrechen, das man noch nie getan hat. Die anderen um mich herum hacken auf ihre Organizer ein, holen wichtig ihre Notebooks heraus. Ich käme mir dumm vor, nur so dazusitzen und zu lesen. Was die können, kann ich schließlich auch. Das ist der Anfang dieses Tagebuchs, zu dem ich mich eben entschlossen habe. Hier kommt alles rein, was ich erlebe und mir durch den Kopf geht. Wagorunia! Klingt wie 'ne Oper, sagt Elena (muss ich unbedingt einbauen in den Text, dann habe ich sie sogar zitiert!). Aber Militärdiktatur. 80 Millionen Einwohner, Durchschnittseinkommen 500 Dollar im Jahr. Ich reise als Tourist ein, auf Einladung von Robert. Wie ein Tourist sehe ich zwar nur entfernt aus. Ich fühle mich eher wie vor einer Aufnahmeprüfung. Im Bauch mehr Angst zu versagen als Zuversicht.

Ich glaube, ohne Robert hätte ich mich nie getraut. Vielleicht hätten sie mich auch gar nicht fliegen lassen, wenn ich nicht gesagt hätte: »Robert Wedekind ist mein bester Freund, wir waren Nachbarn.« »Wirklich, der Wedekind?«, haben sie gefragt. Robert hat's ja auch echt drauf. Mit 23 hatte er schon den Kisch-Preis. Und ich einen Freund, der in Hamburg arbeitete. Aber Robert wollte gar nicht an die Alster. Nelson Mandela, das war sein Idol, Afrika sein Traum. Nun ist er da, schreibt für Reuters. Und ich komm nach. Aber ich mach' mir nichts vor. Ich bin kein Robert Wedekind. Mann, es wird so toll! Robert wird auch die Fotos machen, wir beide – ein Team! Wie früher!

16.30 Uhr. Elena ist so süß. Sie war ja total dagegen, dass ich die Reportage mache. Trotzdem hat sie mir unser Hochzeitsbild mitgegeben. Eingescannt. Der irrste Bildschirmschoner, den ich kenne. Ich nehme das als Zeichen, dass sie mich unterstützt. Klar, sie sitzt zwischen den Stühlen. Aber vielleicht kann mein Wissen ihr später mal helfen, wenn die Lifevac loslegt.

Um ihre Tränen ins Taschentuch zu schneuzen, schlurfte Elena in ihrem blutigen Seidenkimono und dem Handtuch auf dem Kopf ins Bad. Als wollte sie Manfred nicht in seinem Arbeitszimmer zeigen, dass sie um ihn weinte. Mit wie großer, beinahe kindlicher Freude, war er aufgebrochen! Sie warf das Handtuch in die Badewanne, kämmte sich die Haare straff zurück. Sie sah verhärmt aus. Wie eine Witwe. Sie konnte ihr Spiegelbild nicht ertragen. Vom Küchentisch nahm sie den Minibarzettel mit den Namen. Hinter Robert schrieb sie Wedekind, dazu Reuters. Den Zettel neben sich, nahm sie wieder vor Manfreds Monitor Platz.

Die Geschäftsleute scheinen Militär-Regierungen zu mögen. Da wissen sie, woran sie sind. Aber was die alle trinken! Ich glaube, ich bin der Einzige, der sich an Tomatensaft hält. Zweimal hat mir die Stewardess schon gesagt, dass es den Gin umsonst dazu gibt. Zum Mittagessen (Huhn) habe ich ihr ein Fläschchen Bordeaux abgenommen. Drei Jahre alt. In diesen Kreisen lässt man es sich gut gehen. Habe gerade die nette Stewardess gefragt, ob sie schon mal in Port Lac war. Sie hat gekichert: nur im Airport-Hotel. Unter uns, ganz weit weg, die Wüste. Genial!

19.26 Uhr (18.26 Uhr Ortszeit). Landen gerade in Port Lac. Es ist fast dunkel, Tausende von Lichtern, ein starker Anblick, dahinter das glitzernde Meer. Das Abenteuer beginnt. Ich stecke jetzt 50 Dollar in die Hemdtasche, wie Robert es mir geraten hat, damit ich problemlos durch den Zoll komme.

Habe Robert sofort wieder erkannt. Und er mich. Stand gleich hinterm Zoll am Flughafen, Mohammad-Mentìja-Airport. Das totale Chaos. Mir gefällt's, ich finde es irre. Alle sind fröhlich und gut drauf. »Lach sie an und wünsche ihnen einen schönen Tag«, rät Robert. »Und geh einfach weiter, dann lassen sie dich in Ruhe.« Er grinste mich an: »Das machen die Weißen nämlich nie. Die glauben immer, die Schwarzen wollen sie beklauen. Dabei wollen die nur überleben.« Wie souverän er ist. Aber er ist älter geworden.

Wir fuhren zum The Island, *Fünf-Sterne-Hotel, hat mir München gebucht. Ich sagte sofort: »Da drin halte ich's nicht aus.« Ist ja wirklich eine Insel. »Da irrst du dich«, meinte Robert, »es ist die beste Kontaktbörse der Stadt. Weiß und Schwarz trifft sich hier. Natürlich nur die Oberschicht. Wenn du Informationen brauchst, bist du im* Island *richtig. Aber pass auf, mit wem du sprichst. Die Regierung hat überall Spitzel. Fast so wie bei uns früher. Natürlich nicht so perfekt.« Wer hätte das gedacht – Afrika mit DDR-Feeling! Und an der Bar lauter schwarze Schönheiten. »Okay, wenn dir das Hotel nicht gefällt, wohnst du eben bei mir. Sag deinen Leuten, dass sie dich bei mir erreichen. Die werden sich freuen. Sparen sie einen Haufen Geld.«*

Robert wohnt in einem Viertel namens Ile de Santé, Insel der Gesundheit! Er hat zwei Wächter vorm Haus. Roberts Freundin heißt Funke. Wie passend. Eine Ebenholzschönheit, groß und schlank. Scheinen total verliebt zu sein. Vor lauter Quatschen haben wir meine Mitbringsel zu spät ausgepackt: Er wollte vor allem Milka-Schokolade, weil man die hier nicht kriegt, und deutschen Käse. Die Schoki war geschmolzen. An was man alles denken muss. Aber es gibt ja Kühlschränke, Elektrizität kommt vom laut tuckernden Generator. Die staatliche Energiefirma produziert zu wenig Strom. Und deshalb unregelmäßig. Und das in 'nem Land, das der viertgrößte Erdölproduzent der Welt ist, Wasser in Hülle und Fülle hat. »Dieses Land ist ein Pulverfass, Manfred. Ausfallender Strom ist daran gemessen eine Kleinigkeit«, erklärt Robert. Und küsst Funke. Wenn ich Robert das vor zehn Jahren prophezeit hätte, er hätte gesagt: Träum schön weiter, Alter. Von Friedrichshain nach Afrika. Vom Platten-

bau in ein Haus mit zwei Wächtern vor der Tür. Kann mich mal einer zwicken?

Das Hochzeitsbild über Manfreds Schreibtisch sah auf Elena herab. Die beiden glücklichen Gesichter darauf strahlten sie an. Wie zum Hohn. Sie las weiter.

Dienstag, 20. Januar 1998

Wie soll ich ohne Robert zurechtkommen? Wir – also Funke und ich – haben ihn heute Morgen zum Flughafen gebracht. Robert muss in den Kongo. Ein Bürgerkrieg ist nun mal heißer als eine deutsche Aids-Firma. Unser Team ist aufgelöst, bevor die Arbeit angefangen hat. Im Prinzip sollte ich jetzt nach Hause fahren. Das kann ich natürlich nicht bringen. Ich bin in der Probezeit, die feuern mich. Mein Englisch ist schlecht. Mit meiner Schulbildung wäre ich in einem Russisch sprechenden Land besser aufgehoben. Funke tröstet mich mit dem Versprechen, mir beizustehen. Robert hat ihr ohnehin viel von Ogun und der Lifevac erzählt. Und sie hat Zeit, findet es ganz toll, diesem Ogun nachzuspionieren. Wir fahren zu seinem Headquarter, wie man das Hauptquartier kosmopolitisch nennt, ein Protzteil auf der Ile de Beauté (Bonzenviertel und wirklich eine schöne Insel). Der Palast ist riesig, weiß, mit hohem Zaun. Wir fahren langsam dran vorbei, da heben die Wachen schon die Gewehre. Ich habe nicht mal eine vernünftige Kamera … Knipse mit meiner Autofocus. Im Hof parken Mercedes und BMWs, alles neue Autos. Funke berichtet, dass Ogun einst mit einer Chemiefabrik angefangen hat, die irgendwo weit außerhalb liegt. Inzwischen besitzt er angeblich sogar Anteile an der drittgrößten Bank des Landes. Die Firma, mit der er heute Geld macht, heißt Medic. Eine Arzneimittelfabrik. War ursprünglich ein schweizerisch-französisches Gemeinschaftsunternehmen. Das dann aber beim Antritt der vorletzten Militärregierung verstaatlicht wurde. Und beim nächsten Putsch war's dann an der Zeit für Ogun, ein echtes Schnäppchen zu machen. Zuerst bekam er die Medic treuhänderisch, weil da nichts mehr lief. Als er dann die Firma wieder angekurbelt hatte, übernahm er sie ganz. So macht man das hier. Das sollten sich Elenas Leute mal durch den Kopf gehen lassen, bevor sie mit Ogun zusammenarbeiten.

Das mit den Militärputschen ist eine Tradition in den gerade mal knapp 40 Jahren, in denen Wagorunia ein souveräner Staat ist. Seit dem letzten Putsch hat das Volk der Yoguma das Sagen. Ihr Lebensraum befindet sich um Port Lac, dem Wirtschaftszentrum des Landes (Hafen). Sie hängen mehrheitlich dem alten Götterglauben an. Viele sind aber auch Christen (Anglikaner, Katholiken). Ogun gehört dem Volk der Yoguma an. Ehrlich gesagt, habe ich nichts anderes erwartet!

Der spanische Wein, den ich mit Robert trinken wollte, hat Funke gesprächig gemacht. Sie ist selbst eine Yoguma, aber anglikanisch getauft. Was, wie sie sagt, nichts bedeutet. Christentum ist mehr so 'ne gesellschaftliche Tünche, unter der die vielen Götter der Yoguma leben. Ich könne Leute wie Ogun nur verstehen, wenn ich die Mentalität seines Volks wenigstens in Grundzügen kennen würde: Die Keimzelle der Yoguma ist die Familie, die weitverzweigte Sippe. Sie funktioniert absolut hierarchisch im Sinne des Patriarchats, wird nicht in Frage gestellt. Bei Streitfällen entscheidet der Clanchef, der Chief, der sich wiederum vom Medizinmann beraten lässt.

»Meine Leute empfinden Scham und Angst, wenn ihr Handeln die Sippe verletzt. Das gleiche Handeln Fremden gegenüber ist okay, da es ja dem Interesse der Sippe dient«, erklärte Funke. Also keine allgemein gültige Moral, sondern eine, die das Wohl der Familie, der Sippe als wichtigstes Gut ansieht. Sozusagen ein Gruppenegoismus.

Funke meinte, dieses alte Sippendenken habe auch durchaus Vorteile. »Die Menschen helfen sich, jeder hat Schwestern, Brüder, Cousins, die ihm zuarbeiten, wie auch umgekehrt. Die Familie als Clan.«

Darin liegt laut Funke gleichzeitig das Grundproblem ihres Landes. »Das Sippendenken macht eine funktionierende Demokratie, die Wagorunia sein möchte, eigentlich unmöglich. Denn die Chiefs, die die Autorität von Königen haben und für andere Familienoberhäupter sprechen, fühlen sich von den Politikern entmündigt. Deshalb versuchen sie Politiker zu kaufen, um Entscheidungen in ihrem Sinne zu manipulieren. Naturgemäß werden jene sauer, die sich das nicht leisten können. Wenn's *dumm läuft, gibt es in der Folge einen kleinen Aufstand oder gar einen Krieg.«*

»Mit wem müssen weiße Geschäftsleute sich nun gut stellen? Diesen Chiefs *oder den Politikern?«, fragte ich Funke. »Ihr seid die Fremden, also müsst ihr beide kaufen«, meinte sie. Sie sah mich ernst an. »Aber was dieses Aids-Mittel angeht, da steckt bestimmt eine Schweinerei hinter. Das habe ich Robert auch schon gesagt.« Ich fragte sie, wie sie darauf komme. Ihre verblüffende Antwort: »Ogun ist ein schlechter Mensch. So einer bringt bestimmt nichts Gutes für die Menschheit. Verstehst du, es würde nicht zu ihm passen, Aids-Kranke zu retten. Einen solchen Geschäftsvorschlag würde der sich nicht mal anhören. Der würde eher Krematorien bauen, um die Leichen loszuwerden und daran zu verdienen.«*

Woher sie ihn denn so genau kennt? Ihre Antwort machte mich sprachlos. »Er stammt aus dem gleichen Dorf wie meine Eltern. Seine Frau lebt heute noch dort. Soll ich es dir zeigen?« Was für 'ne Frage!

Ein Satz in Manfreds Notizen stach hervor: Es würde nicht zu Ogun passen, Aids-Kranke zu retten. Der würde eher Krematorien bauen. Das waren schreckliche Anschuldigungen, die Funke gegen Konstantins Geschäftspartner erhob. Manfred schien ihr zu glauben. Der Grund für sein Vertrauen lag nach Elenas Ansicht auf der Hand. Funke war Roberts Freundin. Das machte sie authentisch, glaubwürdig in den Augen von Manfred. Für Elena waren es unbewiesene Anschuldigungen. Unvorstellbar, dass Behr und Konstantin sich auf einen Mann einließen, über dessen Geschäftsgebaren sie sich nicht informiert hatten!

Elena hatte alles um sich herum vergessen, selbst ihr Fieber. Gebannt las sie weiter.

Mittwoch, 21. Januar 1998

Großer Gott, was für ein Tag! Ist jetzt zwei Uhr morgens, ich bin total wach, trotz allem. Oder deswegen. Also, der Reihe nach. Fing alles harmlos an. Erst zum Flughafen, eine Sendung für Robert abholen.

Ich warte vor dem Frachtterminal auf Funkes Rückkehr, beobachte zwei Schwarze, die zwei Frachtboxen für Tiere auf einen Pick-up laden wollen. Aus den Boxen höre ich lautes, markerschütterndes Jaulen, wahrscheinlich von Hunden. Die Schwarzen trauen sich kaum, die Boxen anzufassen, stapeln die Dinger schließlich übereinander auf die Luftschlitze und decken eine Plastikplane drüber. Und das bei den Temperaturen; die Tiere darin ersticken doch! Da rebelliert mein Tierfreundherz. Ich gehe rüber, erkläre denen mit Händen und Füßen, dass sie alles falsch machen. Die verstehen mich nicht und ich sie nicht. Also klettere ich kurzerhand auf den Pick-up, kriege keine Box allein hoch: In der schwülen Hitze bin ich sofort schweißgebadet. Die Schwarzen protestieren lautstark. Einer holt ein Gewehr. Ich will schon aufgeben. Da halten zwei schwarze Mercedes, S-Klasse, verdunkelte Scheiben. Hinten rechts rauscht das Fenster runter.

Ein dickes, schwarzes Männergesicht mit breiten Narben glotzt mich wütend an. »Verschwinden Sie, das sind meine Hunde!«

Ich, cool: »Aber nicht mehr lange, die werden ersticken.« Ich erklär' das mit den Luftschlitzen.

Der dicke Schwarze steigt enorm gelenkig aus dem Benz, brüllt rum, aus den beiden Wagen tauchen vier weitere Kerle in weiten Gewändern auf – auch mit Gewehren. Leibwächter? Eingeschüchtert klettern die beiden ersten Typen zu mir auf die Ladefläche, stellen die Boxen ziemlich gefühllos richtig hin. Die Hunde bellen wie irre. Jetzt sehe ich durch die Luftschlitze, dass es Doggen sind! Junge Tiere, total verschreckt und verängstigt. Sie haben Schaum vorm Maul, hecheln verzweifelt. Ich zeige auf die Boxen, will dem Dicken erklären, dass die Hunde da rausmüssen. Aber mein Englisch! Was heißt Schaum vorm Maul? Ich radebreche, dass die Hunde dringend was zum Trinken brauchen.

Aus dem Benz, in dem der Dicke saß, steigt ein Weißer, heller Anzug, geschniegelt, ungefähr Mitte 30. Und spricht mich auf Deutsch an! Ohne Anrede, ziemlich arrogant: »Kennen Sie sich mit Doggen aus?«

»Klar«, sage ich, »ein Onkel von mir hat die gezüchtet.«

Der Deutsche verhandelt mit dem Schwarzen. Wie der plötzlich freundlich wurde! Die Typen vom Pick-up flitzen los, um Wasser zu ho-

len. Ob ich mich traue, die Boxen zu öffnen? Ich nicke leichtfertig, schließlich habe ich als Kind gelernt, wie man mit Hunden umgeht. Aber was ich nicht bedacht habe: Die Hunde sind nach der langen Reise mit Kot und Urin verdreckt und stinken. Es sind allerdings schöne Tiere, vielleicht ein halbes Jahr alt. Ich gebe ihnen das Wasser, reinige sie notdürftig mit alten Lappen und beruhige sie. Die bellenden »Bestien« fiepen erbärmlich. Das muss Eindruck gemacht haben!

»Okay«, knurrt der Dicke, »jetzt müssen die Hunde aber wieder in die Boxen.«

Ich hab mir nur meinen Teil gedacht. Die werden solch einen Horror vor den verschissenen Boxen haben! Der Deutsche und der Dicke stecken die Köpfe zusammen. In dem Augenblick erscheint Funke mit Roberts Postpaketen! In ihrem süßen Minirock und kurzem Top. Sie lächelt, da sieht der Dicke sie auch. Ich kapier' in dem Moment überhaupt nichts; was will sie? Als sie näher kommt, trennt sich der Dicke von dem Deutschen, streckt Funke die Hand hin, sie macht einen tiefen Knicks! Sie reden in einer mir unverständlichen Sprache. Schließlich wenden sich beide mir zu, strahlend.

*Und dann sagt Funke auf Englisch: »*Chief *Ogun, dies ist Manfred, ein Geschäftsfreund meines Bruders Yinka.« Ich dachte, ich träum'! Der Ogun, den sie gestern als schlechten Mensch bezeichnete. Vor dem knickst sie nun wie ein kleines Mädchen bei der Jugendweihe! Da komme ich in ein 80-Mio-Land, um einen Mann zu suchen. Und was passiert? Er findet mich! Drückt mir 1000 Wagu (rund 500 Mark) in die Hand und meint freundlich, ich möchte doch mitkommen, um die Hunde während der Fahrt zu betreuen.*

Bevor ich pieps sagen kann, flötet Funke, dies ausgekochte Luder: »Vielen Dank für dein Vertrauen, Chief, *aber wir haben eine Verabredung mit einem Geschäftsfreund.« Ich denke noch, dass das keine gute Antwort ist – besser kann ich doch gar nicht an Ogun rankommen. Da greift Ogun noch mal in die Tasche, zückt wieder 1000* Wagu! *Wir sollten den Geschäftsfreund zur Versöhnung zum Essen einladen. (Taktisch clever von Ogun, so hat er gleich auch seinen Geschäftspartner aus Deutschland beeindrucken können: Siehste, weißer Mann, ich habe die Lage voll im Griff.)*

Mit zwei deutschen Doggen in den Armen werde ich quer durch Port Lac kutschiert. Auf der Ladefläche eines Pick-up. Muss genial ausgesehen haben. Genau in die Höhle des Löwen – in Oguns Privatvilla (auch auf der Ile de Beauté, wie ich jetzt weiß). Ein Palast, zweistöckig, schneeweiß, supermodern.

Während der Fahrt habe ich mir die ganze Zeit überlegt, wie ich rauskriegen kann, wer der schweigsame, arrogante Deutsche ist. Ich weiß es immer noch nicht, denn der Knabe ließ sich nicht mehr blicken. Aber mit wie vielen Deutschen mag Ogun derzeit Geschäfte laufen haben? Morgen werde ich es erfahren, hoffentlich: Ogun hat Funke und mich zu einer Dinner-Party eingeladen. (Ich brauche einen Anzug! Ob Robert noch meine Größe hat?)

Zurück zu den Doggen: Auf der Rückseite der Villa protzt ein Pool von olympischen Dimensionen, daneben ein Riesenbaum mit ausladender Schirmkrone. In einer Ecke eine hohe Steinmauer, dahinter auf drei mal drei Metern ein Zwinger mit Betonboden. Die armen Tiere! Nix zum Scharren, kein Wasser, kein Futter. Ich sage zu den Helfern, dass die Hunde frisches Fleisch und viel Wasser brauchen. Und außerdem Auslauf. Sie sehen mich an, als wäre ich nicht bei Sinnen. Ogun habe ich es auch noch mal gesagt. Mehr konnte ich für die jungen Doggen nicht tun.

Im Patrol gab ich Funke ihren Anteil. Sie freute sich wie ein kleines Mädchen über die 1000 Wagu. So viel verdient – statistisch – ein Mensch in Wagorunia im halben Jahr! Ich frage Funke, wozu Ogun die Doggen braucht. »Er lässt sie bestimmt nachts auf dem Grundstück frei laufen, zur Abschreckung. Und irgendwann wird er sie abrichten lassen, Menschen anzufallen. Menschen wie mich, denn die meisten Schwarzen haben Wahnsinnsangst vor solchen Hunden.«

»Und Ogun selbst nicht?«

»Hat der Teufel Angst vor Satan?«

Damit diese Doggen satanische Züge annehmen, muss der Teufel schon selbst die Hände im Spiel haben.

Es war bereits nach 14 Uhr, als wir endlich das chaotisch wimmelnde Port Lac hinter uns gelassen hatten und in Richtung Funkes Heimatort Imeja unterwegs waren. Der schnurgerade Highway durchschnitt saftig grünes Buschland. Funke bog irgendwann ab. Kein Asphalt, Staub, Schlaglöcher – sie bretterte drüber. Es gab immer weniger Wald, statt dessen urbar gemachtes Land. Auf Feldern arbeiteten Menschen, hin und wieder Stände, an denen Frauen Getränke und Obst verkauften. Funke raste konzentriert vorbei, durch weites Land, fast ohne Bäume. Wir passierten kleinere, staubige Dörfer, Hühner flitzten zur Seite. Endlich Imeja. Es war fast vier Uhr nachmittags; mir wurde klar, dass die Zeit drängt. Obwohl ich das Gefühl hatte, in diesem Dorf würde sie stillstehen: Hütten aus Lehm, mit Palmwedeln oder Wellblech bedeckt, kaum ein Haus aus Stein. Wenige Menschen.

*Unvorstellbar, dass ein Mann wie Ogun, der sich mit dem Jahresverdienst eines Mitbürgers locker ein Doggentransport-Problem vom Hals schafft, aus diesem vergessenen Winkel stammt. Funke stoppte den Patrol vor einem verhältnismäßig gut erhaltenen Lehmhaus. Schlagartig war der Wagen von halb- oder ganz nackten Kindern umgeben. Sie glotzten mich an, kicherten. Ich verstand nur ein Wort: oibo, oibo oder so ähnlich. (Funke erklärt später: »*Òyìnbó *heißt einfach nur Weißer.«) Ich begann zu fotografieren (Dorfstraße, Haus Ifa); die Kids grinsten in die Kamera. Ich spielte verspäteter Weihnachtsmann, verteilte viele bunte Geldscheine.*

Schließlich kam Funke zurück: »Oguns Frau Ifa wohnt nicht mehr hier. Sie ist zu ihrem Bruder gezogen.« Sie lacht. »Wir fahren zu meinem Vater. Dort könnten wir übernachten.«

Abseits von Imeja steht eine kleine Kirche aus Stein, ein Steinhaus daneben, ein tuckernder Generator. Ringsum karges Land, auf dem Yam-Wurzeln wachsen. Die Begrüßung war herzlich, Funkes Vater David freute sich enorm. David lebt allein, seine Frau ist vor einem Jahr gestorben. Aber ihr Bruder Yinka, dessen angeblicher Geschäftspartner ich bin, war da. Yinka ist wie Funke und David sehr groß und schlank, er studiert in London Jura, ist zwei Jahre älter als Funke, also 25. Der Vater hat wache, kritische Augen, volle schwarze Haare, er hält sich sehr gerade. Er leitet die anglikanische Kirche und hat lange in London gelebt.

David improvisierte ein Festessen mit Huhn, Reis, Palmwein und Bier. Funke erzählte gleich, warum ich in Wagorunia bin. Yinka ist hitzköpfi-

ger als Funke und spricht gerade heraus. »Männer wie Ogun pervertieren die Tradition der Yoguma. Dieser Mann kennt keine Skrupel und verrät sein eigenes Land zugunsten einer kleinen Gruppe von Leuten, die immer mehr Geld und Macht anhäufen!«

Ich fragte, wie er das meine.

Yinka platzte heraus: »Hast du noch nie etwas von den Geheimbünden gehört?«

»Doch«, antwortete ich, stolz auf mein angelesenes Wissen, »aber das hat doch bei den Yoguma auch Tradition. Die Bünde haben schon mit den Kolonialmächten zusammengearbeitet.« Schließlich ist bekannt, dass der Sklavenhandel von afrikanischen Geheimbünden überhaupt erst ermöglicht wurde.

Yinka meinte etwas anderes: »Kennst du die Zahlen? Weißt du, was die mit unserem Land gemacht haben? Der Internationale Währungsfonds schätzt, dass in den letzten 25 Jahren etwa 250 Milliarden US-Dollar außer Landes geschafft wurden. In die USA, und vor allem nach Europa, natürlich. Zu den alten Kolonialmächten. Das ist gelebter Zynismus! Deshalb habe ich mich entschlossen, Jura zu studieren. Um der Macht dieser organisierten Männer entgegenzutreten. In Italien verhaften sie wenigstens hin und wieder mal Mafiabosse. In Wagorunia sitzen die in der Regierung. Wenn mal einer einkassiert wird, wird er gleich anschließend erschossen. Weil er seine Kumpels übers Ohr gehauen hat.«

Yinka spülte seinen Ärger mit Bier runter. Sein Vater sah mich nachsichtig an: »Wissen deine Deutschen, mit wem sie hier Geschäfte machen?«

»Nein«, sagte ich, »darum bin ich ja hier.«

»Gut, dann nimm dir morgen etwas Zeit. Wir zeigen dir was.« Yinka deutete auf mein Notebook. »Was schreibst du da rein?«

»Alles.«

»Sie werden ihn dir klauen. Dann wissen sie, was du weißt.«

»Ich schreibe auf Deutsch.«

»Na und, meinst du, von denen beherrscht keiner deine Sprache? Hast du Disketten? Dann speichere darauf ab und lass nichts Wichtiges auf der Festplatte. Die Disketten versteckst du oder schickst sie zwischendurch nach Hause.«

Wir sprachen noch lange über Afrika und Deutschland. Die Tatsache, dass mein Volk sich von einer Diktatur befreien konnte, führte Yinkas Gedanken zur Militärdiktatur Wagorunias: »Diktaturen dauern nicht ewig.«

David bremste ihn sanft ab: »Für Wagorunia ist das noch ein sehr weiter Weg.«

Yinka blickte ins Leere. »Vielleicht kannst du Wagorunia helfen, Manfred.«

»Indem ich über Ogun schreibe?«

»Klar. Ogun und ähnliche Leute haben die Macht der Militärs zementiert. Der Westen arbeitet mit den falschen Leuten zusammen.«

Später legte David den Arm um meine Schulter: »Manfred, weißt du eigentlich, auf was du dich eingelassen hast? Wenn du wirklich die Wahrheit über Ogun herausfinden willst, dann wird es für dich gefährlich. Dies ist kein Spiel.«

Es war dunkel und warm. Dennoch konnte ich Davids wache Augen sehen und trotz der Wärme lief mir ein Schauer über den Rücken. »Puh«, sagte ich obenhin, »mir wird keiner was tun.«

»Der Junge pfeift im Keller, damit er seine Angst nicht spürt«, grinste David und seine weißen Zähne leuchteten.

(Ich habe keine Lust, mich in diesem Land mit Paranoia zu infizieren. Aber die Chancen dafür stehen gut: Kopiere jetzt alles auf Diskette.)

12

Offensichtlich hatte Manfred den Rat von Funkes Bruder beherzigt. Sonst hätte Frau Werner keine Post von ihm erhalten. Elena ging davon aus, dass er weitere Teile auf ähnliche Weise nach Hause geschickt hatte. Sie war allerdings zu müde, um sich zu fragen, wie die Diskette schon am Montag in London hatte aufgegeben werden können, wenngleich Manfred selbst erst zwei Tage später dorthin geflogen war. Sie folgte mehr ihrer Intuition als ihrer Logik, indem sie sich an Manfreds Schreibtisch setzte, den er billig gekauft und selbst wieder hergerichtet hatte.

Ein ganzes Wochenende lang hatte er geschliffen, gefeilt und lackiert. »An diesem Tisch will ich irgendwann meine Bestseller schreiben. Da darf ruhig ein bisschen Schweiß von mir drin stecken.« Viel zu selten hatte er daran gesessen …

Im Schubladenschloss steckte der Schlüssel. Der Platz fürs Notebook war gleich vorn – und leer. Sie ging davon aus, dass eingetreten war, was Yinka prophezeit hatte. Yinka, der Mann, der Manfred das Leben retten wollte. Und so schrecklich zu Tode gekommen war. Wenn es ihr besser gegangen wäre, hätte sie vielleicht die ganze Wohnung nach Notizblöcken abgesucht, auf denen Manfred womöglich sein Tagebuch fortgesetzt hatte, falls ihm das Notebook gestohlen worden war. So jedoch legte sie sich in die Badewanne. Ein heißes Erkältungsbad hatte ihr immer geholfen.

Irgendetwas an Manfreds Notizen missfiel ihr. Es war ein Gefühl, das sie sich selbst nicht erklären konnte. Manfred hatte in kürzester Zeit einen erstaunlichen Einblick in die Zusammenhänge bekommen. Durch Roberts Freundin Funke. Er hatte Glück gehabt. Am folgenden Donnerstag, der auf der Diskette nicht mehr beschrieben war, würde er etwas »gezeigt« bekommen. »Ogun baut eher Krematorien« – so ähnlich hatte Funke es ausgedrückt. Fuhren die drei aus Imeja mit Manfred am nächsten Tag an einen solchen Ort?

Elena betrachtete den Minibarzettel, der sich in der feuchten Badezimmerluft wellte. Yinka, der Freund, studierte Jura in London. Um »Männer wie Ogun« zu bekämpfen. Dieser Freund hatte demnach andere Interessen als Manfred. Ihr Mann wollte eine Reportage schreiben. Yinka dachte an Politik! War diese Allianz der wahre Grund für Manfreds Tod? »Wir sind dem Bund in die Quere gekommen«, hatte Manfred in seiner letzten Stunde aufs Band gesprochen. Yinka redete offen von Geheimbünden, die Milliardenwerte aus dem Land schafften!

Elena setzte sich abrupt in der Wanne auf: »Manfred, worauf hast du dich da nur eingelassen!« Dieses Reporterglück, das ihm hold zu sein schien, war in Wirklichkeit eine entsetzliche Falle, in die er tappen würde. Voller Enthusiasmus folgte er seinen neuen Freunden ...

Rat suchend studierte sie wieder ihren Plan mit Manfreds Kontakten. Sie hielt es in der Wanne nicht mehr aus. Sie musste eine richtige Struktur anfertigen, am Computer. Mit zwei Rubriken: Manfreds Freunde und Feinde. Sowie Querverbindungen – wer gehörte zu wem? Als sie fertig war, stellte sich alles ganz einleuchtend dar: Manfred war von Omo ermordet worden! Denn dessen Schwester Ifa war mit Ogun verheiratet, er folglich Oguns Schwager. Wenn das Gift wirklich von Omo stammte, der aber gleichzeitig das Vertrauen von Yinka besaß, dann war die Sache eindeutig: Der Mann gehörte dem Geheimbund an. Um Manfreds und Yinkas Vorhaben zu stoppen, hatte Omo die beiden vergiftet. In Oguns Auftrag.

Sie hatte Beweise – die beiden Scherben. Vielleicht befand sich daran genug Gift, um ihn zu überführen. Ihr Optimismus brach im gleichen Augenblick in sich zusammen. Wie sollte sie einen Mann dingfest machen, der in Afrika lebte? Von dem sie nur den halben Namen hatte, der zudem wie ein deutsches Waschmittel klang. Aber sie könnte diesen Mann durchaus ausfindig machen! Imeja. Eine Kirche aus Stein mit einem Steinhaus. Das war in jener Gegend offensichtlich etwas Besonderes, sonst hätte Manfred es nicht erwähnt. Dort lebte Funkes Vater. Ob David wusste, dass sein Sohn Yinka tot war? Ob Funke es wusste?

Oder Robert, der Reporter von Reuters? Warum hatte dieser angebliche Freund Manfred im Stich gelassen? Wusste er vielleicht, was gespielt wird? War er deswegen nach Manfreds Ankunft verschwunden?

»Das ist ja Verfolgungswahn!«, sagte sie laut. Ihr Kopf schmerzte. Eine Auszeit konnte sie sich nicht erlauben; sie musste weitermachen. In der Küche nahm sie eine Tablette und kehrte ins Arbeitszimmer zurück.

Vom Monitor blickte sie ihr eigenes Hochzeitsfoto an. Es zerfloss in weiche Wellen und baute sich erneut auf. Es war die gleiche Spielerei, die sie auf Manfreds Laptop als Bildschirmschoner eingebaut hatte. Sie drückte auf die Leertaste und studierte ihre Freund-Feind-Grafik. Nein, Robert musste sie wieder auf die Freund-Seite stellen. Im Kongo herrschte tatsächlich Bürgerkrieg, Roberts Abreise war begründet. Außerdem: Er hätte Manfred den Afrikatrip ausreden können. Das wäre einfacher gewesen. Dennoch ärgerte sie sich über das Verhalten dieses einstigen Jugendfreundes maßlos.

In ihrer Grafik fehlte noch ein wesentlicher Teil. Die Verbindung nach Deutschland. Konstantin, Behr, die Hornung AG, die das Mittel gegen Aids herstellen sollte. Wo waren die einzutragen? Unter Freunde oder Feinde? Die drei standen in Verbindung zu Ogun – einem Feind. Also gehörten sie dorthin. Sie stutzte. Ihr eigener Name fehlte noch. Sie schrieb sich in die Rubrik Freunde. Natürlich, sie war schließlich Manfreds Frau. Andererseits arbeitete sie mit Konstantin und seinen Partnern zusammen, die mit Ogun Geschäfte machten. Also stimmte ihre

Position in dieser Grafik nicht. Sie hatte sich gewissermaßen privat eingetragen. Ihre Rolle in dieser Aufstellung betraf aber ihren Beruf.

Langsam löschte Elena ihren eigenen Namen aus der Rubrik Freunde. Sie trug ihn stattdessen unter Feinde ein. In dieser Tabelle stand sie somit auf der falschen Seite. Sie war die Gegnerin ihres eigenen Mannes geworden.

Die Schlaftablette ließ sie wirr träumen: Manfred hatte sich in Schneewittchen verwandelt. Und sie selbst war der Rüde von der anderen Straßenseite gewesen, der Manfred wachküsste. Als sie aufwachte, waren zwei Stunden vergangen. Sie lag auf seiner Seite des Betts, umklammerte das Bucheckernkissen, als liebkoste sie seinen Kopf.

Sie holte sich das Fotoalbum ihrer Kindertage hervor, sah sich selbst als Zehnjährige neben einem kanadischen Schäferhund. Sie machte nicht nur auf diesem Bild ein ernstes Gesicht.

Elena ging zum Telefon und wählte. »Hallo, ich bin's.«

»Na, Lena, was macht ihr beiden Verliebten an einem so trüben Samstagnachmittag?« Die Stimme ihrer Mutter klang jugendlich und unternehmungslustig. Diese Frische ließ Elena im ersten Augenblick erschrecken. Es schien überhaupt keine Verbindung zu geben zwischen Mutters Fröhlichkeit und ihrer eigenen tiefen Melancholie.

Sie hatte keine Kraft für Brigittes mitreißende ungestüme Art. Stattdessen sagte sie ganz leise: »Kannst du dich noch an Schneewittchen erinnern?«

Nachdenklich, fast kaum hörbar, antwortete Brigitte: »Natürlich, Lena. Das werde ich nie vergessen. Niemals.« Elena hörte ihre Mutter in München schwer atmen. »Es ist was passiert, nicht wahr?«

»Kannst du kommen?«

»Sofort?«

»Manfred ist tot.«

»Heute?«

»Gestern. Ich musste ihn identifizieren. Es war so entsetzlich. So grausam. Ich verstehe es nicht, Mama.« Sie hatte ihre Mutter schon ewig nicht mehr so genannt. Wahrscheinlich seit Schneewittchens Tod nicht. Sie konnte sich nicht erinnern. Mama wollte immer Brigitte gerufen werden. Wenn sie untergehakt durch die Straßen liefen, konnte man sie auch wirklich für Freundinnen halten.

»Ich weiß nicht, was ich machen soll, Mama.«

»Wie heißt noch mal deine Nachbarin?«

»Frau Werner.«

»Gib ihr deinen Schlüssel. Ich werde bei ihr klingeln, wenn ich heute Abend komme.«

Elena legte auf. Ziellos irrte sie durch die Wohnung, suchte mal Manfreds Disketten, mal nach der Bürste, um sich die zu Berge stehenden Haare zu frisieren. Sie kämmte sich jedoch nicht vor dem Spiegel, sondern in der Küche, wo ein Teebeutel im Becher hing. Während das Wasser im Kocher daneben kalt geworden war. Sie stand am Fenster, sah verliebten Paaren zu, die durch die nächtlichen Straßen in die nahen Restaurants eilten, um sich aufzuwärmen.

Die Türglocke hatte wohl schon mehrmals geläutet, bevor Elena ihren Klang registrierte. Frau Werner stand im Flur, ein Tablett mit dampfenden Spaghetti und Tomatensauce in den Händen. Elena sah durch die alte Frau hindurch, irgendwo auf einen Punkt im Treppenhaus. »Sie müssen was essen, Frau Odermatt. Ich dachte, ihr jungen Leute mögt Nudeln am liebsten.«

Elena nahm die Spaghetti zwar wahr, aber sie verwandelten sich augenblicklich in Manfreds Arrabiata, die er immer beim Italiener aß. »Manfred ist nicht da«, sagte sie. Zwischen ihr und Frau Werner schien eine Wand aus Glas zu stehen. Die Schlaftablette. Sie hatte sich hinlegen wollen. »Wie spät ist es?« Und während sie das fragte, echote ihre Erinnerung die gleichen Worte mit Manfreds rauer Tonbandstimme.

»Nach acht.«

»Wieso wusste Yinka, dass Manfred so lange schlafen musste?« Elena hatte die Nachbarin bereits vergessen, ging ins Arbeitszimmer. Die alte Frau folgte ihr mit den dampfenden Spaghetti.

»Yinka ging davon aus, dass Manfred wieder aufwacht. Aber dann kam das Zimmermädchen, dann Morrison, dann die Polizei.« Abrupt drehte Elena sich zu Frau Werner um, sah sie mit weit aufgerissenen Augen an, erkannte sie aber nicht: »Sie haben ihn gestört.«

Die Nachbarin zuckte zurück: »Ich wollte Sie nicht stören, Frau Odermatt. Ich dachte nur, Sie hätten Hunger.« Sie stellte den Teller auf Manfreds Schreibtisch und drückte Elena sanft auf den Stuhl. »Sie sollten wirklich essen. Wenigstens ein bisschen.«

Vom Regal starrte sie wieder das Hochzeitsbild an. Wie viel Kraft in Manfreds Blick lag … »Ich habe ihn gern gemocht«, hörte sie Frau Werner, »die Leute im Haus fragen alle, was passiert ist.«

Elena sah das Schubfach in der Pathologie zurückgleiten. »Wieso hat Morrison nicht bemerkt, dass er noch lebt? Und warum sonst niemand?« Sie gab sich selbst die Antwort: »Sie werden ihn zugedeckt haben.« Gedankenverloren schüttelte sie den Kopf. »Warum hat er nicht geschrien? Longford war doch im Raum. Der hätte ihn hören müssen.« Elena sah das Hochzeitsbild an. »Er ist erstickt«, flüsterte sie kaum hörbar. Sie bekräftigte ihre eigenen Worte durch langsames Nicken: »Erstickt ist er. In dieser Kiste. Und gleich nebenan hat ein Arzt gestanden.« Frau Werner musste sie für unzurechnungsfähig halten, als sie fragte: »Pathologen sind doch Ärzte, oder?«

Die Nachbarin rührte sich nicht, schien zu keiner Bewegung mehr fähig. Was sich in ihrem Verstand als Puzzle zusammensetzte, konnte kaum einen Sinn ergeben. »Die Nudeln«, sagte sie tonlos.

Elena führte die Gabel in die Spaghetti, hielt in der Bewegung inne und starrte vor sich hin: »Wenn da ein Schild gewesen wäre: Nicht stören – dann würde Manfred noch leben. Ist das nicht unglaublich, Frau Werner? Ein dummes Schild. Yinka hatte es nicht aufgehängt. Ja, so wird es gewesen sein. Und darum ist Manfred gestorben. Weil dieses Schild fehlte.«

Frau Werner konnte Elenas undeutlich gesprochene, halb verschluckte Worte schlecht verstehen. »Wegen eines Schildes, Frau Odermatt? Hat er es überfahren? Dann war es also ein Unfall.«

Elena schob sich die Nudeln gedankenverloren in den Mund, die rote Sauce kleckerte. »Ein Unfall. Es war ein Unfall.«

»Wenn mich jemand fragt, dann sage ich das, Frau Odermatt.« Sie wandte sich zum Gehen. »Ich seh nachher noch mal nach Ihnen und hol den Teller. Soll ich Ihren Schlüssel mitnehmen?« Frau Werner verstand Elenas Schweigen als Zustimmung.

»Wieso überfahren? Er ist erstickt«, murmelte sie und drehte sich zu Frau Werner um. Aber da war die Wohnungstür schon leise ins Schloss gezogen worden.

13

Hier steht der Teller, gleich neben ihr. Danke, Frau Werner, dass Sie mir aufgemacht haben. Wiedersehen.«

Elena hatte nicht geschlafen, nur den Kopf auf Manfreds Tischplatte gelegt. Sie wusste nicht, wie lange sie so gelegen hatte. Als sie sich aufrichtete, schmerzte ihr Rücken. Ihre Mutter stand im langen schwarzen Wollmantel mitten im Raum, einen kleinen Koffer in der Hand. Zögernd nahm sie ihre Baskenmütze vom Kopf und ging zu Elena. Wortlos beugte sie sich zu ihrer Tochter hinunter und umarmte sie.

»Du musst ins Bett, Lena.« Sie zog Elena sacht vom Stuhl hoch. »Kannst du allein gehen?«

»Vater hat immer gesagt, ich bin eine Odermatt. Eine Odermatt gibt nie auf.« Sie versuchte ein Lächeln. Es misslang.

»Du wolltest wieder allein klarkommen, stimmt's?« Ihre Mutter strich ihr die Strähnen vorsichtig aus dem Gesicht, bemerkte das Blut an Elenas Schläfe. Sie gab ihr einen zarten Kuss auf die Wange: »Danke, dass du mich gerufen hast, Lena.« Sie nahm sich nicht einmal die Zeit, den Mantel abzulegen, und führte Elena ins Schlafzimmer, das lediglich von der Neonreklame gegenüber schwach beleuchtet wurde. Die Kopfkissenbezüge hatten dunkle Flecken. Dass es Blut war, konnte Elena erst erkennen, als ihre Mutter die Deckenbeleuchtung einschaltete.

»Wir müssen deine Wunde verarzten.« Sie tupfte Jod auf das verkrustete Blut an der Schläfe und klebte ein Pflaster darauf. »Ich schlafe in Manfreds Bett, wenn du erlaubst. Dann bin ich bei dir, falls du mich brauchst.« Mit schnellen Handgriffen wechselte sie die Bezüge. »Die Betten riechen seltsam.«

»Das ist Omos Zeug.«

Ihre Mutter glaubte an einen unglücklichen Scherz: »Du solltest ein anderes Waschmittel verwenden.«

Elenas Lachen wurde übergangslos zu einem Schluchzen. Sie ließ sich aufs Bett zurückfallen. Brigitte deckte sie sorgsam zu. Wie Mütter ihre Kinder zum Schlafen legen.

Die Kraft der Sonnenstrahlen brach sich an den heruntergeklappten Lamellen der Jalousie. In Elenas Kopf hatte sich eine dumpfe Benommenheit breit gemacht, welche die Wirklichkeit noch von ihr fern hielt. Das Bett neben ihr war leer. Darauf lag ein dunkelblaues Damennachthemd, dessen weicher Stoff wie ein Farbklecks zerlief. Sie konnte sich nicht erinnern, wie sie ins Bett gekommen war. Aus der Ferne hörte sie eine vertraute, weiche Stimme melodiös sprechen.

»... es ist furchtbar ... weißt du, wie alt er war? ... 26? Nein, kein Alter zum Sterben ... Unfall ... anscheinend mit dem Auto ... Vorfahrt missachtet ...«

Elena machte eine fahrige Bewegung mit der Hand, als verscheuchte sie eine unsichtbare Fliege. Dieser dumpfe Nebel musste verschwinden.

»... ich glaube, hier in Berlin ... Ich habe mit Elena noch nicht drüber gesprochen. Am Telefon hat sie gesagt, dass sie ihn identifizieren ...«

Ihre Mutter! Sie erzählte jemandem von Manfred.

»... Ich muss Schluss machen, Konstantin ... sie ist aufgewacht ... Ja, wir sehen uns. Ich melde mich.«

Brigitte begegnete ihr im Flur. Wie grazil sie in diesem knöchellangen, grauen Strickkleid aussah. Wie ein Schatten, der zur Tür hereingehuscht war. »Wo kommst du denn so plötzlich her?«

»Lena, du warst gestern Nacht vielleicht schlecht beieinander! Geht es dir besser?« Sie legte den Arm um Elenas Hüfte und führte sie in die Küche. Brigitte sah sich suchend in Elenas Küche um. Der Inhalt der großen Umhängetasche lag nach wie vor verstreut auf dem Tisch.

»Ich mache uns Kaffee«, murmelte Elena.

»Der ist schon fertig, Lena. Setz dich erst mal.«

»Wie bist du reingekommen?«

»Frau Werner, du hattest ihr den Schlüssel ...«

»Ich? Nein.«

»Sie hatte dir Spaghetti gebracht.« Elena stand auf, wie aufgezogen lief sie in ihr Arbeitszimmer. Dass sie es tat, war ein Impuls, folgte keiner Überlegung. Auf dem Bildschirm wellte sich immer noch das Hochzeitsbild. Sie drückte die Leertaste. Die Grafik war nach wie vor da.

Ich muss Schluss machen, Konstantin.

Natürlich, Brigitte und Konstantin kannten sich! Ihre eigene Mutter hatte ihn ihr ja vorgestellt. Damals, in München. Das war lange her, sechs Jahre. Durfte sie Brigitte in ihre Überlegungen einweihen, in dieses Geflecht zwischen Afrika und Deutschland, in dem sich Manfred verfangen hatte?

Sie beendete das Programm, als Brigitte eintrat.

»Du hast Frau Werner gesagt, Manfred habe ein Stoppschild überfahren. Hatte er einen Autounfall?«

Das Schild! Schlagartig war die Erinnerung wieder da. Wahrscheinlich hatte Yinka kein »Bitte nicht stören«-Schild an die Tür gehängt. Manfred sollte schlafen. Warum auch immer. Und er schlief. So tief, das man ihn für tot gehalten hatte.

Elenas Gedanken fuhren Karussell. Es waren alles nur Vermutungen, die sie hatte! Aber wenn sie auf der richtigen Spur war und Konstantin wusste vielleicht sogar ... Nein, das war zu absurd. Paranoia, hatte Manfred geschrieben. Dieser Verfolgungswahn hatte sie ebenfalls gepackt. Und bezog schon ihre eigene Mutter ein! Nur, weil sie mit Konstantin telefoniert hatte.

»Jetzt trink einen Kaffee und dann erzählst du mir alles der Reihe nach«, sagte Brigitte.

Elena trank den Kaffee schwarz. Ihr Kopf musste klar werden, bevor sie etwas Falsches sagte. Brigitte saß ihr abwartend gegenüber. Sie war ihre Mutter! Eine ferne Mutter, mit der sie gelegentlich telefonierte.

»Schade, dass ich Manfred nie kennen gelernt habe. Aber das war damals so kurzfristig mit eurer Hochzeit. Und wir hatten dies affenartig teure Shooting auf Jamaika. Mein Gott, wenn ich das alles vorher gewusst hätte, Lena!«

»Wie läuft die Agentur?«

»Na ja, super. Wir können uns vor Aufträgen kaum retten. Dein eigener Chef hat uns vor ein paar Wochen einen neuen Kunden vermittelt. Du kennst ihn – Gustav Behr. Er hat von dir geschwärmt.« Brigitte versuchte sie aufzuheitern. »Mach mal eine Anzeigenkampagne für einen Laborgerätehersteller, Lena. Was Langweiligeres gibt es kaum!«

»Wozu soll das auch gut sein? Endverbraucher kaufen keine Bunsenbrenner.« Langsam erwachten ihre Lebensgeister, trotzdem verstand sie Brigittes Worte nicht.

»Gustl will an die Börse, in ein paar Monaten. Er braucht frisches Kapital.« Gustl. Gustl und Konstantin. »Mit Gustls Vater war so was anscheinend nicht zu machen. Der alte Behr war wohl wie Konrad Odermatt. Immer alles unter Kontrolle behalten. Jedenfalls tüfteln wir eine Imagekampagne aus.« Ihre Mutter sprach ziemlich offen. Elenas Paranoia verkroch sich wie ein ausgeschimpftes Kind. Aber sie lugte um die Ecke. »Wir sollten vielleicht nicht über die Arbeit sprechen«, fügte Brigitte hinzu. »Wie war dein Manfred? Auf dem Hochzeitsbild sieht er so kraftvoll aus.«

»Manchmal wie ein großer Junge, übermütig. Dann wieder wie ein Freund, der einen schon lange kennt. Auch fürsorglich. Zärtlich …«

Brigitte atmete geräuschvoll aus. »Du armer Liebling.« Hilflos hob sie die Schultern. »Da gibt es keine Worte, die trösten. Nicht mal mir alter Agenturzicke fällt etwas ein.« Agenturzicke, hatte sie gesagt. Nicht Mutter. Diese Rolle schien sie schon verdrängt zu haben. Seit 20 Jahren. Damals war sie nur zwei Jahre älter gewesen als Elena heute. »Und es war ein Unfall, ja?«

Sollte sie die Wahrheit sagen? Aber was nützte das? Brigitte konnte ihr nicht helfen. Wenn sie Elenas ungeheuerlichen Verdacht allerdings an Konstantin und an *Gustl* …

Der geschniegelte Weiße in Oguns Mercedes! *Mit wie vielen Deutschen mag Ogun derzeit Geschäfte laufen haben?* Dieser Gedanke gab den Ausschlag! Sie hatte sich entschlossen, ihre eigene Mutter zu belügen. Und Konstantin. Und Behr. Sie hatte gar keine andere Wahl. Es sei denn, sie wollte sich mit den Dingen abfinden. Dazu war sie weniger denn je bereit. Diese Unfall-Variante stammte von Frau Werner. Was hatte sie denn bloß gestern Abend erzählt? Und was hatte die alte Nachbarin daraus gemacht? Konnte sie ertappt werden bei ihrer Lüge? Brigitte würde nicht lange bleiben. Die Agentur brauchte sie. Sie war Chefin von 15 Mitarbeitern.

Sie musste es versuchen. Denn wenn Konstantin von einem Geheimnis Wind bekam, dann wusste es sofort jeder. Und das war in diesem Fall Ogun. *Dem Bund in die Quere gekommen* …

»Ich war verreist, als es passierte, Brigitte. Manfred hatte keine Papiere bei sich. Sie brachten ihn ins Leichenschauhaus. Es dauerte ein paar Tage, bis seine Identität geklärt war.«

»Du hast gesagt Freitag …«

»Da habe ich es erfahren.«

Es war ein Gebilde wie ein Kartenhaus, das sie da improvisiert aufbaute. Sie konnte nur hoffen, dass es hielt. Irgendwann würde sie ihrer Mutter die Wahrheit sagen, das nahm sie sich ganz fest vor. Sie um Verzeihung bitten, dass sie gelogen hatte. Ihr sagen: ›Brigitte, es musste sein. Ich hatte Angst. Aber ich wusste noch nicht wovor.‹

Ihre Mutter stand auf und umarmte sie. »Meine arme, arme Lena. Warum ist das Leben bloß so ungerecht?«

»Kannst du ein bisschen hier bleiben?«

»Ich muss heute Abend wieder zurück. Ich werde Konstantin

noch kurz sehen, bevor ich fliege. Ich hoffe, du hältst mich deswegen nicht für kaltherzig. Aber ich versprech' dir, ich komme sofort zurück, wenn du mich brauchst.«

Elena hatte ein schlechtes Gewissen. Sie hatte das schmerzhafte Gefühl, sich selbst um den Beistand einer Freundin gebracht zu haben.

»Hast du Vater schon angerufen?«, fragte sie.

Brigitte holte sich einen Joghurt. Sie lehnte sich gegen die Kühlschranktür. »Sei mir nicht bös', Lena, ich kann deinen Vater nicht anrufen. Ich erfrier' schon, wenn ich nur seine Stimme höre.«

Elena war im dritten Semester Wirtschaftswissenschaften, als sie nach München wechselte und für ein halbes Jahr bei ihrer Mutter wohnte. Da hatte Brigitte ihren Vater so charakterisiert: ›Konrad Odermatts Gefühlswelt ist wie seine Tiefkühlprodukte. 18 Grad unter Null.‹

»Ist okay. Ich werde es schon schaffen, ihm Bescheid zu sagen.«

»Konstantin habe ich angerufen. Er soll dich morgen nicht gleich wieder mit Arbeit zuschütten. Du wirst dich ausruhen, Lena. Versprichst du mir das?«

Elena versprach es mit einem angedeuteten Kopfnicken. Aber Ruhe war das Letzte, was sie brauchte.

Brigitte war keine fünf Minuten aus dem Haus, als Elena sich wieder ihre Grafik auf den Bildschirm holte.

Bei den Feinden stand Ogun ganz oben. Aber stimmte ihre Schlussfolgerung wirklich? Sie beruhte doch lediglich auf den Aussagen von Funke und Yinka. Es gab keinen einzigen Beweis für Funkes Behauptung, dass Konstantins Geschäftspartner Ogun ein schlechter Mensch war! Wer war diese Funke überhaupt? Eine hübsche Frau, ein ausgekochtes Luder. Das war Manfreds Formulierung. Konnte Elena denn wirklich davon ausgehen, dass die Studentin der Völkerkunde nicht selbst ein doppeltes Spiel trieb? Robert war abgereist; seine Freundin hatte freie Bahn, dem gutgläubigen Manfred sämtliche Lügen der Welt zu erzählen!

Aufgrund der Behauptung einer ihr unbekannten jungen Frau durfte sie nicht ihre eigene Arbeit infrage stellen. Im Prinzip gab es nur einen Weg, die Wahrheit herauszufinden. Doch dieser Gedanke erschien ihr noch viel zu gewagt. Und sie glaubte auch nicht, dass sie den Mut hatte, ihn umzusetzen. Andererseits gab es da diesen Robert Wedekind. Er war Manfreds Freund gewesen. Würde er ihr, Manfreds Frau, helfen? Oder sie ebenfalls im Stich lassen?

Nur Manfreds Computer verfügte über einen Internetanschluss. Elena sah sich seine abgelegten E-Mails an. Manfred hatte nicht lange gezögert, bis er Kontakt zu Robert Wedekind aufgenommen hatte. Die erste Mail an ihn datierte vom vergangenen Heiligen Abend! In den knapp vier Wochen bis zu Manfreds Abreise fand eine rege Korrespondenz zwischen Port Lac und Berlin statt. Manfred hatte offensichtlich alles vom privaten Anschluss aus erledigt. Um zu verhindern, dass seine Kollegen den Stand der Recherchen verfolgten?

Die ersten ausgetauschten Mails, die Elena chronologisch aufrief, wärmten eine eingeschlafene Freundschaft auf. Bald ging es ausschließlich um die Firma Medic, die Ogun in Port Lac betrieb. Anfang Januar hatte Robert die Firma besucht. Sein Fazit: »Gegenwärtig wird nichts produziert. Scheint ein größerer Umbau im Gange zu sein. Trotzdem stehen Wachen herum.«

Eine Mail, fünf Tage später, war am interessantesten, denn sie betraf indirekt Elena. »Ich frage mich, warum dieses Joint Venture ausgerechnet in Wagorunia aufgezogen werden soll. Es gäbe Länder, die dafür im Grunde besser geeignet sind. Die Aids-Rate ist zwar auch hier hoch, liegt bei erschreckenden drei bis fünf Prozent der erwachsenen Bevölkerung. In weiter südlich gelegenen Staaten ist sie jedoch wesentlich höher, teilweise über zehn Prozent. Zu diesen Staaten hat Wagorunia sehr schlechte Handelsbeziehungen. Die Entscheidungswege, die zum jetzigen Standort geführt haben, würden mich mal interessieren. Kannst du das checken?«

Wie sollte Manfred das gecheckt haben? Er hatte keinen Einblick in Elenas Unterlagen, konnte nirgendwo offiziell anfragen. Er wusste nichts von der Hornung AG, die das fragliche Medikament herstellen wollte. An die Lifevac durfte er sich nicht wenden, wenn er nicht seine Quelle nannte: ein weihnachtliches Gespräch mit Elena beim Italiener an der Ecke. Das wirkliche Brisante jedoch war die völlig unterschiedliche Einschätzung der innerafrikanischen Situation durch Robert. Elena lagen von Seiten der Medic komplett andere Zahlen vor. Von Handelsproblemen war erst recht keine Rede.

Insgesamt las Elena aus Roberts Nachrichten keine besondere Begeisterung über Manfreds Reisepläne heraus. Am 18. Januar, dem Tag vor Manfreds Abreise, mailte der Freund sogar: »Wir sollten die Medic-Recherche verschieben. Ich kann dir nicht versprechen, dass ich die ganze Zeit in Wagorunia bin. Im Kongo weitet sich der Bürgerkrieg aus. Es kann gut sein, dass ich hin muss.«

Manfred schrieb am gleichen Tag zurück: »Der Flug ist gebucht. Kann den Kongo nicht jemand anders machen?«

Roberts knappe Antwort hätte nach Elenas Ansicht Manfred bewegen müssen, alles abzusagen: »Die Medic läuft uns nicht davon. Der Krieg im Kongo dagegen ist aktuell.«

Ihr Mann hatte der Realität nicht ins Auge blicken wollen. Möglicherweise, überlegte Elena, stachelte ihn Roberts Coolness sogar noch an und er wollte dem preisgekrönten Jugendfreund zeigen, dass er es auch drauf hatte, einen Knüller zu schreiben.

Elena starrte das E-Mail-Feld auf dem Bildschirm an. Es war ganz einfach, mit Robert in Kontakt zu treten. Technisch jedenfalls. Aber was sollte sie schreiben? Sie beschloss, sich diesen Weg offen zu halten, bis sie mehr wusste. Über Manfreds weitere Reise. Und darüber, wie sie sich selbst verhalten wollte. Sie versuchte es mit dem Namen Stucker, Lausanne. In Manfreds Computer fand sie nichts zu diesem Namen, auch nicht, was es mit dem auf dem Tonband erwähnten Fellsäckchen auf sich hatte, das jener Stucker zur Analyse erhalten hatte.

Am Montagmorgen brachte sie Marys grünen Handschuh mit den schwarzen Glasscherben zu einem medizinischen Labor. Die junge Laborantin warf einen kurzen Blick darauf, rümpfte angewidert die Nase. »Nach was soll man das untersuchen?«, blaffte die Frau. »Außerdem ist es viel zu wenig.« Bei anderen Labors verhielt es sich ähnlich. »Das ergibt nie ein präzises Ergebnis«, wurde Elena von der letzten Stelle beschieden, die sie an diesem Tag aufsuchte. So wurde der Name Stucker zur fixen Idee, die sich in ihrem Kopf festsetzte. Der Zufall würde ihr weisen, wie sie zu diesem Mann finden konnte. Verschlossen in einer Plastikdose platzierte sie den kleinen Klumpen Müll im Kühlschrank. Wie eine Kostbarkeit, die niemand außer ihr zu schätzen wusste.

14

Konstantin hatte ihr auf die Mailbox gesprochen. »Brigitte hat mir alles erzählt. Ruf mich bitte zurück.« Eine Nachricht, vom Inhalt privat, im Ton geschäftlich. Sie kannte Konstantin lange genug, um zu ahnen, was in ihm vorging: Er wartete ab, wie sie mit Manfreds Tod fertig wurde. Sie hatte sich vorgenommen, ihr fragiles Kartenhaus aus Lügen zu beschützen.

Am Dienstagmorgen erschien sie wie gewohnt gegen zehn bei Sydersatt & Wenzel. Sie trug das Haar offen, entgegen ihrer Gewohnheit, es im Büro zurückzukämmen, um älter zu wirken. Der Grund war das Pflaster an der Schläfe, das als äußeres Zeichen ihre innere Verwundung offenbarte. Auf dem Weg zu ihrem Büro musste sie die Tür zum Konferenzsaal passieren. Sie stand offen, ein Catering-Betrieb richtete gerade ein Frühstück für schätzungsweise sechs Personen. Donnerstagabend hatte sie das Büro zuletzt verlassen; offenbar war von Konstantin in der Zwischenzeit ein Meeting mit Klienten angesetzt worden. Er kam ihr bereits auf dem langen Gang entgegen, eilig, verlangsamte aber sofort den Schritt, breitete wortlos die Arme aus und führte sie schweigend in sein eigenes riesiges Büro.

»Setz dich, ich hole dir einen Kaffee.« Warum bot ihr alle Welt einen Kaffee an? Passte das schwarze Getränk besser zu Trauernden? Konstantin ging hinaus. Er blieb länger weg, als der Weg in die Küche an Zeit in Anspruch nahm. Er kam ohne Kaffee zurück, setzte sich wie immer auf die Kante seines Schreibtischs und sah sie lange an.

»Oh, Mist, der Kaffee!«

Sie griff nach seiner Hand, hielt ihn sanft zurück. »Es geht auch ohne, Konstantin. Ich hatte ein paar Tage Zeit, um Abstand zu gewinnen.« Sie lächelte ihn aufrichtig an. »Ich muss arbeiten, verstehst du? Ich kann nicht zuhause rumsitzen.«

»Das verstehe ich. So gut ich kann, das versuche ich zumindest. Gott sei Dank war ich noch nie in einer Situation wie du jetzt.« Er drückte ihre Hand leicht. »Ich muss dir nicht sagen, wie sehr es mir für dich Leid tut.«

Elena wusste wenig über Konstantins Privatleben. Hin und wieder tauchten mal Frauen auf, verschwanden aber meist bald. Zuletzt hatte sie ihn irgendwann im Herbst gemeinsam mit Manfred bei der Premiere eines Musicals getroffen. In Begleitung einer schätzungsweise 30-jährigen, großen, eher herb wirkenden Frau, deren Namen sie vergessen hatte. Bei einem halb privaten Geschäftsessen im Sommer, zu dem Manfred nicht mitkommen wollte, war eine Frau an Konstantins Seite, die fast im Alter ihrer eigenen Mutter war, sich aber ebenfalls wesentlich jünger gab.

»Mein alter Griechischlehrer in München traktierte uns mit den ollen Philosophen. Plato, immer wieder Plato.« Konstantin ließ ihre Hand los und ging um den Schreibtisch herum, richtete die Unterlagen darauf akkurat aus. »Deine Mutter sagte, dass dein Mann lange …«, mit Daumen und Zeigefinger am Bügel korrigierte er den Sitz seiner goldenen Brille, »… dass es eine Zeit gedauert hat, bis man wusste, wer er war. Deshalb ist mir Plato eingefallen. Der hat einmal gesagt: ›Der Schlaf ist ein kurzer Tod, der Tod ein langer Schlaf.‹ Findest du nicht, da liegt eine Menge Tröstliches drin? Das heißt doch, der Tod ist nichts Endgültiges.«

Wie ein Echo hörte sie Manfreds letzte Sätze, die sie inzwischen auswendig kannte. *Omo sagt, der Tod ist nicht das Ende. Wenn er Recht hat, sehen wir uns irgendwann wieder. Unsere Seelen zumindest, Liebes.* Noch waren die Wunden zu frisch; sie konnte nicht einfach zur Tagesordnung übergehen. Nervös strich sie sich die Haare aus dem Gesicht.

Konstantin sah es sofort. »Was ist denn da passiert?«

»Ich habe mich beim Rasieren geschnitten.« Sie lächelte. »Bin ich nicht vorzeigbar? Dann sag's lieber gleich, Konstantin. Ich will unsere Klienten nicht verschrecken.« Sie zupfte eine Haarsträhne über das Pflaster.

»Gustl wird froh sein, dass du überhaupt gekommen bist. Er war in Wagorunia.« Der *geschniegelte Deutsche* – also doch! »Sie sind alle im Konferenzsaal.«

»Alle? Wer denn? Konstantin, ich bin denkbar schlecht vorbereitet. Ich kann heute höchstens Stichwortgeberin sein.« Sie dachte: Und mir jedes Wort hundertmal überlegen, bevor ich es ausspreche.

»Wir müssen improvisieren, Elena. Gustl fand Afrika zwar ganz besonders aufregend. Leider hat er einige Dinge in Erfahrung gebracht, die nicht seinen Erwartungen entsprachen.«

»Nämlich?«, fragte sie atemlos.

»Ich will ihm nicht vorgreifen.«

»Und wer sind die anderen?«

Die Antwort erwartete Elena in Gestalt von drei ihr unbekannten Männern, die sich angeregt mit Gustav Behr junior unterhielten. Der blasse, lange Dandy hatte in Afrika offensichtlich Farbe bekommen. Er wirkte trotzdem sehr angespannt. Konstantin stellte Elena Vertrauen erweckend als »unsere künftige Juniorpartnerin« vor, erwähnte aber nichts über ihren privaten Verlust.

»Gerald Castorp, Vorstand der Hornung AG«, begann er bei einem Mann von Elenas Größe. Den Namen kannte sie aus den Lifevac-Unterlagen. Über Castorp würde das Patent für die Herstellung des Impfstoffs bereitgestellt werden. Der etwas zur Fülle neigende 40-Jährige hatte ein Hautproblem. Er kaschierte seine Aknenarben unter geschickt aufgetragenem Make-up.

»Guiseppe Spado«, sagte Konstantin. Ein Mann von schwer schätzbarem Alter reichte Elena seine große, trockene Hand. Spado schien einen ausgiebigen Urlaub hinter sich zu haben. Seine gesunde Bräune stammte von keiner Sonnenbank. Spados

Funktion war Elena bekannt: Er vertrat eine Gruppe von kleineren Anlegern, die mittels der Lifevac in kürzester Zeit viel Geld verdienen wollten. Ihre Namen tauchten nirgendwo auf. Konstantin sprach von ihnen stets als den »Wohltätern«. »Ich habe von Ihrem privaten Schicksalsschlag gehört«, meinte Spado. »Es ist bewundernswert, dass Sie die Kraft haben, uns dennoch zur Verfügung zu stehen.«

Elena hatte es geahnt! Konstantin hatte ihr gewissermaßen ein Netz über die Manege gespannt, das sie vorm freien Fall bewahren sollte.

Reinhold Syderstatt hatte sich nur zur Gründung seiner Berliner Niederlassung einmal sehen lassen. Dass der 63-Jährige mit dem schlohweißen, dichten Haarschopf jetzt an Konstantins Seite geeilt war, lag an der Struktur der Lifevac: Konstantin, Behr junior, Castorp, Spado und Syderstatt repräsentierten jeweils 20 Prozent des Kapitals. Ohne diese Männer konnte Geschäftsführer Konstantin keine weitreichenden Entscheidungen treffen. Um die es nach Elenas Einschätzung in der Folge gehen würde.

»Gustl, am besten fängst du gleich an.«

Einzig Spado nahm nicht Platz, sondern holte sich kernlose Weintrauben vom hübsch arrangierten Frühstücksbüffet. Wie Elenas Vater hatte der Münchner Anwalt und Treuhänder ein makelloses Gebiss, das etliche Zehntausend Mark gekostet hatte. Er war auch im Alter Konrad Odermatts, seine Körperfülle ließ ihn aber sinnenfroher wirken.

»Ich will gleich zur Sache kommen.« Gustav Behr junior fuhr mit dem Zeigefinger in den eng anliegenden weißen Kragen seines rosa gestreiften Button-down-Hemdes. »Die Verhältnisse in Afrika sind ganz anders als in Europa. Man kann sich das von hier aus schlecht vorstellen.«

Behr führte das Glas an die Lippen, um sie zu befeuchten. In diese Pause hinein sagte Gerald Castorp knapp: »Du wolltest zur Sache kommen, Gustav.«

»Gerry«, Konstantin sprach den Namen mit einem harten G aus, »er ist ja dabei. Darum geht es doch.«

Sie kennen sich alle, schoss es Elena durch den Kopf. Und zumindest zwei können sich nicht leiden …

Castorp zog die Augenbrauen hoch und legte die Fingerspitzen aneinander. Behr junior warf ihm einen kurzen Seitenblick zu. »Die Lage ist genau genommen unverändert, um es kurz zu sagen. Mister Ogun hat die Lifevac of Wagorunia noch nicht gegründet. Obwohl er sie Anfang des Jahres eintragen lassen wollte.«

Syderstatt und Spado sahen sich wissend an. Syderstatt sprach den gemeinsamen Gedanken aus: »Das afrikanische Problem.«

»Welches?«, fragte Castorp knapp.

»Europa liefert, in Afrika verschwinden die Sachen, uns bleiben die Schulden«, gab Spado zurück und steckte sich eine Weintraube in den Mund.

Konstantin saß zurückgelehnt im Stuhl. »Das ist kein Grund zur Besorgnis.«

Castorp holte sich einen Apfel vom Büffet, polierte ihn in der Handfläche. »Na, du hast Nerven, Konstantin.« Elena hatte das Gefühl, eine Pokerpartie zu beobachten.

»Mister Ogun arbeitet mit einem Kompagnon zusammen, der wiederum seinen Sohn damit beauftragt hat, die Fabrikation aufzuziehen.« Behr sah jeden einzelnen kurz an. »Unser Problem ist, dass wir niemanden in Wagorunia haben, der unsere Interessen vor Ort vertritt.«

»Ach so«, brummte Castorp. »Vetternwirtschaft. Und wer könnte das sein? Ich meine, wer sieht Mister Ogun auf die Finger?« Er legte den Apfel auf den Tisch und drehte ihn mit spitzen Fingern. »Kommt ja nur jemand infrage, den wir bestimmen. Am besten einer von uns. Aber wer hat dazu Zeit? Keiner«, antwortete er selbst. »Also?« Jetzt polierte er den Apfel wieder. »Könnte natürlich jemanden aus Bielefeld schicken. Jemand mit Afrika-Erfahrung. Jemand, der entbehrlich ist. Was leider einen Widerspruch in sich darstellt.«

Elena hätte diesem arroganten Typen ins Gesicht springen können. Straffes Management kennt keine Nieten – nichts anderes bedeuteten Castorps Worte im Klartext.

»Um zu verhindern, dass unsere Investitionen ohne Kontrolle in afrikanischem Boden versickern«, meldete sich Konstantin zu Wort, »schlage ich folgendes Vorgehen vor: Wir finden eine Person unseres Vertrauens, sorgen dafür, dass der- oder diejenige den Status eines Geschäftsführers oder einer Geschäftsführerin der Lifevac of Wagorunia Ltd. erhält. Ogun kann dann trotzdem seine gesetzlich vorgeschriebenen 60 Prozent haben. Die Kontrolle üben wir aus und achten darauf …«

Elena kannte Konstantin lange genug, um zu verstehen, dass seine Wortwahl kein Zufall war. In einer von fünf Männern dominierten Runde drückte er sich nur aus einem Grund gesellschaftlich korrekt aus, sprach von Geschäftsführer oder Geschäftsführerin! Weil er genau wusste, wer die neue Position bekleiden würde. Er hatte es schon längst mit den anderen ausgemacht. Außer mit dem unsympathischen Castorp. Dem hatte er in seiner kleinen Inszenierung den Part des Gegenspielers zugedacht, damit allen vorgeführt wurde, dass sein Plan die einzige Alternative war. Elenas Chef wollte niemand anders als sie selbst nach Port Lac schicken. Das war der Grund, warum alle zusammengekommen waren. Wer – wie Castorp und Spado – Elena noch nicht persönlich kannte, sollte sie nun erleben dürfen.

»Sie ist die Idealbesetzung, jung und vor allem ungebunden. Sie ist sofort einsatzbereit. Und sie ist eine Frau. Außerdem kenne ich sie. Wir können ihr blind vertrauen. Es gibt niemand besseren.«

Wahrscheinlich hatte er es den anderen so gesagt. Und sie hatte die ganze Zeit darauf gewartet, dass Konstantin seinen Trumpf aus dem Ärmel zog. Dabei war sie selbst die Karte, die stechen sollte!

Mit halbem Ohr hörte sie zu, wie Castorp von unkalkulierten Kosten sprach, sogar erwog, das Projekt ganz fallen zu lassen.

Scheingefechte, Eitelkeiten, Wichtigtuerei. Elena sah Spado und Syderstatt an, die betagten Herren in dieser Runde, die abgeklärt abwarteten, wie die drei jungen Kerle pokerten. Sie hatte sich selbst Schweigen verordnet. Die Entwicklung lief auf sie zu. Also stellte sie sich eine ganz andere Frage: Wollte sie nach Wagorunia? Für die Firma wäre ihr Einsatz viel besser, als der Debattierclub träumte. Sie würde Robert Wedekind kontaktieren, Funke treffen, Ogun auf den Zahn fühlen. Sie würde herausfinden, was Omo mit ihrem Manfred gemacht hatte.

Elena rief sich zur Ordnung. Was sie plante, war ein Rachefeldzug. Das hatte nichts mit dem Job einer Geschäftsführerin zu tun. Na und, fragte sie sich, durfte es nicht zwei Gründe für eine lange Reise geben?

»… würden Sie es denn machen, Elena, das ist doch die entscheidende Frage …«

Oh, sie waren schon so weit! Das ging ja schnell. »Ja«, antwortete Elena dem alten Syderstatt kurz und bündig. Mehr gab es im Moment dazu nicht zu sagen. Die Details würde sie mit Konstantin klären. Er würde sich nicht lumpen lassen. Doch letzten Endes würde es ihr nicht um Gehalt und Dienstvilla gehen. Sondern um Manfred. Um die Wahrheit. Das musste niemand wissen. Selbstverständlich würde sie den neuen Job genau vorbereiten, die von Oguns Medic vorgelegten Unterlagen prüfen, Castorps Studienreihen von der Hornung AG durcharbeiten, Rentabilitätsberechnungen anfertigen und all das.

Wichtig würde es allerdings nur in zweiter Linie sein. Von Bedeutung war, dass sie so Ogun kennen lernte. Wenn Manfred einem Bund in die Quere gekommen war, so würde sie ihrerseits dem Bund in die Quere kommen. Um zu erfahren, ob sie letzten Endes ihr eigener Feind geworden war. So wie dieser Morrison. Der geglaubt hatte, dass Elena ihm ähnlich war.

Sie wurde an diesem Tag noch einmal an den Arzt aus London erinnert.

Frau Werner erwartete sie schon an der Haustür. Sie hatte wahrscheinlich wieder vom Fenster aus beobachtet, wie Elena Mühe hatte, den großen BMW in eine enge Parklücke zu bugsieren. »Gut, dass Sie kommen, Frau Odermatt. Die Polizei hat Sie gesucht.« Die Nachbarin war völlig aufgelöst. »Die haben mich gefragt, ob Sie in London waren! Stellen Sie sich mal das vor! Ich habe geantwortet, dass Sie nicht in London waren. Das war doch richtig, oder?« Ihre kühle Hand tastete nach Elenas. »Armes Mädchen, wie geht's Ihnen denn?«

»Ich wollte wieder arbeiten. Das ist das Beste. Wenn ich zu Hause rumsitze, fällt mir nur die Decke auf den Kopf.«

»Soll ich Ihnen nachher eine Suppe bringen? Kartoffelsuppe mit Speck, mögen Sie so was?«

»Vielen Dank, gern!«

Im Hausflur fiel ihr Blick sofort auf den Briefkasten, in dem ein seltsamer Umschlag steckte. Der Brief hatte nicht ganz in den Kasten gepasst. Mehr als die Hälfte der milchig weißen Folie, in welche die Post geöffnete Sendungen einschweißt, blickte hervor.

»Ich habe der Polizei gesagt, dass Sie meistens so um 18 Uhr zu Hause sind«, plapperte Frau Werner weiter und folgte Elena die Treppe hinauf.

Im Gehen riss Elena die Folie auf. Das Begleitschreiben, einen Standardvordruck von der Briefermittlungsstelle der Post in Marburg, überflog sie nur. Nicht frankiert, keine Absenderangabe, unvollständige Adresse … man habe öffnen müssen … Manfreds Schrift stand krakelig auf dem grauen Pappumschlag. Frau Werner hatte den gleichen aus London bekommen. Dieser sollte ursprünglich Robert Wedekind in Port Lac erreichen. In seinem miserablen Zustand hatte Manfred die Marke vergessen. Das Briefpapier, in dem die Diskette lag, war ein Weihnachtsgeschenk Elenas. Ohne Manfreds Anschrift auf dem Briefkopf hätte die Sendung nicht wie ein Bumerang zurückgefunden.

Immer wieder las sie die wenigen, fehlerhaft geschriebenen

Worte, die über das halbe Blatt verteilt waren: ›Robert, auf der Diskette steht alles drauf, was ich weiss. Ich habe versagt. Manfred.‹

Elena war schon auf dem Weg zum Computer, als es läutete. Es war zehn Minuten nach sechs. Frau Werner mit einem Tablett – und zwei Polizisten. Elena ging voran ins Wohnzimmer, die Beamten folgten, ebenso Frau Werner mit der Kartoffelsuppe.

»Sie müssen sehr nett zu Frau Odermatt sein. Ihr Mann ist bei einem Unfall gestorben«, belehrte sie die Beamten. Die bedachten Elena mit einem mitfühlenden Blick, der eher der Anwesenheit der alten Frau galt.

»Wir haben eine Anfrage von den Kollegen in London, zu der wir Sie einvernehmen müssen. Ob Sie einen«, der Beamte las nach, »Doktor Jim Morrison am letzten Freitag besucht haben. Zwischen vier und acht Uhr am Nachmittag.«

»Ja. Gegen vier, halb fünf eher. Ich war eine halbe Stunde bei ihm.«

»Dann waren Sie die Letzte, die den Doktor lebend gesehen hat. Er ist tot.«

»Das tut mir Leid«, antwortete Elena mechanisch. *Es tut mir gottverdammt Leid! Es tut mir Leid! Haben Sie das gehört?*, hallten Morrisons Worte in ihren Ohren nach.

»Dieser Arzt hat Ihren Mann irrtümlich für tot erklärt, schreibt der Kollege aus London. Sie verstehen also, warum wir kommen?«

Elena schüttelte den Kopf. »Ehrlich gesagt, nicht.«

»Sie könnten auf diesen Morrison eine ziemliche Wut haben, Frau Odermatt.«

»Wut ist das falsche Wort«, erwiderte sie langsam. Der alte Mann hatte ihren Besuch offenbar nur um Stunden überlebt. Hatte sie sich schuldig gemacht? »Er war eine tragische Figur, irgendwie tat er mir am Ende sogar Leid.«

»Was heißt ›am Ende‹?«

»Ich bin zu ihm gegangen, um zu verstehen, wieso mein Mann ersticken musste. Als ich Morrison verließ, war meine Frage in gewisser Weise beantwortet.«

»Der Kollege kann mit einem Brief, der bei Morrison gefunden wurde, nichts anfangen. Ich lese mal vor: ›*Riders on the storm … and after all alone.* Junge Frau, finden Sie Ihr Ingleton, bevor es zu spät ist.‹« Der Polizist hob die Schultern: »Die junge Frau – das sind Sie, hm?«

»Ja.«

»Und was heißt das?«

»Wie soll ich Ihnen das erklären? Ingleton, das steht für die Wärme und das Zuhause, wonach sich jeder sehnt. Die *riders*, das sind wir alle, die durch eine kalte Welt irren. Morrison ist daran zerbrochen. Er ermahnt mich sozusagen, nicht zu werden wie er.«

»Ich kenn' dieses Lied«, meldete sich der andere Polizist zu Wort, »der Sänger hat eine dunkle Stimme und das Meer rauscht. Wer hat denn das gesungen?«

»Ein anderer Jim Morrison«, sagte Elena. »Wenn er noch leben würde, wäre er heute etwa so alt wie der Doktor. Ich habe mir die CD gestern gekauft. Wollen Sie's hören?« Die Polizisten nickten. Nachdem Elena den CD-Spieler ausgeschaltet hatte, meinte der Polizist: »Ist wirklich ein gutes Lied. Und der Arzt, der Ihren Mann für tot erklärt hat, hieß genauso wie dieser Sänger. Also Dinge gibt's!«

»Der war selbst kaputt und hat deswegen Ihren Mann auf dem Gewissen«, erkannte der andere. »Scheiß kalte Welt. Aber genau so isses.« Inzwischen hatte sein Kollege Elenas Aussage protokolliert. »Bitte durchlesen und unterschreiben.«

Nachdem sie gegangen waren, hörte sich Elena noch einmal *Riders On The Storm* an. Dann brachte sie Frau Werner den Suppenteller zusammen mit einer Schachtel Pralinen nach nebenan.

15

Elena schob die Diskette in das Laufwerk des Computers. Sie atmete erleichtert auf; die Eintragungen schlossen direkt an jene auf der anderen Diskette an.

Donnerstag, 22. Januar 1998 (nachgetragen am 23.01.)

Funke hat ihren Bruder Yinka und mich im Patrol heute Morgen über staubige Savannenpisten zu jenem Gebiet gefahren, auf dem Ogun baut. 50 Meilen von Imeja hat seine Firma Medic ein riesiges Stück Land gekauft: zwei Meter hoher Zaun mit 'ner Art Nato-Stacheldraht, Wächter mit Gewehren. Nur eine Zufahrtsstraße führt hin, die kontrolliert wird. Wir mussten 20 Minuten durch die Savanne laufen, um unbemerkt hinzukommen. Dies Land ist einmalig mit seiner unglaublichen Weite und den Farben; die Böden leuchten rot, der Himmel unwirklich blau. Dazwischen bizarre Bäume.

Unzweifelhaft entsteht in dieser ansonsten unberührten, leicht hügeligen Landschaft eine Fabrik mit Hallen, schwer zu schätzen, wie groß: 100 bis 200 Meter lang, circa 50 Meter breit. Bislang existieren die Betonfundamente für zwei Hallen samt Stahlträgern. Ein Kran richtet gerade Betonfertigteile auf. Geleitet wird der Aufbau von einem jungen Schwarzen, der die meiste Zeit in einem dunklen Geländewagen mit getönten Scheiben sitzt. Nur einmal stieg er aus, fuchtelte kurz mit den Armen, um Anweisungen zu geben, und verschwand wieder im Auto.

Wir stoppten an einem Stand, an dem Limonade, Cola und Eiswasser verkauft werden, davor zwei unbeladene Lkw, ausgelegt für den Transport der Betonfertigteile. Yinka redet mit den Fahrern. Der Rohbau soll in vier Wochen fertig sein. Bauherr ist eine bekannte Brauerei, The Prince.

Also keine Aids-Firma! Wo dann? Yinka munkelt vieldeutig: »Wo bei uns Bier draufsteht, ist nicht immer Bier drin, es heißt nur so.«

Er könnte Recht haben: Muss eine Brauerei mit Stacheldraht und Wachen geschützt werden? The Prince *gehört einem Prinz Raymond, berichtet Funke. Raymond hat sehr viel Geld – auf dem Land seiner Väter im Delta des Wager liegen 80 Prozent der Ölquellen des Landes. Statt Ogun auf die Spur zu kommen, also ein Bier- und Ölprinz. Als wir wieder im Patrol sitzen, rast der dunkle Geländewagen vorbei und staubt uns ein. Es war ein Jeep, die teuerste Baureihe.*

Bringen Yinka zurück zu David. Am Samstag will er wieder nach London. Seine Frau erwartet in zwei Monaten ein Baby.

Wir sind kaum in Roberts Wohnung, als eine Freundin von Funke auftaucht, Mercedes. Sie hält, was ihr Name verspricht: eine edle, schwarze Gazelle. Ob wir sie mitnehmen könnten zu Oguns Party. Mercedes ist raffiniert in luftigen Stoff gewickelt. So geht's hier also zur Party. Roberts weißer Anzug passt mir so wie früher seine ersten Levi's, auf die er 1989 so stolz war (wir haben beide nicht zugenommen!). Funke lobt, ich sähe richtig nach business *aus, nur die Kamera in meiner Tasche sei überhaupt nicht cool (steckt sie in ihre Handtasche). Aber sie erst: ein bodenlanger* wrapper *(bestickter Wickelrock), golddurchwirkte weiße Bluse, fast durchsichtig. Oben ein Turban, Schmuck wie am Tannenbaum.*

Zur Party bei Ogun: Afrika pur, die Männer (jedenfalls die schwarzen) in bunten Wallegewändern, sind auch einige Weiße dort. Die Frauen in so bunten Wickelkleidern wie Funke und Mercedes (Funke sagt, manche von den Stoffen kosten 1000 Mark pro Meter!), die meisten ziemliche Walküren, andere sehen aus wie Supermodels. Falle in meinem/Roberts Outfit nicht auf. Oguns Haus ein Albtraum in rotem Plüsch, Kitsch überall, Bilder in Violett, Orange, Giftgrün, dazwischen gigantische Lautsprecherboxen (wummernder Afrikasound), in fast jedem Zimmer TV-Geräte in Megasize. Getrunken wird Edel-Champagner (französisch), Whiskey (Malt) und furchtbar viel Bier (Löwenbräu, Guinness). Essen: Reis und Fingerfood (so gebackenes Zeug, undefinierbar, dazu scharfe rote Sauce).

Ogun rollt wie ein drei Zentner schwerer Ball pausenlos durch die unübersichtliche Menge. Mit seinen halb nackten Armen rudert er wie ein Walross an Land. Seine Stimme passt nicht zu seiner massigen Erscheinung. Funke lacht sich schief, als ich sage: »Er spricht wie Donald Duck.«

In seinen viel zu klein geratenen Händen hat er entweder was zu futtern oder er packt einen Gesprächspartner an. Trägt eine mit Brillanten besetzte Uhr, golden wie die Kette um seinen Hals und das Armband am Handgelenk. Die dicken Narben in seinem Gesicht nennt man tribal marks, erklärt Funke. Initiationszeichen, die Knaben anlässlich von Mannbarkeitsriten erhalten.

Plötzlich steht er vor mir. Ob ich meinen Geschäftsfreund noch gefunden hätte, quetscht er hervor. Er fragt, was für Geschäfte ich in Port Lac mache. Ich schwindle was von Marktforschung. Stimmt ja auch – in gewisser Weise. Ihm gefiel die Antwort jedenfalls. Wo er mich erreichen könne? Was sollte ich tun? Ich gab seinem Sekretär, einem langen, dünnen Mann namens Mo, Roberts Nummer. Ogun legt mir eine schwere Hand auf die Schulter, dreht mich um. Ich sehe direkt in das Gesicht des arroganten Deutschen vom Flughafen!

»Gustav, der junge Mann aus Deutschland betreibt Marktforschung.« Dann zu mir: »Das ist Mister Behr.« (Elenas Behr junior, wusst' ich's doch!) »Ihr deutschen Jungs solltet zusammenhalten«, grinst Ogun. Und packt unvermittelt Behrs Hand, deutet auf den Siegelring am kleinen Finger: »Ihr deutschen Jungs haltet doch zusammen.« Behr wechselt die Farbe. Sagt Ogun: »Würde mir auch gut stehen, so ein Ring.«

Behr, sehr schmallippig: »Er dürfte nicht ganz Ihre Größe haben, Chief.«

Darauf der dicke Schwarze: »Ihr Deutschen esst zu wenig!« Sein breites Lachen quakt durchs Haus. (Konnte Behrs Ring nicht genau erkennen, glaube aber, er ist Freimaurer.)

In dem Moment taucht Funke auf, meine Autofocus in der Hand, sie wolle Ogun und mich fotografieren. Ich hätte sie umarmen können! Der Chief gefiel sich als dicker Pfau ungemein und Funke knipste, wen er zusammenstellte. Und nun habe ich ein Foto von ihm gemeinsam mit Behr! Außerdem eines mit dem Öl- und Bierprinz Raymond. Wirkt auf eine befremdliche Art aristokratisch und passt überhaupt nicht zum hemdsärmligen Ogun. An Behr bin ich nicht mehr rangekommen. Mercedes belegte den eleganten Deutschen mit Beschlag – sehr zu dessen Wohlgefallen. Wir mussten sie nicht mehr mitnehmen; sie war verschwunden. Behr *wohnt auf Oguns Grundstück, im Gästehaus am Pool (Funkes Party-Recherche).*

(Die beiden vollen Filme liegen in Roberts Tresor.)

Freitag, 23. Januar 1998

Funke hat heute wichtige Vorlesungen an der Uni, aber sie überließ mir Roberts Geländewagen. Auf dem Weg zu Ogun habe ich mich natürlich ständig verfahren. Das Warten vor dem Haus lohnte sich: Zwei schwarze Benz fuhren quer durch die Stadt. Eine Stunde Fahrt bis zu einer hässlichen Gegend – Atata ist das Industrieviertel von Port Lac. Behr und Ogun sahen sich ein verwildertes Stück Land an: Gestrüpp, verkrüppelte Bäume. Aber eine nagelneue Bautafel, Aufschrift: Lifevac. Schleiche mich so dicht ran, wie es geht (meine Autofocus hat ja bloß einen 135er Zoom). Sie blieben etwa zehn Minuten. Auf Rückfahrt die beiden Mercedes' verloren. Zurück zu Roberts Wohnung. Glück gehabt: Oguns Sekretär rief an. Nicht wegen Marktforschung. Die Doggen!

Nicht Mo erwartet mich, sondern ein kleiner Junge in einem – ich fass' es nicht – FC-Bayern-T-Shirt! Der vielleicht 14-Jährige führt mich ohne Umschweife zu den Hunden. Die liegen völlig kaputt in ihrem Zwinger. Die beiden Futternäpfe sind voll. Ich rieche dran – mit so'm Zeugs kannste keine deutschen Doggen am Leben halten. Ich sage zu dem Bayern-Fan, dass die Hunde Fleisch brauchen. Suche den armen Doggen in der Küche schönes rotes Fleisch und dicke Knochen raus. Das Personal lässt mich ehrfürchtig gewähren: Ogun ist leider nicht in seiner Protzvilla. Die Doggen gefüttert und aus ihrem Betonknast rausgelassen. Was den netten Jungen ebenso in die Flucht schlägt wie alle anderen, die neugierig gucken. Ich spiele eine Weile mit den Tieren unter dem großen Baum. Sehe mich dann auf dem Grundstück um. Hinter dem Baum befindet sich eine Art Altar mit einer roten, ziemlich eingestaubten Holzfigur. Ein Schrein?

Als ich mich wieder den Hunden widme, haben die unter dem Baum ein ziemlich großes Loch gebuddelt. Ich lass sie gewähren, da wächst ohnehin nichts, denke ich noch. Doggen mit ihren großen Pfoten graben schnell! Sie gebärden sich wie wild: In etwa 30 Zentimeter Tiefe liegt ein totes Tier von Kaninchengröße. Die Doggen wollen es zerfetzen. Ich gehe dazwischen.

Es war kein Kaninchen, sondern ein Fellsäckchen, mit dünnem Lederband verschnürt, darin ein eckiger, harter Gegenstand. Damit mich niemand beobachtet, verstecke ich mich hinter der Zwingermauer, öffne das von den Doggen arg ramponierte Säckchen. Darin ein blaues Metallkästchen, groß wie eine Zigarrenschachtel, mit rot zugeschmierter Deckelöffnung. Darauf mit weißer Farbe ein seltsames Zeichen. Bei mir läuft alles automatisch ab: Ich wickle Säckchen und Metallkästchen in meine Windjacke, sperre die Hunde wieder in den Zwinger und buddele das Loch zu. Bin fast fertig, als Mercedes vom Bungalow aus zu mir herüberkommt. Sie hatte wohl Ruhe nötig. Ich grüße nett, packe meine Jacke und will mich trollen. Da rutscht das Fellsäckchen mit dem Kästchen raus! Ich weiß nicht, ob sie's mitbekommen hat. Der Junge drückt mir zum Abschied 1000 Wagu in die Hand: »Von Chief *Ogun.« Ich gebe ihm 100 ab. Mercedes bleibt in Oguns Haus. Hat leichtlebige Freundinnen, die Funke.*

Fortsetzung der Notizen vom 23. Januar

18 Uhr. Yinka hat so einen Kasten noch nie gesehen. Ich protokolliere und fotografiere, während er auspackt. Maße: exakt 25 mal 25 Zentimeter, drei Zentimeter hoch. Dünnes Blech, leicht, wir schätzen 300 Gramm. Auf der Oberseite befindet sich folgende Zeichnung, mit weißer Lackfarbe gemalt: Um stehenden Stab zwei züngelnde Schlangen, die sich umeinander winden, ihre Körperenden fließen zusammen. Über ihren Köpfen, die sich anzüngeln, zwei Greifvogelschwingen, verbunden mit einem leeren Kreis, der auf dem Stab aufsitzt. Darüber das Wort ELANI *in Versalien. Unter den Schlangen ein zweiter Name, aus schwarzer, gestanzter Folie, billig wirkend, aufgeklebt, irgendwie nicht dazu passend:* Oladayo Ogun *(nun kenne ich endlich seinen Vornamen). An den drei Öffnungskanten ist die Kiste mit grell rotem Siegellack verschlossen, sieht aus wie Blut.*

Wir zögern zwar noch einen Augenblick, kommen dann aber überein, dass wir das Ding aufbrechen. Yinka fliegt morgen Abend, ich Sonntag. So schnell wird Ogun den Verlust nicht bemerken.

Kiste ist offen. Es liegen zwei Gegenstände darin: Vorhängeschloss, der Korpus mit Tierfell beklebt; vorne ein hellbraunes mit weichen kurzen Haaren (Yinka tippt auf Löwe), hinten ein geflecktes mit borstigen längeren Haaren (Hyäne, Ratte?). Der Bügel des Schlosses glänzt neu, die Schlüsselöffnung, rund, ist ausgespart. Eine dunkle Substanz klebt daran – Blut?

Das andere ist ein kleines Säckchen aus hellem, borstigem, sich fettig anfühlendem Tierfell mit langen Haaren (Yinka vermutet ein Sumpfnager, Opossum-Art?). Es umhüllt ein weiteres Säckchen, das wie Plastik aussieht (Yinka hält Tierdarm für wahrscheinlicher). Das Material darin riecht leicht verbrannt, ist von der Konsistenz pulvrig, aber uneinheitlich gemahlen oder zerstoßen, gelblich-grau-schwarz.

Yinka rät zur Vorsicht, das Zeugs würde nach der Geheimmedizin eines babalawo *(Medizinmann) aussehen. Wir tun eine Teelöffelspitze auf ein Blatt Papier, um es später Funke zu zeigen, machen die Säckchen wieder zu. Außerdem in der Kiste: zwei winzige Rollen Papier (20 mal 10 Zentimeter), die gelblich verfärbt und mit schwarzer Tinte beschrieben sind. Der Sinn erschließt sich Yinka nicht. Funke kommt nach Hause. Sie flippt aus, muss abbrechen.*

Fortsetzung der Notizen vom 23. Januar

20 Uhr. Funke ist wahnsinnig nervös, sagt, dass ich ein Juju, *eine Art Fetisch, gestohlen hätte. Das würde Unglück bringen. Außerdem könnte das seltsame Pulver ein Gift enthalten. Sie macht ihrem Bruder Vorwürfe; er müsse doch wissen, dass solche Sachen nicht angefasst werden dürften. Yinka behauptet, sie würde übertreiben. Aber unsicher scheint er doch zu werden. Funke schiebt echt Paranoia, Yinka gibt sich so cool es geht. Schließlich besteht Funke darauf, den ganzen Kram im Garten vor Roberts Haus zu verbuddeln. Morgen müsse ich die Sachen auf jeden Fall zu Ogun zurückschaffen. Was schwierig werden dürfte!*

Samstag, 24. Januar 1998

07 Uhr morgens. Mein Blutdruck scheint im Keller zu sein, ich friere. Yinka will meinen Fund einem Medizinmann namens Omo zeigen. Funke wird hysterisch, das Zeug käme nicht in Roberts Auto! Yinka überzeugt sie, wir müssten wissen, ob in dem Säckchen Gift ist. Falls ja, müsse uns Omo ein Gegengift geben. Und zwar möglichst schnell. Ich sage, dass es mir bestimmt bald besser geht, wäre nur die Klimaumstellung. Er sagt: »Hoffentlich.« Und gesteht, dass er selbst rasende Kopfschmerzen hat. Ich sehe zu, wie die beiden das Kästchen aus dem Garten holen, als wäre reines Dynamit drin. In welchen Wahnsinn bin ich da nur getappt?

Fortsetzung der Notizen vom 24. Januar

22 Uhr. Funke fuhr heute früh mit uns Richtung Imeja, tief hinein in den Regenwald.

Irgendwo kaufen wir Palmwein und Gin, schließlich ohne Auto weiter. Ein Trampelpfad durch den Busch, sehr anstrengend. Bin kurzatmig, schwitze übermäßig. Ich trage das so genannte Juju *in einer Plastiktüte mit mir. Yinka keucht genauso. Dann ein paar Lehmhütten auf einer Lichtung, Funke führt uns zu einer Hütte, in die sie und Yinka verschwinden. Ein schmaler, langer Alter erscheint: Omo. Er sieht Yinka und mir in die Augen, fühlt unseren Puls, untersucht schließlich Funke, murmelt Unverständliches, verschwindet. Wieder Warten.*

Eine Frau kommt. Funke stellt sie vor; das sei Ifa, die Schwester von Omo. Gleichzeitig die Frau von Ogun. Funke übersetzt, was die Frau von mir will: 100 Dollar. Ich geb sie ihr, sie geht. Ich frage Funke, ob das denn nicht gefährlich sei, was wir da tun. Immerhin gehört das Juju *höchstwahrscheinlich Ifas Mann Ogun.*

»Ifa lebt nicht mehr bei Ogun«, beruhigt mich Funke.

Nach einiger Zeit kehrt Omo zurück. Begleitet von einem Helfer, einem jüngeren Mann, der eine abgeschabte Tasche mit sich führt. Die beiden bedeuten uns dreien, ihnen zu folgen, soll das Juju *mitnehmen. Zu fünft marschierten wir in den Busch, stehen unvermittelt an einem Ab-*

hang, von dem aus man auf die darunter liegende Savanne blickt. Wir warten. Omo und sein Assistent tauchen endlich mit Mörser und Schalen wieder auf. In eine der Schalen legt Omo einen länglichen Stein, den er mit Öl begießt, das er entzündet. Der junge Mann gießt das gleiche Öl über Omos Hände und nackte Arme. Der Medizinmann taucht beide Hände in die bläulich züngelnden Flammen. Das Feuer auf seiner Haut löscht er sofort, indem er die Arme aneinander reibt (Desinfektion?). Er bindet sich ein buntes Tuch vor Mund und Nase, um den Inhalt des blauen Kästchens zu untersuchen. Das Pulver im Fellsäckchen rührt er nicht an. Wortlos stellt er schließlich alles demonstrativ neben mir ab, würdigt mich keines Blicks. Er wiederholt die »Desinfektion«.

Omo reiht mehrere Flaschen und Dosen, die der Assistent in der abgeschabten Tasche mitgebracht hat, vor sich auf. Die meisten enthalten kleine bräunliche oder schwarze Stücke. Alles wird im Mörser gründlich zerstoßen, in eine Schale gegeben, aus einer der Flaschen Flüssigkeit drüber geträufelt. Das Ergebnis stinkt eklig, ist pechschwarz und klebrig. Ohne einen Tropfen zu verschütten, gießt er das Zeug in zwei altmodische Bierflaschen mit Henkel. Es bleibt genug übrig: Omo reibt uns damit die Beine ein.

Die Wirkung ist phänomenal. Meine eiskalten Füße beginnen zu kribbeln, ein Gefühl, als würden sie wieder durchblutet. Beim Haus angekommen, gibt Omo uns eine bitter schmeckende Flüssigkeit zu trinken. Das Schwächegefühl vom Mittag lässt nach. Der babalawo *hat inzwischen ein kleines Feuer vor seiner Hütte entzündet, um das wir uns setzen. Funke übersetzt die Worte des Medizinmanns. Er habe das Orakel befragt: Yinka und ich hätten mindestens drei verschiedene Arten von Gift im Körper.*

Omo reicht Yinka und mir je eine Henkelflasche mit dem schwarzen Zeug, das er im Wald angerührt hat. Damit müssten wir uns jeden Morgen sparsam einreiben. Die Flüssigkeit würde den Körper stärken, sich gegen die Gifte zu wehren. Heilen könne er uns allerdings nicht. Ich frage, ob er einen Arzt weiß, der Yinka und mir helfen kann. Betretenes Schweigen, ich frage noch mal. Yinka räuspert sich, will etwas sagen, steht dann aber auf und geht. Mir wird klar, was los ist. Ich sehe den alten Mann an, frage, ob wir davon sterben werden.

Er antwortet überraschenderweise auf Englisch: »Der Tod ist kein Ende, sondern der Anfang von etwas Neuem.«

Ich frage, ob es das Kästchen ist, von dem das Gift ausgeht.

Omo antwortet: »Das Säckchen darin, ein Hexendoktor hat es gemacht.«

Ich frage: »Und das Schloss?«

Funke erklärt: »Es beschützt eine Sache. Es ist ein Symbol und an sich ungefährlich, ein Zeichen für den Zusammenhalt von Menschen, ein so genanntes Sachschloss.«

»Was heißt Zusammenhalt von Menschen?«, frage ich.

Omo wechselt in seine Yoguma-Sprache, Funke übersetzt: »Es ist ein Bund, den Menschen miteinander geschlossen haben. Das Versprechen, dass sie zusammenhalten.« Ein Geheimbund. Und wozu das Säckchen? Um den Bund zu verstärken? Ich bekomme keine Antwort.

Wir fahren zurück nach Port Lac, Yinka muss zum Flughafen. Nach einer Weile redet er endlich. »Ich habe nachgedacht. Wir wissen nicht, welche Sache das Schloss beschützt. Es gibt zwei Möglichkeiten: Entweder die Sache ist auf den Schriftrollen beschrieben« – dazu hat Omo nichts gesagt – »oder das Säckchen selbst ist die Sache, die zu beschützen ist.«

Funke widerspricht: »Warum soll ein todbringendes Gift die zu beschützende Sache sein?«

Ich frage, ob es das Wort Elani in der Yoguma-Sprache gibt. Aber weder Yinka noch Funke kennen es. Ich will das Gift in Berlin untersuchen lassen. Funke sagt, ihr Professor würde gewiss jemanden kennen. Yinka schweigt die ganze restliche Fahrt über. Am Flughafen fragt er mich zum Abschied, ob ich ein Kind habe. Ich verneine.

Darauf Yinka: »Ich bin froh, dass Sally bald ein Kind bekommt.« Wir tauschen unsere Telefonnummern. »Ich melde mich bei dir, Manfred. Onkel Samuel weiß alles. Er kennt auch dafür eine Lösung.«

»Wer ist Onkel Samuel?«, will ich später von Funke wissen.

»Der Bruder unserer Mutter. Er ist ein reicher Mann, Yinka und Sally wohnen in seinem Haus in Kensington. Er bezahlt Yinkas Studium.« Ich traute mich nicht, nachzuhaken. Hoffentlich weiß Onkel Samuel wirklich alles.

Während unserer Abwesenheit wurde in Roberts Wohnung eingebrochen. Alles durchwühlt. Mein teures Notebook ist verschwunden. Diese Diskette hatte ich im Rucksack im Busch dabei; die andere gibt Yinka in London auf. Schreibe auf Roberts altem Computer weiter, der im Keller stand. Was bedeutet ein geklautes Notebook jetzt noch?

Funke sagt: »Die wollten die Kiste.« Die nicht hier war.

Werde ich bald sterben? Mit einem Cocktail von Giften im Körper? Wie viel Zeit bleibt mir noch? Andererseits: Ist das nicht ohnehin die ewige Frage des Lebens – wie viel Zeit bleibt mir noch? Vielleicht führt irgendjemand ein großes Buch des Lebens, in dem steht: Manfred Kroll, geboren am 22. April 1971, gestorben ???. Das Buch des Lebens kennt wahrscheinlich keine Fragezeichen. Nur Aussagen. Ob Omo das in seinem Orakel schon sehen konnte?

Sonntag, 25. Januar 1998

05.10 Uhr. Der Albtraum der letzten Nacht ist zurückgekehrt: Ich schlafe in einem dunklen Zimmer, als ich erwache, ist da kein Licht. Ich kann nicht aufstehen, meine Beine und Hände sind festgebunden. Schließlich geht die Tür auf, jemand rüttelt mich. Das bin ich selbst, der mich weckt. Ich komme von außen zu mir. Ich nehme mich bei der Hand und führe mich aus dem Raum heraus. Als ich mich umdrehe, sehe ich, dass es das blaue Metallkästchen ist, in dem ich geschlafen habe. Ich hatte wieder das Gefühl, alles wie durch eine Nebelwand wahrzunehmen. Ich habe geduscht und mich mit dem schwarzen Zeug von Omo eingerieben. Es riecht unangenehm. Was viel stinkt, hilft viel …

09.30 Uhr. Funke ist zu ihrem Professor gefahren. Sie wollte Oguns hässliche Kiste nicht mitnehmen. Liegt wieder im Garten. Mein Kreislauf ist im Keller, Schüttelfrost, Gefühl wie bei starker Grippe.

16.45 Uhr. Funke hat mich geweckt. Diesmal war sie es, die mich aus dem blauen Metallkästchen geholt hat. (Dieser Albtraum kommt, sobald ich die Augen zumache.) Ihr Professor lässt ausrichten: Soweit er weiß, wird in dem Kistchen die Sache mit eingeschlossen. Das würde heißen, das Gift wäre die Sache. Funke bekam vom Professor die Adresse eines Ex-

perten für seltene Gifte, ein Professor Stucker an der Universität von Lausanne. Funke ist nervös und gereizt, behauptet aber, es gehe ihr gut. Ich frage sie, ob ihr Professor etwas mit dem Wort Elani anfangen kann.

Erst antwortet sie gar nicht, dann schüttelt sie traurig den Kopf. »Das solltest du jetzt nicht wissen. Werde lieber erst gesund.«

Und das werde ich auch – gesund. Alles andere zählt nicht.

16

Für das erste Durchlesen von Manfreds Tagebuch hatte Elena Minuten gebraucht. Sie begann von vorn, las immer wieder. Irgendwann hörte sie das Telefon klingeln, ignorierte es. Sie löste sich erst von den Aufzeichnungen, als sie den ganzen Text sowie die vorherigen Eintragungen auswendig konnte. Nachdem sie voller Eifer die neu hinzugekommenen Namen in ihre eigene Grafik eingetragen hatte, registrierte sie die kleine Uhr am Monitorrand. Es war drei Uhr morgens. Sie hatte funktioniert. Wie eine Maschine ausgewertet, strikt nach Fakten. Gefühle nicht zugelassen, vor allem das eine, das sich in ihr aufzubauen begann. Leere, ein gähnender Abgrund. Sie schien in ein schwarzes Loch zu blicken.

Dies waren Nachrichten aus einer Welt, die mit Logik nicht zu begreifen war.

Was war mit Manfred in Afrika geschehen? Wie konnte er auf einen solchen Unsinn hereinfallen? An Orakel glauben, sich schwarzes Zeug auf den Körper reiben, über mit Fell bespannte Schlösser sinnieren, ein Pulver in einem Säckchen für Gift halten?

Auf dem Boden lag die milchige Posthülle, daneben Manfreds Pappumschlag, die Adresse von Robert Wedekind war kaum zu entziffern. Dies war nicht mehr Manfreds Schrift: Es waren Hieroglyphen aus dem Jenseits. Von dort hatte sie Post erhalten. Von einem Toten. Von einem Mann, den sie liebte. Den sie plötzlich nicht mehr verstand.

Würde er noch leben, wenn er sich achselzuckend davongemacht hätte? Zu Yinka und Funke gesagt hätte: »Ich lasse mich doch von eurem afrikanischen Verfolgungswahn nicht verrückt machen.« Wie unkritisch Manfred diesem Omo entgegengetreten war! Er wusste doch, dass dessen Schwester Oguns Frau war. Und trotzdem war ihm dieser Zusammenhang im zweiten Teil seines Tagebuchs fast egal! Sein Kreislauf, Kopfschmerzen, Albträume – reichte all das aus, um Manfreds Kritikfähigkeit auszuschalten?

Und vor allem: War das für Elena selbst Grund genug, sich in Wagorunia auf Manfreds Fährte zu setzen wie ein Spürhund? Um vielleicht festzustellen, dass sie in Afrika Hirngespinsten nachjagte? Sie brauchte Beweise, bevor sie sich aufmachte. Genau genommen lieferte Manfreds Tagebuch nur einen halbwegs brauchbaren: den Einbruch. Das Notebook, das nicht mehr existierte …

Aber es gab einen Namen, der Objektivität versprach: Professor Stucker in Lausanne. Dieser Mann musste Chemiker sein, sonst machte es keinen Sinn, ihm Oguns Säckchen nach Lausanne zu bringen. Sie versuchte es übers Internet. Ein Buchversand wies vier seiner Bücher nach, drei davon waren auf Englisch erschienen. Stucker war der Mann, den sie gesucht hatte. Er befasste sich in seinen Werken mit seltenen Pflanzen und Giften.

Morgens um neun sprach sie mit seiner Sekretärin in der Universität. »Der Professor forscht in seinem Haus.«

»Wo ist das?«

»Das darf ich Ihnen nicht sagen.«

Sie rief seinen Verlag an.

»Schreiben Sie an uns, wir leiten die Post an den Professor weiter.« Noch eine Sackgasse.

Sie probierte es über die im Internet abrufbaren Zeitungsarchive. Ein Magazin hatte in der Vorwoche über den Toxikologen Stucker berichtet. Die Internetseite brachte zwar keine Fotos, aber die Bildunterschriften. Und dort stand, wonach Elena suchte: »Professor Stucker in seinem Haus in Murten.« Wie im Fieberwahn suchte sie die Schweizer Landkarte hervor. Murten, zwischen Bern und Neuchatel, unweit von Lausanne. Die Auskunft nannte ihr die Nummer.

»Stucker«, meldete sich eine warme Stimme, die das R gemütlich rollte.

»Kann ich Sie sehen? Heute?«

»Wer sind Sie?«, fragte Stucker in singendem Tonfall.

»Mein Mann hat Ihnen vor anderthalb Wochen ein seltsames Fellsäckchen gebracht. Ich muss wissen, was darin ist!«

»Oh, das ist interessant. Kommen Sie!«

Am frühen Nachmittag stand Elena einem Mann gegenüber, der so Vertrauen erweckend aussah, wie seine Stimme klang. Sein Äußeres schien überhaupt nicht zu seiner Profession zu passen: untersetzt, Ende 50. Das Äußere seines hübschen, nicht besonders luxuriösen Landhauses im alpenländischen Stil verriet nichts von den brisanten Stoffen, die sein Besitzer darin zusammentrug.

Stucker setzte sich an einen rustikalen Bauerntisch. Die Haushälterin servierte Tee und Sahnetorte, legte dem Professor ein Stück auf den mit Blumenmuster verzierten Teller. »Mögen Sie?«, fragte er.

Die Haushälterin schenkte Elena einen gutmütigen Blick. »Selbst gemacht.«

»Das ist das einzige Gift, das ich mir noch erlaub'«, schmunzelte Stucker gemütlich. Elena trennte ein winziges Stückchen Torte mit der Gabel ab. Sie war zu nervös, um es zu essen.

»Wie geht es Ihrem Mann? Er sah sehr angeschlagenen aus, als er in die Universität kam.«

»Deswegen musste ich Sie auch treffen, Professor Stucker. Manfred ist tot.«

»Das ist ja furchtbar.« Stucker schüttelte betrübt den Kopf. »Sie glauben, es hängt mit dem *Juju* zusammen, das er mir gegeben hat, hm? Ich selbst habe es nicht untersuchen können. Ich musste zu ein paar Vorträgen in die USA. Ich bin erst gestern zurückgekommen. Aber wir haben bereits eine erste Expertise, die ich mir gleich nach Ihrem Anruf habe faxen lassen.« Stucker schob sein Tortenstück von sich. »Ich bin sofort ins Labor und habe das *Juju* geholt. Sie werden es wohl nicht kennen.« Stucker leerte seine Tasse bedächtig. »Selten hat man das Glück, solch ein Juwel in die Hände zu bekommen.« Er erschrak über seine eigenen Worte. »Wissenschaftler sehen die Welt mit eigenen Augen, verzeihen Sie, Frau Odermatt. Wollen Sie mir in meine Hexenküche folgen? Aber erschrecken Sie bitte nicht.«

Die Wände im ganzen Treppenhaus waren mit Masken geschmückt, dunkles, sprödes, teilweise rissiges Holz aus einer anderen Welt. Die hohläugigen, verzerrten, drohenden Fratzen wirkten in dem puppenstubenartigen Haus wie Horrorgesichter, die aus den Wänden drangen.

»Meine Masken gefallen Ihnen nicht, hm?«

Elena schüttelte den Kopf. »Sie schüchtern mich ein.«

»Zum Erschrecken wurden sie auch gemacht.« Er lächelte sie ermutigend an. »Die meisten jedenfalls. Der Trick bei den Masken ist, dass sie dialektisch funktionieren. Der Tänzer nimmt die Gestalt eines Geistes an, vor dem er sich eigentlich fürchtet. Er setzt sich mit seiner Angst auf körperlicher Ebene auseinander, indem er ihr den Namen eines Dämons gibt. So vertreibt er schließlich den Geist.«

Stucker holte eine der Masken von der Wand und reichte sie Elena. »Nehmen Sie ruhig.« Elena fasste zögernd nach dem unerwartet schweren Stück Holz. »Halten Sie sich getrost die Maske vors Gesicht. Es passiert Ihnen nichts. In meinem Haus ist das nur ein Stück tote Materie.«

Das alte Holz roch muffig. Elena versuchte, durch die beiden herausgeschnitzten Löcher zu blicken. Anstatt Stucker sah sie die Fratze auf den Schultern einer Frau im grauen Hosenanzug. Erschrocken zog sie die Maske fort.

»Wo das Ding herkommt, gibt es keine Spiegel«, meinte Stucker. »Vielleicht funktioniert diese uns so archaisch anmutende

Art der Psychotherapie auch nur dort.« Der Professor beförderte das Ausstellungsstück zurück an seinen Platz. »Ich habe mich allerdings oft gefragt, was ein Angsttherapeut in unseren Breiten anderes macht, wenn er einen Patienten mit Höhenangst ausgerechnet auf einen hohen Turm führt? Nun, er konfrontiert ihn mit der Angst, nicht wahr?«

Sie waren im Arbeitszimmer angekommen, das trotz seiner Größe – etwa die Hälfte der Hausfläche – klein und eng wirkte. Wo die Wände nicht von Regalen voller Bücher und Zeitschriftenbände verstellt waren, standen Glaskästen mit Kräutern und Tierpräparaten, vor allem Frösche, Schlangen und Fische. Getrocknet oder in weiß bis gelblich schimmernden Flüssigkeiten für die wissenschaftliche Ewigkeit konserviert. Stucker öffnete einen altmodischen Safe am Boden. Er legte ein in durchsichtiges Plastik gehülltes Fellsäckchen auf den Arbeitstisch – das *Juju* aus Oguns Kästchen.

»Harmlos, das abgezogene Fell eines Opossums«, sagte er beiläufig und platzierte daneben eine Schachtel aus Edelstahl, in der sich eine zweite, kleinere mit Glasdeckel befand. Als Elena neugierig näher trat, erkannte sie ein unansehnliches, zerstoßenes Pulver.

»Wenn Sie mich nicht angerufen hätten, hätte ich die Analyse in zwei Wochen zu meinem Kollegen nach Port Lac geschickt. So lautete der Wunsch Ihres Mannes.« Stucker nahm den Computerausdruck mit der Laboranalyse zur Hand.

»Kann dies Pulver meinen Mann getötet haben?« Elena konnte ihre Anspannung nicht verbergen. Ihre Hände zitterten; sie ballte sie zu Fäusten.

»Sie glauben, eine einfache Frage gestellt zu haben.« Der Wissenschaftler lächelte gequält. »Unsere Ratio funktioniert nach dem mathematischen Prinzip von Ursache und Wirkung. Aber die Menschen, die das hier gemacht haben, die denken ganz anders als wir.« Er deutete zum Hausflur. »Sie haben die Masken ja gesehen. Da spielt eine Menge Irrationales eine

Rolle. Ich werde versuchen, es Ihnen zu erklären.« Stucker widmete sich dem Laborbericht. »Hier, das zum Beispiel ist eine Solanum-Art, Teile der getrockneten, unreifen Früchte. Warten Sie …« Er schlug ein dickes Buch über afrikanische Pfeil- und Heilgifte auf. »Ein Schaf ist daran nach elf Tagen gestorben. Nach oraler Verabreichung einer winzigen Dosis. Aber Ihr Mann wird das Zeug ja nicht gegessen haben, oder?« Elena schüttelte den Kopf. »Oder das hier: *Physostigma venenosum.* Ein sagenumwobenes Gift, enthalten in der Calabarbohne, einer Kletterliane. Ihr Anbau ist bei Strafe verboten. Aber wie wir sehen, scheint sie weiterhin zu existieren. Die Calabarbohne war Basis des so genannten Gottesurteilsgifts. Oral in winziger Dosierung verabreicht, wird es von einem gesunden Organismus schnell abgebaut. Größere Mengen dagegen sind absolut tödlich. Oder das: Tephrosia vogelii, ein kleiner Strauch, weit verbreitet in ganz Westafrika. In dieser Form, als Pulver … das giftigste von den dreien. Es wirkt über Hautkontakt, ist im Gegensatz zu den beiden anderen aber verhältnismäßig harmlos, wenn es gegessen wird.«

Stucker sah sie ratlos an. »Sie verstehen wahrscheinlich selbst, Frau Odermatt – mit der Analyse der Bestandteile kann ich Ihnen nicht weiterhelfen. Um die Wirkung dieser Mixtur herauszufinden, braucht man Zeit. Und Geld. Dafür sind aufwändige Tierversuche notwendig. Verschiedene Dosierungen oder Teilmengen. Zum einen. Zum anderen: Wer sagt, ob das Pulver überhaupt in dieser Form zur Anwendung vorgesehen ist? Vielleicht muss es verdünnt werden. Fragt sich nur, wie stark. Oder es wird anderweitig zubereitet. Manche Gifte werden stundenlang gekocht.« Der Professor schüttelte den Kopf. »Allein wenn ich beginne, darüber nachzudenken, sehe ich die Arbeit von Monaten vor mir.«

Mit jedem Wort Stuckers brach Elenas Vorbehalt gegen Manfreds Verfolgungswahn in sich zusammen. Jetzt erschien ihr Funkes Panik sogar noch viel berechtigter. »Mein Mann hat das, was sie *Juju* nennen, geöffnet und Teile des Pulvers auf ein Blatt Papier getan.« Erst jetzt fiel ihr auf: Was war mit der Probe geschehen? Das war nicht erwähnt.

Stucker sah sie entsetzt an. »Ohne Schutzmaßnahmen?« Sie nickte. »Wann?« Elena erzählte, was sie wusste.

»Die Wirkung begann anscheinend zwölf Stunden später einzusetzen«, folgerte er. »Warten Sie, das ist hochinteressant!« Er machte sich Notizen. »Ich brauche dieses Tagebuch, Frau Odermatt! Können Sie mir eine Kopie der Diskette zukommen lassen? Außerdem müsste ich das Protokoll der Obduktion bekommen. Lässt sich das einrichten?« Stucker erschrak über seine eigenen Worte. »Nehmen Sie mir meinen wissenschaftlichen Eifer nicht übel. Wir haben selten Gelegenheit, Fälle von Scheintod zu untersuchen.«

»Wie bitte?« Sie glaubte, Stucker habe ihr den Boden unter den Füßen weggezogen. »Manfred hat geschlafen, Professor!«

»Derart nachlässig kann dieser Doktor Morrison gar nicht gewesen sein, Frau Odermatt, dass er einen Schlafenden für tot erklärt. Ich habe auch Medizin studiert. Nein, nein, so sehr kann sich ein Arzt nicht irren!« Ratlos sah er sein Bücherregal an. »In der wissenschaftlichen Literatur werden so gut wie keine vergleichbaren Fälle beschrieben. Ärzte auf Haiti dokumentierten vor Jahrzehnten zwei Beispiele. Aber die sind sehr umstritten.«

Elena hatte sich längst auf einen Stuhl gesetzt, hielt ihre schwere Tasche wie ein Schutzschild auf dem Schoß. Sie hörte nicht mehr aufmerksam zu. Morrisons alkoholkrankes Gesicht tauchte vor ihr auf, seine unterdrückte Verzweiflung. *Ärzte machen Fehler.* Morrison hatte keinen Fehler gemacht; nach Stuckers Worten war dieser Mann unschuldig. »Ist es denn möglich, dass der Puls so sehr absinkt, dass Morrison Manfred für tot halten konnte?«

»Die haitianischen Ärzte schrieben, dass der Puls nicht mehr messbar flach war. Ich muss unbedingt mit dem Kollegen Morrison sprechen, Frau Odermatt. Das ist ein ganz wichtiger Zeuge sozusagen.«

So weit hatte sie nicht gedacht. »Er ist tot«, flüsterte sie. »Es gibt so was wie einen Abschiedsbrief, den er mir geschrieben hat.« Sie gab wieder, was sie wusste, gestand, dass sie sich wegen Morrisons Tod Vorwürfe machte. »Ich war so wütend auf ihn, Professor. Als ich ihn verließ ... ich glaube, ich wollte wirklich, dass er bestraft wird. Nicht mit dem Tod natürlich ... aber ...«

»Sie sind allenfalls schuldlos schuldig, Frau Odermatt«, unterbrach Stucker. »Was Sie mir da schildern, ist so extrem, dass selbst ich sagen muss: Es ist schicksalhaft. Ja! Schauen Sie mich nicht so an. Ich glaube an das Schicksal. Wer sich einmal intensiv mit Afrika beschäftigt hat, der weiß, dass unsere mathematische Weltsicht nicht ausreicht, um zu verstehen. Es heißt nicht umsonst: Das Ganze ist mehr als die Summe seiner Einzelteile.«

Durch das Leder der Tasche spürte Elena die mitgebrachte Plastikdose. Sie öffnete sie vor Stuckers erstaunten Augen. Mit zwei Pinzetten faltete der Giftexperte Marys grünen Handschuh auseinander. Er rümpfte die Nase. »Das riecht aber nicht sehr lecker.«

»Können Sie das untersuchen?«, fragte sie fast schüchtern.

Stucker hob eine Scherbe vorsichtig hoch, drehte sie im Licht des Zimmers. »Ich weiß nicht. Das wird schwierig bei so wenig Material.« Er legte das kleine Stück zurück. »Was versprechen Sie sich davon?«

»Mit der Flüssigkeit, deren Reste sich an den Scherben befinden, hat Manfred sich wahrscheinlich mehrfach die Haut eingerieben.«

»Warum hat er das gemacht?«

»Der Medizinmann, der das Zeug hergestellt hat, sagte ihm voraus, dass er sterben müsse.«

»Eine Todesprophezeiung? Da kommt ja einiges zusammen.« Stucker verschloss Elenas Dose. »Wenn Ihr Mann sich tatsächlich vergiftet hat – aber dazu muss das Pulver genauer untersucht werden – und eine Person, die ihm glaubhaft erscheint, sagt ihm seinen baldigen Tod voraus, dann verstärkt das die Wirkung des Gifts.«

»Sie meinen psychisch?«

»Natürlich! Das Gift und die Prophezeiung, das geht Hand in Hand. Hoffnungslosigkeit kann Menschen umbringen. Ethnologen haben Fälle beschrieben, in denen Menschen, die mit einem Todesfluch belegt waren, schwer krank wurden und sogar starben. Erstaunlich, dass Ihr Mann überhaupt zu mir gekommen ist. Er wird eine Art von Ausweglosigkeit gespürt haben, trotzdem hat er gekämpft. Ihr Mann war sehr tapfer.«

»Ja«, sagte sie kaum hörbar. Sie begriff in diesem Augenblick, dass sie ihn völlig falsch eingeschätzt hatte. Schließlich hatte sie nur einen winzigen Ausschnitt des Horrorfilms miterlebt, der sich im Kopf ihres Mannes abspielte. Wie eine Statistin war sie nur mal eben kurz durchs Bild gehuscht, als Manfred todgeweiht auf dem Sofa lag. Und er hatte sie nicht mitspielen lassen in diesem schrecklichen Film. *Und das werde ich auch – gesund. Alles andere zählt nicht.* Ja, er wollte kämpfen. Yinkas Anruf war der Strohhalm, nach dem er griff.

Onkel Samuel weiß alles. Er kennt auch dafür eine Lösung.

Aber wer war dieser reiche Verwandte aus Kensington? Und kam von ihm wirklich die erhoffte Hilfe? Hatte Onkel Samuel den *babalawo* geschickt? Und konnte der überhaupt etwas ausrichten? Diese Frage stellte sie Stucker.

»Für alles gibt es ein Gegenmittel, wenn Sie das meinen. Aber mehr kann ich Ihnen nicht sagen.« Der Professor deutete beim Abschied auf die Masken im Treppenhaus. »Die Leute, die das Pulver hergestellt haben, fühlen sich stärker als der Tod. Dadurch glauben sie ihn besiegen zu können. Es ist wie mit meinen Kunstwerken, die die Wände schmücken. Dort, wo sie herkommen, haben sie die Aufgabe, Ängste zu vertreiben, indem sie selbst Angst verbreiten.«

Elena fürchtete sich vor dem leeren Bett, dem verwaistem Platz an ihrer Seite. Sie starrte das Hochzeitsbild an und hörte zum zweiten Mal in dieser Nacht, nachdem sie von Stucker zurückgekehrt war, das Lied der Doors. *Riders on the storm … and after all alone*, sang der jung verstorbene Jim Morrison mit düster-melancholischer Stimme. Sie hatte vergessen, dass es sie gab, die Stürme des Lebens. Die große Niederlage ihrer Kindheit, dass sie durch ihre Anwesenheit allein die Mutter nicht zum Bleiben bewegen konnte, hatte sie so nie begriffen. Sie hatte geweint, aber ihre hilflosen Tränen konnten die Erwachsenen nicht umstimmen.

Und später? *Sie sind so hart.* Morrison, immer wieder Morrison. »Bin ich wirklich so?«, fragte sie in das Rauschen von Wind und Wellen hinein, die der Song an ihr Ohr spülte.

Ich fühle, dass da ein Band zwischen unseren Seelen ist, das auch besteht, wenn wir nicht zusammen sind. Ich werde immer für dich da sein, Elena.

Wo war dieses Band in der entscheidenden Sekunde ihres Lebens? Es war nicht da, sie hatte es nicht gespürt, hatte die Arbeit höher bewertet als das Leben mit Manfred.

Sie schaltete die Musik aus. Die Wohnung lag in nächtlichem Schweigen. »Also gut, Manfred«, sagte sie laut, »wir fliegen nach Afrika. Du und ich.«

Am nächsten Morgen teilte sie ihren Entschluss Frau Werner mit und bat sie, sich um die Wohnung zu kümmern.

»Sie sollten nicht mit offenen Wunden reisen, Frau Odermatt.«

»Wann soll ich dann reisen? Ich weiß nicht, ob meine Wunden je heilen.«

»Alle Wunden heilen, Frau Odermatt, glauben Sie einer alten Frau.« Die Nachbarin sah sie nachdenklich an: »Aber Sie werden doch wieder kommen?«

»Natürlich«, antwortete Elena, denn sie konnte Frau Werner schlecht mit einem vagen Satz abfinden: Das werden die Stürme des Lebens entscheiden.

Manfred hatte das Lied nicht gekannt; davon war Elena fast überzeugt. Trotzdem ließ sie es spielen, als der kleine Saal des Krematoriums voller Menschen war. Die Mehrzahl von Manfreds Kollegen waren keine 30, hatten die magische Schwelle zwischen Jugend und Alter noch nicht überschritten. Viele, mehr als Elena erwartet hatte, bekannten sich im Angesicht des Sarges, den eine einzelne rote Rose zierte, zu ihren Tränen. Dass ihr Vater gekommen war, schloss den Kreis aus Anfang und Ende. Konrad Odermatt stand neben Elena in der ersten Reihe, das lichte, graue Haupt gebeugt; ihre Mutter flankierte sie auf der anderen Seite. Zum letzten Mal hatte sie die Eltern zusammen gesehen bei der Beerdigung der Mutter ihres Vaters Anfang der 90er.

Sie verließen das Friedhofsgelände, lange nachdem alle anderen gegangen waren. Konrad Odermatt blieb stehen, was auch Elena veranlasste innezuhalten. Zwischen all den grauen Gräbern wirkte er viel kleiner, als er ihr je erschienen war. »Du solltest zurückkommen, Kind. Auf dich wartet eine große Verantwortung.« Dann setzte er seinen schwarzen Hut auf und ging wortlos zum Ausgang.

Brigitte hakte sich bei ihrer Tochter ein. »Besser als nach Afrika zu reisen, wäre das schon. Da muss ich ihm zum ersten Mal Recht geben, Lena.«

Keinem von beiden hatte Elena etwas vom Ergebnis der Obduktion gesagt. Für ihre Eltern war Manfred das Opfer eines Unfalls geworden. Elena selbst konnte mit dem Befund nichts anfangen, faxte ihn an Professor Stucker nach Lausanne. Der erklärte ihr, was darin stand: »Die Todesursache ist Ersticken. Wie Sie es vermutet hatten, Frau Odermatt. Aber da gibt es andere Werte, die sehr bedenklich sind. Hat Ihr Mann getrunken? Ich meine überdurchschnittlich?«

Sie verneinte.

»Einige von diesen Giften, die in dem Pulver enthalten sind, zersetzen die Leber. Aber das hätte er überleben können, wenn er behandelt worden wäre. Gravierender ist eine große Menge von Wasser, die sich in der Lunge gebildet und auf das Herz gedrückt hat. Selbst das wäre behandelbar gewesen. All das lässt zumindest die Vermutung zu, dass er mit Gift in Berührung gekommen ist.« Sie hörte aus den vorsichtigen Worten Stuckers Überzeugung, dass dem so war.

Elena berichtete ihm von ihrer Reiseplanung und gab ihm ihre Handy-Nummer. Der Professor schwieg einen Augenblick, dann fragte er: »Sie wissen, woher Ihr Mann das *Juju* hat, nicht wahr? Ich kann Ihnen nur raten, den Besitzer zu meiden. Mit dem ist nicht zu spaßen.«

Das hatte sie auch nicht vor. Eher das Gegenteil. Vier Tage später bestieg sie das Flugzeug nach Afrika.

17

Das Parfüm roch sie schon, als sie nach dem Umsteigen in Frankfurt auf ihren einladend breiten Sessel in der ersten Klasse zusteuerte. Es war ein süßlicher, schwerer Geruch, der sie an Sandelholz erinnerte. Brigitte hatte früher Räucherstäbchen mit diesem Aroma aufgestellt. Bis Elena ihr gesagt hatte, dass sie von diesem Duft Kopfschmerzen bekam. Je mehr sich Elena ihrem Kabinensitz näherte, desto intensiver wurde der Geruch. Er ging von Platz 4A aus und gehörte zu einem Mann, der mit seinem massigen Leib den breiten Sessel zu sprengen schien. Elena warf einen – völlig überflüssigen, aber Hilfe suchenden – Blick auf ihren Boarding Pass: 4B. War ja klar. Sie sah zu 4A. Und lächelte.

»Wir sind Nachbarn?«, fragte 4A auf Englisch mit einer Stimme, die so weich war wie der sündhaft teure Stoff des weiten Anzugs, der den Körper umspannte. »Neben einer schönen Frau zu reisen ist ein wirkliches Vergnügen.«

»Vielen Dank«, erwiderte sie tapfer und ließ sich von der Stewardess den Notebook-Koffer nebst ihrer unverzichtbaren großen Umhängetasche ins Gepäckfach hieven. Es waren, das sah sie sofort, noch eine Menge Plätze frei. Aber die freundliche Eröffnung von 4A schnitt Elena jeden Fluchtweg ab. Sie setzte sich, wie von unsichtbarer Hand niedergedrückt. Und stand wieder auf. Die Umhängetasche. Sie holte sie aus dem Gepäckfach, fischte sich die Packung Paracetamol heraus und nahm zwei. Während des Fluges würde sie sich nach Möglichkeit umsetzen. Damit der dicke Schwarze sich nicht brüskiert fühlte. Ihr würde schon noch ein Grund einfallen.

»Junge Frauen sind oft leicht nervös«, begann 4A. »Sie sollten nicht so viel Kopfschmerzmittel nehmen. Paracetamol«, er deutete auf die rot-weiße Packung, »ist schlecht für die Leber. Es ist besser, den Kopfschmerzen vorzubeugen. Nicht bekämpfen, wenn sie schon da sind.« 4A ließ seine kräftigen weißen Zähne leuchten. Prinzipiell gab Elena ihm Recht. Da sie ihn schlechterdings nicht unter eine reinigende, Kopfschmerzen verhindernde Dusche schicken konnte, lächelte sie beherzt zurück.

»Sie sind Arzt, nicht wahr?«, versuchte Elena sich an einem Smalltalk. Der Sitznachbar hob beide Hände, große, weiche Hände, an denen Elena die goldenen Ringe mit den bunten Steinen auffielen.

»Ich ein Arzt?« 4A lachte laut. »Oh nein, ich bin deren bester Kunde. Sehen Sie mich doch an! Ich habe schon den zweiten Bypass. Ganz neu. Die Ärzte in Frankfurt haben das gemacht. Und dann war ich in Baden-Baden, um mich zu erholen. Sie haben ein schönes Land. Wenn es nur nicht so kalt wäre!« Er zeigte wieder sein breites Lachen.

»Sie fliegen nach Hause, nehme ich an. Stammen Sie aus Port Lac?«

»Port Lac? Nein. Nein, nein. Ich habe dort geschäftlich zu tun. In Port Lac könnte ich nicht leben. Kennen Sie die Stadt?« Sie schüttelte den Kopf. »Acht Millionen Menschen. Das ist beinahe jeder zehnte Wagorunianer. Es ist dort sehr laut.«

»Ich habe gehört, dass es auch sehr schöne Ecken in Port Lac gibt. Kennen Sie die Ile de Beauté?«

»Oh, Sie werden sich dort sehr wohl fühlen. Das ist nicht direkt Port Lac. Die Ile«, er sprach das französische Nomen für Insel wie das wortverwandte *isle* englisch aus, »ist sehr britisch. Ein bisschen wie an der französischen Riviera.«

Sie hatte mit keinem Wort erwähnt, dass sie auf der Ile de Beauté wohnen würde. Sie wusste es ja selbst noch nicht. Konstantin hatte ihr nur ein Haus in Aussicht gestellt, das Ogun besorgen wollte.

»Machen Sie Urlaub in Wagorunia?«, fragte 4A. Was nur eine Floskel sein konnte. Niemand verbrachte dort die Ferien; das

Land wurde in keinem Reiseprospekt angeboten. Touristen schätzen keine bewaffneten Militärs, die ihnen beim Baden zusehen.

»Ich werde dort einen Job antreten.« Sie lächelte eisern gegen ihre Kopfschmerzen an.

»Wirklich?«, strahlte 4A und reichte ihr seine schwere Hand. »Das freut mich. Mein Land braucht gute Leute. Was werden Sie dort machen? Verzeihen Sie. Ich habe mich gar nicht vorgestellt. Mein Name ist Samuel Bola.«

»Elena Odermatt. Mein deutscher Arbeitgeber arbeitet mit einer Firma Ihres Landes zusammen. Sie wollen Medizin herstellen.«

»Dann sind Sie die Medizinerin? Und mich fragten Sie, ob ich Arzt sei. Oh, das ist gut!« Er freute sich.

»Ich bin nur für das Kaufmännische zuständig«, wehrte sie freundlich ab.

Bola begann in den Taschen seines Anzugs zu kramen. »Ich vergesse immer, meine Herztabletten zu nehmen. Gut, dass Sie mich daran erinnert haben.« Er ließ sich von der Stewardess ein Glas Wasser bringen. Elena nutzte die Gelegenheit, um den Sitz in eine angenehme Ruheposition zu bringen.

Sie warf einen Seitenblick auf 4A: Samuel Bola ein wohlhabender, herzkranker Mann. Kein Kandidat für einen Geheimbund. Andererseits – würde sie einen *Gegner* erkennen? Sah er so aus wie Mister Bola? *Sich mit Paranoia infizieren,* nannte Manfred es. Bola hatte sein Notebook hervorgeholt und eine CD eingeschoben. Statt eines Programms startete ein Film. Ein Asiate mit immerzu lächelndem, weichem Gesicht verdrosch seine Gegner. Bola drehte sich ein wenig und sah Elena strahlend an. »Ich liebe das. Sie können sich sogar Filme auf dem Notebook ansehen. Das ist fantastisch!«

Elena beugte sich interessiert vor, auch wenn sie sich nichts aus prügelnden Asiaten machte – Notebooks mit DVD-Abspielwerk waren im Frühjahr 1998 eine kostspielige Neuheit.

»Mögen Sie Jackie Chan? Er ist cool und lustig. Und er gewinnt immer. Wow, sehen Sie das? Es schaut aus, als ob Jackie fliegt.«

Sie lehnte sich wieder zurück und setzte die Schlafbrille auf. Bola stammte aus Wagorunia. Statistisches Pro-Kopf-Einkommen 500 US-Dollar, etwas über 1000 Mark – im Jahr. In Deutschland konnte sich nur eine Minderheit solches High-Tech-Spielzeug leisten. Arm und reich. Na schön, Mister Bola war ein reicher Wagorunianer. Aber musste denn jeder reiche Wagorunianer einem Geheimbund angehören? Sie würde wahrscheinlich in den nächsten Monaten vor allem mit einer so genannten Oberschicht zusammentreffen. Dann hätte sie es ja mit einer Menge *Gegner* zu tun ... Sie lupfte noch einmal die Schlafbrille und sah zu, wie sich Mister Bola mit seinem neuen Spielzeug amüsierte. Der war bestimmt harmlos, ein großes Kind ...

Selbst kleinste Details hatte Elena bedacht. Jedenfalls so weit, wie Manfreds Tagebuch sie auf eventuelle Schwierigkeiten vorbereitet hatte. Sie steckte kurz vor der Landung in Port Lac einige Hundert Dollar in kleinen Scheinen in die Jackentaschen ihres sandfarbenen Hosenanzugs, um die erwarteten Zollprobleme nach Manfreds Vorbild abkürzen zu können. Auf den Einreiseformularen musste sie als Reisegrund *business* ankreuzen. Sie rechnete deshalb mit wesentlich größeren Problemen als der *tourist* Manfred. Verteilt auf ihre vier großen Koffer führte sie die Grundausstattung eines kleinen Büros mit sich: ein zweites Notebook mit mehreren Akkus, Drucker, Scanner und Faxgerät.

Im Vergleich dazu beanspruchte die Garderobe wenig Platz. Alles war mit allem irgendwie kombinierbar und in nur drei Farbtönen aufeinander abgestimmt: schwarz, grau, sandfarben. Aus Rücksicht auf mögliche afrikanische Traditionen hatte sie sogar Kleider und Röcke dabei, sonst nur Hosen, davon einige

Bermudas, sowie Blusen, T-Shirts und leichte Jacken im Sakkostil. Sie war auf ein feuchtheißes Klima mit Temperaturen um die 40 Grad eingestellt. Und wurde zumindest vom Wetter bei ihrer Ankunft nicht enttäuscht.

Die müden Ventilatoren, groß wie der Propeller einer einmotorigen Privatmaschine, verrührten träge die Luft in der Ankunftshalle. Elena fiel in der Menge auf. Sie war mit ihren 1,75 Meter groß und außerdem einige der wenigen weißen Frauen, die den Lufthansa-Flug aus Frankfurt verließen. Wer sie suchte, fand sie also schnell. Und man fand sie sehr schnell, noch bevor sie die Pass- und Zollkontrolle erreicht hatte. Sie hielt das viele Geld in ihrer Jackentasche bereit und machte sich auf den ersten Kampf gefasst.

Er fand nicht statt. Jedenfalls ganz anders als erwartet.

»Missis Odermatt? Bitte folgen Sie mir.«

Ein schwarzer Uniformierter hatte sich neben sie gedrängt, sie am Unterarm gepackt und aus der Menge der Reisenden heraus zu einem Seitenausgang geschoben. Sie wurde in einen kleinen, gut klimatisierten Raum geführt, wo man ihr einen Holzstuhl anbot. Dann ließ man sie allein. Im Ungewissen. Eine schlechte Ouvertüre führt selten zu einem guten Finale. Nach etwa fünf Minuten erschien ein stämmiger kleiner Mann in ordengeschmückter Uniform.

»Willkommen in Wagorunia«, begrüßte er sie in hartem Englisch und streckte ihr die Hand entgegen. »Mein Freund, *Chief* Ogun, hat mir gesagt, dass Sie heute ankommen. Ihr Gepäck steht schon draußen. Ihr Wagen erwartet Sie. Wollen Sie bitte mitkommen?«

Dieser unerwartete Service überrumpelte sie. Doch er verfehlte seine Wirkung. Im Gegenteil – er machte sie noch misstrauischer. Sie war schließlich nicht in das fremde Land gereist, in dem sie überall die Anwesenheit eines Geheimbundes vermutete, um sich bereitwillig Pampers anlegen zu lassen.

»Wäre es nicht sinnvoll, erst die Zollformalitäten zu erledigen? Ich bin Gast in Ihrem Land. Ich möchte Ihre Gastfreundschaft nicht missbrauchen.«

Der kleine Mann mit den großen Orden strahlte sie an. »Sie sind eine Lady. Machen Sie sich keine Sorgen. Ich bin der Zoll.«

»*Chief* Ogun ist ein Freund von Ihnen? Dann hat er ja die richtigen Freunde«, entfuhr es ihr und sie erschrak. Verstand der Oberst ihre hintergründige Ironie?

Offensichtlich nicht: »*Chief* Ogun ist ein großer Mann. Und er hat eine gute Wahl getroffen.« Damit meinte er sie. Oder am Ende gar sich selbst? Er führte Elena durch einen weiteren Nebenausgang hinaus in die schwüle Hitze, die sie wie ein warmer Waschlappen traf. Ein Schwall von Abgasen nahm ihr den Atem. Es war Nacht geworden. Nur wenige Strahler erhellten die menschenleere Straße. Elena spürte ihr Herz bis zum Hals schlagen. Ihre vier Koffer standen neben dem geöffneten Kofferraum eines weißen Geländewagens. Daneben warteten zwei Uniformierte, die sie keiner speziellen offiziellen Funktion zuordnen konnte. Sie verlangsamte ihren Schritt, fühlte ihre Angst, witterte die Gefahr. Ahnte aber nicht, aus welcher Ecke sie sie anspringen würde.

»Missis Odermatt, sind das Ihre Koffer?«

Irgendetwas stimmte nicht. Sie hatten ihre Koffer aus dem Flugzeug gebracht. Jetzt standen die Dinger am Nebenausgang. Sie sah sich um. Nur die drei Männer waren zu sehen. Vielleicht saß im Geländewagen noch ein vierter, was sie wegen der schwarz getönten Scheiben nicht erkennen konnte. Was sollte das? *Ich bin der Zoll.*

»Ja, die sehen aus wie meine Koffer.« Sie trat heran, es waren alles vier Samsonites. Sie drehte die Kofferanhänger herum. Auf jedem las sie ihren Namen. Und trotzdem, das flaue Gefühl im Magen signalisierte ihr Vorsicht.

»Das sind Ihre Koffer. Ist das richtig?«, hakte *der Zoll* nach.

»Soll ich öffnen?«, fragte Elena. Ein kaum hörbares Zittern schwang in ihrer Stimme.

»Ich wollte nur sicher sein, dass alles zu Ihrer Zufriedenheit ist.« Mit einer lässigen Handbewegung schickte er die Uniformierten fort. Diese kleine Show verfolgte eine Absicht. Nur welche? Der Zollchef packte nacheinander die Koffer und wuchtete sie eigenhändig in den Kofferraum, schlug die Klappe zu und öffnete Elena sogar die Fondtür. Dann schlug er aufs Dach des Wagens.

Kaum war das Auto losgerollt, hörte Elena das Klacken der Zentralverriegelung. Sie wollte einen letzten Blick auf den Flughafen werfen, starrte aber gegen eine völlig eingestaubte, blinde Heckscheibe. Sie sah lediglich die defekten Frontscheinwerfer eines anderen Autos hinter sich. Auf dem rechten brannte nur Standlicht, der linke zeigte aufgeblendet in den Himmel. Die getönten, eingestaubten Fenster gestatteten keinen Blick auf die nächtliche Stadt. Um wenigstens etwas von ihrer Umgebung mitzubekommen, ließ sie das Seitenfenster heruntersurren. Der Range Rover fuhr sehr schnell, die hereinströmende Luft roch würzig nach Meer. Sie sog das Aroma genüsslich tief ein, der Wind fuhr ihr in die Haare. Vielleicht würde ihr Afrika doch gefallen!

Mit entsetzt geweiteten Augen drehte sich der Fahrer zu ihr um: »Nein, Madam, tun Sie das auf keinen Fall. Schnell, machen Sie zu!«

Elena ließ die Scheibe erschrocken hoch. Der Mann am Steuer raste durch die Nacht, die Frontscheibe war von zerfetztem Ungeziefer verschmiert. Der Verkehr war sehr dicht. Kaum hatte sie das Fenster geschlossen, betätigte der Chauffeur von seiner Tür aus die Fensterverriegelung. Als vor dem Range Rover ein Schatten auftauchte, riss der Mann das Lenkrad herum, der hochbeinige Wagen kam ins Schleudern, fing sich aber wieder. Instinktiv sah sich Elena um, wem sie ausgewichen waren. Durch die verdreckte Heckscheibe sah sie nur zwei Scheinwerfer. Einen aufgeblendeten und einen mit Standlicht. Ihrem Wagen folgte also offensichtlich ein zweiter. Man hätte sie überallhin bringen können …

Anderthalb Stunden später stoppte das Auto vor einem weißen Haus, das von zahlreichen Scheinwerfern grell angestrahlt wurde. Elena war total durchgeschwitzt. Nicht wegen der Klimaanlage; die hatte inzwischen für eine eisige Temperatur gesorgt …

Sie erkannte Oguns Haus wieder, so als ob sie es vor langer Zeit schon einmal gesehen hätte. Der Fahrer hupte. Durch den Ungezieferschleier sah sie ein Tor zur Seite gleiten, schwungvoll raste der Range Rover in den Hof. Sie musste sich nicht umdrehen, um zu wissen: Der zweite Wagen folgte hinein. Von der Ladefläche des verrosteten japanischen Pick-ups sprangen zwei Männer mit Gewehren.

Sie fragte sich, ob es ein gutes oder schlechtes Zeichen war, dass Ogun ihr Begleitschutz spendiert hatte.

18

Der asphaltierte Vorhof wurde von einer zwei Meter hohen Mauer zur Straße hin abgegrenzt, auf der im grellen Licht der Grundstücksbeleuchtung Glasscherben glänzten. Die Männer von der Pick-up-Ladefläche trugen Elenas Samsonites nicht wie erwartet in Oguns Villa, sondern schleppten die schweren Gepäckstücke schief, wie vom Sturm gebeutelte junge Bäume, in den Garten – die Gewehre umgehängt. Elena eilte ihnen nach und hörte das heisere Bellen der Hunde. Die Doggen, denen Manfred das Leben gerettet hatte. Auf der Rückseite der Villa tauchte gleißendes Licht einen lang gestreckten Swimmingpool in paradiesisch schimmerndes Grünblau. Die Männer und mit ihnen Elenas Koffer strebten der dem Pool gegenüberliegenden Seite zu. Weiße Bungalows duckten sich dort im Halbdunkel.

»Miss Odermatt! Wunderbar, dass Sie da sind!«

Elena drehte sich um. Ein Mann in einem rot und blau gemusterten Kaftan schlenderte behäbig von der Terrasse des weißen Hauses auf sie zu. Elena schickte einen kurzen Blick in Richtung ihrer Koffer. Der letzte der vier bewaffneten Kofferkulis verschwand im rechten Bungalow, während der erste bereits wieder herauskam und erschöpft in eine dunkle Grundstücksecke davonging.

Das schräg einfallende Licht der Scheinwerfer machte es zwar unmöglich, das Gesicht des Mannes zu erkennen. Der Klang der Stimme hingegen war eindeutig: *Donald Duck*. Ihr Gastgeber erwartete sie breitbeinig auf dem halben Weg zwischen Pool und Haus. Elena lächelte: »Mister Ogun, ich wusste nicht, dass Sie zu Hause sind.«

Ogun kam auf sie zu, zwei kleine Schritte. Seine nackten Füße steckten in Sandalen. Je drei Initiationsnarben zierten das flächige Gesicht, zogen sich breit wie Kinderfinger mit erstaunlicher Symmetrie rechts und links von den Wangenknochen bis auf Höhe der Mundwinkel. Sein breites Lachen, mit dem er sie begrüßte und dabei kleine, weiße Zähne entblößte, wirkte gespielt.

Beide wussten, weshalb Elena jetzt an diesem Fleck stand: Sie war nichts anderes als Oguns Aufpasserin. Es konnte keinen Grund geben, weshalb ihr Gastgeber sich freute, sie zu sehen.

Er tat einen unvermittelten kleinen Schritt, warf die kurzen Arme hoch, packte Elena an den Schultern und riss sie ruckartig an sich. Wie ein Raubtier, das mit unerwarteter Geschwindigkeit seine Beute ergreift. Er drückte ihren schmalen Leib an seinen weichen Körper. Sie spürte kühle Seide, roch sein herbes, dominantes Parfüm. In diesem Punkt bewies er Geschmack. Elena spannte die Muskeln nur ganz leicht an. Aber Ogun verstand das Signal; er befreite sie aus seiner Umarmung, die auf Elena wie eine Umklammerung wirkte. Sein Blick nahm Maß. Wie ein Schneider, der für eine neue Kundin ein Kostüm fertigen soll und sich noch fragt, welcher Stil denn wohl der richtige sei.

In solchen Augenblicken hatte es sich bewährt, das Augenmerk auf ein beliebiges Objekt aus dem Gesichtskreis des anderen zu lenken. »Sie haben einen wundervollen Pool, Mister Ogun. Es muss ein Vergnügen sein, nach einem anstrengenden Tag darin ein paar Runden zu drehen.«

Es funktionierte. Ogun löste seinen Schneiderblick von ihr, taxierte sein eigenes Schwimmbecken, als sähe er es zum ersten Mal: »Sicher. Ein Pool ist etwas Wunderbares.« In seinen halb geschlossenen Augen lag die Missbilligung eines absolut nutzlosen Gegenstands. »Im Haus ist es angenehm kühl. Lassen Sie uns einen Welcome-Drink nehmen.« Er reichte ihr die Hand. Sie war für einen Mann seiner Statur erstaunlich schmal, wie Elena feststellte. »Kommen Sie.« Den Salon, der sich über die gesamte Hausbreite erstreckte, betraten sie als ungleiches Paar.

Manfred hatte nicht untertrieben. *Ein Albtraum in rotem Plüsch.* Ausgestellt auf blitzblankem, weißem Marmor wirkten die bordeauxroten Polstersessel neben den goldenen Lampen mit den schweren Schirmen wie im falschen Haus abgeliefert. Hierher hätte Rattan gepasst, edles helles Holz, Teak vielleicht, auf jeden Fall etwas Leichtes, Luftiges. Die Bilder an den Wänden, durch kleine Leuchten angestrahlt, waren schreiend bunt und komplettierten den Eindruck von billigem Basar. Auf einem gigantischen Bildschirm lief tonlos ein Film. Sie sah nicht hin. Das Haus an sich hatte Stil. Es gab einen offenen, geschmackvollen Kamin, in dem zu Elenas Verwunderung ein abendliches Feuer brannte. Bei 35 Grad Außentemperatur. Doch es war eine Täuschung: Aufgemalte Farben fraßen aufgemaltes Holz, flackernde Leuchtstäbe zauberten die simple Illusion. Neben dem Kamin machte sich Oguns Hausboy an der meerblau und feuerrot gestrichenen Hausbar zu schaffen. Er reichte ihr einen Martini mit Olive, um Ogun gleich danach einen Gin ohne Eis zu geben. Sie bat um Wasser.

»Wasser ist für die Hunde.« Ogun klatschte in die Hände, der Hausboy trat ab und ein kleiner Junge erschien, den sie im ersten Augenblick für eine Miniaturausgabe Oguns hielt. Erst beim zweiten Hinsehen erkannte sie die Farben des FC-Bayern auf dem viel zu weiten T-Shirt des vielleicht 14-jährigen.

Auf dem überdimensionalen Fernseher knockte ein sanftgesichtiger Asiate seine Gegner im Flug aus. Sie kannte den Film. Als der junge Bayern-Fan verschwunden war, sagte Ogun: »Jackie Chan ist fantastisch, denken Sie nicht auch?«

»Ja«, pflichtete sie bei, »er ist sehr komisch.«

»Ich muss Ihnen was zeigen!« Er zog sie am Arm zu dem flachen Videogerät. »Es ist eine neue Technik. Wie bei einer CD. Sie können jede beliebige Szene anwählen.«

Sie kannte zwei Männer aus Wagorunia. Zwei Männer, die DVD-Videos besaßen. Und sich beide denselben Jackie-Chan-Film ansahen. Erstaunlich.

Der jugendliche Diener servierte ihr kein Wasser, sondern zu warmes 7up sowie blutige Steaks, dazu weiche Pommes frites mit Essig. »Mein Koch hat in England gelernt. Er hat das Essen extra für Sie zubereitet«, sagte Ogun stolz. Sie mümmelte tapfer am Steakrand, das meiste ließ sie jedoch unbeobachtet in einem Taschentuch verschwinden. Kopfschmerzen pochten in ihren Schläfen. »Mister Ogun, wo werde ich wohnen? Konstantin Wenzel sagte, ich würde ein eigenes Haus haben.«

Ogun geleitete sie am Pool vorbei. »Das rechte ist es. Ihr Kollege Gustav hat sich dort sehr wohl gefühlt.« Das blaugrüne Leuchten des Pools sah einladend aus. Konnte sie vor den Augen Oguns hier planschen? Er sollte in ihr schließlich die Firmenberaterin, nicht die Frau sehen.

Ihr Gastgeber schob seinen schweren Leib in den Bungalow, der durch seine Anwesenheit klein wirkte. »Wenn etwas nicht zu Ihrer Zufriedenheit ist, nehmen Sie das Telefon. Wählen Sie die Null.« Ihre vier Samsonite-Koffer standen in Reih und Glied mitten im Raum. Es war alles gut gegangen. Ihr Argwohn am Flughafen war also doch verfrühte Paranoia.

Sie machte einen Schritt auf die Koffer zu. Erst in diesem Augenblick konnte sie den Betrug erkennen. In dem Bungalow fiel der Farbunterschied auf. Ihre Koffer hatten schon einige Reisen mitgemacht und waren entsprechend verkratzt. Jedenfalls drei davon. Der vierte hatte die gleiche Form und fast den gleichen Anthrazit-Ton wie die anderen drei. Aber eben nur fast – er war um zwei Nuancen heller. Und neu. Trotzdem trug das Namensschild ihre eigene Handschrift. Welch ein Aufwand! Die *Paranoia* packte sie sofort. Nur jemand, für den der Inhalt des vierten Koffers bestimmt war, würde so strategisch vorgehen. Und hatte diesen Koffer durch bewaffnete Männer bewachen lassen. Dem Kuckucksei hatte dieser Service gegolten – nicht ihr.

In ihrer Erregung hatte Elena Oguns Anwesenheit fast vergessen. Er hatte sich in einen Kunstledersessel gepflanzt und sah ihr entspannt zu, die Hände vor dem großen Bauch gefaltet. Sie glaubte, seine Gedanken lesen zu können: Du hast also meinen Betrug kapiert, weiße Frau. Und – was tust du jetzt?

Sie hätte platzen können vor Wut! Sie hasste diesen Mann. Ogun hatte sie schon ausgetrickst, bevor sie auch nur einen Fuß auf afrikanischen Boden gesetzt hatte. Doch wenn sie jetzt ausrastete, hatte der Dicke gewonnen. Sie musste sich beherrschen. Mit zusammengebissenen Zähnen setzte sie sich auf den falschen Koffer, lächelte verkrampft. »Habe ich einen guten Tausch gemacht, Mister Ogun?«

Das quakende Lachen ließ seinen gewaltigen Bauch beben. »Sie sind in der Tat die richtige für den Job. Ja, Sie haben einen guten Tausch gemacht. Da drin ist Geld. Bargeld. Es war ein …«, er suchte nach dem richtigen Wort, »… logistisches Problem. Aber es hat funktioniert. Konstantin hat es sich ausgedacht. Er ist ein smarter Kerl.«

»Konstantin?« Sie war sprachlos. Das musste eine Lüge sein! Ausgeschlossen, dass er so etwas tat!

»Unser Geschäft braucht Geld. Niemand weiß das besser als Sie. Unsere Regierung ist nicht immer sehr kooperativ. Man muss sich etwas einfallen lassen.«

Deshalb hatte sich der Dicke vom Zoll persönlich um die Angelegenheit gekümmert! Wenn jemand anders in diesen Koffer geblickt hätte, säße sie jetzt im Gefängnis. »Wie viel ist da drin?«, fragte sie endlich.

»Zwei Millionen Dollar in kleinen Scheinen. Das hoffe ich jedenfalls. Wollen wir nachsehen?« Ogun suchte in den Taschen seines weiten Kaftans, hob jedoch sogleich die Schultern in gespieltem Entsetzen: »Sorry, ich habe den Schlüssel im Haus gelassen. Aber Sie wissen ja, wie Geld aussieht.« Ihm gefiel der eigene Witz. Schwerfällig stemmte er sich aus dem weichen Sessel und zog den Koffer zum Ausgang.

»Mister Ogun, ich hatte meine Koffer mit Bedacht gepackt. Ich werde den vierten vermissen.«

»Keine Sorge. Der kommt. Gute Nacht.«

Sie starrte dem Afrikaner nach, wie er seinen Koffer geschickt am Pool entlang zu seinem Haus schaffte. Das konnte doch wohl alles nicht wahr sein! Mit bauernschlauen Tricks hatte das nichts mehr zu tun. Mit Paranoia auch nicht. Dieser Mistkerl hatte sie ohne ihr Wissen zur Komplizin bei einer strafbaren Handlung gemacht. Wütend tippte sie Konstantins Telefonnummer ins Handy. Sie hatte sich erkundigt, es gab seit kurzem D1, wenngleich nicht flächendeckend. Die Verbindung kam auch zustande – allerdings nur mit der Mailbox.

Die Idee war Elena während des Essens gekommen: Sie wollte den Doggen das Steak bringen. Weil die eingesperrten Tiere ihr Leid taten. Sie hatte den Weg zum Zwinger zur Hälfte zurückgelegt, als es schlagartig dunkel wurde. Wie angewurzelt blieb sie stehen, erkannte zunächst nichts mehr. Angestrengt lauschte sie in die plötzliche Stille, die auf das Ausschalten des laut tuckernden Generators folgte. Sie hörte Menschen, die sich in einer fremden Sprache unterhielten. Eine Frau lachte tief glucksend, zwei oder sogar drei andere stimmten ein. Schemenhaft erkannte sie die Umrisse von Häusern oder Hütten, die weit hinten auf dem Grundstück lagen. Dorthin waren die Kofferkulis verschwunden. Sie bemerkte den scharfen Geruch von Holzfeuer. Über ihr griffen die dunklen, fast kahlen Äste der weiten Baumkrone in die Nacht. Ein kleiner Schatten huschte dort oben herum, ein zweiter folgte, ein dritter jagte den zweiten. Sie hörte einen kleinen spitzen Schrei, der sie zusammenzucken ließ. Affen! Sie atmete tief durch, amüsiert über ihre Schreckhaftigkeit, die sie schon Gespenster sehen ließ.

Ihre Augen gewöhnten sich an die Dunkelheit, vorsichtig lief sie vorwärts, stand unvermittelt vor einem Zaun aus in den Boden gerammten Holzlatten. Den hatte Manfred nicht erwähnt! Sie tastete sich daran entlang, fand die hohe Zwingermauer. Der schleppende Gang, das kratzende Schleifen großer Pfoten auf hartem Grund …

»Ist ja gut, ihr beiden«, murmelte sie beruhigend und warf das Steak auf die andere Seite hinüber. Knurrend stritten die Doggen darum. Sie ging, das laute Fiepen der jungen Hunde folgte ihr. Manfred hatte diesen Tieren das Leben retten wollen. Letzten Endes aber war es umgekehrt gekommen – sie hatten ihm den Tod gebracht. Manfred hatte nicht an diesen Ort gehört, ebenso wenig wie die Vierbeiner aus Deutschland. Oder gar wie sie selbst?

Das Äffchen, das flink auf sie zurannte, riss sie aus ihren trüben Gedanken. Zunächst verharrte es in einem guten Meter Entfernung; sie konnte das Tier kaum erkennen. Als sie sich hinhockte, kam der kleine Kerl zutraulich näher. »Willst du etwas zu essen?« Mit unglaublicher Schnelligkeit kletterte der kleine Baumbewohner an ihr hoch, zupfte an ihrer Bluse und griff geschwind in die Brusttasche, in der sie das Handy verstaut hatte. Bevor sie reagieren konnte, sprang der kleine Dieb davon. Sie rannte ihm nach, das Äffchen setzte über den Pfahlzaun. Elena zögerte einen Moment, wollte das Telefon aber nicht verloren geben. Sie hörte deutlich das Piepen, das ertönt, wenn die Tasten gedrückt werden.

Sie brauchte ein Tauschobjekt! Dringend! Die Erdnüsse aus dem Flugzeug, die hatte sie wie immer gebunkert. Ihre Notration für lange Meetings. Sie rannte, so schnell es in der Finsternis ging, zum Bungalow, schnappte sich zwei kleine Päckchen. Das Äffchen erfreute sich immer noch an seinem Spielzeug. Zwischen ihr und dem Dieb befand sich der Zaun. Sie schleppte einen Stuhl aus dem Bungalow herbei und kletterte hinüber. Ein Lob auf tausend Reitstunden! Sie riss die Tüte auf, warf dem Äffchen Nüsse hin. Das Handy lag leuchtend am Boden, achtlos liegen gelassen. Diesmal verstaute sie das begehrte Objekt sicher vor dem kommunikationsfreudigen Affen.

Nur – wie kam sie wieder aus dem eingezäunten Geviert heraus? Der Stuhl stand auf der anderen Seite … Lag irgendetwas herum, worauf sie steigen konnte? Zwischen den hochstehenden Wurzeln machte sie die Umrisse eines Kastens aus. Das Ding ließ sich nicht bewegen. Mit Mühe erkannte sie darin eine kleine Figur, eingesperrt hinter einem mit Draht bespannten Türchen. Dies war also jener Schrein, den Manfred entdeckt hatte. Er musste wohl vor gierigen Affenhändchen geschützt werden. Vor der Figur lagen einige längliche Früchte, die sie in der Dunkelheit nicht erkennen konnte. In den kleinen Altar passten außerdem zwei mittelgroße Flaschen. Es roch nach Alkohol: Oguns kleiner Heiliger war eine Schnapsdrossel!

Das Erdreich davor war festgetreten. *Hundepfoten graben schnell.* Irgendwo hier war das Kästchen mit dem Gift versteckt gewesen. Ob Ogun sich ein neues *Juju* gebastelt hatte? Wahrscheinlich – doch diesmal würden die Doggen es nicht mehr entdecken. Der Zaun war neu.

Sie fand schließlich einen Ast, mit dem sie umständlich nach dem Stuhl angelte. Doch darauf saß inzwischen das Äffchen. Es schien zu grinsen! Als sie den frechen Kerl mit dem Ast fortschubste, griff der danach! Elena rangelte mit dem Affen um einen Ast, wobei ihr ein eingesperrter, berauschter Heiliger zusah. Die Situation war so absurd, dass sie selbst lachen musste. Schließlich gab der Affe auf und sie zog samt Stuhl zum Bungalow.

Erschöpft schloss sie die Tür hinter sich, drehte am Lichtschalter. Es blieb dunkel. *Chief* Ogun hielt offenkundig nichts von unternehmungslustigen Gästen. Neben dem Bett fand sie Streichhölzer – und eine Petroleumlampe. In deren schwachem Schein besichtigte sie ihre Unterkunft, in der es nach abgestandener Feuchtigkeit roch. Die Glaslamellen der Fensterscheiben ließen sich nur kippen, die frische Luft drang sparsam dosiert durch Fliegennetze ein, hinter denen obendrein Fenstergitter angebracht waren.

Und dann hörte sie das Lachen, eher ein Meckern, wie von einer Ziege. Kurz hervorgestoßen. Es war eigentümlich laut und recht nah. Vorsichtig drehte sie sich um. Der Affe saß auf dem

Bett. Er hatte die Gelegenheit genutzt, ihre große Umhängetasche auszupacken. Nun hielt er in seinen kleinen Pfötchen, was er gesucht hatte: ein weiteres Päckchen Erdnüsse!

»Komm morgen wieder, du verfressener kleiner Kerl! Ich bin zu müde für deine Scherze!« Das Äffchen ließ sich nicht packen, floh ins Bad. »Gute Idee«, sagte sie. »Ich werde duschen.« Doch nur ein paar Tropfen kamen heraus, die der kleine Besucher dankbar aufschleckte. Elena gab auf, schob ihre Utensilien in die Tasche und ließ sich aufs Bett fallen. Die Schlafstatt war weich wie eine Hängematte – und klamm. Wie konnte Behr es in diesem feuchten Gefängnis aushalten?

Sie setzte sich in einen der Plastikstühle vor ihrer feuchten Bleibe. Ein paar Runden im Pool hätten ihr jetzt gut getan. So wie in Vaters Haus. Ob Paderborn oder Kampen, der überdachte Pool war der wahre Luxus, den ihr Vater sich leistete. Und auch das nur wegen seines Rückenleidens. Sie machte sich nichts vor. Bei ihren wenigen Freundinnen war sie auch wegen Vaters Pool beliebt gewesen.

Erschöpft legte sie den Kopf in den Nacken. Unzählige Sterne standen am Himmel, wirkten näher als zu Hause und viel heller. Winzige kleine Punkte schwirrten durch die abgekühlte Nachtluft. Glühwürmchen, die ihre bizarren Tänze nur für sie aufführten. »Großer Gott, ich bin in Afrika«, sagte Elena laut. Das war ihr noch gar nicht richtig bewusst gewesen. »Vielleicht ist es hier wirklich schön und ich bin nur am falschen Platz.« Und in der falschen Stimmung, gestand sie sich ein.

Mit seinem eigentümlich hervorgestoßenen Meckern machte der kleine Affe auf sich aufmerksam. Er saß triumphierend auf dem Tisch. Aus der Richtung der Personalunterkünfte hörte sie die fremden Stimmen. Sogar Kinderlachen war darunter. Nachts schien sie ein friedlicher Ort zu sein, die Höhle des Löwen.

19

Mit der Geschicklichkeit dieses kleinen Burschen hatte Elena nicht gerechnet. Das Äffchen hatte tatsächlich den Reißverschluss ihrer Tasche geöffnet! Dass sie noch eine Tafel der geliebten weißen Schokolade darin gehabt hatte, davon zeugten die im Zimmer herumliegenden Papierfetzen. Und die Schmiererei, die das Tierchen überall angerichtet hatte. Seufzend machte Elena sich an ihre erste Tagesarbeit, das Einräumen ihrer Tasche. Der Druckknopf ihres Filofax hatte den Affen auch nicht aufgehalten. Die ausgerissenen Blätter – glücklicherweise hatte er sich nur für den September interessiert – lagen gut durchgekaut neben dem Bett. Der kleine Besucher schlummerte neben seinem liebsten Spielzeug, dem Handy.

Sie hatte es eingeschaltet gelassen, weil sie auf einen Anruf von Konstantin hoffte. Äffchens Telefonleidenschaft hatte der Batterie jedoch den Garaus gemacht. Sie steckte das Mobiltelefon in die Akkuschale. Die Idee war gut; nur gab es keinen Strom. Es war sieben Uhr morgens. Für den Generator galt wohl noch Nachtruhe. Somit löste sich die Möglichkeit für Konstantins vermittelndes Eingreifen in Nichts auf.

Im matt schimmernden Glas des Spiegels erkannte Elena eine junge Frau, die sie mitleidig ansah. Diese Nacht hatte eine viel versprechende Unternehmensberaterin in ein strubbeliges Wesen mit dicken Ringen unter den Augen verwandelt. Ihre Frisöse hatte ihr irgendwann erklärt, dass die Frisur sich nach dem Biorhythmus richte. Oder war's der Mond? An diesem Morgen hatte sie offenkundig beide nicht auf ihrer Seite – die Haare standen nach langem Kämmen aufgeladen zu Berge. Die Inspektion der Koffer offenbarte die nächste Katastrophe: Der fehlende Samsonite hatte die Unterwäsche enthalten. Nebst

Faxgerät, aber das war nun wirklich unwichtig. Wenigstens fand sie ein Chiffontuch, das die widerspenstige Haarpracht im Zaum hielt.

Die Sonne schien bereits so warm wie während der vor einem Jahr nachgeholten Flitterwochen mit Manfred auf Barbados. Oguns Grundstück lag noch in morgendlichem Schlaf. Im Garten wuchsen stattliche Palmen mit Kokosnüssen und Datteln. Der Mann lebte, wenn man nicht ganz so scharf hinsah, in einem Paradies.

Auf einem Tisch, zehn Schritte vom Pool entfernt, bedeckt mit einer bodenlangen, weißen, sogar gestärkten Decke, lockte eine große Kaffeekanne aus Silber. Sie funkelte wie ein Juwel im Sonnenlicht. Daneben ein dreiarmiger Kerzenleuchter, wenngleich ohne Kerzen. Als symbolische Geste trotzdem nett. Der Tisch war für zwei gedeckt, silbernes Besteck, weißes Porzellan. Das hatte Stil. Elenas Verwirrung wuchs weiter, denn jetzt näherte sich der kleine Bayern-Fan mit einem riesigen Tablett, darauf eine spiegelnde Haube.

»Ma'am, Ihr Frühstück.«

Elena nahm sprachlos Platz. Der junge Diener lupfte den Deckel von den Speisen: Rühreier, gerösteter Speck, Weißbrot, Orangenmarmelade.

»Wie heißt du?«, fragte sie den ungewöhnlich gekleideten jungen Bediensteten.

»Michael.« Er blickte zu Boden. »Kommen Sie aus Deutschland?«

»Dort, wo dein Shirt herkommt, habe ich auch mal gewohnt.«

Michael strahlte sie an: »FC Bayern!«

»Michael, ich habe kein Wasser und keinen Strom da drin«, sie deutete auf den Bungalow, »willst du mir helfen, dass es wieder funktioniert?« Michael raste los, zu den Personalquartieren. Der Bacon sah verlockend aus, gleichzeitig fiepten nicht weit entfernt die jungen Doggen. Sie fühlte, dass eine Morgengabe fällig war, und spendierte Speck und Rührei den bemitleidenswerten Tieren, deren Beine rachitisch nach innen knickten. Sie schlabberten das Frühstück aus dem Staub. In Sekunden war das Essen verschwunden, wie ein Wassertropfen im heißen Sand. Zwei Paar entzündete Hundeaugen bettelten um mehr.

Im hellen Morgenlicht waren die Spuren ihres unfreiwilligen Einbruchs in Oguns heiligen Garten deutlich zu erkennen. Der Sand unter dem Baum war geharkt gewesen. Elenas Schuhabdrücke zeichneten sich verräterisch ab. Die Plagerei mit dem Ast hätte sie sich sparen können – die Harke lag griffbereit. Und es gab sogar eine Tür, einfach zu entriegeln. Sie zögerte keinen Augenblick und verwischte ihre Spuren.

Das Äffchen hatte inzwischen seine beiden besten Freunde zum Frühstück eingeladen. Selbst die Orangenmarmelade hatten sie aufgefuttert. Wenigstens wussten die drei noch nicht um den Reiz frischen Kaffees.

»Oh, Sie haben Ihr Frühstück schon beendet.«

Ogun – an diesem Morgen in einem weißen Kaftan, ein rundes Hütchen auf dem Kopf – wirkte wie eine Mischung aus Schlafwandler und Heiliger. Wie lange war er schon im Garten?

»Ja, ja, war sehr lecker«, stotterte Elena verlegen.

Ogun klatschte in die Hände. In Windeseile schoss Michael herbei, verbeugte sich tief. »Bring Hühnchen!«, kommandierte Ogun knapp.

Sie versuchte sich in Smalltalk zu retten. »Sie wohnen wunderbar, Mister Ogun. Sie müssen ein glücklicher Mensch sein, dass Sie so leben können.«

Das Äffchen hatte nicht aufgegeben. Mit großen runden Augen flehte es Elena um das letzte Stückchen Weißbrot an. Sie warf es neben sich. Das kleine Tier zögerte. Bislang war es alles andere als schüchtern gewesen. Schließlich kam es doch. Im gleichen Augenblick, als das Äffchen sich das Brot schnappte, zuckte Oguns nackter Fuß. Mit einem gellenden Schrei sprang das Äffchen davon, hinauf auf den mächtigen Baum. Elena sah

Ogun entsetzt an. Der machte eine wegwerfende Bewegung mit der Hand. »Ungeziefer. Sie klauen alles.« Demonstrativ legte er das Brotstückchen zurück auf den Tisch.

Elenas fast heitere Laune war verflogen. Sie lehnte sich zurück, starrte in den großen Baum. Dort oben war es jetzt totenstill. Der Löwe war aufgewacht.

»Sie mögen den Pool, nicht wahr?« Ogun grinste. »Warum nehmen Sie nicht ein Bad darin?« Sein Englisch war im Gegensatz zu dem des Zollchefs weich, fast elegant.

»Ich will nicht baden, Mister Ogun. Duschen wäre okay. Wenn Sie das veranlassen würden.«

Ogun deutete auf das Dach ihres Häuschens: »Ist das nicht Zauberei? Wird schon erledigt.« Tatsächlich, zwei Schwarze machten sich am Wassertank auf dem Dach zu schaffen. Elena beschloss, den kleinen Michael mit einem saftigen Trinkgeld zu belohnen. Vom Haus her näherte er sich bereits mit einem schweren Tablett.

Der Junge deckte das Hühnchen auf. »Danke fürs Reparieren, Michael.« Sie gab ihm eine Fünf-Dollar-Note. Sie wollte, dass Ogun es sah.

Der Junge strahlte sie an: »Danke, Ma'am.« Er rannte zu den Personalhäusern und rief jemandem etwas in einer fremden Sprache zu. Elena hoffte, es wäre etwas in der Art wie: Beim *Chief* ist heute mal kein Arschloch zu Besuch.

Ogun rächte sich auf seine Art für ihre Provokation. »Sie lieben Kinder, wie ich sehe. Warum sind Sie nicht zu Hause und kümmern sich um Ihre?«

»Weil ich keine habe«, antwortete sie locker. Aber sie spürte, dass sie diese Coolness Kraft kostete. Ihr Privatleben ging Ogun nichts an.

»Sie sind im richtigen Alter. Eine Frau wie Sie muss viele Kinder haben.«

»Danke, Mister Ogun, für den Hinweis. Ich werde mich bemühen. Zunächst muss ich aber hier einen Job machen.« Ogun zerteilte das Hühnchen mit einem langen Messer. Die rote Sauce, in der es lag, spritzte gegen die polierte Silberkanne. Ohne die bereitliegende Serviergabel zu beachten, packte er sich eine Hälfte auf den Teller, häufte einen Berg Reis dazu.

Der starke Kaffee ließ Elenas leeren Magen rumoren. Vor der nächsten Wohltat des Tages brauchte sie etwas zu essen. Mit hochgezogenen Augenbrauen sah Ogun Elena an. »Nehmen Sie! Sie müssen hungrig sein. Spaziergänge am Morgen kosten Kraft.«

Das war deutlich! »Die Doggen gehen Ihnen kaputt, Mister Ogun. Sie taten mir Leid.«

»Sie haben ein gutes Herz.« Mit einem Klatschen rief er Michael zurück. »Bring den Hunden das Huhn.« Er bezog sich auf jene Hälfte, die er Elena zuvor angeboten hatte.

Michael erstarrte: *»Chief?«*

»Mach zu, die Lady will es so.«

»Mister Ogun, die Doggen können an Hühnerknochen ersticken!« Die Worte waren unbedacht hervorgeplatzt. Elena begriff, dass sie dabei war, sich den Löwen zum Feind zu machen. Sie lächelte Ogun zuckersüß an. »Haben Sie nicht etwas Fleisch für die Tiere? Bitte.«

»Sag dem Koch Bescheid.« Er scheuchte Michael davon. Sein Blick nahm wieder Maß, wie am Vorabend. »Sie haben keine Angst, hm? Menschen mit Mut sind selten. Trotzdem: Nennen Sie mich nicht Mister Ogun. Ich bin *Chief* Ogun.« Er zog die Mundwinkel herab. »Die Leute müssen Respekt vor einem haben.«

Sie tat sich etwas trockenen Reis auf den Teller. »Ich würde gern zur neuen Lifevac fahren. Wäre das möglich, *Chief?*« Sie gab sich alle Mühe, nett zu sein.

»Was wollen Sie da? Das ist kein Platz für eine Lady. Dreck. Nichts weiter als eine Baustelle.«

Sie nickte begeistert. »Eben. Das will ich sehen. Baustellen sind mein Hobby.«

Genüsslich deutete er mit dem Hühnerschenkelknochen auf Elena. »Sie sind hart, Miss Odermatt. Hat Ihnen das mal jemand gesagt?«

»Ja, hat man.« Die Begegnung mit Morrison würde sie wohl niemals vergessen.

»Hat Ihr Vater Sie so hart werden lassen?«

Sie zuckte zusammen, als hätte ihr Vater ihr mit der Reitgerte eins übergezogen, weil sie die zu klein gewordenen Reitstiefel verschenkt hatte. »Wie kommen Sie auf meinen Vater?«

»Töchter wie Sie hängen an Ihren Vätern.«

Sie musste von diesem Thema weg, schleunigst! »Wie viele Kinder haben Sie, *Chief*?«

»Keine«, lautete die knappe Auskunft. Sie hatte das Gefühl, mit beiden Füßen in einen großen Fettnapf getreten zu sein. Zwischen ihr und diesem Mann war Smalltalk offensichtlich unmöglich.

Ogun hatte ihren wunden Punkt offenbar mit dem Instinkt des Jägers erkannt. »Ihr Vater ist ein großer Mann in Deutschland, habe ich gehört.«

»Da hat jemand zu dick aufgetragen. Er ist das, was man in Deutschland Mittelstand nennt.« Sie gebrauchte das englische Wort *middleclass.*

»Tatsächlich?« Ogun kaute schmatzend auf den Hühnerknorpeln. Er sah sie lauernd an: »Bin ich auch Mittelklasse?«

»Ich kenne die Verhältnisse in Wagorunia nicht. Das kann ich nicht beantworten.«

»Es wäre schade, wenn Sie von mir sagten, ich sei Mittelklasse.«

»Das ist kein Qualitätsurteil, *Chief*. Es bezieht sich auf die Größe des Unternehmens.« Sie roch ihren eigenen Schweiß, fühlte sich schmutzig. Die Männer hantierten immer noch auf dem Dach. Sie versuchte einen neuen Anlauf, über Geschäftliches zu sprechen. »Werden Sie mir einen Fahrer zur Verfügung stellen?«

»Das ist nicht nötig. Ich habe einen Wagen.« Er sah sie kritisch an. »Wollen Sie jetzt fahren?«

»Sobald ich mich frisch gemacht habe.«

»Okay, kommen Sie rüber, wenn Sie so weit sind.« Mit kleinen Schritten wälzte er seinen schweren Leib am Pool vorbei zu seinem weißen Haus.

20

Die Batterieanzeige des Handys erlaubte einen neuen Versuch bei Konstantin. Im Büro, zu dem die Verbindung klar und deutlich war, hielt er sich nicht auf. Unter seinem mobilen Anschluss wurde das Gespräch von starkem Rauschen überlagert. »Konstantin, was weißt du über zwei Millionen Dollar in meinem Koffer?«

Er schien aus allen Wolken zu fallen.

»Da hast du's, Elena. Diese Jungs tricksen, was das Zeug hält. Soll ich Ogun anrufen?«

»Lieber nicht, dann kann ich meine Autorität ihm gegenüber gleich vergessen. Ich wollte nur, dass du informiert bist. Er will uns gegeneinander ausspielen. Was auch immer er erzählt, lege jedes Wort auf die Goldwaage. Dieser Mann ist ein Ekel. Er tritt nach kleinen Affen!«

»Was? Affen? Wie meinst du das?« Sie hörte Konstantin unterdrückt lachen.

»Sag mal, hast du mit ihm über meinen Vater gesprochen?«

»Wie komme ich dazu! Nein!«

»Was ist das für ein Kreischen bei dir im Hintergrund?« Sie hörte deutlich ein ähnliches Geräusch wie von ihrem Kurzzeitgefährten.

»Ich bin bei einem Klienten. Der hat so eine Meerkatzenart. Außer Affen und Millionen gibt es keine Probleme?«

Das Telefonat dauerte nicht mehr lange, Konstantin schien über ihre Informationen nicht sonderlich erstaunt zu sein. Sie hörte auf dem Dach des Bungalows die Männer werkeln und beschloss, ihre Mutter um jenen Gefallen zu bitten, den sie eigentlich Konstantin auftragen wollte: ihr einen von den Spielern des FC-Bayern signierten Fußball zu schicken. »Lass ihn per Overnight-Kurier an das Hotel *The Island* in Port Lac schicken. Auf meinen Namen.«

»Du kommst in Afrika auf seltsame Ideen. Wie gefällt es dir denn überhaupt, Lena? Oder spielst du nur Fußball da unten?« Brigitte kicherte vergnügt.

»Bislang fühle ich mich ziemlich gestresst. Die gegnerische Mannschaft neigt zum Foulen!«

Diesmal saß eine Frau vor dem überdimensionierten Fernseher und griff ständig in eine Schale mit Erdnüssen, die sie sich in den Mund stopfte. Ogun stand an der schrill gestrichenen Hausbar und telefonierte übers Handy, während er auf den Bildschirm sah. Der Jackie-Chan-Film lief. Ogun beendete sein Gespräch abrupt.

»Sagen Sie meiner Frau hallo«, meinte er jovial. »Yemisi ...« Die restlichen Worte konnte Elena nicht verstehen. Es war eine ihr fremde Sprache. Die Angesprochene blickte nur kurz in Elenas Richtung. Obwohl die Filmszene comicartig lustig war, zeigte Yemisi keine Reaktion. Sie futterte ungerührt weiter.

Der dunkle Mercedes wartete vor Oguns Villa, der Motor lief, aber der Fahrer lehnte reglos an der Tür. Ogun, immer noch in seinem weißen Umhang, stieg wortlos in den Fond, Elena setzte sich neben ihn. Auf dem Beifahrersitz fuhr ein bewaffneter Leibwächter mit. Die ganze Zeit über blieb dieser Mann stumm und rührte sich nicht. Zeitweise glaubte sie, es handele sich um eine Puppe. Bis der Bodyguard ein Niesen unterdrücken musste.

Während ihrer ersten Fahrt bei Tageslicht durch Oguns Viertel erinnerte sie die Gegend an eine Mischung aus gepflegtem botanischen Garten und englischer Villengegend. Die Rasen waren millimeterkurz geschoren und wurden pausenlos mit Wasser besprengt. Dazwischen standen hohe Palmen und rot blühende Hibiskusbüsche. Nur die vor den riesigen Anwesen herumlungernden Wachen mit ihren Gewehren und den verspiegelten Sonnenbrillen passten nicht ins Bild.

Brücken verbanden die in der Lagune gelegenen Inseln. Im Vorbeifahren las sie das Schild *The Island*. Es wies den Weg zu einem im Sonnenlicht glänzenden gläsernen Gebäudekomplex. In dieses Ding wollte sie heute noch umziehen. Auch wenn es so kalt aussah wie ein Bürohochhaus. Ihr war nur noch nicht klar, wie sie es anstellen sollte, sich aus Oguns Umklammerung zu befreien. Unmöglich konnte sie sich weiterhin von ihm gängeln lassen. Sie ärgerte sich am meisten über sich selbst. Mit weniger Gepäck wäre sie flexibler gewesen. Dann fand ihr Unmut ein anderes Ventil – Behr junior. Der kannte doch Ogun. Wieso hatte er keine Vorkehrungen getroffen, dass sie ihn nicht auf der Pelle hatte?

Soweit sie durch die getönten Scheiben des dunklen Mercedes erkennen konnte, schien Port Lac eine sehr gegensätzliche Stadt zu sein. Pompöse, mehrstöckige Neubauten wechselten sich mit ausgedehnten Wellblechhütten-Siedlungen und weiten Brachlandflächen ab, auf denen niedriges Gestrüpp und gelbes Gras wucherten.

»Fahren wir nach Atata?«, fragte sie Ogun.

»Da wollten Sie hin«, brummte er.

Nachdem der Wagen die gut ausgebaute Stadtautobahn verlassen hatte, ging es mit hoher Geschwindigkeit über meist unbefestigte Straßen.

»Wir sind jetzt gleich da«, sagte Ogun.

Die Gegend sah wenig einladend aus. Am Straßenrand duckten sich Lehmhütten in den Staub, gleich dahinter standen Industriebetriebe, die aus hohen Schloten schwarze, weiße oder gelbe Dreckfahnen in den Himmel bliesen, dessen mattes Blau aufgehört hatte zu leuchten. Der schwere Mercedes bog schwungvoll in einen sandigen Weg. Als sich der Staub gelegt hatte, stiegen sie aus. Die Situation erinnerte sie an ihr Treffen mit Behr junior in Ludwigsfelde. Nur dass es diesmal umgekehrt war. Diesmal war sie geschockt. Es brauchte eine Menge Fantasie, um sich diese Einöde als zukünftige Goldgrube vorzustellen.

Elena sah sich ratlos um. »Hier?« Ogun nickte. Manfred hatte von einer Bautafel gesprochen. Es war nichts zu sehen. Dieser Fleck Erde war noch trostloser als Brandenburg im Novembernebel. Sie marschierte in die Ödnis, suchte nach Anschlüssen für Strom, Wasser, Telefon. Nichts.

»Es gibt hier Schlangen, Ma'am.« Der Fahrer war ausgestiegen und sah ihr ebenso wie Ogun und der Leibwächter zu. Das konnte doch wohl alles nicht wahr sein! Wieso gab Ogun sich nicht einmal Mühe, ihr etwas vorzumachen?

»Den Wert dieses Landstücks gibt Ihre Firma mit einer halben Million US-Dollar an«, stellte Elena betont sachlich fest. Das Stück Ödnis, in dem vertrocknete Palmen durstig ihre Blätter zu Boden hängen ließen, repräsentierte gleichzeitig Oguns finanziellen Anteil an der Lifevac of Wagorunia. »Sind Sie sicher, dass wir hier an der richtigen Adresse sind?«

»Das ist eine sehr große Fläche. Sie liegt zentral«, beschied Ogun sie.

»Ich sehe hier nicht mal eine Bautafel, Mister Ogun.« In ihrer Erregung vergaß sie die vorgeschriebene Anrede.

»Bautafel?« Er guckte verwundert. »Doch, die ist da.« Sie hatte das Täfelchen übersehen. Es lag im Staub neben anderem Unrat. Ogun betrachtete Elena mit herabgezogenen Mundwinkeln. »Sie sollten Ihren Geschäftspartnern vertrauen, Miss Odermatt. Mister Behr hat sich dies alles angesehen. Ihm gefällt der Standort.« Er legte die Stirn in Falten, dachte nach. »Er gebrauchte ein interessantes Wort. Dies hier habe Entwicklungspotential.«

»Wo ist das Baumaterial? Das müsste längst hier sein.« Sie hob hilflos die Hände. »Alles in Deutschland vorproduzierte Betonfertigteile. Behr hat die ersten Anlagen auch schon längst verschifft. Wo sind die?«

»Das lagert alles in der Medic, Miss Odermatt. Wenn wir das hierhin schaffen, brauchen wir Wachen. Trotzdem ist es am nächsten Tag verschwunden.«

»Gut«, sagte Elena, »dann würde ich jetzt gerne zu Ihrer Firma Medic und mit dem Technischen Projektleiter sprechen. Mich würde interessieren, was er für Vorstellungen hat.«

Wortlos stieg Ogun in den Mercedes, der Bodyguard gab Elena mit einem ruckartigen Kopfzucken zu verstehen, dass die Besichtigung zu Ende sei. Wütend stieg sie ein. Der Wagen folgte auf den amerikanisch anmutenden, vier- bis sechsspurigen Highways den Schildern in Richtung Innenstadt, erreichte ein Stadtviertel mit dichter Hochhausbebauung. Vor einem Büroturm stieg Ogun samt Bodyguard aus. »Sorry, ich habe einen Termin. Genießen Sie den Pool.« Er schlug auf das Dach des teuren Mercedes, der Wagen reihte sich in den Verkehr ein.

Zuerst war Elena sauer. Dann begriff sie die Chance. Sie hatte den Wagen für sich; diese Gelegenheit musste sie ausnutzen!

»Wie ist Ihr Name?«, fragte sie den Fahrer.

Verstört blickte der Mann sie im Rückspiegel an. »Ma'am?«

»Ich wollte nur wissen, wie Sie heißen.«

»Biyi, Ma'am.«

»Biyi, ich werde jetzt in das Hotel umziehen. Sie könnten mich dorthin fahren.« Sie reichte ihm 200 Dollar nach vorn. »Würden Sie mir helfen?«

»Das kann ich nicht, Ma'am. *Chief* Ogun würde mich bestrafen.«

Elena zog die Hand mit dem Geld zurück. »Entschuldigung. Bringen Sie mich bitte trotzdem zum Hotel.«

Sie sah dem Fahrer an, dass es ihn Überwindung kostete, ihrem Wunsch Folge zu leisten. Aber er tat es. Nachdem sie ausgestiegen war, blieb der schwarze Mercedes in der Einfahrt des *Island* stehen. »Ich warte auf Sie, Ma'am.«

So einfach wurde sie den nicht los …

Wenn du Informationen brauchst, bist du im Island *richtig.*

Dieser Satz von Manfreds Freund Robert ging ihr durch den Kopf, während sie auf das weite, verglaste Portal des Hotels zuschritt. Der einzige Unterschied zu den gesichtlosen Konferenzhotels, die sie kannte, waren die zwei Soldaten am Eingang. Die beiden klappten ihre Gewehre überraschend vor ihr herunter. Wie eine Schranke. Wortlos durchsuchten sie die Umhängetasche und ließen Elena passieren.

Verloren stand die junge Deutsche in der riesigen Eingangshalle. Hier zu wohnen war nicht viel verlockender als Oguns Bungalow. Aber das geringere Übel. Elena erkundigte sich an der Rezeption nach den Zimmerpreisen, die weit über dem Niveau des besten Berliner Hotels lagen, das sie für die Klienten von Syderstatt & Wenzel buchte. Gedanklich beschäftigte sie sich mit der Frage, wie sie Biyi dazu bringen konnte, sie mit ihrem Gepäck aus Oguns Haus fortzuschaffen. Auf dem Restaurant-Schild stand einladend: Brunch. Das war's, was sie brauchte! Ein kleines Trostpflaster – Fruchtsaft, Mineralwasser, Obst, ein Brot.

Im Restaurant des *Island* waren gerade mal zehn Tische besetzt. Trotz der wenigen Gäste führte der Ober sie an die Bar. Es sei gerade kein Tisch verfügbar. Sie bestellte einen Orangensaft, den der Mann hinter der Bar hübsch garniert vor ihr abstellte. Der Geruch von Gin stieg ihr entgegen. Verstimmt ließ sie den Drink zurückgehen und orderte Mineralwasser.

»Ich glaube, der Barkeeper hat es gut gemeint, weil Sie allein sind«, sagte eine männliche Stimme auf Deutsch.

Er war einer von den Männern, die Elena nicht mochte. Ein Abenteurer mit schlecht gebügeltem weißen Hemd zur verknitterten langen Khakihose und knöchelhohen hellen Lederstiefeln. Dass er seinen breitkrempigen Hut auf den Tresen legte, zementierte in Sekundenbruchteilen Elenas schnell entstandenes Klischee vom Draufgänger: Wo ich meinen Hut hinlege, da bin ich zu Hause.

»Ein seltsamer Ort für eine Safari«, grummelte sie unwirsch, »oder suchen Sie eine bestimmte Sorte Wild?«

»Oh, ich will Sie nicht anbaggern«, erwiderte der Fremde. Seine Augen lächelten sie spöttisch an; sie hatten eine seltsame Farbe, irgendwas zwischen Grau und Grün. Die schiefe Nase war von der Sonne verbrannt, die Haut tiefbraun. Die kurzen weizenblonden Haare, die am Hinterkopf in einem widerspenstigen Wirbel hochstanden, waren von der Sonne ausgebleicht.

»Sie sehen so deutsch aus und ich wollte mal wieder meine eigene Sprache sprechen. Das ist alles.«

»Das haben Sie ja nun getan.«

Der Fremde zuckte mit den Schultern. »Afrika scheint Sie ungemein zu stressen.«

Der Barkeeper stellte Elenas Mineralwasser etwas zu schroff ab, es schwappte über. »Dasselbe für mich«, orderte der Fremde in unnötig scharfem Ton. Als wollte er dokumentieren, dass Elenas Wahl durchaus nicht falsch war. »Afrikaner glauben, dass Wasser allenfalls für Tiere gut sei. Vor ein paar Monaten war ich in Nevada. Dort läuft bei der Hitze jeder mit einer Flasche Mineralwasser in der Hand durch die Gegend.«

»Sie scheinen ja viel rumzukommen.«

»Ich bin Ingenieur. Ich baue Anlagen auf. Dadurch kann ich mir die Welt ansehen und andere zahlen dafür.«

Ein Aufschneider, dachte sie. Ingenieur im Safari-Look. Die Karikatur von Indiana Jones.

»Sie halten mich für einen Angeber. Dabei möchte ich mich bloß ein wenig unterhalten. Finden Sie das so schlimm? Sie trinken Ihr Wasser und haben mich in einer halben Stunde vergessen.«

Er erhielt sein eigenes Mineralwasser auf die gleiche ruppige Art. Elena musste lachen. »Der hat ihren Tadel aber nicht verstanden.«

Der Blonde trank das Glas in einem Zug aus. »Sir«, sagte er zu dem ansonsten beschäftigungslosen Keeper, »noch eins.« Er grinste verschmitzt. »Jetzt ärgert er sich!«

Sie sah den Preisaushang. »Das Wasser kostet so viel wie bei uns ein Glas Wein.«

»Das ist es mir wert.«

»Deutsch zu reden?«, stichelte sie. Elegant hielt der Fremde das geleerte schmale Glas. Seine gepflegten Hände passten nicht zum Raubein-Image.

»Wir wollten über Afrika sprechen.« Er sah sie offen an. »Was stresst Sie? Ist es die Mentalität der Leute oder sind es Ihre eigenen Erwartungen?«

»Woher wollen Sie wissen, dass ich gestresst bin?«, entgegnete sie und nippte an dem zu warmen Wasser.

Der Fremde deutete auf ihre Nasenwurzel. »Die Falte gehört da nicht hin. Sie sind verspannt.«

Reflexartig strich Elena sich über die Partie zwischen den Augenbrauen. Sie hätte Manfreds Hand jetzt gern dort gespürt. Sie wandte sich ab, hielt sich am Glas fest, während sie so tat, als würde sie trinken. Dabei bekam sie keinen Schluck herunter. Ihre Kehle war wie zugeschnürt. Die Wunde war zu frisch.

»Hey, ist alles okay? Ich wollte Ihnen nicht zu nahe treten.« Die fremde Stimme bekam einen unerwartet weichen Klang. »Tut mir Leid.«

»Schon gut«, antwortete sie leise. »Sie können ja nichts dafür.«

»Dies ist ein seltsames Land, finden Sie nicht auch? Sein Name klingt wie der Titel einer Oper.« Er benutzte den selben Vergleich wie sie … »Und irgendwie ist es auch so«, plauderte der Unbekannte weiter, »überall rennen ordenbehängte Soldaten herum.« Zwei Militärangehörige in geschmückten Uniformen, die sich an die Bar setzten, hatten ihm das Stichwort geliefert. »Es gibt finstere Gestalten und einige ganz edle. Die Kulisse ist auch nicht übel und nicht mal aus Pappe.« Er grinste schief. »Es fehlen natürlich noch die Helden. Ein verstoßener Prinz vielleicht, der als Bettler durch die Lande zieht, eine traurige Prinzessin …«

»Sie haben ja eine blühende Fantasie.« Es klang abweisend.

Aber sie gestand sich ein, dass der Ersatz-Indiana-Jones sie aufzuheitern vermochte. Auch wenn sie es nicht zeigte.

»Dies ist Wasser für Männer, Sir!« Der Keeper stellte ein randvolles Halbliterglas vor dem Fremden ab. Schaumloses Bier schwappte darin.

»Die Leute hier kommen mir vor wie Kinder!« Der blonde Mann schüttelte grinsend den Kopf. »Kinder sollte man auch nicht ständig maßregeln. Die werden von allein erwachsen. Groß und ernst. Wie Sie! Sie scheinen auch vergessen zu haben, wie schön es ist, Kind zu sein. Übermut. Blödsinn im Kopf. Abenteuer.« Er sah sie ernst an. »Weshalb sind Sie hier? Geschäfte? Finanzen? Juristin?«

»Hey, Daniel!«

Der Fremde neben Elena drehte sich ruckartig um. Ein schlaksiger Schwarzer im eleganten Anzug legte eine beringte Hand auf die Schulter des Angesprochenen und kicherte übermütig: *»Why you sip oil with a thick madam? Come join us!«* Er führte den Weißen fort, der Elena nur noch einen letzten, gespielt verzweifelten Blick zuwerfen konnte. »Sehen Sie? Noch ein großes Kind.«

Der Schwarze knuffte den Mann, der offenkundig Daniel hieß, gegen den Oberarm. »Was erzählst du da, Mann? Ich bin kein Kind«, empörte er sich auf Englisch. Sie hatte den Eindruck, als ob er Daniels deutsche Worte verstanden hätte. Zusammen mit drei anderen Männern setzten die beiden sich in eine abgelegene Ecke des Restaurants. Sie brauchten keinen Ober, der ihnen einen Platz zuwies.

Endlich wurde Elena an einen Tisch geführt, der die ganze Zeit leer gewesen war. Sie holte sich Obst vom Büffet.

»Das gibt es überall, an jeder Straßenecke.« Daniel war unerwartet aufgetaucht und bediente sich neben ihr. »Kostet nur einen Bruchteil.« Er sah sie spöttisch an. »Aber wenn es Ihnen das wert ist …« Er fuhr sich selbst mit dem Daumen über die Nasenwurzel. »Entspannen Sie sich. Sie sind in Afrika.« Er schaute sie mit gespielter Überraschung an. »Waren Sie überhaupt schon in Afrika?«

»Wieso? Hier bin ich doch in Afrika.«

»Gehen Sie auf den Markt. Da finden Sie Afrika. Es ist toll dort, widersprüchlich, dreckig und schön, bunt und schrill. Da spüren Sie das Leben. Und was immer Sie verspannt – Sie werden es vergessen.« Er deutete auf ihre Tasche. »Aber die Tasche und der teure Anzug bleiben im Hotel!«

»Ist es dort gefährlich?«

»Na, vielleicht treffen wir uns ja mal wieder. Ich begleite Sie wohl besser.« Über die Schulter sagte er im Gehen: »Wenn Sie wollen.«

21

In diesem westlich anmutenden Hotel, davon ging sie aus, gab es sicher ein Netz fürs Handy. Elena saß im tropisch blühenden Garten des *Island*. Sie tippte die Nummer vom Reuters-Büro in Port Lac ein und hatte Robert Wedekind sofort am Telefon.

Seine Stimme klang reserviert. »Ich habe Ihre Mail bekommen. Ich bin in ein paar Minuten bei Ihnen.«

Elena nutzte die Gelegenheit, sich die gepflegte Hotelanlage anzusehen. Ein Pool mit Bar ließ Urlaubsatmosphäre aufkommen. Ein Lachen, kurz wie das Meckern von Ziegen, machte sie neugierig. Sie folgte dem Geräusch und stand vor einem Drahtkäfig, in dem zwei kleine Äffchen herumturnten. Sie schnitten Grimassen und bettelten so um Futter. Von der Poolbar organisierte sie Erdnüsse, mit denen sie die Tierchen fütterte.

»Sie sind Elena.« Mit einer Feststellung, nicht mit einer Frage leitete Robert Wedekind die Begegnung ein. Elena hatte einen kleineren Mann erwartet. Sie wusste selbst nicht, warum. Robert Wedekind überragte sie um eine Kopflänge. Er trug eine schmale Ray-Ban-Sonnenbrille, die er nicht abnahm. Sein mausgrauer Einreiher war aus hauchdünnem Stoff, das weiße Hemd am Kragen offen.

»Wie haben Sie mich erkannt?«, fragte sie verblüfft.

»Ich frage nie, wie jemand aussieht. Ich habe eine Antenne für Menschen, die ich suche.«

»Beneidenswert«, entgegnete sie eingeschüchtert.

»Sie arbeiten also für diesen Ogun?«, meinte er übergangslos. »Und Sie wissen, auf wen Sie sich eingelassen haben?«

»Ich denke schon.«

»Das ist wirklich schwer zu glauben. Aber gut, das ist Ihre Sache.«

Die Äffchen im Käfig kreischten aufgeregt. Elena hatte die restlichen Nüsse in ihrer Hand vergessen. Sie warf sie den Tieren zu.

»Okay«, sagte Robert, »gehen wir rein. Da ist es kühler.«

»Nein, nein«, antwortete sie eine Spur zu schnell, »hier draußen gefällt es mir besser.«

Robert sah aus seinen zwei Metern auf sie herab. Mit unbewegter Miene. »Jemand drin, den Sie nicht treffen wollen, hm? Ich bin sowieso lieber draußen. Dachte nur, Ihretwegen. Dann gehen wir dort drüben hin, das ist ein stiller Platz, den die Kellner immer vergessen.« Er führte sie an einen beinahe schon romantisch zu nennenden Winkel der Gartenanlage. Üppig blühende Bougainvillea umgab einen kleinen runden Rattantisch.

Robert Wedekind setzte sich. Endlich nahm er die dunkle Brille ab. Seine kleinen Augen standen weit auseinander und lagen tief in den Höhlen. Die dichten, fast schwarzen Haare hatte er ins Gesicht gekämmt. Eine Mischung aus klugem Jungen und Erwachsenem. So, als ob er sich nicht entscheiden könnte, welche Lebenseinstellung ihm besser gefiele. Er schien Elena rein äußerlich das krasse Gegenteil von Manfred zu sein.

»Sie schrieben, dass Sie Manfreds Frau sind und hier auf nicht absehbare Zeit für die Medic arbeiten. Ich gebe zu, das macht mich neugierig. Manfred wollte ja einiges über Ogun herausfinden. Ist ihm das geglückt?«

Er wusste es nicht. Woher auch? Per E-Mail wollte sie ihm nicht von Manfreds Tod berichten. Tausend Worte hatte sie sich überlegt gehabt, wie sie diesem Mann den Umstand beibringen konnte, dass er seinen Freund allein gelassen hatte und Manfred in eine Falle getappt war, die er sich selbst gestellt hatte. Jetzt saß dieser Mann, von dem sie sich Hilfe erhoffte, vor ihr. Und er war abweisend schroff.

Wie ein Fremdkörper lag die Todesnachricht auf dem Tisch. Manfreds Magazin hatte eine viertelseitige Todesanzeige aufgegeben, die *Berliner Nachrichten*, bei denen er volontiert und zwei

Jahre lang als Redakteur gearbeitet hatte, hatten den Platz daneben gebucht. Langsam beugte sich Robert Wedekind nach vorn, griff nach dem in einer Klarsichthülle zusammengefalteten Blatt. Vorsichtig zog er die Seite heraus, faltete sie auseinander. Als müsste er sie erst anfassen, um zu verstehen.

»Mein Gott«, sagte er kaum hörbar. Ihr Gegenüber war hinter der Seite verschwunden. Die Minuten krochen wie Stunden dahin. Robert Wedekind ließ die Zeitung auf den Tisch sinken, schließlich steckte er sie in die Hülle zurück. »Er starb fünf Tage nachdem er hier abgeflogen ist, nicht wahr?« Seine dunklen Augen blickten sie unruhig an. Was er an Worten nicht hörte, wollte er in ihrem Gesicht lesen.

Was hatte Manfred diesem Robert bedeutet?

»Tragischer Unfall – was verbirgt sich dahinter? So was schreibt man nur, wenn man lieber nichts schreibt.« Er setzte die Sonnenbrille wieder auf.

»Er hat ein Stoppschild überfahren«, antwortete sie lapidar. An diesen Mann kam sie nicht heran, konnte ihn nicht durchschauen. Warum sollte sie ihm die Wahrheit sagen?

Robert zögerte einen winzigen Augenblick. Er nahm die Brille erneut ab, beugte sich weit über den Tisch, fixierte sie mit wütend funkelndem Blick. »Blödsinn«, stieß er leise hervor. »Sie sind nicht zu mir gekommen, um mir so etwas zu erzählen. Manfred irrt nicht durch Afrika, um eine Riesensauerei zu recherchieren, und wird dann bei einem lächerlichen Unfall getötet. Haben die anderen Ihnen das etwa geglaubt?«

»Welche anderen?«

»Die, denen Sie diese Unfallgeschichte sonst noch erzählt haben.« Robert hatte den kräftigen Oberkörper immer noch über den Tisch gebeugt. Seine fast schwarzen, dichten Haare durchzogen feine graue Strähnen, kaum sichtbar. Er konnte unmöglich viel älter als Manfred sein, höchstens knapp 30.

»Ich habe mir vielleicht etwas mehr Mühe gegeben, damit sie es glauben.«

Er richtete sich auf, ließ den Blick aber nicht von ihr. »Warum?«

»Weil die Wahrheit zu kompliziert ist.«

»Sie sind selbst gekommen, um sie zu verstehen, nicht wahr? Sie machen auf mich nicht den Eindruck einer romantischen Träumerin. Eine Abenteurerin sind Sie auch nicht. Sie sind wegen Manfreds Tod hier.«

»Nein, wegen der Fabrik«, antwortete sie, ohne zu zögern, »ich wurde gebeten, die kaufmännische Leitung einer neuen Produktionsstätte zu übernehmen.«

»Etwa in Atata?« Er lachte trocken. »Und es war keine Frage, dass Sie ausgerechnet diesen Job machen wollten?«

»Nachdem ich mehr über Manfreds Zeit hier erfahren hatte, habe ich zugesagt.«

»Was haben Sie erfahren?«

»Wieso wissen Sie von Atata?«, fragte sie zurück.

»Ich war dort. Das ist mein Job. Hat Manfred Ihnen von seiner Recherche erzählt, bevor er starb? Ihr hattet ja noch vier Tage. Was hat er gesagt? Ich habe mit ihm nicht mehr gesprochen seit ...«

»... Sie in den Kongo mussten, denn eine Revolution ist wichtiger als eine Aids-Fabrik.« Sie machte eine winzige Pause. »›Die Medic läuft uns nicht davon‹«, zitierte sie seine Mail.

Robert Wedekind streckte sich. Ihr Angriff hatte ihn überrascht. »Sie sind gut vorbereitet.«

»Das ist mein Job«, wiederholte sie kühl Roberts Worte.

Er sah sie abschätzend an. »Sie haben mit ihm nicht mehr gesprochen. Sie haben seine Mails gelesen und seine Notizen. Das meinten Sie mit: mehr über seine Zeit erfahren. Jetzt erinnere ich mich. Er benutzte das Notebook. Am ersten Abend hat er da schon reingeschrieben. Ich fand's etwas lächerlich. Aber ich habe nichts gesagt.«

Wie herablassend er von Manfred sprach! Sie hatte keine Lust, das Gespräch fortzusetzen. Es war wohl wirklich lange her, dass die beiden Nachbarskinder gewesen waren. Sie stand auf, weil sie nun wusste, warum Robert ihren Mann ins Leere hatte laufen lassen. Manfred gehörte in Roberts Augen zur Regionalliga, er selbst war Bundesliga.

Riders on the storm. Wie recht Morrison hatte! Sie glaubten alle, die Stürme des Lebens reiten zu können.

»Nett, dass Sie sich Zeit genommen haben für mich, Herr Wedekind. Mein Fahrer wartet draußen. Ich muss zurück.« Sie gab ihm die Todesanzeigen. »Habe ich Ihnen mitgebracht.«

Robert begleitete sie durch den Hotelgarten zum Ausgang. Das unvermutete, kurze, schrille Schreien der Affen ließ sie zusammenzucken. Sie hatte sich getäuscht. Es erinnerte nicht an Oguns getretenes Äffchen. Diese Schreie klangen anders.

Oguns Fahrer Biyi wartete neben dem Mercedes. Der Motor lief. Der Mann öffnete lächelnd den Schlag. »Ogun gönnt Ihnen einen erstklassigen Service«, kommentierte Robert Wedekind. Die dunkle Brille schützte seine Augen vor dem grellen Licht der Mittagssonne.

»Normalerweise fährt sogar ein Bodyguard mit«, antwortete sie schnippisch und reichte Wedekind die Hand.

Er ergriff sie und hielt sie fest. »Hat er von Omo geschrieben?« Seine Stimme klang eindringlich.

»Dem Medizinmann? Ja.«

»Er hat es mir gesagt.«

»Was?«

»Dass Manfred an einem Gift gestorben ist.«

»Seit wann wissen Sie von seinem Tod?«

»Seit dem achten Februar.«

Das war beinahe zwei Monate her! »Warum haben Sie sich nicht gemeldet? Manfred war Ihr Freund.«

Im gleichen Augenblick, in dem Robert ihre eiskalte Hand freigab, kam Daniel mit seinen Begleitern aus dem Hotel. Er winkte ihr übermütig zu. Robert drehte sich ab und hastete über den Parkplatz davon.

Daniel kam eilig näher. »Warten Sie! Ich habe vergessen, Sie nach Ihrem Namen zu fragen!«

»Elena Odermatt.«

»Ich bin Daniel Waschinski. Also … mein Angebot steht noch. Wenn Sie mal nicht klimatisiert reisen wollen, zeige ich Ihnen gern Port Lac. Oder den Strand. Der ist noch schöner. Viel schöner.«

»Daniel?«

»Ich komme!«, rief er seinen Freunden zu.

Elena stieg in den Wagen, er trat an die Tür. »Das riesige Auto passt nicht zu Ihnen. Sie wirken darin wie eine traurige Prinzessin.«

22

In Oguns Mercedes empfing sie kühles Leder. Sie lehnte sich zurück. Der Rückspiegel zeigte ihre verspannte Augenpartie. Sie fuhr sich mit dem Finger darüber. Traurige Prinzessin! Scheiße! Mit seiner Märchen-Masche konnte er vielleicht bei Teenagern landen! Viel wichtiger war Roberts letzte Bemerkung über Omo. Denn das hieß nichts anderes, als dass Robert Wedekind den Medizinmann kannte, bei ihm gewesen war. Wieder hatte sie ein Gespräch über Manfred versaut. Wie bei Morrison. Warum bekam sie ihre Gefühle nicht mehr in den Griff? Wedekind hatte ihr von Anfang an keine Chance gelassen!

Je näher sie Oguns Haus kamen, desto mehr wuchs Elenas Missmut. Sie musste dies paradiesisch anmutende Gefängnis mit seinen hohen Mauern, das sie nur mit Oguns Zustimmung verlassen durfte, abschütteln.

»Der kleine Michael«, begann sie, »ist der Sohn vom *Chief*, nicht wahr?« Sie wusste, dass dem nicht so war.

»O nein, Ma'am, er ist mein Cousin.«

»Ach ja?« Sie tat überrascht. »Er ist ein netter Junge. Und muss so viel arbeiten. Geht er denn nicht zur Schule?«

»Er ist 14, Ma'am. Seine Schulzeit ist zu Ende.«

»Meinen Sie, ich darf ihm einen Fußball schenken?«

Biyi sah sie aufmerksam im Rückspiegel an. »Ich glaube schon, dass Sie das dürfen, Ma'am.«

»Einen Fußball mit den Unterschriften der Stars des FC Bayern. Ob ihm der gefällt?«

Der Fahrer strahlte. »Ja, Ma'am, das würde ihm sehr gefallen. Der FC Bayern ist ein wirklich großartiger Verein.«

Hinterhältig wie ein verschlagenes Biest hatte sie Biyi ausgefragt. Aber konnte man es nicht auch so nennen: Sie brauchte einen Köder, um Fische zu fangen?

Der Pool wurde bereits benutzt. Eine junge Schwarze in neonfarbenem Badeanzug kraulte konzentriert und schnell durch das Wasser. Ihre schlanke Gestalt hatte wenig Ähnlichkeit mit Oguns Frau, die sie Erdnüsse futternd vor dem TV-Gerät gesehen hatte. Elena tauschte den Hosenanzug gegen Bermudas und T-Shirt. Michael brachte ihr eine Flasche 7up. Die süße Limonade würde sie noch durstiger machen.

»Michael, wenn ich dir fünf Dollar gebe, kannst du mir dann eine oder zwei Flaschen Mineralwasser kaufen?«

»Ja, Ma'am. Aber das dauert etwas.«

»Der *Chief* ist nicht zu Hause?«

»Nein, Ma'am. Soll ich jetzt schnell gehen?« Sie gab ihm das Geld.

Das Neon-Girl zog unbeirrt seine Bahnen im Pool. Elena streifte kurz entschlossen Shorts und T-Shirt ab und sprang kopfüber im Badeanzug in den Pool. Sie tauchte fast die gesamte Länge des Pools entlang, holte kurz Atem und legte die Gegenstrecke genauso zurück, wobei sie der anderen Frau keine Beachtung schenkte. Exakt zehn Bahnen schwamm sie so. Dann tauchte sie auf, schwer atmend. Die junge Frau saß am gegenüberliegenden Beckenrand und applaudierte. Elena glitt wieder ins Wasser, näherte sich mit langen Kraulzügen der anderen. Sie war eine schwarze Venus, hatte genau die Figur, die Männer mochten. Und sie verfügte über einen natürlichen Charme, der nicht antrainiert werden konnte. Elena drückte sich am Beckenrand hoch und schwang sich neben sie.

»Fühlst du dich jetzt besser?« Eine tiefe Stimme, rauchig.

»Noch zehn Bahnen und ich werde langsam ich selbst.«

»Geht mir auch so, wenn ich frustriert bin.« Ihr Lachen wirkte ehrlich. »Ich habe schon 20 hinter mir!« Sie reichte Elena die Hand. Ihre Fingernägel waren lang und grellrot lackiert. »Hi, ich bin Mercedes!«

»Ich bin Elena.«

»Endlich jemand, der den Pool benutzt. Oladayo kann das Ding ja nicht leiden.« Sie kicherte vergnügt. »Dabei würde es ihm bestimmt gut tun. Aber so ist er eben. Er würde nie in ein Wasser gehen, in dem andere Menschen baden.« Amüsiert zog sie die Schultern hoch.

»Warum hat er ihn dann?«, fragte Elena verblüfft zurück.

»Der Pool war da, Honey. Darum.«

»Ich brauche noch etwas Bewegung. Okay?« Sie verabschiedete sich mit einem langen Kopfsprung. Die Stille des Wassers tat gut. So hatte sie es als Kind gemacht, wenn ihr Vater mit seiner unterkühlten Art wieder einmal dafür gesorgt hatte, dass sie sich klein und unbedeutend fühlte. Das Wasser war klar und nachgiebig; es hielt sie nicht auf. Sie konnte es mit ihrem schlanken Körper zerteilen. Im Auftauchen stellte sie fest, dass Mercedes sich in einen Liegestuhl platziert hatte. Direkt vor Elenas Bungalow, über den die mächtige Krone des Baums jetzt einen Schatten warf. Elena verschwand im kühlen Nass.

Mercedes. Wie oft mochte es vorkommen, dass eine junge Frau, die Ogun bei seinem Vornamen nannte, nach einer Automarke hieß? Manfred hatte sie als *schwarze Gazelle* bezeichnet. Dieser üppige Neonbonbon war gewiss keine Gazelle. Aber Männer urteilen nun mal anders über Frauen. Dass Behr sich in solch eine Tropenpflanze verguckt hatte, war jedenfalls nicht verwunderlich. Die zierte einen eitlen Knaben wie ihn garantiert. Auffallen mit fremdem Schmuck. Wenn das eigene Ego schon zu kurz gekommen ist.

Warum denke ich so bitter über diese Mercedes?, schalt sie sich. Die schien doch nett zu sein. Nett? Wirklich? Diese Frau war die einzige Person außer Funke und Yinka, die mitbekommen hatte, dass Manfred Oguns blaue *Juju*-Kiste gestohlen hatte! Und sie tauchte in Oguns Pool, während Mercedes da oben direkt vor ihrem Bungalow rumlag. Na, wenn schon, beruhigte sie ihre *Paranoia.* Da drin gibt es ja genau aus diesem Grund nichts, was mich verraten könnte. Trotzdem schwamm sie mit kräftigen Beinbewegungen an die Oberfläche. Es war nur so ein Gefühl, als ob etwas nicht stimmte …

Sie streckte den Kopf aus dem Wasser. Der Liegestuhl war leer. Mercedes kam gerade aus Elenas Bungalow. Fröhlich winkend hielt sie Elenas Handy in der Hand.

»Oladayo ist dran! Willst du ihn sprechen? Oder soll er später noch mal anrufen?«

Elena glaubte, nicht richtig zu hören! Wie diese Frau von Ogun sprach – als wäre er ihr bester Kumpel. Wo der Mann doch so großen Wert auf seinen Titel legte. Und wie kam die ihr fremde Person dazu, an Elenas Handy zu gehen! In diesem Augenblick spürte sie es: Ausgerechnet Funkes Freundin Mercedes hatte Manfred verraten! Es waren Oguns Leute gewesen, die in Roberts Wohnung nach der blauen Kiste gesucht hatten.

Klitschnass ging sie rüber, quälte sich ein Lächeln auf das nasse Gesicht und sagte: »*Chief*? Was kann ich für Sie tun?«

»Sie genießen den Pool, wie ich höre? Gefällt es Ihnen allmählich in meinem Haus?«

»Danke. Ich bin schon viel entspannter.«

»Das ist gut. Sie wollten sich doch überzeugen, dass unsere gemeinsame Unternehmung Fortschritte macht? Haben Sie Lust vorbeizukommen? Biyi wird Sie fahren.«

Oguns Zentrale war im schmucklosen Stil der 70er erbaut und leuchtete wie sein Haus in klarem Weiß. Im Hof wurden mehrere schwere Sattelschlepper beladen. Sein schlaksiger Sekretär Mo, der sich beim Gehen wie unter einer schweren Last gebeugt hielt, nahm Elena in Empfang. Die Haustechnik war auf dem neuesten Stand: Der Zutritt zum Bürotrakt war nur über eine Chipkarte möglich. Schweigend führte Mo Elena ins Chefzimmer.

Der *Chief* thronte hinter seinem ausladenden Schreibtisch, der von allem befreit war, was irgendwie auf Arbeit schließen ließ. Elena schätzte sein Talent zur Selbstinszenierung so ein, dass sie selbst darin ein verstecktes Signal vermutete: Ich lasse arbeiten.

Neben dem runden Besuchertisch saß ein junger Schwarzer, die Beine weit von sich gestreckt. Dass er eine dunkle Hautfarbe hatte, machte keinen Unterschied. Der Mann erinnerte sie an Gustav Behr junior. Selbst das Einstecktuch fehlte nicht am dunkelblauen Anzug, der weite Kragen des Hemdes war offen und lag auf dem Revers. Die Ringe, die seine Finger schmückten, waren eine Spur zu groß. Und es waren zu viele. Ein Playboy, der gern Dandy spielte. Behr wäre in solch einer Situation sitzen geblieben. Sie war ja gewissermaßen nur die Angestellte. Der Schwarze erhob sich auch nicht.

»Miss Odermatt, das ist Lincoln Bola.«

»Hi«, gab Lincoln von sich.

Oguns Augen verengten sich zu Schlitzen. »Lincoln, du wirst mit ihr zusammenarbeiten. Könntest du sie bitte begrüßen?«

Lincoln erhob seinen langen, schlaksigen Körper und ging auf Elena zu. Sie glaubte, ihr Herz würde aussetzen. Es war der Flegel aus dem Restaurant, der sie *thick madam* genannt hatte. Sollte sie abwarten, ob der Schmalspur-Dandy sie wieder erkannte? Nein, Angriff war besser als Unsicherheit. Sie reichte ihm lächelnd die Hand. »Finden Sie wirklich, ich wäre zu dick?«

Der schwarze Dandy sah irritiert zu Boden. »Das ist nur so ein Ausdruck. Sorry, Miss.«

Oguns Blick irrte zwischen den beiden jungen Leuten hin und her. »Ihr kennt euch?«

»Sie saß mit Daniel an der Bar vom *Island*«, antwortete Lincoln.

Paranoia? Das war maßlos untertrieben. Selbst der Indiana-Jones-Verschnitt hing also mit drin!

»Sie waren im *Island*?« Oguns Gehirn arbeitete sichtbar.

»Ihr Fahrer war so freundlich.«

»Sie haben dort nichts zu suchen, Miss Odermatt.«

»Warum nicht?« Sie konnte ihre Erregung nur mühsam unterdrücken.

»Weil ich es sage.«

»*Chief*«, widersprach sie langsam, »darf ich dazu etwas klarstellen: Wir sind Partner. Sie haben eine Firma und ich vertrete eine Firma. Was ich darüber hinaus mache, ist einzig und allein meine Angelegenheit.«

Ogun stand langsam auf, stützte sich schwer atmend auf die Tischplatte. »Wer hat Ihnen beigebracht, so mit einem *Chief* zu sprechen? Ich habe Sie als meinen Gast aufgenommen. Wissen Sie diese Gastfreundschaft nicht zu schätzen?«

»Sehr. Aber das hat damit nichts zu tun.« Sie setzte sich neben Lincoln, der mit offenem Mund auf den Fortgang der Show wartete. »Sie haben mich gerufen, damit wir über die Lifevac sprechen. Können wir nun beginnen?«

Ogun baute seinen weiß gewandeten Körper vor ihr auf. »Miss Odermatt, ich werde mich bei Konstantin Wenzel über Sie beschweren. Sie sind rechthaberisch und absolut unkooperativ. Ich kann nicht verstehen, dass ein Mann wie er Sie zu mir schicken konnte.«

Elena konnte es nicht leiden, wenn man von oben herab auf sie einredete. Sie kam sich dann vor wie ein Schulmädchen, das vom Vater gemaßregelt wurde. So war es ja auch oft genug gewesen. Gleichzeitig irritierte sie der Inhalt von Oguns Worten: *Ein Mann wie er …*

Was hatte Konstantin mit Ogun besprochen? Kannten die beiden sich persönlich? Konstantin hatte das niemals erwähnt! Es fiel ihr wie Schuppen von den Augen: Zu keinem Zeitpunkt hatte sie sich die Frage gestellt, wie Konstantin, Behr und dieser aknegesichtige Castorp überhaupt auf Oguns Medic gekommen waren.

»Einverstanden«, sagte sie schließlich mit fester Stimme und stand auf, »beschweren Sie sich, Mister Ogun. Das Beste wird sein, ich fliege nach Deutschland zurück und werde den Lifevac-Gesellschaftern einen Bericht über meine Reise vorlegen. Die Herren werden dann selbst zu einem Urteil kommen.« Sie reichte ihm die Hand. »Leben Sie wohl.«

Ogun übersah ihre ausgestreckte Hand, starrte sie fassungslos an. »Sie scherzen.«

»Keineswegs. Sie wollen mich überwachen, weil Sie mir nicht vertrauen. Das ist keine Grundlage für ein Geschäft. Verstehen Sie mich nicht falsch. Das betrifft nur mich. Was die Gesellschafter angeht – die kommen zu ihren eigenen Schlussfolgerungen. Wenn Sie mich bitte entschuldigen wollen.«

Ogun hatte sie an der Tür eingeholt. »Also, meinetwegen, wenn es Ihnen im *Island* so gut gefällt.« Jovial legte er den Arm um ihre Schulter. »Setzen Sie sich und reden wir in Ruhe. Lincoln wird Ihnen alle Fragen beantworten. Er leitet den technischen Aufbau.«

Sie lenkte ein. Ihr war klar: Wenn sie jetzt wirklich hinwarf, hatte Ogun freie Hand. Bis sie ihn stoppen konnte, würden Wochen vergehen. Und die von den Gesellschaftern vorfinanzierten Millionen wären bis dahin im trockenenen afrikanischen Boden versickert.

Um möglichst rasch in Wagorunia anfangen zu können, hatte Behr im Auftrag der deutschen Lifevac an die Medic geliefert. Als sie am Morgen das Brachland in Atata besichtigten, hatte Ogun erwähnt, dass bei der Medic die aus Deutschland benötigten Teile lagerten. Was auch einigermaßen logisch erschien: Die Medic würde ihre Dienstleistungen später der Lifevac of Wagorunia in Rechnung stellen, die sich das Geld von der deutschen Lifevac zurückholte. Ein Geldkreislauf zwischen Deutschland und Afrika, genannt Joint Venture. Elena hatte die komplizierten Kalkulationen selbst aufgestellt. Das Wagorunia-Engagement würde sich trotzdem rechnen. Vorausgesetzt, alles traf tatsächlich in Atata planmäßig ein. Wonach es jedoch nicht ausgesehen hatte. Darüber wollte sie mit Ogun und Lincoln sprechen.

»Wann werden Sie mit den Aufbauarbeiten beginnen, Lincoln?«

»Das Material aus Deutschland ist auf dem Weg hierher.«

Elena sah Ogun fragend an. »Sie sagten doch heute Morgen, es würde bereits hier lagern.«

»Um solche Details kümmert sich der *Chief* nicht, Miss Odermatt. Er leitet auch noch andere Firmen. Was die Lifevac angeht, fragen Sie mich. Dafür hat der *Chief* mich ja geholt.«

Ogun bekräftigte die Worte des jüngeren mit einem stummen Nicken. »Lincoln, zeig ihr das Fax.«

Das Schreiben von der Reederei bestätigte seine Worte. Es war von einem Streik die Rede, der das Löschen der Container verzögerte. Ogun legte einen Aktenordner vor Elena hin. »Bitte.« Das Anwaltsschreiben bekräftigte, dass Oguns Medic das Land in Atata erworben hatte. Ein weiteres Schreiben schätzte den Wert auf eine halbe Million Wagu. Sie hatte beide Dokumente nach Berlin gefaxt bekommen. Auf dem Original stimmte zwar die Zahl, aber nicht die Währung. Dieser Betrag war weniger als ein Viertel wert. Schweigend deutete sie auf das Wagu-Zeichen. »Was hat das zu bedeuten, *Chief*?«

»Die Wertangabe, Miss.«

»In meiner Faxkopie stand eine halbe Million US-Dollar!« Sie betonte das letzte Wort. Auf diesem Wert hatte sie ihre Kalkulation aufgebaut.

»Da stand immer Wagu. Unser Land hat eine eigene Währung, Miss Odermatt. Und in dieser Währung werden die Gutachten erstellt.«

Elena versuchte ruhig zu bleiben. Denn sie hatte nichts dabei, was das Gegenteil bewies. Sämtliche Dokumente hatte sie im Bungalow zurückgelassen. Für Ogun und seine bauernschlauen Tricks war sie einfach noch nicht clever genug, gestand sie sich ein. Aber es war nicht zu spät. Sie hatte in diesem Spiel nur eine Partie verloren. Es würde schon noch eine Revanche geben.

»Was ist mit der Infrastruktur?« Sie fragte nur noch der Form halber. Die Antwort würde sicherlich entsprechend vage ausfallen wie die anderen.

»Die Kommunikation wird über Satellit laufen, Wasser ist auch da, zwar in großer Tiefe, aber ausreichend. Strom ist bereits unterirdisch verlegt«, lautete Lincolns Auskunft.

Er konnte ihr viel erzählen! Sie versuchte weiterzumachen, als wäre alles in Ordnung. »Sie haben einen Anwaltstermin für die Eintragung der Lifevac of Wagorunia?«

Lincoln sah Ogun an. »*Chief*, das ist Ihr Part. Ich mache nur die Technik.«

»Wann haben Sie Zeit, Miss Odermatt?«

Elena glaubte mit dem Kopf gegen Wände zu rennen. »Hat Ihr Anwalt schon alle Vertragsunterlagen vorbereitet?«

Ogun lehnte sich zurück und musterte sie mit seinem ihr bestens bekannten Schneiderblick. »Sie sind nicht einmal 24 Stunden in Port Lac, Miss Odermatt. Wie lange wollen Sie bleiben?«

»Ein Jahr? Ein halbes? Ich weiß es nicht. Bis die Firma zu aller Zufriedenheit arbeitet.«

»Gefällt Ihnen Afrika?«

»Ich habe noch nichts davon gesehen, ehrlich gesagt.«

»Das meine ich, junge Frau. Schauen Sie sich um. Hetzen Sie nicht durchs Leben. Die Dinge fügen sich.«

»Ich nehme Sie beim Wort. Ich werde mich umsehen. Meine Handynummer haben Sie ja.«

»Ich werde Sie begleiten«, sagte Ogun, »es ist spät geworden.« Er rief seinen Leibwächter, zu dritt betraten sie den Hof, wo der Fahrer wie gewohnt neben dem Mercedes wartete. Der Motor lief. Irgendwann würde sie fragen, ob das Zündschloss kaputt sei.

Im Licht zahlreicher greller Scheinwerfer beluden Gabelstapler mehrere Sattelschlepper. Ein Mann mit Cowboyhut lief herum, gab Befehle. »Ist wieder viel los heute«, brummte Ogun. Elena zögerte einzusteigen. Der gestresste Weiße war der Mann mit der Opern-Begeisterung! Er riss sich den Hut vom Kopf und rannte herbei.

»*Chief* Ogun, wir sind so gut wie fertig, die letzten drei Lastwagen für Imeja fahren gleich ab.« Dann sah er Elena an, sprach aber weiterhin Englisch. »Ich wusste doch, dass mir der Mercedes bekannt vorkam. Wir arbeiten anscheinend für denselben Boss.« Er reichte ihr die Hand.

»Daniel arbeitet für die Medic«, warf Ogun eilig ein. Sein Gesicht hatte sich verdüstert. »Wieso sind Sie noch hier, Daniel? Die Leute sollten längst fertig sein.«

»Die üblichen Probleme. Eine Sache noch, wo Sie gerade da sind. Ich habe das schwere Gerät noch in Imeja. Eigentlich sollten wir gleich mit der Planierung der Landepiste beginnen. Das würde uns eine Menge Geld und Zeit sparen.«

Imeja! Beim ersten Mal war sie sich nicht sicher gewesen, richtig gehört zu haben. Imeja war der Ort, wo die angebliche Brauerei entstand, die Manfred gemeinsam mit Yinka und Funke entdeckt hatte.

»Tun Sie das, Daniel. Und nun entschuldigen Sie uns.« Ogun klang unwirsch.

»Warten Sie, *Chief*! Brauchen Sie Miss Odermatt heute Abend noch? Sie hat mir erzählt, dass sie von Port Lac noch nichts gesehen hat.«

»Miss Odermatt wird müde sein, Daniel, und Sie müssen den Transport begleiten.«

»Die Bodyguards fahren mit. Ich nehme keine Waffe in die Hand.« Daniel zupfte entschuldigend an seinen verschwitzten Haaren und den eingestaubten Khakis. »So werde ich Sie natürlich nicht ausführen, Miss Odermatt.« Aus Höflichkeit gegenüber Ogun blieb er beim Englisch. »Ich besitze zwar keinen Anzug, aber ein Jackett. Damit lassen sie mich in den Club. Liegt direkt an der Lagune. Im 34. Stock. Der Blick von der Terrasse ist unvergleichlich. Und das Essen – echt gelungen.« Er machte eine winzige Pause. »Sagen Sie: ›Ja, Daniel‹. Und dann treffen wir uns am gleichen Ort.« Er konnte nur das Bar-Restaurant meinen.

»Kennen Sie das Haus vom *Chief*?«, antwortete Elena, bevor Ogun etwas sagen konnte. »Holen Sie mich dort in zwei Stunden ab.« Sie hoffte, dass sein Auto drei große Koffer fasste …

Sie hörte Ogun geräuschvoll die Luft ausstoßen. Offensichtlich war etwas passiert, das er verhindern wollte.

»Bauen Sie einen Flughafen?« Elena gab sich Mühe, während der Rückfahrt einen lockeren Plauderton anzuschlagen.

»Flughafen?« Ogun war irritiert.

»Der junge Mann sprach von Landebahn«, schob sie nach.

»Eine neue Fabrik. Liegt außerhalb.«

»Sie verlagern die Produktion.« Sie versuchte einen Bluff. »Das ist sinnvoll. Ein Standort außerhalb ist gewiss günstiger.«

»Genau.«

»Da haben Sie sich aber viel vorgenommen. Die Medic neu aufbauen und gleichzeitig die Lifevac …«

»Zerbrechen Sie sich nicht meinen Kopf, Miss Odermatt. Lincoln wird sich um die eine Anlage kümmern und Daniel um die andere. Und falls Sie glauben, ich würde das Geld aus Deutschland für meine Medic missbrauchen, kann ich Sie beruhigen. Eine Gruppe von Investoren hat mir für mein Grundstück auf der Ile eine stattliche Summe gezahlt, aus der ich die neue Medic finanziere.«

Von der Hand zu weisen waren Oguns Worte nicht. Auch in Europa würde sich die Lage für Privathäuser besser eignen als für einen Industriebetrieb. Vorausgesetzt, die Pharmafirma hatte den Boden nicht total vergiftet.

Es lag ihr auf der Zunge nachzufragen, ob Ogun seine Behauptungen belegen könne. Sie schwieg lieber. Die Stimmung war gereizt genug.

23

Versprochen ist versprochen. Du bekommst den Fußball, sobald ich ihn habe.« Elena sah in den Augen des kleinen Michael, dass Worte von Erwachsenen weniger wert waren als Taten. Sie gab ihm 50 Dollar. »Und du weißt genau, dass ihr bei euren Häusern nur einen Eingang habt?«, fragte sie sicherheitshalber noch einmal. Michael nickte heftig. »Dann schaffst du meine Koffer dorthin. Ich hole sie in 15 Minuten ab.« Sie sah dem hübschen Jungen ins Gesicht. »Michael, ich verlasse mich auf dich.«

Elena ging nach nebenan. Mercedes lackierte sich gerade die Fußnägel. Ein letzter Blick zurück signalisierte Michael, dass das verschwörerische Unternehmen Umzug seinen Anfang nehmen konnte. Sie war entschlossen, Behrs Freundin frontal anzugehen. »Es ist wie im Urlaub hier«, heuchelte sie ungeniert drauflos, »wohnst du immer in diesem Haus, Mercedes?«

»Hast du Yemisi gesehen?«, fragte Mercedes zurück. Elena verstand die Frage nicht. »Sie ist ein bisschen ...« Mercedes verscheuchte nicht vorhandene Fliegen vor ihrem Kopf, was wohl bedeuten sollte, dass die Frau des *Chiefs* etwas beschränkt sei.

»Du und der *Chief* ...?« Sie ließ die Frage offen enden.

»Das weiß jeder.« Behr offensichtlich nicht, dachte Elena. Und Funke wohl auch nicht. Das war das eigentlich Erschreckende an den Verhältnissen. Nur eine weitere Möglichkeit bot sich: Funke steckte ebenfalls mit Ogun unter einer Decke. Vielleicht nicht wortwörtlich wie Mercedes, aber dieser Verdacht machte Elena Angst. Die ganze Doggennummer wäre demnach abgekartet gewesen! Daraus ergab sich aber auch eine furchtbare Konsequenz für den coolen Robert: Funke würde den Journalisten nach Strich und Faden ausspionieren.

»Du hast dich aber chic gemacht«, meinte Mercedes. »Gehst du aus?« Elena trug ausnahmsweise Rock und Bluse. »Bisschen Farbe im Gesicht würde dir gut tun«, empfahl sie freundschaftlich.

»Es ist ja kein Date«, antwortete Elena leichthin. Als Verabredung verstand sie das Treffen mit dem Ersatz-Indiana-Jones keineswegs.

Sie blickte im Vorbeigehen in ihren Bungalow. Auf Michael schien Verlass. Wie verabredet hatte er die Koffer verschwinden lassen. Die Leibwächter trugen trotz Dunkelheit ihre verspiegelten Sonnenbrillen und öffneten kommentarlos das Tor auf der Frontseite. Davor stand ein Mitsubishi-Kleinlaster, ein Allrad getriebenes, verbeultes und eingestaubtes Vehikel, das Minimalkomfort versprach. Bei der Wahl von Fluchtfahrzeugen konnten eben nur wahre Profis wählerisch sein ...

Daniel war kaum wieder zu erkennen. Nicht nur, dass ihr unwissender Komplize sich rasiert hatte. Er war auch gekämmt. Was den widerspenstigen Wirbel am Hinterkopf gezähmt hatte. Sie war auf sich selbst wütend, dass ihr das jetzt auffiel.

»Wo haben Sie Ihren Hut?«, fragte sie zur Begrüßung.

»Mein Pferd passt drauf auf.« Als sie lächelte, setzte er hinzu: »Findet das Sakko Ihre Gnade?«

»Nicht gerade der letzte Schrei.«

»Es ist ja dunkel.«

»In Clubs brennen Lichter.«

Er reichte ihr eine Sonnenbrille, die über dem Rückspiegel klemmte. »Leihe ich Ihnen. Damit ist es zumindest für Sie dunkler.«

»Nicht nötig. Ich werde den Anblick tapfer ertragen. Aber bevor wir fahren, habe ich eine Überraschung für Sie.«

»Nein! Ogun darf nicht mit. Ich weigere mich.«

Sie schüttelte lachend den Kopf. »Keine Sorge. Es kommt viel besser.«

»Er hat Sie schon geheiratet.« Das sagte Daniel ganz trocken. Und sie konnte diesmal nicht lachen.

Elena dirigierte ihn auf die Rückseite von Oguns riesigem Grundstück. Das Personal lebte auf der Kehrseite der Prunkfassade. Neben Mülltonnen, verrosteten Autos und Gerümpel saß Michael auf ihren Koffern und wartete seelenruhig. »Ich habe ihm einen Fußball dafür versprochen. Mit den Autogrammen der Bayern-Stars.«

»Wirklich schlechte Zeiten sind das. Die Prinzessin muss ihre Flucht aus der Burg des Fieslings selbst bezahlen.« Daniel stieg aus, lud die Samsonites schwungvoll auf die Ladefläche. Nachdenklich kratzte er sich am Kopf, dann schnappte er sich die Sonnenbrille. »Sie haben gesagt, Sie wollen sie nicht, oder?« Elena schüttelte verdutzt den Kopf. Im nächsten Moment hatte Michael die viel zu große Brille auf. Sein weißes Gebiss strahlte in der Dunkelheit. Nun war er auch so ein starker Typ wie die Bodyguards …

Kurze Zeit nach dem Einchecken im *Island* stoppte Daniel den Pick-up direkt vor dem langen Betonbaldachin eines dunklen Hochhauses. Ein wenig geeigneter Ort für ein Date, stellte Elena mit Erleichterung fest. Mehr als den Kofferservice erwartete sie von diesem Abend nicht. Vielleicht ein aufheiterndes Gespräch. Doch dabei musste sie vorsichtig sein. Daniel war ein Vertrauter Oguns. Ob mit oder ohne Hut. Der livrierte Portier nickte Daniel ein kurzes »'n Abend, Mister Daniel« zu und übernahm den Mitsubishi. Der Neonschriftzug *Bola-House* tauchte die Nacht in kaltes Licht.

»Ein Besuch beim Chef?«

»Lincolns Vater hat das Haus bauen lassen. Es sind zwar die ganzen Büros seiner Firmen hier drin. Aber deswegen sind wir nicht hier. Lassen Sie sich überraschen. Der Abend hat doch ganz viel versprechend angefangen. Ich durfte zumindest bei Ihrer Rettung assistieren. Warum eigentlich?«

»Ich bin noch nie von einem Cowboy gerettet worden.« Sie hatte ihn absichtlich missverstanden.

Er beharrte auf seiner Frage. »Nein, der Auszug durch die Hintertür. Ist doch ungewöhnlich.«

»Ich wollte keine unnötige Auseinandersetzung.«

Der Lift brachte sie in den 34. Stock, den obersten. »Das Ding hier oben war die Idee von Lincoln. Früher war das ein Hubschrauberlandeplatz. Der befindet sich jetzt hinter dem Haus. Ist hier oben zu windig.« Das Flachdach des Hochhauses, auf dem sie standen, war durch ein leicht und anmutig wirkendes Gebilde aus Glas und Stahl in eine Mischung aus Bar, Cocktail-Lounge und Strandrestaurant verwandelt worden, in dem Palmen neben Sesseln aus Rattanrohr eine entspannte Freizeitatmosphäre schufen. Dunkelhäutige Inderinnen in farbenfrohen Saris reichten auf Tabletts Drinks. Kosmopolitisch wie das Ambiente war die Zusammensetzung der Besucher. Die traditionellen afrikanischen Kaftane wirkten in dieser Umgebung wie ein Element aus einer folkloristischen Darbietung.

»Lincoln hat Geschmack«, lobte Elena. Dass sie ihm den nicht zugetraut hätte, verschwieg sie. Die beiden gingen recht vertraut miteinander um.

»Auf jeden Fall müssen Sie diesen Ausblick genießen! Kommen Sie!« Von den rund ein Dutzend eingedeckten Tischen auf der Terrasse waren nur zwei besetzt. Zwei Pärchen zogen die Abgeschiedenheit in der von einer leichten, kühlenden Brise bewegten Luft dem geselligen Zusammensein in der Lounge vor. Von der Terrasse aus erschien die Millionenstadt Port Lac erstaunlich klein. »Weil die meisten Bezirke der Stadt um diese Uhrzeit kein Licht mehr haben«, erklärte Daniel.

»Hier liegt alles im Dunkeln«, sinnierte sie und ergänzte mit einem leisen Lachen: »Na ja, so manches jedenfalls.«

»Jetzt machen Sie wieder diese Falte! Wie bekomme ich die bloß weg?« Er fasste sie bei der Hand. »Ein Glas Champagner?«

»Lieber etwas Frisches, mit Frucht und ohne Alkohol.«

Das Ergebnis seiner Bemühungen war ein Cocos-Limetten-

Drink mit einem Hauch von Zitronenpfeffer. »Und kein Soda dazu bestellen. Es wirkt appetitanregend und kühlend.«

»Und was gibt es zu essen?«

»Wie wäre es mit Pfefferhummer auf Spießchen? Das sind in Knoblauch, Zwiebeln, Öl und Pfeffer eingelegte und in der Marinade gekochte Hummer, die dann auf Spießchen gesteckt werden. Sie werden in einer Tomaten-, Curry- und Muskatsauce mit Pfefferpaste im Ofen überbacken. Zitronensaft und Petersilie darüber. Und essen.«

»Bis das fertig ist, bin ich verhungert.«

»Die Küche hat hier immer nur zwei Gerichte pro Tag zur Auswahl. Das wird bloß überbacken und steht in 15 Minuten auf dem Tisch.« Er bestellte das Gericht für sich selbst ebenfalls.

»Haben Sie das auswendig gelernt?«

»Was? Das Rezept? Nein, ich koch's manchmal für mein Pferd.«

»Das Pferd, das auf den Hut aufpasst?«

»Ist ein besonderer Gaul, nur ich kann ihn sehen. Das ist praktisch, dann kann ich ihn im Hotelzimmer lassen.«

»Sie kochen sozusagen virtuell für ein virtuelles Pferd.«

»Quatsch. Nein, ich koche wirklich gern. Ich habe es von meiner Mutter abgeschaut. Wir hatten eine kleine Lodge in Namibia. Die Gäste konnten sich zwar selbst verpflegen, taten es aber selten. Deshalb hatte Mutter die Idee mit dem Restaurant. Wir hatten viel zu wenig Gäste, als dass es sich rentiert hätte. Sie machte es als Hobby.«

»Dann sind Sie Afrikaner?«

»Meine Eltern sind aus Deutschland ausgewandert, als ich ein Baby war. Ich bin erst zum Studium wieder in die Heimat gekommen.« Er grinste. »Ich habe ziemlich gefroren. Wintersemester in München.« Er tat, als wäre ihm kalt. »Wo kommen Sie her?«

»Paderborn. Aber studiert habe ich auch in München.«

»Da hätten wir uns ja treffen können.« Er musterte sie ungeniert. »Sie sind jünger als ich. Lassen Sie mich raten. 26? Nee, die Falte da oben, die verrät Sie. 27 und ein paar Monate.«

»Und Sie?«, fragte sie, anstatt zu antworten.

»Im kritischen Alter eines Mannes.«

»Sie sehen aus, als wäre jedes Alter kritisch.«

»Treffer«, er strahlte sie an, »Sie können ja richtig erfrischend gemein sein.«

»Ich kann mich steigern, wenn Sie wollen. Warum arbeitet Indiana Jones für Ogun?«

Daniel stutzte. »Sehe ich aus wie Indiana Jones? Na gut – der würde es tun, weil er Hunger hat.«

»Das wäre kein Grund. Er handelt nur aus Edelmut.«

»Okay, ich weiß eine bessere Antwort: aus Edelmut.«

»Jetzt machen Sie sich's zu einfach.«

»Nein, das stimmt wirklich! Lincoln ist ein Freund. Wir sind nicht gerade die dicksten Kumpel. Aber den Job in Imeja habe ich aus Freundschaft zu ihm übernommen.«

»Was machen Sie denn da in Imeja?«

»Hat er Ihnen das nicht erzählt? Ich richte die neue Medic ein. Es ist ein wundervoller Job. Ich habe total freie Hand ...« Sie hatte unpräzise gefragt und er bezog die Frage auf sich, obwohl sie eigentlich herausfinden wollte, was in der neuen Fabrik produziert wurde. Er hatte schon längst weitergesprochen. »... Lincoln kümmert sich ja um nichts. Er ist ein Kindskopf, hat ständig neue Ideen und überhaupt keinen Nerv, etwas durchzuziehen. Dass er das Ding hier fertig bekommen hat«, er deutete mit dem Daumen zur gläsernen Decke, »ist ein kleines Wunder. Lincoln interessiert sich nie für Details.« Er lachte unbeschwert. »Ich glaube, eigentlich ist er das Gegenteil von mir. In meinem Innersten bin ich wohl doch richtig deutsch. Mache allen Kleinkram selbst. In Imeja gibt es viel zu wenig Arbeiter. Für mich ist das okay. Delegieren liegt mir ohnehin nicht.« Er trank einen kleinen Schluck seines südafrikanischen Weißweins. »Im Angestelltenleben würde ich irgendwo auf der Hühnerleiter der Firmenhierarchie stecken bleiben und mir auf den Kopf kacken lassen.«

Elena interessierten vor allem die Informationen, die Lincoln Bola betrafen. Wenn es sich so verhielt, wie ihr Gegenüber erzählte, würde aus ihrer eigenen Produktion in Atata niemals etwas werden. »Was hat Lincoln denn mit Imeja zu tun? Ogun sagte, er würde sich um Atata kümmern.«

»Atata? Was ist das denn? Afrikanischer Kinderbrei?«

»Ein Vorort von Port Lac, Industriegebiet. Und im Moment Brachland. Eigentlich sollte dort längst mit dem Bau einer Produktionsstätte begonnen werden.«

»Lassen Sie mich raten: Und Sie sind für die Produktion zuständig. Chemikerin? Pharmazeutin? Nee. So sehen Sie nicht aus. Sie machen was mit Geld und Recht.«

»Geschäftsführung, Controlling, Beratung.«

»Das passt nach Afrika wie ein Fisch in die Wüste … Sie lächeln ja!«

»Ich bin Fisch.«

»Dann seien Sie froh, dass Sie nicht meine Arbeit machen. Da ist es fast so karg wie in der Wüste. Obwohl – ich finde die Landschaft einmalig. Diese Weite!« Im dämmrigen Clublicht glänzten seine Augen grau. »Da kommt das Essen. Vielleicht versöhnt Sie das wieder ein wenig mit den übrigen Widrigkeiten.«

Die Spießchen waren wirklich gut, scharf und zart. Daniel sah ihr zu, wie sie genussvoll aß.

»Mögen Sie nicht?«

»Doch, doch.« Zerstreut begann er zu essen. »Ich frage mich nur, warum Sie hier sind. Geld verdienen können Sie anderswo doch auch. Und leichter.«

»Ach, das ist eine lange Geschichte.«

»Ich bin schon 35. Da weiß man, dass lange Geschichten interessanter sind als kurze.«

»Aber man sollte sie interessant erzählen können. Und das

kann ich nicht. Weil ich nicht genau weiß, wo sie anfängt und aufhört.«

»Wo sind Sie bei Ihrer Geschichte? Schon die Mitte erreicht?«

»Keine Ahnung. Als alles anfing, dachte ich, es wäre das Ende.«

»Kann es nicht sein, dass es so ist? Ende und Anfang gehen immer ineinander über.«

»Wirklich? Dann bin ich wohl noch am Anfang meiner Geschichte.«

»Fühlen Sie sich trotzdem noch immer dem Ende so nah?«

»Manchmal ja.« Ihre Stimme war belegt. Sie räusperte sich. »Das Essen war super.«

»Nachtisch?«

»Ich brauche Schlaf, Daniel. Können wir fahren?«

»Klar.«

Die Aufzugtür öffnete sich. Ihr wehte eine Wolke von Sandelholzduft entgegen. Der kleine, breite Mann schien genau so überrascht wie Elena. Er fasste sich an den Kopf, als müsste er intensiv nachdenken. Dann tippte sein kurzer, dicker Zeigefinger in die Luft vor Elena. »Die Lady mit den Kopfschmerzen! Wie geht es Ihnen? Ich weiß sogar noch, wie Sie heißen: Elena! Solch einen Namen kann man doch nicht vergessen!«

Ihr selbst fiel in diesem Augenblick nur ein Name ein – Jackie Chan. Sie traute sich nicht, ihre Vergesslichkeit einzugestehen.

»Sie kennen sich schon?«, fragte Daniel verblüfft. Irgendeine Antenne schien ihm jedoch zu sagen, dass Elena nicht genau wusste, wer vor ihr stand. »*Chief* Samuel, wir sprachen vorhin über Ihren Sohn. Stellen Sie sich vor, Elena hat genau wie Lincoln und ich in München studiert. Die Welt ist wirklich klein.«

»Solche Zufälle!«, rief Samuel Bola aus. Sie spürte, wie ihr ein Frösteln den Rücken hochkroch. Manfreds *Paranoia?* Nein, sie litt nicht unter Verfolgungswahn, diesmal – im Gegensatz zu der ersten Begegnung mit Samuel Bola – war es kein diffuses

Gefühl. Diesmal erkannte sie, dass sie in einem Spinnennetz gefangen war. Bolas Sohn Lincoln arbeitete für Ogun, Daniel war mit Lincoln seit Studienzeiten befreundet. Dass Bola und Ogun miteinander verbunden waren, war die logische Folgerung. Zwei junge Männer, zwei alte. Langsam bekam das, was Yinka den *Bund* nannte, ein Gesicht. Nein, überlegte sie. Es war die Spitze eines wahrscheinlich riesigen Eisbergs. Das Problem war nur, dass sie oben drauf saß.

»Schön, Sie wieder getroffen zu haben«, erwiderte sie freundlich. Es fröstelte sie.

An der Rezeption des *Island* ließ sich Daniel ebenfalls einen Zimmerschlüssel geben. »Sie wohnen auch hier?«, fragte sie erstaunt.

»Deshalb haben wir uns das erste Mal auch getroffen. Manche Zufälle haben ganz logische Erklärungen«, antwortete Daniel. Er wohnte, wie sich im Fahrstuhl herausstellte, zwei Etagen über ihr. In der Lifttür wünschte sie ihm Gute Nacht.

Er blieb in der Kabine. »Ich finde schon noch heraus, warum Sie mir nicht trauen.« Die Tür schloss sich vor ihr.

24

Vom Zimmerfenster aus überblickte sie die weite, im Licht der aufgehenden Sonne warm leuchtende Bucht der Lagune von Port Lac. Die flach bebauten Viertel tauchten aus dem Morgendunst auf wie vergessene Kinder einer großen Familie, die zum Mittagessen heimkehren und sich um den Tisch scharen. Millionen Menschen bewohnten die trostlosen Vorstädte. Hier, im vom Geld des Ölreichtums fett gewordenen Herzen der Metropole, schien man sie nachts vergessen zu haben, wenn man durch die hell erleuchteten Verkehrsadern fuhr. Oder von Bolas Terrasse in die schwarze Nacht sah.

Menschen wie Bola und Ogun residierten in den Luxusvierteln. Von mehreren Milliarden, die ins Ausland verschoben worden waren, hatte Yinka gegenüber Manfred berichtet. Die Freund-Feind-Grafik hatte Elena sicherheitshalber von der Festplatte des Notebooks gelöscht. Auf einem Zettel rief sie sich die Struktur in Erinnerung. Vater und Sohn Bola gehörten ebenso wie Daniel auf die Seite der Feinde. Wie Konstantin und Behr. Aber das war nur eine Vermutung gewesen, aufgeschrieben aus Verbitterung über Manfreds Tod. Ogun hatte einfach behauptet, Konstantin hätte die zwei Millionen Dollar nach Wagorunia geschickt. Und wenn das nun wahr wäre? Wenn sie einfach zu naiv war, Konstantins Dementi gutgläubig akzeptierte?

Sie zerriss den Zettel in tausend kleine Schnipsel. Unsinn. Milliarden *aus* dem Land, aber doch nicht Millionen *hinein*! Ihre Grafik konnte nicht stimmen. Sie hatte doch mit eigenen Augen gesehen, dass Ogun sie und Konstantin über den Tisch zu ziehen versuchte. Warum sollte Ihr Chef sich selbst und Leuten schaden wollen, die er als Klienten brauchte? Konstantin und die anderen gehörten auf die Freunde-Seite. Es war wirklich paranoid von ihr anzunehmen, ihr Chef wäre ein Feind – nur weil er mit Ogun Geschäfte machen wollte. Sie war doch auch nicht Manfreds Feind. Sie hatte richtig gehandelt, als sie nach Wagorunia gekommen war. Wenigstens sah sie jetzt klar, dass Manfred nicht durch ihre Schuld sterben musste. Es war ein Unfall. Die Bezeichnung in der Todesanzeige war völlig richtig.

Sie atmete erleichtert durch. Die Luft draußen war gewiss herrlich. Sie suchte nach dem Fenstergriff. Es gab keinen. Klimaanlage. Unten im Garten lockte das blaue Wasser des Pools. Sie war in Afrika! Ihr Nacken war verspannt und ihre Stirn …

Der Pool war leer. Normalerweise wäre sie in einem Konferenzhotel auch nicht morgens um sieben zum Schwimmen gegangen, sondern hätte gefrühstückt und Akten gesichtet, um fit für den Tag zu sein. Sie machte lange Kraulzüge. Sie genoss es. Der Markt, hatte Daniel gesagt, das bedeute afrikanisches Leben. Oder so. Sie könnte ein Taxi nehmen! Alte Klamotten anziehen. Aber die hatte sie nicht dabei. Dann eben T-Shirt und Bermudas, nur ein bisschen Kleingeld. Wenn man das klaute, war's nicht so schlimm.

Schwungvoll stemmte sie sich auf den Rand, rubbelte sich trocken. Ein Frühstück und ab in ein Leben als harmlose Touristin! Im Seidenkimono mit dem Schlangenzeichen auf dem Rücken strebte sie unternehmungslustig dem Hotelgebäude zu.

»Das Frühstück steht hier!«

»Was machen Sie denn da?«

Daniel breitete die Hände aus wie ein Zauberer, der das Kaninchen präsentiert. Der runde Rattantisch war improvisiert, aber reichlich gedeckt. »Ich dachte, Sie essen bestimmt Obst. Und Jogurt. Hier ist eingeschweißtes Schwarzbrot. Die sind hier auf Kontinentaleuropäer eingestellt; der Chef ist nämlich Schweizer. Ich wusste bloß nicht, ob Sie lieber Kaffee oder Tee nehmen.« Daniel deutete auf zwei Kännchen. »Also habe ich beides mitgebracht.«

»Ist denn der Tee gut?«

»Keine Ahnung. Ich trinke nur Kaffee. Sonst werde ich nicht wach.«

»Dann haben Sie wohl Kaffee getrunken.«

»Ihnen beim Schwimmen zuzusehen, macht auch munter. Ist das Ihr übliches Fitnessprogramm?«

»Das habe ich schon als Kind gemacht.«

»Vor dem Frühstück? Da haben Sie's aber gut gehabt!«

Sie hätte sich am liebsten auf die Zunge gebissen. Der Mann gehörte zur Gegenseite. Und die musste Informationen über sie nicht ausgerechnet von ihr selbst erfahren. Daniels Nettigkeit durfte sie nicht täuschen.

»Ich dachte, Ogun hat Sie nach Imeja geschickt?«

»Gerade waren Sie noch entspannt. Jetzt machen Sie schon wieder zu.« Er deutete auf seinen Indiana-Jones-Hut. »Ich habe meinen Cowboyhut dabei, schauen Sie. Cowboys sind nett.«

Sie setzte sich und löffelte den Jogurt mit Appetit, ohne auf seine Worte einzugehen.

»Also gut, ich habe den Vorarbeiter angerufen und gesagt, dass ich heute keine Lust zu arbeiten habe.«

»Echt? Sie sind ja ein Vorbild!«

»Bin ich wirklich. Die würden mich sonst nicht ernst nehmen, wenn ich immer nur arbeitete.«

»Seltsame Logik.«

»Der Tag ist knackfrisch. Ich möchte Ihnen heute Morgen den Markt zeigen. Habe ich doch versprochen.«

»Na ja. Ich kann mir auch ein Taxi nehmen.«

»Also haben Sie schon drüber nachgedacht. Und bestimmt die ältesten Klamotten rausgelegt.«

»Ich habe keine. Wer sagt einem denn in Berlin, dass man für einen solchen Ausflug alte Sachen anzieht?«

In der Welt, in die Daniel sie entführte, duftete es süßlich nach überreifen Früchten, pikant nach scharfen Gewürzen, einladend nach frisch am Stand gegrilltem Fleisch und fremdartig nach schwarz gerösteten Erdnüssen. Ziegen, die sich dem Zugriff ihres neuen Besitzers durch Flucht entzogen, warfen sorgsam aufgeschichtete Stapel dicker Wurzeln um und Marktfrauen riefen gestikulierend Schimpfworte. Kleine Kinder verlängerten ihren Morgenschlaf auf Mutters warmem Rücken, winzige Radios verbreiteten gequetschten, aber fröhlichen Afro-Sound, zu dem junge Mädchen selbstvergessen barfuß tanzten. Ein viel zu schwer mit Säcken beladener Esel schubste lautstark verhandelnde Marktfrauen zur Seite, die die Störung ihres Gesprächs als Normalität auffassten. Mit Gleichmut, fast schon im Schlaf, verscheuchte ein Kind mit einem Palmwedel die Fliegen auf dem ausliegenden Fleisch, dessen frisches Blut sich am Boden mit undefinierbaren Flüssigkeiten mischte und in langen Rinnsalen verlief, um irgendwo zu vertrocknen.

Die Händler riefen in Pidgin-Englisch den beiden Weißen oft schwer verständliche Worte zu, um ihre Waren anzupreisen. Mit seinem Taschenmesser zerteilte Daniel eine reife, gelbe Papaya, die er für einen Pfennigbetrag gekauft hatte, und gab Elena ein verlockend duftendes Viertel. Mit staunenden Augen folgte sie ihm durch das chaotische Durcheinander aus Obst, Autoteilen, Gemüse, Geschirr, Putzmitteln und Kleinmöbeln. Nichts von dem, was sie erwartete, sah sie: keine geschnitzten Masken oder kitschigen Touristenkram.

»Es ist der Markt der Einheimischen. Leute wie wir sind hier Exoten.«

»Und Sie glauben wirklich, die würden uns bestehlen?«

»Hier doch nicht! Wo wir nachher hinkommen, da schon.« Daniel stieß die Tür zu einer großen, überdachten Markthalle auf, die von fremden Stimmen schwirrte. »Draußen sind die kleinen Händler. Viele kommen aus den Dörfern. Hier drin sind die, die es zu etwas gebracht haben. Einen festen Stand. Na, so etwa ist es in Europa ja auch.« Was allerdings reichlich übertrieben erschien; in der Halle herrschte das gleiche Durcheinander wie auf dem offenen Markt.

»Haben Sie gute Nerven?«, fragte Daniel.

»Waren wohl schon mal besser«, murmelte sie.

»Dort hinten kaufen die weisen Männer und Frauen ein.«

»Was heißt das?«

»Zauberer, Medizinmänner und Hexen. Aber auch Quacksalber und Halsabschneider decken sich hier ein. Das ist der *Juju*-Markt. Wissen Sie, was *Jujus* sind?« Sie nickte stumm. Daniel musterte sie verblüfft. »Echt?«

Sie stand vor einem Sammelsurium von Dingen, die sie schaudern ließen. Die leeren Augenhöhlen von Affen-, Hunde- und Krokodilschädeln stierten sie an. Bündel aus bunten Federn, Felle von Tieren, die sie nicht zuordnen konnte, Anhänger aus Leder, besetzt mit Perlen, Körbe voller elfenbeinfarbener Schnecken, spitz zulaufende Steine, aber auch Fellsäckchen, die so ähnlich wie jenes aussahen, das sie im Arbeitszimmer von Professor Stucker betrachtet hatte, bildeten ein Puzzle, das nur einen Sinn zu haben schien: Angst zu verbreiten.

Angesichts der Direktheit, mit der Elena diese Masse von unverständlichen Symbolen ansprang, empfand sie nur noch Ekel und Abscheu. *Omos Zeug* und Oguns Kiste entstammten der Hinterstube eines solchen Gruselkabinetts. Sie ertrug den Anblick nicht. Plötzlich roch sie den scharfen Geruch von Urin und die süßliche Ausdünstung geronnenen Bluts. Von dem fröhlichen Markt draußen zum Supermarkt der Schauerlichkeit – das glich einer Achterbahnfahrt durch die Abgründe des Lebens. Sie floh ins helle Licht, wo fröhliche Kinderstimmen sangen. Daniel holte sie mit schnellen Schritten ein.

»Wie können Menschen zwischen solchen Extremen leben?«, fragte sie.

»Ich dachte, Sie kennen *Jujus?*«, fragte er überrascht.

»Aber doch nicht in solch einer Form!«, schnappte sie.

»Sie sind ja geschockt. Das wollte ich nicht.«

»Unter normalen Umständen …« Sie brach ab. So ein raffinierter Kerl! Jetzt verstand sie, was er tat! Wenn er sie auf die sanfte, nette Tour nicht aus der Reserve locken konnte, dann mit der Schockmethode. »... hätte mich das kalt gelassen«, setzte sie den begonnenen Satz fort. »Aber mir war nicht bekannt, dass in solch großem Stil mit diesen Dingen gehandelt wird.«

»Ich finde einen Schädel viel Furcht einflößender als hundert auf einmal.« Er fasste sie sanft am Arm. »Ich zeige Ihnen das alte Viertel. Koloniale Vergangenheit. Das ist wesentlich beschaulicher. Leider gibt es dort Taschendiebe. Hier wohnt der alte Glaube, draußen tobt der Kampf ums Überleben.«

»Wenn ich schon mal da bin, will ich mir wenigstens Obst mitnehmen«, sagte sie trotzig und kehrte auf den Markt zurück.

Unvermittelt verstellte ihr eine kleine Frau den Weg, ergriff ihre Handgelenke. »Komm, *òyìnbó*, ich sage dir die Zukunft voraus.« Die Schwarze, deren ausgemergeltes Gesicht von Narben gezeichnet war, führte Elena zu einem der aus Holzgestell und Wellblech zusammengestückelten Stände.

Daniel schob sich zwischen Elena und die zahnlose alte Frau. »Danke, wir brauchen deine Hilfe nicht«, wehrte er höflich, aber bestimmt ab.

»Ich möchte aber«, protestierte Elena.

»Wie Sie wollen«, sagte Daniel. Er drehte sich der Wahrsagerin zu. »Was benutzt du?«

Auf der hellen Handfläche der Alten lagen einige von den elfenbeinfarbenen, winzigen Schneckenhäusern, die Elena körbeweise in der Markthalle gesehen hatte.

»Kauris«, meinte Daniel, »zwölf?« Die Frau nickte.

Sie warf die kleinen Seeschnecken. Ihre Form gefiel Elena. Auf der einen Seite hatten sie einen langen Schlitz mit winzigen Zähnchen, was wie ein kleines Maul aussah. Die Rückseite wies mal ein größeres oder kleineres Loch auf.

Daniel hatte sich hinter die Frau gestellt und begutachtete ebenso wie sie die Lage der Kauris. Elena empfand das als reichlich indiskret und fragte sich vor allem, was er als Ingenieur darin wohl sehen konnte – außer einem willkürlichen Durcheinander. »Oh, du wirst viele Kinder haben, eine lange Reise machen und sehr glücklich werden.« Die zahnlosen Kiefer der Alten schoben die in Pidgin-Englisch gesprochenen Worte ineinander.

Daniel löste den Blick von den Orakelschnecken und schüttelte verärgert den Kopf, schwieg jedoch.

»Was weißt du davon, *òyìnbó?*« Die Frau funkelte ihn zornig an.

Er legte der Wahrsagerin einige abgegriffene Wagu-Scheine hin, fasste Elena sanft am Arm und wollte sie wegschieben.

»Was soll das? Das war doch sehr nett von ihr!«

Er deutete mit der Spitze seines Taschenmessers auf die Kauris, die auf dem rissigen Holz des Tischs lagen. Die fremden Worte, die er der Alten sagte, konnte Elena nicht verstehen. Aber sie bemerkte das fassungslose Gesicht der Frau, die das auf dem Tisch liegende Geld wortlos zu Daniel zurückschob und die Kauris mit der anderen Hand verschwinden ließ. Daniel beachtete die Geldscheine nicht und drehte sich ab. »Ein Orakel ist kein dummer Zauber. Es ist die Sprache, in der die Götter zu uns reden.«

»Ach, und die beherrschen ausgerechnet Sie?«

»Ich kannte einen alten Mann aus dieser Gegend. Der hat es mir beigebracht.«

Daniel schien verändert. Er führte sie durch die Stadt, aber er machte keine Scherze mehr, wirkte ernst. Immer wieder überlegte Elena, wie sie einen Anlauf starten könnte, ihm das Geheimnis des Kauri-Orakels zu entlocken, das sie für seinen Stimmungswandel verantwortlich machte.

»Ich weiß nicht, wann wir uns wiedersehen«, meinte er, bevor sie in den Pick-up stiegen, um zurückzufahren. »Seien Sie bei allem, was Sie tun, umsichtig. Ich weiß, das hört sich nichtssagend an. Aber ich kann es nicht anders ausdrücken. Die Menschen in diesem Land schotten sich gegen Fremde ab. Und das ist auch verständlich. Sie haben uns Weiße vor allem als Leute erlebt, die sie bevormunden und ihre Kultur für abergläubischen Unsinn halten. Genau genommen gehören wir nicht hierher. Aber wir sind nun einmal da.« Er betrachtete seinen Hut, als ob der ihm weitere Neuigkeiten verraten würde. »Der Mann, für den wir beide arbeiten, hat großen Einfluss. Da sage ich Ihnen sicher nichts Neues. Wir beide wären ja sonst nicht hier. Ich kenne ihn nicht sehr gut, meine Kontakte zu ihm sind rein sachlicher Natur. Aber Sie sind in Afrika, weil Sie ihm auf die Finger schauen müssen. Kann sein, dass Ihnen das eine oder andere nicht gefällt, was Sie mitbekommen.« Er sah sie offen an. »Ich habe nur eine Bitte an Sie, Elena.« Seine Stimme klang richtig feierlich. »Zeigen Sie ihm niemals, dass Sie ihn durchschauen. Hören Sie: niemals.«

»Das klingt, als ob Sie mich warnen wollten, Daniel. Tun Sie das?«

Er deutete ein Lächeln an, seine Augen blieben ernst. »Eine Warnung aus meinem Mund können Sie nicht ernst nehmen, weil Sie annehmen, dass ich Oguns bester Freund bin. Ich bekleide schließlich eine Vertrauensstellung. Ich habe zwar keine Ahnung, wie Ihre geschäftlichen Verbindungen funktionieren. Aber es wird wohl wie üblich sein: Sie müssen auf deutsches Geld aufpassen.«

»Durch die Blume deuten Sie an, dass ich besser nach Deutschland zurückkehren sollte.«

Er startete den Motor. »Sie haben sich auf ein ungewisses Unterfangen eingelassen.«

»Das weiß ich selbst, Daniel.«

Vor dem *Island* stellte er den Wagen auf dem Parkplatz ab. »Lassen Sie Geschäftspartner in diesem Land stets in dem Glauben, dass Sie dümmer sind als ihr Gegenüber.« Er setzte den Hut auf und plötzlich sah er wieder aus wie ein netter Cowboy. Er tippte mit zwei Fingern dagegen. »Das hier hat auch einen Sinn. Ich bin ein Cowboy, ein netter Cowboy, der an einem entscheidenden Tag blau macht. Ogun wird toben.« Daniel grinste. »Das soll er auch. Dann kann ich mich bei ihm zerknirscht entschuldigen. Und er fühlt sich gut. Glaubt, er wäre mir einen Schritt voraus, weil er mich ertappt hat.« Für einen Augenblick umfasste er Elenas Oberarme. »Doch wir beide wissen, dass wir ihm nach dem heutigen Tag einen Schritt voraus sind, nicht wahr?«

Sie hatten die bewachte Eingangstür erreicht. »Was hat das Orakel gesagt, Daniel?«

»Was ich Ihnen die ganze Zeit erzähle: Sie sollen gut auf sich aufpassen. Das ist nämlich die Aufgabe eines Orakels. Es soll auf Gefahren hinweisen, damit man ihnen aus dem Weg gehen kann. Ein Larifari-Quatsch nützt niemandem. Im Gegenteil, man läuft fröhlich pfeifend durch die Gegend. Und – peng – liegt man in einer Grube.«

Während sie sich an der Rezeption ihre Codekarte fürs Zimmer geben ließ, bat Daniel um die Rechnung. »Wenn Sie das hier hinter sich haben, wissen Sie, was Sie dann machen sollten?«

»Urlaub an der Nordsee?«

»Auch keine schlechte Idee. Ist es da schön?«

»Manchmal. Aber mich dürfen Sie das nicht fragen. Ich bin befangen.«

»Wie wär's mit einem Seminar für Manager, die nach Afrika gehen wollen? Alle Tipps und Tricks ungeschönt erklären.«

»Ich denke mal drüber nach.«

»Wir können ja bei Gelegenheit ein Konzept erarbeiten.«

»Daniel, ich habe einen Verdacht …«

»Sie liegen völlig richtig mit Ihrem Verdacht.«

»Sie kennen ihn doch noch gar nicht.«

»Doch. Sie glauben, ich wollte ins Consulting-Geschäft einsteigen.« Elena lachte zustimmend.

»Jetzt ist sie wieder weg.« Er strich sich mit dem Daumen über die Stirn und tippte zum Abschied gegen seinen Hut.

Auf der Mailbox ihres Handys war Robert Wedekind. »Wir müssen reden. Können wir uns morgen sehen?« Sie verabredeten sich für den nächsten Tag. »Aber nicht im Hotel«, sagte Wedekind in seiner üblichen direkten Art. »Es ist besser, Sie spazieren durch den Park vor dem Hotel. Ich picke Sie dort auf.« Elena ersparte sich selbst die Frage, was diese Heimlichtuerei zu bedeuten habe.

25

Rötlicher Staub klebte an den Seiten des offenen Geländewagens. Robert Wedekind richtete sich hinter dem Lenkrad auf und blickte über die verschmutzte Windschutzscheibe. Aufpicken – das meinte er wörtlich. Das Auto hielt nicht einmal richtig an, damit sie einsteigen konnte.

»Sind wir auf der Flucht, Robert?«

»Ich will nicht, dass man uns zusammen sieht. Das dient Ihrer eigenen Sicherheit.« Der Journalist trug wieder seinen formellen grauen Anzug, der den ganzen Mann wirken ließ, als käme er aus einem Kühlschrank. Er fuhr schweigend, schnell, stets auf der Überholspur. Eine über die Bucht geschwungene Brücke führte zur Nachbarinsel. Auf dem dunklen Wasser der Lagune zogen große Containerschiffe ihre Bahnen.

Elena nahm einen mutigen Anlauf, trotz ihrer bisherigen Fehlversuche einen lockeren Gesprächston zu finden. »Wie geht es Ihrer Freundin Funke?«

»Hat Manfred auch über sie geschrieben? Ich wollte Sie sowieso fragen, ob Sie mir seine Notizen überlassen. Die werden ja sicher auf Diskette abgespeichert sein.« Er gab ihr keine Chance, nett zu sein!

»Ich habe sie nicht mitgenommen. Das erschien mir zu gefährlich.«

»Gefährlich? Was steht denn drin?«

»Alles, was Manfred erlebt hat.«

»Und dieses Herrschaftswissen wollen Sie mit niemandem teilen.«

»Sie geben sich bislang auch wenig Mühe, mein Vertrauen zu wecken.«

»Sie arbeiten für Ogun«, lautete seine Antwort.

»Sie sind Journalist. Manfred und Sie hätten sich niemals in diese Geschichte einmischen dürfen.«

»Mein Selbstverständnis von unabhängiger Berichterstattung sieht wahrscheinlich anders aus als Ihres.«

»Unabhängig?« Ihr Lachen klang gekünstelt. »Wissen Sie, wie Manfred auf die Geschichte gekommen ist? Mit Unabhängigkeit hat das jedenfalls nichts zu tun!«

»Wirklich große Geschichten fangen so an. Man kratzt hier ...«

»... und plötzlich bekommt man Antworten auf Fragen, die man nicht gestellt hat. Von Ihnen stammt das also.«

»In Ihnen kocht's ja ordentlich.«

»Ich habe meinen Mann geliebt! Wegen seines blinden Eifers bin ich Witwe. Witwe! Wie sich das anhört! Das ist was für Damen mit weißen Haaren, die im Café Bridge spielen.«

»Sagt Ihnen der Name Imeja etwas?«

Seine Frage kam zu überraschend. Sie starrte Robert verblüfft an. »Ja.«

»Was wird da gemacht?«

»Weiß ich noch nicht. Wollen Sie es mir sagen?«

»Soll ich Ihnen verraten, was ich glaube, Elena? Ogun bescheißt euch Deutsche nach Strich und Faden.«

»Glauben heißt nicht wissen.«

»Deswegen sage ich ja auch, ich glaube. Die Beweise bekomme ich noch.«

»Wie?«

»Durch Sie.«

»Interessant. Und warum sollte ich Ihnen helfen?«

»Die Lifevac ist ein Joint Venture, richtig? Das heißt, das Know-how kommt aus Deutschland. Grundstück und Arbeitskräfte stellen die Partner hier. Ihre Arbeit besteht darin, aufzupassen, dass die afrikanischen Partner tun, was in den Verträgen steht. Deswegen werden Sie mir helfen, Elena. Wir haben die gleichen Interessen.«

»Und bevor ich den Anteilseignern meinen Bericht vorgelegt habe, steht im Wirtschaftsteil einer überregionalen Zeitung: ›Naive Deutsche haben sich in Afrika aufs Kreuz legen lassen.‹ Nein, vielen Dank. Das muss ich nicht haben.«

»Ich bin kein fieses Schwein, Elena. Unter Hilfe verstehe ich gegenseitige Hilfe.«

»Manfred hat Ihre Art der Hilfe nicht überlebt.«

»Wenn Sie meine Mails kennen, wissen Sie, dass ich ihn gewarnt habe. Ich mache mir Vorwürfe, Elena. Das Problem ist nur: Ich weiß nicht, was ich mir vorwerfen soll. Die Redaktion gab mir den Auftrag, eine Reportage über den Bürgerkrieg im Kongo zu schreiben. Ich bin Manfreds wegen zwei Tage zu spät abgeflogen. Aber ich habe jemanden eingeweiht, der ihm helfen konnte.«

»Manfred hat Funke gemocht und sie hat ihm wirklich geholfen.«

»Bei was hat sie ihm geholfen? Wissen Sie das?«

»Sie können Funke doch selber fragen.«

»Sie ist krank. Sehr krank.«

Vor einem zweigeschossigen weißen Haus mit weit überstehendem Blechdach hielt Robert den Wagen an. Unwillkürlich sah sich Elena nach dem Garten um, in dem Manfred die kleine blaue Kiste vergraben hatte. Roberts Wohnung war kahl und ungemütlich eingerichtet, mehr einem Büro als einem Unterschlupf ähnlich, in dem man vom Alltag Zuflucht finden konnte. Arbeits- und Wohnraum gingen ineinander über. Auf einem fahrbaren Kleiderständer hingen seine Hosen, Hemden und Anzüge. Es waren vier – und alle mausgrau. Die Fenster waren vergittert. In diesem Gefängnis hätte sie keinen Tag leben wollen.

Robert legte einen Schwung von DIN-A4-Bögen auf einen kleinen Leuchttisch, knipste die Neonröhre darin an. »Dies sind Manfreds Dias. Er hat die Filme unentwickelt im Tresor liegen lassen.«

Robert reichte ihr eine Lupe. Wortlos ging Elena Reihe für Reihe durch. Sie konnte fast alle Bilder den Tagebuchaufzeichnungen zuordnen, andere Motive erkannte sie aus eigenem Anschauen wieder.

Robert tippte auf jene Dias, die Manfred von der kleinen blauen Kiste gemacht hatte. »Das da. Wissen Sie, was das ist?« Ohne ein weiteres Wort schob Robert ein Dia in einen Projektor. Es sah wirklich aus, als quölle Blut unter den Rändern der Kiste hervor. Deutlich las sie das Wort ELANI über dem Stab mit den ineinander verschlungenen Schlangen, der von den Greifvogelschwingen gekrönt wurde. Unter dem Symbol der billig gestanzte Name *Oladayo Ogun*.

»Manfred ist mit diesem Gegenstand ein interessanter Fund gelungen. Was ich herausbekommen habe, ist nicht erschöpfend: Von ihrem Erscheinungsbild her dürfte die ganze Schachtel eine Art *Juju* sein, ein rituelles Symbol.« Der Projektor wechselte zur zweiten Aufnahme, dem Inhalt – einem fellbespannten Schloss und dem Elena mittlerweile bekannten Säckchen. »Elani kann zweierlei bedeuten: zum einen eine Sache oder ein Vorhaben, dass dieses *Juju* beschützen soll. Oder es ist der Name einer Geheimgesellschaft. Das würde die Rolle dieses Schlosses erklären. Es verschließt die Lippen, symbolisiert das Schweigen. Das tote Tier, oder was immer das sein soll, deutet die Konsequenz an. Brechen die Mitglieder ihr Schweigen, bedeutet das ihren Tod.«

Diese Definition war nicht so weit von jener des Medizinmannes Omo entfernt, der das Ding ein *Sachschloss* genannt hatte, das ein Vorhaben beschützte. Schweigen als Schutz.

»Wer redet, wird ermordet?«, fragte Elena.

»Nicht unbedingt. Der Yoguma-Glaube funktioniert subtiler. Auf Umwegen sozusagen.«

»Wie?«

»Wagorunia ist die Heimat dessen, was als Voodoo von Haiti und dem Missisippi-Delta aus seinen weltweiten Eroberungsfeldzug angetreten hat. Der Glaube an Voodoo ist nicht aus der Welt fortzuschaffen. Er dringt wie Luft durch die schmalste Ritze in der Wand. Er wertet simple Dinge zu magischen um. Dieses Vorhängeschloss zum Beispiel war ein üblicher Haushaltsgegenstand, dem durch den Zauber eines Schwarzmagiers die Kraft eines Schutzobjekts verliehen wurde.«

Robert schob eines der Fotos von Oguns Party in den Projektor. Er deutete auf den *Chief*, der strahlend neben Manfred posierte. »Ihm gehört die Kiste, Manfred hat sie geklaut. Wie und wo?«

Sie erzählte ihm die Geschichte mit den Doggen, die Manfred am Flughafen aus den Transportboxen befreit hatte und die später die Kiste ausgruben.

Robert setzte sich an einen runden Tisch aus Bambusrohr, der beziehungslos in dem kahlen Raum stand. »Die Doggen haben Manfred direkt zu dieser Kiste geführt. An so viel Reporterglück wollte er wohl nicht vorbeirennen. Und er hat sie einfach mitgenommen.« Robert schüttelte den Kopf.

»Hinterher ist man immer schlauer. Was hätten Sie denn gemacht?«

Robert zündete sich ein dünnes Zigarillo an. »Später kann man leicht kritisieren, da haben Sie schon Recht. Verstehen Sie mich nicht falsch, Elena, ich habe Manfred gemocht. Vielleicht sogar mehr als das. Er war ein Teil meines Lebens. Wenn ich eine gute Geschichte geschrieben habe, dann dachte ich: ›Manfred wird das lesen.‹ Man schreibt ja nicht nur für sich selbst. Sondern auch für Leute, die einen kennen. Aber ich habe nicht viele Freunde. Und wenn einer zu Besuch kommt, geht die Arbeit vor. Wie viele Freunde machen das mit?« Er sah dem bläulichen Rauch nach. »Ich will mich nicht vor der Antwort drücken, was ich getan hätte. Ich hätte das Ding gelassen, wo es war.«

»Das glaube ich Ihnen nicht.«

»Der Grund hat was mit meinem Verständnis von Journalismus zu tun. Ein Journalist soll nicht ins Geschehen direkt eingreifen. Sondern beobachten, berichten und werten. Aber Informationsmaterial zu stehlen, das hat nichts mit Journalismus zu tun. Das ist nun mal die Grundauffassung, die ich von meinem Beruf habe. An die hätte ich mich in dem Augenblick auch gehalten.«

»Durch Manfreds Arbeit gibt es den sichtbaren Beweis für einen Geheimbund.«

»Jetzt brennt Ihre Liebe zu Manfred mit Ihrer Logik durch, Elena. Ein Beweis wäre, wenn eines der Mitglieder mir gegenüber auspackte – Tatsachen, Namen, Zusammenhänge, Ziele. Im Moment haben wir nichts, außer einem Freund, der mit dem Inhalt eines Kästchens in Berührung kam. Aber wir haben weder das Kästchen noch seinen Inhalt. Wissen Sie, was damit passiert ist? Hat er es nach Berlin geschafft?«

»Die Kiste ist höchstwahrscheinlich irgendwo in Berlin«, bestätigte sie. »Manfred hat sie in einem Garten vergraben. Keine Ahnung, in welchem.«

»Kein weiterer Anhaltspunkt?« Sie verneinte und berichtete von Stuckers vorläufiger Analyse. »Und damit ist Manfred in Kontakt gekommen? Mahlzeit. Sehen Sie, das ist genau, was ich meine. Mit solchen Methoden erreicht man nichts!«

Wie selbstgefällig sich dieser Mann gab. Sie wäre ihm am liebsten an die Gurgel gesprungen. Doch sie unterdrückte ihre Verärgerung. »Funke wollte in Erfahrung bringen, was Elani heißt. Hat sie es Ihnen gesagt?«, fragte sie mühsam beherrscht.

Wieder wich er aus. »Ein Yoguma-Volk, das in einer Gegend 100 Kilometer nördlich der Mündung des Wager lebt, kennt dieses Wort tatsächlich. Es bedeutet: der unversöhnlichste Feind, der Böses gegen Menschen plant.« Er trat neben die Diaprojektion an der kahlen Wand. »Als Name für eine Verbindung von Menschen echt heavy, finde ich. Wenn man sich die Utensilien ansieht, würde ich die Botschaft des Kästchens auf einen plakativen Nenner bringen: Der Teufel straft mehrfach den mit dem Tod, der ihn verrät.« Er setzte sich rittlings auf einen Stuhl, legte die Arme auf die Rückenlehne und blickte Elena herausfordernd an. »Haben Sie jetzt eine Ahnung, mit wem Sie sich da eingelassen haben? Elani ist ein Kult, der sich Satan als Verbündeten ausgewählt hat.«

Sie hielt seinem Blick stand. »Es sind Menschen, Robert. Aus Fleisch und Blut. Mit Schwächen und Fehlern. Mit Eitelkeiten und Boshaftigkeiten. Aber Menschen.«

»Wir sind nicht in Mitteleuropa! Das hier ist Wagorunia, Elena. Das hier ist die Quelle von dunkler Energie. Die gibt es. Die können Sie mit keinem logischen Argument erfassen. Weil sie eigene Gesetze hat, die nicht nach unserem Schema von Gut und Böse funktionieren. Sondern nach der Logik eines Zusammenhalts, den wir Weißen niemals kapieren werden. Wir verfolgen Ziele, die meistens sogar nur ein Sachzweck sind.«

»Und was hat Satan damit zu tun?«

»Ich habe Satan gesagt, weil das eine Größe ist, mit der wir Weißen rechnen können. Bei uns ist Gott der Gute, den Gegenpart übernimmt der Teufel, der in der Hölle wohnt. In der Yoguma-Religion gibt es keinen Satan in unserem Sinne. Jeder Gott ist gleichzeitig beides, gut und böse. Kommt drauf an, in welcher Stimmung er ist.«

»Eigentlich sind das dann sehr menschliche Götter. Menschen tragen ja auch beide Seiten in sich.«

»Ich habe mal ein Porträt über einen Kindermörder geschrieben. Da habe ich genau das rausgearbeitet. Dafür habe ich Monate später eine tolle Auszeichnung bekommen. Aber die Leserbriefe, die kurz nach Erscheinen meines Artikels eintrafen, die hätten Sie mal sehen sollen! Nein, wir sind nicht so weit, dass wir in einem Wesen beides erkennen wollen. Wir bevorzugen Schwarz oder Weiß, Gut oder Böse.« Robert begann im Raum umherzugehen. »Wir schweifen ab«, sagte er brüsk.

Er atmete tief durch, setzte sich. »Reden wir über Magie. Ich nehme mal ein völlig harmloses Beispiel aus unserer Welt. Sie wollen in Berlin ein Haus bauen. Dazu fragen Sie einen Architekten, der legt Pläne vor, Behörden genehmigen, dann kommen Bauarbeiter, ein paar Monate später ziehen Sie ein. Das können Sie von Ihrer übrigen Existenz völlig abspalten. So, und nun das Ganze mal in Wagorunia durchgespielt. Da werden in einer Zeremonie zuerst mal die Ahnen befragt, wo das Haus stehen soll. Mit Ahnen meine ich die Toten, Elena. Mit diesem ersten Schritt verlassen die Leute in diesem Land bereits die rationale Ebene und treten in die metaphysische ein. Der zweite Schritt ist, dass der Yoguma-Priester ein Schutz-*Juju* für das Grundstück erschafft, auf dem das Haus stehen soll. Das sind Rituale, die mit Feuer und Trommeln, mit Spucke, Blut und Ekstase betrieben werden. Menschen, die durch Feuer gehen, ohne dass Narben bleiben. Menschen, die ihren Körper verlassen und wieder zurückkehren. Am Ende solcher Zeremonien stehen dann *Jujus* wie diese Kiste. Natürlich nicht so ein Furcht erregendes Teil wie das da. Sondern was Freundliches, aber der Kern bleibt. Mit dem *Juju* gewährt ein Gott seinen Schutz. Das ist eine fremde Emotionalität. Die völlig andere Energien weckt. Die Mitglieder von Elani wollen höchstwahrscheinlich kein Haus bauen, sondern etwas schaffen, wozu sie den Schutz des Teufels als gerade angemessen betrachten. Die ganze wahnsinnige Energie eines solchen Rituals steckt in dem Ding, das Manfred mal eben so eingesteckt hat. Und glauben Sie mir eins: Die Leute, die diese Kiste gemacht haben, werden sie sich zurückholen. Denn sie symbolisiert eine dunkle Macht, die dunkelste, die wir *òyìnbós* kennen. Und wenn Sie diese Kiste in Ihrem Besitz haben sollten, Elena, dann sind Sie der Todfeind dieser Leute. Der Todfeind eines Mannes wie Ogun. Für den Sie arbeiten.«

Sie hätte diesem sich so kühl gebenden Mann keinen derartigen Wortschwall zugetraut. Das war nicht nur der Vortrag eines Reporters, der lediglich beobachten und sich nicht einmischen wollte. Da klang das mit eigenen Gefühlen besetzte Ringen um Toleranz für eine fremde Kultur durch. Doch irgendetwas stellte diese Toleranz auf eine schwere Probe.

Elena fühlte, dass sie den Grund dafür bereits kannte. »Funke ist sehr krank? Was ist mit ihr passiert?«, fragte sie sanft.

»Wollen Sie das wirklich wissen?« Er sah sie lauernd an. »Wenn Sie die Antwort kennen, werden Sie in diesem Land nicht mehr bleiben wollen.«

26

Durch den dünnen Putz der Mauern zeichneten sich die groben Quader der aus Lehm gebrannten Steine ab. In den Fenstern gab es keine Scheiben, nur schief hängende Läden aus hellem Holz. Einzig der Turm, unwesentlich höher als das Schiff, machte den Zweck des Bauwerks als Kirche deutlich. In dem kleinen Innenraum mit sechs Holzbänken und ein paar Plastikstühlen war jede freie Fläche mit grellbunten Wandbildern bedeckt, die Szenen aus dem Leben Christi darstellten. Vor dem niedrigen Altar kniete ein alter Mann im weißen Umhang, ins Gebet vertieft. Gemeinsam warteten sie, bis der Alte den Altarraum verließ und mit gebeugtem Kopf dem Eingang zustrebte. Wäre Robert nicht aufgestanden, um den Mann zu begrüßen, der Alte wäre in Gedanken versunken vorbeigelaufen. Elena folgte den beiden nach draußen.

»David, das ist Elena. Du hast vor kurzem ihren Mann kennen gelernt. Manfred«, half Robert der Erinnerung des Pfarrers auf die Sprünge. David blickte aus rotgeränderten Augen kurz zu ihr auf, desinteressiert.

In seinem Tagebuch hatte Manfred von Funkes und Yinkas Vater David als einem Mann mit vollem schwarzen Haar und wachen, kritischen Augen geschrieben. Jener Mann, auf den Elena zwei Monate später traf, schien mit David nur mehr den Namen gemein zu haben. Er lief ohne ein weiteres Wort zu seinem schmucklosen Steinhaus neben der Kirche. Es bestand aus einem großen Raum mit einem Boden aus gestampfter Erde. Durch die angelehnten Fensterläden fiel kaum Licht. Wie Schatten einer vergessenen Vergangenheit mit Fröhlichkeit und Diskussion wirkten die wenigen dunklen Möbel.

Der kurze Weg von der Kirche zum Haus schien Davids restliche Kräfte aufgezehrt zu haben. Erschöpft saß er am Tisch, dem sinnlos gewordenen Mittelpunkt dieses Hauses.

»Ich bin gekommen, um Funke zu sehen«, sagte Robert.

Es dauerte lange, bevor David antwortete: »Du findest sie bei Omo und seiner Schwester Ifa. Die beiden sorgen für sie. Ich kann es nicht mehr.«

Auf dem Friedhof suchte Elena vergeblich Yinkas Grab. »Seine Frau hat ihn in London beisetzen lassen. Das hat David wohl den Rest gegeben, dass er als Vater und Gemeindevorsteher nicht den eigenen Sohn bestatten durfte«, berichtete Robert. Elena hörte schon nicht mehr richtig zu. Sie musterte die schlichte Kirche, das einfache Haus und den vertrockneten Friedhof, mit verblassten Plastikblumen als einzigem Schmuck. Yinka hatte bei einem gewissen Onkel Samuel in Kensington gewohnt, einem teuren Londoner Viertel. War dieser reiche Gönner etwa der ungleiche Bruder des gebrochenen Pfarrers? Könnte dieser Onkel Samuel die Verbindung zu jenem ominösen *babalawo* herstellen, von dem Manfred die Heilige Medizin erhalten hatte? Sie bat Robert zu warten.

David kehrte den Vorplatz seines Hauses mit einem schlichten Reisigbesen. Stoisch, gleichmäßig. Sie hatte mal gelesen, dass buddhistische Mönche das Harken und Kehren ihrer Böden als Meditationsübung ausführten. Voller Ehrfurcht vor dem Schicksal des gebrochenen Mannes trat sie näher, fragte nach Samuel.

Der Geistliche hielt inne, schüttelte langsam den Kopf. »Samuel geht einen anderen Weg«, sagte David Abiodun und setzte seine scheinbar sinnlose Arbeit fort. Eine kleine Staubwolke stieg kurz auf, legte sich und wurde hochgewirbelt. Elena war vergessen.

»Onkel Samuel?«, fragte Robert, »ja, von dem hat Funke mal erzählt. Er ist wohl der Bruder ihrer Mutter.« Aber dessen Nachnamen kannte er ebenso wenig.

Imeja, Davids Dorf, lag am Rande der Savanne, in den Ausläufern des dichten Waldes. Die unasphaltierte Straße führte durch dichte Vegetation bergauf. Anfangs liefen Frauen am Straßenrand, trugen Körbe oder bunte Plastikschüsseln auf dem Kopf, einige schoben schwer beladene Fahrräder. An einem windschiefen Holzstand hielt Robert den Geländewagen an, um einige Flaschen Spirituosen und Dosen mit Softdrinks zu kaufen. Angesichts des anstehenden Ausflugs in den dschungelartigen Wald erschien es Elena ratsam, sich ebenfalls mit Proviant zu bevorraten. Die Händlerin briet auf einem schwarz verfärbten Grill längliche Fleischstücke. Der Duft stieg Elena würzig in die Nase. Während Robert die Flaschen in den Wagen schaffte, kaufte sie Papayas und mangels größerer Auswahl das Fleisch vom Grill. Als Notration.

Robert Wedekind warf einen Blick auf ihren Einkauf. »Lecker.« Er fuhr los.

In dem offenen Wagen umwehte Elena die trockene, heiße Luft des Waldes, lockerte ihre lose zusammengebundenen Haare. Sie entfernte das Band, genoss das Spiel des Windes. Es war das erste Mal, dass sie die Gelegenheit hatte, die urwüchsige Natur aus nächster Nähe zu erleben. Gleich neben dem gelblich ausgedörrten Seitenstreifen, auf dem ihnen immer seltener Menschen begegneten, begann das im Vorbeifahren undurchdringlich wirkende, ineinander verschlungene Geflecht aus Ästen und Ranken. Die größeren Bäume reckten ihre Stämme blattlos in den strahlend blauen Himmel, die weiten Arme der unterschiedlichen Palmenarten schimmerten mal matt, mal kräftig grün.

Unvermittelt riss das Asphaltband der schmalen Straße ab, der Patrol sprang mehr, als dass er fuhr, über die ausgefahrene rote Erde, hüllte die hinter sich gelassene Wegstrecke in eine rötliche Staubwolke. Sicherlich, sie waren nicht hier, um den nach Regen dürstenden Urwald zu besichtigen. Trotzdem ärgerte sich Elena über Roberts Fahrstil. Schweigend kurbelte sie das Seitenfenster hoch.

»Mögen Sie eigentlich Ratte?«, fragte Robert plötzlich.

»Ratte?«

»Das Fleisch, das Sie gekauft haben.«

»Das ist doch keine Ratte!«

»Sind Sie sicher?«

Elena besah sich das in ein Bananenblatt gewickelte Fleisch. Es war so dunkel gegrillt, dass eine Struktur nicht mehr erkennbar war. »Sie wollen mich verunsichern. Das ist Ihre Strategie von Anfang an«, brummte sie.

»Empfinden Sie das so?« Er sah sie durch die dunkle Sonnenbrille für die Länge eines Wimpernschlags an. »Ich wollte Sie nur warnen. An den Ständen wird alles Mögliche an Durchreisende verkauft, die die Händler nie wieder sehen werden. Man fährt schließlich nicht hundert Kilometer zurück, weil man sich den Magen möglicherweise an gebratener Trichinen-Ratte verdorben hat.«

»Robert, sagen Sie mal, haben Sie es nicht zur Abwechslung mal eine Nummer kleiner? Wir fahren hier durchs Paradies und Sie quatschen von Ratten und Fadenwürmern. Finden Sie das normal?«

»Es gibt kein Paradies. Nur die Vorstellung davon hat jemals existiert.« Er deutete lässig mit dem Daumen auf ihren Proviant. »Betrachten Sie das da als eine Spende an die Natur und geben Sie's den wilden Hunden.«

»Ich werde *das da* aufheben. Wer weiß, wo Sie uns hinführen!«

In dem unvermeidlichen grauen Anzug, versteckt hinter seiner Ray-Ban-Brille, wirkte Robert Wedekind vor der verwirrenden Vielgestaltigkeit der Natur, durch die sie rasten, wie ein Außerirdischer, der in der falschen Gegend nach einer Abschussrampe für sein angeschlagenes Raumschiff sucht. Es war ihr völlig unerfindlich, an welchen Punkten er sich orientierte. Ortsschilder entdeckte sie nirgendwo, obwohl Robert immer wieder in neue Fahrwege einbog, die von Mal zu Mal schmaler wurden.

»Wissen Sie wirklich, wohin wir müssen?«, fragte sie misstrauisch.
»Ich war oft gemeinsam mit Funke bei Omo. Sie liebt den alten Priester.«

27

Die lebendige Erinnerung an Manfreds Tagebuch im Kopf, stellte sich Elena auf einen anstrengenden Fußmarsch ein, um das Dorf jenes Mannes zu erreichen, der Manfred die mysteriöse Flüssigkeit verkauft hatte. Klaglos schwitzend marschierte sie einen schmalen Pfad entlang. Mit keinem Wort hatte ihr Mann die wilde Üppigkeit erwähnt, in der sie pausenlos unzählige verschiedene, bunt gefiederte Vögel auf Nahrungssuche beobachtete. Wenn das Paradies nicht so unberührt aussah – wie dann?

Robert lief weit vor ihr, den Rucksack über die graue Anzugjacke geschnallt. Sie versuchte nicht, zu ihm aufzuschließen. Nach zehn Minuten, die Elena viel kürzer vorkamen, lichtete sich der dichte Wald und machte gelblich verdorrtem Grasland Platz, in dem einige riesige Bäume mit weit ausladenden Schirmen kaum Schatten boten. Runde Lehmhütten duckten sich verstreut dazwischen. Dünne, braune Ziegen liefen ein paar Schritte und legten sich gelangweilt auf die mageren Beine. Halb nackte Jungs und Mädchen mit kurzen, eingeölten Zöpfchen umringten die beiden Eindringlinge. Sie lachten, stießen sich an, als würden Elena und Robert wirklich geradewegs von den Sternen heruntergefallen sein auf diesen vergessenen Platz.

»*Òyìnbó, òyìnbó!*«, riefen sie immer wieder. Es klang begeistert, aber auch so, als würden sie sich königlich amüsieren.

»Was sagen die?«, fragte Elena.

»Weiße, Weiße!«, knurrte Robert. »Sie finden, dass wir eine ungesunde Hautfarbe haben. Manchmal grölen sie auch ein Kinderlied.« Robert stellte sich mitten zwischen die Kinder und begann zu singen: »*Òyìnbó, òyìnbó, if ya eatin peppa mo' an' mo', ya get yella mo' an' mo'!*«

Elena verstand die Worte auf Pidgin-Englisch nicht, die sie nach und nach von allen Seiten umschwirrten. Die Kinder hatten Roberts Hände ergriffen, drehten sich mit ihm in einem Kreis um Elena, tanzten, lachten. Roberts Rucksack hüpfte auf seinem Rücken, die Schöße seines leichten Jacketts flogen. Er trug die Sonnenbrille trotzdem noch, legte aber den Kopf in den Nacken und ließ sich von dem unwirklich erscheinenden Moment tragen. Für einen Augenblick schien der Mann vom anderen Stern bei den halb nackten Kindern notgelandet zu sein.

Er ließ sich von einem der Jungen fortziehen. Mühsam versuchte Elena ihm zu folgen, was angesichts der Kinder, die ihr vor den Füßen herumliefen, nicht so einfach war. Robert verschwand in einer Hütte, die sich äußerlich nicht von den anderen unterschied. Sie verfügte allerdings hinter einem aus Stöcken und Palmblättern geflochtenen, knapp meterhohen Zaun über einen vielleicht 400 Quadratmeter großen Vorplatz mit Feuerstelle. Die Kinder zupften an Elenas Kleid, größere Mädchen reckten sich, zogen sie an den Haaren, befühlten sie. Elena konnte sich des Ansturms nicht erwehren. Noch immer trug sie zwei Tüten aus dünnem Plastik, in denen sie den von Robert gekauften Schnaps und die Softdrinks mit sich führte. Sie befürchtete, das teure Gut würde sofort auf den hart gestampften Boden fallen und zerbrechen.

Sie stellte die Einkäufe vor eine rechteckige Vertiefung im Boden, neben der ein Steinquader lag, den die Reste einer Mahlzeit bedeckten. Ein paar dünne Hühner pickten Körner vom Boden. Neugierig trat Elena näher. Ihr Auge hatte sie getäuscht. Es waren Blut und Federn, daneben standen halb gefüllte Flaschen, wie jene, die Robert erstanden hatte, leere lagen herum. Direkt vor der Hütte entdeckte sie auf Tischen holzgeschnitzte Figuren, deren unterschiedlichste Körperstellen durch ihre Größe hervorgehoben worden waren. Die dunklen Gestalten starrten sie aus riesigen Augen blicklos an. Über ihnen hing das Skelett eines Widderkopfes mit mächtigen Hornschnecken.

Obwohl sie sich darüber bewusst war, dass diese Figuren nichts als tote Materie darstellten, wirkten sie ausgesprochen lebendig. Elena stellte sich vor, die Flammen der nahen Feuerstelle würden flackern, die Holzfiguren zu leben beginnen.

Wenn sie hier als einzige anwesende Weiße gesagt bekäme, sie hätte nicht mehr lange zu leben, wie würde sie reagieren? War es nicht logisch, dass dieses Erlebnis Manfred beeindruckt hatte? Nahm die schreckliche Prophezeiung an sich schon den Lebensmut, wie Professor Stucker glaubte?

Das Gekicher der Kinder, die sie unverhohlen anstarrten, rief Elena in die Gegenwart zurück. Leben und Tod, kindliche Fröhlichkeit und mystische Magie – das existierte friedlich nebeneinander.

Elena machte ein paar Schritte zu den Holzfiguren, um sie aus der Nähe zu betrachten. Die größte von ihnen trug eine schwere Locke auf dem Kopf. Bei näherem Hinsehen stellte sie fest, dass es eine Schlange war, die sich um den mit einem dünnen roten Schmierfilm überzogenen Körper wand. Zu ihren Füßen ausgebreitet eine Ansammlung Kauris sowie eine Reihe rundgewaschener Steine, daneben eine verrostete Axt mit Doppelschneide.

»Fassen Sie nichts an!«, bellte Robert. Ihre Hand zuckte zurück wie die eines ertappten Kindes. Er stand bereits hinter ihr. »Das ist Omos Altar.« Er deutete auf die Axt. »Das Zeichen seiner Autorität.« Der Journalist nahm die Sache offensichtlich sehr ernst, welche die Schwarzen hier betrieben. »Ich habe Omo gesagt, dass ich Sie mitgebracht habe. Er wird eine Zeremonie vorbereiten, die …« Roberts Worte versiegten. Als tropften sie auf den warmen, trockenen Boden. Seine Augen hatten etwas erfasst, von dem Elena nicht wusste, was es war. Er schob die Sonnenbrille auf den Scheitel. Sie folgte seinem Blick.

Die Kinder umtanzten auf der Straße eine junge Frau, deren ganzer Körper in weißes Tuch gewickelt war, selbst den Kopf verhüllte ein weißer Turban. Sie überragte die Kinder gewiss um einen halben Meter. Die junge Frau hielt sich erstaunlich aufrecht, lief geradezu majestätisch langsam. Aber in ihren Bewegungen lag eine ungelenke Eckigkeit.

Robert tat einen kleinen Schritt, als ob er zögerte, dann setzte er die Füße immer schneller voreinander. Die letzten zehn Meter rannte er zu der Frau, als wollte er sie davon abhalten, irgendwohin zu gehen, wo ihr große Gefahr drohte. Er umfasste ihre Schultern, drehte sie behutsam zu sich herum. Die Frau ließ es geschehen. Ihre Arme pendelten kraftlos am Körper, der Kopf rollte zunächst in den Nacken und wackelte dann in absurder Kraftlosigkeit zwischen den Schultern hin und her.

Die Kinder johlten. Mit brutaler Gewalt schubste Robert einen Jungen fort, der die seltsame Frau die ganze Zeit über mit einem langen spitzen Ast gepiekt hatte. Der Junge stolperte, fing sich und lief laut grölend davon. Die anderen Kinder lachten um so lauter.

»Weg! Haut ab! Lasst sie! Seht ihr denn nicht! Sie ist krank! Dummköpfe! Bastarde!«, schrie Robert auf Deutsch mit sich überschlagender Stimme. Sein Gesicht war rot, die Adern an seinem kräftigen Hals geschwollen. Der Wutausbruch zeigte Wirkung. Gleichwohl die Kinder Roberts Worte nicht verstehen konnten, war ihnen der Sinn sehr wohl klar geworden. Sie trollten sich mit gesenkten Köpfen. Nur ein paar größere blieben in sicherer Entfernung stehen und glotzten interessiert.

In enger Umklammerung hielt Robert die Frau an sich gedrückt. Sie stand jedoch da, als ginge sie die Umarmung nichts an. Leise und intensiv sprach Robert auf die Reglose ein, schüttelte sie immer wieder, was ihren Kopf in nickende Schwingungen versetzte.

»Honey, ich bin es! Robert! Hörst du mich! Honey, bitte, sag etwas!«

Die weiß gewandete Frau schwieg. Noch einmal schüttelte Robert ihren Körper. Der Turban rutschte von ihrem kahl rasierten Kopf, das Wickelkleid öffnete sich und entblößte die schlanken, langen Beine der Frau. Beine, die Manfred zwei Monate zuvor bewundert hatte. Stolz hatte die junge Frau sie in einem Minirock zur Schau gestellt.

Aber das war in einem anderen Leben gewesen – als denkender, fühlender Mensch. Voll Aufbegehren, Leidenschaft und Wissen.

»Funke! Bitte! Hör mich doch!«, brüllte Robert. Aber Funke sah durch ihn hindurch. Roberts flache Hand klatschte zweimal ins Gesicht der jungen Frau, ihr Kopf flog wie ein Ball von einer Seite zur anderen. Erschrocken bedeckte Robert ihr ausdrucksloses Gesicht mit Küssen. Küsse, die Funke nicht spürte.

Sie war woanders. Sehr weit entfernt. In einer Welt, wo die äußeren Schmerzen des Körpers nicht mehr den Weg nach innen finden.

Ganz langsam gaben Roberts Knie nach. Sein großer, schwerer Körper glitt an der teilnahmslosen Frau herunter. Bis der Mann im grauen Anzug im Staub kniete. Er hatte den Kopf in groteskem Winkel zurückgelegt, die Brille glitt zu Boden. Er blickte zu Funke empor wie zu einer entrückten Madonna, die sein Leid nicht spürte und seine Pein mit keiner Geste linderte. Die Brücke aus Worten und Gefühlen zwischen den beiden war so aufgelöst wie die Einheit aus Raum und Zeit, die dem Alltag als selbstverständliche Grundlage für das Sein dient.

Elena ertappte sich dabei, dass sie selbst nur noch stumm gaffte. Sie sah einen großen Mann, der innerhalb von Minuten eine furchtbare Wandlung durchgemacht hatte. Von einem distanzierten kühlen Europäer zu einem hilflos weinenden Bündel. Niemals zuvor hatte sie das Bild der tiefsten Verzweiflung so deutlich gesehen. Robert, mit all seiner Kraft, in der Blüte seines Lebens, flehte eine lebensgroße weiße Puppe an, ein Mensch zu werden. Zurückzukehren. Zu ihm. Ins Leben.

Manfred hatte Recht gehabt. Funke war wirklich sehr hübsch. Sie war es früher einmal gewesen. Jetzt trat zwischen den Winkeln der bleichen, aber immer noch sinnlich vollen Lippen ein dünner Rinnsal Speichel hervor, der irgendwo an ihrem langen, schlanken Hals vertrocknete. Die großen braunen Augen waren gelblich entzündet. Sie hatte eine sehr kleine Nase mit einem schmalen Rücken. Die Ähnlichkeit mit Yinka, dem Mann aus der Pathologie, war unübersehbar. Ob Funke noch erfahren hatte, dass ihr Bruder gestorben war?

Der raue Schrei einer Frauenstimme riss Elena aus ihrem Grübeln: *»Funke, e kuro nibe!«*

Ein Ruck ging durch die junge Frau. Sie bewegte ihre Beine, trat auf die am Boden liegende Sonnenbrille, ging mit kleinen Schritten weiter. Roboterhaft, mit stoischem Gleichmut, stapfte sie barfuß durch Ziegenkot zu der kleinen Frau, die sie erwartete. Der am Boden kauernde Robert starrte ihr bewegungslos nach.

Funke und ihre Begleiterin waren schon längst zwischen den Hütten am Dorfrand verschwunden, als Robert sich schwerfällig erhob. Die Scherben der teuren Brille hatten für ihn weniger Bedeutung als Funkes zurückgelassenes weißes Tuch, das er sorgsam wieder zu einem Turban zusammenknotete.

»Die Dorfgemeinschaft lässt sie nicht hier wohnen«, sagte er mit rauer Stimme, »sie muss ein paar Meilen von hier entfernt leben. In einem Dorf, in dem die Verrückten dahinvegetieren.« Mit hängenden Schultern, den neu geformten Turban in der Hand, schlurfte Robert zurück zur Hütte Omos. Er ließ sich neben die Feuerstelle fallen und drehte das Stück Stoff in den Händen. Er sprach mehr zu sich selbst. »Omo sagt, ich soll nicht dorthin gehen. Die Verrückten würden schrill schreien, mit Löffeln auf verbeulten Deckeln einen Höllenlärm machen. Damit wir verschwinden. Wir, die Normalen, sollten sie nicht sehen. Denn sie wären verflucht.« Robert wischte den Staub von dem weißen Tuch. »Selbst unter ihnen ist Funke noch eine Aussätzige. Denn sie lebt nicht mehr.«

»Aber sie lebt doch. Sie läuft herum. Als die Alte sie rief, ging sie hin«, sagte Elena. Es klang wenig überzeugend.

»Die Alte ist Omos Schwester Ifa. Sie hat Funke mühsam die Bedeutung von zwei Sätzen beigebracht. Der eine heißt: ›Geh weg da.‹ Den haben Sie gerade gehört, der andere lautet: ›Tu das da.‹ Zwei Befehle, die ausreichen, um ein Leben zu bestreiten.« Sein Lachen klang gekünstelt. »Da hatte die Fernbedienung meines ersten Spielzeugautos, das mir ein Verwandter aus dem Westen schenkte, mehr Funktionen.«

Robert legte den Turbanstoff auf die Knie wie ein Kissen, auf das er den Kopf bettete. »Als ich aus dem Kongo zurückkam lag da dieser Zettel: Bin zu *baba*. Das heißt Vater. Das waren die letzten Worte, die sie geschrieben hat. Als ich bei David eintraf, war die Zeremonie schon vorbei. Zwei Tage und zwei Nächte lang hat Omo versucht, sie zurückzuholen.« Im unbarmherzigen Licht der senkrecht stehenden Sonne schimmerten die dünnen weißen Strähnen in Roberts Haar silbern.

»Der unversöhnlichste Feind, der Böses gegen Menschen plant«, fuhr er fort, »wissen Sie jetzt, was ich meine?« Er hob den Kopf. »Nachdem Sie mir die Zusammensetzung des Pulvers erklärt haben, weiß ich, was passiert ist. Funke ist damit ebenso wie Manfred in Kontakt gekommen.« Er schüttelte den Kopf, verzweifelt. Elena konnte nicht verstehen, was er danach sagte. Aber sie glaubte, richtig gehört zu haben. Sicherheitshalber fragte sie nach.

»Ich habe gesagt: ›Warum hat Gott sie nicht auch sterben lassen? Das wäre doch barmherziger gewesen als dies Leben, das die Bezeichnung nicht verdient.‹«

»Wir sind Menschen, Robert. Wir haben nicht das Recht, so zu urteilen. Gott stellt uns vor Aufgaben, die uns vielleicht unlösbar erscheinen. Aber seine Entscheidungen sind letztlich richtig. Irgendwann werden wir sie verstehen. Denn das Leben geht weiter und bringt uns die Antworten, nach denen wir suchen. Gott gibt sie uns.«

Robert hatte sich während ihrer Worte langsam aufgerichtet. Jetzt sah er sie mit einem Blick an, in dem sie nur Unverständnis erkannte. »Allmächtiger, Sie sind doch nicht etwa eine stockkonservative Katholikin! An wen ist Manfred denn da geraten?«

»Ich liebe meinen Glauben, ich bin in ihm erzogen worden. Und er ist eine von den wenigen Stützen, die mir das Leben bislang gegeben hat.«

»Dann können Sie sich ja mit Omo zusammentun! Aber ich sage Ihnen was: Seine hundert Götter haben Funke auch nicht helfen können!« Er lief mit langen Schritten zu Omos Altar. »Hier, der da mit der Schlange, das ist Shango. Der steht ganz oben im Götterhimmel. Und was ist er? Machtlos! Weil Satan stärker ist als alle Götter.« Er funkelte sie wütend an. »Mein Problem ist: Ich glaube weder an Satan noch alle Götter dieser Welt. Glauben bringt niemandem eine Erlösung. Die Tatsachen werden auf dieser verdammten Erde geschaffen. Von den Menschen. Nicht von Göttern oder Satan!«

»Sie halten sich nur an Greifbares, an *Be*greifbares. Aber Ihre Logik versagt hier. Sie haben mir doch selbst erklärt, dass diese Voodoo-Welt sich unserem Verständnis entzieht. Und gleichzeitig wollen Sie Gott und Satan ihre Existenz absprechen?« Vorsichtig hob sie Roberts zerbrochene Sonnenbrille auf. »Omo hat Ihnen am achten Februar gesagt, dass Manfred an einem Gift gestorben ist. Wie konnte dieser Mann, Tausende von Kilometern entfernt, das wissen? Und hat er Ihnen auch gesagt, wie Manfreds Tod eingetreten ist?«

»Nein.«

»Ich werde es Ihnen erzählen. Und dann sagen Sie noch einmal, dass Funkes Leben keines mehr ist. Zerkratzt und blutig wurde Manfred aus einem Aufbewahrungsfach der Pathologie in London gezogen. Daneben lag Funkes Bruder Yinka. Manfred war nicht mehr zu helfen. Die Obduktion hat später ergeben, dass er erstickt ist. Yinka hatte mehr Glück, er kam wieder zu sich.«

»Das kann nicht sein. Yinka ist tot.«

»Er lief orientierungslos aus dem Polizeigebäude. Dann erst

wurde er überfahren. Vor meinen Augen.« Sie packte Robert bei den Schultern. »Der Pathologe öffnete die falsche Schublade. Dadurch überlebte Yinka! Verstehst du?« Sie war unbewusst zum Du übergewechselt. Im Grunde richtete sie ihre lauten Worten nicht an Robert, sondern an sich selbst. »Weil Gott mich zu Manfred geschickt hatte. Aber Gott wollte nicht, dass Yinka lebt.« Sie sah das blanke Entsetzen in den Augen des Mannes, der sich kühl geben wollte. »Tot ist nicht gleich Tod! Das habe ich gelernt, Robert. Du glaubst nicht an Gott. Das ist deine Sache. Ich glaube an ihn. Du hast gesagt, ich fahre wieder zurück nach Berlin, wenn ich hier gewesen bin. Nein!« Sie schüttelte energisch den Kopf. »Es ist gleich, ob du es verstehst oder nicht. Aber ich sage dir, warum auch Yinka sterben musste: Damit ich so viel Wut und Verzweiflung in mir habe, dass ich die Kraft finde, hierher zu kommen. Und zu bleiben. Trotz allem.«

Die Hühner hatte sie mit ihrer ereiferten Rede nicht beeindruckt. Sie waren dicht an die beiden Weißen herangekommen und pickten an Roberts Schuh. Der Journalist rührte sich nicht. Müde hob er nach einer Ewigkeit die Augen. Sie waren gerötet.

»Ist das wahr mit Manfred und Yinka? Warum hast du mir das nicht gesagt?«

»Hast du mir denn gesagt, was mit Funke ist? Nein. Du leidest still und flüchtest dich in Zynismus. Du hast ja den Kindermörder porträtiert.«

»Was hat das damit zu tun?«

»Mehr als du glaubst. Du löst Probleme gedanklich. Du definierst deine Arbeit mit Beobachten und Werten. Und indem du dich nicht einmischst. Ich bin dir in diesem Punkt vielleicht einen Schritt voraus. Ich bin hier, um mich einzumischen. Zuerst wollte ich Rache für Manfreds Tod. Ich glaubte, es sei Omos Schuld. Dann sprach ich mit dem Professor, der das Gift untersucht hat. Seitdem wollte ich an Ogun heran. Möglicherweise will ich mich immer noch rächen. Ich weiß es nicht. Auf alle

Fälle bin ich überzeugt, dass Funke zu helfen ist.« Sie drückte Robert die Überreste seiner Luxusbrille in die Hand.

»Omo hat es doch versucht«, sagte Robert müde.

»Da war noch ein dritter Mann in dem Hotelzimmer, in dem Manfred und Yinka sich aufhielten. Ein *babalawo*. Er ließ die beiden irgendetwas rauchen. Danach hat sich Manfreds Zustand zwar verschlechtert. Aber das heißt nicht, dass es diesem *babalawo* nicht gelungen sein könnte ...« Sie brach ab. Noch sah sie nur Puzzlestücke, die kein ganzes Bild ergaben. »Es ist theoretisch möglich, dass dieser Medizinmann Manfred in jener Nacht das richtige Gegenmittel gegeben hat.«

»Warum hat der Arzt dann seinen Tod festgestellt?«

»Der Toxikologe in Lausanne hat nur eine Vermutung: Das Gegenmittel hat zu extremem Blutdruckabfall geführt. Als sich sein Herz wieder erholt hatte, lag Manfred bereits im Sarg der Pathologie. Er kam wieder zu Bewusstsein und erstickte anschließend.«

Robert betrachtete nachdenklich Funkes weißen Turban. »Es gibt also ein Gegengift, deiner Meinung nach zumindest. Und das willst du finden.«

»Yinka kann mir nicht mehr sagen, wer der *babalawo* mit der Heiligen Medizin war. Ich sehe deshalb nur eine Möglichkeit. Es ist ein Naturgesetz, dass es zu jedem Gift ein Gegengift gibt.«

»Ogun. Er müsste das Zeug haben, um sich selbst davor schützen zu können.« Er lachte zynisch. »Wenn es existiert. Aber du kannst nicht einfach zu ihm gehen und die Herausgabe verlangen.«

»Er darf nie erfahren, dass ich Manfreds Frau bin. Sonst bin ich verloren«, bemerkte sie sachlich.

28

Omo war ein magerer, groß gewachsener Mann von schwer zu schätzendem Alter mit weißen dünnen Zöpfchen, die ihm im Nacken und an den Seiten bis auf die Schultern fielen, obwohl sein Scheitel bereits kahl war. Er trug ein schmuckloses Hemd mit langen Ärmeln, dessen ausgebleichtes Rot in ein verwaschenes Rosa übergegangen war. Im Sand auf dem *opon*, dem mit Schnitzerei verzierten, hölzernen Orakelbrett, befand sich eine Reihe von sieben kleinen Strichen, mal zwei, mal nur einer. Zum letzten Mal wechselte er die *ikin*, die 16 heiligen Palmnüsse, von einer Hand in die andere. Diesmal entglitten ihm zwei Nüsse und er trug zwei parallele Striche als achtes Zeichen ein. Während Elena dem *babalawo* zugesehen hatte, wie der das heilige Ifa-Orakel mit den Palmnüssen warf, hatte sie Gelegenheit gehabt, ihn unauffällig zu beobachten. Mit erstaunlicher Schnelligkeit wechselte der Priester die Nüsse von einer Hand in die andere. Entglitten ihm mehr als zwei Nüsse, so erfolgte auf dem *opon* kein Eintrag. Omo tat seine Arbeit schweigend, konzentriert den Blick auf einen imaginären Punkt irgendwo vor dem *opon* gerichtet. Als er seine Strichliste vervollständigt hatte, grübelte er in unveränderter Pose.

Elena machte sich auf Warnungen gefasst, sich nicht mit Ogun anzulegen. Sie erwartete, dass der weise Mann sie auf ihre Dummheit hinweisen würde, in einem fremden Land mit westlichen Mitteln unbekannte Kräfte herauszufordern. Sie ging sogar davon aus, dass Omo sie nach Hause schicken würde.

Endlich löste der Alte den Blick vom Orakelbrett. Kein Muskel seines mageren, von Narben gezeichneten Gesichts bewegte sich. Auf seinem rechten Auge lag ein grauer Schleier, die Folge einer Erkrankung oder Blindheit. Das gesunde Auge verriet keinerlei Überraschung, Ablehnung oder Sympathie für den weißen Gast. Es sah, registrierte, aber schien nicht zu werten.

Schließlich begann Omo mit harter Sprache zu sprechen, in zerhackten Silben. Diesmal war keine Funke anwesend, die übersetzen und gleichzeitig interpretieren konnte. Angestrengt versuchte Elena, jedes der Worte in Pidgin-Englisch aufzufangen.

»Der Tag deiner Geburt und der Tag deines Todes sind dir vorherbestimmt. Was dir auf deiner Reise zwischen Geburt und Tod widerfährt, weiß das Orakel. Es ist seine Aufgabe, dich vor den Gefahren auf deinem Weg zu warnen. Wenn du die Gefahren kennst, kannst du deinen Weg ändern. Es ist gut, dass du zu mir gekommen bist, denn so kann das Orakel dir zeigen, was du ändern musst.«

Deswegen also die Verärgerung von Daniel über das hastig geworfene Kauri-Orakel auf dem Markt in Port Lac!

Omo sprach weiter. »Als dein Mann mich besuchte, war es bereits zu spät. Sein Weg war bereits zu Ende. Ihm konnte das Orakel nicht mehr helfen. Du aber hast noch einen sehr langen Weg vor dir. Verzweifle nie, auch wenn der Gegner dich schon fast besiegt hat. Es ist die Kraft Shangos, die mit dir ist. Er ist der *orisha*, der dich beschützt.« Omo stopfte sich eine kleine Pfeife, während er fortfuhr: »Shango ist jener *orisha*, der erst sterben musste, bevor er mit neuer Kraft leben konnte. Als Mensch war Shango ein mächtiger König von aufbrausendem Temperament. Er hatte zwei starke Gegner, die seinen Thron wollten. Shangos Frau Oja ersann eine Kriegslist: Er sollte die beiden Gegner in eine Schlacht verwickeln, in der sie sich selbst vernichten würden. Shango wäre dann der Sieger. Aber der Plan misslang, einer der Gegner besiegte den anderen und hatte mehr Macht als zuvor. In der Folge vertrieb er Shango aus seinem Reich. Der war über seine Fehler so entmutigt, dass er beschloss, seinem Leben ein Ende zu bereiten. Er knüpftte sich an einem Baum auf. Als seine Anhänger ihn suchten, hing er nicht mehr daran. Seine tief empfundene Reue hatte aus dem Menschen Shango den *orisha* Shango gemacht, den Gott. Seitdem beten wir, die Kinder Shangos: Der König war nicht erhängt.«

Omo machte eine Pause und entzündete die kleine Pfeife, deren blaugraue Wölkchen einen leicht stechenden, aromatischen Geruch verbreiteten. »Das Orakel sagt dir eine ähnliche Prüfung voraus. Dein Weg wird schwer, aber du wirst ihn gehen. Du wirst als eine andere am Ziel ankommen.« Er machte eine erneute Pause und musterte sie eindringlich. »Das ist das Orakel. Nun kennst du es und kannst deine Schlüsse daraus ziehen. Bedenke immer, den Weg zu kennen heißt, ihn ändern zu können.« Omo lächelte und entblößte sein lückenhaftes Gebiss. »Eines möchte ich dir noch sagen: Es ist unsere Bestimmung, innerlich zu wachsen und dabei Weisheit zu erlangen.« Mit einem hölzernen Stab wischte Omo die Orakelzeichnung weg, eine beiläufige Bewegung, die sowohl das Ende der Zeremonie anzeigte, wie sie Elena auch gleichzeitig auf die Vergänglichkeit des Augenblicks hinwies.

»Das hört sich nicht ermutigend an«, meinte Robert.

»Er hat von Auferstehung gesprochen«, sagte Elena, »der König war nicht erhängt. Ist das nicht wie im Christentum? Das war eigentlich immer der Teil, der mir am besten gefallen hat: Christus starb und wurde ein anderer. Man darf das bloß nicht alles so wörtlich nehmen.«

»Ich weiß nicht, ich habe das nie geglaubt. Religionen geben Hoffnung. Aber sieh dir doch die Welt an. Hoffnung ist etwas für jene, die sich etwas vormachen lassen.« Er lachte trocken auf. »Glaubst du wirklich, dass Funke auferstehen wird?« Robert versenkte die Hände in den Hosentaschen, musterte sie und marschierte mit gesenktem Kopf aus Omos Hof auf die Straße. Bis zum Saum des Jackets war er staubbedeckt. Er kümmerte sich nicht darum, verschwand in jener Richtung, die Funke genommen hatte.

Er hatte es schwerer als sie. Dort, ganz in der Nähe, lebte die Frau, die er liebte. Die er wohl mit sich nehmen würde. Doch selbst wenn er sie mit all seiner Kraft umklammerte, konnte er sie nicht erreichen. Elena aber hatte bereits begonnen, einen neuen Anfang zu suchen. Wenn Daniel sie jetzt noch einmal gefragt hätte, an welchem Punkt ihrer Geschichte sie sich befinde, sie hätte gesagt: ›Es spielt keine Rolle. Ich mache einfach weiter, bis ich es weiß.‹

An der Schwelle zu Omos Hütte fragte sie halblaut: »Darf ich eintreten?«

Mit einer einladenden Handbewegung forderte Omo sie auf, neben ihm auf dem Lehmboden der Hütte Platz zu nehmen.

»Ich möchte Sie etwas fragen«, begann sie vorsichtig, »Sie haben meinem Mann eine schwarze Flüssigkeit gegeben. Er sollte sich damit einreiben. Eben haben Sie gesagt, er sei zu spät zu Ihnen gekommen, sein Lebensweg war zu Ende. Wozu war die Flüssigkeit da?«

Omo legte seinen Kopf etwas schief und sah Elena von der Seite an. »Du kennst die Antwort, nicht wahr?«

Elena zuckte mit den Schultern. »Ich glaube, nicht.«

»Dein Mann hatte etwas an sich genommen, das ihm nicht gehörte. Er hat es ausprobiert und es hat ihm geschadet. Er hatte Unrecht begangen«, erklärte der Weise.

»Es gibt Menschen, die ein tödliches Gift hergestellt haben. Ist das denn Recht?«

»Sie haben dies Gift vergraben. Erst dein Mann hat es hervorgeholt. Das hätte er nicht tun dürfen. Er hat in etwas eingegriffen, das nicht seine Angelegenheit war. Deswegen musste die Medizin, die ich ihm gab, versagen. Sie konnte das Gleichgewicht, das er gestört hat, nicht wiederherstellen.«

»Und deswegen konnte auch die *holy medicine* nicht helfen.« Sie hatte einen Trick versucht. Aber Omo verstand offensichtlich wirklich nicht, wovon sie sprach.

»Die Menschen, denen Manfred das Gift gestohlen hat, verehren den Teufel«, sagte Elena, »trotzdem durfte Manfred sie nicht bestehlen? Ihnen wegnehmen, womit sie anderen Schaden zufügen konnten?«

Omo schenkte ihr ein mitleidiges Lächeln. »Und? Hat dein Mann damit sein Ziel errreicht? Nein, es gibt keinen Teufel. Der Teufel wurde erfunden, um ihm jene dunklen Bereiche zuzuweisen, die Menschen an sich selbst nicht mögen. Der Teufel wohnt in uns selbst. Wie Licht und Schatten gehören Gut und Böse zusammen. Weil beides in uns lebt, bleibt keine schlechte Tat ohne Strafe. Doch das ist Gottes Aufgabe, denn wir sind in seinem Haus die Gäste.«

»Das heißt, ich soll abwarten, wie sich die Dinge entwickeln?«

»Wir werden heute ein Opferfest begehen und Shango bitten, dir beizustehen.«

»Was haben Sie damit gemeint: Ich werde als eine andere am Ziel ankommen?«

»Es sind die Worte des Orakels. Als ein Mann, der aus Imeja stammt, sage ich dir, dass du dir einen mächtigen Gegner ausgesucht hast. Der Mann, der sich Ogun nennt, heißt Patrick Oladayo. Man sagt, dass er einen Mann getötet hat. Seine erste Frau Ifa, die Tochter eines richtigen *Chiefs*, war diesem Mann versprochen. Bei der Jagd traf diesen Mann eine verirrte Kugel. Es konnte nicht bewiesen werden, dass Patrick Oladayo sie abgefeuert hatte. Aber durch den Tod jenes Mannes konnte er die angesehene Tochter des *Chiefs* heiraten. Später nannte er sich Oladayo Ogun. Er wählte diesen Namen mit Bedacht – Ogun ist der *orisha* des Metalls und des Feuers und damit des Krieges.«

»Warum hat Ifa Ogun geheiratet, wenn er im Verdacht stand, ihren Verlobten getötet zu haben?«

»Weil sie ihn geliebt hat«, antwortete Omo schlicht.

»Und jetzt? Er lebt mit einer anderen Frau zusammen in Port Lac. Yemisi, ich habe sie gesehen.«

»Ifa hat erkannt, wer Patrick Oladayo wirklich ist«, sagte

Omo ruhig. »Er hat sie getäuscht, wie er alle täuscht, die ihm begegnen. Aber du hast ihn durchschaut.«

»Das hätte ich nie gekonnt, wenn Manfred nicht gestorben wäre.«

»So handelt Gott«, sagte Omo, »er sorgt für Recht, auch wenn wir denken, es geschieht Unrecht.«

Vor dem dunkelroten Licht der untergehenden Sonne tanzten Frauen mit langstieligen Flaschenkürbissen, den *sere*, in den Händen um die lodernden Flammen des offenen Feuers. Das Schlagen der getrockneten Samenhülsen gegen die harte Schale des Kürbis verursachte einen monotonen Klang, der auf den Geist beruhigend wirkte, obwohl der Körper unwillkürlich dem gleichförmigen Rhythmus zu folgen begann. Während Elena nachdenklich den Tänzern zusah, hörte sie den kurzen heiseren Aufschrei eines Hahns. Ein Assistent Omos hatte das Tier blitzschnell an den Füßen gepackt und herumgewirbelt. Mit verzweifeltem Flügelschlagen versuchte es vergeblich, sich seinem Schicksal zu entziehen.

Auf Omos Altar brannte eine rote Kerze, Frauen stellten Schalen mit roten Chili- und Paprikaschoten vor das hölzerne Abbild Shangos. Der Ifa-Priester rieb rotes Palmöl über den Körper des Gottesbildes und sprach Gebete für seinen Schutz-*orisha.* Als eines seiner Gastgeschenke hatte Robert Wunderkerzen mitgebracht, die nun zur Begeisterung der Dorfbewohner Funken sprühten. Omo schien diese Bereicherung seiner Zeremonie geradezu kindliche Freude zu machen. Er entzündete immer neue Sternwerfer, bis der verbrannte Schwefel den Altarplatz in eine Rauchwolke gehüllt hatte.

Der Shango-Priester trank einen großen Schluck Gin aus einer der Altarflaschen und spuckte ihn über den in Todesangst zappelnden Hahn. Mit einem Ruck beraubte er Elena ihrer passiven Rolle als Zuschauerin und zog sie vom Boden hoch. Sie war zu überrumpelt, um die dargebotetene Schnapsflasche zurückzuweisen, spülte den scharfen Alkohol im Mund herum, bespuckte den zappelnden Hahn.

»Der Hahn ist das Opfer, das du Shango bringst«, erklärte Omo. Er holte kurz aus und hieb dem Tier mit der doppelschneidigen Axt den Kopf ab; das herausschießende Blut fing der Helfer geschickt mit einer Schale auf. Der *babalawo* reichte die Blutschale an Elena weiter.

»Stell sie auf den Altar.«

Deutlich spürte sie den Widerwillen, die im Schein des Feuers fast schwärzlich glänzende Holzschale mit dem Blut des geopferten Hahns zu berühren. Sie fasste beherzt zu, ging so vorsichtig wie möglich zum Altar, bedacht, keinen Tropfen des Blutes auf ihre Kleidung schwappen zu lassen. Es schien, als stiege aus dem Blut des Hahns eine Wärme auf, sie roch die leichte Süße, die es verströmte. Und schalt sich im gleichen Augenblick, dass sie sich das einbildete. Die Luft war von den Wunderkerzen schwefelgeschwängert. Oder war es die direkte Begegnung mit dem Tod, der Shango den Lebenssaft des getöteten Tieres schenkte?

Wieder reichte Omo ihr die Ginflasche, nachdem er seinen Sprühregen aus Spucke und Gin über die Blutschale gespien hatte. Noch einmal überwand sie ihren Widerwillen und erfüllte die Bedingung der Zeremonie.

Sie kehrte zu ihrem Platz am Feuer zurück; ihre Augen suchten Robert. Was dachte der kritische Freund ihres Mannes jetzt über sie? Hatte sie eine Grenze überschritten, hinter der sie besser geblieben wäre? Hatte sie als Weiße überhaupt die Befugnis, eine Zeremonie der Schwarzen mitzumachen?

Sie konnte ihn nirgendwo entdecken, sah nur noch tanzende Leiber, deren kreisende Bewegungen durch das zuckende Spiel der Schatten verzerrt wurden. Eine Hand zerrte sie in den Tanz hinein. Ihr Körper folgte instinktiv den Bewegungen, die der Rhythmus vorgab. Sie verlor jedes Gefühl für Zeit und Raum. Die Tänzer wichen auseinander, obwohl das Tempo der *sere* sich steigerte. Omos Schwester Ifa führte die völlig entkleidete Funke ans Feuer. Der warme Schein des Feuers und die tanzenden Schatten umhüllten ihre weich schimmernde dunkle Haut mit dem zarten Kleid der Natur. Ifa zischelte Funke etwas ins Ohr.

Erst langsam und dann immer schneller begann die junge Frau ihren Körper zum harten Rasseln der Kürbisse zu winden. Das Tempo steigerte sich derart, dass alle anderen innehielten und still dem Tanz der Scheintoten zusahen. Ihre Bewegungen hatten nichts Anmutiges, sondern glichen einem unkontrollierten Zucken, das ihre Arme in der Luft rudern, den Kopf auf den Schultern rollen ließen und schließlich ihren Unterleib in beinahe eckige Zuckungen versetzte. Der rote Schein der Flammen spiegelte sich in ihren weit geöffneten Augen, in denen kein Leben zu sein schien. Es war, als schenkte die ursprüngliche Kraft des Feuers Funkes willenlosem, schwachem Leib eine neue Energie.

Omo, der still neben dem Feuer gesessen hatte, stand auf und schloss sich Funkes einsamem Tanz an.

»*Sakasiki, sikasaka, sikasiki, sakasaka*«, rief er immer wieder und lauter. Seine Bewegungen, die anfangs noch seinem Willen zu unterliegen schienen, gerieten völlig außer Kontrolle. Unsichtbare Hände schoben Elena zu den beiden Tänzern. Sie spürte die Angst, die ihren Körper lähmte; sie fühlte sich hilflos, überfordert von dieser entsetzlichen Situation. Weglaufen hätte sie mögen oder schreien. Ihre Beine rührten sich nicht, ihr Mund blieb stumm.

Omos Hand glitt flüchtig in die Schale mit dem Blut des Hahns. Er wischte es sich über die Stirn, schüttelte seinen mageren Leib und packte dann Funkes Kopf, rieb ihn damit ein. Elena ahnte, was kommen würde. Dennoch war sie zu keiner Reaktion fähig. Sie zuckte zusammen. Klebrig rann ihr das warme Blut übers Gesicht.

Der *babalawo* klatschte in die Hände. Funke sackte in sich zusammen, als hätte ein Schuss ihr Leben beendet. Sie fiel vor Omo in den Staub. Während der Priester die am Boden liegende Funke mit zuckenden Bewegungen umtanzte, spritzte er das Blut des Hahns über den nackten Körper der jungen Frau. Weißlicher Schaum trat aus Funkes Mund, floss in den Sand. Der Helfer reichte Omo seine Axt, er küsste sie und richtete das blutige Handwerksgerät, das Symbol seiner ihm von Shango verliehenen Macht, auf Elena. »Tochter Shangos, lege dich zu Funke. Spüre, was sie spürt.«

Elena sah verwirrt auf die blutbesudelte Funke zu ihren Füßen hinab. Ihr blieb keine Zeit zum Abwägen, Bewerten oder zur Rücksichtnahme auf eigenes Empfinden. Zu unmittelbar traf sie Omos Wille. Langsam ging sie in die Knie, streckte sich im Sand neben Funke aus. Sie sah in das Gesicht der jungen Frau, die sich gegen die Macht Oguns auflehnen wollte, und empfand unendliche Trauer. Sie hörte den stummen Schrei nach Hilfe, der nicht hinausfand aus diesem Gefängnis. Der eigene Körper hielt Funke gefangen, gewährte ihr keine Erlösung. Helfen hatte sie wollen, Unheil verhindern. Und wurde so hart bestraft.

Ein Gleichgewicht aus Gut und Böse, Licht und Schatten? Wenn Gott dies alles für richtig hielt, wo war der Weg, um ihn zu verstehen? Das Licht des Feuers spiegelte sich in Funkes entzündeten Augen; aber die große, die göttliche Energie half diesem Mädchen nicht wieder auf die Beine.

War Gott überhaupt der richtige Ansprechpartner, dem Funkes Leid zu klagen war? Manfred hatte das Gift aus dem Boden geholt, in den andere Menschen es versenkt hatten. Gott hatte seine Hände dabei nicht im Spiel. Also mussten auch die Menschen das Gift wieder aus der Welt schaffen.

Langsam streckte Elena die Hand aus und strich mit den Fingerspitzen sanft über das Gesicht der jungen Frau, die dicht vor ihr lag.

»Ich werde dir helfen«, flüsterte sie.

Wieder richtete Omo seine Axt auf Elena. »Tochter Shangos, erhebe dich. Zeige Ogun das Ende seiner Macht. Shango gibt dir die Kraft dazu.« Aus weiter Ferne schienen die Worte des Priesters zu ihr zu dringen, durch einen dichten Vorhang aus Geräuschen. Sie schien weit weg gewesen zu sein, dort unten im Staub. Omos Schwester und sein Helfer hoben Funke hoch, stellten sie auf die ungelenken Beine, legten ihr ein weißes Tuch um und brachten sie fort.

Nur langsam fand Elena ihre Orientierung wieder. Omo wies ihr einen kleinen Holzschemel neben dem Altar zu. Jemand reichte ihr eine Schale mit klarem Wasser, das sie begierig trank. Sie war verdreckt und blutig, der Schweiß, den die Hitze des Feuers, der schnelle Tanz und der direkte Angriff Omos auf ihre Psyche aus jeder Pore ihres Körpers gepresst hatten, ließ die Kleidung auf der Haut kleben. Sie atmete schwer. Ganz allmählich begann sie sich zu beruhigen. Ihre Augen suchten den Vertrauten aus Manfreds Welt, der sie hierher geführt hatte. Aber sie konnte Robert nach wie vor nirgends entdecken.

Später fand sie ihn im Dunkeln unter dem großen Baum, der die Dorfmitte mit seiner ausladenden Krone beschirmte. Robert hatte sich mit dem Rücken gegen den Stamm gelehnt. Sie setzte sich neben ihn. Er schien zu schlafen.

Entrückte Schatten tanzten vor dem Feuer. Der lebensfrohe Klang von Trommeln hatte das beschwörende Rasseln der *sere* abgelöst. Die Menschen schüttelten im Tanz die Erinnerung an die Begegnung mit dem Tod ab. Elena fühlte sich müde und ausgelaugt, doch ihre Gedanken fanden keine Ruhe. Sie war aufgebrochen, um die Wahrheit zu finden. Über sich selbst und über das, was sie tat. Um jene zu enttarnen, die gewissenlos ein Mittel in die Welt gebracht hatten, das Manfred nur berühren musste, um davon zu sterben. Gefunden hatte sie eine Welt, in der eine Scheintote inmitten anderer Tänzer herumsprang und zusammenklappte, wenn ein Medizinmann in die Hände klatschte. Rituale mit Blut und Spucke, hatte Robert gesagt. Es war viel schlimmer. Diese Reise, von der jeder Außenstehende glaubte, es handele sich um einen Geschäftstrip, hatte sie an einen Abgrund geführt. An ein gähnendes schwarzes Loch, für das es nur einen Namen geben konnte – die Hölle.

Aus der Dunkelheit hörte sie direkt neben sich ein leises Geräusch. »Sie ist ein Stück Fleisch, nackt, mit dem sie machen können, was sie wollen. Ich ertrage das nicht ...« In der Finsternis ließ der gebrochene Mann, der seinen Schmerz bei Tageslicht hinter der Fassade der Souveränität zu verbergen verstand, seinen Tränen freien Lauf. »Warum?«, sagte Robert leise.

Elena fiel keine Antwort ein, die Robert akzeptiert hätte. Ob der Gott, der ihr helfen sollte, Shango hieß. Oder ob er gar keinen Namen hatte. Es spielte ebenso wenig eine Rolle wie die Frage, ob der Gegenspieler der Teufel war.

»Weißt du, Robert«, sagte sie und und sah die dunklen Leiber um das Feuer tanzen, »wer Elani auch immer sein mag, es sind Menschen. Nicht der Satan.«

»Es sei denn, der Mensch selbst ist der Teufel«, ergänzte Robert. Schweigend griff er nach ihrer Hand. Ein wortloses Signal, das ihn eine unglaubliche Überwindung gekostet haben musste. Es zeigte ihr, er bereute seinen Irrtum. Gegeneinander würden sie es nicht schaffen, sondern nur gemeinsam.

29

Die kühle Feuchtigkeit ließ das leichte Material des Schlafsacks an der Haut festkleben. Durch die geöffneten Fensterläden drangen die ersten, bereits warmen Strahlen der Morgensonne in flachem Winkel zu Elena, die auf dem Boden lag. Der ungewohnte Platz für die Nachtruhe forderte seinen Preis. Der Tag begann mit Rückenschmerzen. Unausgeschlafen und zunächst noch etwas orientierungslos nahm Elena ihre Umgebung in Augenschein – eine kleine runde Lehmhütte, mehr einem Zelt als einem Haus ähnlich.

Robert hatte wie sie selbst in seinen Kleidern geschlafen; zusammengerollt wie eine große graue Katze ruhte er auf einer schlichten Matte aus geflochtenen Raphiabastfasern. Sein Anblick gab ihr einen kleinen Stich ins Herz. Verletzlich wirkte er, die schützende Hülle seiner Überlegenheit klebte verknittert an seinem Körper. Bislang hatte jenes Werkzeug, das er sich für seinen Lebensweg zurechtgelegt hatte, alle verschlossenen Türen zu öffnen vermocht. Seit dem Eintreffen in Omos Dorf passte kein Schlüssel mehr.

Leise, um ihn nicht zu wecken, ging sie an das kleine Fenster, zu dem sie sich hinabbeugen musste, um hinaussehen zu können. Was für eine friedliche Welt! Die Hühner scharrten im rötlichen Boden, in dessen Farbe sich die Kraft der Sonne widerzuspiegeln schien. Magere Schweine scheuchten sich schrill quiekend durch den Morgendunst. Die kahlen Zweige des mächtigen Dorfbaums schienen den Himmel um Regen anzuflehen. Irgendwo gab ein Hahn das Signal für den Neubeginn eines mühseligen Tages. Zwei Frauen mit ausladenden Körben auf dem Kopf brachen zur Tagesarbeit auf den Feldern auf. Sie trafen sich mit drei anderen, begrüßten sich mit lautem Lachen und nahmen den gleichen Weg.

»Geh nicht!«, hörte Elena hinter sich die Stimme Roberts. Verwundert drehte sie sich herum. Er hatte im Schlaf gesprochen, reckte sich kurz, seine Hände griffen ins Leere, mit einem Stöhnen streckte er sich aus. Elena drückte die schief in den Angeln hängende halbhohe Tür auf. Laut meckernd sprang ein Ziegenböckchen zur Seite, das davor genächtigt hatte. Mit steifen Gelenken, die Schuhe in der Hand, ging Elena hinüber zum Dorfbaum, unter dem sie in der Nacht mit Robert gesessen hatte. In ihrer großen Umhängetasche fand sie die Haarbürste und einen Spiegel. Erde und Blut hatten sich mit ihrem Schweiß zu einer dunklen, rötlichen Kruste vermengt. Mit Spucke und Papiertaschentüchern mühte sie sich vergeblich, die befremdliche Maskerade zu entfernen.

Sie lehnte sich gegen den Baum, sah hinauf in sein kahles Geäst, in dem bunte Vögel Nahrung pickten. Sie hatte sich viel vorgenommen für diesen Tag. Oguns geheimnisvolle Fabrik, in der Daniel mittlerweile mit dem Aufbau beschäftigt sein würde, konnte nicht allzu weit entfernt sein. Sie gab Daniel Recht. Wenn sie ihrem Widersacher Ogun wirklich auf die Schliche kommen wollte, dann war sie bislang falsch vorgegangen. Sie hatte den *Chief* herablassend und besserwisserisch behandelt. Eben so, wie sie stets mit Menschen umgesprungen war, von denen sie sich getäuscht fühlte.

Sie hatte sich zu entscheiden – entweder den Job machen und Ogun kontrollieren. Oder die Dinge laufen lassen und ihr Augenmerk auf das selbst gesetzte Ziel richten. Nur so konnte sie herausfinden, was dieser Mann plante. Sie begann sich zu ärgern über ihren vorschnellen Auszug aus Oguns Haus. Das war ein Fehler gewesen! Wie glücklich hätte Manfred die Chance genutzt, so nah an Ogun heranzukommen. Und sie hatte diese Gelegenheit fortgeworfen.

Die benutzten Taschentücher lagen verschmutzt neben ihr. Der schreckhaften Ziege, die die Tür bewacht hatte, schien dies eine willkommene Abwechslung ihres Speiseplans. Hastig packte Elena die Tücher, die in dieser naturbelassenen Umgebung mehr als anderswo wie Fremdkörper wirkten, zurück in die Tasche.

Wenn sie tatsächlich später nach Imeja fuhr, würde sie höchstwahrscheinlich diesen undurchsichtigen Daniel wieder treffen.

Ach, so ein Zufall! Sie? Hier? – Ich war gerade zufällig in der Nähe eine scheintote Bekannte besuchen.

Einen Schritt voraus sein! Natürlich! Er hatte ihr doch das Stichwort geliefert! So würde sie es sagen. Aber konnte sie diesem Mann vertrauen? Mochte nicht gerade darin seine Taktik liegen … sie in Sicherheit zu wiegen?

Robert richtete seine fast zwei Meter vor der Behausung auf, die neben seiner hünenhaften Erscheinung geradezu winzig wirkte. Den Schlafsack, für den er durch die finstere Nacht noch einmal zum Wagen zurückgegangen war, um ihn Elena zur Verfügung zu stellen, warf er schwungvoll zum Trocknen aufs Blätterdach der Lehmhütte. Sie glaubte, in seinem Gesicht sogar den Anflug eines Lächelns zu entdecken.

»Ist es nicht friedvoll hier?«, sagte er im Näherkommen. »Ich habe manchen Morgen unter dem Baum verbracht und dem Sonnenaufgang zugesehen.« Er ließ sich neben ihr nieder. Eine Weile schwieg er. »Der Glaube der Menschen, die hier leben, richtet sich an der Natur aus. Deshalb sind sie wohl auch überzeugt, dass wir sozusagen nur auf der Durchreise sind.« Er atmete die würzige Morgenluft geräuschvoll ein.

»Funke hat auf das Christentum ihres Vaters nicht viel gegeben. Deshalb war sie so gern bei Omo. Sie saß da, wo du jetzt sitzt. Die Sonne stand etwa so wie jetzt.« Robert verschattete die Augen. »Sie sagte: ›Jeder Mensch hat ein Zuhause, in dem er wohnt. Und er geht zum Markt, um einzukaufen.‹ Ich fragte sie: ›Was meinst du damit?‹ Und Funke antwortete: ›Verstehst du den Vergleich nicht? So hat Gott den Himmel und die Erde geschaffen. Der Himmel ist das Zuhause, die Erde ist der Marktplatz.‹« Robert blickte Elena an, aber irgendwie schien er sie nicht wirklich wahrzunehmen. »Später habe ich darüber mit Vater David gesprochen. Selbst er fand, das wäre ein schöner Vergleich. Denn er besagt, dass wir die Erde gewissermaßen besuchen, um zu lernen. Mit dem Tod kehren wir heim, bereichert um neues Wissen.« Robert rieb sich die Augen, als müsste er den Schlaf daraus vertreiben. »Kannst du mir sagen, wie Funke in ihrem jetzigen Zustand den Zweck ihres irdischen Zwischenstopps erfahren kann?« Seine Stimme klang belegt.

Roberts Geländewagen stand verstaubt, mit geöffnetem Verdeck mitten in der grünen Pracht des tropischen Waldes. Er hatte nicht einmal den Zündschlüssel abgezogen, registrierte sie. »Dies sind tief gläubige Menschen; die würden niemals fremdes Gut an sich nehmen«, meinte Robert zur Erklärung. Elena tauschte das hoffnungslos verschmutzte Kleid gegen T-Shirt und Bermudas, ihre Strubbelfrisur verschwand unter dem erprobten Chiffontuch.

»Die Gegend hier heißt zwar Imeja«, sagte Robert während der Fahrt, »aber das Gebiet, das zu diesem Dorf gehört, ist riesig.« Sie fuhren fast eine Stunde vom bergigen Wald in das flachere Savannengebiet, dessen hochstehendes Gras golden schimmerte. Schon von weitem war die so genannte Brauerei zu sehen. Das Edelstahl ihrer beiden langen Abluftkamine reflektierte das Sonnenlicht. In den vergangenen zwei Monaten hatten die Bauarbeiten erhebliche Fortschritte gemacht. Die beiden riesigen Hallen waren fertig, das für die Außenverkleidung verwendete Wellblech schimmerte matt. Lautes Brummen ließ die von keinem Hauch bewegte Luft vibrieren, riesige Bulldozer schoben das Erdreich zur Seite.

»Bauen die eine Straße?«, fragte Robert.

»Eine Landebahn«, gab sie ihr Wissen weiter.

Robert stellte den Wagen hinter einigen Büschen ab. Er hängte sich seinen Fotoapparat über die Schulter. »Komm, sehen wir uns das mal aus der Nähe an.« Er deutete auf das

1000-Millimeter-Teleobjektiv an der Kamera. Neugierig lief sie bereits zu einer kleinen Erhebung, von der aus sie sich einen guten Ausblick auf die Fabrik versprach. Auch ohne Fernglas erkannte sie den hohen Zaun, auf dessen Oberkante gerollter Stacheldraht zusätzlich vor Einbrechern schützte. Daniels Arbeitgeber schienen von der Glaubensfestigkeit der Landmenschen weniger überzeugt zu sein als Manfreds Freund …

»Die haben schon angefangen«, sagte Robert. »Siehst du den Qualm, der aus den Schloten aufsteigt? Für Afrikaner legen die ein ungeheuerliches Tempo vor.«

Sie erwiderte nicht, dass der Motor dieses Vortriebs aus Deutschland kam. Elena drehte sich zu Robert um. »Darf ich mal das Tele…« Sie brach ab. Robert steckte sich eine Pistole in den Hosenbund! »Was soll das?«, fragte sie entsetzt. »Ich denke, du mischst dich nicht ein.«

»Churchill hat gesagt: Kluge Männer ändern ihre Meinung.«

»Hat er damit Waffen gemeint?«

»Der Mann wusste, wie man einen Krieg führt.«

»Wir sind nicht im Krieg, Robert!«

»Wer weiß das schon so genau, wann ein Krieg anfängt?«

»Bring das Ding bitte zurück. Du machst mir Angst.«

»Die Waffe ist genau dazu da. Nicht, um sie zu benutzen, Elena.«

»Darf ich mal das Teleobjektiv haben?« Er reichte es ihr.

Die Sattelschlepper, die Elena drei Tage zuvor auf dem Grundstück der Medic in Port Lac gesehen hatte, standen entladen neben den Hallen. An den Stirnseiten der beiden komplett fensterlosen Gebäude waren große, ovale, schwarze Logos aufgemalt, deren Schriftzug *The Prince* den geschwungenen Buchstaben des Coca-Cola-Emblems nachempfunden waren. Unter den beiden Worten stand der sachliche Zusatz *brewery*, Brauerei. Das Ganze vermittelte jedoch eher den Eindruck eines gestrandeten, altmodischen Raumkreuzers, der in der ausgedorrten Savannenlandschaft auf Hilfe wartete.

Von der Laderampe, etwa 300 Meter von Elenas Ausguck entfernt, fuhr in diesem Augenblick ein Lastwagen fort. Ein Mann mit einem breitkrempigen Hut auf dem Kopf machte konzentriert auf einem Clipboard Eintragungen und begutachtete anschließend die in Plastikfolie eingeschweißten Kisten, die hinter ihm standen. Durch den Sucher des schweren Fotoapparats erschien es Elena kaum vorstellbar, dass dies derselbe Mann war, der sich mit einer alten Wahrsagerin auf dem Markt stritt. Hier bewegte er sich in einer Welt aus Technik. Dort hatte er sich den Anschein eines Mannes gegeben, der sich mit Mystik auskannte …

»Ist das da ein Weißer?«, erkundigte sich Robert. Wortlos tauschten sie den Fotoapparat. »Ogun lässt Cowboys für sich arbeiten«, murmelte er. Offenkundig konnte er sich an die Szene vor dem Hotel nicht erinnern.

»Er heißt Daniel Waschinski«, sagte Elena.

»Du kennst den sogar?«, fragte Robert erstaunt.

»Flüchtig.« Sie hatte keine Lust, komplizierte Erklärungen abzugeben.

Mit einem Gabelstapler fuhr Daniel Kisten in die Halle. Delegieren schien wirklich nicht seine Stärke zu sein …

»Das ist ja sträflicher Leichtsinn! Kannst du die riesigen oberirdischen Öltanks neben den Hallen erkennen? Was glaubst du, was los ist, wenn das trockene Savannengras mal Feuer fängt? Dann kann Ogun seine seltsame Brauerei ganz schnell vergessen. Das Ding fliegt in die Luft wie sonst was. Wenn da drin das Geld deiner Auftraggeber steckt, würde ich umgehend einschreiten.«

»Das glaube ich nicht, Robert. Ich meine, das mit dem Geld aus Deutschland. Die Fabrik baut Ogun auf eigene Kappe.«

»Sieh dir mal die Kisten an, die der Cowboy gerade reinschafft. Vielleicht geht dir dann ein Licht auf, Elena.«

Vielleicht hatte sie die Aufschrift beim ersten Blick nicht erkannt, weil sie es nicht wahrhaben wollte. Nun aber las sie deutlich *Gustav Behr Anlagenbau.* »Dieser Trickser!«, entfuhr es ihr. »Der schafft meine Geräte hierher! Das darf doch wohl nicht wahr sein.« Sie blickte Robert ratlos an. »Was mach' ich denn jetzt? Ich meine, ich kann doch nicht seelenruhig zusehen, wie die mich übers Ohr hauen.« Mit Oguns Dreistigkeit hatte sie nicht gerechnet. Ihre neu zurechtgelegte Strategie des Abwartens platzte wie ein Luftballon, der zu lange in der Sonne lag.

Daniel hatte inzwischen die letzten Kisten hineingeschafft. Wie ein Hamster, der die schönsten Nüsse in Sicherheit bringt. Sie beobachtete, dass zwei Weiße in hellen, langärmligen Hemden und dunklen Hosen aus dem Gebäude kamen. Ohne Daniel zu beachten, stiegen sie die wenigen Stufen von der Laderampe herunter. Daniel studierte das Brett, auf dem er die Lieferscheine festgeklammert hatte. Jetzt kam ein vierter Mann heraus. Nicht mal bei dieser Gluthitze mochte Lincoln Bola auf seinen Dandy-Look verzichten. Wie sie es schon im *Island* beobachtet hatte, schlug Lincoln dem Freund auf die Schulter, wechselte ein paar Worte mit ihm und sprang auf den Asphalt vor der Halle. Lincoln und die beiden anderen fuhren mit einem schweren Geländewagen vom Hof. Die Staubfahne, die das Auto auf dem trockenen Grund der Savannenpiste zurückließ, stand noch lange in der Luft.

In Roberts Blick lag Argwohn. »Kennst du die anderen etwa auch?«

»Mit dem Dandy-Typ hatte ich ein nicht mal einstündiges, ausgesprochen nichts sagendes Gespräch. Eigentlich soll er für meine Fabrik in Atata zuständig sein.« Sie erklärte ihm die Zusammenhänge.

»Auf deine Anlage wirst du lange warten können«, lautete Roberts Analyse. »Die Jungs haben alles hierher umgeleitet!«

»Und was soll ich deiner Meinung nach jetzt tun?«

»Pack den Stier bei den Hörnern«, schlug Robert vor. »Sag Cowboy Waschinski, wie es ist: Du wolltest dich nur überzeugen, dass dein Verdacht gegen Ogun völlig aus der Luft gegriffen ist.«

»Das Gegenteil ist der Fall!«

»Dann wird wohl dein Talent als Schauspielerin gefragt sein.«

»Ich kann so was nicht! Ich bin viel zu direkt.«

»Dann mach es wie Churchill.«

»Wie hat der das gemacht?«

»Sich mit dem Gegner verbündet und den Feind geschlagen.«

»Das tat Omos Gott Shango auch, Robert. Aber bei dem ging die Sache in die Hose. Er baumelte tot am Baum.«

»Du siehst, die Stategie ist erprobt.« Sie empfand seine scharfe Ironie als ziemlich unpassend. Robert bemerkte ihre Verstimmung sofort. »Nun glaub einfach dran, dass es funktioniert!« Das klang ermutigender.

»Aber du wartest hier und guckst mit deinem Spionenauge zu. Und wenn was ist …«

Robert zog seine Waffe aus dem Hosenbund. »… gebe ich meine Zurückhaltung auf.« Es war ihr nicht ganz klar, ob er das ernst meinte. Erst als sie im Wagen saß, fiel ihr ein, dass er im Busch keine Waffe gekauft haben konnte. Den Entschluss, den Standpunkt eines Journalisten aufzugeben, musste er wohl schon früher gefasst haben …

30

Elena brachte Roberts eingestaubten Geländewagen einen Meter vor den beiden mit Gewehren bewaffneten Wächtern zum Stehen, ließ das Fenster auf ihrer Seite herunter und hielt dem Security-Mann ihre Visitenkarte, die sie als Geschäftsführerin der Lifevac auswies, unter die Nase. Der Wächter begann ein Palaver mit seinem Kollegen, das Elena durch ein kurzes, energisches Drücken auf die Hupe des Patrol abkürzte. Das zwei Meter hohe Tor wurde zur Seite geschoben. Rasant fuhr sie in das abgesperrte Gelände, das aus der Nähe betrachtet noch größer zu sein schien.

Daniel war bereits verschwunden. Elena zögerte einen Augenblick, wie sie sich verhalten sollte. *Den Stier bei den Hörnern packen* – sie entschloss sich, das bei den Torwachen begonnene Schauspiel fortzusetzen: Sie presste die Hand erneut auf die Hupe. Was sollte schon passieren? Schlimmstenfalls würde Daniel sie achtkant vom Grundstück werfen. Oder? Sie schluckte ihre Bedenken hinunter, packte ihre schwere Handtasche und stieg aus.

»Hallo! Hoher Besuch?« Daniel eilte die wenigen Stufen zu ihr herunter, empfing sie mit ausgestreckter Hand. »Sie nehmen das aber wörtlich.«

»Was denn?«, fragte sie erstaunt zurück.

»Dass Sie sich Afrika ansehen sollen.«

Sie tat enttäuscht. »Soll ich wieder gehen?«

»Ich freue mich, dass Sie da sind, Elena. Gerade haben Sie Lincoln verpasst. Der hätte sich noch mehr gefreut.«

Sie war verwirrt. Meinte er das ernst oder war das eine Anspielung, dass er sie durchschaut hatte? Ihr Herz schlug vor Aufregung bis zum Hals. »Lincoln war der Mann in dem großen

Jeep? Ach, wenn ich das gewusst hätte! Er hatte ja zwei Begleiter dabei.«

»Mein Freund Lincoln hat's ziemlich eilig mit unserer kleinen Brauerei. Die beiden sind wohl Kunden. Ich war bei den Gesprächen nicht dabei«, erzählte Daniel salopp.

»Sie haben ja auch genügend anderes zu tun.« Die beiden standen immer noch auf dem Platz vor der Verladestelle. »Geht flott voran.« Sie blickte interessiert zur Halle.

»Ich denke nicht, dass wir vor Ihnen Geheimnisse haben sollten. Also gehen wir rein. Drinnen ist es angenehm kühl. Die Klimaanlage funktioniert schon beinahe perfekt. Vor drei Wochen haben wir die ersten Laborgeräte bekommen. Mit nur einwöchiger Verspätung.«

Durch eine Luftschleuse betraten sie das Lager, in dem einige Dutzend noch in Behr-Folie verschweißte, auf Paletten fixierte, meterhohe Kisten standen. Daniel führte sie durch das Wirrwarr hindurch. Im Vorbeigehen suchte Elena nach Aufklebern, die ihr eine brennende Frage schnellstens beantworten könnten: Wer war der Adressat der Behr-Ausrüstung? Der Absender war die von ihr selbst aufgebaute neue Niederlassung in Ludwigsfelde, Lieferadresse in der Tat die Medic in Port Lac: Ogun leitete also tatsächlich die für die Lifevac of Wagorunia bestimmte Ausrüstung direkt von seiner Medic hierher um, anstatt sie wie vereinbart dort lagern zu lassen, bis die Fabrik in Atata fertig war.

Bis hierher hatte sie ihren Job gemacht. Jetzt hätte sie gehen können. Sie wusste, dass ihre und Konstantins Partner betrogen wurden. Gleich hinter dem Lager begann der Sicherheitsbereich. Dort würde sie Antworten bekommen, welche die Geheimnistuerei um diese Produktionsanlage erklärten. Mehr aus dem Bauch drängte sich ihr eine Frage auf: Warum zeigte Daniel ihr sein Reich? Aus Stolz? Weil er in ihren Augen nicht nur als Cowboy dastehen wollte? Oder ahnte er schlichtweg nicht, dass er hier Anlagen benutzte, die jemand anderem gehörten?

Chipkarte und fünfstelliger Zahlencode öffneten den Zugang. Sie standen in einem winzigen Raum, in dem weiße Overalls wie abgestreifte Riesenhäute an der Wand hingen und Überschuhe bereitlagen. »Wir müssen von Anfang an auf eine sterile Umgebung achten«, sagte Daniel ernsthaft und schlüpfte in Overall und Schuhe. Elena folgte seinem Beispiel. Er wies sie an, die Schutzhaube mit dem integrierten Atemfilter überzuziehen. Eine ungewöhnliche Schutzmaßname für den Besuch einer Brauerei …

»Sagen Sie bloß, Ogun zwängt sich auch in so ein Ding!« Sie versuchte ein unkompliziertes Lachen.

Daniel sah sie amüsiert an. »Ogun? Der doch nicht! Mit seinem gepanzerten Mercedes kann er die Pisten hierher gar nicht befahren. Der will erst kommen, wenn die Landebahn fertig ist. Lincolns Daddy kam mal mit dem Hubschrauber vorbei.«

»Da hätte Ogun doch auch mitfliegen können.«

»Lincoln meint, Ogun habe Angst vor Hubschraubern.«

Mit einer zweiten Chipkarte öffnete Daniel eine weitere Tür, die in einen völlig leeren, winzigen Raum führte, in dem sich nur eine ovale Tür wenige Zentimeter über dem Boden befand. Sie führte in eine kleine Zelle, in der Elena auf eine Art von Regen wartete. Aber es passierte nichts, das sie fühlen oder sehen konnte. Nach einigen Sekunden sprang eine zweite Tür auf.

In der angrenzenden Halle war damit begonnen worden, schrankgroße, eckige Metallbehälter in meterlangen Reihen aneinander zu fügen. Bislang provisorisch verlegte Kabel verbanden die Geräte mit anderen Räumen, die durch Glas- und Plastikwände vom eigentlichen Labor abgetrennt waren. Zwei Schwarze saßen vor flimmernden Monitoren in einem Computerraum. In anderen Räumen warteten die Geräte noch unausgepackt auf ihre Verwendung.

»Rein theoretisch könnte ich die Anlage in zwei Monaten übergeben«, sagte Daniel. »Aber wir sind nur zu dritt.«

»Dies ist Wasser für Männer! Erinnern Sie sich?« Durch das

Plastikvisier des Overallhelms blickte Elena Daniel verschmitzt an.

Daniel verstand sofort: »Dieser Barmann, natürlich!«

»Warum tarnt Ogun seine neue Niederlassung als Brauerei? Wo doch Wasser Mangelware ist? Ein seltsamer Standort.«

»Oh, Wasser gibt es. In 50 Metern Tiefe.«

»Warum so umständlich, Daniel? Konnte Ogun keinen geeigneteren Ort finden?«

»Das dürfen Sie ihn selbst fragen.«

»Daniel, Sie müssen sich darüber doch auch wundern. Schließlich fahren Sie jeden Tag hierher. Durch Hitze und Staub. Nicht mal Ogun tut sich das an, wie Sie sagten.«

»Ich lebe wie die anderen Arbeiter in einem Wohncontainer auf dem Gelände.« Er deutete mit dem Kopf zum Ausgang. »Ich merke schon, meine hübsche Anlage beeindruckt Sie nicht.«

»Doch, doch«, protestierte sie der Form halber.

Die drei Container waren hufeisenförmig aufgestellt, Sonnenschirme, ein paar Stühle und Tische verbreiteten auf dem trockenen Boden triste Campingatmosphäre.

»Eine Brauerei in der Savanne mit meterhohem Zaun. Warum?«

»Sie haben völlig Recht. Es war eine untaugliche Idee. Brauerei klänge unverdächtig, meinte Lincoln. Niemand käme hierher, um Fragen zu stellen.«

»Ich bin hier.«

»Weil Sie Ogun auf den Zahn fühlen wollen. Ihr Misstrauen ist angesichts Ihres Projekts mit dem Haferbrei-Namen auch durchaus begründet. Wie heißt die Firma noch mal? Lifevac? Ist auch nicht besonders aussagekräftig. Oder?«

»Der Name führt zumindest nicht in die Irre. Vakzine sind Impfstoffe.«

»Die Medic stellt Pharmaprodukte her. Und das machen wir hier auch im weiteren Sinne. Sobald der reguläre Betrieb aufgenommen ist, will Lincoln das korrekte Schild anbringen. Leider bin ich dann schon weg. Mein Vertrag ist befristet. Ich lasse mich ungern …«

»… in eine Hierarchie einbinden, weil Sie nicht delegieren können.«

»Genau. Aber sind Sie nicht auch so ein Einzelkämpfer, der von Auftrag zu Auftrag springt? Warum machen Sie nicht anständig Karriere in einem soliden deutschen Unternehmen?«

»Mein Vater besitzt ein solches solides deutsches Unternehmen. Ich brauchte eine andere Herausforderung.«

»Ich würde eher auf dem Mond eine Anlage zur Gewinnung von Solarenergie bauen als in München oder Berlin. Obwohl ich natürlich weiß, dass Deutschland der wesentlich vernünftigere Standort ist. Nur, der kommerzielle Aspekt interessiert mich weniger als das technisch Machbare. Diese Anlage hier ist eine Herausforderung. Mein letzter Job war in Nevada – eine Limonadenfabrik. Da gab es nur Sand! Kein Wasser, nicht mal in 50 Meter Tiefe. Alles wurde hingeschafft.« Er stand auf. »Kommen Sie, ich zeige Ihnen was.«

Daniel führte sie zu einem riesigen amerikanischen Kühlschrank. Er hielt sein Glas unter einen eingebauten Eisspender, die Würfel fielen klackend hinein. Er goss gekühltes Wasser drauf und reichte das Ganze Elena. Dann lotste er sie auf die Rückseite des Containers. Eine kleine Solaranlage lieferte den Strom für den Kühlschrank. »Ist das nicht ein wunderbares Paradoxon? Gluthitze erschafft Eis. Was mich dies Eis kostet, interessiert mich daran nicht. Darum geht es mir gar nicht.«

»Sie haben das wahrscheinlich selbst gebaut?«

»Aus Fertigteilen. Aber ich hätte es mit etwas Zeit auch hinbekommen.«

»Wenn mein Vertrag ausläuft, weiß ich, was ich gemacht habe.« Sie deutete auf die Hallen. »Und Sie mit Sicherheit auch.«

»Also gut. Es handelt sich um Aerosole. Eine rein auf pflanzlicher Basis beruhende Wirkstoffkombination zum Abtöten von Moskitos. Keines der bekannten Gifte, gegen das die Mücken bereits immun sind. Und ohne Nebenwirkungen für den Menschen. Ein altes Mittel aus Afrika. Ogun und seine Leute sind sehr stolz darauf. Endlich eine Erfindung, die nicht aus Europa oder den USA stammt. Für dieses Konzept war ich sofort bereit, in die Wüste zu gehen.«

»Und das ist so geheim?«

»Malaria ist eine Plage, an der man viel Geld verdienen kann. Ich verstehe durchaus, dass Ogun sich gegen Industriespionage schützen will.«

Elena fragte sich ernsthaft, ob ihre *Paranoia* sie nicht Phantomen nachjagen ließ. Ihr blieb nur noch ein Anhaltspunkt: Behrs Anlagen, die das falsche Ziel erreicht hatten. »Und wenn Sie fertig sind? Wohin geht es dann?«, fragte sie.

»Das werde ich schon rechtzeitig erfahren.«

»Wie finden die Leute Sie, wenn Sie stets durch die Welt reisen?«

»Die Firma, die diese Anlagen hergestellt hat, weiß, wo ich zu finden bin.«

»Ach ja, Behr«, sagte sie so beiläufig wie möglich.

»Sie kennen ihn auch?«

»Ich habe seine Niederlassung bei Berlin aufgebaut. Zunächst fand er den Standort abwegig. Na, wenn er das hier sehen würde – der würde staunen.«

Daniel schüttelte amüsiert den Kopf. »Der war auch nicht in Nevada. Die Verträge hat er in der Firmenzentrale in Atlanta ausgehandelt.«

»Dann bekommen Sie die Aufträge also von ihm.«

»Normalerweise schon. Nur das hier lief ein bisschen anders. Lincoln bat mich einzuspringen. Als Freundschaftsdienst sozusagen. Ich sagte Ihnen ja: Details sind nicht Lincolns Spezialität.«

»Könnte Lincoln denn so etwas?«

»Jetzt verstehe ich! Warum haben Sie das denn nicht gleich gesagt? Sie überlegen, ob Sie mich nicht für den Kinderbrei-Ort gewinnen können.« Nachdenklich zog er die Mundwinkel herunter. »Wer liefert denn die Anlage?«

»Behr«, gab sie knapp zurück.

»Ach.« Langsam stellte Daniel sein Glas auf den Tisch. Das Eis war inzwischen geschmolzen. Sie nahm an, dass er sich aus dem Container neues holen wollte.

Elena erwartete seine Rückkehr voller Ungeduld. So wie sie Daniel Waschinski einschätzte, konnte er durchaus eins und eins zusammenzählen. Wenn er dann noch ihr eigenes Misstrauen gegenüber Ogun addierte, würde er seine Denkpause wohl gut zu nutzen wissen.

Daniel kam mit einem Satellitentelefon in der Hand zurück. »Wollen wir Behr anrufen?«

Elena war zu perplex, um vernünftig nachdenken zu können. Sie hätte jetzt selbst Zeit gebraucht. Nicht nur wegen der Gluthitze war sie schweißgebadet. Andererseits, was hatte sie zu verlieren? Gegenüber Behr könnte sie sich herausreden, dass sie dessen Interessen gefährdet sah. Und Konstantin würde sie das Gleiche sagen. Nur Ogun wäre düpiert. »Okay«, meinte sie langsam, »rufen Sie ihn an. Und dann fragen wir ihn, wieso die Anlagen, die für Port Lac bestimmt waren, hier angekommen sind.«

»Ja, das sollten wir tun.« Daniel begann zu wählen. Aufmerksam sah er immer wieder zu ihr hinüber. Rund 6000 Kilometer entfernt hob jemand den Hörer ab, Daniel bat um eine Verbindung.

»Grüß dich, Gustav, hier ist Daniel Waschinski.«

Elena spürte, wie ihr Herz für einen Sekundenbruchteil aussetzte – Gustav! Daniel dutzte Behr junior.

»Ich hocke wieder mal in der Wüste … Nein, Nevada ist abgehakt. Ich bin in einem afrikanischen Staat … Genau! Wagorunia … Na, deine Anlage aufbauen … Von Lincoln. Du erinnerst dich doch an ihn? ... Ja, genau, der mit den vielen Mädchen! ... Sein Vater und dessen Partner ...«

Obwohl Elena etwa fünf Meter entfernt von Daniel saß, hörte sie deutlich die Stimme von Behr. Er schrie! Trotzdem blieb Daniel ganz ruhig, er schien durch Elena hindurchzusehen. Jetzt fixierte er sie. »Hier ist jemand, der dir Details liefern kann.« Wortlos reichte er Elena den Hörer.

»Hallo, Herr Behr. Hier ist Elena Odermatt.«

»Frau Odermatt, was machen Sie denn bei Daniel Waschinski? Was geht dort unten vor? Wieso baut Waschinski meine Anlage auf?« Der sich cool gebende Dandy hatte offenkundig die Beherrschung verloren.

»Also, wenn Sie nicht zwei Deals mit Mister Ogun laufen haben, gibt es nur eine Erklärung: Mister Ogun unterschlägt die Lifevac-Anlagen. Anders kann ich es leider nicht ausdrücken.«

»Haben Sie Ogun dazu schon gesprochen?«

»Lincoln Bola behauptet, die Anlagen seien noch auf dem Schiff unterwegs.«

»Und was meint Konstantin? Der hat das doch eingefädelt.«

»Herr Waschinski hatte den Eindruck, wir sollten das zunächst mit Ihnen klären.«

»Ich rufe sofort Konstantin an! Ich habe doch gleich gesagt, dass die Afrikaner Mist bauen.« Er machte eine Pause. »Ich bin so schnell es geht in Port Lac. Geben Sie mir Ihre Handy-Nummer. Und dann holen Sie mich vom Flughafen ab.« Sie teilte ihm ihren Anschluss mit. Er legte auf. Wenigstens für meine Detektivarbeit hätte er sich bedanken können, dachte Elena.

Daniel verschränkte die Arme hinter dem Kopf. »An Ihren Beinen sind Blutspuren, an der Innenseite Ihres Arms ebenfalls. Haben Sie an einem Schlachtfest teilgenommen, Elena?«, fragte er überraschend.

»Mir ist ein Tier vors Auto gelaufen.« Sie hatte noch nie improvisiert lügen können. Diesen Fehler bezahlte sie mit einem roten Kopf.

»Ein Löwe?«

»Nein, nein, was Kleineres.«

»Eine Ratte?« Sie hörte seinen Sarkasmus deutlich.

»Keine Ahnung, irgend so ein struppiges Viech. Bin doch keine Zoologin.«

»Eher ein Zoolüge, hm?«

»Das geht Sie nichts an«, brummte sie unwirsch.

»Gehört der Herr zu Ihnen?«

Elena glaubte, der Boden würde sich unter ihr auftun. Was leider nicht der Fall war. Sie musste den Anblick von Robert Wedekind sehenden Auges zur Kenntnis nehmen. Er spazierte in aller Seelenruhe in vielleicht zweihundert Metern Entfernung am Zaun entlang.

»Ich bitte ihn mal zu uns. Vielleicht hat er ja auch Durst«, meinte Daniel süffisant. »Sie können in der Zwischenzeit duschen. Im linken Container. Aber Vorsicht, das Wasser wird sehr heiß.« Trotz der Hitze joggte er mit erstaunlicher Leichtigkeit hinüber zu Robert.

Duschen war so ziemlich das Letzte, was sie vorhatte! Die Entwicklung entglitt ihr völlig.

Sie musste eingreifen! Ihr eigenes Handy bekäme in dieser Wildnis niemals ein Netz. Auf dem Tisch stand der schwere Kasten des Satellitentelefons. Entschlossen wählte sie die Nummer Konstantin Wenzels. Natürlich war er wieder nicht im Büro. Und die Verbindung zu seinem Mobiltelefon ließ sich nicht herstellen.

Sie kam sich vor wie ein gefangenes Tier. Unruhig lief sie zwischen den Containern umher. Am Zaun unterhielten sich die beiden Männer. Ob Daniel sich an die Beinahebegegnung vor dem Hotel ebenso undeutlich erinnerte wie Robert? Wahrscheinlich nicht, beruhigte sie sich. Roberts Wahrnehmung war darauf trainiert, sich Gesichter einzuprägen. Daniels eher auf Maschinen. Aber das war eine sehr vage Hoffnung! Wenn Robert sich falsch verhielt, konnte sie Daniels Vertrauen abschreiben. Dann stand sie als Spionin da.

Daniel und Robert trennten sich. Elena schlüpfte außer Sichtweite. Cool bleiben, bloß keine Betroffenheit zeigen!

Duschen! Nur jemand, der kein schlechtes Gewissen hat, benutzt in solch einem Augenblick die Dusche.

Das heiße Wasser nebelte die kleine Nasszelle nicht nur völlig ein, es machte auch einen solchen Lärm, dass Elena immer wieder die Dusche ausstellte, um angestrengt nach draußen zu horchen. Daniel telefonierte offenbar. Sie drehte das Wasser wieder auf.

Zehn Minuten später fühlte sie sich besser, wenngleich ein Kleiderwechsel nicht das Schlechteste gewesen wäre. Daniel saß allein am Tisch, vor sich das Telefon. Er hatte den Kopf in den Nacken gelegt, der Hut verschattete sein Gesicht. Der Mann dachte nach. Oder er schlief.

»Und? Was wollte der fremde Besucher?«, fragte sie beiläufig.

Daniel nahm den Hut ab. Nach dem Ausdruck in seinen jetzt grünlich schimmernden Augen zu schließen, hatte er nicht geschlafen. Die blickten sehr wach. »Ach der! Ein Forscher. Beobachtet Tiere. Hatte ein gigantisches Tele dabei.« Daniel rückte den Hut zurecht. »Die armen Tiere.«

»Wieso?«

»Weil er eine Pistole im Hosenbund mitführte. Unter dem Hemd versteckt, wilde Tiere sehen so etwas ja nicht. Denen kann man ja vormachen, man würde sie nur beobachten. Tiere sind einfach dumm, finden Sie nicht auch? Und wie war die Dusche?«, fragte er übergangslos weiter. »Ich habe dem Forscher ebenfalls angeboten zu duschen. Der war auch so dreckig. Im Gegensatz zu Ihnen hat er mein Angebot verschmäht. Ja, die Naturburschen, hart im Nehmen.«

»Danke für die Dusche, Daniel. Hat gut getan.« Sie setzte sich zu ihm an den Tisch. »Werden Sie weitermachen hier? Jetzt, wo Sie wissen, dass man Sie ausgetrickst hat?«

»Gute Frage, Elena.« Er deutete auf ihre Stirn. »Die Dusche

hat Sie nicht genug entspannt. Sie hätten das Wasser ruhig laufen lassen sollen. Es ist genug da.«

»Oh, das wusste ich nicht.« Dieser Knabe war ausgeschlafener, als sie gedacht hatte. Er hatte sie beim Lauschen ertappt!

»Lincoln kann man in seinem teuren Auto jederzeit erreichen. Mit ihm habe ich gerade gesprochen«, beantwortete er die nicht gestellte Frage. »Ich habe ihm gesagt, dass wir uns alle vier im *Island* treffen sollten. Ich werde mit Ihnen jetzt nach Port Lac fahren, wir gehen am Abend gemütlich essen und warten in der Stadt auf Behrs Kommen. Und dann sehen wir weiter.«

»Sie wollen hier wirklich alles stehen und liegen lassen?«

»Soll ich weitermachen und nachher den ganzen Kram wieder abbauen? Nur, weil Lincoln ... naja ... ich will's mal so sagen ... nicht durchblickt? Wissen Sie, ich hasse solche Situationen. Ich brauche klare Verhältnisse.«

»Haben Sie Lincoln denn ins Bild gesetzt, was los ist?« Sie hoffte inständig, dass er es nicht getan hätte. Ein Riesentheater mit Ogun wäre die unmittelbare Konsequenz. Aber das ließe sich wahrscheinlich ohnehin nicht mehr vermeiden. Behr würde irgendwann Konstantin erreichen, der sich bei Ogun melden – der Kreis wäre geschlossen.

»Ich sehe Ihnen richtig an, wie es in Ihrem Kopf rattert, Elena. Lassen Sie mich an Ihren Gedanken teilhaben.«

»Ich sehe meine Felle davonschwimmen, Daniel.«

»Betrachten Sie die Sache doch mal so: Betrogen sind wir beide. Mich hat ein Freund verarscht, um es mal drastisch auszudrücken, und Sie ein wagorunianisches Schlitzohr, dem Sie sowieso nicht über den Weg trauten. Wer von uns beiden steht also bekleckerter da?«

»So habe ich das noch gar nicht gesehen. Tut mir Leid«, sagte sie kleinlaut.

»Ich kenne Lincoln Bola seit 14 Jahren. Ich habe Ihnen erzählt, dass ich damals zum Studium nach München gegangen bin. Sie erinnern sich?«

»Wintersemester. Sie haben gefroren.«

»Wir wohnten im Studentenheim Wand an Wand. Ich litt jede Nacht unter dem Krach, der aus seinem Zimmer kam. Er feierte dauernd Partys. Verstand kaum ein Wort Deutsch, was ihn nicht daran hinderte, ständig neue Freundinnen zu haben. Ich gebe zu, ich war ziemlich neidisch«, er lachte, »denn ich tat mich wesentlich schwerer als er, Kontakt zu bekommen. Irgendwann habe ich es nicht mehr ausgehalten. Ich habe wüst an seine Tür geklopft und geschimpft, dass er verschwinden solle. Er hat mich von oben bis unten gemustert. Wir Deutschen würden das Leben viel zu ernst nehmen. Aber ich habe ihn genau so blöd angesehen. ›Da irrst du, Mann, ich bin Afrikaner.‹ Er hat mir die Tür vor der Nase zugeknallt.«

»Und das war der Beginn einer lebenslangen Freundschaft unter echten Kerlen?«

»Keineswegs. Er hat die Musik ein bisschen leiser gedreht. Ein paar Tage lang. Ich besorgte mir Ohrstöpsel. Ich hasse Streit.«

»Dann sehen Sie dem Treffen wohl mit gemischten Gefühlen entgegen?«

»Moment, die Geschichte geht weiter! Jetzt kommt die Pointe. Es war kurz nach Weihnachten und ich war völlig am Ende. Heimweh, diese eisige Kälte und kein Geld für den Heimflug. Ich stand schlotternd im obersten Stockwerk des Studentenwohnheims und wäre am liebsten gesprungen. Aber mir fehlte natürlich der Mut. Was mich noch mehr verzweifeln ließ. Es war immerhin das zweite Mal, dass ich da oben stand und in die Tiefe starrte. Und dann kommt dieser blöde Lincoln mit einem Mädchen, dem er den tollen Ausblick zeigen will. Oh Mann …« Daniel schüttelte den Kopf, immer noch amüsiert über die lange zurückliegende, absurde Situation. »Wissen Sie, was dieser Kindskopf gemacht hat? Er nahm die Sektflasche, die er dabei hatte, beugte sich über die Brüstung, sah hinunter. Dann hob er die Flasche feierlich an, ließ sie fallen, sah ihr nach. Und als das Ding mit einer irrsinnigen

Detonation unten in Milliarden kleiner Splitter zerbarst, rief er: ›Happy new year!‹«

»Wenn da unten jemand entlanggelaufen wäre!«

»Ich habe geschrien, ob er verrückt sei. Aber er hat mir die Hand auf die Schulter gehauen und gesagt: ›Hey, Mann, das war für dich.‹ Ihm ist das, glaub ich, gar nicht klar gewesen, dass er die Flasche gewissermaßen geopfert hat. Er hat das aus einem Impuls gemacht. Ohne nachzudenken.«

»Seitdem sind Sie Freunde?«

»Die vier Jahre danach waren wir so gut wie unzertrennlich. Durch Lincoln habe ich gelernt, wie man schlechten Situationen gute Seiten abgewinnt. Er hat mich dann mit Kommilitonen zusammengebracht. Bei denen sind wir eingezogen. Lincoln wurde es allerdings schnell zu spießig. Sie wissen schon, wegen der Mädchen.«

»Seit wann haben Studenten mit Mädchen Probleme?«

»Es war eine Burschenhaft. Die sind da ein bisschen formell. Kein Damenbesuch nach 22.00 Uhr und so. Für mich war das okay. Ich musste nur einen Bruchteil der Miete vom Studentenheim bezahlen. Und es war eine Art Zuhause. Lincoln nahm sich eine Wohnung in der Nähe. Das wurde allmählich das Ausweichquartier von uns allen.«

»Klingt nach einer lustigen Zeit.«

»Das war's auch, Elena. Verstehen Sie nun, warum mich seine Trickserei so traurig macht, dass ich Ihnen meine Studententrübsal auf dem Silbertablett serviere?« Er erhob sich abrupt. »Um Ihre Frage nach meinem Gespräch mit Lincoln zu beantworten: Wenn mich nach so langer Freundschaft jemand für dumm verkauft, dann muss er wirklich gute Gründe haben. Beschimpfe ich ihn am Telefon, bekomme ich es nie heraus.« Er sah auf die Uhr. »Wir sollten fahren. Sonst geraten wir in die Dunkelheit. Das ist in diesem Land nicht ganz ungefährlich.«

»Ich habe selbst einen Wagen. Wir treffen uns im Hotel. Okay?«

»Ach so. Ja, natürlich. Sie mussten ja irgendwie hierher kommen. Sie konnten ja schlecht darauf vertrauen, dass ein Forscher anhält, der eine Tramperin mitnimmt.«

Sie bemühte sich, ihren Schrecken zu verbergen. »Was wollen Sie damit sagen?«

»Seit zwei Monaten arbeite ich hier. Niemals ist ein weißer Forscher vorbeigekommen. Noch dazu einer im grauen Straßenanzug. Ich meine, bei solchen Zufällen wäre außerordentliches Tramperglück fast schon wieder normal.«

31

Robert erwartete sie mit hochrotem, schweißnassem Gesicht hinter dem winzigen Busch, der kaum noch Schatten spendete. Immerhin hatte er die Anzugjacke ausgezogen und sie sich schützend über Kopf und Schultern gebreitet.

»Das sah ja fast aus wie ein Wiedersehen unter Freunden.« Er gab sich wenig Mühe, seine Verärgerung zu verbergen. Im Geländewagen fand er zwei Flaschen Mineralwasser. Die eine schüttete er sich ohne Zögern über den Kopf, die andere trank er in langen Zügen leer. Seine Laune besserte sich nicht. »Du hast ja schon getrunken.«

»Vielen Dank für das freundliche Angebot. Kannst du mir mal sagen, warum du am Zaun aufgetaucht bist?«

»Ich habe mir Sorgen gemacht! Dir hätte sonst was zustoßen können.«

»Robert, wenn du schon den Forscher spielst, zieh das nächste Mal die Anzugjacke aus und versteck die Waffe besser. Daniel hat dich sofort durchschaut. Fahr bitte los, sonst treffen wir ihn noch.« Sie berichtete vom weiteren Verlauf der Begegnung, während er den Wagen mit hohem Tempo durch die Schlaglochpiste jagte.

»Du hast ihm vom Zweck deiner eigenen Firma bislang nichts erzählt?«, fragte Robert schließlich. Ihre Antwort kommentierte er beiläufig: »Was der Bastler nicht selbst austüftelt, ist wohl zu vernachlässigen? Oder wie?«

Elena sah die weite Landschaft vorbeigleiten. Gelegentlich kreisten Greifvögel am Himmel, abwartend. Senkrecht stürzten sie zu Boden. Sie selbst konnte das Ziel der erfolgreichen Jäger nicht ausmachen. Dennoch war es da. Ging Daniel genauso vor? Die Beute hatte er schon längst ausgemacht, während sie noch beobachtete, wie er gewissermaßen am Himmel seine Bahnen zog?

An der Rezeption des *Island* erwartete sie ein großes Paket aus München – der Fußball mit den Unterschriften der Bayern-Spieler. Ihre Mutter hatte Wort gehalten! Sie beschloss, den Ball für den Tag aufzuheben, an dem sie dem hilfsbereiten Michael sein Geschenk überreichen konnte. Völlig uneigennützig natürlich ... Im Zimmer stürzte sie sich aufs Telefon. Die Zeit arbeitete gegen sie!

»Konstantin ist seit zwei Tagen nicht mehr in Berlin«, berichtete seine Assistentin. »Er ist im Ausland, aber übers Handy erreichbar.« Von wegen! Wieder erwischte sie nur die Mailbox. Doch das war in ihrem Sinn. Vielleicht hatte Behr die Information über Oguns falsches Spiel noch nicht weitergegeben. Wenn die Dinge schon so unglücklich liefen, musste sie wenigstens ihre Rolle als Aufklärerin betonen, um nicht als Verliererin dazustehen.

Anhand einer neuen Freund-Feind-Skizze stellte sie fest, dass die Funktionen von Daniel und Lincoln ziemlich undurchsichtig waren. Was Daniel ihr über seine enttäuschte Freundschaft gesagt hatte – das musste ja nicht unbedingt stimmen.

Das Unerfreulichste war Elenas eigene Lage. Wenn ihr nichts einfiel, würde sie kurz nach Behrs Ankunft ihren Job los sein. Sie hätte zwar Ogun überführt, aber in ihrer eigentlichen Angelegenheit wäre sie keinen Schritt weitergekommen. Eher im Gegenteil. Oguns seltsames Gift, das Funke in eine lebende Tote verwandelt hatte, läge in unerreichbarer Ferne – ebenso wie das Gegengift. Angestrengt starrte sie in die Finsternis. Wie Phantome schwebten die Lichter von großen Containerschiffen durch undefinierbare Dimensionen.

»Ich hab's!«, rief sie und erschrak über ihre eigenen Worte. »Daniel kann seine Fabrik weiterbauen. Ich bekomme meine. Und Behr macht zwei Geschäfte statt einem.« Die Sache hatte nur einen Haken: Ogun müsste mitziehen. Hatte er, wie Funke von Anfang an vermutete, kein Interesse an dem Aids-Impfstoff, war ihr Plan zum Scheitern verurteilt. Versuchen kann ich es wenigstens, dachte sie. Ihre Strategie, so viel war klar, würde nur aufgehen, wenn Behr nicht schon wutentbrannt herumtelefoniert hatte. Hektisch wählte sie seine Nummer.

»Keine schlechte Idee, Frau Odermatt«, lobte Behr. »Was sagt Ogun denn dazu?« Sie hörte die Skepsis in seiner Stimme.

»Noch weiß er es nicht. Wir müssen sehr vorsichtig vorgehen. Sobald Sie hier sind, werde ich ein Treffen zwischen Ihnen und Ogun arrangieren. Wissen Sie schon, wann Sie ankommen?«

»Nach Ihrem beziehungsweise Waschinskis Anruf habe ich alles umgeschmissen. Morgen Abend bin ich in Port Lac. Buchen Sie mir das *Island.*«

Elena verkniff sich die Bemerkung, dass Mercedes, der pralle Neonbonbon, darüber wohl untröstlich sein würde. Diese Dame durfte auf keinen Fall erfahren, dass Behr käme. Denn dann wäre Ogun sofort im Bilde. Folglich sagte Elena zum Schluss: »Ich bitte Sie, niemanden in Port Lac über Ihr Kommen zu informieren. Noch etwas, haben Sie Konstantin Wenzel schon gesprochen?« Erleichtert erfuhr sie, dass Behr darin ebenso erfolglos gewesen war wie sie selbst.

Nachdem sie aufgelegt hatte, fiel ihr ein, dass sie Daniel wohl doch besser ins Vertrauen zöge. Im Hotel war er noch nicht eingetroffen. Sie hinterließ am Empfang die Nachricht, er möge sich melden. Nervös lief sie im Zimmer auf und ab. Warum war Konstantin nicht erreichbar? Für Entscheidungen von so großer Tragweite brauchte sie seinen Rückhalt. Und was war mit den übrigen Gesellschaftern? Mit Castorp, der die Rezeptur des Impfstoffs stellen sollte? Oder Syderstatt und Spado, den beiden Senioren, die bei Behrs Vortrag in der Consultingfirma nichts aus der Fassung gebracht hatte? Elena zwang sich zur Ruhe. Mit kopfloser Hektik würde sie nur alles verderben.

Daniel meldete sich erst, als Elena gerade eingeschlafen war. »Störe ich?«, fragte er höflich übers Telefon.

»Nein«, log sie.

»Sie haben bereits geschlafen. Ich dachte, es wäre etwas Dringendes.«

»Ist es auch. Ich habe eine Lösung für unsere Probleme gefunden. Aber dafür brauche ich Ihre Unterstützung.«

»Vertrauen Sie mir denn plötzlich, Elena?«

»Im gleichen Maße wie Sie mir.«

»Dann sollten wir solch ein Gespräch nicht am Telefon führen. Beim Pokern muss man auf jedes Zucken im Gesicht des anderen achten.«

»Ich kann nicht pokern«, protestierte sie.

»Sie?« Er lachte. »Sie haben es erfunden!«

»Sagen Sie mal, was heißt eigentlich *thick madam*? Ist das etwas Unanständiges?«

»Ist das etwa Ihre Hauptsorge?« Er schien sich bestens zu amüsieren.

»Ich würde gern wissen, was Lincoln über mich denkt.«

»Der hält Sie für eine knallharte Geschäftsfrau. Gefällt Ihnen die Antwort?«

»Im Grunde genommen schon.«

»Dachte ich mir. Aber ich verrate Ihnen etwas, Elena.«

»Sie machen es aber spannend.«

»In Wirklichkeit sind Sie keine *thick madam*, also eine gewiefte Businesslady.«

»Und das sagen Sie mir nachts um Viertel nach zehn? Das bringt mich um den Schlaf.«

»Wenn Sie es nämlich wären«, fuhr er unbeirrt fort, »hätten Sie Behrs Anlagen gesehen, auf dem Absatz kehrt gemacht und Ogun das Fell über die dicken Ohren gezogen. Aber Sie sind geblieben und haben versucht, mich auszuhorchen. Was Sie von mir erfahren haben, kann doch unmöglich mit Ihrem eigenen Projekt zu tun haben.«

»Ich dachte, Sie wollen am Telefon nicht pokern.«

»Sie sind ja gar nicht mehr müde. Ich lade Sie zu einem Drink an der Bar ein.«

»Morgen gemeinsames Frühstück«, schlug sie vor.

»Oh nein, nicht schon morgens pokern.«

»Wir können es uns ja gegenseitig verbieten.«

»Schaffen wir nie«, hielt er dagegen.

»Stimmt.«

»Also, welches Geheimnis außer meiner jugendlichen Schüchternheit habe ich Ihnen verraten, dass Sie mich noch mal angerufen haben, um mir die Lösung unserer Probleme mitzuteilen?«

»Behr liefert zwei Anlagen. Was halten Sie davon?«

»Wir treffen uns in zehn Minuten an der Bar.« Er legte auf. Ratlos starrte sie das Telefon an.

Das Schauspiel, das sich am voll besetzten Bartresen bot, wirkte wie einstudiert. Die schwarzen Damen, in leichten, geschlitzten Kleidern oder gefährlich kurzen Röcken saßen, ihre weißen Begleiter standen daneben und spielten sich als balzende Pfauen auf. Die gleichförmige Melodie der Gespräche wurde von einer mal helleren, bald dunkleren Klavierstimme begleitet. Kleine, rote Windlichter auf den nur teilweise besetzten Tischen sollten eine lauschige Stimmung schaffen, die Elena nicht empfinden konnte. Treffs wie diesen hatte sie noch nie leiden können.

»Ist die einzige Bar, die noch offen hat«, brummte Daniel und kürzte die Warterei am Eingang mit einer 100 Wagu-Note ab, die er routiniert aus der Jackett-Tasche zog. Der Pianospieler hatte in einer Ecke Platz gefunden. Mit viel gutem Willen war sein Geklimper als *As time goes by* zu identifizieren.

»Muss ja auch frustrierend sein, so an den Rand geschoben zu werden«, sagte Daniel mit Blick auf den unglücklichen Pianisten.

»Glauben Sie, er würde besser spielen, wenn sein Piano in der Mitte stehen würde?«

»Wenn er's nicht kann, tut der Standort nichts zur Sache. Der Unterschied wäre allenfalls, dass er sich mehr Mühe gäbe.«

»Ja, reden wir über den Standort, Daniel. Was halten Sie von meiner Idee?«

»Mit Ogun werden Sie darüber wohl noch nicht gesprochen haben?«

»Nur mit Behr. Der ist begeistert.«

»Klar. Er verdient schließlich doppelt. Aber darin liegt auch das Risiko Ihres Plans. Was wollen Sie machen, wenn Ogun keine Lust hat, zwei Fabriken zu bauen?«

»Das habe ich mich auch gefragt. Aber aus Ihrem Mund hört sich das recht seltsam an.«

»Dass Ogun ein Trickser ist, das wusste ich. Zudem beleidigt mich ganz persönlich, dass Lincoln mich als Oguns Instrument benutzt. Aber was ist Ihre Antwort, wenn er nicht mitzieht?«

»Er verkauft sein Grundstück. Geld hat er also genug.«

»Woher wissen Sie das?«

»Von ihm selbst.«

»Sie glauben ihm das?«

»Seine Begründung klang logisch.«

»So klingt manche Lüge. Ich bin auf eine solche hereingefallen.«

»Daniel«, ihre Stimme klang verschwörerisch, »Sie kennen Lincoln und Sie kennen Behr. Können Sie nicht an diesem Punkt ansetzen? Wir treffen uns zunächst ohne Ogun und erklären den beiden ganz ruhig, wie eine schwierige Situation noch zu retten ist.«

Er schüttelte amüsiert den Kopf. »Sie wollen mich instrumentalisieren. Ist Ihnen das eigentlich klar?«

»Ist doch nicht zu Ihrem Schaden. Wenn Behr Ihre Arbeit zu schätzen weiß, wird er sich freuen, dass Sie mit im Boot sind. Meinen Geldgebern kann ich später erklären, dass Sie wesentlich kompetenter sind.«

»Danke für die Blumen. Dazu wüsste ich gern, was Ihre Firma

herstellen soll.« Sie skizzierte das Projekt des Impfstoffs. Daniel kratzte sich nachdenklich am Kopf und fasste ihre Erklärung mit seinen Worten zusammen. »Ein Mittel, das dem Körper Abwehrkräfte gegen den Aids-Erreger zur Verfügung stellt. Das ist wirklich ein Hammer, eine Sensation. Nach so etwas sucht doch die ganze Welt. Und das bringt Ogun durch seine Mauschelei in Gefahr?« Er stand auf. »Ich hole mir mal einen Drink. Was soll ich Ihnen mitbringen? Sagen Sie bitte nicht, Wasser!«

»Wasser.«

»Sie sind unverbesserlich.«

Elena sah ihm nach, wie er sich durch die Menschen an der Bar einen Weg hin zum Keeper bahnte. Das Jackett, das er schon in Bolas Club getragen hatte, wirkte an ihm viel zu weit. Sie ertappte sich bei dem Gedanken, ihm einen hübschen Anzug aussuchen zu wollen. Daniel hatte breite Schultern und eine schmale Taille. Wenn er mal nicht den Indiana Jones spielte, sich rasierte und einen richtigen Haarschnitt verpasst bekäme, wäre er ein gut aussehender Mann. Mit Charme, hintergründigem Humor. Und einer Verletzlichkeit, derer er sich nicht schämte, die er aber auch nicht als demonstrativen Schutzschild vor sich her trug.

I'll always love you, intonierte der Pianospieler den Whitney-Houston-Song. Aber seine Tempi stimmten nicht – es klang wie ein von den Stürmen der Zeit verzerrter Gruß aus einer schönen Vergangenheit.

Elena lehnte sich zurück, schloss die Augen. In diesem Moment glaubte sie, Manfreds Gesicht vor sich sehen zu können, die Kraft und die Zuversicht in seinen klaren blauen Augen. Sie hörte den Stoff seiner neuen Anzugjacke reißen, als er sich übermütig zu ihr aufs Bett warf. Viel zu wenig hatten sie aus diesem einen Jahr gemacht, das ihnen zur Verfügung stand. Wenn sie es doch nur gewusst hätten …

Als sie die Augen wieder aufschlug, saß Daniel auf seinem Platz. Der Anflug eines leichten Lächelns lag in seinem Gesicht.

Fast sah er wehmütig aus, ein bisschen entrückt, nicht mehr so geschäftlich und sachlich. »Weit weg gewesen?«, fragte er weich.

»Ich bin vielleicht nur müde. Die letzten Tage waren anstrengend.«

Daniel sah sie versonnen an. »Das war gerade ein wunderbarer Augenblick. Ich habe jemanden gesehen, den ich gar nicht kenne.«

Sie sah ihn irritiert an. »Wen haben Sie denn getroffen?«

»Ich habe Sie gesehen.«

»Ich bin die ganze Zeit schon da.«

»Nein, ich bekomme immer nur Frau Odermatt zu Gesicht. Elena hat gerade er da drüben am Piano herbeigezaubert.« Er lachte. »Obwohl er so grottenschlecht spielt.« Daniel reichte ihr ein schmales Glas. »Wasser für Damen.« Er hob sein eigenes, in dem zwei Finger breit Whisky stand. »Ich möchte, dass wir auf etwas trinken.«

»Ja? Auf was?«

»Darauf, dass wir uns nicht mehr belauern wie zwei Falschspieler. Ist das zu viel verlangt?«

»Wir wissen kaum etwas voneinander.«

»Mehr als Sie glauben. Wir haben erkannt, dass wir zusammenhalten sollten. Das können wir aber nicht in die Tat umsetzen, wenn wir nicht die Karten auf den Tisch legen.«

»Okay«, sagte Elena, »trinken wir darauf.« In ihrem Glas war richtiger Champagner. »Der ist gut.« Sie spürte eine angenehme Wärme im Magen. Beide beobachteten schweigend das bunte Barleben. Es schien in einer anderen Welt stattzufinden – keine zehn Meter entfernt.

»Ogun ist ein Trottel«, begann Daniel. »Er könnte bei einer wirklich bahnbrechenden Erfindung mitmischen. Und verdirbt alles.« Er nahm einen kleinen Schluck. »Ich frage mich nur, wer auf die Idee verfallen ist, solch einen Mann mit diesem Projekt zu betrauen. Man hätte sich doch umhören können. Nein, sehen Sie mich nicht so an, Elena. Ich weiß, was Sie sagen wollen:

›Sie arbeiten selbst für diesen Kerl, Daniel.‹ Ich bin in erster Linie mir selbst gegenüber verantwortlich und kann gehen, wenn es mir nicht passt. In Ihrem Fall hängt eine wahrscheinlich kompliziert Verflechtung von Geldern daran. Warum wurde Ogun nicht abgecheckt? Dann hätte man sich diese Pleite erspart.«

»Mein Chef hat den Kontakt hergestellt«, antwortete sie. »Er betreibt die Consultingfirma, für die ich arbeite. Wenn das hier geklappt hätte, nein, wenn das hier klappt«, verbesserte sie sich, »werde ich Juniorpartnerin bei Syderstatt, Wenzel«, sie machte eine Pause, »und Odermatt. Sie merken, es gibt durchaus einen gewissen Anreiz.«

Daniel schien nicht mehr richtig zuzuhören. Er starrte den Whisky in seinem Glas an, ließ ihn hin und her schwappen, stellte das Glas bedächtig ab. »Konstantin Wenzel und Reinhard Syderstatt. Das ist ja ein Ding.«

»Rein*hold* Syderstatt«, verbesserte sie automatisch. Die Wärme in ihrem Bauch war verflogen, ein leichtes Frösteln legte sich auf ihre Haut, instinktiv verschränkte sie die Arme vor der Brust.

»Konstantin und sein alter Herr – was hat die denn bloß mit Ogun zusammengebracht? Wenn Sie mir das sofort und hier verraten, verbinde ich mir die Augen und folge Ihnen bis ans Ende der Welt.«

»Woher kennen Sie meine Chefs, Daniel?«, fragte sie atemlos. Sie spürte Feuchtigkeit auf dem Ärmel ihres Hosenanzugs. Am Oberarm bildete der verschüttete Champagner einen großen Fleck. Desinteressiert stellte sie das Glas ab.

Freunde und Feinde. *Paranoia?* Sie hatte beinahe noch mehr als in der Nacht, in der Funke tanzte, das Gefühl, in einen schwarzen Schlund aus Unwissenheit und Verzweiflung zu blicken.

»Zug um Zug, Elena«, mahnte Daniel. »Erst die Antwort auf meine Frage.«

»Kann ich Ihnen nicht beantworten. Ehrlich nicht. Ich habe

Konstantin Wenzel immer vertraut, bei allem, was wir gemacht haben. Es gab nie einen Grund, darüber nachzudenken, woher und warum er welche Leute kannte oder sie mit anderen zusammenbrachte. Consulting ist ein Geschäft, in dem Kontakte zählen. Und Vertrauen. Ja, jetzt sehen Sie mich verblüfft an. Ich habe Vertrauen gesagt. Aber eben zu den Leuten, mit denen man seit Jahren arbeitet. Konstantin präsentierte den Geldgebern Oguns Namen, mit dem wir nichts verbanden. Wir haben das nicht hinterfragt. Natürlich nicht. Konstantins Ruf hängt davon ab, dass er die richtigen Leute kennt.«

»Ihre Notoperation in Sachen Behr ist somit in den tiefsten Gründen Ihrer Geschäftsfrauenpsyche eine Ehrenrettung für Konstantin Wenzel.«

»Kann man so sehen, ja. Konstantin und ich, lachen Sie mich nicht aus, aber das ist wie eine Ehe. Jeder in einer Beziehung – jedenfalls, wenn sie funktioniert – kann etwas, das der andere nicht beherrscht. Man ergänzt sich.«

»Da war sie wieder!«

»Wer?«

»Elena. Nicht Frau Odermatt. Manchmal denke ich, ich würde Elena gerne kennen lernen. Sie hat gute Ansichten.«

Sie hatte seine Anspielung durchaus verstanden, ging aber nicht darauf ein. Innerlich wollte sie den blonden Mann, der sie mit einem viel zu verträumten Blick ansah, von sich fortschieben. »Jetzt sind Sie dran, Daniel! Was bedeutet ›Konstantin und sein alter Herr‹? Syderstatt ist nicht Konstantins Vater.«

»Nicht direkt. Syderstatts Bedeutung reicht viel weiter. Konstantins Vater könnte sich nicht mit Syderstatt messen. Jedenfalls nicht in Konstantins Augen. Er ist ein Tüftler, ein Bastler, der es zum Abteilungsleiter bei der Agfa in München gebracht hat. Ich verstand damals schon nicht, wie Konstantin ein so kalter Typ werden konnte. Bei solch einem netten Papa. Ich hatte einen Ferienjob in seiner Abteilung. Aber glauben Sie nicht, dass ich den durch Konstantins Vermittlung bekommen hätte. Mit Leuten wie mir gab der sich nicht ab. Der orientierte sich an den Jungs mit Geld. Behr, den er Gustl nannte. Und natürlich Gerald Castorp. Aber den habe ich nur ein halbes Jahr erlebt, dann zog er aus. Er hatte sein Studium ohnehin spät abgeschlossen.« Er unterbrach sich selbst, Misstrauen im Blick. »Kennen Sie Castorp?«

»Nur von einem Meeting. Kam mir sehr zielbewusst vor.«

»Wirklich?« Daniel trank einen winzigen Schluck. »Wie auch immer. Was macht er denn jetzt?«

»Er ist Vorstand eines Pharmaunternehmens.«

»Sagen Sie bloß Hornung!«

»Woher wissen Sie das alles?«

Elena registrierte die vor Erregung geröteten Wangen Daniels, in dessen Erinnerung offenkundig gerade sein halbes Studentenleben ablief. »Castorp zog also aus. Bis dahin hatte er sich mit Konstantin Wenzel ein Zimmer geteilt. Den frei gewordenen Platz nahm Gustl ein. In der Zwischenzeit hatte der sich aber auch mit Lincoln Bola angefreundet. So kam es, dass Konstantin ständig in Lincolns Wohnung ein und aus ging, denn sein bester Freund hing da ja dauernd herum.« Er versuchte ein schräges Grinsen. »Tja, und ich auch.«

»Dann bin ich gewissermaßen in einem Club von alten Freunden gelandet.« Sie wollte sich ihr Glas holen, griff aber daneben, der Champagner spritzte über den Tisch. »Scheiße!«, entfuhr es ihr. Erschrocken hielt sie sich die Hand vor den Mund, als wollte sie das Wort wieder hineinstopfen. »Sowas passiert mir eigentlich nie.«

Daniel trank den Rest seines Whiskys aus. »Ich wollte sowieso noch mal gehen.« Mit schnellem, festem Schritt strebte er der Theke zu.

Endlich war ihr klar, woher Konstantins vertrauter Umgang mit Gustl rührte. Castorps Bedeutung schien daran gemessen geringer zu sein. Was ihr am meisten Kopfzerbrechen bereitete, war Lincolns Stellung in diesem Quartett. Anscheinend ein Außenseiter, zu dem die anderen flohen, weil sie seine Freiheit schätzten? Wie eng war dieses Band heute noch? Konnte es sein, dass Lincoln alle seine früheren Freunde hinterging, um mit Ogun gemeinsame Sache zu machen? In dem Sinne, wie es Funke gegenüber Manfred formuliert hatte? Der Zusammenhalt des Clans ist stärker als andere Bindungen?

Daniel kam mit drei Gläsern zurück. »Das Wasser hat nur praktische Bedeutung«, scherzte er. »Wenn Sie wieder etwas benetzen wollen, ist Wasser nicht so teuer.«

Er hatte sie zum Lachen gebracht. Daniel setzte eine nachdenkliche Miene auf. »Wissen Sie, wie eine Burschenschaft funktioniert? Nein? Dann erkläre ich Ihnen das Grundprinzip, wie ich es heute sehe. Damals dachte ich darüber natürlich anders und fühlte mich wie in einer Familie. So in etwa ist es ja auch. Sie sind ein junger Student und bekommen einen ›Vater‹, der auch tatsächlich ›alter Herr‹ genannt wird und selbst aus dieser Verbindung hervorgeht. Er hat selbst einen entsprechenden Mentor und so weiter. Die Geschichte wird mit den jungen Studenten fortgesetzt. Die Alten finden Junge, denen sie wie Väter zur Seite stehen, denn die Jungen werden ja mal irgendwann selbst alt. Man braucht Nachfolger, Kontakte. Ich will nicht zu selbstgefällig urteilen. Es gibt auch einige alte Herren, die mittellose junge Studenten tatsächlich finanziell unterstützen. Das muss nicht mal aus Eigennutz geschehen. Im Gegenteil, sie ermutigen, wenn man in einer Krise steckt, zahlen einfach so einen 2000 Mark teuren Flug nach Hause, weil plötzlich die Mutter krank geworden ist. Ja, ich hatte das Glück, durch die Burschenschaft auf einen solchen Mann zu treffen.« Daniel nahm einen etwas zu großen Schluck aus seinem Glas. Er räusperte sich. »Kannten Sie Gustavs Vater?«

Elena schüttelte stumm den Kopf. »So eng ist Ihre Verbindung zu Gustav Behr? Ich fasse es nicht.« Sie war im Begriff, das Glas Champagner zu ergreifen. Und lenkte ihre Hand zum Wasser um. Diese verfilzten Beziehungen würde sie nur mit klarem Kopf durchblicken.

Daniel nickte viel sagend. »So eng, Elena. Ich bin dem Senior eine Menge schuldig. Ich werde deshalb nicht zulassen, dass sein Werk von gewissen Leuten mit Füßen getreten wird. Auch wenn sich darunter ein wirklicher Freund befindet.« Er tat, als prostete er ihr zu. »Wenn Sie bislang dachten, dass Sie selbst zwischen den Stühlen sitzen …«, er machte eine ausholende Bewegung, »… bei mir ist eine Menge Platz.«

»Konstantins alter Herr war Reinhold Syderstatt, der ihn schließlich in seine Unternehmensberatung geholt hat. Castorp wurde wohl vom alten Hornung unterstützt?« Daniel bestätigte Elenas Vermutung. Blieb nur einer der an der Lifevac Beteiligten, dessen Hintergrund Elena nicht kannte: Behr junior.

»Dieser Mann spielt keine Rolle«, antwortete Daniel ausweichend. »Hoffe ich«, setzte er so leise hinzu, dass Elena es kaum verstehen konnte.

»Sie sehen also, ich bin nicht aus Zufall hier«, sagte er nach einer Weile. »Das Schicksal geht anders vor.« Er seufzte grinsend. »Na ja, machen wir die Sache nicht zu bleischwer. Ich werde Sie jedenfalls unterstützen.« Er reichte ihr die Hand. »Vertrauen?«

Sie erwiderte die Geste. »Vertrauen.«

In dieser Nacht grübelte Elena lange über die Begegnung mit Daniel. Das Bild, das sie von ihm hatte, zeigte einen unabhängigen Mann, der sich nicht verbiegen ließ. Nur stand sie selbst wesentlich verwirrter vor einem Geflecht aus Beziehungen, die sich immer deutlicher um jenen Mann rankten, der sie nach Afrika geschickt hatte – Konstantin. Daniel schilderte diesen Vertrauten aus ihrer Geschäftswelt völlig anders, als Elena ihn bislang erlebt hatte. Oder hatte sie sich selbst etwas vorgemacht? War ihr nicht längst klar, dass Konstantin berechnend war? Das schon. Aber nicht in dem Maß, dass er sich seine Freunde nach ihrem familiären Hintergrund aussuchte. Kannte sie Konstantin überhaupt privat? Sie gestand sich ein, dass es nicht der Fall war. Daniels Urteil war wahrscheinlich genauer als ihr eigenes.

Als sie die Augen schloss, beschwor sie Manfreds Gesicht herauf. Es wollte ihr nicht gelingen. Sie hörte nur seine Stimme: *Ich fühle, dass da ein Band zwischen unseren Seelen ist, das auch besteht, wenn wir nicht zusammen sind.*

Die Erinnerung krampfte ihren Magen zusammen. Wie vor Schmerzen gekrümmt drehte sich Elena auf die Seite und wünschte sich, der Schlaf möge sie endlich in seine schützenden Arme nehmen.

32

Je ursprünglicher eine Kultur, desto komplizierter ihre Gifte.« Professor Stucker klang abgeklärt. Vielleicht, dachte Elena, während sie auf den regen Schiffsverkehr in der Lagune zu Füßen ihres Hotelturms hinaussah, ist die sichere Schweiz doch weiter als jene 6000 Kilometer entfernt, die ein Flugzeug zurücklegen muss. Stucker erzählte ihr am Telefon, dass seine Doktoranden mit einer Reihe von Tierversuchen begonnen hätten, es aber noch keine endgültige Auswertung gab.

Der Toxikologe verwies auf die teilweise absolut widersprüchlichen bisherigen Ergebnisse. »Wenn wir dieses Gift, das Ihr Mann in irgendeiner Weise berührt hat, einem Lockfutter beimengen, sterben die Mäuse entweder innerhalb von Minuten an Herzstillstand oder sie winden sich in Muskelkrämpfen. Es kann aber auch vorkommen, dass sie alles erbrechen und sich schnell erholen. Andere irren aufgekratzt im Käfig umher. Das Resultat scheint von der jeweiligen Dosierung abzuhängen.« Dieser Logik entsprechend, so führte Stucker in dem langen Telefonat aus, zeigten die Versuche mit größeren Säugern wie Meerschweinchen und Ratten die gleichen verwirrenden Ergebnisse.

Wieder zitierte Stucker einen Lehrsatz aus seinem Erfahrungsschatz. »Je mehr hochgiftige bis tödliche Substanzen zusammentreffen, desto weniger tödlich ist die Gesamtmenge.« Denn die vielen toxischen Zutaten minderten gegenseitig ihre Wirkung oder hoben sie teilweise wieder auf. »Sie sehen, ein Schritt vor, einer zurück. Sie können von uns keine Wunder erwarten. Ich kann Ihnen nur sagen, was Sie bereits wissen. Die Leute, die diese Giftmischung angerührt haben, kennen sich aus.«

»Professor«, sagte Elena, »inzwischen bin ich auf eine dritte Person gestoßen, die mit dem Gift in Kontakt kam. Ich weiß allerdings in diesem Fall noch weniger, auf welche Weise.« Sie schilderte Funkes nächtlichen Totentanz ums Feuer.

Stucker schwieg sekundenlang. Sie glaubte schon, die Leitung wäre unterbrochen. »Mein Gott«, stöhnte er schließlich, »so etwas habe ich noch nie gehört. Die Forscher auf Haiti …«, er brach ab. Sein Buchwissen wirkte neben der Realität schal.

»Ich möchte diese Frau, die meinem Mann geholfen hat, gerne retten, Professor. Ist es nicht so, dass es zu jedem Gift ein Gegenmittel gibt?«

»Natürlich, Frau Odermatt!« Stucker versuchte ein Lachen. »In diesem Zeug, das wie eine Ausgeburt der Hölle ausschaut, ist auch das Gegengift drin! Aber finden Sie mal die Stecknadel im Heuhaufen. Selbst wenn Sie sie gefunden haben – wer verantwortet es, das Gegengift zu verabreichen?«

Mit seinen wenigen Worten hatte der Professor eine Hoffnung – auch wenn es nur eine winzig kleine war – zunichte gemacht. Elena wagte kaum noch zu fragen, ob die Reste an Omos Flasche sich noch analysieren ließen. Dieses Mal reagierte Stucker überraschenderweise positiv. »Wir sind sozusagen unserer Nase gefolgt«, meinte der Professor. »Und die hat uns nicht getäuscht: Fischmehl. Einige Spuren von Kreislauf stärkenden Substanzen und …«, er legte eine Kunstpause ein, »… Brennnesseln. Insgesamt harmlos. In der Form, wie es uns vorliegt, sogar wirkungslos. Allenfalls frisch zubereitet wäre eine Wirkung vorstellbar.«

»Aber dieses Zeug hat Manfred die Kraft gegeben, sich aufzuraffen und ein Flugzeug nach London zu nehmen«, protestierte Elena.

»Das mag wohl sein«, meinte Stucker in seiner langsamen, bedächtigen Art zu sprechen. »Es war aber nicht die Wirkung der Inhaltsstoffe, Frau Odermatt. Sondern das stärkste Medikament, das eine Arznei einem Kranken zur Verfügung stellen kann.«

»Welche?«, fragte sie gespannt.

»Die Hoffnung«, kam es bündig aus dem Telefon. »Sehen Sie, so funktioniert ein Großteil traditioneller Medizin. Sie stimuliert über den Umweg der Psyche die Selbstheilungskräfte. Das Mittel selbst ist im Kern bedeutungslos. Mediziner nennen so etwas ein Placebo. Nichts anderes hat dieser kluge Mann namens Omo mit Ihrem Gatten getan, Frau Odermatt. Er hat ihm die Hoffnung in Form eines kleinen Fläschchens mit auf den Weg gegeben.«

»Professor«, entgegnete Elena matt, »Sie kennen sich mit afrikanischen Giften und Mentalitäten aus, nicht wahr? Glauben Sie, dass es von dem Gift, das Sie analysiert haben, noch mehr gibt? Dass dies sozusagen nur eine Probe ist?«

»Ich bin nicht in Afrika, Frau Odermatt. Ich kann nur im Dunkeln tappen. Zu welchem Medikament soll ich Ihnen also raten? Zur Hoffnung, dass es nicht so ist? Oder zur Angst, es könnte so sein?« Elena hörte ihn schwer atmen. »Schauen Sie, Frau Odermatt, so wie unsere Erde einen Nord- und einen Südpol hat, also ein Magnetfeld ist, so haben wir Menschen ebenfalls zwei Kräfte, die uns zwischen sich hin und her schubsen. Das eine ist die Hoffnung, das andere die Angst. Bei allem, was Sie erleben, müssen Sie Acht geben, dass die zerstörerische Kraft der Angst die Hoffnung in Ihnen nicht kaputt macht.«

»Das ist sehr abstrakt, Professor.«

»Nein, das ist real. Denken Sie darüber nach. Ich bin kein *babalawo*, kein Priester, der Ihnen ein seltsames Fläschchen mit übel riechendem Saft verabreicht. Ich habe nur ein Mittel, die Ratio, den Verstand, die Logik. Und Sie haben dies Mittel auch. Gebrauchen Sie es, dann wird die Angst nicht die Hoffnung zerstören.«

33

Die Ankunftshalle des Mohammad-Mentìja-Airports war voller erwartungsfroher Menschen, die ihre Liebsten abholen wollten. Sie und Daniel überragten die kaum zu überblickende Menge, nahmen sich aus wie blasse Exoten in der farbenfrohen Palette bunt gekleideter Wartender, die sich per Zuruf verständigten. Mitgebrachte Radios signalisierten lautstarkes Willkommen. Elena bestaunte das lebenslustige Durcheinander, vergaß fast den Anlass ihrer Anwesenheit. Herumtollende Kinder stießen sie an, trennten sie von Daniel. Mühsam machte sie sich auf die Suche nach ihm.

»Oh honey, das ist aber eine Überraschung, dich hier zu sehen!« Als Elena sich erstaunt umdrehte, sah sie in das erfreute Gesicht von Mercedes. Elena war zu perplex, um einen vernünftigen Ton herauszubringen.

Mercedes hatte sich zurechtgemacht wie eine grell blühende, tropische Pflanze. Sie trug einen rot, orange und gelb getupften Hut mit breiter, geflochtener Krempe. Ihre üppigen Brüste waren in ein knappes, dunkelgelbes Oberteil gezwängt, die langen Beine mit einem weitklaffenden Wickelrock aus kräftigem Orange zur Geltung gebracht. Ein Paar knallroter Stilettos rundete ihre farbenfrohe Erscheinung ab. Selbst mit den Stoffen der anderen Afrikanerinnen verglichen, stach sie aus der bunten Menge hervor.

»Was tust du denn hier?« Elenas Frage glich dem Keuchen eines verwundeten Tieres.

»Warten, honey!« Mercedes drückte Elena fest an sich. Im gleichen Moment spürte Elena einen Ruck an ihrer Tasche. Offensichtlich war wieder mal eines der spielenden Kinder gegen sie gerannt. »Schade, dass du bei Oladayo ausgezogen bist, honey. Wir hätten eine schöne Zeit haben können!«

Daniels Kommen erlöste sie aus Mercedes' Umarmung. »Da sind Sie ja!«, sagte er erleichtert auf Deutsch.

Mercedes bedachte Daniel, der sein übliches Indiana-Jones-Outfit angelegt hatte, mit einem äußerst interessierten Blick. »Jetzt verstehe ich«, grinste sie breit, »gegen diesen Begleiter kommt kein Swimmingpool an. Gratuliere.«

Daniel betrachtete Elena verwirrt. »Wer ist das?« Er war zu höflich, um auf Englisch zu fragen.

Elena sah sich genötigt, die beiden vorzustellen. Mercedes ließ ihr breites Strahlen weiterhin leuchten. »Ich heiße wie eure großen deutschen Autos.«

»Seien Sie froh, dass Ihr Vater meine Marke nicht mochte«, kommentierte Daniel trocken, »sonst würden Sie Mitsubishi heißen.«

»Oh, das ist gut, Daniel! Sie haben Humor!«

Der kleine Schlagabtausch hatte Elena Zeit zum Nachdenken verschafft. In den nächsten Minuten würde Behr junior in die Halle kommen. Traf er auf seine Flamme Mercedes, war an ein klärendes Gespräch zwischen ihm, Daniel und ihr nicht mehr zu denken, bevor sie sich mit Lincoln im *Island* trafen. Siedend heiß lief es ihr über den Rücken. Genau deshalb war Mercedes hier. Irgendjemand hatte sie vorgeschickt, um Behr abzufangen. In ihr baute sich eine leise Wut auf.

Was sie sagte, glich einem Blindflug. »Gustav Behr hätte sich gewiss gefreut, wenn Lincoln dich begleitet hätte, Mercedes. Ein großer Willkommensempfang ist nach einem langen Flug etwas sehr Schönes.«

In Daniels Augen erkannte sie ein kurzes Aufblitzen. Zumindest er hatte verstanden, was in Elena vorging. »Auch Mister Ogun wäre bestimmt eine Bereicherung unseres Kommitees gewesen.«

Mercedes ließ sich nicht die Laune verderben.

»Wovon sprecht ihr beiden? Gustav Behr? Seid ihr seinetwegen hier? Oh, das ist eine großartige Überraschung! Wenn ich das gewusst hätte, wäre ich mit einem Strauß Blumen gekommen.«

»Du bist der Strauß«, brummte Elena etwas schmallippig.

»Honey, von einer Frau wie dir ist das ein schönes Kompliment.« Sie schloss Elena in die Arme, ließ sie gleich darauf wieder los. Auf der anderen Seite schoben sich bereits die Menschen zur Zollkontrolle. Vorneweg Behr. Natürlich, er war erster Klasse gereist.

Mercedes tat, was von ihr erwartet wurde. Sie riss die Arme hoch, schob sich durch sämtliche Anwesenden hindurch und stieß ein jauchzendes »Gustav, *sweetheart!*« aus.

»Scheiße.« Mehr fiel auch Daniel jetzt nicht mehr ein. Er blickte Elena mit sorgenvoller Stirn an. »Woher weiß sie von Behrs Kommen?«

»Ich könnte mich ohrfeigen, Daniel.«

»Wieso das denn? Sie haben sie doch nicht bestellt.«

»Ich habe es ihr zu leicht gemacht. Ich hätte abwarten sollen, wie sie sich verhält.«

»Die ist wegen Behr hier. Wir wurden verraten. Wenn Sie nichts von Lincoln gesagt hätten, wäre alles genauso gekommen. Die andere Seite ist uns wieder mal einen Schritt voraus, Elena. Ärgern nützt jetzt nichts mehr.« Er deutete auf Elenas Tasche. »Machen Sie lieber die Tasche zu. Vielleicht hat hier jemand lange Finger.«

»Die Tasche? Nanu?« Sie schloss den Reißverschluss. Mercedes näherte sich bereits Arm in Arm mit Behr. In Begleitung der beiden befand sich der dicke Zollchef, der Elenas vierten Koffer persönlich im *Island* abgeliefert hatte. Für sie und Daniel hatte Behr unter diesen Umständen nur einen kurzen Gruß übrig. Der Mann wirkte glücklich wie ein Urlauber am ersten Ferientag. Vergebens versuchte Daniel, auf den geschäftlichen Anlass der Reise zu verweisen.

»Danny, sei kein Spielverderber«, kumpelhaft stieß er Daniel in die Rippen, »die Frau ist heiß. Soll ich warten, bis sie kalt wird?«

»Gustav, hier wird ein ganz übles Spiel mit dir gespielt. Lass es dir doch bitte erklären, bevor du dich abschleppen lässt.«

Behr grinste breit. »Ich kenn' dieses Spiel, Danny, und ich mag es.«

Der Zollchef dirigierte alle vier zum Elena bekannten Seitenausgang, wo diesmal Behrs Koffer bereitstanden. Elena verkniff sich jede Bemerkung. Behr würde schon selbst auf seine Siebensachen aufpassen können. Sie erkannte ein ganz anderes Problem. Das Auto neben den Koffern. Der Motor lief, die Heckklappe war geöffnet. Alles wie gehabt. Nur war es diesmal Oguns gepanzerter Mercedes. Allerdings wartete im Gegensatz zu Elenas Ankunft Biyi neben dem Wagen.

»Wie kriegen wir den jetzt noch ins *Island*?«, flüsterte Daniel seiner Komplizin ins Ohr.

»Verwickeln Sie Behr in ein Gespräch. Ich brauche eine Minute, höchstens«, zischte sie zurück. Sie lief zielstrebig zu Biyi.

»Ma'am, schön Sie wieder zu sehen«, begrüßte sie der Fahrer. »Darf ich Sie mitnehmen?«

»Wohin fahren Sie, Biyi?«

»Zum Haus vom *Chief*.«

»Machen Sie einen Zwischenstopp im *Island*?«

»Darf ich nicht, Ma'am.«

»Der Fußball ist angekommen, Biyi. Voller Autogramme von allen Stars des FC Bayern. Ich habe ihn in meinem Zimmer. Ich muss nur schnell rauf und ihn holen. Dauert fünf Minuten.«

Biyis Widerstand schwand sichtbar. »Fünf Minuten?«

»Versprochen! Es ist für Michael. Er hat ihn sich verdient.«

»Okay, Ma'am. Aber sagen Sie der Lady nichts.« Er meinte Mercedes, die wie eine Schlingpflanze an Behr hing. Daniel stand daneben wie ein Cowboy, dem Pferd und Colt geklaut worden waren.

»Herr Behr, kommen Sie!«, rief Elena auf Englisch, damit Mercedes alles verstehen konnte. »Ich fahre mit Ihnen, dann können wir schon mal reden.«

Behr setzte sich in Bewegung. Elena sah, dass Mercedes das Lachen abhanden gekommen war, doch sie schwieg.

»Es bleibt alles wie besprochen«, wandte Elena sich auf Deutsch an Daniel. »Alles«, fügte sie hinzu und schwang sich auf den Beifahrersitz. Das wieder vereinte Liebespaar suchte im Fond bereits die ersehnte Nähe.

Die Strategie von Mercedes war einfach. Sie knöpfte Behrs Hemd auf und streichelte mit roten Krallen die Brust ihrer mit Leichtigkeit erlegten Beute. Elena ließ sie gewähren, wenngleich ihr ausgesprochen unbehaglich zumute war. Ungeniert begann sie mit Behr einen Dialog auf Deutsch, den Mercedes nicht verstehen konnte.

»Herr Behr, verstehen Sie mich nicht falsch«, sagte Elena ohne eine Spur übertriebener Höflichkeit, »wir haben Sie gerufen, weil hier ein paar Dinge ziemlich in die Hose gehen.« Sie grinste. »Pardon.« Irritiert schob Behr Mercedes ein Stück von sich fort. Was die keineswegs aufhalten konnte.

»Ein Mann verschiebt wichtige Anlagen an andere Stelle. Wir müssen uns fragen, warum er mit diesem Verhalten ein so wichtiges Projekt nicht nur gefährdet, sondern es sogar verhindert, wenn wir jetzt nicht sehr besonnen vorgehen. Ich bitte Sie deshalb um Folgendes: Der Fahrer wird uns nicht zu dem Ziel bringen, das Ihre Begleiterin ihm genannt hat. Sondern dorthin, wo ich Sie eingebucht habe.« Sie drückte sich umständlich aus, damit sich der ungewollten Beifahrerin der Sinn nicht erschloss. »Ihre Begleiterin wird protestieren. Aber Sie werden aussteigen und mit mir hineingehen.«

»Sie haben einen seltsamen Ton drauf, Frau Odermatt.«

»Ich muss verhindern, dass Sie mit Körperteilen denken, die dazu nicht bestimmt sind. Tut mir Leid.«

»Was erlauben Sie sich?«

»Es gab mal eine Burschenschaft in München. Sie erinnern sich? Man traf sich bei einem Mann, der Ihnen und Ihren Freunden den Spaß gewährte, den die etwas formellen alten Herren nicht gern sahen. Kann man das so ausdrücken?«

Behr schwieg. Er packte die Hände von Mercedes und platzierte sie uncharmant in deren eigenem Schoß.

»Gut. Sie verstehen also«, fuhr Elena etwas freundlicher fort. »Dieser Mann ist nun im Begriff, bei den Freunden von damals Geld abzuzocken. Entschuldigen Sie meine Sprache. Aber ich bin manchmal etwas direkt. Die Dame neben Ihnen ist allerdings der Beweis für meinen Verdacht.« Sie erwartete eine Antwort. Als die ausblieb, fuhr sie fort: »Sehen Sie, ich will hier einen Job machen, bei dem es um viel Geld geht. Um Ihres. Aber auch um das Geld von alten Herren. Verweigern Sie mir jetzt Ihre Unterstützung, werde ich nicht zögern, jenen Senioren klar zu machen, was hier gespielt wird. Im anderen Fall werden wir einen Plan austüfteln, dass Sie zwei Fabriken ausrüsten. Daniel Waschinksi wird diese aufbauen. Und nur er. Kein Spaßvogel aus Studententagen.«

Mercedes ging zum Direktangriff über. Sie knöpfte Behrs Hose auf, während sie Elena, die sich die ganze Zeit über zu den Fondpassagieren umgedreht hatte, direkt in die Augen sah. Behr schöpfte tief Luft, streckte sich.

»Sagen Sie ihr, sie soll die Krallen einfahren.« Elena setzte ein sanftes »Herr Behr« hinzu.

Behr reagierte nicht. Er genoss mit geschlossenen Augen.

Elena drehte sich nach vorn. »Okay«, zischte sie und starrte gegen die Windschutzscheibe. Die Hitze stieg aus ihrem Bauch auf und machte sich in ihrem Nacken breit. »Also gut. Ich fliege morgen zurück und werde den alten Herren reinen Wein einschenken.«

»Hör auf«, brummte Behr hinten auf Englisch. »Ich sagte, aufhören!«, brüllte er und schob Mercedes endgültig in die Ecke. »Mein Gott, Frau Odermatt, was hat Sie bloß so hart werden lassen? Beruhigen Sie sich. Wir fahren zum Hotel.«

Biyi brachte den Wagen vor der Einfahrt zum Stehen, kurz

dahinter hielt Daniels Pickup. »Biyi, bring uns sofort zum *Chief*!«, kreischte Mercedes aufgeregt.

»Er hat es sich anders überlegt.« Elena lächelte, Daniel öffnete die Türen des Autos. Sie sah das triumphierende Grinsen in seinem Gesicht.

»Ist sie nicht eine gute Fremdenführerin, Gustav?«

»Weiß sie das von dir?«, knurrte Behr.

»Wir haben mal eine Stadtrundfahrt gemacht.«

»Ich meine unsere Münchner Zeit, Danny. Warum hast du ihr das alles erzählt?« Er deutete mit dem Kopf in Elenas Richtung. »Wenigstens Konrad hättest du aus dem Spiel lassen können.«

»Habe ich«, schnappte Daniel.

Mercedes stand bereits neben Behr, die Hand um seine Hüfte. Sie schenkte Elena einen Blick, so zuckersüß, dass er jeden Diabetiker auf direktem Wege ins Grab befördert hätte. »Ich komme mit!« Sie gab Biyi ein Zeichen. »Berichte dem *Chief*, was los ist.«

Biyi verharrte reglos neben dem Wagen, aus dem die Hotelboys inzwischen Behrs Koffer hoben.

»Er wartet noch auf mich, *Honey*«, flötete Elena in jenem Mercedes mittlerweile verloren gegangenen Tonfall. Sie bat Daniel, Behr keinen Augenblick aus den Augen zu lassen. »Fünf Minuten. Versprochen«, rief sie Biyi zu und lief im Eilschritt zur Halle.

34

Das Bar-Restaurant des *Island* war erwartungsgemäß unübersichtlich gefüllt. Elena schob sich durch die Menge. Daniel und sie hatten für viel Geld einen Tisch in einer verhältnismäßig ruhigen Ecke reserviert. Jemand griff nach ihrer Hand. Robert! Er zog sie hinter einen Pfeiler, sodass die anderen sie nicht sehen konnten.

»Hör zu, ganz kurz nur, ich weiß, dass du erwartet wirst.« Robert wirkte gehetzt.

»Wir sollten nicht zusammen gesehen werden, Robert!«

»Es muss sein. Frage: Kennst du einen Weißen, weicher Typ, gewellte dunkle Haare, Goldbrille, sehr auf Chic bedacht?«

Sie spürte, wie sich ihr Puls beschleunigte. »Konstantin Wenzel«, antwortete sie wie in Trance.

»Mist! Ich hab's gewusst.« Elena sah, wie sich in Roberts Kopf plötzlich ein Puzzle zu einem Bild zusammenfügte. »Elena, hier läuft ein Ding, du ahnst es nicht. Dieser Wenzel, er ist hier.«

»Das kann nicht sein! Du musst dich irren.«

»Ich habe sie alle fotografiert. Mit dem Tele, in Oguns Haus.«

»Wann?«

»Heute Morgen.« Konstantin ist im Ausland, hatte seine Assistentin gesagt. Ausland … Elena wünschte sich, jemand würde sie sanft an der Schulter packen und sie wecken, sie aus einem Albtraum reißen.

Dies war Realität, Entkommen unmöglich.

»Der Typ da hinten bei Waschinski, dieser Prostituierten und dem anderen Weißen, der war auch dort.«

»Er heißt Lincoln Bola, der Sohn seines Partners.«

Robert blickte sie besorgt an. »Die schmieden ein Komplott, Elena. Deine eigenen Leute sind es. Aber das ist nicht alles. Ich habe noch etwas. Ich bin diesem Wenzel gefolgt …« Robert verstummte. Daniel stand vor ihnen.

»Beobachten Sie hier Großwild?«, fragte er süffisant. »Da brauchen Sie wohl eine Unterwasserkamera.«

»Was?«, blaffte Robert.

»Na, hier gibt's nur Haie.« Daniel grinste. Aber Elena war nicht zum Lachen zumute. »Elena, Sie müssen jetzt zu uns kommen. Behr scharrt mit den Füßen und sein Luxusauto geht ihm dauernd an die Wäsche. Könnt ihr nicht später reden? Wäre vielleicht ohnehin an der Zeit, dass wir drei uns mal unterhalten.« Er blickte Elena an. »Sie erinnern sich – Vertrauen.«

Robert räusperte sich. »Okay, ich bleibe. Aber reden sollten wir nachher woanders. Es ist besser, wir kennen uns nicht.«

Daniel nickte verstehend. »Bis später also.«

Sie liefen quer durchs Restaurant. »Nur eine Frage, Elena. Keine Ausflüchte. Wer ist der Mann?«

»Er ist auf unserer Seite. Ich werde es Ihnen nachher erzählen. Außerdem hat er Informationen über Konstantin Wenzel. Konstantin war heute Morgen bei Ogun. Mit Lincoln.«

»Das ist ein Witz!« Daniel war stehen geblieben. »Elena, die sind uns nicht einen Schritt voraus. Sondern hundert!« Er ging weiter. »Wir können nun nichts mehr ändern. Machen wir weiter wie geplant, oder?« Sie stimmte zu.

Sie waren noch vielleicht sechs Schritte entfernt von dem Tisch, an dem sie erwartet wurden. Lincoln blickte sie interessiert an, Behr ließ sich von Mercedes befummeln und streichelte ihr seinerseits den Rücken.

Zwei schwere Hände legten sich auf Elenas Schultern. »Miss, öffnen Sie bitte Ihre Tasche.« Die tiefe Stimme gehörte zu einem untersetzten Schwarzen.

»Was wollen Sie?« Daniel nahm die schwere Hand von Elenas Schulter weg. Mit unglaublicher Geschwindigkeit drehte der kleine Schwarze Daniel den Arm auf den Rücken.

»Ruhig, Sir, das geht Sie nichts an.«

Der zweite Schwarze riss Elena blitzschnell die große Umhängetasche von der Schulter, zog den Reißverschluss auf.

»Geben Sie die Tasche zurück! Sind Sie verrückt! Hilfe, Polizei!«, schrie sie gellend.

Elena erwartete, dass alle Anwesenden, darunter auch viele Weiße, zu Hilfe eilten. Aber nichts geschah. Einige Gäste gafften zwar interessiert. Andere sahen rasch wieder fort.

»Das *ist* die Polizei, Elena«, keuchte Daniel, der sich im Griff des kleinen Schwarzen wand.

Der Mann, der Elenas Tasche an sich genommen hatte, wühlte darin kurz herum. Triumphierend hielt er einen kleinen Plastikbeutel in die Höhe. »Sie verkaufen Rauschgift, Miss«, sagte er vernehmlich laut. Es klang, als hätte er zu viele amerikanische Fernsehfilme geguckt.

Elena blickte sich zu Behrs Tisch um. Mercedes' Gesicht drückte nicht mal den Anflug einer Reaktion aus. Lediglich ihre Augen strahlten eine solche Kälte aus, dass es Elena fröstelte. Behr selbst rührte sich ebenso wenig wie Lincoln.

Sie hatten Elena besiegt. Mit einem Plastiksäckchen. Der Ruck an der Tasche im Flughafengedränge, der geöffnete Reißverschluss … Wie einfach das gewesen war. Daniel machte einen verzweifelten Versuch, sich zu befreien. Ein Fausthieb ließ ihn einknicken. Der Polizist zerrte ihn hoch. Daniels Augenbraue war geplatzt. Blut rann ihm übers Gesicht.

»Weisen Sie sich aus!«, schrie er. Der nächste Schlag traf Daniel in den Magen, er sackte in sich zusammen. Elena stand in der Mitte des mit Menschen gefüllten Restaurants, unfähig zu einer Reaktion. Sie war wie gelähmt.

Endlich erhob Lincoln sich. Er zupfte sein Jackett zurecht. Gemessenen Schrittes kam er näher. »Miss Odermatt, ich hoffe, dass es sich hierbei um eine Verwechslung handelt. Wir können es uns nicht leisten, mit Leuten zusammenzuarbeiten, die einen schlechten Ruf haben. In diesem Land ist Rauschgift verboten.«

Sämtliche Flüche, die sie jemals gehört hatte, kamen Elena in den Sinn. Aber sie brachte kein Wort mehr über die Lippen.

»Lincoln, du bist das größte Arschloch, das ich …«, Daniel hatte kaum Luft zum Sprechen, »… in meinem ganzen Leben … und ich schwör …« Ein erneuter Treffer am Kinn ließ ihn verstummen. Kraftlos sank er zu Boden. Der Polizist zog ihn quer durchs Restaurant zum Ausgang. Sein Kollege griff Elenas Handgelenk. Sie leistete keinen Widerstand. Wenigstens aufrecht wollte sie das Feld verlassen. Im Vorbeigehen entdeckte sie Robert hinter der Säule.

Der hünenhafte Mann im grauen Anzug hatte die Arme vor der Brust verschränkt. Elena blickte über die Schulter zurück. Robert folgte ihnen mit zwei Schritten Abstand.

Der dunkle Lieferwagen ohne Aufschrift stand direkt vor dem Hoteleingang. Dort, wo sie zuletzt Oguns Mercedes entstiegen war. Wie lang war das her? Zehn, fünfzehn Minuten? Die Polizisten öffneten die Hecktüren, schubsten zuerst Daniel hinein, dann Elena. Sie kletterten hinterher und klopften gegen die Trennwand. Abrupt fuhr der Kleinlaster los. Elena verlor den Halt, stürzte zu Boden, neben den blutenden Daniel. Man drehte beiden die Hände auf den Rücken. Die Handschellen schnitten in die empfindliche Haut ihrer Gelenke, sie versuchte den Druck zu mindern, indem sie die Hände vorsichtig bewegte, bis es einigermaßen erträglich war.

Daniels linkes Auge war inzwischen zugeschwollen. Er benötigt dringend Eis, dachte Elena. Sein anderes war geschlossen. »Daniel«, sagte sie laut, »hören Sie mich?«

»Sei still«, wurde sie von oben angefahren. Die Polizisten – oder was immer sie sein mochten – hatten auf den seitlichen Bänken Platz genommen.

Elena blies dem Verwundeten sanft ins Gesicht. Sie glaubte, den Schmerz, den er verspürte, selbst zu empfinden, wollte sein geschundenes Augen mit ihrem Atem kühlen. Immer wieder pustete sie sanft. Nach einer Ewigkeit öffnete er das rechte Auge.

»Hallo«, murmelte er und verzog das Gesicht zu einer schmerzverzerrten Grimasse. »Ich glaube«, presste er hervor, »wir haben die falschen Freunde.«

Ein Tritt in den Rücken brachte ihn zum Schweigen.

Auf dem Schreibtisch lag der gesamte Inhalt von Elenas Tasche. Ihr Gegenüber trug eine Uniform, die entfernt an jene des Zollchefs erinnerte. In der Militärhierarchie schien er es weit gebracht zu haben, drei Pfeile zierten seine Schulterklappen. Interessiert blätterte der Offizier in Elenas Adressverzeichnis, das er im Filofax gefunden hatte. »Das sind alles Ihre Kunden«, stellte er fest.

»Ich bin Unternehmensberaterin. Bei uns nennt man sie Klienten. Aber da stehen auch private Anschriften drin.«

»Beliefern Sie die auch mit Rauschgift?«

»Ich verlange einen Anwalt«, antwortete Elena so ruhig, wie sie gerade noch konnte. »Außerdem müssen Sie die deutsche Botschaft informieren.«

»Was ich muss, entscheide ich selbst.«

Elena hatte rasende Kopfschmerzen, das Pochen in den Schläfen erlaubte keinen klaren Gedanken. Man wollte sie mit einem fadenscheinigen Verdacht kaltstellen. Und sie sah nur eine Möglichkeit: Logik. »Bitte, können Sie das Plastiktütchen nicht mal auf meine Fingerabdrücke hin untersuchen?« Es lag direkt zwischen ihr und dem Polizisten. »Ich habe es nie angefasst.« Sie streckte dem Polizisten die Hände entgegen. »Nehmen Sie meine Fingerabdrücke. Ich bin unschuldig.«

Blitzschnell schnappte der Polizist das Tütchen und warf es Elena zu. Sie reagierte falsch. Sie fing es auf. Sofort erkannte sie den Fehler und ließ das Beweisstück fallen wie eine heiße Kartoffel. Sie blickte neben sich. Es lag auf dem Boden. Nun waren ihre Fingerabdrücke darauf.

Der Polizist erhob sich unendlich langsam, umrundete den Schreibtisch im Schneckentempo und hob das Tütchen mit einer Pinzette auf. Er richtete sich neben Elena auf und sagte freundlich lächelnd: »Danke.« Dann brüllte er einen Befehl nach draußen, woraufhin zwei starke Polizisten die junge Frau wortlos unter den Armen packten und abführten. Sie schleppten sie durch lange, dunkle Gänge. Zerlumpte, geschundene und gefesselte Gestalten stierten geistesabwesend vor sich hin. Manche hatten noch so viel Verzweiflung in sich, dass sie fluchten. Andere riefen Elena Worte nach, die sie nicht verstand. Eine Wanduhr zeigte an, dass es kurz vor Mitternacht war.

Elena hatte nicht die leiseste Idee, wo sich dieser Ort befand, an den sie nicht gehörte. Und an dem man das in ihr sah, was sie nicht mehr war – eine *thick madam*. Sie lief mit gesenktem Kopf, die Haare fielen ihr ins Gesicht.

Wie hatte Daniel gesagt? Sie könne gut pokern? Nein, sie hatte verloren. Weil sie nicht gemerkt hatte, dass ihre Karten einfach nichts wert waren.

Eine schmale Holztür wurde geöffnet, einer der Polizisten versetzte ihr einen Stoß. Elena stand in einem Raum von höchstens drei Metern Länge und zwei Metern Breite. Eine nackte Birne brannte an der Decke. Kein Stuhl, kein Wasser, kein Klo. Nur ein Eimer, der nach Exkrementen stank. Und eine Bastmatte am Boden. Hinter ihr wurde der Schlüssel zweimal im Schloss umgedreht. Instinktiv suchte sie nach einem Fenster. In unerreichbarer Höhe befand es sich kurz unter der Decke. Vergittert. Sie saß in der Falle. Ihr Mund brannte, alles in ihr schrie nach Wasser. Stickig und heiß war es in diesem Loch. Sie zog die Jacke ihres Hosenanzugs aus, faltete das teure Stück zusammen und legte es auf die Matte am Boden. Ihr Kopfkissen. Das war alles, was sie aus ihrer Welt mitgebracht hatte, um sich in dieser Umgebung zu helfen.

Hoffnung und Angst, Professor Stucker? In der Schweiz, wo es Gesetze gab, die einen vor der Angst beschützten, mochte es

Hoffnung geben. Aber in einem Land, in dem das Militär selbst die Gesetze schrieb, um sie nach Laune zu interpretieren?

Elena streckte sich am Boden aus. Die Wände waren nicht einmal verputzt, die nackten Gasbetonsteine schlampig verfugt. Die vorherigen Bewohner der Zelle hatten es geschafft, den Mörtel in den Ritzen auszuschaben, millimetertief. Völlig unsinnig schien das. So käme man hier nie raus. Höchstens zum Nachbarn, der im gleichen Elend dahinsiechte.

Vor allem der Gestank brachte sie fast um den Verstand. Entschlossen drehte sie den Eimer um. Falsche Freunde, hatte Daniel gesagt. Wenn Konstantin wirklich in diesem Land war, würde er doch nicht zulassen, dass man sie hier einkerkerte! Robert musste sich einfach irren. Ogun und Lincoln, dass die sie kaltstellten, war nachvollziehbar. Aber doch nicht Konstantin! Was für ein Interesse konnte der daran haben?

Andererseits passte Roberts Beschreibung genau auf ihn. Natürlich! Behr hatte Konstantin erreicht, der war sofort gekommen, um die Sache geradezubiegen! Es war ganz einfach. Sie schmorte in diesem Loch, weil Ogun seinem Partner Konstantin die eigene Macht demonstrieren wollte. Elena war eigentlich gar nicht gemeint. Und Daniel? Der war nur im Weg?

Daniel hatte nicht mal die Kraft, allein zu gehen. In diesen trostlosen Bau hatte sie ihn hineingeschleift. Und sie selbst hatte ihn in diese Situation gebracht. Wieder hatte sie einen Unschuldigen in ihre Angelegenheiten verwickelt. Er hatte ihr vertraut. Die Freiheit und blutige Verletzungen waren der Preis, den er dafür zu zahlen hatte.

»Elena, sind Sie da irgendwo?« Das war Daniel! Stucker hatte Recht! Es gibt immer eine Hoffnung. Und wenn es nur eine Stimme ist, die aus dem Nichts zu einem dringt.

35

Wo sind Sie, Daniel?« Suchend blickte Elena die Wände an, als könnten die Antwort geben.

»Auf der anderen Seite.« Sie hörte ein Klopfen. Es kam von der Wand, auf der die Fugen am tiefsten ausgekratzt waren.

»Wie geht's Ihnen, haben Sie starke Schmerzen?«

»Ich muss versuchen, an Schnaps zu kommen, um die Wunde über dem Auge zu desinfizieren. Hier ist alles so dreckig, dass man sich leicht sonst was einfangen kann. Ich habe aber kein Geld, um die Wachen zu bestechen.«

Er klagte und jammerte nicht. Sondern überlegte bereits, wie er sich helfen könnte … Seine Stimme schien aus Bodennähe zu kommen, wahrscheinlich lag er, vermutete Elena. Indem sie den Kopf auf die Jacke bettete, hörte sie ein leises Knistern. Es war dieselbe, die sie bei ihrer Ankunft getragen hatte. Darin steckten noch die Dollarscheine!

Es waren 300 Dollar in Zwanzigernoten! »Ich habe Geld«, flüsterte sie zurück, »ein kleines Vermögen.«

»Das ist gut. Sehen Sie die Ritzen zwischen den Steinen? Auf meiner Seite ist eine ziemlich tief, fünf Zentimeter bestimmt. Die kann ich vertiefen. Und Sie kratzen von Ihrer Seite.«

»Womit denn?«, fragte sie hilflos.

»Fingernagel? Nee, machen Sie sich bloß blutig. An meinem Hemd sind Metallknöpfe. Ich reiß einen ab. Ich versuch es von meiner Seite aus. Schlafen Sie, Elena. Sie brauchen Kraft, okay?«

»Sie machen Witze. Ich komme doch nicht zum Schlafen hierher!«

Sie hörte ihn lachen, dann husten.

»Tut's weh?«, fragte sie besorgt.

»Wirklich nur, wenn ich lache.« Das Kratzen begann, zuerst

langsam, dann schneller, wurde wieder gemächlich, fand zum verzweifelten Rhythmus der Wut. Elena begann ihre Kleidung nach etwas zu durchsuchen, mit dem sie sich ebenfalls an die Arbeit machen konnte. Sie hatten ihr den Gürtel gelassen. Der war zwar aus Stoff, aber der Dorn der Schnalle bestand aus Metall.

»Wo kratzen Sie denn? Zählen Sie die Quader ab und geben Sie mir die Koordinaten.«

»Moment«, antwortete er. »Vom Fenster zehn und dann sechs hoch.«

»Da hat bei mir auch einer angefangen.«

»Sehen Sie! Das ist doch ein gutes Zeichen. Die beiden anderen sind rausgekommen, bevor sie fertig wurden.«

Elena begann, den Mörtel herauszuschaben. Der Dorn der Schnalle war allerdings viel zu weich. Sie hatte das Gefühl, mit einem Eierlöffel eine Düne abtragen zu wollen. Sie machte klaglos weiter.

Schlagartig wurde es dunkel. »Wir schaffen das, Elena«, war die Reaktion der Stimme aus dem Dunkel, die so nah klang. Und doch so weit entfernt war.

»Wie dick sind solche Mauern, Daniel?«

»Will ich gar nicht wissen.«

»Daniel«, sagte sie nach einer Weile, »es tut mir so Leid. Das habe ich nicht gewusst.«

»Die Gelegenheit ist günstig. Sie könnten mir jetzt erzählen, wer der Riese in dem grauen Anzug ist.«

»Robert Wedekind, stimmt! Der hat alles gesehen! Vielleicht ist er uns sogar gefolgt. Er ist Journalist, Daniel. Er arbeitet für eine der größten Nachrichtenagenturen.«

»Mich wollten Sie nicht einweihen, aber dafür einen Journalisten. Sie sind mir vielleicht eine!«

»Es ist ein bisschen komplizierter.«

Sie hörte ein lautes Stöhnen, das sich unter das Kratzgeräusch mischte. »Was ist bei Ihnen mal nicht kompliziert?«

»Ich hatte mal ein ziemlich überschaubares Leben.«

»Bis Sie nach Afrika geflogen sind. Dann lief alles schief, nicht wahr?«

»Daniel, ich verstehe das alles nicht. Ich liege vor einer nackten Mauer in völliger Finsternis, schabe daran herum und es stinkt entsetzlich. Ich warte die ganze Zeit darauf, dass mich jemand weckt und sagt: ›Alles ist gut.‹« Ihre um die Schnalle verkrampften Finger schmerzten, immer wieder rutschte sie in der Dunkelheit ab, riss sich die Haut an den rauen Steinen ein. Der Dorn hielt die Belastung wohl auch nicht mehr lange aus, er wackelte, stand immer schiefer.

»Elena, sind Sie noch da?«

»Nein«, antwortete sie kläglich, »ich bin weg.«

»Hören Sie auf zu kratzen. Sie werden sich nur blutige Finger holen.« Sie hatte den Eindruck, als könnte er durch die Mauer hindurchsehen. Im gleichen Augenblick brach der Dorn aus der Schnalle, fiel zu Boden.

»Legen Sie sich hin. Machen Sie die Augen zu. Ich erzähle Ihnen eine Geschichte. Sie handelt von einem Mann und einem kleinen Jungen. Der Mann hieß Francis und der Junge glaubte, dass Francis hundert Jahre alt sei. Weil er ganz verrunzelt war und winzige kleine, schneeweiße Löckchen auf dem Kopf hatte. Der Junge ging jeden Tag an seinem Haus vorbei. Und stets beschleunigte er seine Schritte. Weil er Angst hatte. Denn seine Eltern sagten, dass Francis Hühner und Ziegen schlachtet. Mit dem Blut der Tiere würde er andere Menschen bespritzen. Eines Mittags, der kleine Junge kam gerade aus der Vorschule, saß der Alte wieder vor seinem Haus.

›Du musst keine Angst vor mir haben‹, sagte der weißhaarige Mann. ›Komm her, ich gebe dir etwas und dann gehst du ganz schnell wieder weiter.‹ Der kleine Junge wollte nicht. Da warf der Alte ihm etwas vor die Füße. ›Nimm es.‹

Der kleine Junge bückte sich. Es war ein Amulett aus Leder mit einer Schnecke darauf.

›Binde es um, es beschützt dich vor deiner Angst.‹

Der kleine Junge ließ das Geschenk in seiner Hosentasche verschwinden und rannte heim. Am nächsten Tag musste er wieder an dem Haus vorbei. Aber er wollte nicht, dass Francis sah, dass er sein Geschenk verschmäht hatte. Also band er es sich um. Er reckte den Hals, als er am Haus vorbeilief. Gleich danach machte er das Band wieder ab. Auf dem Rückweg legte er es wieder an. Irgendwann vergaß er, es in der Schule abzunehmen. Erst vor Francis' Haus bemerkte er das. Erschrocken berührte er das Amulett.

Der Alte lächelte: ›Ich weiß‹, sagte er. Mehr nicht. Der Junge legte das Amulett nicht wieder ab.

Zu Hause sprach ihn sein Kindermädchen darauf an. ›Jetzt stehst du unter dem Schutz von Francis‹, sagte es zu dem kleinen Jungen. ›Das Amulett ist ein Band zwischen euch beiden.‹«

»So was wie ein Seelenband?«, fragte Elena in die Finsternis hinein. Ihre Worte waren wohl durch die Wand hindurch kaum verständlich. Die Tränen, die sie die ganze Zeit hatte unterdrücken wollen, stürzten jetzt hervor. Sie konnte sich dagegen nicht wehren. Sie ergab sich ihnen. Der Weinkrampf hörte überhaupt nicht wieder auf. Sie krümmte sich in dem Dreck am Boden. Und es war ihr einerlei, was sie dabei für Töne von sich gab.

Nachdem der Anfall nachgelassen hatte, hörte sie das Scharren an der Wand wieder. Es klang, als wollte Daniel die ganze Mauer einreißen. Wie verbissen schien er sich da drüben abzuplagen, um zu ihr zu kommen. Und hatte nichts als einen Hosenknopf, um sich den Weg zu bahnen …

»Der kleine Junge und der alte Mann wurden irgendwann Freunde.« Die Stimme aus dem Dunkel war zurückgekehrt, klang ganz dicht an ihrem Ohr, rauer und intensiver als zuvor. »Der Knabe brachte sein Kindermädchen mit, als er das erste Mal in Francis' Haus blieb. Das hatte der Alte so vorgeschlagen. Das war aber bald nicht mehr nötig. Der Junge hatte eingesehen, dass ihm dort nichts geschah.

›Ich habe keine Kinder‹, sagte Francis eines Tages. ›Soll ich dir beibringen, was ich weiß?‹

Der Junge fragte: ›Weißt du viel?‹

Er antwortete: ›Es passt alles in deinen Kopf und in dein Herz.‹ Ganze Tage verbrachte der Kleine schließlich bei seinem alten Freund, vor dem er sich zunächst so gefürchtet hatte. Und irgendwann, nach Jahren, fragte der inzwischen groß gewordene Junge: ›Warum hast du gerade mich all dein Wissen gelehrt?‹

Francis gab eine ganz einfache Antwort: ›Weil Gott mir gesagt hat, dass du der Richtige bist.‹« Daniel schwieg. Nur das ununterbrochene Kratzen bewies, dass er noch da war.

»Daniel«, fragte sie mit schwacher Stimme, »was hat das Orakel auf dem Markt gesagt?«

»Ziemlich genau das, was gerade im Moment passiert.«

»Dass ich ins Gefängnis komme?«

»Nein, so genau sind Orakel nicht. Es hat gesagt, dass ein Mann, der Ihnen sehr nahe steht, Sie an einer Reise hindert.«

»Wer kann das sein?«

»Sie haben gesagt, Ihr Leben sei ziemlich überschaubar gewesen. Kann es sein, dass Sie sich irren, Elena?«

»Wie meinen Sie das?«

»In Ihrem Leben gibt es einen Mann, der Sie benutzt und hintergeht. Was Sie für überschaubar gehalten haben, das war nur die Oberfläche. Sie haben nicht gesehen, was darunter vorging. Ich glaube, dass Sie Ihr eigenes Leben nicht kennen.«

Trotzig hielt Elena die Tränen zurück. »Und Sie, sind Sie etwa besser dran? Sie wurden von Lincoln ausgetrickst. Tatenlos hat er zugesehen, wie sein eigener Freund verprügelt wurde.«

»Das letzte Mal, als ich bei Francis war, da hat er mich gewarnt. Ein Mann, den ich für meinen Freund halte, würde mich hintergehen.« Er seufzte hörbar. »Mit Orakeln ist es immer dasselbe Problem. Man muss sich selbst und sein Leben wirklich gut kennen, um sie richtig verstehen zu können.«

»Dann kennen Sie Ihr Leben also auch nicht richtig.«

»Aber bei mir ist wenigstens klar, was schief gelaufen ist. Also kann ich mich daran machen, mein Verhalten zu ändern.«

»Sie wollen sich nicht an Lincoln rächen?«

»Nein, Elena. Es ist nicht die Aufgabe von Menschen, andere für ihr Handeln zu bestrafen. Das wird Gott tun.«

Elena begann mit dem wiedergefundenen Dorn an der Ritze zu kratzen; doch bald entglitt ihr das Stückchen Metall erneut. Sofort tastete sie den mit Mörtelkrümeln übersäten Boden ab.

»Dieser Robert, Elena, woher kennen Sie den?«, fragte Daniel. »Es ist doch kein Zufall, dass Sie sich ausgerechnet von einem Journalisten helfen lassen.«

»Er war ein Freund meines Mannes«, antwortete sie schlicht.

Eine Weile hörte sie nur das unablässige Kratzen.

»Er *war* es? Gab es Streit?«

»Manfred ist gestorben.« Ein leichtes Zittern lag in Elenas Stimme.

»Verzeihen Sie mir. Das wusste ich nicht.« Das Kratzen ging mit unverminderter Intensität weiter. Endlich fand auch sie den Dorn wieder. Sie glaubte schon längst nicht mehr daran, dass sie mit diesem so sinnlos erscheinenden Versuch etwas erreichen könnte. Dennoch umwickelte sie das Ende mit ihrem Taschentuch und begann erneut.

»Der Tod Ihres Mannes ist der wahre Grund, dass Sie hier sind.« Daniel hatte seine Vermutung in eine Aussage gekleidet.

»Aber nicht, um vor der Erinnerung zu fliehen. Im Gegenteil. Ich bin hier, um zu erfahren, warum er sterben musste.«

»Sie sind der Lösung näher, als Sie ihr kommen wollten, nicht wahr?«

»Ja.« Wieder brach dieser Damm, den sie mit so viel Willenskraft aufgerichtet hatte, und ließ die Tränen über ihr Gesicht laufen. Sie hörte auf zu kratzen, wischte sich über die Wangen. Auch von der anderen Seite kam kein Geräusch, nicht einmal das Kratzen.

»Ich würde Sie jetzt gerne in die Arme nehmen. Nicht sehr fest, nur ganz leicht. Ihren Kopf an meine Schulter legen. Und Sie vielleicht ein bisschen wiegen. Ich weiß, dass ich die Umstände nicht ändern kann. Aber der Trost drückt aus, ich bin bei dir, ich lasse dich nicht allein. Letzten Endes geht jeder allein über diese Erde, nicht wahr? Trotzdem tut es gut, wenn man unterstützt wird. Ich bin hier, Elena, hören Sie mich? Ich begleite Sie.« Langsam und gleichmäßig setzte er seine langwierige Arbeit fort.

»Daniel«, sagte sie nach einiger Zeit, »es ist nicht ganz ungefährlich, neben mir herzugehen.«

»Das ist kein Grund, es nicht zu tun. Eher einer, Ihnen beizustehen.«

»Sie wissen nicht, worauf Sie sich einlassen, Daniel.«

»Einen Vorgeschmack habe ich immerhin bekommen. Die Warnung war ja deutlich genug.«

»Das ist harmlos. Zwei Männer mussten sterben, weil sie einem Bund in die Quere gekommen sind.«

»Welchem Bund?«

»Er heißt Elani. Robert hat herausgefunden, was das bedeutet: so viel wie Satan.«

Daniel hatte zu kratzen aufgehört. »Wer gehört diesem Bund an?«

»Mit Sicherheit Ogun. Bei den anderen kann ich nur raten: Samuel Bola, wahrscheinlich sein Sohn Lincoln. Eine Zeit lang dachte ich, Sie auch, Daniel. Wenn dem tatsächlich so ist, dann habe ich mich Ihnen hiermit ausgeliefert.«

Daniel schwieg. Schließlich sagte er: »Aber das haben Sie doch nicht gewusst, als Sie nach Wagorunia kamen.«

»Ich hatte nur Oguns Namen.«

Daniel begann langsam und dann schneller an der Wand zu schaben. »Sie sind sehr mutig, Elena.«

»Nein, das bin ich nicht. Ich habe Angst. Und ich weiß nicht, wie ich damit umgehen soll.«

»Wer sich mit Menschen einlässt, die den Teufel zu ihrem Verbündeten erkoren haben, der hat Mut. Und wahrscheinlich einen guten Grund. Sie glauben, dass Ogun Ihren Mann ermordet hat?«

»Sie können gut kombinieren.«

»Das war nicht so schwer. War Ihr Mann auch Journalist wie Robert?«

»Durch Zufall ist er ... nein, nicht durch Zufall: Oguns Doggen führten ihn zu einem vergifteten *Juju* in dessen Garten. Manfred starb daran. Das Gift bewirkt, dass Menschen in ein Wachkoma verfallen und trotzdem herumlaufen können.«

»Ogun hat ein Zombie-Gift? In seinem Garten? Warum? Das wäre ja Wahnsinn!«

»Roberts Freundin Funke ... Von ihr kam ich, als wir uns in Imeja trafen.« Sie erzählte ihm die grausame Begegnung der Liebenden. »Ogun stammt aus der Gegend von Imeja. Darum hat er seine Fabrik dort bauen lassen.«

»Weil die Menschen ihn kennen und fürchten«, ergänzte Daniel. »Wissen Sie, was Francis gesagt hat? Wenn dir ein Unglück geschieht, sieh dich um, wer hinter dir steht. Verstehen Sie mich nicht falsch, das heißt nicht, dass man einem anderen die Schuld geben soll. Es bedeutet im übertragenen Sinne, dass unser Weg in der Vergangenheit beginnt. Oguns Fabrik befindet sich in Imeja, weil dort seine Wurzeln sind, er sich in der vertrauten Umgebung folglich sicher fühlt. Konstantin hat Sie mit dem Job hier beauftragt, weil er sich ebenfalls sicher fühlt, wenn Sie in seiner Nähe sind.« Sein Mund schien nah an der Mauer zu liegen. »Jetzt habe ich eine ganz gewagte Vermutung: Er hat sich Ogun als Partner ausgesucht, weil er ihm traut.«

»Nein«, protestierte Elena, »Manfred nannte es seine Paranoia. Jetzt fangen Sie auch damit an!«

»Dass die beiden sich schon länger kennen, würde erklären, warum sie zusammenarbeiten. Das ist doch logisch, oder?«

»Das schon«, gab sie zu.

»Und wenn die beiden mehr als ein Geschäft verbindet?«

»Elani? Unsinn! Konstantin ist Geschäftsmann. Der macht doch keinen afrikanischen Zauber und so! Nein, mein Chef wird hintergangen. Morgen wird er uns hier rausholen.«

»Sie haben Recht. So schlecht ist die Welt nicht.« Daniel kratzte verbissen. »Wir werden morgen gar nicht erst ins Hotel gehen. Wir nehmen den Wagen und fahren an den Strand. Er ist wunderbar. So weit, ganz weiß und der Himmel ist strahlend blau. Wir rennen durch das Wasser. Sehen Sie dieses grünlich-blau schimmernde Meer? Ist es nicht wundervoll? Sehen Sie es?«

»Ja. Atemberaubend schön. Und die Sonne scheint.«

»Und ich halte Ihre Hand, sie ist warm und Ihr Gesicht strahlt. Elena. Die Strahlende. Das sind Sie. Ich weiß, dass Sie das sind. Francis hat es mir gesagt.«

»Francis?« Elena lehnte den Kopf gegen die raue Wand. Sie registrierte nicht, dass ihr die Augen zufielen. Denn es war die gleiche Dunkelheit, die sie umgab.

»Ich glaube an das Orakel. Ich brauche manchmal nur etwas, um es zu verstehen. Mein alter Lehrer hat gesagt, ich müsse meinen Weg verlassen. Damit ich Sie treffe.«

»Mich?« Sie lächelte müde. »Er kannte mich doch nicht.«

»Aber Sie waren da. In seinem Orakel. Er wusste nur nicht, wie Sie heißen.«

»Erzählen Sie mehr von Francis«, murmelte sie. Seine Antwort hörte sie schon nicht mehr.

36

Elena war vor Erschöpfung im Sitzen eingeschlafen, die Hand im Schoß umklammerte noch das Taschentuch mit dem krummen Dorn. Durch die winzige Luke unterhalb der Decke drang wenig Licht.

»Ist das ein Taschentuch?«

Mit einem Ruck war sie wach. »Daniel?«

Sie musste sich flach auf den Boden legen, um durch das entstandene Loch spähen zu können. Sie sah nur ein dunkles Auge, das von der anderen Seite herüberguckte.

»Die anderen hatten nicht genug Geduld«, sagte die Stimme, die zu dem Auge gehörte.

»Sie haben es geschafft!« Das Loch war etwa ein Viertel so groß wie ein Golfball. »Haben Sie die ganze Zeit daran gearbeitet? Wahnsinn! Ich bin einfach eingeschlafen. Tut mir Leid. Ich verstehe auch nicht, wie mir das passieren konnte. Ich wollte doch mitmachen. Ihr Geld! Passen Sie auf, ich schieb's durch.« Sie rollte die Scheine zusammen. Sie waren zu dick. In vier Lieferungen schob sie die 300 Dollar zu ihm.

Zweihundert gab er zurück. »Ich will mich ja nicht betrinken.«

»Wie machen Sie das nur, dass Sie Ihren Humor behalten?«

»Ich wollte immer Elena kennen lernen. Erinnern Sie sich. Jetzt kann ich zwar Ihre Falte über der Nasenwurzel nicht sehen, aber Ihr Auge. Und darin sehe ich Elena.« Das Auge rückte von der Mauer ab. Jetzt konnte sie einen winzigen Ausschnitt von Daniels Zelle erkennen. Dann schob er etwas in das Loch. »Ziehen Sie dran.« Das Leder des kleinen Amuletts war dunkel verfärbt, die Kaurischnecke glänzte elfenbeinfarben. »Ich möchte es Ihnen schenken.«

»Danke«, sagte sie schlicht. Sie zögerte einen Augenblick, dann knotete sie die Enden in ihrem Nacken zusammen. »Was macht Ihre Verletzung?« Er richtete es stets so ein, dass sie die Wunde über dem linken Auge nicht erkennen konnte.

»Finden Sie den Service in dieser Klinik nicht auch grottenschlecht? Ich versuche mal den Oberarzt zu konsultieren.« Sie hörte ihn heftig gegen seine Tür schlagen, die kurz darauf geöffnet und wieder geschlossen wurde. Das Auge blickte erneut durch die winzige Öffnung. »Der Professor kommt persönlich.«

»Daniel, sagen Sie mir die Wahrheit? Was werden die mit uns machen? Ich habe wahnsinnige Angst.«

»Jemand treibt mit uns ein scheußliches Spiel. Aber denen ist nicht daran gelegen, dass uns wirklich was passiert.«

Zweimal wurde der Schlüssel umgedreht, die Zellentür wurde brutal aufgestoßen. Der Wärter knallte eine Schale mit Reis und roter Sauce auf den rissigen Zementboden. Daneben stellte er eine Flasche Cola. Wortlos verriegelte er die Tür. Elena drängte sich vor ihr Guckloch. Sie sah nur die gegenüberliegende Wand.

»Daniel?«, fragte sie leise. Sie bekam keine Antwort. Schließlich krachte die Tür der Nachbarzelle ins Schloss. »Daniel?«

»Es hat geklappt«, meldete Daniels Stimme. Sie vernahm ein lautes Stöhnen und unterdrücktes Fluchen. Anscheinend desinfizierte er die Wunde an der Braue. Sein rechtes Auge tauchte am Guckloch auf. »Haben Sie Ihr Essen bekommen? Verputzen Sie alles, bis aufs letzte Körnchen. Bevor sich noch jemand etwas davon holt.«

»Wer denn?«

»Das wollen wir lieber nicht rausfinden.« Sie wusste, dass er Ungeziefer meinte. Welcher Art auch immer. Der Reis war kalt und schmeckte nicht. Sie würgte ihn hinunter, trank warme Cola hinterher. »Ich glaube«, meinte Daniel, »wir wissen gar nicht, wie gut wir es haben. Das hier ist ein First-Class-Hotel. Eine kleine Flasche Schnaps, Cola und Reis – macht hundert Dollar.«

»Und Sie essen nichts?«

»Ich bin auf Diät.« Von der anderen Seite vernahm sie Geräusche. Sie hastete ans Guckloch, sah aber nur die leere Zelle. »Die bringen mich weg!«, hörte sie Daniel rufen. »Denken Sie an den Strand!« Seine Worte verhallten in den langen Gängen.

In den folgenden Stunden kroch sie immer wieder vor das Guckloch. Die Zelle blieb leer. Niemand erschien, um ihr zu sagen, was mit Daniel geschehen war. Ihr Verstand ging alle Möglichkeiten durch. Je mehr sie nachdachte, umso auswegloser nahm sich die Situation aus. Sie presste das Ohr gegen die Zellentür, lauschte auf Schritte. Wenn sich jemand näherte, ging er vorbei. Endlich wurde die Nachbartür aufgesperrt. Elena hastete an ihr Guckloch. Sie konnte nur das blutverschmierte Gesicht eines schwarzen Mannes erkennen. Unzählige Schläge hatten es so sehr entstellt, dass sein Alter unschätzbar war. Er rührte sich nicht, stundenlang.

Es war klar, dass Daniel nicht mehr zurückkäme. Mit einem lauten Klacken wurde das Licht wie in der Nacht zuvor gelöscht. Einsam saß sie in der finsteren Zelle. Als ob man sie vergessen hätte.

War dies nicht das Land, in dem man Menschen kaufen konnte? Warum brachte niemand einen Geldbetrag auf, um sie von ihrer Pein zu erlösen? Wenn Konstantin schon nicht von ihrer Gefangenschaft erfahren hatte, so musste doch wenigstens Robert Wedekind wissen, dass es schlecht um sie stand! Hatte er als Journalist denn keinen Einfluss? Oder brachte er nicht genug Geld für die Kaution auf?

Sie presste das Ohr an das kleine Loch, versuchte wenigstens den Atem des Zellennachbarn zu hören. Es blieb merkwürdig still dort drüben. Von irgendwo ertönte ein unmenschlich lauter Schrei, der sie hochfahren ließ. Ob sie hier folterten? Daniel! Was war mit ihm geschehen? Angespannt lauschte sie in die Dunkelheit. Nichts. Sie versuchte sich einen weiten Strand vorzustellen. So wie Daniel ihn beschworen hatte. Es wollte ihr nicht gelingen.

Der Schwarze, der Daniels Platz eingenommen hatte, lag am nächsten Morgen genauso wie am Nachmittag zuvor.

»Hey«, Elena sprach ihn auf Englisch an, »hören Sie mich?« Der Mann zeigte keine Reaktion. »Stehen Sie auf. Der nackte Boden ist zu kalt, um darauf liegen zu bleiben.« Der Gefangene verharrte reglos. »Ich kann Sie sehen. So bewegen Sie sich doch.« Elenas Stimme flehte, doch ihre Bitte fand kein Gehör.

Man konnte in diesem Gefängnis sterben. Und niemand würde sich dafür interessieren. Sie fischte die verbliebenen 200 Dollar aus ihrer Jacke und beschloss, sich selbst zu helfen. Wenn es schon sonst niemanden gab, der dazu bereit war. Mehr, als dass man ihr das Geld wegnahm, konnte nicht passieren. Hoffte sie. Und klopfte gegen die Zellentür. Sie wartete. Erst jetzt kam ihr der Gedanke, dass sie nicht wusste, was sie sagen sollte. ›Lasst mich frei?‹ ›Gebt mir Essen?‹ Oder ›Vergesst mich wenigstens nicht!‹

Erst der fünfte Versuch brachte Erfolg. Der Schlüssel wurde zweimal herumgedreht. Elena wich von der Tür zurück. Der kräftige Wärter starrte sie ausdruckslos an. Mit zittrigen Händen reichte sie ihm ihr Geld wie eine Opfergabe.

»Ich will raus«, hauchte sie.

Der Wärter musterte sie von oben bis unten. Er entriss Elena das Geld und knallte ihr die Tür vor der Nase zu. Sie blieb einfach nur stehen, starrte die verschmutzte Pforte des Verlieses an, als würde die sich niemals wieder für sie öffnen. Die Zeit hatte längst jede Dimension verloren, jeder Blick auf die leere Stelle an ihrem Handgelenk bestätigte das aufs Neue. Jede Schrittfolge auf dem Gang bedeutete neue Hoffnung – die zerrann. Man brachte ihr wieder Reis und Cola. Und ließ sie allein. Wie den unglücklichen Mann nebenan. Kurz bevor das Licht in dieser Nacht gelöscht wurde, zogen sie ihn raus. Sie schienen ihn nur abgelegt zu haben.

In der Zelle war es wieder hell geworden. Die Tür wurde aufgeschlossen. »Komm«, bellte der Wärter.

»Ich?«, fragte Elena überrascht.

Der Aufseher wartete bereits draußen. Er führte sie durch leere, lange Gänge, bis sie wieder jenen Teil des Gefängnisses erreichten, in dem gefesselte Menschen warteten, als hätte die Zeit in den vergangenen zweieinhalb Tagen stillgestanden. Wahrscheinlich sah es dort immer so aus, dachte Elena, jeden Tag, jedes Jahr.

Sie wurde in einen kleinen Raum geführt, ihre Umhängetasche lag auf einem Tisch. Zu fehlen schien nichts. Außer einige hundert Dollar aus ihrer Geldbörse. Nur ein geringer Betrag in der Landeswährung war noch übrig. Schweigend quittierte sie den Empfang. Gleich auf der Rückseite des Raums war eine Tür, auf die der anwesende Polizist deutete.

Das grelle Tageslicht blendete Elena. Ihre Sonnenbrille hatte wohl jemand benötigt. Nachdem die Augen sich an die Helligkeit gewöhnt hatten, stellte sie fest, dass sie in einer schmalen, ungeteerten Seitengasse stand.

Verwundert sah sie sich um. Daniel? Robert? Konstantin? Wieso war niemand hier? Wer hatte für ihre Freiheit bezahlt? Am Ende gar sie selbst? Mit zweihundert Dollar?

Eine schmächtige alte Frau, die an einem wackligen Stand gegenüber gebratene Bananen verkaufte, rief sie in Pidgin-Englisch heran: »Nur zehn Wagu, junge Frau, kommen Sie.« Elena trat zögernd näher. Die Ware der Händlerin duftete einladend. Elena kramte nach dem verbliebenen Geld.

»Pass auf, *òyìnbó*«, flüsterte die Alte, »manche Leute überleben es nicht, wenn sie da rauskommen.« Die Frau meinte offenkundig das Gefängnis. »Da hinten steht ein dunkles Auto. Gib Acht, dass es dich nicht umfährt! Und jetzt geh, schnell. Die nächste Gasse rechts. Die ist zu schmal für Autos.«

Am Ende der Seitenstraße wartete tatsächlich ein großer schwarzer Geländewagen, in dessen Front sich das helle Sonnenlicht gleißend brach.

Das billige Sammeltaxi setzte Elena an der Einfahrt zum Park des *Island* ab. Sie hielt vergeblich nach Daniels verschmutztem Pickup Ausschau. Verdreckt wie sie war, erkundigte sie sich an der Rezeption nach dem weißen Afrikaner. Sein Zimmer hatte er nicht aufgegeben. Sie bestellte einen Mietwagen, hoffte, damit sofort nach Imeja aufbrechen zu können, wo sie Daniel vermutete. Wenn er dorthin überhaupt zurückgekehrt war.

Die freundliche Dame am Schalter der Autovermietung machte all ihre Hoffnungen zunichte. »Frühestens morgen, Miss.« Sie reservierte einen Kleinwagen, der erstaunlich viel Geld kostete.

Im Zimmer angekommen, ließ sie die Badewanne volllaufen und rief auf Daniels Zimmer an. Niemand antwortete. Die Telefonzentrale notierte ihre Bitte um Rückruf. Sicherheitshalber hinterlegte sie den gleichen Wunsch in Daniels Fach. Wenig später verschwand sie im üppigen Schaum der Wanne. Das heiße Wasser beruhigte ihre angespannten Nerven, ließ sie einschlafen.

Das schrille Läuten des an der Wand neben der Wanne montierten Telefons ließ sie hochschrecken. »Wo hast du denn gesteckt?« Konstantin! Endlich! »Seit zwei Tagen suche ich dich, Elena!«

Wieso wusste er von nichts? Lincoln hatte ihre Verhaftung doch beobachtet! Und wenn Sie sich nicht sehr getäuscht hatte, auch ihre Entlassung …

»Ich habe Afrika von einer ganz anderen Seite kennen gelernt«, antwortete sie endlich. Es kostete sie einige Überwindung, so von dem Komplott zu sprechen, mit dem sie hereingelegt worden war. Im Hintergrund hörte sie das Kreischen von Affen.

Bist du wieder bei dem Klienten mit den Meerkatzen?, wollte sie fragen. Sie unterließ es. Nun war ja klar, dass Konstantin meistens gar nicht so weit von ihr entfernt gewesen war. Sondern bei den verfressenen Äffchen im Hotelgarten.

»Ich bin in deinem Hotel. Darf ich raufkommen?«

»Gib mir zehn Minuten, okay?«

Ob auf dem Acker in Brandenburg oder in einem Luxushotel in Port Lac – Konstantin Wenzel blieb sich selbst treu. Dem Klima zum Trotz trug er einen dunklen Anzug mit hauchfeinen Streifen und eine hellblaue Seidenkrawatte. Die Zeit hatte Elena gerade gereicht, um sich anzuziehen, zu frisieren und dezentes Make-up aufzulegen.

»Du scheinst nicht besonders erstaunt, dass ich hier bin«, eröffnete ihr Chef das Gespräch.

»Gustav Behr wird dich über meine Nachforschungen informiert haben«, gab sie zurück und bat ihn herein.

»Ich habe mit *Chief* Ogun inzwischen gesprochen. Er ist ebenso wie Gustav bereit, deinen Vorschlag zu erörtern. Du hast genau das Richtige getan, Elena. Dein Vorgehen war taktisch ausgesprochen clever.« Er setzte sich. »Ehrlich gesagt, ich hätte an deiner Stelle das Gleiche getan.«

Für einen winzigen Augenblick war sie versucht zu antworten: ›Ich hätte gern mal Mäuschen gespielt, wenn du dafür ins Gefängnis geworfen worden wärst.‹ Sie biss sich auf die Zunge. »Danke, Konstantin, ich bin zuversichtlich, dass wir die Sache jetzt noch in den Griff bekommen.«

Elegant glitt sie auf den Sessel neben ihm. Sie sah sich selbst in einem der großen Spiegel, strich sich eine Haarsträhne hinters Ohr. Nichts an ihr ließ darauf schließen, dass sie unzählige Stunden auf hartem Zementboden verbracht hatte.

»Du siehst gut aus, erholt, Afrika scheint dich zu entspannen«, sagte Konstantin, indem er sie musterte. Wie viel Unehrlichkeit es doch auf dieser Welt gab!

»Wie ist es dir in der letzten Zeit ergangen? Deine Assistentin sagte, du warst im Ausland.« Und wie einfach es schien, sich selbst hinter dieser Maskerade zu verstecken.

»Du fehlst an allen Enden und Ecken, Elena. Das habe ich

Chief Ogun auch gesagt.« Seine warmen Augen blickten sie Vertrauen erweckend an. »Elena Odermatt ist meine rechte Hand, habe ich gesagt. Wenn sie für Sie arbeitet, *Chief*, dann sollten Sie mehr Entgegenkommen aufbieten.«

»Daraufhin ist er vor dir auf die Knie gefallen und hat all seine Sünden gestanden.« Sie bedachte ihren Chef mit einem süffisanten Lächeln. »Ach, komm, Konstantin, wir beide wissen, dass ihr so nicht miteinander sprecht. Aber deine Vorstellung ist trotzdem lieb gemeint. Was soll also geschehen? Reden wir offen.«

»Gustl hat seine Firma angewiesen, neue Anlagen zu liefern. Vor meinen Augen hat der *Chief* einen Scheck ausgeschrieben, um die in diesem Wüstenort ...«

»... Imeja ...«

»... genau, Imeja, bereits verbauten Anlagen zu bezahlen. Wir haben Zeit verloren. Auch für die angelaufenen Zinsen zahlt der *Chief*.« Konstantin machte eine Geste, die entschuldigend wirken sollte. »Er hat einen Trick versucht. Du bist ihm auf die Schliche gekommen. Nun, er wird natürlich nicht um Gnade winseln. Dafür ist er zu stolz. Und wir sind zu sehr Geschäftsleute, um unsere Chance nicht zu erkennen. Scheck um Scheck. Für persönliches Beleidigtsein ist da kein Platz, oder?«

Irgendetwas sagte ihr, dass er sie anschwindelte. Aber andererseits konnte es auch wahr sein. Es war das alte, vertraute Problem: Ein Mann, der Unternehmen berät, für den genießt die Wahrheit den Stellwert der Relativität – sie ist vom Standpunkt des Betrachters abhängig.

Sie sollte weitermachen wie bisher? Nur mit mehr Rückhalt von Konstantin? Sie stellte eine Fangfrage. »Hat Gustav Behr dir vom Flughafen erzählt?«

Konstantin dachte eine Sekunde zu lang nach, bevor er antwortete: »Nichts Besonderes. Was meinst du?« Trickreicher Kerl!, dachte sie, er dreht den Spieß einfach um.

Elena ließ das Thema im Raum stehen. »Wann treffen wir unsere Geschäftsfreunde?«

»In etwa zwei Stunden. Du kennst inzwischen Samuel Bola? Er hat ein ganz besonderes Haus im Regenwald. Es wird dir gefallen. *Chief* Bola ist ein ehrenwerter Mann. *Chief* Ogun und Gustl erwarten uns bei ihm.«

Sie gingen schon zum Fahrstuhl, als Elena fragte: »Sind wir eigentlich bis zum Abend zurück? Ich habe nichts zum Umziehen dabei.«

»Du hast Recht. Du solltest vielleicht etwas mitnehmen. Bei den Afrikanern weiß man nie.«

Hastig stopfte Elena einige Kleinigkeiten für eine Übernachtung in ihre große Umhängetasche.

Die Lifttür glitt zur Seite. Robert Wedekind stand in der Kabine. Als er Elena und Konstantin erkannte, griff er sich an den Kopf. Er radebrechte auf Englisch mit russischem Akzent. »Kommen Sie rein. Wo haben ich meinen Kopf? Vergessen den Koffer in Auto. Afrika sein anstrengend, finden nicht auch?«

»Sie haben ja so Recht. Was man alles vergessen kann in diesem Land!«

»Solange man alles finden wieder, sein gut.« Er bemühte sich um ein Lächeln.

»Na, dann passen Sie mal auf, dass Sie nichts mehr verlieren«, meinte Elena höflich zum Abschied.

Konstantin und sie gingen zielstrebig zum Ausgang. Biyi lehnte wie üblich am Wagen. Elena betete, dass er sie nicht allzu überschwänglich begrüßen möge. Sie bemerkte schon die Freude im Gesicht des Fahrers. Verstohlen führte Elena die Hand an die Lippen.

Biyi verstand und schwieg.

37

Der Wagen verließ die Stadt auf dem Highway. Anhand der Anzeigetafeln konnte Elena nicht erkennen, in welche Richtung Biyi den Wagen lenkte. Nach einer Weile wurde die Bebauung immer spärlicher, schließlich zog sich das Asphaltband durch dichten Regenwald, der sich zu beiden Seiten endlos erstreckte. Im Hinterland dehnten sich sanfte, zum Teil dicht bewaldete Hügel. Elena schlüpfte in die Rolle, die Konstantin wohl erwarten würde. Sie machte interessierte Bemerkungen über die abwechslungsreiche Fahrstrecke und blickte sich immer wieder nach allen Seiten um. Und gelegentlich nach hinten.

Anfangs gelang es Robert offensichtlich mühelos, ihnen mit seinem Geländewagen durch den dichten Großstadtverkehr zu folgen. Auf der nahezu leeren Autobahn beschleunigte Biyi die schnelle Limousine allerdings erheblich. Elena täuschte Bewunderung für die Straßenbaukunst vor, während sie sich nach hinten drehte. Ihr Schatten, der eckige weiße Geländewagen von Robert, war in der Ferne kaum noch zu erkennen. Umso atemberaubender war das Spiel der Farben. Direkt an den grauen Belag der Straße schloss sich das unwirklich rote Erdreich an, das vom Grün der dichten Vegetation aufgesogen wurde.

Um ihre Nervosität zu verbergen, verwickelte Elena Konstantin in ein Gespräch über die Lifevac.

»Gustav Behr hat dir gesagt, dass ich einen bestimmten Ingenieur für Atata haben will?«

»Natürlich. Waschinski ist sowieso der beste.« In seinem Ton lag keinerlei Zweideutigkeit, die Elena stutzig gemacht haben könnte. Allenfalls eine gewisse Abschätzigkeit.

»Sollte man ihn nicht frühzeitig in die Gespräche einbeziehen?« Vorsichtig versuchte sie sich nach Daniels Verbleib zu erkundigen.

»Wir wollen zunächst über Dinge sprechen, von denen Waschinski keine Ahnung hat.« Konstantin lächelte weise. »Geld und Kontakte.« Es machte ihm Spaß, Daniel herabzusetzen.

»Aber offensichtlich hat er Talente, die Lincoln an ihm schätzt.« Hartnäckig versuchte sie, ihr Gegenüber aus der Reserve zu locken.

»Die beiden kennen sich natürlich viel besser. Wir werden sehen, wie wir die Projekte zeitlich aufeinander abstimmen.«

Die Fahrt schien sich endlos zu strecken. Erleichtert stellte Elena fest, dass eine Baustelle den Verkehr zum Erliegen brachte. Als sie wieder anfuhren, hatte der Geländewagen aufgeschlossen. Nur zwei Autos trennten sie. Wenig später verließ Biyi die breite Straße. Im Abbiegen sah sie, dass Robert ihnen folgte.

Ein Tor aus Schmiedeeisen, mehrere Meter hoch, versperrte die schmale Zufahrtsstraße, einen aufgeschütteten Damm, der sich durch dicht wuchernden Mangrovensumpf wand. In einem Glashäuschen wartete ein Schwarzer, der den Konvoi passieren ließ. Ferngesteuert schwang das Tor zur Seite. Nach wenigen Metern überquerte der Wagen eine Brücke, die das fast schwarze Wasser eines mehrere Meter breiten Seitenarms des Wager überspannte. Samuel Bolas Hang zum monumentalen Gehabe eines Königs offenbarte einen Garten Eden, von einer Armee dienstbarer Gestalten penibel gepflegt, um die urwüchsige Kraft des Regenwalds zurückzudrängen. Auf einem englisch kurz geschorenen Rasen wuchsen schirmartige Bäume. Mittendrin ein seltsames, dunkles Gebilde, eine Art überdimensionaler Pilz, dessen höchster Punkt das Sonnenlicht reflektierte. Davor wartete ein Hubschrauber.

Der Mercedes reihte sich zwischen mehreren geparkten Luxuslimousinen ein, darunter der schwere, viertürige Jeep von

Lincoln Bola. Er war unschwer als jener Wagen zu identifizieren, der am Ende der Gasse vor dem Gefängnis gestanden hatte; die Frontpartie zierte ein vergoldeter Kühlergrill. Entweder, dachte Elena, war Lincoln beim Versuch, sie zu beschatten, einfach nur sehr dumm vorgegangen. Oder aber er hatte ihr am Morgen zu verstehen gegeben, dass er sie im Auge behielt. Sollte er sie sogar freigekauft haben, war es zumindest seltsam, dass er sie nicht auch mitgenommen hatte.

»*Chief* Samuel nennt es das Schirmhaus«, erklärte Konstantin. Dieser Name machte für ein Haus mitten im feuchten Klima des Regenwaldes Sinn, noch dazu mit dieser Architektur. Die kupferne Außenhaut war – bis auf die polierte Spitze, deren Ende in eine lange Antenne auslief – grün oxydiert und in zahllose Dreiecke gegliedert, in denen jeweils drei übereinander stehende, nach oben kleiner werdende Fenster wie große Wassertropfen angeordnet waren. Eine konkave, vergoldete Säule trug das im Durchmesser wohl 20 Meter breite Gebilde und diente zugleich als Eingang und Lift.

Als sie auf der Wohnebene aus dem Lift stiegen, fiel Elenas Blick auf ein in Öl gemaltes Porträt des Hausherren. Als liegende Acht ringelte sich eine grüne Schlange zu Füßen des sitzenden Samuel Bola und zeugte von seinem Wunsch nach Unvergänglichkeit. Sie befanden sich in einem hellen Saal mit einer halbrunden, nach außen gewölbten Wand. Die Fenster gewährten einen Blick in den Park, der an ein Märchenland voll entrücktem Zauber erinnerte. Zusätzlich zu dem einfallenden Tageslicht setzten kleine, in die Wände eingelassene Punktstrahler Akzente. Die Klimaanlage regulierte die durch Bauweise und Licht entstandene Wärme auf eine Temperatur herunter, die frösteln ließ. In dieser Atmosphäre, die eher einem Raumschiff als einem Konferenzsaal ähnelte, saß um einen der Raumform angepassten, ovalen, langen Tisch eine Versammlung von Männern, größtenteils in afrikanische Gewänder gehüllt. Nur Gustav Behr trug einen westlichen Anzug.

Der übergewichtige Samuel Bola, dem Elena einen derart extravaganten Stil nicht zugetraut hätte, eilte auf Konstantin und sie mit kurzen Schritten zu.

»Das ist ein einzigartiges Haus«, gratulierte Elena dem rundlichen *Chief* aufrichtig. Ganz offensichtlich war er ein weitaus bedeutenderer Mann, als sie gedacht hatte. Nicht nur Ogun hatte seinetwegen den weiten Weg auf sich genommen, sondern auch eine Reihe anderer Herren, die Elena allesamt nicht kannte. Bola führte sie herum, stellte sie vor. Die fremden Namen konnte sie sich jedoch nicht merken. Sie hoffte, dass diese Vorstellung nur der Form diente. Bola wies ihr einen Platz zwischen Behr und Konstantin zu, gegenüber von Ogun und sich selbst. Die Begrüßung Behrs fiel erwartungsgemäß frostig aus, sehr viel warmherziger wirkte Ogun auch nicht.

Man hatte sich schließlich nicht zum harmlosen Kartenspiel versammelt. Um mehrere Millionen Mark sollte gepokert werden. Nahm Elena jedenfalls an. Bis Samuel Bola das Wort ergriff.

»In unserem Land gibt es eine wunderbare Tradition«, begann der untersetzte *Chief*, »die ich den beiden neuen Mitgliedern in unserem Kreis gern nahe bringen möchte.« Bola sprach lupenreines Englisch, ohne einen Anflug von Akzent. »Nach dieser Tradition machen wir Geschäfte am liebsten mit Freunden. Freunde kennt man, Freunden kann man vertrauen. Missverständnisse entstehen auf diese Weise erst gar nicht.« Bola sah Elena gewinnend an, dann Behr. »Die jüngste Vergangenheit hat gezeigt, dass wir alle Freunde werden sollten, um uns besser kennen zu lernen. Deshalb sind Sie heute hier.«

Instinktiv blickte Elena Konstantin an. Seine gepflegten, schmalen Hände lagen nebeneinander auf der Tischplatte. Aufmerksam lauschte er Bolas Begrüßung. Elena kamen Daniels Worte aus der Zelle in den Sinn: *Und wenn die beiden mehr als ein Geschäft verbindet?* Konstantin gehörte allem Anschein nach bereits zu denen, die Bola *Freunde* nannte. Ein Gefühl, als krampfte sich wieder ihr Magen zusammen, ließ sie zusammensinken. Sie war diesen Männern ausgeliefert. Sie befand sich mitten im Regenwald. Ob Robert Wedekind ihr gefolgt war oder nicht – spätestens an der Brücke mit dem großen Tor musste er aufgegeben haben. Das Gelände befand sich in sumpfigem Gebiet. Wie sollte er hierher vordringen?

Sie hatte Bolas Worten kaum zugehört. Er sprach von Zusammenhalt und engen Verbindungen zwischen Menschen. Es klang pastoral, aufgesetzt, unpassend im Zusammenhang mit Geschäften. Es bedeutete das genaue Gegenteil von Elenas Einstellung. Ein klarer Kopf und Zahlen waren ihre Bezugsgrößen. Sie rang ihren Widerwillen nieder und versuchte, sich auf Bolas Rede zu konzentrieren.

»Um das Band der Freundschaft fest zu schmieden, schenkt uns die Tradition ein wundervolles altes Ritual. Miss Odermatt, Mister Behr, Sie beide haben die Ehre, unsere Zeremonie heute Abend zu erleben. Wir alle, die wir hier sitzen, werden Sie dabei begleiten. Nicht nur wie Freunde, sondern wie Brüder, die Ihnen beistehen.«

Und wenn ich nicht möchte? Ich suche mir meine Freunde selbst aus!, wollte Elena schreien.

Sie schluckte ihren Zorn herunter. Elani – deutlich standen die fünf weißen Buchstaben vor ihr. Diese Männer, die sich Freunde nannten, sie waren der *Bund*! Elena spürte die Feuchtigkeit in ihren Handflächen, die Kälte, die ihren Rücken langsam emporkroch. Das Frösteln, das ihren ganzen Körper überlief, ihr riet, aufzustehen und die Sache hinzuwerfen. Aber dann wäre alles aus. Sie war an dem Punkt angekommen, wo sie von Anfang an hinwollte. Doch im gleichen Augenblick erkannte sie, dass sie zu weit gegangen war. Dieser innere Konflikt fand seine Bahn im unkontrollierbaren Zittern ihrer Beine. Sie stemmte die Füße fest auf den Boden, um die Angst in den Griff zu bekommen. Unmöglich!

Erwartet hatte sie ein Meeting, wie sie es unzählige Male erlebt hatte. Doch diese Zusammenkunft nahm immer seltsamere Formen an. Diener in weiten Kaften und mit runden Käppchen auf dem Kopf kredenzten würdevoll Speisen auf Silbertabletts, Hummer, edlen Fisch, frisches Gemüse.

»Konstantin, was geht hier vor?«, zischelte sie dem Mann zu, der sie hierher geführt hatte.

»Gute Frage, was soll das, Konstantin?« Behr beugte sich an Elena vorbei. Er lockerte den obersten Knopf seines Hemdkragens. Sie bemerkte den dünnen Schweißfilm auf seinem Gesicht. Es war zu kühl, um zu schwitzen.

Konstantin sprach Bola so laut auf Englisch an, dass es alle verstehen konnten. »*Chief*, meine Freunde sind verwirrt. Sie würden gerne mehr wissen.«

Die übrigen Gäste Bolas begannen bereits mit dem Essen, die Speisen auf Elenas und Behrs Teller blieben unberührt.

Samuel Bola machte eine Geste, die seinem Sohn das Wort erteilte. Lincoln knackte den Hummer gerade auseinander. Konzentriert fuhr er fort, blickte nur kurz hoch, um auf Deutsch zu sagen: »Miss Odermatt, ich machte Sie schon im Hotel darauf aufmerksam, dass wir es uns nicht leisten können, mit …«

»Das war ein Komplott!«, fuhr Elena ihm über den Mund.

Die versammelte Runde blickte indigniert auf, gleichwohl sie Elenas deutsche Antwort nicht verstand.

»So etwas darf nicht mehr vorkommen.« Lincoln blieb ganz ruhig. »Das ist schlecht für das Vertrauen, das wir in Sie setzen. Nicht wahr, Gustl, das siehst du doch auch so?«

»Lincoln, was für ein Club seid ihr?«, fragte Behr etwas ungeduldig.

»Kein Club, Gustl. Wir nennen uns Brüder. Wir stehen uns gegenseitig bei. Ganz so wie damals. Du erinnerst dich doch? Damals bist du immer gern zu mir gekommen. Fühl dich hier so wohl wie seinerzeit in Bogenhausen.«

»Die Zeiten haben sich geändert. Wir machen Geschäfte. Es geht hier doch nicht darum, Spaß zu haben.«

Konstantin legte die Hand auf Behrs Schulter. »Gustl, das verstehst du falsch. Was damals war, das vertiefen wir. Gemeinsam mit Lincolns Familie und seinen Freunden. Vertrau mir.«

»Was ist das für ein Ritual? Welche alten Traditionen?« Behr rutschte unruhig auf seinem Stuhl hin und her. Elena spürte es deutlich. Er hatte nicht die leiseste Idee, was ihn erwartete.

Sie sah Funke am Boden liegen, vernahm die beschwörenden Worte Omos, der um den Beistand Shangos bat. Und sie hörte sich selbst das Versprechen geben, Funke zu helfen. Eine seltsame Ruhe überkam sie plötzlich. Die Gewissheit, zu etwas vorzudringen, das ihr jene Kraft gab, um sich mit Elani anzulegen. Eine andere Emotionalität, hatte Robert gesagt. Sein Wissen war Theorie. Im Gegensatz zu ihm würde sie heute noch die Wand zwischen dem vernünftigen Denken und dem verborgenen Tabu niederreißen.

Elena sah Behr aufmerksam an. Sie begann ruhig zu sprechen: »Wissen Sie, Herr Behr, Sie haben den Rücken von Mercedes gekrault, als mich die Polizisten packten. Ihr Freund Daniel wurde vor Ihren und Lincoln Bolas Augen zusammengeschlagen. Jetzt sitzen Sie hier und verstehen immer noch nichts. Ich erkläre es Ihnen: Tagelang war ich in einer Zelle eingesperrt. Irgendwann legten die Aufseher nebenan einen Mann auf den Boden. Ich sprach ihn an. Ich wollte, dass er aufsteht. Ich habe nicht verstanden, dass er tot war. Später wusste ich, warum der Mann dort abgelegt wurde. Um mich zu warnen.« Elena blickte Lincoln freundlich an. »Nicht wahr, Lincoln, so wird das doch wohl gemeint gewesen sein?«

Konstantin beugte sich weit nach vorn. »Bruder, was erzählt sie da? Weißt du davon?«

Elena legte die Hand begütigend auf Konstantins Arm. »Streng dich nicht an. Brüder machen sich doch bei Tisch keine Szene.« Sie tat, als begänne sie zu essen, obwohl sie nicht den geringsten Appetit verspürte. »Noch dazu während des Essens.«

Einen Moment lang schwieg Konstantin Wenzel konsterniert. Dann hatte er seine Verblüffung im Griff. »Siehst du, Lincoln, sie ist die Richtige«, sagte er mit aufgesetzter Fröhlichkeit und probierte den zarten Fisch.

»Bevor wir nun alle Brüder und Schwestern werden, wüsste ich gern, was mit Daniel Waschinski passiert ist«, meinte Elena.

»Er ist in Imeja und macht seinen Job«, antwortete Lincoln, als wäre es das Selbstverständlichste von der Welt.

»Wer hat ihn freigekauft?«

»Ich. Man geht in diesem Land wenig zartfühlend mit übereifrigen Kavalieren um.« Ein süffisantes Grinsen lag auf dem Gesicht des jungen Afrikaners.

38

Die Sonne schickte ihre letzten glutroten Strahlen über die Wipfel der Baumriesen. Die kleineren, schirmartigen Bäume, die das Vorbild zu Bolas Haus geliefert hatten, lagen bereits im Dunkeln. Die Gruppe von Menschen schritt beinahe andächtig durch den weiten Park. Die Diener hatten langstielige Fackeln entzündet. Sie flackerten in einem Rotgelb, das seine Farbe von der untergehenden Sonne erhalten zu haben schien.

Die übrigen Männer hatten sich in weite, braune Umhänge gehüllt, deren spitz zulaufende Kapuzen an die Tracht von christlichen Mönchen erinnerten. Die seltsame Prozession strebte dem Ufer eines Gewässers zu, das sich durch den Park erstreckte.

Konstantin war in dieser Uniformität nicht mehr von den anderen zu unterscheiden. Das war eigentlich das Erschreckendste. Lediglich Behr und Elena trugen weiterhin westliche Kleidung, die völlig fehl am Platze wirkte.

Vielleicht war das der Grund, weshalb Behr plötzlich Elenas Nähe suchte. »Finden Sie nicht, das geht alles etwas zu weit, Elena?« Er sprach sie zum ersten Mal beim Vornamen an. Sie wollte zwar nicht nachtragend sein, aber sein Verhalten bei seiner Ankunft in Wagorunia lag ihr noch schwer im Magen.

»Große Jungs scheinen solche Spiele zu lieben. Oder was habt ihr damals in der Burschenschaft alles getrieben?«

»Das lässt sich doch nicht vergleichen!«, platzte er hervor. »Das war harmlos. Aber die meinen das richtig ernst. Ich erkenne Konstantin gar nicht wieder. Wir sollten gehen. Da vorne stehen Schiffe. Wer weiß, wo die uns hinbringen!«

»Vertrauen Sie Konstantin denn nicht?« Elena fühlte ganz

deutlich, dass sie Behr nie wieder so nah sein würde wie in diesen Minuten, in denen der Mann mit seiner Angst rang.

»Natürlich«, wehrte er ab. Es klang, als meinte er das Gegenteil.

»Damals in der Burschenschaft – wer war bei euch der Wortführer?«

»Konstantin hat immer gesagt, was gemacht wird.«

»Und Sie haben ihm stets vertraut.«

»Was er tat, war richtig. Ich mache mir nichts vor. Durch seine Verbindungen hat die Firma einen unglaublichen Aufschwung genommen.«

»Sie haben sich nie gefragt, wen er alles kennt.«

»Ach, und Sie? Letzten Endes haben Sie gesagt, dass ich hierher kommen soll!«

»In eurer Studentenzeit war ich nicht dabei, habe Konstantin nicht beobachtet, wie er Freunde danach aussuchte, aus welcher Familie sie stammten.«

»Was glauben Sie, warum Sie für ihn arbeiten?« Behr lachte zynisch.

»Ich bin keine Freundin, sondern Angestellte bei Syderstatt & Wenzel.«

»Aus Zufall? Weil Sie gut sind? Oder tough?« Sein Lachen klang hässlich. »Sie sind Konrad Odermatts Tochter. Haben Sie das vergessen!«

Das war jener Nackenschlag, auf den sie nicht gefasst gewesen war. Mechanisch setzte sie die Füße voreinander. Aber am liebsten hätte sie Behr an der Gurgel gepackt. Alles hatte sie sich selbst aufgebaut. Nichts hatte ihr Vater dazu beigesteuert! Harte Arbeit steckte in ihrer Laufbahn. Keine Beziehungen wie bei diesem Mann, der sich ins geerbte Nest setzte und Konstantin machen ließ.

»Lassen Sie meinen Vater aus dem Spiel«, antwortete sie kaum hörbar.

»Wenn das so einfach wäre, Elena! Wir beide haben Väter, die wir niemals abschütteln können. Meiner ist zwar tot, aber ich werde mein Leben lang versuchen, seine Fußstapfen auszufüllen. Und Ihr Vater, Konrad Odermatt, ruft mich alle zwei Wochen an.«

»Dann sprechen Sie öfter mit ihm als ich.«

»Seitdem mein Vater tot ist, meint Konrad, dass er seinen Platz auch noch einnehmen muss.«

Plötzlich passte das Puzzle zusammen! Behrs Bemerkung zu Daniel am Auto. Sie waren vom Flughafen kommend vor dem Hotel eingetroffen. *Wenigstens Konrad hättest du aus dem Spiel lassen können.*

Elena hielt Behr an der Anzugjacke fest. »Welche Rolle spielt mein Vater?«

»Wir nennen Männer wie ihn alte Herren. Und Ihr Vater, Elena, ist sozusagen der Leitwolf. Er regiert aus der Ferne. Per Telefon. Über Spado hat er in die Lifevac investiert. Er weiß auch, dass ich hierher geflogen bin und dass Sie den Job in Port Lac übernommen haben – Ihr Vater ist die graue Eminenz hinter all dem.«

»Er kennt sämtliche Details?«, fragte Elena fassungslos.

»Von Anfang an.« Er blickte sich ratlos um. »Aber irgendwann scheint Konstantin sich selbstständig gemacht zu haben.«

Sie standen vor schlanken Einbäumen, mit Fackeln an Bug und Heck. Zwei der Kanus hatten bereits abgelegt. Im letzten Licht der Sonne glitten sie lautlos durch das dunkle Gewässer. Eigentlich ein schöner Anblick. Wenn nur nicht die unheimlichen Kapuzen auf den Köpfen der Mitfahrer gewesen wären.

Behr drehte sich ab. »Lassen Sie uns die Geschichte sofort abblasen. Mir ist nicht wohl dabei.«

Konstantin, an der Seite von Ogun und Bola, sprach Elena und Behr englisch an: »Ist das nicht ein stimmungsvoller Abend? So etwas bekommt man in Deutschland nie geboten.«

Behr ging auf Konstantins sentimentalen Ton nicht ein. »Konstantin, ich will nicht weiter«, sagte er in seiner Muttersprache.

»Mir gefällt die Sache nicht. Es wird keine zweite Fabrik geben, ich werde anrufen und alles rückgängig machen. Wir finden einen anderen Weg. Geschäfte haben nichts mit Kapuzenmännern und Fackeln zu tun. Teil deinen Partnern mit, dass wir umkehren.«

Konstantin rückte die goldene Brille zurecht und strich sich mehrfach über die Partie zwischen Mund und Nase. Elena kannte diese Gesten, die seine Verärgerung ausdrückten. »Findest du das auch, Elena?«

»Wir sollten Gustav Behr seine Bedenken zugestehen«, meinte sie diplomatisch. Oguns wulstiges Gesicht drückte unverkennbar Unmut aus. Sowohl er als auch Bola verstanden das Gespräch der drei Deutschen nicht.

»Mister Behr«, wandte Bola jovial ein, »Sie werden Ihre Freunde doch nicht enttäuschen?«

Behr sah keinen Weg, eine Konfrontation zu vermeiden. »Mister Wenzel und ich sind schon sehr lange befreundet. Aber wir haben wohl einen Punkt erreicht, wo sich unsere Wege trennen.«

Konstantin legte den Arm um Behrs Schulter. In seinem Kapuzenmantel nahm er sich wie ein großer, dunkler Vogel aus, der seine Beute abtransportierte. »Gustl, du bist bei Freunden. Habe Vertrauen.« Mit dem anderen Arm zog er Elena zu sich heran. Sie fand ebenfalls unter dem Mantel Platz. »Sag unserem künftigen Bruder, er soll sich keine Sorgen machen.« Er lächelte. So wie er sie stets einzufangen gewusst hatte.

Elena roch sein feminines Parfüm. Es wurde überlagert von einem leicht muffigen Geruch, den die seltsame Mönchskutte verströmte. »Mein Vater weiß, dass wir hier sind. Konstantin ist sich dessen bewusst. Ich glaube, wir müssen uns keine Sorgen machen. Das stimmt doch, Konstantin?«

Das Lächen ihres Chefs verschwand für die Länge eines Wimpernschlages. Er hatte verstanden, was Elena meinte. Doch er verlor darüber kein Wort. »Gut, gehen wir also.« Er hatte die Arme um seine deutschen Freunde gebreitet, als sie den Einbaum erreichten. Mit leichtem Druck drängte er Behr in das Kanu. Der stolperte mehr, als dass er hineinstieg. Elena folgte, dann Ogun und Behr. Konstantin blieb am Ufer. »Ich nehme das nächste!«, rief er ihnen nach.

Bola und Ogun, die beiden schweren Männer, hatten in der Mitte Platz genommen, Elena am Bug, Behr ganz hinten. Mit raschen Flügelschlagen huschten Vögel dicht über die Wasseroberfläche. Sie zogen Bahnen von aberwitziger Geschwindigkeit, schlugen regelrecht Haken in der Luft.

»Fledermäuse!«, rief Behr von hinten. »Das passt ja. Fehlt bloß noch Dracula.« Sein meckerndes Lachen klang zynisch. »Wenn er nicht schon da ist.«

Elena drehte sich zu ihm um. Krampfhaft hielt er sich an den hölzernen Kanuseiten fest. »Sie haben Konstantin doch immer vertraut. Jetzt entspannen Sie sich.« Sie drehte sich nach vorn, versuchte die eigentümliche Stimmung trotz der besonderen Umstände positiv auf sich wirken zu lassen.

»Ihr Gefängnisaufenthalt kam Konstantin gelegen. Wissen Sie das eigentlich?« Er sprach, als wären die beiden *Chiefs* nicht anwesend.

»Hätten Sie mir das nicht eher sagen können?«

»Unser Freund weiß nicht, dass ich es herausgefunden habe: Gegen ihn ist Anklage erhoben worden.«

Ruckartig drehte sie sich um, das Kanu schwankte bedenklich. »Vorsicht!«, warnte Bola.

»Mir ist jetzt klar, warum er ausgerechnet in diesem Land neue Freunde sucht.«

»Jetzt reden Sie schon!«

»In München gab es schon mal so eine Geschichte. Damals ist er freigesprochen worden. Geradezu rehabilitiert. Diesmal gibt es wohl handfeste Beweise. Zwei Jungen haben ausgesagt.«

»In welcher Sache?« Elenas Ungeduld wuchs.

»Sex mit Minderjährigen. Die Jungs sind 14 und 15. Und sie besitzen ein Video, das alles beweist.«

»Das ist unmöglich! Was erzählen Sie da?«

»Wir waren eine Menge Kerle damals in der Burschenschaft. Einer ist heute ein angesehener Anwalt in München, dessen Sozietät Konstantin vertritt. Er hat mich angerufen, weil wir enge Freunde sind, bat um Stillschweigen, wollte, dass nur ich es weiß. Weil wir Geschäfte am Laufen haben. Es war die Warnung, vorsichtig zu sein. Wenn Konstantin dieses Mal verurteilt würde, hätte er ein echtes Problem. Alle, die ihn kennen, werden ihn fallen lassen wie eine heiße Kartoffel. Ein Leitwolf macht sich nicht an kleine Jungs heran, nicht wahr?«

»Das hätten Sie mir vor zehn Minuten sagen müssen. Dann wäre ich nicht in dieses Boot gestiegen! Das können Sie mir glauben!«

»Wir beide, Sie und ich, sind nach dieser Geschichte vom Flughafen und im Restaurant nicht die besten Freunde. Ich habe mich falsch verhalten. Ich hätte einschreiten müssen. Das tut mir Leid. Glauben Sie mir das bitte. Ich hatte Sorge, dass Sie Konstantin alles erzählen. Darum habe ich gewartet. Wenn wir da drüben ankommen, werden wir den Bootsführern Geld geben, damit sie uns zurückpaddeln.«

»Geld!« Sie stöhnte. »Glauben Sie, dass man diese Situation mit ein paar Scheinen regeln kann? Wir sind hier nicht im Englischen Garten.« Elena starrte in die inzwischen fast dunkle Nacht hinaus, die in dieser Gegend der Welt Minuten nach dem Sonnenuntergang ihr schwarzes Tuch ausbreitet. Kleine, leuchtende Punkte tanzten in der Finsternis. Nicht weit hinter ihrem Boot zeigten Fackeln Konstantins Kanu an.

Trafen Behrs Worte zu, würde es das gesamte Projekt Lifevac in einem anderen Licht erscheinen lassen. In diesem Augenblick hielt Elena es sogar für möglich, dass dieser Mann, dem sie so lange blind gefolgt war, alles von langer Hand eingefädelt hatte. In Wagorunia würde er sich eine neue Existenz aufbauen können, fern vom Zugriff der deutschen Justiz.

Vorausgesetzt, Behr sagte die Wahrheit. Oder Konstantin

würde überhaupt verurteilt werden. Die Beschuldigungen klangen einfach zu abenteuerlich, um deshalb in Panik zu geraten. Wachsam würde sie künftig sein. Noch vorsichtiger.

Das Kanu ging längsseits des moosigen Ufers. Hilfreiche Hände streckten sich Elena entgegen. Der kleine Samuel Bola breitete die Arme aus. »Willkommen. Wir beginnen unsere Zeremonie im Tempel von Egunu.«

»Wer ist das?«, fragte Behr etwas schroff.

»Egunu ist der Gott, der unserer Freundschaft seinen Segen geben wird«, antwortete Ogun.

»Zuvor bitte ich Sie, das hier anzuziehen.« Samuel Bola reichte den beiden Weißen dunkelbraune Kapuzenumhänge, wie die anderen sie bereits trugen. Der Stoff war grob und schwer, ein schlichtes, raues Gewebe. Sämtliche Männer aus dem Regenschirmhaus hatten sie an der Anlegestelle erwartet. In ihren vom Fackellicht warm beschienenen Gesichtern konnte Elena keinerlei Feindseligkeit erkennen, im Gegenteil – man betrachtete sie wohlwollend.

Die Luft der jungen Nacht war klar und bereits etwas feucht. Hin und wieder quakten Frösche. Ein hässliches, lautes Grunzen erschreckte Elena. »Krokodile«, meinte Ogun gleichmütig. In der verschlingenden Finsternis erlaubte das blakende Licht der Fackeln nur ein vages Erahnen der Umgebung – die Umrisse von Zweigen, bizarr verkrümmt, die bleichen Gerippe der Mangroven-Luftwurzeln dicht neben dem Weg. Ein Entkommen aus dieser Natur, deren Intensität körperlich spürbar war, erschien undenkbar.

Den Tempel des Schutzgottes Egunu erkannte Elena erst, als sie unmittelbar vor den steil aufragenden, gebogenen Baumstämmen stand. Ihr entrindetes Holz schimmerte so bleich wie fleischlose Knochen, mit einer seidig im Licht der Fackeln glänzenden Tinktur vor der vernichtenden Feuchtigkeit geschützt.

In der Mitte des Schreins, umgeben von einem schmalen Ring aus wenigen Zentimeter hohen Flämmchen, thronte die Gottheit. Ihre hölzerne Haut war mit rotem Palmöl eingefettet. Egunu saß vor Bergen von roten Schoten, sorgfältig aufgereihte Gin- und Wodkaflaschen sollten seinen unbändigen Durst stillen.

Das kleine Äffchen hatte sie vor Tagen, die Monate zurückzuliegen schienen, zu Oguns Altar unter dem Baum geführt. Egunu hieß die Schnapsdrossel also. Und er liebte es höllisch heiß. Elena brach der Schweiß aus, Behr öffnete den Hemdkragen noch weiter.

Ein kleiner, verkrüppelter Priester, dessen Gesichtshaut von weißen Flecken übersät war, was seinem Antlitz die Züge eines verschreckten Chamäleons gab, näherte sich gebückt, einen Palmwedel in der Hand. Schweigend wies der rotgewandete Mann die Besucher an, rings um den Feuerring, der durchdringend nach verbranntem Pech roch, Platz zu nehmen. Die Männer aus dem Regenschirmhaus ließen sich ebenso wie Konstantin im Schneidersitz nieder.

Der Priester trat in das Innere des Feuerrings, schwang seinen Palmwedel. »Egunu, Gott vom Haus des Geldes, Egunu, Gott vom Haus des Reichtums, Egunu, Gott von unzähligen Himmelshäusern«, begann der missgestaltete Priester in hartem Pidgin-Englisch, »wir fragen dich, ob dein weiser Ratschlag es zulässt, einen Bruder und eine Schwester in deinen Bund aufzunehmen.«

»Was heißt hier zulassen? Was soll das?«, zischte Behr Elena zu.

Der kleine Priester ließ sich nicht beirren. Vom Altar nahm er eine hölzerne Schale. Er bot sie über die winzigen, züngelnden Flammen hinweg Behr dar. Die in der Hitze vibrierende Luft erweckte den Anschein, als streckte der rote Gott selbst die Arme nach Behr aus. Der zögerte, ratlos, wie er sich verhalten sollte.

»Trink und Egunu wird sprechen«, fuhr der Priester fort.

Die Gesichter der anderen waren durch die heiße Luft nur

mehr undeutlich zu erkennen. Sie stellten eine schweigende Versammlung dunkler Kapuzen dar. Elena hatten keinen Zweifel, dass nach Behr sie selbst die Schale angeboten bekäme.

»Okay«, flüsterte Behr und nahm dem Priester das halb offene Gefäß aus der Hand. Er trank. Und während er das tat, wusste Elena, wie sie es machen würde. Sie versuchte, Speichel im Mund zu sammeln. Doch ihr Mund war trocken.

Ganz intensiv dachte sie an das einzige Essen, das sie mit Daniel genossen hatte: Hummerstücke auf Spießchen! Sie sah nicht nur die Speise, die er ihr empfohlen hatte. Sie sah sein Auge auf der anderen Seite des Gucklochs. Sie hörte ihn vom Strand sprechen. Und dann fühlte sie das Band um ihren Hals, das kleine Amulett, das er ihr durch die winzige Öffnung zugeschoben hatte. Instinktiv umfasste sie die kleine Kauri. Francis ... Ein Mann mit kleinen Löckchen ... Von ihm stammte dieser unscheinbare Schmuck, der unter dem runden Ausschnitt ihres T-Shirts verborgen war.

Sie war noch nicht an der Reihe.

Der Priester stimmte einen Gesang an, untermalte unverständliche Worte mit dem Schlagen von zwei Rasseln, die er schnell schüttelte und das Tempo immer mehr steigerte. »Steh auf!«, befahl er. Behr befolgte die Aufforderung widerstandslos. Der Priester verließ den Feuerring und führte den Weißen, eine Fackel in der Hand, zu einer freien Stelle neben dem rot glühenden Rund. Dann maß er zehn Schritte ab. Mit unglaublicher Geschwindigkeit zeichnete er eine dünne Spur aus Feuer in den roten Sand. Noch einmal ging er zehn Schritte. Er setzte sich auf den Boden. Neben ihm stand eine zweite Schale.

»Erweise dich würdig, Mitglied Elanis zu sein«, sagte der Priester.

Die ersten beiden Schritte Behrs wirkten fast normal. Doch schon der dritte ging ins Leere. Als würde der rote Sandboden unter ihm hinweggleiten. Behr stürzte unvermittelt in den Staub. Er stöhnte nicht. Er schüttelte den Kopf, so, als hätte er unvermutet einen Schlag bekommen. Der deutsche Firmenchef rappelte sich auf, sichtbar irritiert. Seine in den dunklen Umhang gehüllte Gestalt schwankte. Er riss sich zusammen, lief weitere zwei Schritte. Das entwürdigende Schauspiel wiederholte sich zwei Mal. Schließlich lag Behr vor der dünnen Feuerlinie.

»Geh!«, schrie der Priester.

Behr hob einen Fuß, um über das Feuer hinwegzusteigen. Dabei wirkte der Mann so schwerfällig und mühsam, als wäre er betrunken oder plötzlich erschreckend alt geworden. Seine Beine schienen ihm nicht mehr zu gehorchen. Er schaffte den Schritt, stürzte allerdings auf der anderen Seite der Länge nach hin.

»Geh!«, schrie die Stimme des Priesters, »steh auf und geh. Oder du bist verloren. Egunu gewährt seinen Schutz nur den Starken. Denn nur die Starken dürfen Mitglied seines Bundes sein!«

Gustav Behr junior gehörte nicht in dieser und auch in keiner weiteren Nacht mehr zu den Starken. Sein Körper, zugedeckt mit dem braunen Mantel, zuckte noch ein paar Mal. Reglos blieb er liegen.

Der Priester schüttelte die Rasseln, stimmte fremde Gesänge an und umtanzte den Körper des Weißen. Zwei der Männer, die reglos vom Feuer aus zugesehen hatten, fassten Behrs Beine und Arme und legten seinen Körper neben dem Eingang ab. Erst jetzt sah Elena, dass sich vor Behrs Mund weißlich-gelber Schaum gebildet hatte. Seine Augen starrten blicklos in den Sand. Der Priester drückte sie zu.

»Egunus Urteil ist eindeutig, Brüder Elanis. Dieser Mann hätte euch verraten. Er war nicht würdig, euer Bruder zu sein«, verkündete der Priester.

39

Elena zog das kleine Lederamulett unter dem T-Shirt hervor, umfasste es fest, spürte die harte Schale der Seeschnecke. Die tödliche Prüfung traf jetzt sie.

»Trink und Egunu wird sprechen.« Der Priester richtete die Worte an Elena.

»Ich will nicht sterben«, flüsterte sie kaum hörbar mit geschlossenen Augen.

Wie im Traum nahm sie wahr, dass der Priester ihr die Schale mit dem Todestrank reichte. Der Widerschein der Flammen auf der gefleckten Haut schien seinen Kopf tanzen zu lassen. So, als wäre der Mann an keinen Körper gebunden, sondern selbst Gott. Seine rot entzündeten Augen glänzten unwirklich. Elena nahm die Kalebasse entgegen. Der Geruch aus dem Gefäß war nicht einmal unangenehm, sondern würzig. Keine der darin enthaltenen Essenzen erinnerte Elena an einen ihr bekannten Duft.

So also roch der Tod. Nicht einmal schlecht.

Der mühsam gesammelte Speichel war versiegt. Ihr Trick konnte nicht mehr funktionieren! Was hatten sie und Behr nur getan, dass man sie im Staub verrecken lassen wollte. Unter den Augen von nahezu einem Dutzend Männern. Sie rechnete sich kaum noch eine Chance aus. Behr war ein kräftiger Mann, das Gift hatte ihn binnen Minuten gelähmt. Zwei Schritte. Und er war gefallen.

Elena versuchte, die Gesichter der Anwesenden zu erkennen. Es war unmöglich. Die Kapuzen verschatteten ihre Augen. Konnte sie noch fliehen? Nach draußen? Wo es Krokodile gab? Oder man sich einen anderen Hinterhalt ausdachte? Sie spürte die zähe Flüssigkeit an ihren Lippen, nahm einen kleinen Schluck, reichte die Schale zurück. Sie fühlte sich leicht schwindlig. Die Feuerlinie brannte noch. Sie verzog sich in leichten Wellen. Der Priester hockte sich 20 Schritte entfernt auf den Boden.

»Erweise dich würdig, ein Mitglied Elanis zu sein«, wiederholte er die bekannten Worte.

Elena lief sofort los, so schnell sie konnte. Sie zählte nicht einmal die Schritte. Das Gift lähmte ihre Muskeln, betäubte ihre Gedanken. Aber nicht ihren Willen.

»Ich will nicht sterben. Nicht für euch!«

Es war bedeutungslos, ob jemand ihre Worte hören oder verstehen konnte. Sie musste weitergehen, über dieses Feuer, hinüber zu dem Priester. Er hatte diesen Becher. Gegengift! Hol es dir!, rief die Stimme ihres Willens.

Und dann tat es sich auf. Das Nichts. Zog sie einfach nach unten. Sie spürte nicht, wie sie auf dem festgestampften Boden aufschlug. Sie fiel einfach nur. Und empfand es als Niederlage. Die sie sich nicht erlauben wollte. Sie kroch zu der Feuerlinie. Sie warf sich geradezu drauf, erstickte die Flammen mit dem dicken Stoff, schob ihren Körper vorwärts. Ihre Beine schienen unbrauchbare Anhängsel geworden zu sein, unfähig sie zu tragen, ihr zu gehorchen. Wie eine Schlange wand sie sich am Boden, kroch Zentimeter für Zentimeter vorwärts. Erkannte das Ziel kaum noch, aber sie wollte nicht aufgeben. Weiter, hin zum Leben. Nicht aufgeben. Niemals. Um keinen Preis. Ich will! Er ist das Einzige, was mir bleibt: mein Wille.

Ihre Nägel krallten sich in den losen Boden, ihre Fingerknöchel staken spitz nach oben, sie winkelte die Arme an, drückte mit den Schultern nach. Sie rutschte, langsam, mühsam. Sie streckte die verdreckten Finger aus, ihre Kuppen waren noch zu weit entfernt, sie drückte die Ellenbogen in den Boden, robbte noch einen Meter vor. Ihre rechte Hand war der Schale des Priesters am nächsten. Aber sie lag nur noch kraftlos am Boden. Sie hatte noch die Linke, fasste die Kalebasse am oberen Rand und zog sie vorsichtig zu sich heran. Ihre Lippen waren darüber, der Inhalt, dessen stechenden Geruch sie für den kostbaren Duft einer seltenen Blüte hielt, war so nah und doch kaum zu erreichen. Sie legte den Kopf schief, streckte die Zunge vor und ließ sich die Flüssigkeit auf die Lippen rinnen.

Die zähe, klebrige Brühe brannte, sie schluckte mühsam, keuchend, hustend. Sie leerte den Inhalt, spürte die Wärme, die sich vom Magen aus im Leib ausdehnte. Ihr Herz begann zu rasen, pumpte die neu gewonnene Energie in die Adern. Sie fühlte ihre Beine, die Taubheit schwand aus ihren Füßen. Sie drehte sich auf den Rücken. Das flackernde Licht des Feuers zeichnete sich warm an den Palmwedeln der Decke ab. Sie spürte einen kleinen Gegenstand in ihre Halsgrube rutschen. Daniels Lederamulett mit der Kauri.

»Ich lebe«, flüsterte sie kaum hörbar.

Schwer atmend blieb sie neben dem Gott liegen, der Behr in den Tod geschickt und ihr das Leben geschenkt hatte. Ihr Gehirn schien wie ausgeschaltet, als hätte jemand einen Knopf gedrückt. Sie rührte sich nicht mehr. Es war die Schwelle des Todes gewesen, die sie überschritten hatte. Sie zog die Beine an, um sich auszuruhen. Nichts, was um sie herum vor sich ging, interessierte sie mehr. Der Gesang des Priesters drang zwar zu ihr, doch verstehen konnte sie ihn ohnehin nicht. Zum ersten Mal seit langer Zeit stellte sie keine Fragen mehr. Sie lebte. Mehr zählte nicht.

Sie spürte eine Feuchtigkeit im Gesicht. Es war ein kleiner, weißbraun gefleckter Hund, ein mageres Tier, das ihr mit der Zunge übers Gesicht leckte. Sie streckte den Arm aus. Der Hund legte sich neben sie, die Schnauze auf den Vorderpfoten. Sie sah die bernsteinfarbenen Augen des Hundes, in denen sie tiefe Ruhe erkannte.

»Egunu gibt dir die Kraft, eine Schwester Elanis zu werden.« Die Stimme des Priesters kam aus weiter Ferne. Starke Arme stützten sie, bis sie saß. Sie blickte geradewegs in das Gesicht des roten Gottes. Der Priester nahm Elena erst den Umhang von den Schultern, dann die Jacke, schließlich schob er den Ärmel ihres T-Shirts hoch. Die Rasierklinge, die ihren linken Oberarm berührte und mit geschickten, kurzen Bewegungen ihre Haut einritzte, spürte sie kaum. Sie sah die Gottheit, die sie unbewegt anstarrte. Nachdem die Klinge ihre Arbeit beendet hatte, befreite die Gottheit sie aus ihrem Bann.

Jemand sagte Worte in der Sprache der Yoguma, die Samuel Bola ins Englische übersetzte und die Elena wiederholte: »Elani ist der Anfang und das Ende meines Lebens. Ich kann aus ihrem Kreis nicht heraustreten. Elani ist mein Schutz und meine Aufgabe. Ich diene Elani, so wie Elani mir dient.«

Ogun und Bola nahmen sie in die Arme. »Schwester Elena, wir freuen uns, dass Elani dich aufgenommen hat. Deine Wege sind unsere Wege«, sagten sie gleichzeitig.

»Eure Wege sind meine Wege«, wiederholte Elena mechanisch.

»Ich bin dein Bruder Oladayo.« Ogun reichte ihr die Linke. Mit Daumen und Zeigefinger umschloss er ihr schmales Handgelenk, die Rechte berührte sanft Elenas frisch tätowierten linken Oberarm. Daumen und Zeigefinger ihrer Linken fassten nach seinem linken Handgelenk; ihre rechte Hand berührte als Ergänzung seinen starken linken Oberarm. Durch diese mehrfache Berührung der Körper entstand eine Acht-Form, das Symbol der Unendlichkeit. Dieselbe Geste führte sie zunächst mit dem neuen *Bruder* Samuel Bola und sodann mit all den anderen aus.

Zum Schluss begrüßte Konstantin sie auf diese Weise. »Ich bin glücklich, dass du endlich meine Schwester bist.« Er drückte sie fest an sich. »Wir werden große Dinge erreichen.« Er machte eine Geste, die alle Anwesenden einschloss. »Gemeinsam mit unseren Brüdern.«

Elena war unfähig, ihre Lage zu beurteilen. Noch war alles, was geschah, durch eine Wand aus Watte von ihr entfernt. Es gelang ihr nicht, Konstantins Willkommen entsprechend zu erwidern.

»Wir dienen der großen Macht unserer Gemeinschaft«, sagte Samuel Bola, der nun ihr *Bruder* geworden war.

»Alle jene, die sich gegen Elani stellen, unterzieht Egunu einer schweren Prüfung.« Ogun deutete auf Behrs leblosen Körper. »Nur wem Egunu wohlgesonnen ist, der kann sie bestehen.«

»Einzig Egunu kann das Band, das zwischen uns besteht, wieder trennen«, meldete sich Bola zu Wort. Obwohl Elena sich in diesem seltsamen, dumpfen Zustand befand, hörte sie den Unterton, der nicht nur die Ewigkeit der Verbindung beschwor. Sondern auch die unterschwellige Drohung enthielt, niemals aufzubegehren. Was auch immer der Bund verlangte.

Konstantin deutete auf ihren Oberarm. »Gefällt sie dir?«

Zwei Schlangenköpfe züngelten einander an. Sie hatten allerdings nur einen Leib, der sich um Elenas linken Oberarm wie ein Reif wand. Die Zungen der beiden Schlangen vereinten sich zu einem kleinen Kreis.

»Sie gehört zu dir, so wie du für immer zu uns.« Es war Lincoln Bola, der ihre frische Zeichnung bewunderte und sie auf Deutsch ansprach. »Zwischen uns wird es nie wieder Missverständnisse geben. Elani wird dich beschützen, was immer du tust.«

Der Priester erhob sich würdevoll, in der einen Hand zwei schmale, längliche, grün angelaufene Kupferglocken, in der anderen einen kurzen Stock. Er schlug damit einige Male gegen die Glocken. Die Männer setzten sich schweigend. Der Priester strich die Töne lang aus, dazu stimmte er einen hohen, monotonen Gesang in fremder Sprache an. Es dauerte eine Weile, bis er alle Strophen gesungen hatte. Er machte dabei ein sehr ernstes Gesicht und blickte über die Versammlung hinweg ins Leere.

Schließlich nahm er vor seinem Altar Platz, bat Ogun, Vater und Sohn Bola, Konstantin und Elena zu sich. Vor ihm stand eine kleine blaue Kiste, geschmückt mit dem weißen Symbol der Schlange, das nun auch Elena auf dem Körper trug, daneben lagen die anderen Utensilien, die sie bislang nur von den Dias in Roberts Wohnung kannte: das kleine, fellbespannte Schloss, die Pergamentrollen und ein Säckchen, das exakt jenem glich, das Manfred bei Stucker abgeliefert hatte.

Die beiden Gifte in Elenas Körper entfalteten nach wie vor ihre Wirkung. Sie mühte sich, die schläfrige Benommenheit zu vertreiben, die ihr Denken lähmte und das Geschehen auf Distanz zu ihrem Empfinden hielt.

Der Priester reichte ihr und den vier Männern rote Kolanüsse, die sie zerbissen und als Opfer vor Egunu niederlegten. Der bittere Geschmack der kleinen Frucht legte sich pelzig auf die Mundschleimhaut.

»Egunu, mächtiger Beschützer Elanis«, begann der Priester mit hoher, unmelodischer Stimme, »gewähre den Geschäften dieser Brüder und ihrer Schwester deinen Schutz. Ihre Reichtümer sollen aufgewogen werden in Gold.« Der Priester breitete die Arme aus. »Ihr, Brüder dieser Brüder und dieser Schwester, erhebt jetzt eure Stimme, wenn ihr über Wissen verfügt, das dem Geschäft dieser Menschen entgegensteht. Solltet ihr aber schweigen, so schweigt für immer und tragt bei zum Gelingen.«

Niemand sprach ein Wort.

»Brüder Elanis, Egunu erteilt seinen Segen, denn er schützt alle, die ihm dienen. Wer sich gegen die Geschäfte seiner Brüder und dieser Schwester stellt, den bestraft Egunu. Und nur er kann auch die Milde walten lassen, über die einzig ein Gott verfügt. Wer sich Egunus Schutz anvertraut, setzt sich auch seinem Urteil aus. Für immer.«

Der Priester legte zuerst das Säckchen aus Tierfell in die schlichte Blechkiste und sprach Elena direkt an: »Das Geschäft, das deine Brüder mit dir eingehen, wird erfolgreich. Bedenke, dass der Reichtum, den es dir einbringt, von Egunu gewollt ist. Und gib von diesem Reichtum an ihn zurück.«

Er griff nach dem Schloss. »Brüder, zum Zeichen eurer Verschwiegenheit und des Zusammenhalts führt eure Schlüssel in dies Schloss.« Die vier Männer holten unter ihren Umhängen je einen Schlüssel hervor, den sie an einem Lederband um den Hals trugen. Sie verneigten sich, um der Aufforderung nachzukommen, und ließen die Schlüssel wieder verschwinden. Den fünften trug der rote Gott um den Hals. Der Priester küsste ihn und reichte ihn Elena, die den gleichen symbolischen Akt ausführte und sich den Schlüssel um den Hals hängte. Über das Amulett von Daniels Priester Francis.

Die silberne Klinge eines kurzen Dolches blitzte auf. Der Priester ergriff Elenas linkes Armgelenk. »Mit deinem Blut, Schwester Elena, schwörst du Treue.« Blitzschnell senkte sich die Spitze des Messers auf ihr Handgelenk. Nur ein Tropfen Blut fiel in die Öffnung des Schlosses, das der Priester behutsam in die Kiste legte, um Elenas Verwundung mit einer Flüssigkeit zu betupfen. Augenblicklich stoppte die Blutung.

»Egunu, die Bruderschaft Elanis bittet dich: Möge gelingen, was Elani wünscht.« Die fünf, an dieser eigenwillig geschlossenen Partnerschaft Beteiligten wiederholten den Satz. Der Priester sang mehrere Liedstrophen und platzierte die beiden Pergamentrollen neben den übrigen Gegenständen. Mit geschmolzenem rotem Wachs versiegelte er Elenas Kiste und klebte ihre Namensfolie darauf. Während das Wachs trocknete, sprach der Priester Gebete und goss aus verschiedenen Flaschen Alkohol vor Egunu auf den Boden. Zum Abschluss wickelte er Elenas Kistchen in den Fellsack.

»Schwester Elena, nichts wird uns mehr aufhalten«, meinte Konstantin, während die kleine Gruppe spät nachts den Tempel verließ. Ihr neues *Juju* trug Elena mit sich, eingehüllt in das Fell eines langhaarigen Tieres. Auf unheimliche Weise hatte sich ein Kreis geschlossen. Ein identisches Schutzobjekt hatte Manfred gestohlen. Sie hatte es als Krönung eines Rituals erhalten.

Den Preis, der dafür gezahlt wurde, konnte niemand mehr sehen. Die Leiche des unglücklichen Gustav Behr war verschwunden.

40

Bruder Samuel Bola nahm seine Verpflichtung als aufmerksamer Gastgeber ernst. Seidenes Nachthemd, Kosmetikartikel – an alles war gedacht. Nur für eines konnte er nicht sorgen: dass Elena unter der Kuppel des Schirmhauses in den Schlaf fand. Die Benommenheit, die sie im Tempel noch empfunden hatte, war einer nervösen inneren Unruhe gewichen. Mal starrte sie aus dem tropfenförmigen Fenster und grübelte, dann warf sie sich aufs Bett, hielt es dort aber nicht aus, duschte mal heiß, mal kalt. Die dumpfe Benommenheit wich endlich.

Behr hatte es klar ausgesprochen. Sie selbst hatte ihn nach Afrika gerufen. In gewisser Weise fühlte sie sich deshalb für seinen Tod verantwortlich. Vor dem ovalen Spiegel besah sie sich das Zeichen des Geheimbundes. Niemand hatte sie gefragt, ob sie Mitglied werden oder den Todestrank probieren wollte. *Eine Zeremonie!* Genau betrachtet war es ein Mord, den Konstantin in Auftrag gegeben hatte. Sie hatte die Angst Behrs gespürt. Konstantin, der den Freund wesentlich länger kannte, musste sie ebenfalls gefühlt haben. So viel Sensibilität traute sie ihm dann doch zu. Konstantin hatte Behrs Tod emotionslos zur Kenntnis genommen. Wäre ihr selbst das Gleiche widerfahren, er hätte wohl kaum anders reagiert. Stand der Vertraute von einst denn tatsächlich bereits mit dem Rücken zur Wand, dass er keinen anderen Ausweg mehr sah, als sich mit dem Teufel zu verbünden? Wenn er einen Freund wie Gustl so skrupellos opferte – wie weit würde er noch gehen? Sobald Daniel mit seiner Arbeit fertig wäre, drohte ihm da nicht das gleiche Schicksal?

Es war zu spät, um nach Deutschland zu telefonieren und

Behrs Angaben zu überprüfen. Sie konnte ihren Vater anrufen! Mit Konstantins Umtrieben im Urwald würde ihr Vater gewiss nichts zu tun haben. Das passte nicht zu seinem nüchternen, kontrollierten Vorgehen. Selbstverständlich würde er den Wahrheitsgehalt von Behrs Vorwürfen herausfinden. Sie holte das Handy hervor. Und legte es beiseite.

Und wenn Konstantin bereits gewusst hatte, dass Behr über das drohende Verfahren im Bild war? Konnte es nicht sein, dass die erwachsen gewordenen *Burschen* nicht nur Behr informierten, sondern umgekehrt auch Konstantin mitteilten, dass Behr alles wusste? Ein Spiel mit doppeltem Boden?

In dieses Wespennest träfe der Anruf ihres Vaters! Ein Leichtes würde es sein, zu kombinieren, woher der *alte Herr* sein brisantes Wissen bezog …

Welch komplizierte Welt, dachte Elena. Bevor sie einen Zug machte, musste sie sämtliche Reaktionen der anderen vorausberechnen. Sie steckte mittendrin in diesem Komplott. Die anderen glaubten, sie würde mitmachen. Es gab nur eine Möglichkeit – nicht nur einen Schritt im Voraus zu planen, sondern unendlich viele. Und sich gleichzeitig wie eine *Schwester* zu verhalten.

Sie wählte Roberts Handynummer. Er war sofort dran, klang aufgeregt. »Bist du okay?«, fragte er. Robert hatte seinen Posten in der Nähe des Schirmhauses nicht aufgegeben. Der riesigen Mobilfunkantenne auf Bolas Haus verdankte er ein Netz für sein Telefon.

Elena gab ihm einen kurzen Abriss des Geschehens. Als sie geendet hatte, sagte Robert: »Das sind Verbrecher, Elena. Anders kann man sie nicht bezeichnen. Es tut mir wirklich Leid, dass ich dich nicht aus dem Gefängnis freikaufen konnte. Sie haben mich nicht einmal angehört. Die Botschaft wollte jemanden schicken. Das hatten sie mir ganz fest versprochen. Vielleicht war es ein Fehler, nicht zurückzukehren. Aber ich war in der Nähe von Oguns Haus. Lincoln Bolas Jeep fuhr heraus. Ich folgte ihm.«

»Wohin?«

»Was ich dir erzählen werde, ist keine Gute-Nacht-Geschichte. Aber du musst es erfahren. Nicht mal eine halbe Autostunde von hier entfernt gibt es einen Ort. Er heißt Ulu Ata. Jemals davon gehört?«

»Nein!«

»Dort war ich, als du im Gefängnis auf meine Hilfe gewartet hast. Ulu Ata liegt mitten im Regenwald. Es führt nur eine ungeteerte Straße dorthin. Ein unglaublich armseliger Ort. Etwas abseits stehen einige Baracken, mit Stacheldraht eingezäunt, von Schäferhunden bewacht. In diesem Gelände verschwand Bola. Ich versuchte mich unter den Dorfbewohnern umzuhören. Endlich fand ich einen Mann, der mich verstand.

Der Tod wohne in diesen Häusern, sagte er. Zahlreiche Arbeiter wären tot herausgebracht und in den Fluss geworfen worden. Niemand aus der Umgebung wollte mehr in den Häusern arbeiten, obwohl der *Chief* sehr viel Geld bot. Daraufhin brachte man mit Bussen neue Arbeiter. In den Fluss wurde zwar niemand mehr geworfen, aber die Angst der Leute blieb.

Ein paar Stunden später fuhr Bola weg. Ich beschloss, die Nacht abzuwarten. Um über den Zaun steigen zu können, brauchte ich Köder für die Hunde. Mir fiel dein gebratenes Fleisch ein. Also kaufte ich einer Frau ihren ganzen Bestand ab. Ich stellte die Hunde damit ruhig und stieg über den Zaun.« Robert machte eine Pause. »Bist du noch dran?«

»Was war in den Häusern?«

»Kein einziger Laut drang heraus, es brannte kein Licht. Es war, als ob sich niemand darin aufhielt. Keiner, der nach Feierabend schwatzte, sich Essen zubereitete. Bis auf eine Tür waren sämtliche Eingänge verschlossen. Ich öffnete sie. Stockfinster. Nur das Atmen von mehreren Menschen. Ich dachte, sie schliefen, richtete die Taschenlampe auf den Boden. Nackte Füße, gleich vorn, direkt neben mir. Da saß ein Mann in löchriger Hose, völlig aufrecht, den Rücken an die unverputzte, graue Wand gelehnt. Mit weit aufgerissenen Augen starrte er in meine Lampe. Ich hätte sie fast fallen gelassen, löschte das Licht. Raus! Ich floh um die Ecke, spähte zurück zu der Tür. Wieso folgte der Mann mir nicht? Fragte, was ich da tue? Nach Minuten schlich ich zurück, öffnete die Tür. Der Mann hockte immer noch da. Ich leuchtete ihm ins Gesicht. Nicht die Spur einer Reaktion! Angelehnt an den ersten, ebenfalls kerzengerade aufgerichtet, saß ein weiterer Mann, im gleichen Zustand.« Robert holte Luft. »Elena, es waren acht! Zu beiden Seiten aufgereiht. Und kein einziger reagierte. Plötzlich wusste ich, was los war! Die Männer befanden sich im gleichen Zustand wie Funke! Sie waren scheintot, Elena.«

»Hast du herausgefunden, wie diese Männer so wurden? Meinst du, das ist so passiert wie bei Manfred und Funke? Durch ein Unglück? Unachtsamkeit?«

»Das ist ja die entscheidende Frage. Deshalb blieb ich dort. Auf dem Dach der Baracke. Moskitos, Fledermäuse, dauernd irgendein Rascheln. Irgendwann nahm diese entsetzliche Nacht ein Ende. Im Morgengrauen traf ein Lieferwagen ein. Nacheinander traten die acht Gestalten in die kühle Morgendämmerung. Der Anführer schritt die Reihe ab, eine Peitsche in der Hand. Dann gab er jedem ein Stück Brot und eine Kalebasse voll Wasser. Wenn ihnen der Anführer etwas zurief, aßen sie, wenn er ihnen befahl zu trinken, taten sie es. Er versengte die Haut der Männer mit Feuer, leuchtete ihnen in die Augen, maß ihren Puls. Einen schlug er. All das ertrugen sie teilnahmslos. Schließlich führte er sie in die zweite Baracke. Gegen zehn fuhr er weg. Um zwei Stunden später wiederzukommen. Diesmal war er nicht allein. Zwei mit Handschellen gefesselte Männer stiegen hinten aus seinem Wagen. Sie mussten sich mit dem Gesicht auf den Boden legen. Er pfiff nach den Hunden, damit sie die Gefangenen bewachten. Zehn Minuten später kam der Kerl zurück. Ich nehme jedenfalls an, dass er es war. Diesmal trug er einen weißen Overall mit

Atemschutzmaske. Er scheuchte die Hunde fort und besprühte die Männer. Dann wartete er, vielleicht 20 weitere Minuten. Er beugte sich zu den Unglückseligen hinunter und löste ihre Fesseln. Er rief etwas und die beiden standen umständlich auf. Sie bewegten sich so wie zuvor die anderen. Er hatte Scheintote aus ihnen gemacht, Elena!« Roberts Stimme war zu einem Flüstern geworden.

»Mit einem Spray?«, fragte sie entsetzt.

»So was in der Art. Ein langes, zylindrisches Gerät mit einer Spritze daran. Aber ich konnte nicht erkennen, was herauskam.«

»Warum hat er das getan? So etwas tun Menschen doch nicht!«

»Nein, das tun Menschen nicht. Vielleicht gibt es ihn doch, den Satan. Nach jener Nacht war ich nahe daran, es zu glauben. Irgendwann bin ich vom Dach geklettert, auf der anderen Seite. Weit von dort entfernt, wo diese Bestie im Overall ihr Gift versprüht hatte. Ich glaube, ich weiß, was sie machen.«

»Was?«

»Sie experimentieren mit Zombies. Ich habe mich lange dagegen gesträubt, nach einer Erklärung zu suchen, warum sie das tun. Ich habe auch gar nicht mehr an meinen Beruf gedacht. Ich war auf geradezu unprofessionelle Weise geschockt, konnte auch nicht fotografieren. In der Zwischenzeit bin ich fest entschlossen, darüber niemals eine einzige Zeile zu schreiben.«

»Warum?«

»Wenn es sich herumspricht, dass es das Zombiegift gibt, werden andere es haben wollen. Dieses Zeug verwandelt Menschen in Roboter, die wesentlich anspruchsloser als alle Maschinen dieser Welt sind. Millionen von Menschen leben in diesem Land. Arm und ohne Perspektive. Du sammelst sie ein, machst Sklaven aus ihnen, lässt sie für ein Stück Brot und Wasser arbeiten. Das ist der schlimmste menschenverachtende Zynismus, zu dem ein Gehirn fähig sein kann. Nein, Elena, das darf niemals jemand erfahren. Selbst wenn man Ogun, Bola und sonst wem das Handwerk legt, das Gift bleibt in der Welt. Wir haben nur eine einzige Möglichkeit, etwas dagegen zu tun.«

»Welche?«

»Es zu zerstören. Alles.«

»Und wie sollen wir das anstellen?«, fragte sie atemlos.

»Für das Werk des Teufels gibt es nur einen Platz – die Hölle.«

»Ich werde dir dabei keine große Hilfe sein können, Robert.«

»Meinst du, dein Cowboy kann die Seiten wechseln?«

»Daniel ist nicht mein Cowboy.« Sie protestierte etwas zu heftig. »Fahr gleich morgen früh zu ihm! Erzähl ihm alles, was du weißt. Ich vertraue ihm.«

»Jetzt sofort werde ich aufbrechen. Der Cowboy ist gefährdet, wenn er keine Ahnung hat, was er da aufbaut.« Er machte eine kurze Pause. »Wenn ich nach Imeja fahre, kann ich dich nicht beschatten, Elena.«

»Ich habe jetzt Brüder, die auf mich aufpassen.« Sie hatte einen Witz machen wollen. Aber sie spürte selbst, dass darüber niemand lachen konnte.

41

Ich lasse deine Sachen von Biyi aus dem Hotel holen«, sagte Ogun. »Es ist dir gewiss lieber, im Haus deines Bruders zu wohnen, Schwester Elena.« *Bruder Oladayo* bevorzugte den gepanzerten Mercedes für die Fahrt nach Port Lac, anstatt mit Elena, Konstantin und Samuel Bola den Hubschrauber zu nehmen, der vor dem Schirmhaus wartete.

Der Helikopter steuerte zunächst den Flughafen von Port Lac an, wo Samuel Bola in einen Linienflug nach London umstieg. Er versprach, in einigen Tagen zurück zu sein. Nachdem er die Maschine verlassen hatte, meinte Konstantin: »Die Frau seines Neffen hat gerade ein Kind bekommen. Lincoln hat Bruder Samuel immer noch nicht zum Opa gemacht. Deshalb ist er umso stolzer, dass die Familie endlich einen Nachkommen hat.«

Bola winkte dem Hubschrauber fröhlich zu. Und die beiden weißen Insassen erwiderten den Gruß.

»Sieh es doch mal so, Schwester«, meinte Konstantin, »bei Elani fühlt man sich geborgen wie in einer Familie oder bei wirklich guten Freunden.«

»Konstantin, du weißt, dass mir Behr nicht besonders nahe stand. Aber die Art, wie unsere Freunde es abgelehnt haben, ihn aufzunehmen, ist barbarisch. Warum hat man ihm kein Gegenmittel verabreicht? Danach hätte man ihm immer noch die Aufnahme verweigern können.«

»Schwester, er hätte uns verraten.«

»Was hätte er denn ausplaudern können? Auch wenn er seine Anteile zurückgezogen hätte – meine Güte, er ist nicht der Einzige, dessen Firma Anlagen herstellt! Ogun und Bola hätten ihn bezahlt und basta.« Sie weigerte sich, die beiden *Chiefs* als Brüder zu bezeichnen. »Was willst du in Deutschland sagen, woran Gustav Behr gestorben ist?«

»Sie sterben alle an Herzversagen, Schwester.«

»Alle? Gab es denn viele?«

»Lass uns über die Arbeit sprechen«, wich Konstantin aus, »dann wirst du einsehen, warum Elani euch aufnehmen musste. Wir disponieren ein wenig um und beteiligen uns an der Medic von Bruder Oladayo.« Er hatte es sich angewöhnt, von Ogun stets in dieser Form zu sprechen. »Lincoln hat mittlerweile eine Reihe von Experten gefunden, die Waschinski zur Verfügung stehen, damit alles schneller geht. Du wirst Zugang zu allen Unterlagen haben.«

»Wie willst du das unseren Partnern in Deutschland beibringen?«

»Zunächst einmal gar nicht. Nur wir wissen von der neuen Entwicklung. Unsere Investoren interessiert ohnehin nur, dass sie ihr Geld gut angelegt haben.«

Die Stadt unter ihnen schien Teil einer anderen Wirklichkeit zu sein. Die Menschen, die sich dort unten für Pfennigbeträge abplagten, ahnten nicht, dass andere nicht zögern würden, sie zu willenlosen Sklaven zu machen. Das unübersehbare Gewirr aus Häusern, Gassen und Autobahnen lief allmählich aus in die zunächst rote, verkarstete Erde und ging dann über in das saftige Grün der Wälder. Der Helikopter drehte ab, in jene Gegend, in der Elena inzwischen das weite Savannenland wusste.

»Könntest du dir nicht vorstellen, für immer hier zu leben?«, fragte Konstantin unvermittelt. »Wo sonst findest du solch eine Pracht der Natur? Dieses Land ist so wundervoll. Für einen Bruchteil deines Geldes kannst du leben wie ein Gott.«

»Konstantin, es ist wirklich ein wunderbares Land. Aber man zahlt auch einen hohen Preis dafür.«

»Du meinst die Trottel, die es regieren?« Er machte eine wegwerfende Bewegung. »Das ist das Gute daran. Man kann sich mit denen arrangieren. Die Freiheit, die einem diese geldgeilen Dummköpfe verschaffen, ist gigantisch. Hier gilt wie sonst nirgendwo der Spruch: Geld regiert die Welt.« Er grinste diabolisch. »Nun, wir haben Geld. Also können wir mitregieren.«

Ogun hatte die Wahrheit gesagt. In Elenas Koffer waren tatsächlich zwei Millionen Dollar gewesen. Von Anfang an hatte Konstantin sie benutzt.

Er legte seine gepflegte Hand auf ihr Knie, zog sie aber sofort zurück. »Du stehst jetzt auf der richtigen Seite. Die Männer, mit denen wir gestern Abend zusammen waren, kontrollieren die Fernsehstationen, die Airports, die Häfen; ein anderer kümmert sich ums Öl und so weiter. Sie sitzen an den Hebeln der Macht.« Er lachte. »Und sie sind alle unsere Brüder. Eine Hand voll Leute, Elena. Überleg dir das mal. Wie viele Menschen leben in diesem Land? Zig Millionen! Du rufst einen von zwölf an. Und hast Zugriff auf all diese Menschen! Wir gehören einem jahrhundertealten Bund an, seine Verbindungen sind wie ein gigantisches Netz.« In Konstantins Augen lag ein Leuchten, das ihr Angst machte. »Keine teutonischen Behörden, kein deutscher Amtsschimmel. Nur Brüder!«

»Dieses Projekt, das wir Lifevac genannt hatten, war deine Eintrittskarte in diese Welt, oder?«

Konstantin schüttelte amüsiert den Kopf. »Über den alten Gustav Behr habe ich einen echten Prinzen kennen gelernt. Ein sagenhaft reicher Mann. Wir trafen uns anfangs in Bruder Samuels Haus in Kensington. Bruder Samuel ist leicht zu unterschätzen. Aber seine Kontakte sind viel weitreichender als die von Bruder Oladayo. Prinz Raymond wollte eine Brauerei; die ist auch längst in Betrieb. Das war mein erstes Projekt. Und dann trat, natürlich wiederum vermittelt durch Bruder Samuel, Ogun an mich heran. Er hatte ein altes afrikanisches Rezept. Ich war erst skeptisch, das gebe ich zu. Aber dann habe ich es berechnet. Elena! Schwester! Ein unglaubliches Geschäft! Wenn du das nachrechnest … Wir werden unsere Investoren mit dem Umsatz des ersten Monats ausbezahlen. Und dann sind wir frei. Keine Steuern, keine Gesetze. Wir beide können agieren, wie wir wollen.«

»Wirst du das meinem Vater auch so erzählen?«

Nur für einen Augenblick stutzte der Mann, den sie einmal für ihren Vertrauten gehalten hatte. »Dein Vater! Du leidest doch selber unter ihm. Nabel dich ab. Du bist so jung. Niemand erwartet dich wirklich in Deutschland. Dein Mann lebt nicht mehr. Das war ein entsetzlicher Schlag und du bist darüber noch nicht hinweg. Doch du bist unglaublich tapfer. Ein neues Land, was sag ich, ein neuer Kontinent, ein neues Leben wird dir helfen zu vergessen. Lass die Vergangenheit hinter dir.«

»Konstantin, die Vergangenheit steht immer hinter einem. Man wird sie nie los.«

»Ich schon. Und du auch. Wir beide sind uns sehr ähnlich.« Er sah sie begeistert an. »Ich habe für dich übrigens schon ein Haus gefunden. Direkt am Meer. Mit Swimmingpool, wie es sich gehört. Und Tennisplatz. Da kannst du jeden Morgen nach Herzenlust Sport treiben. Ich bin auch schon dabei, ein Areal für einen Golfplatz zu suchen. Vielleicht ist das für dich auch das Richtige! Naja, und manchmal musst du auch arbeiten. Aber das wird sich in Grenzen halten. Das Haus liegt ganz in der Nähe von meinem eigenen. Denn du wirst ja nicht ewig bei Bruder Oladayo wohnen wollen.«

»Du hast schon ein Haus?«, fragte Elena verwundert.

»Seit einem Jahr. Ich habe sogar schon einen Pass. Aber den bekommst du auch bald. Das ist ein Klacks. Unter Brüdern, du verstehst.«

»Das ist ja wunderbar!« Konstantin konnte die Ironie aus ihren Worten nicht heraushören. Seine Euphorie über sein neues Leben in Afrika machte deutlich, dass er sich über kurz oder lang aus Deutschland zurückziehen würde. Daniel hatte mit seiner Vermutung Recht gehabt! Jahrelang hatte sie dem falschen Gefährten vertraut.

Konstantin deutete nach unten. Im hellen Sonnenlicht lag die Fabrik. Vergeblich sah sie sich um, ob sie irgendwo Roberts weißen Geländewagen entdecken konnte.

»Wann wird es losgehen?«, fragte sie so beiläufig wie möglich.

»Wir werden sehen, wie weit Waschinski ist. Mit den neuen Leuten werden wir es wohl in einer Woche oder zwei schaffen. Lincoln wird bald eintreffen. Hoffe ich. So ganz zuverlässig ist er ja leider nicht. Aber das werde ich ihm schon noch austreiben.«

Der Hubschrauber landete auf dem asphaltierten Vorplatz. Dort, wo Daniel sie das letzte Mal empfangen hatte. Bewaffnete Männer in Uniformen standen herum. »Wir haben allein zehn Wachen eingestellt«, meinte Konstantin. »Menschen sind billig zu haben.« Er zog die Mundwinkel leicht nach unten. »Und bald noch billiger.«

Er konnte nicht wissen, dass Elena seine zynische Andeutung richtig verstand. Für all diese Jobs könnte er Marionetten abrichten lassen. Ganz nach dem Vorbild von Ulu Ata. Noch machten die Männer, die in brütender Hitze ihren Dienst versahen, einen ganz normalen Eindruck. Robert würde sich eine Menge einfallen lassen müssen, um an ihnen vorbei zu Daniel vorzudringen.

Konstantin fasste Elena sanft am tätowierten Oberarm. »Ach, und was das betrifft, darüber sprich bitte nicht mit Waschinski. Er weiß davon nichts. Und so sollte es auch bleiben.«

»Woran erkenne ich denn, wer dazugehört?«, fragte sie irritiert.

»Sie kennen dich. Das ist der Vorteil unserer Hautfarbe. Im Laufe der Jahre wirst du sie alle persönlich mit Namen ansprechen können. Komm. Sehen wir uns an, wozu freies Unternehmertum in der Lage ist.«

Durch das Leder der Umhängetasche spürte Elena das *Juju*. Und schlagartig erkannte sie das Verhängnis, das in ihrer Rolle als Mitglied Elanis lag. Jeder, der nicht das Schlangenzeichen am Arm trug, war ein Feind Elanis. So wie Daniel. Sie sah deutlich die Freude in seinem Gesicht. Und spürte den Kloß in ihrem Hals.

Schon wieder stand sie auf der falschen Seite.

42

Daniel Waschinski strich sich zur Begrüßung mit dem Handrücken über das Gesicht. Elena verstand das Signal. Die Sorgenfurche zwischen den Augenbrauen drückte ihre Gemütslage nur sehr unzutreffend aus. Sie sah gewiss zwei Dutzend Männer, die in weißen Overalls zwischen den Geräten herumliefen, davor knieten, schraubten und Verbindungen ineinandersteckten. Das Ganze machte inzwischen keineswegs mehr den Eindruck eines Provisoriums. Die Bildschirme sämtlicher Computer flimmerten. Skalen zeigten an, dass diverse Geräte Probeläufe absolvierten.

Daniel führte Elena und Konstantin herum, streute Erklärungen ein, auf die Elena nur mit halbem Ohr achtete. Sie hoffte, Konstantin würde sie und Daniel wenigstens für einen kurzen Moment allein lassen, damit sie erfahren konnte, ob Robert mit ihm gesprochen hatte. Die Hoffnung, dass ein biologisches Malariamittel hergestellt werden sollte, hatte sie längst aufgegeben. Mehr denn je war sie überzeugt, dass es einen Zusammenhang zwischen den höllischen Experimenten, die Robert in Ulu Ata beobachtet hatte, und der High-Tech-Fabrik gab.

Sie vernahm das Brummen eines Flugzeugs über den Hallen. Konstantin warf einen Blick auf seine Uhr. »Na, bitte, Lincoln ist halbwegs pünktlich.« Er verabschiedete sich von Daniel. »Falls wir uns nicht mehr treffen, Waschinski, du hast wirklich gute Arbeit geleistet.«

»War mir eine Ehre«, antwortete Daniel. »Trotz einiger Zwischenfälle.« Er deutete auf das dicke Pflaster über seinem linken Auge.

»Raues Klima, manchmal.« Konstantin hakte Elena unter,

offensichtlich, um ein Gespräch zwischen den beiden zu unterbinden. »Ach, Konstantin«, rief Daniel, »und wenn du Gustav triffst, grüß ihn von mir!«

»Mach ich glatt.«

»Er wird doch dabei sein wollen, wenn die Anlage anläuft?« Sie kannte diesen Ausdruck in seinem Gesicht. Er pokerte!

»Du weißt doch, wie Gustl ist«, erwiderte Konstantin.

Daniel kratzte sich nachdenklich den Kopf. »Du meinst also, er wird nicht dabei sein. Hm. Weißt du, ich brauche noch ein paar Dinge für die Anlage. Deshalb habe ich ihn in Deutschland angerufen. Das ist wirklich seltsam …«

Konstantin ließ Elenas Arm los, ging auf Daniel zu. »Ja?«, fragt er angespannt.

»Die behaupten, Gustav wäre in Wagorunia.«

»Tatsächlich?« Konstantin versuchte, Zeit zu gewinnen. »Hat er sich bei dir gemeldet, Elena?«

»Wie du weißt, war ich ein paar Tage lang sozusagen nicht erreichbar.« Elena lächelte ausgesprochen verbindlich.

»In diesem Land ist es wirklich nicht einfach zu telefonieren. Das wird der Grund sein, Waschinski. Am besten setzt du dich mit Gustls Ingenieuren in Verbindung. Und jetzt entschuldige uns. Lincoln bringt Besucher mit.«

Daniel folgte ihnen einige Schritte. »Ach, Elena, ich soll Sie von Ihrem Vater grüßen. Er sagt, es wäre gut, wenn Sie ihn mal anriefen. Und dann soll ich noch ausrichten, dass Ihr Cousin Robert ein Magenschwür hat. Ihr Vater hat deshalb ein wenig Sorge, ob er der richtige Mann für die Geschäftsführung ist. Vielleicht können Sie in der Zwischenzeit einspringen.«

Elena verstand kein Wort!

Konstantin blickte sie interessiert an: »Ach, willst du wieder für deinen Vater arbeiten, Elena?«

»Weil mein Cousin Robert Magenschmerzen hat?«, fragte sie scheinbar belustigt zurück. »Ich sollte wohl mit Vater selbst darüber sprechen.« Sie wandte sich Konstantin zu. »Ich werde am besten von Oguns Haus aus anrufen.« Sie hoffte, Daniel würde verstehen, dass sie damit auf ihren Umzug anspielte.

Lincoln kam ihnen bereits entgegen. »Die Iraker sind da. Kennst du eigentlich schon das Video, Konstantin?«

»*Chief* Ogun sagt, dass er sehr beeindruckt sei. Hast du selbst gefilmt?« In Daniels Anwesenheit mutierte Bruder Oladayo wieder zum *Chief* ...

Lincoln nickte.

In einer mit ein paar Stellwänden abgeteilten Ecke der leer geräumten Lagerhalle warteten vier Männer in grauen, wie Uniformen geschnittenen Anzügen. Unnatürlich kerzengerade saßen sie auf den schlichten Plastikstühlen und starrten auf den noch dunklen Bildschirm eines Fernsehers. Von Elena nahmen sie keine Notiz. Lincoln schob eine Videokassette in den Schacht des Abspielgerätes unter dem Fernsehapparat.

Auf dem Bildschirm sah Elena eine geteerte Freifläche, im Hintergrund einige flache Baracken, in der weiteren Entfernung wiegten sich Palmen im sanften Wind. Kein Mensch war zu sehen. Eingeblendet in den unteren Rand des Bildschirms zeigte eine digitale rote Anzeige Aufnahmetag und -zeit an. Die Kamera zoomte auf die Palmen. Einige Meter über den Wipfeln schwebte ein kaum zu erkennendes Etwas heran. Die Lautsprecher übertrugen nur das Rauschen der leeren Tonspur. Selbst als der kleine Flugkörper – nicht mal halb so groß wie eine einmotorige Piper – im Tiefflug über das Gelände surrte, war kaum mehr zu hören als das Geräusch eines Elektrorasenmähers. Die Kamera erfasste das Miniflugzeug, ein silbriges, fast schon elegant anmutendes Ding mit kurzer Nase, extrem schmalem Rumpf und langen, dünnen Tragflächen. Der Flieger entschwand in der Ferne. Etwa 20 in eine Art Kampfuniform gekleidete Schwarze rannten auf die Freifläche, die völlig trocken schien. Die offenkundig noch sehr jungen Männer nahmen Aufstellung, die Kamera zoomte ihre Gesichter in Großaufnahme heran. Sie blickten ernsthaft, hoben die Hand zu militärischem Gruß. Gesunde Männer mit wachen, glänzenden Augen, bereit, eine große Aufgabe zu erfüllen …

»Meine Herren«, begann Lincoln in gefälligem Englisch, »diese Männer haben sich freiwillig für einen Sondereinsatz gemeldet. Sie bekamen den Befehl, auf dem Gelände auszuschwärmen und die Häuser zu durchsuchen.« Auf dem Bildschirm rannten die jungen Soldaten über den Asphalt. Der ungeschnittene Film zeigte die Männer gezielt auf die Häuser zustürmen.

»Wir mussten«, fuhr Lincoln monoton fort, »für diese Demonstration eine alltägliche Situation schaffen, wie sie überall auf der Welt so ähnlich anzutreffen ist.«

Die vier Offiziere rührten sich nicht, ihre Gesichter verrieten keine Reaktion. Die eingeblendeten Digitalziffern zeigten an, dass vom Auftauchen des Flugzeugs bis zu jenem Zeitpunkt, als die ersten Männer die Häuser fast erreichten, etwa 15 Minuten vergangen waren. Noch bevor die Soldaten die Häuser erstürmen konnten, liefen einige von ihnen orientierungslos herum. Die ersten taumelten, andere sackten kraftlos in sich zusammen. Nach weiteren fünf Minuten war das Spektakel vorbei. Alle 20 lagen reglos am Boden. Mit Gasmasken und Kampfanzügen bewehrte Sanitätssoldaten legten die Kameraden auf Tragen direkt vor der Kamera ab. Eine weiße Gestalt im luftdichten Overall trat mit Atemmaske in die Mitte des Haufens gefällter Kämpfer. Eine Peitsche ging wahllos auf die Soldaten nieder. Nicht einer von ihnen zuckte unter den Schlägen.

»Aufstehen!«, schrie der Peiniger. Die Abordnung der Unglückseligen erhob sich.

»Wie heißt du?« Der Angesprochene reagierte nicht.

»Kratz dich am Kopf!« Der Soldat führte den Befehl in Zeitlupe aus.

»Fall hin!«, lautete das nächste Kommando. Wie vom Schlag gerührt stürzte der Soldat auf den Asphalt.

Willkürlich wurde die gleiche Prozedur mit einem anderen durchgeführt. Bis alle neben oder auf den Tragen lagen, teilweise übereinander, mit seltsam verdrehten Armen und Beinen. Der weiße Peiniger hob den Kopf eines Jungen, so dass die Kamera sein Gesicht gut erfassen konnte.

Er war Elena bereits zu Anfang wegen seiner sehr hellen Haut und der schmalen, fast mädchenhaften Gesichtszüge aufgefallen. Der hübsche Kerl blickte mit geöffneten Augen in die Kamera. Es lag ein Ausdruck in seinem Gesicht, der Elena auf schreckliche Art bekannt vorkam. Der Junge blickte auf einen Punkt irgendwo in der Ferne.

Elena glaubte, Roberts Stimme wieder zu hören. *Sie experimentieren mit Zombies.* Das, was sie hier sah, war noch viel schlimmer. Sie war Zeuge geworden, wie ein menschenverachtender Kampfstoff ausprobiert wurde. Denn nur in diesem Zusammenhang machte die Anwesenheit der vier hochrangigen Soldaten aus dem Irak einen Sinn.

Elena ertrug den Anblick nicht mehr. Sie fand den Weg nach draußen ins gleißende Sonnenlicht und setzte sich auf die Kante der Laderampe.

»Die Jungs spüren wirklich nicht, was mit ihnen geschieht.« Konstantin stand hinter ihr. Er klang überraschend einfühlsam. »Sie leben weiter. Es werden keine Kugeln verschossen, sie fallen einfach nur hin.«

Elena reagierte nicht. Sie war wie betäubt. Welche kranken Hirne dachten sich solche Dinge aus? Und wie konnte man versuchen, das auch noch zu rechtfertigen? »Was ist das für ein Mittel, das dieses Flugzeug versprüht hat?«, fragte sie leise.

»Sie nennen es Naomi. Wie das hübsche schwarze Fotomodell. Denn Oguns Chemiker behaupten, die Männer würden vielleicht von ihr träumen, wenn sie uns mit offenen Augen ansehen.«

»Konstantin, das sind chemische Kampfstoffe!«

»Ich habe den Film vorher auch nicht gekannt. Lincoln ist ein gefühlloser Dummkopf. Er hätte dir das Video nicht zeigen dürfen.«

Sie sah zu ihm hoch. »Es geht doch nicht darum, was ich empfinde! Der Punkt ist, dass dieses Mittel überhaupt hergestellt wird. Wir sind vor ein paar Monaten angetreten, um einen Impfstoff für das Überleben von Menschen zu produzieren. Das Gegenteil ist der Fall.«

»Krieg ist ein schmutziges Geschäft, Elena. Das wissen wir beide. Wir können keine Kriege verhindern, nur dazu beitragen, dass sie humaner werden.«

»Humaner nennst du das? Das ist absolut unmenschlich«, entgegnete sie matt.

»Sie spüren nichts, du hast es selbst gesehen«, wehrte er ab.

»Und wie lange bleiben sie so?«, fragte Elena.

Statt einer Antwort sagte Konstantin: »Naomi ist ein Kampfstoff zur raschen Ausschaltung von gegnerischen Bodentruppen. Und zwar unter Ausschluss einer Gefährdung der eigenen Truppen. Der Stoff zersetzt sich binnen 24 Stunden an der Luft. Danach kann das kontaminierte Gebiet gefahrlos betreten werden.«

»Du hast meine Frage nicht beantwortet.«

»Weil sie eigentlich irrelevant ist.«

»Das ist nicht bedeutungslos! Wer holt diese Männer aus ihrem Zustand?«

Konstantin setzte sich neben sie. »Ich erkläre dir das Prinzip: Du hast eine Waffe, verkaufst sie. Und dann gehst du zur Gegenseite und erzählst, dass sie den gleichen Stoff brauchen. Die bestellen mehr als die Ersten. Jetzt hast du ein Patt. Und nun beginnt das Spiel von vorn. Du lieferst den Ersten das Gegenmittel und sorgst nach einer gewissen Zeit dafür, dass die anderen davon erfahren. So kommt es wieder zur Gleichheit der Waffen. In der nächsten Runde wird der Stoff verändert.«

Konstantin blickte Elena offen an. »Das kann ewig so weitergehen. Du siehst, die Anwendung steht nicht im Vordergrund. Nur das Tauziehen. Und daran wird verdient.«

»Also gibt es ein Mittel, das die Männer erlöst?«

»Wir sind in der ersten Phase, Elena. Was erwartest du?«

Das Einzige, was ihr jetzt noch einfiel, konnte sie keinesfalls erwidern: Dieser Wahnsinn muss gestoppt werden.

Lincoln machte einen geradezu euphorischen Eindruck, als er gemeinsam mit den vier Männern die Halle verließ. Er legte den Arm um Konstantins Schulter, flüsterte ihm so laut zu, dass Elena es auch verstand: »Sie haben angebissen!«

Als der Hubschrauber in Port Lac landete und Biyi Elena bereits neben Oguns Mercedes erwartete, bemerkte Konstantin: »Ich fliege jetzt gleich nach Deutschland. Bruder Oladayo wird sehr nett zu dir sein. Spätestens in einer Woche bin ich zurück.«

Missmutig ließ Elena sich in den Lederpolstern des klimatisierten Autos nieder. Mit wie viel Aufwand war sie Oguns Käfig entflohen! Nur, um jetzt dorthin zurückkehren zu müssen.

43

Ogun freute sich aufrichtig über den Titel, mit dem Elena ihn begrüßte: *Bruder Oladayo!* Auf der Terrasse seines Hauses hatte er eine festliche Tafel decken lassen. Der kleine Michael warf Elena scheue Blicke zu.

»Hast du fleißig trainiert?«, sprach sie ihn an.

Seine dunklen Augen rollten begeistert. »Ja, Ma'am. Aber nicht mit dem neuen Ball. Der ist zu schade.«

Eine seltsame Runde nahm an dem Candle-Light-Dinner teil. Oguns schweigsame Frau Yemisi futterte wahllos mit den Fingern, Mercedes bemühte sich um gute Manieren und Ogun schien Sorgen zu haben, die ihn bedrückten.

»In zwei Tagen muss ich nach Israel. Das ist sehr unangenehm.« Er ließ seinen schweren Kopf zwischen den Schultern rollen. »Bruder Konstantin hatte eine gute Idee, aber er kann nicht selbst mit den Jungs in Israel verhandeln. Erst wollte ich, dass Lincoln allein fliegt, aber der Junge könnte sich zu leicht über den Tisch ziehen lassen. Also reisen wir gemeinsam.«

»Was hast du ausgerechnet mit den Israelis vor, Bruder?« Die Anrede kam ihr schwer über die Lippen.

»Konstantin hat Recht. Wirklich gute Geschäfte kann man nur machen, wenn man sein Produkt möglichst oft verkauft.«

»Da besteht ein Unterschied zwischen Produkten und …« Sie bemerkte, dass Mercedes sehr interessiert zuhörte, und war ratlos, wie sie sich ausdrücken sollte. Konnte man bei Kerzenschein über Gifte sprechen?

Man konnte, wie Ogun ungeniert bewies. »Schwester, du bist sozusagen in der Familie. Yemisi kann uns leider nicht folgen und Mercedes ist eine treue Stütze.« Er hob sein Ginglas und prostete ihr zu. »Die Israelis sind schlaue Jungs. Wenn uns die Iraker besuchen, werden sie neugierig. Kann ich auch verstehen. Es ist ein kleines Land, das wissen muss, welches neue Auto sich die Nachbarn kaufen werden.« Ogun schenkte sich den Rest ins Glas, legte die Flasche auf die Seite. Sie drohte hinunterzurollen. Elena stellte sie auf.

»Immer hinlegen, das verzeihen die Götter sonst nie«, erklärte Ogun. Verwundert kam Elena seinem Wunsch nach.

»Da fällt mir ein, Schwester Elena, wir sollten möglichst bald einen Platz für dein *Juju* finden. Solange du noch kein eigenes Haus hast, schlage ich vor, dass wir es unter meinem Baum im Garten vergraben. Dort ruht auch meines. Den Altar für Egunu hast du ja schon gesehen«, sagte er vieldeutig. Eine klare Anspielung auf die erste Nacht in seinem Haus! »Ein Schutzobjekt muss immer in der Nähe des Gottes aufbewahrt werden, dem es geweiht ist.«

»Natürlich, Bruder Oladayo«, stimmte sie zu. Götter und Gin, Kerzenlicht und tödliche Waffen, alter Glaube und eiskaltes Taktieren mit Todfeinden – welch eine Mischung, dachte Elena. Ogun wirkte jovial, wie ein lieber Daddy. *Der unversöhnlichste Feind, der Böses gegen Menschen plant.* So sah jemand aus, der ihm Treue geschworen hatte – ein dicker Mann, der mit plumper Bauernschläue ein Katz- und Maus-Spiel mit Mächten anzettelte, die glaubten, selbst die Welt zu beherrschen. All das hätte sie aufregen und in fürchterliche, verzweifelte Wut gegen Ogun aufbringen sollen. Doch sie empfand keinen Zorn. Nur Ohnmacht. Denn sie steckte mittendrin, als Teil der barbarischen Maschinerie.

Ogun hatte seine strategischen Betrachtungen über das Weltgeschehen längst fortgesetzt. »Die Weißen machen es mit ihren Waffen genauso. Gleichgewicht des Schreckens, nennt man das wohl. Nun, warum sollen wir das nicht auch können? Wir geben beiden Seiten.« Er grinste. »Und nehmen wieder.«

»Muss man nicht eine Menge Erfahrung haben, um mit solchen Leuten verhandeln zu können, Bruder?«

»Ja, du hast Recht, Schwester.« Oguns schwerer Kopf nickte bedächtig. »Du solltest mich und Lincoln begleiten.«

Elena glaubte nicht richtig zu hören! Das hatte gerade noch gefehlt! »Ich habe mehr allgemein gesprochen, Bruder«, versuchte sie einen sofortigen Rückzug, »besteht meine Aufgabe nicht eher darin, die Dinge hier zu regeln?«

»Du bist zu bescheiden, Schwester! Nein, nein, du fliegst mit. Machen wir uns nichts vor, du bist wirklich clever.«

»Oladayo«, Mercedes zirpte geradezu, »du denkst doch an den Sicherheits-Check?«

Ogun patschte sich an die Stirn. »Das ist wahr, Schwester. Die israelischen Jungs sind sehr vorsichtig. Sie müssen dich vorher durchleuchten.« Er stand unverzüglich auf. »Ich rufe rasch jemanden an, der das in die Wege leitet. Wozu hat man Brüder!«

Intuitiv spürte Elena, dass sie ihn aufhalten musste. Sie wusste selbst nicht, woher dieses Gefühl rührte – aber es war ohnehin zu spät. Ogun marschierte schwerfällig ins Haus, um zu telefonieren.

Mercedes sprang übermütig auf. »Veranstalten wir ein Wettschwimmen, Honey!« Sie riss sich ihren bunten Wrapper vom Leib und grinste Elena an. In der einen Hand hielt sie ihr afrikanisches Kleidungsstück, mit der anderen deutete sie auf ihren neonbunten Anzug. »Du siehst, ich bin wie eine Kokosnuss. Außen braun – innen weiß.« Sie sprang kopfüber in den Pool. Das Wasser spritzte auf Yemisi. Die ließ sich nicht stören.

Elena ging in Gedanken versunken zu ihrem Bungalow. Mercedes machte nicht gerade den Eindruck, als vermisste sie Gustav Behr schmerzlich.

Natürlich hatte sich in dem muffigen Bungalow nichts verändert. Elena sah der kommenden, höchstwahrscheinlich schlaflosen Nacht mit Sorge entgegen und entschloss sich, Mercedes' Herausforderung anzunehmen. Egal, ob Ogun ihr mit brüderlichen Gefühlen zusah … Mit schnellen Zügen durchmaß sie immer wieder das Becken, vergaß die andere Frau. Sie schwamm, bis sie ihre Niedergeschlagenheit und Verzweiflung nicht mehr spürte. Irgendwann gab Mercedes resigniert auf. Der runde Ogun und sein praller Bonbon verschwanden einträchtig im Haus.

Elena machte einige entspannte Züge. Ins Fadenkreuz von Militärs zu geraten, war so ziemlich das Letzte, was sie wollte. Die Reise an Oguns Seite musste sie verhindern! Der Versuch, Robert auf seinem Handy zu erreichen, scheiterte. Lange nachdem wie üblich das Licht gelöscht worden war, blickte sie in ihren Seidenkimono gehüllt hinauf in die Sterne und dachte über Omos Shango-Zeremonie nach. Es war gekommen, wie der Priester es vorausgesagt hatte. Sie hatte sich mit ihrem Gegner verbündet. Doch wann war der Zeitpunkt, ihn zu vernichten?

»Psst, psst, Ma'am?«

Der kleine Michael, auch zu nächtlicher Stunde im FC-Bayern-Trikot, lugte um die Ecke. Im nächsten Moment trat Daniel hervor, nahm den Cowboyhut vom Kopf und verbeugte sich tief. Elena sprang so überrascht auf, dass der Plastikstuhl umkippte. Sie huschte die wenigen Schritte zur Bungalowtür. Daniel folgte hinein.

»Hübsch haben Sie's hier.« Er grinste frech.

»Wo kommen Sie denn jetzt her?«, fragte sie verblüfft.

»Sie haben mir doch den Lieferanteneingang gezeigt. Und in Michael haben Sie einen echten Verehrer.«

»Wenn man Sie hier findet, haben wir ein Riesenproblem.«

»Wenn wir uns nicht absprechen, haben wir ein noch viel größeres.«

»So umständlich, wie Sie sich in Imeja ausgedrückt haben, dürfte Robert Sie wohl erschöpfend informiert haben.«

»Außerdem habe ich mir heimlich Lincolns Videomachwerk angesehen. Das Zeug soll dort hergestellt werden, nicht wahr?«

»Ja. Obendrein versuchen Ogun und Lincoln, es in zwei Tagen an die Israelis zu verkaufen.« Sie legte ihm Konstantins Überlegungen dar.

»Diese Fabrik darf niemals in Betrieb gehen.«

»Ich weiß. Aber wir können Sie ja wohl kaum in die Luft sprengen.«

Er sah sie ernsthaft an. »Doch. Robert ist bereits unterwegs und besorgt Sprengstoff.«

»Ihr seid ja verrückt!«, entfuhr es ihr. »Ihr könnt doch keine Bomben legen!«

»Ich habe Robert gesagt, dass ich eine Schwachstelle wüsste. Jede Anlage hat eine. Aber Robert hat Recht. Den Fehler wird man irgendwann beheben. Damit wäre nur ein kurzer Zeitaufschub gewonnen. Das Problem bliebe.«

»Die Brüder werden eine neue Anlage bauen. Elani hat weitreichende Verbindungen! Die hält nichts auf.«

»Wollen Sie etwa tatenlos zusehen?« Er schüttelte den Kopf. »Nein. Ich habe mir geschworen, niemals Gewalt anzuwenden. Aber in der Religion, in der Francis mich unterwiesen hat, heißt es auch, dass man dem Universum keinen Schaden zufügen darf. Elani verstößt gegen diesen Grundsatz. Und deshalb missachte ich meine eigenen Prinzipien. Nur eines muss sicher gestellt sein: Niemand darf getötet oder verletzt werden. Egal, ob er sich schuldig gemacht hat, oder nicht.«

»Wie wollen Sie das anstellen? Eine kleine Evakuierung?«

»Sie sagten, Ogun und Lincoln reisen nach Israel? Dann ist das der beste Zeitpunkt. Die Arbeiter werden sich über ein Picknick freuen, zur Feier ihres hervorragenden Engagements. Sie erinnern sich? Die Leute lieben es, wenn man mit ihnen menschlich umgeht. Sie geben mir über das Satellitentelefon das Signal, wann es losgeht.«

»Ogun will, dass ich mitfliege.«

»Melden Sie sich krank!«

»Schwester Elena, ich muss dich noch einmal stören.« Ogun

klopfte an die Tür. Daniel verschwand hastig im angrenzenden Bad. »Ich dachte, ich hätte Stimmen gehört«, sagte Ogun im Eintreten. Er wurde begleitet von einem kleineren, kahl rasierten Schwarzen. »Dein *Juju* – du kannst es nicht herumliegen lassen. Wir werden es jetzt zu Egunu bringen.«

Aus dem Bad ertönte ein lauter Aufschrei. Im nächsten Augenblick huschte das kleine Äffchen an Elena vorbei zum Ausgang. Es hatte wieder einmal das Handy geklaut.

»Hast du mit dem gesprochen?« Oguns massiger Leib schüttelte sich vor Lachen. »Es wird Zeit, dass du endlich einen Mann triffst, mit dem du dich unterhalten kannst.« Er deutete auf den Schwarzen, den er mitgebracht hatte. »Der Priester wird für dich das Orakel befragen, Schwester.«

»Eine gute Idee, Bruder Oladayo. Affen sind wirklich nicht die richtigen Freunde. Vor allem, wenn sie wie dieser nur auf mein Telefon scharf sind.« Sie deutete auf ihren Kimono. »Ich werde mich rasch anziehen.« Mit einem Kleid über dem Arm eilte sie ins Bad.

Unter dem Duschvorhang lugten Daniels Stiefelspitzen hervor. »Machen Sie die Augen zu«, flüsterte sie.

»Warum?«

»Weil ich mich umziehe.«

»Was hat das mit meinen Augen zu tun?«

»Machen Sie sich nicht zum Affen.«

»Reden Sie mit dem auch so?«

»Dies ist eine heikle Situation und Sie scherzen!«

»Wissen Sie was?«

»Was denn?«

»Ob mit geschlossenen Augen oder durch Gefängniswände – ich sehe trotzdem, wie hübsch Sie sind.«

Sie vergaß, ein ernstes Gesicht zu machen, als sie das Bad verließ. Ogun erwartete sie draußen.

Der kahlköpfige Priester leuchtete den Weg mit einer Fackel zu dem großen, umzäunten Baum. Die Zeremonie dauerte nur wenige Minuten, dann hatte Elenas *Juju* seinen Platz neben Oguns gefunden. Im Grunde war sie erleichtert, das Ding los zu sein.

Aus den Ästen des Baums hatte das Äffchen die ganze Zeit zugesehen, das helle Piepen des Handys das Ritual begleitet. Während Elena noch sinnierte, wie sie ihr Telefon zurückbekommen konnte, begann es plötzlich zu klingeln. Erschrocken ließ der kleine Affe das Gerät fallen. Es landete direkt vor dem Altar des schnapsliebenden Schutzgottes Egunu und verstummte schlagartig.

Wie ein unverhofftes Wunder betrachtete Elena das kleine Telefon. »Da siehst du, welche Macht Egunu hat«, sagte Ogun.

Elena überlegte, ob er das ernst meinte.

»Was habt ihr da draußen gemacht?«, fragte Daniel, während er aus dem Bad kam. Er lutschte am Daumen.

»Eine Kiste mit Gift vergraben. Sagen Sie bloß, das wäre in diesem Teil der Welt etwas Ungewöhnliches.«

Der kurze Ärmel von Elenas Kleid entblößte das Schlangentattoo. »In Ihrem neuen Club herrschen wohl etwas seltsame Sitten«, meinte er, indem er sich die Zeichnung aus der Nähe besah. »Wird nicht einfach, das entfernen zu lassen. Haben Sie sich überhaupt mal überlegt, wie Sie wieder loskommen von Ihren Brüdern?«

»Vielleicht lasse ich es einfach dran.«

»Dann können Sie Ihren Enkeln später mal erzählen: ›Oma war mal mit dem Teufel im Bunde.‹ Das gibt einen hübschen Spitznamen – Teufels Großmutter.«

»Ich finde das nicht witzig. Außerdem, warum lutschen Sie am Daumen? Sind Sie in früheste infantile Phasen zurückgefallen?«

Er zeigte ihr den Finger. Er blutete heftig, eilig führte er die Wunde zum Mund. »Blut ist ein besonderer Saft«, nuschelte er.

»Darum vorhin der Aufschrei.« Elena förderte ein Fläschchen Jod aus ihrer Umhängetasche zu Tage. »Extra für Leute, die vom wilden Affen gebissen wurden.« Bereitwillig ließ Daniel sich verarzten.

»Dies ist unsere zweite bemerkenswerte Nacht«, sagte er. »Wissen Sie noch, wie ich Ihnen von Francis und seinem Orakel erzählt habe?«

»Nehmen Sie mir übel, dass ich eingeschlafen bin?«

»Ich habe nur Unwichtiges erzählt. Ich wollte ja, dass Sie einschlummern.«

»Francis hat Ihnen beigebracht, selbst Orakel zu lesen, das weiß ich noch.«

»Ich habe Ihr Orakel geworfen, Elena. Ich wollte überprüfen, was die Alte vom Markt gesagt hat.«

»So, wie Sie mich ansehen, sieht es schlimm aus.«

»Da ist eine Eigenartigkeit, Elena. Ein Mann, der Sie sehr liebt, fällt Ihnen in den Rücken.« Er lächelte etwas gequält. »Ich kann damit nicht gemeint sein, denn ich würde Ihnen niemals schaden.« Er stand nur wenige Zentimeter von ihr entfernt. Er blickte auf seinen Finger. »Das Jod tropft schon auf den Boden.«

»Wie dumm von mir«, meinte sie und schraubte das Fläschchen eilig zu.

»Sie müssen sich aus dem Bann Elanis befreien.«

»Und wie?«

»Der gleiche Gott, der Sie aufgenommen hat, muss Sie wieder freigeben.«

Er stand mitten im Raum. Ein Cowboy, der seinen Daumen seltsam abgespreizt von sich streckte und von Göttern sprach. »Wie macht er das?«, fragte Elena mit schwacher Stimme.

»Sie müssen ihm zurückgeben, was Sie mit ihm verbindet.«

»Das hat er doch gerade bekommen.«

»Sie haben es ihm zur Aufbewahrung überlassen. Das ist etwas anderes.«

»Daniel, ich habe keine Ahnung, wie ich das anstellen soll.«

»Mit einer Zeremonie. Ganz feierlich.« Nur ein Schritt trennte sie noch. Daniel tat ihn. Er umarmte Elena. Viel zu kurz. »Passen Sie auf sich auf. Ich geh' lieber, bevor Ihr Brüderchen wieder nach einem Affen tritt.«

»Sie sind kein Affe, Daniel. Wo wollen Sie denn jetzt hin?«

»Ins *Island.* Heute Nacht kann ich nicht mehr durch die ganze Stadt fahren. Es gibt zu viele hungrige Menschen hier.«

Er hatte die Türklinke bereits in der Hand. »Bleib«, sagte sie.

Daniel ließ den Griff wieder los.

44

Das diffuse Licht des frühen Morgens tauchte den Bungalow in graue Dämmrigkeit, verwischte die Konturen und beraubte die Einrichtung ihrer wahren Dimension. Der Ort, an dem Elena sich befand, hatte seine Bedeutung verloren. Daniel hielt sie in dem schmalen Bett fest im Arm. Elena lauschte auf seinen Atem, in dessen Regelmäßigkeit eine sanfte Ruhe lag. Nichts schien sie beide erreichen zu können …

»Francis hat einmal gesagt, dass es in seiner Religion 400 Götter gibt.« Daniels Stimme klang weich. »Aber ein Gott, der wurde vergessen.«

»Welcher?«, fragte Elena mit matter Schläfrigkeit.

»Indem die Menschen ihr Leben dem Diktat von winzigen Molekülen der Ewigkeit unterwarfen, taten sie den ersten Schritt weg von Gott. Und nun ist es wie beim Zauberlehrling. Die Menschen können die Uhren nicht mehr anhalten. Und wenn sie noch so oft rufen: ›Steh still, halt an.‹ Der Zeiger rennt immer weiter. Weil keine Macht ihn stoppt. Denn es gibt keinen Gott der Zeit.«

Elena linste prompt auf ihre Uhr. »Und so etwas erzählst du morgens um fünf.«

»Das ist die beste Gelegenheit für solche Gedanken. Noch dazu, weil etwas geschehen ist, das ich mir ersehnt habe. Vom ersten Augenblick an, als ich dich gesehen habe.«

»Das glaube ich dir nicht.«

»Menschen, die große Traurigkeit empfinden, umgibt oft ein Schatten. Wie ein dicker Mantel, der zwar vor Regen schützt, aber auch keine Sonnenstrahlen zur Haut vordringen lässt. Diesen Mantel wollte ich von dir nehmen. Darum habe ich dich angesprochen.«

»Glaubst du, er ist noch immer da, der Mantel?«

»Der Gott der Liebe schenkt wundervolle Wärme. Doch wenn er seine Gunst entzieht, ist die Kälte danach umso bitterer. Ich weiß, dass eine Nacht den Mantel der Traurigkeit, der dir die schützende Wärme der Liebe ersetzt hat, nicht von den Schultern reißen kann.«

»Zuletzt hat Behr gesagt, dass ich so hart geworden sei. Jetzt ist er tot. Ich frage mich, ob die Kälte, die ich so oft in mir spüre, vielleicht auch Behr das Leben gekostet hat.«

»Glaubst du an Gott?«, fragte Daniel unvermittelt.

»Wenn ich ihn nur verstehen würde.«

»Wer kann das schon? Als ich noch ein Junge war, hat Francis gesagt, dass unser Leben vorbestimmt sei.« In Daniels Stimme schwang ein amüsierter Unterton. »Was interessiert das ein Kind! Später hat er mir die Kunst des Orakellesens erklärt. Und ich verstand, was er meinte. Anfang und Ende des Lebens sind festgelegt. Von Gott. Oder wie man ihn auch immer nennen mag. Aber es gibt das Orakel, das uns Menschen Gottes Plan enthüllt. Hätte Behr ein Orakel zu Rate gezogen, wäre er nicht nach Afrika gereist. Denn das Orakel hätte seinen Tod prophezeit. Du hast Behrs Schicksal nicht beeinflusst.«

»Du glaubst an all diese Sachen? Ganz und gar? Hast niemals Zweifel?«

»Du meine Güte, ich habe das jahrelang gelernt. Das hat mit Glauben nichts mehr zu tun! Du glaubst auch nicht an deine Muttersprache. Du sprichst sie, du benutzt sie, meistens ganz unbewusst. Sie ist in dir drin. So wie Francis' Wissen in mir.«

Geschmeidig drehte sie sich in seinen Armen, bis sie in der zunehmenden Helligkeit seine Augen erkannte. »Wie macht er das, dein Francis? Orakelt er mit diesen kleinen Schnecken? So wie die Frau auf dem Markt?«

»Seine eigentliche Kunst ist das Knochenorakel.«

»Er wirft Knochen?«

»Ich weiß, hört sich scheußlich an. Es sind nur winzige Stückchen, Gelenkknochen. Zum Orakel gehören auch kleine Schildkrötenpanzer, Pflanzensamen, Muscheln, Steine, Kristalle, Perlen, Münzen, alles, was er während seiner langen Wanderung von seiner alten Heimat Wagorunia nach Namibia so gesammelt hat. Jedes Stück hat eine eigene Bedeutung. Er greift eine Hand voll aus dem Behälter heraus, in dem sich alles befindet, und wirft die Gegenstände auf den Boden. So, wie sie dann zueinander liegen, liest Francis die Antworten.«

»Und er schummelt nie?«

»Er greift blind in seine Orakelschale. Du warst auch darin.«

»Wie sehe ich denn in einem Knochenorakel aus?«

»Ein kleines Gelenk, umwickelt mit weißer Kordel, auf der eine weiße Perle aufgefädelt ist.«

»Eine eindeutige Symbolik. Nur der Knochen ... also ich weiß nicht.«

»Ich beschwere mich ja nicht über deine Figur. Ich beschreibe nur ein Orakel.«

»Gehört zum Knochenorakel eigentlich auch ein Cowboyhut?«, fragte sie übermütig.

»Derjenige, der ein Orakel befragt, kommt darin nicht vor.«

»Ich war also eine Knochenbraut. Gut. Das muss ich wohl akzeptieren. Und was war da sonst noch?«

Elenas Kopf ruhte auf Daniels Brust. Er lag entspannt auf dem Rücken, die Augen geschlossen, als sähe er das Orakel vor sich. »Ganz vorn, nah an mir, dem Fragenden, war ein kleiner, schwarzer Knochen von einem Schakal, umwickelt mit einem Stück brauner Kordel. Das bedeutet Probleme, verursacht durch einen gefährlichen Mann. Neben dem hässlichen Schakalknochen befand sich ein winziger Kristall, dessen Spitze auf mich zeigte. Damit nahm er dem Bösen die Kraft. Außerdem bedeutet der Kristall, dass ich durch meine Suche nach dir Einsicht und Weisheit erlange. Ach ja – und der Schildkrötenpanzer, der auf dem Bauch lag. Das heißt: Alles wird gut.«

Sie küsste ihn zart. »Ist das aber lieb. Richtig süß.«

»Da war noch was.« Er lächelte schief. »Direkt neben der Knochenbraut.«

»Und was?«

»Drei kleine Kauris.«

»Und das heißt großes gemeinsames Glück?«

»Etwas in der Art ...«

»Was heißt das?« Sie richtete sich empört auf.

»Das verrat ich dir ein andermal«, wich er aus.

»Nein, jetzt!«, beharrte sie.

»Das mit den Kauris ist ausgesprochen kompliziert. Die haben eine Vorder- und eine Rückseite, sie können längs oder quer zueinander liegen, in verschiedenen Winkeln ...«

»Jetzt sag schon!«

»Francis meint, das hängt davon ab, was wir aus unserem Glück machen.«

»Ma'am, der *Chief* wird bald mit Ihnen frühstücken wollen.«

Es war die warnende Stimme des kleinen Michael, der den beiden in Erinnerung rief, wo sie sich aufhielten.

»Danke, Michael!«

»Mit wie vielen Fußbällen wirst du dem kleinen Kerl für seine Umsicht danken?« Daniel suchte eilig seine Sachen zusammen, die überall verstreut lagen. Sie nahm ihn in die Arme und küsste ihn lange.

»Ich lasse dich so ungern hier«, sagte er, »aber wir müssen uns um den Schakalknochen kümmern. Ich habe mich mit Robert in seinem Apartment verabredet. Hoffentlich hat er bekommen, was er wollte.« Daniel vermied es, den Sprengstoff direkt anzusprechen.

»Willst du wirklich vernichten, was du monatelang aufgebaut hast?«

»Du nanntest mich mal Indiana Jones. Diesem Anspruch muss ich noch gerecht werden. Wahre Helden korrigieren ihre

Fehler selbst.« Daniel linste aus der Tür. »Alles ruhig.« Er sah sie verschmitzt an. »Lass dir nicht wieder das Handy von dem Affen klauen. Wir müssen in Kontakt bleiben.« Er küsste sie zum Abschied und huschte hinaus. Sie hielt ihn noch einmal zurück.

»Daniel, dieses *Juju*, wie soll ich das denn loswerden?«

Er tippte sich an die Stirn. »Sobald die Helden sich verlieben, können sie nicht mehr klar denken.« Er sah hinüber zu Oguns großem Baum. »Es liegt in seinen Wurzeln? Grab es aus, irgendwann. Traust du dich das?«

»Wenn du meinst, dass es sein muss.«

»Sobald du es hast, rufst du mich an. Ich werde mir einen Vorwand einfallen lassen, damit wir uns treffen können. Dann bringst du das *Juju* mit.« Im Gehen griff Daniel in die Hosentasche. Er warf ihr einen kleinen Gegenstand zu. Sie fing ihn auf. In Elenas Hand lag der etwa fünf Zentimeter lange Panzer einer winzigen Schildkröte. »Der Rücken zeigt nach oben?«, fragte Daniel.

»Ja«, sagte sie.

»Siehst du, alles wird gut. Behalt ihn. Er ist mein Talisman.«

Daniel drückte sich den Hut auf den Kopf und verschwand eilig um die Hausecke.

Elena betrachtete den kleinen Panzer. Sie hatte gelogen: Der Bauch zeigte nach oben. Gedankenverloren drehte sie ihn richtig herum.

In der Medic täuschte Elena in den folgenden zwei Tagen Geschäftigkeit vor. Ogun nahm an, dass sie endlich das tat, was sein Sekretär Mo höchst mangelhaft erledigt hatte. Es waren die ihr vertrauten Arbeiten von Buchführung bis zum Ausstellen von Rechnungen. Doch sie ging weitaus gründlicher zu Werke, als Ogun und sein schlaksiger Assistent annahmen. Sie verschaffte sich nebenbei einen Überblick über die tatsächliche Struktur des Imperiums. Dass das Grundstück der Medic tatsächlich gar nicht zum Verkauf stand, war noch die harmloseste Erkenntnis. Vor allem fand sie die von Funkes Bruder Yinka geäußerte Befürchtung bestätigt. Der *Chief* hatte ein perfektes System entwickelt, um seine Gewinne ins Ausland zu transferieren. Elani mit seinen vielen Mitgliedern begünstigte diesen Betrug. Und enthüllte gleichzeitig die zynische Doppelmoral Konstantins. Nicht dem angeblich so schönen Land kamen die Millionen Oguns und seiner Brüder zugute. Stattdessen sicherten sie den Clan-Mitgliedern ein angenehmes Leben in Europa oder den USA.

Wenn Ogun sie schon voller Vertrauen in seine Karten blicken ließ, so musste ihr das wenigstens als Lebensversicherung dienen. Elena zog sich die Beweise gegen ihren *Bruder* und seine Helfer auf Diskette. Und folgte Manfreds Beispiel – sie machte einen großen Umschlag für Frau Werner fertig. Allerdings schrieb sie der freundlichen Nachbarin auch einen Brief mit dem Versprechen, bald zurückzukommen. Erst danach stellte sie sich die Frage, ob sie überhaupt ihr altes Leben wieder aufnehmen wollte. In der Tat – sie musste Konstantin Recht geben! Viel war da nicht, das sie nach Deutschland zog. Sie wollte diesen Gedanken jedoch nicht zulassen.

Der Abflug nach Israel war für den nächsten Morgen vorgesehen. Ticket und Visum lagen bereit; die *Brüder* schienen wirklich alles ermöglichen zu können. Daniels Anruf erreichte Elena, als sie gerade die Medic verlassen wollte. »Ich habe einen Weg gefunden«, sagte er. »Nach meiner Rückkehr habe ich ein paar wichtige Bauteile beiseite geschafft. Und sie neu bestellt, direkt bei Behrs Firma. Die Sachen kommen morgen per Kurier am Flughafen an. Als Adressaten habe ich dich angegeben.«

»Das ist zu spät. Bis dahin bin ich längst auf dem Weg nach Israel!«

»Deswegen doch! Das liefert dir einen Grund, die Reise abzusagen und nach Imeja zu kommen. Und bring das *Juju* mit!

Robert hat mit Omo gesprochen. Seine Schwester kann dir helfen.«

»Ifa?« Sie erinnerte sich an eine unscheinbare alte Frau, der sie nicht zutraute, solch eine bedeutungsvolle Zeremonie durchzuführen.

»Egunu ist nicht nur der Schutzgott Elanis, sondern auch der Beschützer von Ifas Familie.«

»Und wenn es nicht funktioniert?«

»Elena, diese Dinge funktionieren nie.«

»Na, du machst mir ja Mut.«

Sie hörte ihn lachen. »Es geht nicht ums Funktionieren, Elena, sondern um das Wissen, dass etwas richtig ist.«

»Für solche Zuversicht muss man wahrscheinlich jahrelang Francis zugehört haben.«

»Eine andere Welt hat andere Gesetze. Du hast angefangen, dich ihnen zu unterwerfen, nun geht es nicht mehr anders.«

Ogun platzte Minuten später in Elenas Büro. Aufgeregt berichtete er von neuen Verwicklungen. Man erwartete von ihm, zu den Terminen in Israel eine Probe des freundlich Naomi genannten Gifts mitzubringen. »Und jetzt eröffnet mir Mr. Waschinski, dass die Anlage überhaupt nicht in Betrieb zu setzen ist!« Der dicke Mann schäumte vor Wut.

»Du solltest die Reise vielleicht verschieben, bis du Naomi in Händen hast«, schlug Elena scheinheilig vor.

Ogun stapfte erregt auf und ab. »Habe ich auch gedacht, aber wie sieht das denn aus? Nein. Lincoln und ich werden mit denen verhandeln, Zeit gewinnen. Dann kommst du nach, Schwester. Mit dem Produkt. Waschinski muss es bis dahin fertig bekommen.«

»Du meinst, ich soll mit Naomi …« Sie riss sich zusammen. Zu dieser Reise würde es ohnehin nicht mehr kommen. »Bruder, das ist eine gute Idee«, verbesserte sie sich.

Biyi lehnte tags darauf an Lincolns dunklem Jeep und öffnete eilfertig die hintere Tür. Der dünne Sekretär Mo erwartete Elena bereits entspannt zum Klang fröhlicher afrikanischer Popmusik. Lincoln hatte gewaltige Boxen in sein Spielzeug einbauen lassen.

»Was machen Sie denn hier?«, fragte Elena verblüfft.

»Der *Chief* hat angeordnet, dass ich und die Jungs Sie begleiten sollen, Miss«, antwortete Mo.

»Die Jungs?« Elena sah sich verwundert um. Der alte Pick-up stand mit drei Leibwächtern besetzt bereit. Ogun wollte ihr offensichtlich keine Alibireise nach Imeja ermöglichen. Während der Fahrt zum Flughafen, wo sie außerdem den Brief an ihre Berliner Nachbarin aufgeben wollte, zermarterte sich Elena den Kopf, wie sie ihre ungeliebte Begleittruppe abschütteln konnte. Daniels gesamter Plan wäre zunichte, wenn Mo und die Leibwächter dabei wären!

Daniel hatte in Deutschland lediglich ein paar Verschraubungen bestellt. Übermütig warfen die Bodyguards das mittelgroße Paket in den Kofferraum des Jeep. Dieser Transport unterforderte sie sichtbar! Elena musste die neue Situation mit Daniel besprechen. Als einziger, vor männlichem Schutz sicherer Ort blieb die Damentoilette des Flughafens.

»Na gut«, lautete Daniels sachliche Einschätzung der Lage, »dann werden wir wohl anders vorgehen müssen. Wir warten, bis du wieder weggefahren bist. Ogun ist ja nicht da. Ich hole dich dann in seinem Haus ab. Auf einen Tag mehr wird es nicht ankommen.«

»Ich freue mich schon, dich wieder zu sehen«, sagte sie zum Abschied.

»Hast du den Talisman dabei?«, fragte er noch. »Weißt du, dass man ihn als Entscheidungshilfe benutzen kann?«

45

Die dicke schwarze Wolke sah Elena schon lange bevor sie das weite Savannenland erreichten. In unbewegter Luft stand sie vor dem klaren blauen Himmel wie eine mächtige Faust, voller Wut emporgereckt. Elena erkannte sie vom ersten Augenblick an als das sichtbare Zeichen, dass der Kampf gegen Elani in seine entscheidende Phase getreten war. Weder Biyi noch Mo, der sich die Zeit mit einem Computerspiel vertrieb, brachten das Fanal mit dem Zweck ihrer Reise in Verbindung. Nur Elenas Ungeduld wuchs bei jedem Kilometer, mit dem der Geländewagen dem Augenblick der Wahrheit näher kam. Sie war überzeugt, dass Daniel sein Wort nicht gebrochen hatte. Vielmehr würde Robert wohl eigenmächtig gehandelt haben.

Weder er noch Daniel konnten mit solch einer Verwüstung gerechnet haben. Von dem, was einmal die Brauerei gewesen war, konnte Elena absolut nichts mehr erkennen. Hinter einer dichten Feuerwand, die sich mit Höllenhitze ausbreitete, loderte ein gigantischer Feuerball, der außen schwarz und in seinem Inneren glühend rot war. Mo ließ sein Computerspiel von den Knien rutschen und gaffte mit offenem Mund, Biyi verlangsamte das Tempo, ratlos, wie er sich verhalten sollte. Sie waren immer noch zwei oder drei Kilometer von der Feuersbrunst entfernt, als Biyi den Jeep endgültig anhielt, überzeugt, dass diese Fahrt ihr Ziel nie mehr erreichen würde. Geduckt hasteten zahlreiche Menschen auf den Jeep und den Pick-up zu, der neben ihnen angehalten hatte. Sie waren noch einige Hundert Meter entfernt.

Keiner der Insassen aus den beiden Autos war zu einer Reaktion fähig, zu beeindruckend war das infernalische Spektakel. Elena beschäftigte nur noch eine Sorge: Ob Daniel und Robert jenem Teufelswerk noch entkommen waren, das sie diesmal selbst beschworen hatten. Mo konnte als Erster wieder vernünftig denken. Zumindest versuchte der eifrige Sekretär es. Er bearbeitete überflüssigerweise die Tastatur seines Handys; ein Netz konnte er in der menschenleeren Gegend natürlich nicht bekommen.

Elena entfernte sich von dem Jeep, stieg eine Erdverwerfung hoch. Irgendwo musste doch Roberts Geländewagen sein! Wenn er und Daniel sich nicht sofort absetzten, würde das sich im trockenen Gras rasend schnell ausbreitende Feuer ihre Flucht unmöglich machen. Die näher rückende Hitze war deutlich spürbar.

Verzweifelt suchte Elena nach einer Lösung. Mit Biyi und Mo umkehren – das kam nicht infrage. Sie konnte Daniel, wenigstens ihn, unmöglich im Stich lassen!

Wild gestikulierend stürmten mindestens ein Dutzend Männer, teilweise mit Gewehren in den Händen, heran. »Nehmt uns mit«, brüllten sie.

Die Leibwächter hatten die Verzweiflung der vor dem Feuer Fliehenden unterschätzt. Einige rissen sich die Gewehre von den Schultern. Um die beiden Fluchtfahrzeuge entbrannte ein verzweifelter Kampf. Als die ersten Schüsse fielen, legte sich Elena auf den harten Boden, lugte durchs Gras hinüber zu den Autos. Minuten später heulten die Motoren auf, mit hoher Geschwindigkeit rasten der Jeep und der Pick-up davon. Als die Staubwolken sich legten, näherte sich Elena vorsichtig dem Schlachtfeld.

Biyi, Mo, die Leibwächter und einige der aus der Fabrik entflohenen Arbeiter hatten keine Chance gehabt. Den freundlichen Fahrer hatte eine Kugel direkt in die Stirn getroffen; in seinen gebrochenen Augen stand das gesamte Unverständnis über sein Schicksal. Mo lag mit dem Gesicht nach unten im Gras, in der Hand das wertlose Telefon.

Der Schock ließ Elena zusammensinken. Um Haaresbreite war sie dem Los ihrer Begleiter entgangen. Immer wieder murmelte sie den gleichen Satz vor sich hin: »Robert, warum hast du das nur getan?«

Männer, die auf ihrer Flucht keinen Blick für die Toten hatten, stürmten an der jungen Frau vorbei. Hinter sich spürte sie die näher rückende Feuerwalze, die in dem ausgedörrten Land mehr Nahrung fand, als sie brauchte. Bevor sie sich zum Gehen wendete, drückte sie Biyi die Augen zu. Sie lief los, viel zu langsam, um den Flammen wirklich entkommen zu können. In ihren Beinen war bleischwere Müdigkeit.

Irgendjemand fasste sie unter den Arm. »Miss, rennen Sie!«

Elena stolperte, ihr Helfer ließ sie los, eilte weiter, ließ sie zurück. An ihrem Oberschenkel spürte sie einen harten Gegenstand, hielt ihn für einen Stein. Es war der kleine Schildkrötenpanzer. Sie nahm ihn hervor. Er lag auf dem Bauch, aber er verschwamm vor ihren Augen.

Alles wird gut, hörte sie Daniels Stimme aus der Ferne ihrer Erinnerung.

»Wenn du meinst«, sagte sie laut. Und begann zu laufen. Sie drehte sich nicht mehr um, sie rannte so schnell sie auf dem unebenen Terrain in der Lage war. Niemals hätte sie geglaubt, wie laut eine derart gigantische Feuersbrunst sein konnte. Vielleicht wegen dieses Lärms stellte sie zuerst verwundert fest, dass jene Fliehenden, die sie zuvor überholt hatten, jetzt kehrtmachten und geradewegs auf sie zurannten. Erst als die Männer zu schreien begannen und mit den Armen winkten, blickte sie zurück.

Daniels Pick-up war nur noch wenige Meter von ihr entfernt, die Beifahrertür wurde während der Fahrt aufgestoßen, eine Hand streckte sich ihr entgegen, zog sie mit hartem Ruck hinein. Schlingernd drehte der Wagen ab, bevor die anderen Flüchtenden ihn stoppen und übernehmen konnten.

»Duck dich! Sie schießen!«

Aber die Verzweifelten trafen den in eine Staubwolke gehüllten Pick-up offensichtlich nicht.

»Siehst du die Wälder! Dorthin! Sie können nicht weit weg sein!«, hörte sie Roberts Stimme.

Elena kroch aus dem Raum zwischen Armaturenbrett und Beifahrersitz hoch. Die eigenwillige Art, den Wagen zu besteigen, hatte sie irgendwo gegenschlagen lassen. Benommen versuchte sie sich zu orientieren. Daniel saß am Steuer. Auf der schmalen Rückbank kauerte Robert.

Es roch intensiv nach Ruß. Beide Männer waren völlig eingeschwärzt, Roberts Gesicht war nicht zu erkennen. In seinem grauen Anzug krümmte er sich unter starken Schmerzen. Daniel lenkte den Mitsubishi parallel zur Feuerwand.

»Elena, du warst doch bei einem Heiler hier in der Nähe, Omo. Kannst du mich dorthin lotsen?«

»Aber Robert kennt …« Elena brach ihren Satz ab. Entsetzt drehte sie sich erneut zu dem Mann direkt hinter ihr um. »Was ist mit ihm passiert?«

»Er sieht nichts mehr, Elena. Er war zu dicht an der Explosion. Vielleicht hat Omo eine Medizin. Möglicherweise ist es nur vorübergehend.«

Daniel sah konzentriert nach vorn, sein Gesicht war schweißnass.

»Du hättest mich da liegen lassen sollen, Mann!«, stöhnte Robert.

»Vor deiner Schuld kannst du nicht davonlaufen. Also hab' wenigstens die Würde zu schweigen.«

»Du hast uns beiden das Leben gerettet?«

»Nenn es männliche Intuition, Elena. Ich spürte, dass du Hilfe brauchtest. Hoffentlich können die anderen sich in Sicherheit bringen.«

»Warum hat er sich nicht an die Vereinbarung gehalten?«

»Hast du das gehört, Robert? Hier stellt jemand eine sehr sinnvolle Frage.«

»Weil ihr es niemals getan hättet!«, schrie Robert. »Sag ihr doch die Wahrheit, Mann!«

Irritiert sah Elena Daniel an. »Was meint er?«

»Nachdem ich mit dir telefoniert hatte, kam ich zurück in die Anlage. Einer von Lincolns Technikern ist ein pfiffiger Kerl. Gewesen. Wahrscheinlich jedenfalls. Er hat meinen Schwindel entdeckt und die Maschinen angeworfen. Ich musste abhauen. Keinen Menschen konnte ich warnen. Nicht einen einzigen. Robert sah mich in den Wagen steigen und Fersengeld geben. Dann hat es schon geknallt. Dabei hätten wir nur bis zum Feierabend zu warten brauchen.«

»Du verstehst es nicht, Mann! Sie hätten dich doch nie entkommen lassen.«

Daniel blickte kurz über die Schulter nach hinten. »Das heißt, du hast das Leben von über 20 Männern riskiert oder sogar vernichtet, um meine Haut zu retten?« Er schüttelte resigniert den Kopf. »Du denkst zu kurzsichtig, Robert Wedekind. Vielleicht bist du ja ein toller Journalist. Aber als Saboteur bist du ein lausiger Anfänger.«

46

Obwohl Omos Dorf eine Fahrtstunde von der explodierten Fabrik entfernt lag, schien der Brandgeruch ihnen gefolgt zu sein. Vielleicht hatte er sich auch in der Kleidung der drei Flüchtlinge so sehr festgesetzt, dass Elena ihm nicht mehr entkommen konnte. Daniel hatte nur noch einen Rucksack retten können, Elena ihre Tasche und Robert nichts außer seinem verdreckten Anzug, den er auf der Haut trug. Sie führten den gebückt gehenden Mann in Omos Dorf. Der Anblick der drei verrußten Weißen erschreckte die Kinder, die bei Elenas erstem Besuch noch so freudig auf sie zugerannt waren. Niemand schien sie diesmal willkommen zu heißen.

Die Luft über dem steinharten, rissigen Boden flirrte in der Glut der Mittagshitze. Die mächtige Krone des Dorfbaums trug kaum noch Blätter.

»Wir setzen dich unter deinen Lieblingsbaum«, sagte Elena.

Daniel entschied sich, im Hof vor Omos Hütte zu warten. »Geh allein hinein«, meinte er, »Menschen, die in solcher Abgeschiedenheit leben, sind Fremden gegenüber vorsichtig.«

Sie verneigte sich tief vor Omo. Auch diesmal schien der Priester nicht überrascht, dass sie zu ihm gekommen war.

Omo lächelte Elena freundlich zu. »Du hast einen jungen Mann mitgebracht«, bemerkte er wie selbstverständlich, »warum lässt du ihn draußen warten? Ich möchte den Menschen kennen lernen, der Shangos Tochter beisteht.«

Im sonnendurchglühten Hof reinigte Daniel neben der Feuerstelle winzig kleine Knochenstücke von Aschenresten.

»Was tust du, junger Mann?«, erkundigte sich Omo neugierig.

»Jemand hat mir eine seltene Form des Orakellesens beigebracht«, antwortete Daniel. »Ich würde mich freuen, wenn ich es dir zeigen dürfte. Ich möchte damit nicht deine Gefühle verletzen, denn du bist selbst ein weiser Mann. Wenn du es nicht willst, so werde ich es unterlassen.«

Omo setzte sich interessiert neben Daniel auf den Boden. »Du nimmst Knochen? Und was noch?« Die beiden Fremden hatten ohne Umschweife zu einem kollegialen Umgangston gefunden.

Aus seinem Rucksack förderte Daniel einen Stoffbeutel hervor, in dem er einige kleine Steine, Muscheln, Kordelstücke, zwei Münzen sowie einen Kristall verwahrte. »Leihst du ihn mir noch einmal?«, bat er Elena. Sie legte den Schildkrötenpanzer dazu. Daniel wendete sich an Omo. »Gibt es eine Frage, mit der du mein Orakel prüfen willst?«

Der Medizinmann begutachtete das Sammelsurium mit fachkundigem Blick. »Willst du sie nicht deinem Gott weihen?«

»Sprich ein Gebet, das wird ihnen die Kraft geben, die Wahrheit zu verkünden«, entgegnete Daniel. Omo schien beeindruckt von den bescheidenen Worten des weißen Afrikaners, der die Augen gesenkt hielt und es höflich vermied, ihn direkt anzusehen. Er breitete die Hände über die Gegenstände und betete in seiner Sprache.

»Nun, schwarzer weißer Mann«, begann der Priester in seinem harten Englisch, »was sagt dein Orakel zu meiner Frage? Ein Mitglied unseres Dorfes ist schwer erkrankt. Werde ich die Kraft haben, diese Person zu heilen?«

Er hatte die Frage so allgemein gestellt, dass sie auf Funke bezogen sein konnte, oder auch nicht. Daniel saß im Schneidersitz auf dem Lehmboden des Hofes, mischte seine Orakel-Utensilien mit geschlossenen Augen in seinem Cowboyhut und warf sie vor Omo auf den Boden. Er beugte sich darüber und dachte lange nach. Er erklärte dem Shango-Priester die Bedeutung jedes einzelnen Gegenstandes und wie seine Lage zu interpretieren sei. Doch dann schüttelte er den Kopf. »Du siehst, die einzelnen Teile des Orakels haben einen Sinn, aber zusammen ergeben sie kein schlüssiges Bild.« Er wollte das Orakel mit einer schnellen Bewegung einsammeln, aber der alte Mann packte ihn an den Handgelenken.

»Du willst mir nicht verraten, was du siehst, weil du Angst hast, mich zu kränken«, sagte er leise. »Sprich dennoch. Denn es ist das Orakel, das ich höre, nicht dich.«

»Dieser kleine Knochen mit dem weißen Band deutet auf dich. Es ist die Person, die deine Hilfe braucht. Der Kristall zeigt mit seiner weißen Spitze ebenfalls auf dich. Das bedeutet, du müsstest ihr helfen können. Nun aber hier – der Panzer zeigt seine Unterseite. Dein Unterfangen ist also zum Scheitern verurteilt. Das Problem liegt darin.« Daniel deutete auf drei winzig kleine Gelenkstückchen, die sich um eine mit der geschlossenen Seite nach oben liegende größere Muschel gruppierten. »Dies ist ein Vater oder ein mächtiger Mann, aber ein guter Mann, von dem eine große Kraft ausgeht. Du siehst, dass er sich abgewendet hat von dir. Ich weiß nicht, was es bedeutet. Aber es lässt darauf schließen, dass eine Hilfe nicht gewährt wird, die jemand erhalten könnte.«

Omo verharrte lange schweigend. Elena beschlich das ungute Gefühl, dass Daniel den Priester doch beleidigt hatte. Nach einer Weile reichte der alte dem jungen Mann die Hand. »Wer auch immer dein Lehrer ist, ich entbiete ihm meine Hochachtung. Sollte er jemals in diese Gegend kommen, würde ich mich freuen, ihn in meinem Haus willkommen zu heißen.« Er hielt inne. »Robert braucht meine Hilfe. Bringt ihn her.«

Die Lehmhütte, in der Elena schon einmal genächtigt hatte, wurde zu Roberts Krankenlager. Mit dick verbundenem Kopf verschwand er darin. Seit der Ankunft im Dorf hatte er kein Wort mehr gesprochen. Zusammengekrümmt ruhte er auf der Matte am Boden.

Omo hatte seine Schwester Ifa über Daniels und Elenas Wunsch informieren lassen. Gegen Nachmittag wollte die kleine Frau Elenas *Juju*-Kästchen sehen. Der Priester musste die Worte seiner Schwester übersetzen. »Sie sagt, das sei ein Egunu-Fetisch.« Omo musterte Elena verwundert. »Hat dein Mann nicht genau den gleichen gehabt?« Er schüttelte den Kopf. »Was macht ihr jungen Leute nur mit diesen Sachen? Lasst sie, wo sie sind!«

Elena schob den Ärmel ihres Kleides hoch. Erschrocken wich Omo zurück. »Was hat das zu bedeuten?«

Seine Schwester antwortete in ihrer Sprache, aufmerksam hörte er zu und übersetzte dann: »Sie fragt, ob du eine Egunu-Figur mitgebracht hast.«

»Nein.«

Ifa schnalzte missbilligend mit der Zunge. »Dann kann sie dir nicht helfen«, erklärte Omo, »Egunu ist zwar jener Gott, der Ifa und ihren Mann Ogun beschützt. Aber das Band, das dich mit Egunu verbindet, kann nur der Gott selbst aufheben. Dazu braucht Ifa jene Figur, die dich beschützt.«

»Aber die ist in Oguns Garten!«, rief Elena entsetzt. »Wie soll ich denn daran kommen?«

»Wir müssen sie holen, Elena«, antwortete Daniel trocken. »Und zwar heute noch. Ogun ist verreist. Das ist die einzige Gelegenheit.«

Ifa begann eine lange Rede, die ihr Bruder schließlich ins Englische übertrug. »Meine Schwester will Elena zuerst rituell von dem Band befreien, das sie an Ogun bindet.«

»Warum muss ich dann noch Egunu holen?«

Der Priester gab die Frage weiter an Ifa, die durch seinen Mund erklärte: »Das eine ist die gemeinsame Sache, der du deine Treue geschworen hast. Dieses Band kann Ifa durchtrennen. Aber um dich aus Elani zu entlassen, braucht es eine weit größere Zeremonie. Denn sonst wird dich der Zorn des Gottes verfolgen.«

Unter dem Baum in der Dorfmitte nahmen Elena und Daniel ein schlichtes Mahl aus gestampfter Yamswurzel ein, dessen Geschmack entfernte Ähnlichkeit mit Kartoffelbrei hatte. Die Lehmhütten dösten in friedlicher Nachmittagsruhe. Die gewalttätigen Szenen, die sich nicht weit von diesem Ort zugetragen hatten, schienen in einer anderen Welt geschehen zu sein.

»Diese Ruhe müsste man mitnehmen können«, überlegte Elena laut.

»Das kannst du nur, wenn du eine andere Art von Leben führst.«

»Du hast mit viel Lärm das alte aufgekündigt ...«

»Es ist seltsam. Dieser Job hat mich nach langer Zeit nach Afrika zurückgeführt. Ich hatte die ganze Zeit das Gefühl, zwei Welten würden aufeinander prallen. Jene von Francis und mein Beruf. Bevor ich nach Afrika gekommen bin, dachte ich, sie wären miteinander vereinbar. Entsprechend war jetzt das Ende – eine Katastrophe. So sieht es jetzt in mir aus.«

Elena legte den Kopf an seine Schulter. »Weißer, schwarzer Mann ... Du musst dich wohl für eine Seite entscheiden.«

Daniel küsste sie auf die Stirn. »Du hältst wohl nicht so viel von meiner Orakelei.«

»Omo war beeindruckt. Und was die Profis sprachlos macht, darüber wundert sich ein Laie zumindest.«

»Ich gebe zu, seine Reaktion hat mich selbst erstaunt.«

»Wirklich?«

»Ich glaube, das Orakel hat bei ihm einen wunden Punkt erwischt.«

»Und welchen?«

»Wenn ich das wüsste!« Daniel legte seinen Kopf in ihren Schoß. Er schloss die Augen. Elena fuhr ihm liebevoll durch die Haare.

»Du hast mir das Leben gerettet, Daniel.«

»Nein«, murmelte er schläfrig, »du hast meines gerettet.«

»Unsinn, wie kommst du denn da drauf?«
Der gleichmäßige Atem des Schlafenden war die Antwort.

Eine Stunde bevor die Sonne glutrot versank, gesellte sich Omo zu den beiden, die unter dem Baum tief und fest schliefen. »Wir müssen aufbrechen!«

Daniel fand als Erster auf die Beine.

»Nein, du bleibst hier«, beschied Omo ihn.

»Ich kann Elena nicht allein gehen lassen«, protestierte Daniel entschieden. »Wir gehören zusammen.«

»Warst du bei ihr, als Egunu ihr Schutzgott wurde?«, fragte Omo. Daniel schüttelte den Kopf. »Dann wird Egunus Tochter mit ihrem *orisha* allein ins Reine kommen.«

»Ich bin nicht Egunus Tochter! Ich wurde dazu gezwungen!«, rief Elena.

»Ein Gott zwingt niemanden. Er beschützt dich. Du hast nun zwei mächtige Götter, die dir helfen: Shango und Egunu.«

»Du glaubst wirklich, dass Egunu mir hilft?«, fragte Elena ungläubig.

»Du wirst es erleben«, antwortete der Priester.

Daniel nahm sie in die Arme. »Ich werde hier auf dich warten.«

Schweigend begleiteten Ifa und Omo Elena aus dem Dorf. Immer tiefer führte der Weg in den Wald. »Du darfst nicht erschrecken über das, was du sehen wirst. Gleich erreichen wir das Dorf der Verrückten. Hierher hat meine Schwester sich zurückgezogen. Auf diese Weise dient sie Egunu. Denn er ist nicht nur der Gott des Verderbens. Er hat auch eine andere Seite. Er gewährt all jenen seinen Schutz, die verwirrt sind. In jedem Gott vereinen sich Positives und Negatives. Oladayo Ogun hat sich sehr weit vom Glauben seiner Ahnen entfernt. Er nimmt sich davon, was er gebrauchen kann. Eine Dummheit, der all jene verfallen, die das Gleichgewicht von guten und schlechten Taten nicht beachten. Meine Schwester hat sich von ihm losgesagt, um dieses Gleichgewicht wiederherzustellen.«

Vor allem junge Frauen kamen ihnen entgegen. Sie waren unbekleidet, ihre Körper mit weißem Kaolin bestrichen, einige hatten sich Federn in die Haare gesteckt. Den Lärm, den sie mit Rasseln und Holzstücken machten, mit denen sie gegen alte Blechdeckel schlugen, brachte Ifa mit einer dezenten Geste zum Schweigen.

»Sie wollen nicht, dass eine Fremde sie so sieht. Schau sie nicht direkt an«, bat Omo.

Ifa führte die Besucherin in ihre bescheidene Hütte. Der Priester deutete auf eine kleine, vielleicht 40 Zentimeter hohe Figur. Sie leuchtete intensiv rot, als wäre sie mit Blut und Öl eingerieben worden. Um sie herum standen einige gefüllte Flaschen Schnaps und Teller mit roten Chilischoten.

»Der sieht doch aus wie jener von Ogun!«

»Jedes Haus hat eine eigene Egunu-Figur«, erklärte Omo.

»Wir lassen dich jetzt allein. Gib ihm den Fetisch zurück. Und warte, bis er zu dir spricht«, sagte Ifa durch den Mund ihres Bruders.

Ehe Elena etwas erwidern konnte, waren die beiden gegangen. Elena platzierte das Kästchen mit dem Fell vor der kleinen Figur. Sie zögerte einen Augenblick, dann wickelte sie das *Juju* aus. Reglos starrte sie auf das Bild des kleinen Gottes hinab.

Wie sollte diese Gestalt jemals zu ihr sprechen? Sie hockte da unten auf dem Boden, sah eigentlich nicht freundlich aus. Die Schnapsflaschen waren aufgeschraubt, als ob der kleine Gott nur zuzugreifen brauchte, um sich einen Schluck daraus zu gönnen. Die roten Schoten glänzten warm im Schein einer Petroleumlampe. Irgendwie beziehungslos lag die blaue Fetischkiste davor. Mit der Schuhspitze schob Elena sie ein Stück an die Figur heran, spürte, dass man einen Gott, mochte er auch fremd und im Grunde abstoßend sein, so nicht um Hilfe bitten konnte. Sie beugte sich hinunter und legte den Fetisch dichter an die Flaschen und die Schoten heran. Minutenlang rührte sie sich nicht.

»Was soll ich denn mit dir machen?« Sie kam sich hilflos vor. Endlich ging sie in die Knie, betrachtete den kleinen Gott aufmerksamer. Seine Lippen waren leicht geöffnet. So, als ob er etwas zu sagen hätte.

»Du trinkst wohl gern einen, nicht wahr?«, fragte Elena. Zögernd griff sie nach einer Flasche mit dunkler Flüssigkeit. Der Geruch starken Rums stieß sie ab. Dennoch führte sie die Flasche an die Lippen Egunus. Der Schnaps rann dem kleinen Gott übers Kinn, am Hals entlang, über den Bauch. Elena setzte sich vor ihm auf den gestampften Boden. Aus einem Reflex heraus verrieb sie den Rum auf seinem runden Bäuchlein und führte eine der frischen Chilischoten an seinen Mund. Aber so schien er damit nichts anfangen zu können. Elena zerbrach das scharfe Gewürz und rieb es über den dunklen Mund.

»Ich hab' dich nicht ausgesucht, weißt du? Ich wollte dich nicht. Du stehst für Verderben, für Unglück, das unwissenden Menschen zugefügt wird. In deinem Namen haben sich Menschen zusammengeschlossen, um andere zu unterdrücken«, sagte sie halblaut.

Willst du mich beschimpfen? Oder willst du mir mir reden, ungestört und allein?, schienen die vollen Lippen Egunus zu antworten.

Elena rutschte auf der Erde herum, bis sie eine einigermaßen entspannte Position gefunden hatte. Der rotfeuchte Gott starrte sie an, seine Augen quollen etwas hervor. Die weiten Pupillen hatten einen stechenden Blick, der sie zu durchbohren schien. Eine Schönheit war er nicht, er wirkte plump, aber nicht mehr so hässlich. Seine zu groß geratenen Hände ruhten im Schoß.

Du magst mich nicht, weil du mich nicht kennst. Sieh, meine Hände – sie haben dir das Gegengift gegeben, das dein Leben gerettet hat.

»Es waren mein Wille und mein Körper, die sich gegen das Gift wehrten. Sonst hätte ich es doch gar nicht geschafft, mir das Gegengift zu holen!«, widersprach sie lauter.

Ich habe dir die Stärke dazu verliehen!

»Letzten Endes ist es so, dass du dem Bösen hilfst!«, schimpfte Elena.

Ein Gott hilft nicht den Guten oder den Bösen. Er ist reine Energie, die niemals wertet, entgegnete Egunu freundlich.

»Dann bist du blind, denn du lässt das Böse zumindest zu. Und damit unterstützt du es.«

Wer nicht wertet, wird benutzt. Aber ich kann nun mal nicht anders, es liegt in meiner Natur.

»Kleiner Gott, du machst es mir schwer, dich zu hassen.«

Du kannst mich hassen oder lieben, verstehen oder nicht verstehen – nur gleichgültig kann ich dir nicht sein.

»Ich glaube, du verlangst zu viel von mir.«

Du sollst innerlich wachsen und dabei Weisheit erlangen, mahnte der kleine Gott.

»Ich werde es versuchen«, versprach Elena.

Dann brauchst du keine Angst zu haben, antwortete Egunu.

»Muss ich dir eigentlich etwas opfern? Ich habe nichts.«

Der kleine Gott lachte sie aus: Du, *òyìnbó*, willst mir opfern? Das lass mal lieber bleiben. Da gibt es Menschen, die sich besser mit meinen Bedürfnissen auskennen.

»Was mache ich mit deinem *Juju*?«

Öffne die Kiste, antwortete er.

Elena kratzte das Wachs vom Rand, klappte den Deckel hoch. »Und jetzt?«

Schließe das Schloss auf und häng mir deinen Schlüssel um.

Sie tat es.

Du hast etwas vergessen, erinnerte der kleine Gott sie.

Elena beugte sich weit zu Egunu vor, führte den Schlüssel an seine Lippen.

So ist es gut, meine Tochter. Und nun nimm das Papier, halte es in die Flamme und lass es verbrennen.

Elena beobachtete, wie die beiden ölgetränkten Pergamentstücke mit einer kleinen Stichflamme zischend verschmorten.

Schiebe das *Juju* in meinen Rücken. Ich werde darauf Acht geben. Lege dich nieder. Ich werde deinen Schlaf bewachen, Tochter Egunus.

Am nächsten Morgen erwachte Elena vor der kleinen Gottheit. Sie lag zusammengerollt wie ein kleiner Hund, den Rücken vertrauensvoll der roten Figur zugedreht.

»Habt ihr euch versöhnt?«, fragte Ifa durch den Mund ihres Bruders.

Elena richtete sich schlaftrunken auf. Sie fühlte sich befreit. Der kleine Gott sah aus wie jemand, der alles sieht und im rechten Augenblick zupackt.

»Du musst möglichst bald Oguns Figur bringen«, sagte Omo auf dem Rückweg ins Dorf. »Ich bin zuversichtlich, dass Egunu dich aus Elani entlässt. Aber sei vorsichtig, wenn du sie mitnimmst. Für Ogun bedeutet es höchstes Unglück, sie zu verlieren.«

»Wir werden gleich aufbrechen«, antwortete Elena. »Der *Chief* ist noch weit entfernt.«

»Tochter Shangos«, meinte Omo und blieb stehen, sie sah die Sorge in seinem Gesicht, »das Orakel sagt dir und deinem Begleiter eine furchtbare Prüfung voraus. Ich kann nicht erkennen, welche es ist. Als Shangos Priester kann ich nur die Warnung weitergeben, die ich im Orakel gelesen habe. Sei sehr umsichtig.«

Der Boden, über den sie liefen, war durchweicht. »Es hat heute Nacht zum ersten Mal seit Monaten geregnet«, erklärte Omo. »Das ist ein gutes Zeichen.«

Im Dorf kam ihr Daniel mit langen Schritten entgegen. Er

schien etwas unsicher, wie er sie begrüßen sollte. »Wie ist es dir ergangen?«, fragte er.

»Ich glaube, er ist ganz okay, wenn man ihn näher kennen lernt«, grinste sie spitzbübisch.

Erst als Daniel spürte, dass sie die Nacht gut überstanden hatte, nahm er sie sanft in die Arme. Sie sagte es ihm nicht, aber sie war dankbar für die Sensibilität, mit der er sie empfing.

»Ich habe das Bad für dich gerichtet.« Daniel führte sie zu einem nach einer Seite hin offenen Geviert aus Bambusrohr. Daneben standen zwei gefüllte Wassereimer. »Das ist gut für den Kreislauf«, scherzte er angesichts des kühlen Nasses, mit dem sie sich den Staub von der Haut spülen sollte.

»Ein schönes, warmes Schaumbad wäre mir entschieden lieber. Vor allem mit dir zusammen.«

»Dieses Bad hier wirst du niemals vergessen!«

»Sagt das dein Knochenorakel oder ist das eine Drohung?«

»Das ist nicht irgendein Wasser. Ich habe dafür heute Morgen schon eine kleine Wanderung zurückgelegt.«

»Dein Pferd hat dir doch bestimmt tragen geholfen!«

»Das wurde vom wilden Affen gebissen und hat Reißaus genommen.«

»Also gut«, murrte sie und betrat den Rohrverschlag. Sie drückte ihm ihr Kleid in die Hand. Mit den Fingerspitzen fuhr sie in das Wasser.

»Nein, nein, das geht ganz anders«, meinte Daniel. Er schob zwei der Seitenwände so zusammen, dass sie Elena als Dreieck umschlossen. »Gib mir deine Wäsche! Die Dusche kommt von oben.«

»Also wenn, dann kommst du mit rein«, widersprach sie. »In der Prärie darf ich von meinem Cowboy etwas mehr persönlichen Service erwarten!«

Wie übermütige Kinder spritzten sie sich nass, rieben ihre Körper gegenseitig mit der rauen Seife aus einer Blechschale sauber. Der Ruß auf Daniels Haut ließ sich nur schwer entfernen; sie schimmerte am Ende der Prozedur rosa. »Mein lieber Cowboy, mit offenem Feuer solltest du in Zukunft vorsichtiger sein …«, zog Elena ihn auf. Er antwortete mit einem heftigen Guss aus dem Eimer, den Elena mit einem spitzen Schrei quittierte.

Zwei Dutzend große Kinderaugen starrten die beiden Weißen an, als Elena und Daniel eng umschlungen das eigenwillige Dorfbad verließen.

Daniel grinste. »Wir sollten öfter gemeinsam baden.«

»Dann wärmst du bitte das Wasser länger auf, Daniel!«

Der nächtliche Regen hatte die Feuersbrunst weitgehend gelöscht. Dichte, weiße Rauchschwaden standen über dem weiten Land.

»Wir haben Glück gehabt. Zumindest, was die Hilfe des Wetters betrifft«, sagte Daniel. »Die Regenzeit steht bevor; das Land wird sich rasch erholen.«

Die hässliche schwarze Ruine der Fabrik lag noch eingehüllt im dichten Nebel der aufsteigenden Feuchtigkeit.

»War eigentlich viel Gift darin?«, erkundigte sich Elena.

»Einerseits zu wenig, um die Luft zu kontaminieren. Andererseits nicht genug, um Elanis Brüder auf Dauer zurückzuwerfen.«

»Eigentlich sind wir von meinem Ziel weit entfernt. Ich habe immer noch keine Ahnung, wo wir das Gegengift herbekommen.«

»Ich habe heute Nacht mit Robert über Funke gesprochen. Er ist unglaublich deprimiert. Jetzt sieht er ein, dass er ihr nicht geholfen hat.«

»Sind seine Augen besser?«

»Omo meint, der Verband wird lange Zeit bleiben müssen und er will noch eine neue Tinktur herstellen, von der er sich eine größere Wirkung erhofft.«

»Du hast gestern gesagt, dass Roberts Strafe in gewisser Weise gerecht sei. Glaubst du das wirklich?«

»Ich weiß, dass sich das hart und selbstgerecht anhört. Aber das ist nun mal meine Überzeugung. Was Robert getan hat, hat sich gegen ihn selbst gerichtet. Es gibt kein direkteres Prinzip von Strafe als jenes, das die Sühne unverzüglich einfordert.« Mit hohem Tempo fuhr Daniel durch die wunderschöne Landschaft. »Wir werden heute Abend wieder bei Omo sein, Elena. Ich hatte ein langes Gespräch mit ihm. Du erinnerst dich doch an das Knochenorakel? An einen Mann, der helfen könnte, der sich aber abgewendet hat?«

»Hat Omo dir verraten, wer das ist?«

»Nicht direkt. Denn er scheint noch mit sich zu kämpfen, ob er diesen Mann wirklich um Hilfe bitten soll.«

»Moment mal, nicht so schnell, bitte! Ich nehme an, dass die Kranke Roberts Freundin Funke ist. Wenn es also einen Mann gibt, der Funke Hilfe gewähren könnte, so müsste Omo ihn eigentlich nur darum bitten?«

»Das ist absolut richtig.«

»Aber, Daniel ...!«, Elena sah ihn mit weit aufgerissenen Augen an, »das ist der Mann, den wir suchen! Er hat das Gegengift!« Schlagartig brach ihre Euphorie in sich zusammen. »Nein! Dieser mächtige Mann kann ja nur Ogun sein, Omos eigener Schwager.«

Daniel schüttelte energisch den Kopf. »Das glaube ich nicht. Es muss sich um einen Dritten handeln.«

»Warum?«

»Weil er eine große Muschel ist. Sie ist das Zeichen, dass jemand nicht nur mächtig ist, sondern auch zu geben bereit ist. Das kann nicht das Symbol für Ogun sein. Ich bin sicher, dass er in diesem Orakel nicht vorkommt.«

»Aber wer ist es dann?«, wollte sie atemlos wissen.

»So wie Omo sich gewunden hat, um mir diese Frage zu beantworten, wird es jemand sein, vor dem selbst der alte Priester großen Respekt hat. Ich kann nur raten. Vielleicht jener Mann, bei dem Omo einst selbst gelernt hat, der sich aber aus mir unbekannten Gründen von ihm abgewendet hat.«

Elena küsste Daniel voll Überschwang auf die unrasierte Wange. »Weißt du eigentlich, dass du meine ganz große Hoffnung bist, Oguns Geheimnis zu lüften?«

Er blinzelte ihr zu. »Wenn ich in anderer Beziehung deine ganz große Hoffnung wäre, würde mir das auch gefallen.«

47

Der Pick-up hielt auf der Rückseite von Oguns Grundstück. »In einer Minute zu Egunu, in der nächsten raus. Das geht Ruckzuck«, versprach Daniel. Er schnappte eine Decke von der Rückbank. »Da muss der Gott rein.«

In den Quartieren der Bediensteten empfing Elena und Daniel eine Atmosphäre, die dem letzten Jahrhundert näher war als der Jahrtausendwende. Frauen, die breiten Rücken in grellbunte Stoffe gewickelt, die Haare unter farbenfrohen Tüchern versteckt, kauerten auf Hockern. Eingehüllt in Kochdunst, unterhielten sie sich lautstark, den beiden Weißen den Rücken zugewandt. Sie rührten in großen Blechtöpfen, die auf flachen Gaskochern standen. Einige stampften Brei in ausgehöhlten Baumstümpfen, ein grobes dickes Holz in Händen.

»Nach hinten Afrika, nach vorn Europa, dazwischen dein kleiner Gott«, flüsterte Daniel Elena zu. »Siehst du irgendwo Michael?«

Leider ließ der freundliche junge Helfer sich nirgendwo blicken. Schon brachen die ersten Frauen ihre Vorbereitungen fürs Mittagessen ab. Daniel holte einen beachtlichen Vorrat an Bargeld aus seinen weiten Hosentaschen. In einer Sprache, die Elena nicht verstand, redete er auf die verschreckten Damen ein, verteilte großzügig Banknoten. Die Wirkung überzeugte. Die Köchinnen kicherten, deuteten auf Elena – und stürzten gleichzeitig auf sie zu. Sie schwatzten durcheinander, schüttelten ihr die Hände und klopften ihr heftig auf die Schultern, einige küssten sie sogar auf die Wangen. Verblüfft ließ Elena den warmherzigen Empfang über sich ergehen.

»Was, um alles in der Welt, hast du ihnen gesagt?«, rief sie gegen das fröhliche, vielstimmige Lärmen an.

»Dass ich dich entführe, um dich heiraten zu können.«

»Spinnst du? Hättest du mich nicht zuvor fragen können!«

»Mir ist nichts Besseres eingefallen. Und das erschien mir das kleinere Übel.«

»Übel?« Sie boxte Daniel heftig gegen den Arm.

»Du musst das in der Relation sehen. Sonst hätten sie nur laut geschrien!«

Mit Mühe beruhigte Daniel die entzückten Frauen. Endlich zogen sie sich an ihre Arbeitsstellen zurück.

Die Fläche rings um den Swimmingpool wirkte verwaist. »Also los«, flüsterte Daniel, »wird schon klappen.« Der Weg bis zu dem umzäunten Areal unter dem Baum erschien Elena viel weiter, als sie ihn in Erinnerung hatte. Egunu hockte in seinem Schrein, als wartete er nur auf Befreiung aus seinem vor Affenhänden sicheren Gefängnis. Im Gegensatz zu Ifas Gott wirkte dieser hier seltsam stumpf. So, als hätte ihn schon lange niemand mehr mit Alkohol eingerieben.

»Da ist ja ein Vorhängeschloss!«, entfuhr es Daniel.

»Wenn du ein echter Cowboy wärst, würdest du es mit dem Griff deines Revolvers aufschlagen.«

»Eine verbogene Briefklammer tut's auch«, meinte Daniel, »wir wollen den kleinen Kerl ja nicht erschrecken. Du brauchst ihn schließlich noch!«

Elena förderte aus den Tiefen ihrer Tasche das Gesuchte zu Tage. Es dauerte nur wenige Sekunden, dann griffen Daniels Hände nach Egunu. »Ab in die Decke mit dir.« Daniel rieb die Handflächen gegeneinander. »Ogun sollte seinen Gott besser pflegen. Voller Öl, Dreck und Staub.« Er schüttelte sich angewidert.

Sorgsam verschloss er den Schrein, damit der Diebstahl nicht sofort ins Auge fiel. Er betrachtete seine eingestaubten und zusätzlich durch rotes Palmöl verschmutzten Hände. »Das spül' ich rasch im Pool ab.« In dem blauen Wasser bildeten sich hässliche Schlieren, winzige Schmutzpartikel schwammen obenauf. Wie selbstverständlich trocknete Daniel sich an einem bereitliegenden Badetuch ab.

In diesem Augenblick spürte Elena, dass etwas nicht stimmte. Mercedes betrat die Terrasse, nahm Elena und Daniel wahr, drehte sich um und schrie gellend: »Oladayo!« Am allermeisten wunderte sich Elena darüber, wie schnell Ogun sich bewegen konnte. Daniel zischte sofort: »Weg hier!« Er schnappte den eingewickelten Gott, rannte zu den Quartieren zurück.

Aus der Richtung der Köchinnen liefen zwei Leibwächter mit Gewehren auf die beiden Fliehenden zu. Von hinten näherte sich Ogun, er keuchte schwer atmend.

Elena stöhnte auf: »Fünf Minuten mehr und wir hätten es geschafft.«

Oguns Gesicht war eine schweißglänzende Grimasse. »Wie kannst du so etwas tun? Nur Egunus Urteil wird eine angemessene Strafe für dich finden.« Er gab den Bodyguards einen Wink. Sie stießen die beiden Weißen mit den Gewehrläufen in den Rücken, trieben sie quer durch das ganze Grundstück zur Vorderseite von Oguns Haus. Ein neuer Pick-up ersetzte den durch das Unglück von Imeja verloren gegangenen. Elena und Daniel wurden auf die Ladefläche dirigiert, einer der Leibwächter stieg dazu.

Ein Schlag auf das Dach des Fahrerhauses, der Wagen rollte aus dem Hof. Die beiden saßen nebeneinander.

»Wir haben uns das wohl etwas zu einfach vorgestellt, einen Gott zu klauen«, resümierte Daniel.

Zwischen ihnen lag Egunu, sorgfältig eingewickelt. »Aber wir haben ihn«, triumphierte Elena, »Ogun hat ihn uns nicht abgenommen.«

»Ja«, räumte Daniel nachdenklich ein, »das ist allerdings seltsam.«

Bolas Park mit den Schirmbäumen schlief an diesem Nachmittag. Ein schwerer Schauer, der vor nicht allzu langer Zeit niedergegangen war, ließ die Natur verführerisch duften. Schier endlose zwei Stunden beäugten die Leibwächter argwöhnisch ihre Gefangenen auf der Pritsche des Autos.

»Manchmal saß Francis stundenlang einfach nur da«, begann Daniel, »einmal, als ich aus der Schule kam, sagte ich zu ihm: ›Du verträumst deine Zeit, Francis. Hast du denn nichts zu tun?‹ Er bewegte sich nicht. Also setzte ich mich neben ihn, wurde aber bald ungeduldig. Da umschloss er meine Hand und meinte: ›Du hast so viel Zeit, wie Gott dir gibt. Du stiehlst sie dir selbst, indem du nach der Uhr lebst. Vergiss die Zeit. Und sie gehört dir.‹«

»Daniel, ist dir eigentlich klar, dass unsere Zeit unter Umständen gerade abläuft?«

»Wer auf das Ende seines Lebens sieht, verpasst das Leben. Das ist der Kern von Francis' Zeitphilosophie, Elena. Wir warten. Den größten Teil des Lebens verbringen wir damit. Wir tun nur so, als ob es anders wäre. Vergisst man das Warten, verliert die Zeit ihre Bedeutung. Und so vergeht die Angst.«

»Ich glaube nicht, dass du so cool sein kannst, Daniel. Du willst mir nur Mut machen. In Wirklichkeit fühlst du dieselbe Panik wie ich.«

»Aber wenn ich so alt bin wie Francis – dann klappt's.«

»Wie alt ist er denn?«

»Kann ein Mann, der keine Zeit kennt, ein Alter haben?«

»Wahrscheinlich hat er sein Leben lang gebraucht, um das zu lernen.«

»Weißt du was, wir werden zu ihm fahren!« Daniel sah sie strahlend an. »Wir werden vor seinem Haus sitzen und vergessen, dass es Uhren gibt.«

Wie ein riesiges Insekt ging Bolas Helikopter vor dem Schirmhaus nieder. Umständlich entstieg ihm der schwerfällige kleine Chief, Lincoln sprang behände hinterher. Zunächst schien es, als wollten die beiden die Gefangenen keines Blickes würdigen. Lincoln eilte vor seinem Vater ins Schirmhaus. Der Alte verlangsamte jedoch seine Schritte, drehte sich um und ging gemächlich auf Elena, Daniel und die Leibwächter zu, die sich tief vor dem runden Mann verneigten.

»Ihr sitzt da wie zwei dumme Kinder, die großen Unsinn angestellt haben«, knurrte Samuel Bola. »Wer soll euch jetzt noch helfen?« Betrübt schüttelte er den Kopf. »Daniel, mein Junge, wie lange kennen wir uns schon? Zehn Jahre oder sogar 14?« Er tippte gegen Daniels Hemd, an dem noch der Ruß haftete. »Sag mir, warum du die Anlage in die Luft gesprengt hast? Du selbst hast sie aufgebaut. Zusammen mit meinem Sohn, deinem Freund. Und dann …« Er hob die Hände zum Himmel, als täuschte er eine Explosion vor. Er musterte Elena. »So eine schöne und kluge Frau! Bist du hierher gekommen, um zu zerstören? Hat dich dein Vater das gelehrt?«

»*Chief* Samuel«, antwortete Daniel, »der Tod der Arbeiter und Angestellten tut mir aufrichtig Leid. Ich bitte Sie, mir zu glauben. Das wollte ich nicht. Aber Lincoln hat mich belogen über den Zweck der Fabrik. Eure Pläne verdienen nicht Elenas und meine Unterstützung. Was Sie tun wollen, ist menschenverachtend. Dem haben wir Einhalt geboten, bevor es zu spät war.«

»Das muss man dir lassen, junger Mann. Du stehst zu dem, was du zu verantworten hast.«

»In Ihrer Religion heißt es: ›Füge dem Universum niemals Schaden zu.‹ Wenn Sie Ihren Brüdern nicht sagen, dass sie ihr Vorhaben stoppen sollen, *Chief* Samuel, laden Sie schwere Schuld auf sich und alle, die Ihre Nachfahren sind«, mahnte Daniel.

»Du begehst Unrecht und stellst das Opfer unter Anklage?« Bola war verärgert.

»Das Unrecht geht von Elani aus!«, widersprach Elena.

»Hat Egunu dich von deinem Treueschwur entbunden?« Er

betrachtete Elena nachdenklich. »Nur er kann dir sagen, ob er dich aus seinem Bund entlässt.«

»Eine Frage habe ich noch«, rief Elena ihm nach, »wie geht es Yinkas Sohn? Vermisst er nicht seinen Vater?«

Samuel Bola trat an den Pritschenwagen heran, umklammerte mit beiden Händen die Umfassung der Ladefläche, atmete schwer. »Woher weißt du von Yinka? Niemandem habe ich von ihm erzählt.«

»Ich sah Yinka sterben. Auf der Straße vor dem Londoner Polizeirevier. Ein Lastwagen tötete ihn.«

Samuel Bolas Mund klappte auf und zu. Kein Wort entrang sich seiner Brust.

»Yinka nannte Sie Onkel Samuel, der alles weiß. Mit Sally, seiner Frau, wohnte Yinka in Ihrem Haus in Kensington. Er bat Sie um Hilfe, als er aus Wagorunia zurückkam. Todgeweiht. Sie wollten ihn retten. Weil er Ihr Neffe war. Fleisch von Ihrem Fleisch, so heißt es in dem Glauben, in dem ich erzogen worden bin. Deshalb taten Sie etwas Ungeheuerliches. Sie ließen einen *babalawo* mit der *holy medicine* einfliegen. Obwohl das gegen den Schwur verstieß, den Sie Ihren Brüdern gegeben hatten.«

Mit einer Geste, als verscheuchte er lästige Fliegen, jagte Bola die Leibwächter fort, setzte sich schwer atmend auf die Ladefläche.

»Ja«, antwortete er nach einer Ewigkeit, »ich wollte Yinkas Leben retten. Aber ich habe nie erfahren, warum die *holy medicine* nicht gewirkt hat. Nun, dann sage mir, warum Yinka sterben musste.«

»An der Medizin hat es nicht gelegen.«

Langsam drehte sich Samuel Bola zu Elena um, seine leicht hervorstehenden Augen betrachteten sie eindringlich. »Wieso weißt du all das? Weshalb warst du da, als Yinka überfahren wurde? Mit welchen Mächten hast du dich verbündet?«

»Wenn Sie wirklich alles wissen, können Sie die Antwort selbst herausfinden.«

Oguns schwerer Mercedes sowie zwei weitere Luxuslimousinen hielten vor dem Schirmhaus. Der beleibte Afrikaner stutzte, als er die drei Menschen an dem Pritschenwagen wahrnahm, während die anderen *Brüder*, die Elena vom ersten Treffen kannte, grußlos verschwanden. Die Anwesenheit seines *Bruders* veranlasste Ogun wohl auch heranzutreten. Bei Samuel Bola schien der Schock über Elenas Erklärungen nachzuwirken, denn er verharrte reglos.

»*Bruder*, diese beiden sind es nicht wert, dass du deine Zeit mit ihnen verbringst«, knurrte Ogun ungehalten.

»Lasst uns hineingehen«, entgegnete Bola schlicht. Ogun gab seinen Leibwächtern einen Wink, Daniel zurückzuhalten. »Er kommt mit«, befahl Samuel Bola.

Alle hatten sich um den ovalen Tisch gruppiert. So, wie nicht einmal eine Woche zuvor. In den Gesichtern der Männer erkannte Elena diesmal eine erschreckende Feindseligkeit. Sie und Daniel bekamen nebeneinander Plätze in der Mitte der Runde zugewiesen. Lincoln hatte vor sich ein Notebook aufgeklappt. Es arbeitete leise surrend.

»Welchen Schwur hast du geleistet?«, fragte Samuel Bola.

»Elani ist Anfang und Ende meines Lebens. Ich diene Elani, so wie Elani mir dient«, antwortete Elena mit fester Stimme, während sie die Armlehnen ihres Stuhls umklammerte.

»Bist du dir da ganz sicher?«, insistierte Samuel Bola.

Lincoln drehte das aufgeklappte Notebook zu Elena und Daniel herum. Die Fenster auf der Oberfläche begannen sich von den Ecken her aufzulösen. Zuerst entstand der Schleier der Braut, dann das gut frisierte Haar des Bräutigams …

Elena schloss die Augen.

Wir haben es geschafft, Liebling! Ich freue mich auf ein Leben mit dir! Manfred küsste sie auf den Mund.

Elena spürte den Kloß in ihrem Hals. *Ich liebe dich!*

Überschwänglich nahm Manfred sie hoch, sie schlang die Arme um seinen Hals.

Hierher sehen!, rief der Fotograf.

Die Anwesenden hatten sich hinter Elena aufgebaut, glotzten schweigend auf das Foto, das sich in Wellen über den Leuchtkristallschirm zog. Samuel Bola fragte in das allgemeine Schweigen hinein: »Wer ist dieser Mann?« Lincoln schob sich zwischen den anderen hindurch.

»Was soll das Katz- und Maus-Spiel?«, fragte Elena. Sie verschränkte die Arme vor der Brust und zitterte am ganzen Körper. Auf Deutsch, damit nur Lincoln sie verstehen konnte, sagte sie: »Sie haben dieses Notebook gestohlen, Lincoln, um an alle Informationen zu kommen. Sie sprechen schließlich meine Sprache.«

Der Schlag traf sie hart und ohne Warnung an der rechten Wange. Ihr Kopf flog ruckartig nach hinten. Für einen Augenblick sah sie nur Sterne.

»Du billiger Mistkerl!«, schrie Daniel. Sein Fausthieb ließ Lincoln zurücktaumeln. Die Gruppe der *Brüder* verhinderte seinen Sturz. Andere hielten Daniel fest.

Bolas Sohn hatte Elena mit der Kante seines Rings getroffen; sie spürte ihr Blut auf der Wange, empfand aber keine Wut. Das Zittern wich einem eigentümlichen Gefühl von Gelassenheit. *Ein Mann, der Sie sehr liebt, fällt Ihnen in den Rücken,* hatte Daniel an jenem Abend in Oguns Bungalow gesagt. Manfred. Ein Bild, die angehaltene Zeit. Jetzt war sie zum Bumerang geworden. Elena hatte ihn in der Vergangenheit geworfen, in der Gegenwart war er zurückgekehrt.

»Das war nicht nötig, Lincoln«, meinte Samuel Bola und reichte Elena wortlos sein nach Sandelholz duftendes Einstecktuch.

»*Bruder* Oladayo wollte Elena Odermatt nach Israel mitnehmen. Dort bekam ich dieses Papier.« Lincoln hielt es hoch wie ein Ankläger. »Deswegen sind wir sofort umgekehrt, um größeren Schaden von Elani abzuwenden.«

»Gerade noch rechtzeitig«, ergänzte Ogun dumpf.

Lincoln begann den englischen Text abzulesen: »Elena Odermatt, geboren am 22. Februar 1970 in Paderborn ...«

Sie hörte nicht zu. Es war ihre eigene Biografie.

Lincoln las ungerührt weiter: »... Witwe des Journalisten Manfred Kroll, geboren am 22. April 1971 in Berlin, gestorben am 29. Januar 1998 in London. Seine letzte Reportage machte Kroll in Port Lac, Wagorunia ...« Lincoln deutete auf das Notebook und blickte wichtigtuerisch in die Runde. »Ich hatte den Computer nach Informationen durchsucht. Es war nichts Verwertbares darauf gespeichert.« Er warf Elena einen kurzen Blick zu. »Disketten?«

Sie schwieg.

Lincoln fuhr mit bedeutungsschwangerer Stimme fort: »Auf den Trick mit dem Bildschirmschoner bin ich leider erst heute gestoßen. Sonst hätten wir diese Spionin niemals in unseren Kreis aufgenommen, *Brüder*. Ich ließ das Ding wegen eines Telefonats stehen – und das Bild baute sich auf.«

»Sie war mit diesem Dieb verheiratet!« Oguns Aufschrei verschluckte Lincolns Worte. Seine Stimme überschlug sich, die für seine Körperfülle schmale Faust sauste auf den Tisch, sodass das Notebook erzitterte. Das Bild von Elena und Manfred verschwand im selben Augenblick, die Windows-Oberfläche gliederte sich in verschiedene kleine Fenster. »Sie hat sich eingeschlichen. Unser Vertrauen hat sie missbraucht.«

»Konstantin Wenzel wollte, dass ich hierher komme, um die Lifevac zu beraten«, entgegnete Elena, mehr der Vollständigkeit wegen.

»Ich weiß es jetzt«, zischte Samuel Bola, »du hast dich mit einer anderen Macht verbündet. Aber Egunus Urteil ist stärker. Daran sollten wir denken, *Brüder,* wenn wir uns jetzt zur Beratung zurückziehen.« Mit schweren Schritten ging er ans

Ende des großen Raums, die anderen scharten sich um ihn, den Ältesten.

Daniel tastete nach Elenas Hand, hielt sie fest. Elena spürte, dass seine Finger eiskalt waren. Er hatte Angst.

48

Nur Ogun und der alte Bola führten Elena und Daniel aus dem Schirmhaus heraus in den Park. Die beiden *Brüder* trugen die grobgewirkten, braunen Kapuzenmäntel. Auf dem Weg zu den Kanus passierten sie Oguns Pick-up. Die bewaffneten Leibwächter ließen zu, dass Daniel den kleinen Gott samt seiner Decke von der Ladefläche nahm.

»Wenn wir schon zum Chef müssen, nehmen wir seinen Angestellten gleich mit!« Elena bewunderte Daniel für seinen anscheinend unverwüstlichen Galgenhumor. »Sonst war wirklich alles vergeblich, oder?«

Regenschwere Wolken verfinsterten den Himmel. Die sonst märchenhaft anmutenden Bäume wirkten wie Schatten, die mit runden Schultern auf den Regenguss warteten. Auf dem dunklen Fluss standen zwei Kanus bereit. Ogun und Bola teilten sich einen Einbaum, der andere war für die weißen Besucher bestimmt. Mit langen Stangen bewegten die beiden Bootsführer die Kanus im stillen Gewässer. Elena sah sich um. Die Leibwächter waren im Park geblieben, das zweite Kanu folgte dicht.

»Daniel, sie werden uns zwingen, dieses Gift zu trinken. Ich glaube nicht, dass ich das noch einmal durchstehen kann.«

Daniel saß vor ihr. Ein heftiges Frösteln durchfuhr ihn. Elena streichelte ihm über den Rücken und spürte sein Zittern durch den dünnen Stoff des Hemdes. Sie rutschte nah an ihn heran, legte die Arme um ihn.

»Ich habe Angst noch nie so gespürt«, gestand er, »irgendwie scheint alles unwirklich zu sein. Mir ist gleichzeitig heiß und kalt. Wenn wir nicht in diesem Totenschiff säßen, würde ich sagen, ich werde ganz einfach krank.«

Die Luftwurzeln der Mangroven zeichneten sich schneeweiß über dem Fluss ab wie unendlich viele Spinnenbeine. Elena fragte sich, ob man darüber hinweglaufen konnte. Oder dazwischen versinken würde.

Daniel formulierte ihre Gedanken. »Wenn wir auf der Insel sind, versuchen wir zu entkommen. In dem Dickicht können wir uns verstecken.«

Sie stimmte schweigend zu.

Ogun verließ das Kanu als Erster. Erst dann ließen die Bootsführer Elena und Daniel aussteigen. Oguns Stimme klang unnatürlich gequetscht. »Gehen wir zum Tempel und hören Egunus Urteil.«

Daniel bewegte sich nicht. »Ich habe hier noch etwas, das ich Ihnen zurückgeben muss.« Rasch zog er aus der Decke die Egunu-Figur hervor und warf sie Ogun zu, der sie überrascht auffing. »Nichts wie weg!«

Während Elena sich zur Flucht drehte, bemerkte sie, dass Ogun die Figur entsetzt von sich stieß. Er starrte auf seine Hände, während er gequält aufschrie: »*Bruder,* ich bin vergiftet!«

Elena blieb wie angewurzelt stehen. An Daniels Handflächen klebten die Reste eines grauen Pulvers mit winzigen schwarzen Teilchen darin.

»Wasch dir die Hände, Daniel! Sofort!« Gehetzt lief Daniel zum Wasser, um sich von dem Pulver zu säubern.

Bola drehte sich zu dem am Boden kauernden Ogun. »Hast du etwa deinen eigenen Gott vergiftet?«

»Ich hatte seinen Schrein verschlossen! Sie haben Egunu gestohlen.«

»Wasser lässt das Gift schneller wirken. Es spült die feinen Partikel in alle Poren«, warnte Bola.

Daniel besah sich den neben ihm liegenden Egunu nachdenklich von allen Seiten. »Vor einigen Stunden hatte ich diese Figur schon einmal berührt. Doch da ist noch einiges dran.«

Unvermittelt fiel Daniel über Ogun her, rieb das vernarbte Gesicht mit Egunu unsanft ein, als sollte der kleine Gott den dicken Mann zu Tode küssen.

»Nur Ihr eigenes Verbrechen kann Sie so bestrafen, wie Sie es verdienen!«, stieß er keuchend hervor.

Elena schien zu keiner weiteren Reaktion fähig. Hatte sie nicht gemeinsam mit Daniel Manfreds Fehler wiederholt? Wie gelähmt bemerkte sie, dass die beiden Bootsführer Daniel und Ogun trennen mussten.

»Lasst den *òyìnbó* los«, befahl Samuel Bola.

Winzige Partikel des grauen Höllenpulvers zeichneten sich auf Oguns dunkler Gesichtshaut ab. Mit dem braunen Mantel versuchte er, sich das Gift hilflos abzuwischen. Er wirkte wie ein tapsiger Bär, der den Bienen eine Wabe gestohlen hatte und nun nicht wusste, wie er sich der geweckten Plagegeister erwehren sollte.

In diesem Moment setzte der Regen ein. Dicke Tropfen von ungekannter Schwere und Größe prasselten auf Elenas Haare und Kleidung. In Kürze drang ihr das Wasser bis auf die Haut. Elena schien plötzlich die Zeit erfühlen zu können. Sie fiel auf sie herab, erst langsam, dann immer schneller.

Fünf Tage hatte Manfred gehabt. Fünf Tage. *Wasser lässt das Gift schneller wirken* … Blieb Daniel also weniger Zeit als Manfred? Bis zu den Knöcheln stand sie bereits im Wasser – unglaublich, in welch kurzem Zeitraum solche Massen von Regen herniedergingen …

Ogun wartete bereits im Kanu und zitterte um sein Leben. »Rasch, *Bruder,* bring mich fort!« Egunu hatte er vergessen. Der Regenguss wusch das Gift von ihm ab, sodass er bereits wieder rot glänzte.

Bola stand noch einen Augenblick unschlüssig zwischen seinem Bundesbruder und den beiden Weißen. »Ihr habt euch mit einer Macht angelegt, die größer als eure ist. Nur Gott steht es zu, ein Urteil über euch zu fällen. Möge er entscheiden«, verkündete er schließlich bedeutungsschwer und setzte sich zu Ogun in den Einbaum, der sofort ablegte.

Daniel eilte zu dem mit nur einem Bootsführer besetzten Kanu, um es aufzuhalten. Der Mann stieß ihn brutal zurück. Rasch verschwand das Boot hinter einer dichten Regenwand.

Das Schlimmste war eingetreten, obwohl alles genau geplant gewesen war. Daniel, der Mann, für den sie etwas zu empfinden begann, war mit dem Zombiegift in Berührung gekommen. Genauso wie Manfred. Und sie war genau genommen keinen Schritt weiter als damals. Unverrückbar schien sie der regendurchtränkte Boden festzuhalten.

»Lass uns hier verschwinden«, flüsterte Daniel nah an ihrem Ohr und legte den Arm um sie.

Elena stieß ihn von sich. »Lass mich!«, schrie sie unter Tränen. »Meinetwegen sterben völlig unschuldige Menschen. Als ob ich verflucht wäre. Mein Vater hatte völlig Recht. Ich hätte auf Schneewittchen einfach nur aufzupassen brauchen, dann wäre sie nicht gestorben!«

Daniel berührte sie sanft. »Mit Eis scheint sich dein Vater wohl entschieden besser auszukennen als mit den ihm anvertrauten Menschen.«

Der vergiftete Gott war inzwischen zur Hälfte mit Regenwasser bedeckt, als Elena sich nach ihm bückte. »Ich werde ihn zum Tempel bringen!«

Bevor sie ihn ergreifen konnte, kickte Daniel den gefährlichen Gott in den dunklen Fluss. »Wenn Feuer sein Element ist, wird ihm dies wohl am wenigsten gefallen«, stellte er sachlich fest und lächelte sie liebevoll an. »Elena, wir werden gemeinsam einen Weg finden.«

»Wie denn? Sieh dich doch mal um!«, rief sie. »Wasser, Krokodile, Schlangen. Und du brauchst Hilfe.« Ein Weinkrampf schüttelte sie, als würde der regenschwere Boden, auf dem sie stand, unter einem Erdbeben erzittern.

Daniels Hut am Boden erinnerte an den kurzen Kampf mit

Ogun. Er hob ihn auf, presste das Wasser heraus und setzte ihn Elena auf den Kopf, umschlang sie fest und hielt sie schweigend.

Sie hörten das knatternde Geräusch des Hubschraubers, der trotz des Regens abhob. Der *Chief* würde den Helikopter diesmal benutzen, obwohl er solche Panik davor hatte. »Ogun weiß, wo er Hilfe finden kann. Also gibt es sie, Elena. Wir beide wissen auch, wer uns helfen kann. Nur hinkommen müssen wir.«

Langsam kehrte ihre Ruhe zurück, schwer atmend lehnte sie an Daniels muskulösem Körper. »Daniel«, flüsterte sie, »ich möchte meinen Vater anrufen. Und ihm sagen, dass ich niemals mehr die Stürme des Lebens reiten will.«

Vorsichtig, als könnte die bloße Berührung seiner Fingerkuppen ihr entsetzliches Leid zufügen, glitten die Außenflächen seiner Hände, die mit dem Gift nicht in Berührung gekommen waren, über ihre Wangen. »Ich liebe dich.«

Ein Geräusch, ähnlich dem Grunzen eines Schweins, aber viel kräftiger und lauter, ließ Elena aufmerken. Für Sekundenbruchteile hatte sie geglaubt, weit fort gewesen zu sein. »Das war ein Krokodil!«, rief sie aus.

»Mutter ruft die Kinder zum Essen.« Daniels Grinsen wirkte aufgesetzt. »Wir sollten nicht länger stören.« Gemeinsam stolperten sie über die Mangrovenwurzeln. Hinter Egunus Tempel fanden sie das Kanu des Priesters und schoben es gemeinsam in den Fluss.

»Zurück zum Haus«, schlug Daniel vor.

»Die Wachen am Tor werden uns nicht aus dem Park lassen.«

»Dem Flusslauf aufwärts mit dem Kanu zu folgen, ist zu riskant. Wir würden uns im Labyrinth der Flussarme verirren.«

Daniel kniete im Boot, stieß das Holzpaddel wechselseitig ins Wasser, wie er es von den Bootsführern abgeschaut hatte.

»Spürst du das Gift schon?«, fragte sie.

»Ich glaube, nicht.« Es waren erst wenige Stunden vergangen, seitdem er die Figur aus dem Schrein geholt hatte. Wurde sein Frösteln bereits vom Gift hervorgerufen?

Verbissen trieb Daniel den Einbaum durch das Wasser. Regentropfen, die auf der Oberfläche aufschlugen, hinterließen einen dichten Teppich dicker Blasen. Es schien, als brodelte der gesamte Fluss.

Der Pick-up, mit dem Oguns Leibwächter Elena und Daniel zum Schirmhaus gebracht hatten, stand am gleichen Fleck. Auf der Ladefläche lag Elenas vergessene und durchweichte Tasche. Niemand war zu sehen. Nach kurzem Zögern kletterten sie triefend nass in die Fahrerkabine. »Immerhin ist es hier trocken«, prustete Elena. Sie suchte nach irgendetwas, womit sie sich abtrocknen konnte. Und fand nur ihr feuchtes Chiffontuch. Gleichzeitig fiel ihr das Handy in den Schoß. Mehr aus Neugier schaltete sie das Gerät ein. Es funktionierte. »Hält Affen und Regen aus«, murmelte sie geistesabwesend. Es gab sogar ein Netz. Dank Bolas Antenne auf dem Schirmhaus.

»Ruf jetzt an. Dann hast du es hinter dir.« Es schien, als könnte Daniel ihre Gedanken lesen. »Er ist dein Vater und die Verbindung zu deinen Vorfahren, egal was zwischen euch vorgefallen ist. Auf den Schultern unserer Ahnen stehen wir, hat mein lieber alter Francis immer gesagt.« Daniel versuchte ein schiefes Lächeln.

»Willst du deine Familie nicht anrufen?«

»Mein Vater ist vor vier Jahren gestorben und Mutter hat die Lodge verkauft. Danach hat sie eine innere Unruhe gepackt; sie reist durch die Welt.«

»Und Francis?«

»Der wird wohl vor seinem Haus sitzen. Ohne Telefon. Wenn ich mich von ihm verabschieden will, muss ich hinfahren.« Daniel deutete auf die Batterieanzeige. »Handys werden von keinem Gott beschützt, so läuft ihnen die Zeit davon. Jetzt wähl schon. Soll ich draußen warten?«

»Daniel!« Sie stutzte. »Kennst du eigentlich meinen Vater?«

»Bei einigen Burschenschaftsabenden habe ich ihn getroffen. Wir hatten uns nicht viel zu sagen. Ich glaube, ich war ihm zu wenig kontrollierbar. Wie ich deinen Vater einschätze, geht er bei Menschen kein Risiko ein.«

»Ich war ihm ja immer eine brave Tochter«, gab sie verbittert zurück und wählte die Telefonnummer ihres Vaters zu Hause. Weniger denn je wusste sie, was sie ihm sagen sollte …

»Elena, Kind, gibt es ein Problem?«

Es war feuchtkalt in dem Pritschenwagen, sodass die Scheiben anliefen. Draußen verschwand die Welt hinter breiten Regenschlieren. Das nasse Kleid klebte ihr auf der Haut und ließ sie frösteln.

»Kind, ich höre dich atmen! Sprich mit mir!« Sie nahm die Stimme ihres Vaters nur dumpf wahr.

Damals, als er ohne Schneewittchen vom Tierarzt zurückgekehrt war, sie für den Tod des Hundes obendrein verantwortlich gemacht hatte, war sie in ihr Zimmer geflohen. Sie hatte sich die Bettdecke über den Kopf gezogen und stundenlang nicht mehr gerührt. Irgendwann war er nachgekommen, hatte aber die Decke nicht angehoben. Durch die dicken Daunen war die Stimme des Vaters zu ihr gedrungen. Wie die eines Fremden.

»Ich werde dir einen neuen Hund kaufen. Du wirst ihn mögen. So wie Schneewittchen.«

Sie hatte die Decke von sich gerissen, ihn das einzige Mal angeschrien: »Du hast Schneewittchen gar nicht gemocht! Du wolltest nur, dass ich nicht einsam bin.«

Lange hatte ihr Vater auf sie heruntergeblickt. Ohne sich zu bewegen. Dann hatte er sich abgewandt und das Zimmer schweigend verlassen.

»Kind, bist du noch in Afrika? Die Leitung ist sehr schlecht!«

»Vater«, sagte sie, wahrscheinlich sprach sie viel zu leise, »warum hast du mich nie getröstet, wenn ich traurig war? Ich litt unter Schneewittchens Tod; ich war ein kleines Kind, als Mutter fortging. Warum durfte ich niemals Kind sein? Warum sollte ich immer so sein wie du?«

»Ich verstehe dich sehr schlecht, Elena. Sprich lauter.«

»*Riders on the storm* … Vater, kennst du dieses Lied? Der Mann, der Manfred auf dem Gewissen hat, kannte es. Irgendwie hat er mich an dich erinnert.«

»Was ist mit dir, Elena? Du sprichst in Rätseln.«

»Warte nicht mehr auf mich, Vater. Nie mehr.«

»Elena! Um Gottes willen! Was redest du! Du bist alles, was ich noch habe! Wo ist Konstantin? Er hat geschworen, dass er auf dich aufpasst. Ich habe sein Wort.«

»Du hast dem falschen Mann vertraut, Vater. Konstantin …«, sie überlegte, wie sie es ihm beibringen sollte, »… war bereit gewesen, meinen Tod in Kauf zu nehmen. So wie er Gustav Behr beim Sterben zugesehen hat. Es kümmerte ihn nicht einmal.«

»Was weißt du darüber, Kind?«

»Alles.«

»Gustav hatte einen Herzinfarkt!«

»Du hast Konstantin veranlasst, mich hierher zu schicken. Damit ich auf Eure Gelder aufpasse.«

»Weil du die Beste bist.«

»Für deine Interessen die Beste. Wie ich wirklich bin, darum ging es nie.«

»Elena, nimm das nächste Flugzeug, komm nach Hause!«

»Ich werde nie mehr zurückkehren.«

»Was soll das heißen?«

»Dass ich die Odermatt-Werke nicht übernehme. Ich will sie nicht.«

»Das kannst du mir doch nicht am Telefon mitteilen!«

»Es wird Zeit, dass du dich selbst um manches kümmerst.

Und lass einfach die Finger von einigen Sachen. Zum Beispiel von Menschen wie Konstantin.«

»Du verdankst uns beiden, was du bist, Elena!«

»Ich wusste, dass du das so sehen wirst, Vater. Ich habe auch nicht die Kraft, dich zu ändern. Leb wohl, Vater.«

Ihr Hals fühlte sich an wie zugeschnürt; sie brach das Gespräch ab. Die Batterieanzeige tendierte gen Null.

»Anfang und Ende ... Weißt du noch?«, fragte Daniel nach einer Weile.

»Ich habe immer noch keine Ahnung, an welchem Punkt meiner Geschichte ich stehe.« Ihre Stimme hörte sich brüchig an.

»Am Anfang einer neuen!« Daniel deutete auf den im Schloss steckenden Zündschlüssel. »Wir fahren einem gemeinsamen Leben entgegen!«

»Aber du ...« Ihre Worte versiegten. Sie konnte es nicht aussprechen!

»Ich habe dir so oft von Francis erzählt. Und du hast dich nie beschwert. Gott lässt keine Uhr ticken. Er begleitet uns auf unserem Weg. Wir müssen ihn nur gehen.« Daniel ließ den Motor anspringen, drehte das Gebläse auf. »Heutzutage ist Fahren auch erlaubt.«

»Wie kannst du darüber Witze machen?«

»Ich bin kein Priester. Und Francis ist auch keiner. Mein Wissen möchte ich meinen Kindern weitergeben.«

»Wie viele willst du denn?«, fragte Elena und sah ihn skeptisch an.

Der ausgeborgte Pritschenwagen rollte an, Daniel beschleunigte das schwere Fahrzeug auf dem nassen Grasbelag mühsam. Die Scheibenwischer bewältigten die Regenmassen kaum. Dennoch konnten sie das riesige Tor bereits erkennen. Es war verschlossen.

»Daniel, das ... kann aber nicht gut gehen!«, stammelte Elena.

»Ist ein starkes Auto. Außerdem, denk an Indiana Jones!«

Elena sah ihn hilflos an. Sein Gesicht drückte keine Regung aus. Dieser Mann ahnte, dass er nicht mehr lange zu leben hatte, wenn er nicht zu radikalen Lösungen griff. Und trotzdem sprach er von Kindern. Wie viel Widersprüchlichkeit doch in einem Augenblick liegen konnte! Hoffen und Angst, hatte Stucker gesagt, diese Pole bestimmen unser Leben ...

Als ob ihre Hand von jemand anderem geführt würde, drückte Elena mit aller Kraft auf die Hupe. Unaufhörlich. Und starrte wie gebannt auf die Pforte aus Schmiedeeisen. Sie hoffte, durch den grellen Klang des Signalhorns, das Tor bewegen zu können.

Und tatsächlich. Wie von Geisterhand gesteuert glitten die Doppelflügel zur Seite. Elena blickte durch das rückwärtige Fenster, während es sich wieder hinter ihnen schloss. Die Wachen hatten sicherlich die beiden Fliehenden für Oguns Leibgarde gehalten.

»Das war ein guter Start«, kommentierte Daniel. Der sintflutartige Regen hatte die schmale Straße, die zur Autobahn zurückführte, vollkommen überschwemmt. Nur langsam bewegte sich das schwere Auto durch die Fluten. Konzentriert stierte Daniel durch die Frontscheibe. Seine Fingerknöchel zeichneten sich weiß unter seiner angespannten Haut ab. Elena hätte gerne gewusst, ob er die Wirkung des Gifts spürte. Oder ob er Angst hatte ...

Sie fuhren über verwaiste Straßen, durch eine saftiggrüne Natur, die sich mit neuer Energie vollsog, während sie fast fortgeschwemmt wurde. Was für eine Welt, dachte Elena, in der es nur Extreme zu geben schien.

Das Gebläse konnte ihre durchnässten Kleider nicht trocknen. Vergeblich sah Elena sich erneut nach einer trockenen Decke um. Nur ein Gewehr lang hinten auf dem Boden.

»War nicht alles vergeblich?«

»Nicht alles, Elena. Ogun ist vergiftet. Das ist mehr, als du dir erhoffen konntest, nicht wahr?«

»Der Hubschrauber wird ihn schnell an einen Ort bringen, wo ihm geholfen wird.«

»Vielleicht«, antwortete Daniel. Wieder einmal verriss er das Lenkrad, der Wagen schlingerte.

»Was ist los mit dir?«

»Da war ein Loch im Straßenbelag.« Beim Sprechen schlugen seine Zähne gegeneinander.

Elena rutschte nah an ihn heran, legte ihm den Arm um die Schultern. »Wir werden es bis zu Omo schaffen.« Sie spürte, wie ein Ruck durch seinen Körper ging. Elena griff ins Lenkrad, half ihm den Wagen abzufangen.

»Lass uns wechseln.« Elena hatte Mühe, mit dem großen Steuerrad und der direkten Lenkung zurechtzukommen. Auf dem Weg nach Imeja passierten sie die Ausläufer von Port Lac.

Nach einer Weile fragte Daniel: »Wirst du mitkommen, wenn ich Francis das nächste Mal besuche?«

»Wenn wir bei ihm alle Zeit der Welt bekommen, gibt es doch kein schöneres Ziel«, antwortete Elena.

Im Westen schickte die untergehende Sonne blassgelbe Strahlen durch die dichte Decke aus regenschweren Wolken. Es war jene Richtung, in der sie unterwegs waren.

49

Die hereinbrechende Nacht hatte ein Weiterfahren unmöglich gemacht. Auf den unbeschilderten Straßen hätten sie sich nur verirrt. Warten auf den Sonnenaufgang, auf die Hoffnung, den Weg zu Omos Dorf wieder erkennen zu können – das war alles, was ihnen blieb. Sie schmiegten sich in der engen Kabine des Kleinlasters aneinander, um sich gegenseitig zu wärmen. Daniel sprach nicht ein einziges Mal über das Gift, tat so, als ob alles in Ordnung wäre. Aus Manfreds Tagebuch wusste Elena, dass bereits in dieser Nacht die ersten Symptome des drohenden Wachkomas Daniel heimsuchen würden. Voller innerer Anspannung achtete sie auf jede Veränderung seiner Atmung, streichelte ihn liebevoll, damit er ihre Sorgen nicht mitbekam.

Das Höllenpulver wirkte bei Daniel offensichtlich viel schneller als bei Manfred. Sein gesamter Körper war bereits am Beginn dieser entsetzlich langen Nacht schweißgebadet. Schüttelfrost ließ seine Zähne gegeneinander schlagen. Heimlich sah Elena auf die Uhr. Nicht einmal zwölf Stunden waren seit Daniels Kontakt mit dem vergifteten Gott vergangen. Bola hatte Recht gehabt. Wasser schien die Wirkung zu beschleunigen. Zur Unbeweglichkeit verdammt saß sie unbequem in dem stehenden Wagen. Daniels Körper lastete immer schwerer auf ihr. Doch sie bewegte sich nicht, während alles in blickdichter Schwärze lag. Sie gab sich die Schuld und bereute gleichzeitig. Sie hatte Konstantin unterstützt, hatte somit geholfen, das menschenverachtende Werk Elanis voranzutreiben.

Die immer gleichen Fragen rotierten in ihrem Kopf. Würde Omo sie zu jenem Mann führen, der ihnen helfen konnte?

Selbst wenn, würde der ein Gegenmittel haben? Erwartete Daniel etwa das gleiche Schicksal wie Funke? Daniel, der immer so voller Hoffnung war!

»Ja, Daniel?« Elena schrak hoch; sie war eingenickt. Hatte er etwas gesagt? Hektisch suchte sie seinen Puls, konnte ihn in der Dunkelheit nicht finden. Aufstöhnend reckte er sich. »So ein bescheuerter Traum!«

»Was hast du geträumt? Erzähl es mir. Rede so viel wie möglich mit mir!«

Doch ihm fehlte bereits die Kraft dazu. Sein Körper zitterte, die Sprache war undeutlich. Was sie verstand, erinnerte entfernt an Manfreds Albtraum vom Eingesperrtsein. Mit gedehnten Vokalen berichtete Daniel, dass er in dem Schrein jenes verstaubten Gottes Egunu gesessen und keinen Weg hinaus gefunden habe.

Elena wurde bewusst, dass ihn diese Vision immer wieder peinigen würde, sobald er hinwegdämmerte. In kurzen Abständen rüttelte sie Daniel, versuchte, die Gespenster seiner Fantasie fernzuhalten. »Es wird bald hell werden«, tröstete sie ihn. Doch draußen war nur Schwärze. Die Zeit schien stillzustehen, während dicke Regentropfen auf das Dach der Fahrerkabine prasselten. Sie erkannte darin eine eigene Melodie, melodramatisch schwer. Sie kurbelte das Seitenfenster herunter, um frische Luft hereinzulassen, streckte den Kopf hinaus und lauschte auf den Wind in den Palmen. Irgendwann glaubte sie eine düstere Stimme singen zu hören: *Riders on the storm … and after all alone.*

Wie einsam man sich fühlte, wenn man wusste, hier brauchte ein anderer Hilfe. Aber keine Ahnung hatte, woher dieser Beistand kommen konnte … Einem Menschen beim Sterben zuzuhören, war noch schrecklicher als die schlagartige Gewissheit, die sie damals in der Londoner Pathologie unerwartet getroffen hatte.

»Daniel«, rief sie gegen das Hämmern des Regens an, »hörst

du mich?« Er reagierte nicht. Sie stemmte seinen schwer gewordenen Körper hoch. »Ich lasse dich nicht allein! Wir bleiben zusammen. Was immer auch geschieht. Ich verspreche es dir!«

Gedehnt begann er zu reden. »Francis hat gesagt, ich muss meine Wege verlassen, um dich zu treffen. Der alte Schlingel … hätte er das nicht ein bisschen präzisieren können?« Er lachte! Ein harter, bellender Husten schüttelte seinen Körper. Nachdem er sich davon erholt hatte, fiel Daniel wieder in einen unruhigen Schlaf, der nur manchmal von tiefem Stöhnen unterbrochen wurde.

Ein neuer Morgen begann mit vielstimmigem Vogelgezwitscher. Diese grüne Urwüchsigkeit hatte sie einmal als Paradies empfunden. Das schien lange her und der Garten Eden weit entfernt. Aufmerksam, um sich nicht auch noch zu verfahren, suchte Elena den Weg. Ob es am Regen oder ihrer mangelnden Konzentration lag – alles sah gleich aus. Faszinierend rote, schlammige Pfade wanden sich durch intensiv grüne Haine, wie Elena sie noch nie gesehen hatte. Sie konnte nicht sagen, ob dies die Straße nach Imeja war. Menschen, die mit Lasten bepackt unermüdlich dem Wetter trotzten, wiesen ihr schließlich den Weg. Er endete vor der Kirche von Funkes Vater David! Elena war zum Heulen zumute. Irgendwo im Umkreis von einer Autostunde lebte Omo. Aber hatte sie es sich nicht in Berlin auch so ausgemalt? Sie würde hingehen und ihn einfach fragen, wo sie den *babalawo* finden konnte? Inzwischen wusste sie, dass David mit der Welt abgeschlossen hatte …

»Warte auf mich, Daniel, ich muss Hilfe holen.«

Er kämpfte gegen die Müdigkeit seines Körpers mit der Kraft seines Geistes an, riss die Augen immer wieder unnatürlich weit auf. »Soll ich etwas joggen?« Er deutete ein Lächeln an. An der Kirche drehte sie sich nach ihm um. Sein Körper ruhte kraftlos gegen das Fenster gelehnt.

Der Gesang der vier Mädchen und zwei Jungen, die sich in weißen Gewändern um David Abiodun vor dem Altar der anglikanischen Kirche gruppiert hatten, war so hell und rein, dass es ihr unwirklich vorkam. Das kleine, bunt geschmückte Gotteshaus erschien wie eine wahre Insel inmitten der draußen tobenden Stürme. In ihrem verdreckten und nassen Kleid stand Elena reglos am Eingang. Nacheinander verstummten die Kinder. Eines der Mädchen deutete mit ausgestrecktem Arm und offenem Mund auf die weiße Frau mit feuchtem, auf die Schultern fallendem Haar, in dem lose die Enden eines tropfenden Chiffontuchs baumelten.

Pfarrer David Abiodun löste sich aus der Mitte seines kleinen Chors und bewegte sich sehr langsam zu der Fremden, an die er sich offensichtlich nicht mehr erinnerte. Elena ging ihm entgegen. »Es tut mir Leid, dass ich störe, aber ich weiß nicht mehr weiter.«

David musterte sie irritiert, schien nach einer Erklärung für ihr Auftauchen zu suchen, das offensichtlich nicht in seine Welt passte.

Wie sollte sie nur dem Geistlichen mit einfachsten Worten klarmachen, dass ausgerechnet er ... »Funke«, begann Elena, »kann vielleicht doch geholfen werden. Omo kennt jemanden, der ...«

Der Mann mit dem dichten weißen Haar erstarrte. Sein Blick ließ Elena verstummen. »Die Kinder halten Sie für einen Engel«, flüsterte er schließlich.

»Ich habe versprochen, Ihrer Tochter zu helfen, Vater David. Doch ich brauche Ihren Beistand. Ich finde den Weg zu Omo nicht allein. Bringen Sie mich bitte hin?«

David stand nur da, erwiderte lange nichts. Er starrte auf Elenas nasse Schuhe, um die sich auf dem hellen Lehmboden dunkel das Wasser ausbreitete. Langsam, wie unter großer Anstrengung, hob er den Kopf. »Gott und Satan gehen bisweilen seltsame Wege«, meinte er endlich und wandte sich seinen sechs jungen Sängern zu. »Geht heim!« Ohne ein weiteres Wort verließ er die Kirche und stapfte durch den Regen ganz selbstverständlich zu dem Pick-up.

Irgendwie hatte Daniel neue Kräfte mobilisiert. Er lehnte an dem Wagen und schien das vom Himmel fallende Wasser zu genießen.

»Regen bedeutet Leben«, murmelte er, durch heftiges Husten unterbrochen. Er war kreidebleich.

Der Pfad zu Omos Dorf war nass und glitschig. Daniel schleppte sich mühsam vorwärts, musste immer wieder entkräftet stehen bleiben. Der Regen ließ nach, je weiter sie den Berg hinaufstiegen. Omos Dorf schienen sie erst nach einer Ewigkeit zu erreichen. Dass der Himmel aufriss, registrierte Elena kaum. Sie hielt Daniel untergehakt, achtete darauf, dass er auf den letzten Metern zu Omos Hütte nicht hinfiel. Der alte *babalawo* sah mit einem Blick, was Daniel widerfahren war. Er aktivierte mit wenigen Worten eine Vielzahl von Menschen, die sich irgendwo in dem schlichten Gehöft aufgehalten hatten. Er bat seine Gäste einzutreten. Hilfreiche Geister reichten dem Medizinmann Zutaten für seine Arznei.

Ständig sprach Omo mit Daniel, so als könnte der jedes Wort verstehen. »Nachdem du weggefahren bist, weißer schwarzer Mann, warf ich meine Palmnüsse, um meinen Gott zu fragen, was ich tun soll. Sie haben dein Orakel bestätigt.«

»Werden Sie uns zu dem Mann bringen, der helfen kann?«, fragte Elena. Der *babalawo* zögerte, schien die Anwesenheit seines anglikanischen Kollegen erst jetzt wahrzunehmen. Konzentriert rührte er eine schwarze Mixtur zusammen. Die kleine Hütte roch so streng nach Fisch und frischen Kräutern, dass es kaum erträglich war. Während der Priester mit den weißen Zöpfen mit der *sere* genannten Rassel zu schlagen begann, hielt sein Assistent eine Kalebasse voll des Gebräus Daniel zum Trinken hin.

Ein *Placebo* hatte Professor Stucker das genannt, was Omo hergestellt hatte. Aber er hatte auch gesagt, dass der Medizinmann Manfred die Hoffnung in Form eines kleinen Fläschchens mitgegeben hatte.

Elena nahm die Kalebasse und betupfte Daniels Lippen mit dem schwarzen Sud. Die Ausdünstungen verschlugen ihr fast den Atem. Daniel ließ sich Schluck um Schluck von ihr die Medizin einflößen. Dann kniete sie sich vor ihm hin und zog ihm die nassen Cowboystiefel aus, um die schwarze Flüssigkeit auf Daniels Füße und Unterschenkel aufzutragen.

»Mir ist schwindlig«, flüsterte Daniel.

Omo sang mit fremder, monotoner Stimme, was offenkundig seine ganze Aufmerksamkeit erforderte, sodass er für die praktische Durchführung der Zeremonie nicht zur Verfügung stand. Der Assistent sprach nur seine eigene Sprache. David Abiodun sprang als Übersetzer ein. »Der junge Mann muss sich bewegen. Helfen Sie ihm hoch.«

Elena führte ihn hinaus in den Hof. David blieb mit Omo zurück; im Hinausgehen hörte sie die beiden alten Priester ein Gespräch beginnen.

»Daniel, du musst gehen, damit dein Kreislauf in Gang kommt. Hörst du mich? Wir müssen laufen.«

»Tatsächlich? Wohin wollt ihr denn?« Erschrocken blickte sich Elena um. Vom Rande des Gehöfts näherte sich ein Mann mit einen dicken Verband aus fast schwarzen Blättern um den Kopf. Um sich zu orientieren, schlug er mit einem Stöckchen bald nach links, bald nach rechts. Robert Wedekind wirkte um Jahre gealtert. Ihm begann ein grauer Bart zu wachsen. Auch sein Haar schien noch mehr von seiner dunklen Farbe verloren zu haben.

»Wie geht es dir?«, fragte Elena voll echter Anteilnahme.

»Blendend. Und du siehst sogar, dass ich das wörtlich meine.« Er beugte den Kopf nach vorn, als könnte er durch seinen Verband hindurch erkennen, was direkt vor ihm geschah.

»Was tut ihr da?« Er schlurfte vorwärts. »Hier riecht es komisch. Ist das Fisch?«

Daniel machte sich sanft von Elenas Unterstützung frei. Noch etwas unsicher bewegte er sich mit schlackernden Knien auf den Mann im völlig verdreckten grauen Anzug zu. »Vor dir steht Daniel Waschinski. Soll ich dir erzählen, was ich angestellt habe? Ich habe einen giftigen Gott aus Oguns Garten geklaut. Nun habe ich ein Problem.«

»Doch nicht etwa Manfreds Problem?« Wedekind richtete sich auf, legte den Kopf in den Nacken und begann hysterisch zu lachen, erst tonlos, dann immer lauter. Nachdem er sich beruhigt hatte, meinte er: »Ogun hat's uns allen gezeigt. Gegen ihn sind wir Amateure.«

Omo trug zwei schwere Taschen. »Es ist Zeit aufzubrechen. Wir werden erwartet.« Der Priester blickte Daniel ernsthaft an: »Geh sparsam mit deiner Kraft um, schwarzer Weißer. Es ist ein weiter Weg zum *oluwo* von Morija.«

»Wer ist das?« In Roberts Stimme hörte Elena deutlich die Aufregung. Mit dem sicheren Instinkt des Nachrichtenjägers hatte er erkannt, dass eine wichtige Information an ihm vorbeilief. Er tastete sich vorsichtig vorwärts, bis er dicht vor Omo stand. »Wer ist der *oluwo* von Morija?«

»Mein Lehrer. Ich werde ihn auch um Hilfe für Funke bitten.«

»Ich begleite euch!« In Roberts Stimme schwang der unnachgiebige Ton einer Forderung.

Das durchdringende Geschrei der sie umtanzenden Kinder kündigte Funke an. Mit eckigen Bewegungen schritt sie mechanisch vorwärts. Neben ihr lief die zerbrechlich wirkende Ifa. Robert reckte, wie er es sich seit seiner Blendung angewöhnt hatte, das kräftige Kinn in die Richtung der scheintoten Geliebten. »Ist das Funke?« Seine zuvor noch harte Stimme verwandelte sich in ein geschmeidiges Flüstern.

»Funke, ich bin hier!« Ungestüm rannte Robert vorwärts,

vergaß die eigene Blindheit. Er stürzte geradewegs in Omos hohen Zaun. Während er sich schweigend aufrappelte und nach seinem Stöckchen tastete, erscholl von der anderen Seite des Platzes unter dem ausladenden Schirm des Dorfbaums ohrenbetäubender Lärm. Unzählige Stimmen schrien durcheinander.

Verwirrt blickte sich Elena nach der Ursache der plötzlichen Aufregung um. Sie hakte Daniel sanft unter. Gemeinsam verließen sie den umzäunten *compound* des Medizinmannes. Zuerst sah sie nur die Kinder. Sie umringten eine dunkle, große Gestalt, die sich unter dem Ansturm kaum vorwärts bewegen konnte. Mit Stöckchen traktierten sie den Unglückseligen, einige spuckten vor ihm auf den Boden, andere begannen mit hohen Stimmen Verse zu skandieren, die von einem hellen Kanon wiederholt wurden. Dennoch ließ sich der Mensch, der aus der Entfernung Ähnlichkeit mit einem dicken Braunbär hatte, in seinem Marsch nicht stoppen; unermüdlich trottete er weiter.

Wie Schuppen fiel es Elena von den Augen, als sie und Daniel näherkamen. »Ogun«, flüsterte sie und wollte Daniel den Anblick des von seinem eigenen Gift gerichteten *Chief* ersparen. Denn sie war überzeugt, dass dessen unveränderter Zustand nur eins bedeuten konnte: Es gab kein Gegengift. Der Wettstreit zwischen Hoffnung und Angst schien entschieden. Verzweifelt schloss sie die Arme um Daniel, presste den Kopf an seine Brust.

»Sieh nur, was sie tut, Elena. Wie ein Kind führt Ifa ihn fort.« Daniel deutete auf die schmächtige Frau, die ihren hilflosen Mann fortzog. Mit leisen Gesten verscheuchte sie die übermütige Dorfjugend. »*Funke, e kuro nibe!*«, rief Ifa über die Schulter zu der vergessen in der Dorfmitte wartenden Freundin Roberts.

»Nein, nimm sie nicht mit!«, brüllte Robert in wilder Verzweiflung und stürzte in jene Richtung davon, in der er Ifa und Funke vermutete. Resigniert verharrte er nach wenigen Metern. »Du musst ihr helfen, Elena. Du hast es versprochen!« Kein Fordern war mehr in seinen Worten, nur ein Flehen.

Elena wendete sich Omo zu und bat ihn um eine Erklärung. Der *babalawo* vermied es wie immer, seine weiße Besucherin direkt anzusehen, während er zu ihr sprach. »Es ist die Aufgabe einer Frau, sich um ihren Mann zu kümmern. Diese Verpflichtung löst meine Schwester ein. Ich kann Funke nicht führen.«

»Kann der *oluwo* von Morija Daniel überhaupt helfen? Ogun wird doch wohl bei ihm gewesen sein?« Sie richtete es so ein, dass Daniel die Frage nicht hörte.

»Ein auserwählter Heiler muss erst seinen Gott um Rat fragen, ob seine Hilfe auch den Richtigen trifft.«

»Ich habe Funke meine Hilfe versprochen«, beharrte Elena.

»Und du wirst sehen, dass du Wort halten kannst. Der Weg, den wir jetzt gehen werden, ist der erste Schritt dahin.«

Vorsichtig, den Kopf weit vorgereckt, war Robert herangetreten. Sein Mund zitterte, als er etwas auszusprechen suchte, für das er nicht die richtigen Worte fand. »Ihr wollt mich in die Knie zwingen, nicht wahr?« Robert Wedekind knickte ein, war jetzt unwesentlich kleiner als Omo. »Für mich bitte ich um nichts. Wenn es um Schuld und Sühne gehen sollte, mag Daniel Recht haben. Funke jedoch hat sich an nichts und niemandem schuldig gemacht. Darum versprecht mir, dass ihr die Medizin bringt, sobald ihr sie gefunden habt.«

Omo legte Robert die Hand auf die Schulter. »Mein Orakel sagt, dass dir geholfen wird. Aber du brauchst Geduld. Wir kehren zurück. Wenn es Gottes Wille ist, mit der Medizin.«

Mittag war bereits vorbei, als die drei mit Taschen bepackt aufbrachen. Sie enthielten Geschenke für den *oluwo*, reichlich Trinkwasser und eine Henkelflasche mit der dunklen Medizin Omos.

»Ist *oluwo* der Mann, der sich von dir abgewendet hat?«, fragte Daniel.

»Ich werde euch seine Geschichte erzählen«, begann der *babalawo.* »Seine Tochter Yemisi war ein hübsches, zartes Mädchen von etwa sieben Jahren, als sie erkrankte. Jede Medizin versagte. Das über alles geliebte Kind drohte zu sterben. In seiner Verzweiflung rief der Priester, der heute ein *oluwo* ist, Orunmila, den Gott der Klugheit, zu Hilfe. Orunmila, der Wundertäter, schenkte dem Mädchen das Leben. Der Gott wollte, dass sich sein Priester immer an die Größe des Schöpfers von Himmel und Erde erinnerte. So schickte er Yemisi, mit Geistesstumpfheit geschlagen, zu ihrem Vater zurück. Der erkannte, dass seine Tochter, die Hoffnung seines bald 50 Jahre währenden Lebens, niemals einen Mann finden würde. Orunmila, der nicht nur Wundertäter ist, sondern auch Retter, Arzt und Prophet, sagte seinem Priester, dass er sich zehn Jahre lang in den höchsten Geheimnissen des Glaubens unterweisen lassen müsse. Dann würde seine Tochter einen Mann finden, der sie heiraten und für sie sorgen werde. Aber Orunmila, der die Menschen kennt, wusste auch, dass dieser Bräutigam von ihm eine Gegenleistung verlangen würde. Der Priester müsse sie ihm gewähren, um das Wohl seiner Tochter willen.«

Omo schlug einen Pfad ein, der sich steil den Berg hinaufwand. Nur mit Mühe hielt der geschwächte Daniel mit dem unermüdlichen Tempo des Shango-Priesters Schritt. Er fand auf dem glitschigen Boden oft keinen Halt und rutschte ein Stück des Hanges hinunter. Elena half ihm verzweifelt weiter. Als er immer schwächer wurde, gab Omo ihm nochmals von dem schwarzen Gebräu zu trinken. Dennoch ließen seine Kräfte zusehends nach. Mit der Zeit der Wanderung wuchs Elenas Sorge, ob Daniel das Ziel überhaupt wach erreichen konnte. Deshalb ermunterte sie ihren Führer, in seiner Geschichte fortzufahren.

»Zehn Jahre vergingen, da erschien Oladayo Ogun bei dem Priester, der in der Abgeschiedenheit unter dem Wasserfall von Morija zum *oluwo,* dem Lehrer der *babalawos*, geworden war. Und er bat den *oluwo* um die Hand seiner Tochter. Der Priester sagte, er habe keine materiellen Besitztümer. Da bat Ogun ihn als Gegenleistung um das Rezept des Tranks für den Ewigwachen Schlaf.«

»So kam dieses Gift in die Welt!«, rief Elena entsetzt.

»Der *oluwo* flehte Orunmila an, diese Prüfung nicht zu verlangen, denn ein Nichteingeweihter dürfe das Rezept nicht erhalten. Orunmila entgegnete: ›Oludumare, der höchste Gott und Schöpfer, sorgt stets für den Gleichklang des Lebens.‹ Als der *oluwo* Jahre später sah, dass sein Schwiegersohn das ihm anvertraute Rezept des Ewigwachen Schlafs missbrauchte, sprach er nie wieder ein Wort mit den Menschen.«

»Bis heute?«, fragte Elena.

»Gott hat seinem Priester eine furchtbare Lehre erteilt. Denn er war selbstsüchtig, als er Orunmila um das Leben Yemisis bat.«

»Welcher Vater lässt schon sein siebenjähriges Kind sterben?«, protestierte Daniel. Das Sprechen fiel ihm schwer.

»Der Tod ist nicht das Ende, junger Mann. Der Tod ist ein neuer Anfang. Auch wenn es sich um ein kleines Kind handelt. Die Liebe zu Gott sollte größer als die Liebe zu einem Menschen sein.«

»Ich möchte gerne einmal Kinder haben, aber …« Daniel hielt schwer atmend inne. Elena umarmte ihn. Sein Körper war vor Anstrengung nass. Er versuchte, sich nicht auf sie zu stützen. Aber sie spürte, dass er Hilfe brauchte.

»Ich weiß, was du sagen willst. Das eigene Kind wird einem immer am nächsten sein«, setzte sie seinen begonnenen Gedanken fort.

Schweigend marschierten sie ihrem Ziel entgegen. Die Anstrengung überforderte Daniels Kräfte zusehends. Immer öfter brach er zusammen. Keuchend hockte er dann am feuchten Boden in der Wildnis. Er nahm mehrere Anläufe, um schließlich eine Frage zu stellen, aber er sprach so leise, dass Elena ihr

Ohr nah an seinen Mund halten musste, um ihn verstehen zu können. »Und wenn der *oluwo* nicht bereit ist, mir zu helfen?«

»Wenn er helfen kann, wird er dir helfen. Er ist doch die große Muschel aus deinem Knochenorakel, Daniel«, beruhigte sie ihn. Als sie Omo um einen weiteren Schluck der schwarzen Medizin bat, reichte sie Daniels Frage dennoch an den Priester weiter.

»Ich schlug die *ikin*, die Palmnüsse«, erwiderte er viel sagend, »sie sind das spirituelle Selbst Orunmilas, das er zurückließ, als er von der Erde ging. Es ist an der Zeit, den Gleichklang wiederherzustellen, verkündete das Orakel.«

50

Aus 50 Metern Höhe ergoss sich der vom starken Regen gespeiste Wasserfall donnernd ins Tal. Die unendlich vielen, winzigen Tröpfchen, die er dabei verlor, bildeten im kräftigen Licht der untergehenden Sonne über dem weiten Rund des mit Pflanzen umwucherten Morija-Beckens einen oszillierenden Regenbogen, der aus dem Nichts herauswuchs und in ihm endete. Der Pfad hinab ins Tal, aus dem ein immerwährendes Rauschen nach oben stieg, war von dichten Farnen zugewachsen. Elena half Daniel beim Abstieg, während Omo ihnen mit den Taschen auf dem Kopf den Weg bahnte. Dorthin, wo das Wasser sich dunkelgrün gesammelt hatte.

Elena spürte die Anstrengung, die es Daniel kostete, die letzten, entscheidenden Meter hin zu dem Mann zu schaffen, der sein Bewusstsein wieder erwecken sollte. Sie kletterte vor ihm bergab, um seinen Fall stoppen zu können.

»Ich rutsche«, stieß Daniel hervor. Elena drehte sich zu ihm herum, packte ihn – und wurde von seinem talwärts drückenden Gewicht mitgerissen. Die beiden ließen einander nicht los. Fest verbunden kullerten sie gemeinsam den Hang hinunter. Elena verlor jede Orientierung, sah nur noch das Gesicht des Mannes, den sie nicht mehr verlieren wollte, dicht vor sich.

Als sie wieder zu sich kam, befand sie sich am Rande des Sees, den der Wasserfall gebildet hatte. Daniel lag wenige Meter neben ihr, das Gesicht im Ufersand. Elena drehte seinen aus Schürfwunden blutenden Körper auf den Rücken, bettete seinen Kopf in ihren Schoß und streichelte hilflos sein Gesicht. Zärtlich küsste sie seine kalten Lippen. »Daniel, hörst du mich? Daniel! Bitte! Komm zu dir.« Doch die Augen des Geliebten blieben diesmal geschlossen.

»Omo!« Ihr panischer Schrei hallte von den nackten Felswänden des Beckens wider.

So schnell er konnte, eilte der alte Mann herbei, fühlte den Puls des Weißen, prüfte seine Atmung, hob seine Lider. Elena hatte den Eindruck, er tat es nur ihretwegen. Als wollte er der Weißen zeigen, dass auch ein traditioneller afrikanischer Heiler durchaus wusste, wie Ärzte aus ihrer Welt handelten.

In diesen Minuten empfand Elena nur Leere. Wie Monate zuvor, als sie Manfred gefunden hatte. Das blieb auch so, als sie Daniel gemeinsam in den Schatten eines Baumes trugen. Omo begann Kräuter zu sammeln, die ausgerechnet an jenem Hang wuchsen, den sie gemeinsam mit Daniel hinuntergefallen war. Verzweiflung übermannte sie. Elena wiegte den Körper des Bewusstlosen und küsste sein feuchtes Gesicht, merkte nicht, dass ihre eigenen Tränen es benetzten.

Über dem Hang stand glutrot die Sonne, würde in Kürze dahinter versinken.

»Bist du die Frau dieses Mannes, den Gott zu mir schickt, damit ich das Unrecht gutmache, das ich über die Welt gebracht habe?« Die Stimme, die sie in perfektem Englisch ansprach, klang so tief, als käme sie aus einer anderen Welt.

Elena war zu verblüfft, um eine Antwort geben zu können, die eine derart komplizierte Frage hinreichend aufzulösen vermochte. Sie nickte sprachlos. Vor ihr stand die Gestalt eines schwarzen Mannes von mittlerer Statur. Seine schulterlangen Locken und der Vollbart waren gelblich weiß. Der ockerfarbene Umhang, gefärbt wie der Boden, verliehen ihm das Aussehen eines Heiligen, obgleich er nichts bei sich trug, das seine Bedeutung hervorhob.

Omo warf sich auf den feuchten Boden und erhob sich erst, als die würdevolle Erscheinung ihn ansprach. »Hilf mir, mein Sohn, diesen Mann in mein Haus zu tragen.«

Hinter einem schmalen Durchgang, verborgen unter herabhängenden Ranken, befand sich ein kleiner *compound*, bestehend aus zwei winzigen Lehmhütten. Über einer Feuerstelle im Freien hing ein schwarz verrußter Blechtopf, aus dem heiße Dämpfe aufstiegen. Es war fast dunkel. Der von einem dichten Zaun aus lebenden Pflanzen umgebene Hof vermittelte den Eindruck von Enge und Geborgenheit gleichzeitig. Der intensive Geruch verbrannter Myrrhe verfing sich in den dichten Büschen. Die beiden Priester, der eine schmal, der andere kräftig, legten Daniel neben der Feuerstelle auf den Boden.

»Ich bin auf eure Ankunft vorbereitet; wir können mit dem Ritual beginnen«, sagte der bärtige *oluwo*. Nach Omos Beschreibung hatte Elena einen wesentlich älteren Mann erwartet, einen Greis von mindestens 80 Jahren. Der Einsiedler von Morija schien jedoch jünger als Omo zu sein. Seine nackten Unterarme waren so muskulös wie Daniels, die Haut seines Gesichts fast faltenfrei, sein Gebiss lückenlos und stark.

Eingeschüchtert durch die beeindruckende Körperlichkeit dieses keineswegs weltfremd wirkenden Mannes, suchte Elena die Nähe des bewusstlosen Daniel. Tausende von Fragen hatte sie, aber keine Ahnung, wie sie den *oluwo* befragen konnte. Omo beschränkte das Gespräch auf Dinge, welche die Vorbereitung der anstehenden Zeremonie betrafen.

Der *oluwo* nahm den verrußten Topf vom Feuer, worin sich eine pechschwarze, zähe Masse befand. Er fügte bereitliegende Samenhülsen und frische Blätter hinzu, rieb die Rinde einer dünnen Wurzel hinein. Während er arbeitete, begann er zu sprechen.

»Wenn es Orunmilas Wille ist, wird mein Tun diesen jungen Menschen aus der Welt zwischen Leben und Tod zurückholen. Sollte ihn die Kraft meiner Worte nicht erreichen, so habe ich versagt. Dann war es nicht sein Wille, dass ich die Werke, die ich ins Leben gerufen habe, wieder ins Gleichgewicht bringe.«

Elena nahm ihren ganzen Mut zusammen. »Entschuldigen Sie bitte, aber ich muss etwas wissen.« Der *oluwo* bereitete seinen Trank konzentriert weiter zu. »Vor einigen Monaten traf Samuel Bolas Neffe Yinka einen weisen Mann in London. Waren das … Sie?«

Mit großen, wachen Augen musterte der *oluwo* Elena. Ein Blick, flüchtig wie ein Wimpernschlag, streifte sie, während er weiterarbeitete. Er zerrieb eine Wurzel zwischen zwei Steinen. »Ja.« Er ließ das Gebräu kurz aufkochen.

»Wissen Sie auch, dass die beiden Männer, mit denen Sie die Heilige Medizin rauchten, gestorben sind? Das lag jedoch nicht an dem Mittel, das Sie Ihnen gaben.«

»Du hattest dasselbe bereits Samuel Bola gesagt, aber nicht verraten, warum sie beide sterben mussten.« Er machte eine Pause. »Weißt du es denn wirklich nicht?«

Elena schluckte trocken, hielt den Kopf gesenkt und sah auf den Kopf des in ihrem Schoß ruhenden Daniel herab. »Gott wollte, dass es anders kommt.« Es war die erschreckende Zusammenfassung all dessen, was sie von Omo und durch Daniels Erzählungen über Francis erfahren hatte.

»Du hast den weißen Mann aus dem Hotelzimmer ebenso geliebt wie ihn«, stellte der *oluwo* fest. »Ich werde jetzt für ihn beten.« Während Omo die *sere* sprechen ließ, konzentrierte sich der Einsiedler von Morija mit geschlossenen Augen, die Hände zum nachtschwarzen Himmel erhoben. »Orunmila, Bote des Lebens, der das verfrühte Eintreten des Todes verhindern kann. Du bist gegangen und wiedergekehrt. Du, der du die Ausgewogenheit unter den Weltkräften bewirkst, gib deinem demütigen Diener die Kraft, zu heilen und seine Taten ungeschehen zu machen, lass ihn über die Brücke gehen, die Himmel und Erde miteinander verbindet. Um in deinem Sinne deine Werke auszuführen.«

Omo setzte sich vor eine große runde Trommel, die er zunächst langsam schlug. Der *oluwo* nahm den Topf vom Feuer und hängte einen zweiten mit frischen Zutaten an dessen Stelle. Mit einer Kalebasse schöpfte er die Flüssigkeit aus dem ersten Gefäß und trank. Immer wilder und schneller schlug Omo auf die fellbespannte Trommel ein, seine Hände waren in der rauschhaften Geschwindigkeit seiner Bewegungen nicht mehr zu erkennen.

Mit ungelenken Schritten begann der bärtige Priester umherzulaufen. Er wirkte orientierungslos, irrte durch sein eigenes Gehöft. Aber bald schon wurden seine Schritte schneller, sodass sie Elena an eine Art von Tanz erinnerten. Dabei verrollte er die Augen so grotesk, bis nur noch das Weiße darin zu sehen war, seine Gesichtszüge entglitten zu einer Grimasse. Der Entrückte schüttelte seinen Leib in Ekstase, rollte und überschlug sich – und blieb schließlich verrenkt am Boden liegen.

Noch wenige Sekunden lang schlug Omo die Trommel, dann brach er ab. Gespenstische Stille senkte sich über den Hof. Endlich erhob sich der Shango-Priester von seinem Platz und half Elena, Daniel in die Nähe des *oluwo* zu legen. Er wies ihr einen entfernten Platz zu. »Greif nicht ein!«, mahnte er eindringlich. Omo band sich ein feuchtes Tuch vor Nase und Mund und schleppte den rauchenden Topf vom Feuer zu den leblos am Boden Liegenden. Mit einem Palmwedel fächelte er dem *oluwo* den Rauch zu. Als dieser sich langsam in Trance aufrichtete, entlockte Omo einer kleinen *sere* gleichtönendes Rasseln.

Der Entrückte beugte den Kopf weit über den rauchenden Topf, inhalierte tief, hielt Daniel die Nase zu und öffnete seinen Mund. Dann blies er das Inhalat in Daniels Mund, um sich taumelnd zurückzuziehen. Ein Hustenanfall schüttelte den Kranken. Noch einmal beugte sich der heilige Mann über die aufsteigenden Dämpfe, sog seine Lungen voll mit dem Gegengift und blies es Daniel in die Lungen, um danach völlig entkräftet neben ihm zusammenzubrechen.

Allmählich verebbte das Rasseln der *sere*. Am Boden ruhten die schlafenden Gestalten der beiden Männer. Elena erkannte nur ihre schemenhaften Umrisse, ging vorsichtig neben Daniel in die Hocke. Sie streckte die Hand aus, um sein schweißnasses Gesicht zu streicheln.

»Nein«, hörte sie Omo rufen, »du darfst ihn jetzt nicht stören!«

Verunsichert setzte sie sich zu Füßen des Priesters neben die Trommel. »Warum darf ich ihn nicht berühren, zeigen, dass ich ihn liebe? Ich habe es ihm noch nie gesagt. Vielleicht würde er es jetzt fühlen.«

»Sein kleiner guter Engel weiß schon länger als du, was du für ihn empfindest.«

»Wer soll das sein – sein kleiner guter Engel?«, fragte sie verwundert.

»In jedem Menschen wohnen zwei Engel, der kleine und der große gute Engel.« Der Priester lächelte. »Der große ist die unvergängliche Energie, die direkt von Gott stammt. Mit der Empfängnis tritt sie in den Körper ein und verlässt ihn bei seinem Tod, um direkt in den Himmel zurückzukehren. Der kleinere der beiden Engel ist jener, den das Ritual, dessen Zeuge wir gerade geworden sind, zurückholen soll. Er ist das, was Daniel zu dem liebenswerten Mann gemacht hat, den du kanntest. Seine Persönlichkeit. Ist er fort, so wie du es bei Funke erlebt hast, fehlt dem Körper der eigene Wille. Er wird zum Werkzeug all jener, die sich der fleischlichen Hülle bemächtigen.«

»Wenn der kleine gute Engel davongeflogen ist, dauert es lange, bis er zurückkehrt?«

»Der kleine gute Engel verlässt dich, wenn du träumst. Manchmal ist er nur sekundenlang – könnte man das messen, würde man es so sagen – auf Reisen. Und wenn du erwachst, erzählt deine Erinnerung dir einen Traum. Von Gefilden, in denen du noch nie selbst gewesen bist. Gott, der Schlaf und der Tod kennen keine Zeit. Deshalb kann dir niemand deine Frage beantworten.«

»Und Funke? Sie ist demnach seit Monaten von ihrem himmlischen Gefährten getrennt.«

»Der kleine gute Engel des *oluwo* wird überall suchen müssen, um ihn zur Rückkehr bewegen zu können.«

Elena schwieg, bis sie Omos Worte so weit verarbeitet hatte, dass sie fragen konnte: »Dann trennt Oguns Gift den Engel der Persönlichkeit von allem anderen. Es scheint jedoch sehr schwer zu sein, ihn zurückzuholen.«

Omo stimmte ihr zu. »Das ist nicht nur bei Oguns Gift so. Wir Menschen stellen eine Menge unsinniger Dinge an, die wir nicht rückgängig machen können. Weder zu Lebzeiten, noch jemals.« Omo seufzte tief. Gemeinsam starrten sie schweigend auf das langsam verlöschende Feuer.

Dann legte sich Elena nicht weit von Daniel entfernt auf den Boden und starrte in den von unzähligen Sternen überzogenen klaren Himmel. Sie würde warten, bis Daniels kleiner guter Engel von seiner Reise da draußen zurückgekehrt wäre. Irgendwann.

Es gibt keinen Gott für die Zeit. Francis' Philosophie klang sinnvoll. Denn wenn es diese Engel tatsächlich gab, die sich dimensionslos bewegten, wo blieb der Raum für die Zeit?

Die ersten hellen Sonnenstrahlen verfingen sich in den Berggipfeln, die runde Sonnenscheibe aber war noch nicht zu sehen. Elena richtete sich auf. Omo hatte ein neues Feuer entzündet, über dem in einem sauberen Kessel frisches Wasser brodelte. Der Tee aus grünen Kräutern, den er ihr reichte, belebte ihre Sinne und beruhigte ihre Nerven gleichermaßen. »Nimm ein Bad im Becken des Morija«, schlug er vor. »Das wird dich erfrischen.« Daniels Körper wartete noch immer auf die Rückkehr seines himmlischen Begleiters. Friedlich sah er aus, ebenso wie der *oluwo*. »Geh nur, ich werde auf die beiden aufpassen.«

Das Bad in dem klaren, grünen Wasser, das von einer unerschöpflichen Quelle gespeist wurde, weckte die Hoffnung, dass vielleicht doch noch alles gut würde. Während sie ihr Kleid auswusch, fiel ihr Daniels Schildkrötenpanzer in die

Hände. Mit dem Rücken nach oben. Sie lächelte glücklich und legte das Kleid zum Trocknen auf einen großen Stein am sandigen Ufer des Sees, der von den kräftigen Strahlen der Sonne beschienen wurde. Es gebe kein Paradies, nur die Vorstellung davon habe existiert, hatte Robert ihr gesagt. Er irrte. Es war hier. Sie hatte es gefunden. Während sie sich selbst auf einem runden Felsen ausstreckte, fiel ihr ein, dass ausgerechnet aus diesem Garten Eden die Basis zu Naomi, dem Zombiegift, entstammte. Gut und Böse, Licht und Schatten ... Es war eine Waage, deren Gleichgewicht nicht gestört werden durfte.

Elena war eingeschlafen und hörte das Wummern des Rotors erst, als der Helikopter über dem Wasserfall schwebte. Hastig warf sie sich das Kleid über. Für ein paar Sekunden stand die Maschine über dem Becken des Morija, ging dann neben dem kleinen See nieder. Elena überlegte, ob sie sich verstecken sollte. Man würde sie schon entdeckt haben, bevor sie selbst die Eindringlinge wahrgenommen hatte ...

Mühsam entstieg als Erster Samuel Bola dem Hubschrauber. Dann folgte Konstantin Wenzel. Die unterschiedlichen *Brüder*, beide im eleganten Anzug, wirkten ebenso wie ihr Transportmittel fehl am Platz. Sie machten erstaunlicherweise den Eindruck, als freuten sie sich, Elena wiederzusehen.

»Nun, *Schwester*, jetzt kennst du das wahre Geheimnis von Elani«, eröffnete Samuel Bola.

»Lass uns alles vergessen, was uns je getrennt hat, Elena!« Konstantins femininer Duft, den sie früher so an ihm gemocht hatte, wehte ihr entgegen. Wie eine schwere Wolke lag er in der vom Gestank des Hubschraubermotors verpesteten Luft. Es wird Stunden dauern, bis dieser Geruch sich wieder verflüchtigt hat, dachte sie.

»Schickt den Helikopter fort, badet in diesem Wasser und lasst euch von der Sonne trocknen. Wenn ihr dann mit mir sprechen wollt, macht es einen Sinn«, schlug Elena vor. Sie betrachtete die beiden *Brüder* wie Fremde.

Die ungleichen Männer sahen sich an. Konstantin Wenzel zuckte ratlos mit den Schultern. Elena fuhr sich mit den Händen durch die strohigen Haare, strich sich das Kleid glatt und setzte sich auf den Stein am Ufer des Sees.

»Bist du okay?« Konstantin musterte sie verwirrt.

Bola schlug einen versöhnlichen Tonfall an. »Es tut mir Leid, dass du Daniel verloren hast.«

»Er hatte Talent.« Konstantins vermeintlicher Nachruf fiel knapp aus.

»Du hast sicherlich eingesehen, dass du Elani nicht verraten darfst. Im Gegenteil. Deine Schicksalsschläge festigen das Band zwischen dem Bund und dir«, fuhr Bola jovial fort. »Ich habe mich dir gegenüber sehr großzügig verhalten. Du stehst deshalb in meiner Schuld.« Er breitete die Arme aus. »Lass dich umarmen, *Schwester.*«

Elena bewegte sich zuerst nicht, machte dann jedoch, einem Impuls folgend, ein paar Schritte auf Bola zu. Er freute sich wirklich. Mit kräftigem Schwung warf sie sich gegen den Mann, der das Gleichgewicht verlor, taumelte und rückwärts in den grünen See fiel.

»Elena!« Konstantin kreischte entsetzt auf, eilte seinem *Bruder* zu Hilfe. In seinen eleganten Lederslippern stakste er auf Zehenspitzen zu Bola, um sich zu bücken und ihn an der Hand hochzuziehen. Es war ein Leichtes, auch ihn ins Wasser zu schubsen.

»Das ist meine Antwort. Wenn sie euch nicht gefällt, dann geht und kommt nie wieder. Mit Menschen wie euch«, sie suchte das richtige Wort, »will ich keinen Kontakt mehr.« Sie hatte ganz ruhig gesprochen und wusste, dass diese kleine Demütigung viel zu unangemessen für ihre großen Gefühle war.

Prustend rappelte sich Konstantin auf. »Ich habe deinem Vater versprochen, dich zurückzubringen!« Endlich stand Bola auch.

»Du kannst doch gar nicht mehr nach Deutschland! Konstantin, verschwinde einfach«, zischte Elena.

Aus dem gebräunten Gesicht des einstigen Vertrauten wich alle Farbe. Mit der nassen Krawatte rieb er über die Gläser seiner Brille. »So einfach, Elena, wirst du mich nicht los. Ich werde dich wiederfinden. Wo immer du hingehst. Du gehörst zu Elani. Und zu mir. Du hast es nur vergessen.« Er stapfte zurück zum Hubschrauber, riss die Tür auf und kletterte hinein.

Bola wrang die Schöße seiner weiten Anzugsjacke aus. Der Stoff klebte an seinem Leib und gab ihm die Form eines dick aufgeblasenen Ballons. »Jetzt hole ich *Bruder* Oladayo ab. In dir habe ich mich wohl getäuscht.«

»Nicht nur in mir. Auch in Ogun. Den habe ich vor einer Weile, weit von hier, gesehen. Sein kleiner guter Engel wollte nicht mehr zu ihm zurückkehren.«

Bola riss die leicht vorstehenden Augen auf und presste die Hand gegen sein Herz. »Wer bist du?«, stöhnte er. »Woher weißt du um diese Dinge?«

»Ich ahne nur, während Sie doch alles wissen. Wie können Sie nur tun, was Sie tun?«

Schwer atmend ging Bola mit kleinen Schritten zum Helikopter zurück. Der Pilot verließ die Maschine, um ihm beim Einstieg zu helfen. Sein massiger Körper kippte nach vorn, während der Hubschrauber im Zeitlupentempo hochstieg. Konstantins Schatten beugte sich zu ihm. Elena drehte sich weg. Sie rannte zum Hof des *oluwo.*

Als die Sonne am nächsten Tag aufging, saß Elena wieder am Wasserfall. Der Kopf des schlafenden Daniel lag in ihrem Schoß. Ihre Finger spielten zärtlich mit seinem Haar, als er in das kraftvolle Morgenlicht blinzelte und Elena verwundert ansah.

»Wo bin ich?«, fragte er leise.

»Bei mir«, antwortete sie und küsste ihn sanft.

Verwendete Literatur

Cobbinah, Jojo: Westafrikanisch kochen, Berlin 1998.
Davis, E. Wade: Schlange und Regenbogen, München 1986.
Neimark, Philip J.: Die Kraft der Orischa, München 1996.
Neuwinger, Hans Dieter: Afrikanische Heilpflanzen und Jagdgifte, Stuttgart 1998.
Wagner, Johanna: Anleitung zu afrikanischen Orakelmethoden, Berlin 1991.